孩子们必读的诺贝尔文学经典

幸运儿彼尔（上）

【丹麦】H.彭托皮丹◎著　陈磊◎译

·彭托皮丹卷·

北京联合出版公司

图书在版编目（CIP）数据

幸运儿彼尔：全2册 /（丹）彭托皮丹著；陈磊译.
-- 北京：北京联合出版公司，2015.2（2023.2重印）
（孩子们必读的诺贝尔文学经典）
ISBN 978-7-5502-4498-6

Ⅰ．①幸… Ⅱ．①彭… ②陈… Ⅲ．①长篇小说－丹麦－现代 Ⅳ．①I534.45

中国版本图书馆CIP数据核字（2015）第010903号

幸运儿彼尔

作　　者：（丹）彭托皮丹/著；陈磊/译
选题策划：王成国　郎爱民
责任编辑：王　巍
封面设计：尚世视觉
版式设计：许　可

北京联合出版公司出版
（北京市西城区德外大街83号楼9层　100088）
福州俊丰彩印有限公司　新华书店经销
字数500千字　650毫米×950毫米　1/16　35.25印张
2015年2月第1版　2023年2月第2次印刷
ISBN 978-7-5502-4498-6
定价：60.00元

未经许可，不得以任何方式复制或抄袭本书部分或全部内容。
版权所有，侵权必究。
本书若有质量问题，请与本公司图书销售中心联系调换。
电话：010-64243832　4006586676

目录
Contents

第一章 / 1	第十五章 / 264
第二章 / 23	第十六章 / 282
第三章 / 39	第十七章 / 307
第四章 / 57	第十八章 / 338
第五章 / 75	第十九章 / 369
第六章 / 92	第二十章 / 390
第七章 / 113	第十一章 / 414
第八章 / 134	第二十二章 / 438
第九章 / 157	第二十三章 / 447
第十章 / 175	第二十四章 / 470
第十一章 / 191	第二十五章 / 482
第十二章 / 204	第二十六章 / 506
第十三章 / 218	第二十七章 / 529
第十四章 / 240	第二十八章 / 543

 第一章

  在东日德兰半岛，青山掩映，林木葱郁的海湾地区散落着许多小城镇，上次战争①前后，一位名叫约翰尼斯·希德纽斯的牧师就住在其中一个镇子上。这位牧师虔信上帝，不苟言笑。无论是处世举止，还是整个的生活方式，他都和镇子里的其他居民截然不同。多年来，居民们一直当他是难打交道的外乡客，对他的异端举止，大家也都不予理睬，甚至大为光火。他穿着灰色土布燕尾服，戴着一副深蓝色的大眼镜，昂首挺胸，表情严肃，大步流星地走过，每走一步，手里紧握的大布伞就用力地戳在路面上，每当这时，所有人就都忍不住朝他看去。那些坐在窗户后面观望的人从玻璃里看见他走过，就做起了鬼脸，或是一笑置之。镇子里有名的商户

---

① 指1864年奥地利和普鲁士入侵丹麦的石勒苏益格和荷尔斯泰因公国而引发的战争。

也好，年迈的乡村商贩也好，马倌也好，从来都不和他打招呼，即便是他穿起了法衣也不。这些人虽然自己就蹬着木头鞋子，穿着肮脏的亚麻外衣，吧吧地抽着烟斗在街上走，但他们就是觉得有个这样的穷酸牧师非常丢脸，是镇子的耻辱，他不仅穿得像个教区执事，还明显的连养活自己和一大群孩子都要成问题了。镇上的人所熟悉的牧师完全是另一种模样，他们应该穿着质地精良的黑袍，戴有洁白的麻纱领圈，他们的名字能为镇子和教堂增添荣耀，以后会成为副主教，甚至成为大主教，但即使这样，他们也不会炫耀自己对上帝的虔诚，也不会自恃甚高而不理会镇上的凡俗事务，更不会不参加节庆娱乐活动。

那时，牧师的红色大宅本是个热情好客的地方，人们找牧师办完了事，还会受邀到会客厅同牧师妻女共进一杯咖啡，访客若是身份高贵，还会款待一杯红葡萄酒，或是自制的糕点，再聊聊镇上当日的新闻。但如今，除非迫不得已，谁也不愿踏足牧师之家，即便去了，也会止步于希德纽斯阴暗的书房，那里百叶窗半掩，这样牧师才不会感受到窄巷对面墙壁反光的刺眼。

这位牧师总是站着迎接访客，他也几乎从不邀客人们坐下，总是很迅速地就完成他们的事情。显而易见，牧师对他们缺乏兴趣，而对于那些觉得自己应该享受特殊待遇的访客，他甚至更难亲近。镇上的官员和家人在拜访过希德纽斯之后也不再登门，因为他们不但没有得到精神上的快慰，反而是受到信仰的检视，仿佛他们正站在圣坛前请求受坚信礼一样。

在一些杰出人士的葬礼上，希德纽斯所激起的愤怒尤为强烈。葬礼上，人们扛着号角，打着行会旗帜，怀抱鲜花列队前进。官员们也戴上了装饰着羽毛的帽子，穿起镶金边的制服。在举办葬礼的家里稍微用过午饭，少量饮过波尔图葡萄酒后，镇民们觉得自己满心虔诚，准备好聆听教诲了。但希德纽斯却没有按照惯例那样发表长篇悼词，而是一成不变地背起了祷文，就像是在未受洗的小孩子和贫者的葬礼听到的那种祷文一样。而关于逝者正直的品行，不倦地工作，对镇子福利所做的贡献，对道路和市政水道建设的关心，他却只字不提。到了墓园，他几乎连逝者的名字都很少提及，就算说起，也总是要加上"这堆可怜的尘土"或"这蠕虫的吃食"类似的修饰。葬礼的规模越大，逝者的名声越显赫，参加的人越多，墓地里风中飘扬的旗帜越多，他的祷文就越短，逝者家属就越显得可怜，而人们正是为这些家属才聚集起来的，因此人们离去时总是满怀愤恨，不满的声音不止一次出现在墓地周围。

镇上和牧师有来往的人就只有未婚妇女之家两个又老又丑的女人，一个面色苍白，蓄着长胡子，长得像基督的裁缝，几个灵魂"得救"的穷人，他们摆脱了世俗，在牧师希德纽斯家里得到了庇护。这里没有社交的麻烦，因为希德纽斯太太身体一向不好，抱恙卧床多年，牧师本人也完全不喜欢交际。

追随者们也都只是出于信仰问题才会找他，但他们每周日一定会去教堂，聚集在讲道坛正下方一个固定的位置，嘹亮地唱起赞美诗来，就算是最长的诗篇，他们也不用看《圣歌集》，常常惹得其他礼拜者十分烦恼。

希德纽斯牧师出身于一个古老且分布广泛的牧师之家，其家族历史可以上溯至宗教改革时期。三百多年里，这教职就像一份神圣的遗产，父亲传给儿子，是的，也会遗传给女儿，她们通常会嫁给父亲的助手，兄弟的同学。希德纽斯家族很早以前就因为这种传承而深感自豪。好几个世纪以来，整个国家里，几乎每个教区都曾有希德纽斯家族的牧师供职过，他们将整个心神都皈依于教会的统治。

自然，这些神职人员的热情程度也并不是完全相等。他们之中也曾有过一些相当世俗化的人，这些人过久了节制生活，突然爆发而不可收拾。十八世纪，在文叙瑟尔就有这样一个牧师，人们都叫他"疯子希德纽斯"，他想要在日德兰半岛山区的原始森林里像猎人那样自由自在地生活。他常常坐在酒馆里和农人们畅饮白兰地，最后有一年复活节，他喝得烂醉，击倒了教堂执事，鲜血四溅沾染了祭坛的台布。

但希德纽斯家族的大部分人仍是教会的虔诚卫士，他们许多人还广泛阅读，甚至是博学的神学家。他们在乡村过着隐士般的生活，在那些灰色的单调岁月里，为了补偿困苦的生活，他们在宁静内省的精神世界寻求安慰，潜心研究内心世界，他们最终找到了活着的真正价值，活着的最大幸福，以及真正目标。

正是这种对所有转瞬即逝事物的蔑视，在家族中一代代流传了下来，成为约翰尼斯·希德纽斯人生斗争的武器，让他即使面对贫穷与种种逆境的压迫，也能直起腰，鼓足精神。在人生的斗争中，他还有来自妻子最坚定的支持，尽管他们截然不同，却相亲相爱，婚姻美满。妻子对宗教也有深刻的敬仰之情，但和丈夫相比，她生性多愁，情绪易起伏，这使她充满焦虑，惧怕黑暗。出嫁前她并没有坚定的信仰，但在丈夫的影响下，她成了虔诚的信徒。生存的艰难，多次的生产使得她对人生的困苦和基督徒的责任产生了夸张而几近病态的看法。自从上次生完孩子以来，许多年里她一直瘫痪在黑暗的病床上。后来，在最近的那场不幸战争中，她又忍受了敌军士兵的强行驻扎，横征暴敛，血腥屈辱，这一切让她很难再重拾生活的信心。

尽管丈夫总是苦心劝导她，但她却从来也不能从焦虑中获得宽慰。她深知这是一种罪恶，自己对上帝的恩赐缺乏信念，她也一直教导孩子们各方面都要保持克制，这是在上帝和他人面前的职责。每次听到镇民们的生活方式，说他们的宴会有许多道菜，还有三四种葡萄酒，听说妇女们的丝绸衣裙，少女的珠宝首饰，她就像听说了什么犯罪事件一样激动难安。有时，丈夫外出回来带回一件小礼物，虽悄声不语却满含敬意地放在她面前的被面上——两朵纸包的玫瑰，一点上好的水果，一小罐缓解她夜间咳嗽的姜汁酱，但就连丈夫这样的行为她也难以谅解。对于丈夫的关心，她快乐又感动，但就算温柔地握着丈夫的手时，她还是忍不住要说："你不该买这些的，亲爱的。"

这家里有一大群孩子，一共是十一个，他们虽然面色苍白，却都很漂亮，他们时不时会病上一场，却都逐渐长大成人。五个是眼睛明亮的男孩儿，六个是眼睛同样明亮的女孩儿。在镇上的孩子中，他们极易分辨，其中一个原因就是因为他们与众不同的衣领，那衣领让男孩子们看起来有点女孩子的样子，女孩子看起来又有点男孩子气。男孩子们棕色的头发又长又卷，几欲达到肩膀位置了,而与之相对的,女孩子们头发梳得又滑又顺,在太阳穴位置才编成小辫儿紧紧的绕在耳边。

这家里,父母和孩子之间的关系完全是父母说了算。就拿吃饭这等小事来说吧,食物并不丰盛,但每餐之前都一成不变的要祈祷。父亲坐在又长又窄的餐桌的一头,五个男孩儿按照年龄顺序坐在一边,六个女孩儿则相应地坐在另一边。帮忙家务的长女西格妮补了母亲的空缺,坐在桌子的另一头。除非被问话,不然没有人敢说话。父亲常常爱问起孩子们学校的情况,问起他们的功课怎么样,和同学相处好不好,他很喜欢就此自己讲上一通。他用教育孩子的语气讲起自己童年时代,说起当时发生的事,上学的日子啊,他祖父和父亲泥垒的房屋里的生活啊,等等,诸如此类的事。有时候,他来了兴致,也会说起在哥本哈根读书时的趣事,比如他的宿舍生活啊,学生们开玩笑耍弄巡夜人和警察的事啊。这样,孩子们每次都被逗得哈哈大笑,但结束时,他总不忘告诫他们,让他们转移注意力严肃生活,履行自己的职责。

这一大家子,还有他们开始在学校取得的成功,逐渐成了希德纽斯牧师骄傲的资本。同时,他把这些视作上帝赐福家庭的证据,愈加心怀感激。孩子们逐渐长大,变得聪明、刻苦又正直,确实是真正的希德纽斯家族传人。他们一个接一个长成了父亲的样子,方方面面都继承了他,就连自信的态度和极其精准的士兵般的步伐也和他一模一样。只有一个孩子让父母很担忧,是个排行中间的男孩儿,名叫彼得·安德烈斯。彼得在学校很调皮,所以他们常常受到抱怨。还是很小的时候,针对家里的各种规矩和习惯,彼得脸上都会流露出故意反抗的神情。不满十岁,他就开始顶撞父母,年纪越大,就越气人,越任性霸道,不管是强制管束还是上帝的训令,他都敢反抗。

希德纽斯牧师常常困惑地坐在妻子的床边,仔细谈论这个孩子的事,他让他们想起那个堕落的文叙瑟尔牧师的可怕回忆,那个疯子的名字像血一样沾污了整个家族。他的兄弟姐妹们也都潜移默化受到父母的影响,对他冷眼相待,玩游戏也不让他参与了。另外,他出生的时刻也非常不幸运,当时他父亲刚从与世隔绝的贫穷的沼地教区搬至这个镇上,埋头于各种职务上的事情。因此,彼得就成了第一个完全由母亲教养的孩子,但在彼得·安德烈斯教育的早期,她要干的事情太多,还要照顾更小的弟弟妹妹。后来,她因病卧床,就把孩子们拢在床边,但彼得·安德烈斯又已经太大了,没办法再管教他了。

所以,彼得·安德烈斯从出生起,在家里就格格不入。一开始,他找到女仆的房间还有樵夫的棚户躲避,他们对一切世事的冷静思考早早影响了这个男孩儿对世界的看法。后来,他在邻居商行和木料场找到了第二个家,他在那里的仆人和学徒中巩固了对生活和快乐的实际看法。与此同时,户外生活也锻炼了他的身体,他圆乎乎的脸颊上泛起了红色。

很快,因为强壮,街上和木料场的孩子们都开始害怕他,最后,他就自封为这帮捣蛋鬼的头儿,横行邻里。家里人谁都没有察觉,他已经变成一个野小子了。等又大了些,特别是九岁进了镇上的文法学校之后,这个男孩儿身上的危险性才明显起来,父母和老师都尽力想要弥补他们在教育方面的过失,但为时已晚。

深秋的一天,镇上的一位居民来希德纽斯牧师的书房里,准备请牧师周日去为他的孩子行受洗礼。他尽最快速度办完了事情,手搭在门闩上准备离开了,但迅速考虑了一下之后,他转身朝着屋子里用挑衅的语气说:"这次,我想也顺便请求一下,牧师先生,您要是能管好您的孩子别往我的花园跑就好了。您的儿子和别的几个孩子总是不愿放过我的苹果,说真的,对此我很不满。"

希德纽斯牧师正弓身坐在桌子边,深蓝色的大眼镜高高推到了额头,正准备把父母的名字写到教堂记录里。他听到这话慢慢抬起头,把眼镜推回原位,尖声说:"您说什么?您是说我儿子……"

"是的。"那人继续说道,一边还为自己终于有机会可以压下骄傲的牧师的气焰而自得,"您的儿子彼得·安德烈斯现在是一群小流氓的首领,他们经常翻我们的栅栏。法律面前,人人平等,即使是您牧师的儿子也不能例外。我要是走投无路告上警察局,那时,市政厅就会公开处罚这些孩子。您是镇上任命的牧师，那样就不好看了。"

希德纽斯牧师放下笔，双手颤抖，他站起身。

"我的儿子……"他重复念道，整个身体都在颤抖。

当这幕场景在牧师的书房发生时，那犯错的小孩子却正坐在教室里，他躲在高高的书堆后躲避着老师和同学们的目光，隐藏起自己的坏心眼儿。在上学的路上，他碰到一个愤怒的镇民，那人从街对面冲他喊道："做好准备吧，我的小伙计！我这就要去向你父亲打打小报告去！"父亲发火，彼得·安德烈斯并不会特别放在心上，但这次他感觉却不太一样，就像是自己做了什么不值当的事，随着回家的时间越来越近，他的心神就越来越不安。

他红着耳朵溜进家里的大门，走过了门口处的窗户。每当他调皮捣蛋的时候，父亲就会站在那里，看到他出现就会把他叫进去，但现在那窗子却是关着的。他看到父亲既不在院子里，也没有站在厨房门口，于是如释重负，呼吸也轻松了许多。"那老家伙不过是想吓唬我啊。"他一边想，一边溜达进了厨房，平时他总喜欢跑进去探听什么时候吃晚饭。他突然间感到很自负，于是就冒险进了卧室向母亲打招呼。母亲用一种既严厉又陌生的声音说："回你的房间去。我不想看到你。"那男孩儿在那儿又站了一会儿，他能看出母亲之前一直在哭。"没听见我的话吗？回房待着去吧，等你父亲叫你！"他一阵沮丧，灰溜溜地走了。

不久，家里的独眼老女仆来叫他去吃晚饭。他的兄弟姐妹们都已经在桌边就座了，大家一起等待着。他刚露面，他们就静了下来，从他们沉默的样子和绷得紧紧的脸上，他知道大家都已经知道发生的事了。他嗵的一声坐下，双手插在口袋里，想做出骄傲神气的样子，但谁也没有看他，但他看见有双大大的温柔又忧伤的眼睛瞥了他一眼，那是坐在桌子那头的姐姐西格妮，她黑黑的眉毛都快皱到一起了。

尽管已经听见了邻室传来的脚步声，但当父亲推开门时，彼得·安德烈斯还是吓了一跳。牧师没有像往常一样招呼大家，他静静的在桌边坐下，低着头，双手合十，没有感谢上帝的恩赐，而是谈起了彼得·安德烈斯的事。

"有件事，"他说着，深色眼镜之后眼睛紧闭着，"一直压在我的心里，事情很严重，吃饭前，我想和我亲爱的孩子们谈谈这件事。"接着他证实了他们从母亲那里听说的事情的真实性，他们的兄弟犯了错。"这件事既不必遮掩，也没有借口可找。所有发生在暗地里的事，都总有一天会大白于天下，这是上帝的旨意，那么这件事也应该拿出来接受主的判决。彼得·安德烈斯没能遵守上帝的律法与诫令，他硬着心肠不顾父母的警告，也违抗了上帝所说的不得行窃的教导。"

"是的，我的儿，你不可吝惜承认你的罪恶，但你也要明白，你的父母还有所有的兄弟姐妹对你的爱，所以我才会对你说这番话。我们不会放弃希望，一定能找到通往你心灵的道路，这样你才不会像那个犯了罪的兄弟该隐一样，受到上帝严厉的谴责：'你将永世流离，飘荡在大地上。'"坐在桌边的孩子们都开始用红色和蓝色的格子手帕擦眼泪。女孩子们都哭了起来，哥哥们也都被深深的触动了，无法掩饰内心的激动。

最后，父亲祈愿作结："现在我要说的就是这些了。如果彼得·安德烈斯能将我的话铭记于心，诚恳地请求上帝和旁人原谅他犯下的错，那么这件事我们将再也不会提起，就忘了这件事。那么，孩子们，让我们一起来对天上的主祈祷吧，愿主拉起你们这迷途兄弟的手，愿主能收复他叛逆的心，引他走出罪恶的束缚，远离毁灭之路。噢，永生的主啊，请赐福我们吧，愿我们在审判日那天能一个不少地聚齐在你辉煌的宝座周围。阿门。"

对于父亲所说的话，只有彼得·安德烈斯一个人感受完全相反。他从不允许自己被父亲打动，与此相反，他更愿意学习那些年纪比他大的朋友们，那些帮工和学徒们，他们对牧师可并不怎么尊重。

尽管如此，对于父母总希望他能记住的上帝的教导以及《圣经》上警示的话语，男孩儿并不是完全毫无触动。每到礼拜日，他看着父亲穿着白袍跪在祭坛前，或是站在布道坛雕满花纹的共鸣板前，心里有时会瞬间感到一阵敬畏。

在这种时候,《圣经》上的话语对他完全不起作用。起初他有点儿害怕其中那些不同寻常的训诫语句,但这种害怕也没持续多久。在他并不复杂的孩童认知中,把上帝严肃的警告和翻过栅栏偷苹果联系起来真是太蠢了。父亲说得越久,兄弟姐妹们感情流露的声音越大,他面对这画面就越平静冷漠。

那时,这个十一岁男孩儿的心理发生了剧烈的变化。终于,他看待所有人都带上了一种高人一等的眼神。他困惑地盯着深受感动的哥哥姐姐可怜地哭了起来,看到这一幕,他甚至忍不住要笑出来了。

然而,一般情况下,他的高兴都是假装出来的。这关于谦逊的教导深深击中了他心中最敏感的地方,那就是他的荣誉感。他的双颊渐渐失去了光彩。父亲的讲话之后,他内心深处翻涌起一股可怕的躁动,阴沉模糊的复仇渴望就像闪烁的迷雾一样朦住了他的双眼。

这顿晚餐的记忆对这个男孩儿产生了重大的影响。此前一直无忧无虑的心中唤醒了对家人无法平息的仇恨,因为感觉被遗弃而产生的挑衅好斗感成了他将来人生的中心和驱使力量。从很小的时候起,他就觉得自己被抛弃了,虽然住在父母的屋檐下,实际却无家可归。

现在,他开始问自己是不是真正属于这个家庭,自己是不是父母收养的孤儿。这件事越想就越像是真的。所有的事情,包括兄弟姐妹们越来越躲着他,都在加剧他的怀疑。他不是听过几百次说他和别的孩子不一样的说法吗?父亲什么时候流露出爱他的样子或是说过一句温情的话语?然后还有他的长相。他对着镜子观察自己,觉得自己肤色似乎比兄弟姐妹们都要黑,脸颊通红,牙齿又白又硬。他又想起来,隔壁的一个仆人开玩笑地叫他流浪汉,叫他吉普赛人。

自己根本不是父母的孩子,这种想法在他思想里牢牢扎了根,在他整个成长过程中一直萦绕着他。这不仅解释了他在家里的特殊地位,也满足了他孩子气的自负心理。作为被全镇人笑话,眼睛半瞎,牙齿都掉光了的老头子的儿子,他总觉得这是种耻辱。另外,对家里贫穷的窘状,他也深感羞愧。在他年幼时,他宁愿在学校整天饿着肚子,也不愿意当着同学的面吃他的油脂三明治。一次，母亲用父亲的旧法衣为他改了件冬衣，他不肯穿，因为这光泽的布料能将质地看得一清二楚。母亲试图强迫他穿上，他一阵反抗，几乎要哭出来了，他把衣服扯成了碎片，抛在地上。

他开始放纵自己，想象自己是某群流浪的吉普赛人的遗孤，是四处飘荡的吉普赛家庭的孩子。就像家里独眼老女仆经常说的那样，那些人就栖息在贫瘠的荒野之中，他的父母也曾在那里居住。他幻想着自己真正的父亲是位强大的首领，黝黑的头发一直垂到背上，他肩头挂着披风，古铜色有力的大手中握着木矛，他是至高的君王，凌驾无边的黑暗之境，统领自由和暴风雨的国度。

彼得·安德烈斯正处在多梦的年纪，幻想的翅膀正欲展翅高飞。各种可能性的大门在他面前突然打开，他在无垠的梦想大地上自由驰骋。一切事情再没有不可能实现的，他在想象中来到一片梦幻般的童话国度。

通常，在长长的美梦最后，他想象自己是位王子，就跟刚在学校读过的故事主角一样，他被一伙周游穷党绑架，后又被转卖，然后就被囚禁在这所牧师的宅子里了。他如此全身心地沉浸在故事里，以至于有时好像都能记起一些童年时生活在幸福环境中的场景和片段，好比一座有着很多大理石柱子和黑白相间的地板的大殿，他的小脚在上面滑过……比如一个四周高山环绕的蔚蓝湖泊……比如一只猴子关在金笼子里……比如一个穿着红斗篷的大个子把他放在自己的马背上，然后带着他一起骑进茂密阴暗的森林。

父母和学校的老师都渐渐察觉到他的忧郁寡言，有时他看上去就像个偏执狂。在家里的时候，他一言不发地在房间里穿梭，对所有人事都淡然置之。在外面的时候呢，他的行为更让人难以预测。父亲从他嘴里休想得到只言片语，以前，他对母亲还心怀信任，在需要之时，他总能从母亲那里得到理解和宽容，但年复一年，他和母亲也越来越疏远。有时，一日将尽，他知道母亲独自在屋，就会坐在母亲床边，为她按摩那饱受静脉肿瘤折磨的双腿。但当母亲问起他在想些什么，他除了"对"和"不是"就没有别的回复了。尽管如此，她和丈夫每隔一段时间总会安慰自己，彼得的难以亲近归根结底只是他开始反省的一种迹象，但直到有一天，发生的事情令他们最后的一丝希望也破灭了。

冬末的一天晚上，这家人齐坐在客厅等待街上的巡夜人用歌声通知上床时间。西格妮像家庭主妇一般坐在大桃心木桌子后的马鬃沙发上，一边忙活着编织活儿，一边为父亲大声读着报纸。《祖国报》摊在昏暗的油灯下，父亲坐在晚间惯坐的那把老式扶手椅上，椅背又高又直，椅子上垫着最便宜的花纹坐垫。他疲倦地缩在椅子里，低着头，胳膊交叉在胸前。大大的绿眼罩把他那灰白满是皱纹、没有胡子的脸颊遮了一大半。他边睡边听着——也许根本没听——那单调的读报声，此时正读到一篇分四栏的外国新闻。希德纽斯牧师习惯早起，即使是在仲冬时节，教堂钟敲六点，他也会起床。另外，他对社会新闻报纸也没有太大的兴趣，只把它们当作镇定剂，帮助自己进入晚饭后的小睡。

两个妹妹穿着大大的格子棉罩衫，坐在西格妮身边。虽然都已熬得双眼通红，但还是弓身用钩针忙碌地编织着。她们看上去完全就是长姐的翻版，有着和长姐一样稍显早熟的面孔，耳前垂着一样编得又小又紧的辫子，浓浓的眉毛下面长着一样又大又亮、稍稍凸出的眼睛。卧室门开着，半明半暗的光线中，一个年纪稍小的孩子坐在母亲床边，按摩着她饱经病痛的双腿。

彼得·安德烈斯也在客厅。他独自站在一个窗子边，偷偷窥看着桌上的时钟。他已经十四岁了，长得很结实，衣服袖子和裤腿对他壮实的手脚来说都显短了。他的两个哥哥都已长大，现下在哥本哈根的大学念书。彼得·安德烈斯就成了家里年纪最大的男孩儿，分得了那个小小的阁楼间，在家的大部分时间，他都待在那里。西格妮刚读完报，彼得就趁此机会道晚安开溜，但走到门口时，父亲的问话止住了他的脚步。父亲问他为什么要离开他们，他找了个借口说还有家庭作业要写。

彼得·安德烈斯走后，父亲睡眼惺忪地问：

"报上没有什么可读的了吗？"

"那现在几点了，孩子们？"从卧室里传出母亲微弱的声音。

"九点十分了。"两个妹妹看着钟齐声回答。

时间还有一会儿,他们都知道巡夜人马上就要来了。街上除了经过行人的说话声什么也听不见,新下了一层雪,行人走起路来都悄无声息。

"还接着读吗?"西格妮朝父亲转过身,"不了,就到这里吧。"他说着摘下眼罩,站起身来回走动好赶走睡意准备晚祷。

几分钟之后,就传来了老巡夜人低沉的歌声,听上去就像是个醉酒人在大声地嘟哝。两个妹妹迅速地收拾好编织的活计,西格妮也开始为晚祷做准备。厨房里的两个女仆也被唤来了,西格妮在钢琴旁坐好。

卧室里又传出母亲的声音:"今晚我们唱《赞美主就在身边》好吗?"

"你们听见了吗?"父亲站在大大的扶手椅后,双手叠放在椅背上。

西格妮的高音音色优美醇厚,唱起歌来奔放热情,这与她在其他场合下都很温和的性格形成了鲜明的对比。她坐在钢琴前,厚厚的因劳作而发红的双手按在老旧泛黄的琴键上,从上视的眼光中不难看出,是什么样的信仰、希望和爱赐予了这不满二十岁的少女力量,叫她牺牲自己的青春来照顾整个家庭和弟弟妹妹。点亮她小小圆圆面庞的并不是幻想的喜悦,唱赞美诗的时候,她并不是在幻想天国之门将会打开,灵魂将在赐福的目光中升天。作为名副其实的希德纽斯家族传人,她一点儿也不喜欢天主教的神秘主义。

她的目光和神情充满自信,声音也因此而变得特别深沉有力,这种自信源自她清醒而切实有据的信念,西格妮认定自己是少数遵守教规,走在狭窄小道上的信徒中的一员,他们最终将在天国获得报偿,天福将补偿他们在人间所遭受的一切痛苦和贫困。

赞美诗唱到第二段中间时,父亲突然抬起头。

"安静!"他大喊一声打断歌声。

与此同时,母亲也从床上叫道:"有人在按门铃!"

其余的人这才听见屋子另一头传来的夜铃声,那声音在夜晚的寂静之中显得非常沉重,大家都不由自主惊慌起来。

父亲穿过邻近房间走进毗邻前门的书房,打开窗户。

"这么晚了，是谁在敲门？"他大声说道。

客厅里也听得见，一个男人的声音从街上传来。两个妹妹不安地看了看对方，接着把目光投向仍坐在钢琴旁的西格妮，她们的父亲厉声问："您的孩子生病了……请问您贵姓大名，住在哪里？……克兰克斯特伊登？好，明白了。您的孩子几岁了？……一岁？奇怪了，这个镇子的居民非要等到出了事才想起要找牧师。平时，你们就不需要感受上帝的存在吗？孩子都这么大了，怎么早不给他施浸礼呢？是的，我当然会来的。您请先回去准备必需物品，在我到之前把一切准备停当。"

"还有，"他又朝那已离去的人身后喊道，"您再在门口台阶上点盏灯。"

牧师回到客厅叫着彼得·安德烈斯。"我去叫他来。"西格妮知道父亲视力不好，没有人陪同，夜里独自出门走在滑溜的街上可不行。"西格妮，你留在这里帮我把袍子穿上，贝尔去叫他就行了。"牧师说着瞅了瞅那老女仆，然后走进卧室更衣。这时，母亲点起灯，用一贯低沉的语调说："约翰尼斯，穿暖和点儿。今天晚上很冷，听着教堂的钟声，我就感觉得出。西格妮，去把父亲的背心拿来，就挂在衣柜里的。"

老贝尔回来说彼得·安德烈斯并不在房里，房子里哪儿也没找着他。

牧师刚在扶手椅上坐下来，准备让西格妮用针给他别紧衣服后领，听到这话，他脸色变得苍白，不得不站了起来。透过贝尔不安的神色，牧师知道她还有知道的情况没说，于是就走到她近旁，严厉地问："怎么回事？告诉我……你有什么事瞒着我！"女仆见牧师发怒吓得直发抖，就坦白了全部事情，她的房间就在彼得·安德烈斯楼下，近来听见过男孩儿夜里溜出去发出的声响。今晚她发现男孩儿房间空着，于是就仔细查看了一番，她发现门廊窗户半开着，外面雪地上还有新踩出的脚印。

这时，母亲想从床上欠身起来，但也只得躺回枕头上苦叹，一只手像头晕似的蒙着眼睛，牧师走到她身边紧紧握着她的另一只手。

"别急，夫人。"尽管他自己也声音颤抖。

"上帝保佑我们！"妻子呻吟道。

"阿门。"牧师仍不放开她的手,大声说道。

在这个时候,彼得·安德烈斯正在镇子北部环绕的高坡上,这伙浑身有使不完劲的年轻人正就着明亮的月光兴高采烈地滑雪橇玩。他们挑了国王大道为滑雪道,那是一条宽阔平坦的坡道,从山顶拐个大弯直通到镇子里。你如果速度够快,又不怕巡夜人的查处,尽可以从诺里加德街直冲到市政厅前面的集市上去。

在这段长长的下坡路上,整个镇子的景色在眼前一览无余——先是积雪覆盖的镇子,街道上闪烁着灯火红红的光芒,屋顶映着皎洁的月光;接着看见冰封的海湾和草地;然后是远处的村落和森林,大地白皑皑一片。在这一切之上的是泛着白光的夜空,月亮和星星仿佛在云层里捉起了迷藏,整个古老的星球似乎都被这群少年的快乐所感染了。

好哇!雪橇的铁滑板沿着冰面嗖嗖向下,穿过阵阵尖厉的口哨和欢呼,长冰镐像船舵一样拖在后面,雪橇越过小石块,就像破浪的船只一样轻而易举跨越了所有的障碍。沿途不时的还站着几个小女仆,她们头上围着厚厚的方头巾,双手卷在围裙里,就像插在手笼中一般。

偶有滑雪男孩儿翻了车,人却像被抛下马的骑手一样坐在雪道上,空了的雪橇以之前两倍的速度冲下山坡,每当这时,这些女孩子们就毫不留情地爆发出阵阵大笑,其中还夹杂着此时刚好嗖的一声滑过的男孩子们的大声嘲弄。文法学校的男孩子们被嘲笑得最厉害,他们缺乏经验,很明显人数也占少数。彼得·安德烈斯为身为这个群体的一员而深感屈辱。

他自己也自信满满的驾着新买的雪橇,那是架漆成红色的长雪橇,非常灵巧,他给它取名叫"血鹰",是从镇上一个车匠手里赊账买来的,白天,他把它藏在一个木料场。英国造的滑板无声无息轻巧地划过空气,而彼得则一直大喊着:"别挡道!"他圆圆的脸庞滚烫,眼里闪耀着比赛得胜的激情。在前冲途中,他还不时的从滑板上站起来,把冰镐高高挥过头顶,就像武士挥舞着长矛,他大吼:"嘿——嚯!"对生活的旺盛激情,年轻人的任性与雄心,种种在家里和学校必须压抑隐藏的情感,此时全都展露了出来,他显得如此冲动而鲁莽,即使在他最要好的朋友看来,也显得有点儿可笑。

突然，从山脚传来高声的警告声。一瞬间，所有的滑雪者全都滑离了雪道，躲进了路两边的深沟。那些站在雪道高处的孩子也急忙躲到灌木丛和雪堆背后，只有女孩子们还站在原地，脑袋凑在一起心满意足地咯咯笑。

在山脚下的镇口，巡夜人正巡视经过。他穿着长长的厚大衣，胸前佩戴的金属徽章像星星一样闪亮，月光下，他正站在黑暗的街口。因为农民常骑马进镇来采购，所以大道上严禁滑雪。正因为此，男孩子们在山脚和大道上都安排了人盯梢，以防遭遇突袭。

这时，让孩子们很害怕的巡夜人站在那里，巡查着突然间变得空无一人的大路。水沟里传来咯咯的鸡叫声和喵喵的猫叫，然后跟着一阵阵傻笑。巡夜人挥着棍子恐吓一番，然后就转身回了镇里，边走还边摇着头。不一会儿，他报时的歌声又唱响了，几分钟之后，山坡上的游戏又开足了马力。

其间，一个年龄稍大的学徒邀请了一个女孩儿坐上他的雪橇，这一举动立刻激起了彼得·安德烈斯胸中的激情。他在下滑的途中就刹了车，停在一群总是笑个不停的女孩儿面前，并邀请其中个子最高的一个上了车。女孩儿犹豫了一会儿，就顺从地上了雪橇，跨坐在他前面。彼得用胳膊大胆地环抱住他的猎物，滑动了"血鹰"。

"闪开！"他调动全部肺活量向整个世界宣告他的胜利。

"你瞧见彼得·安德烈斯了吗？"

"啊，那不是彼尔吗！"途中，他听见几个同伴正拖着雪橇边往坡顶走边说。他满心自豪，从他们不情愿的语气中听出了羡慕。

下滑途中，那黑眸子黑头发的贫家女孩儿转过身来满目欣赏地看着他，红红的大嘴半张着冲他笑，他的脸颊烧得滚烫。他心中又浮起那些旧日的幻想，在辽阔的大地上像吉普赛人一样流浪，幸福地生活，可以无忧无虑，四处游历，一顶帐篷或是一座泥屋就是家，伸手就可摘到星辰和变幻的流云。

雪橇刚好停在镇口。女孩儿本想站起来面对这位新朋友，但彼得·安德烈斯却一定要她坐着别动，因为他可不想放走她，于是就拉着雪橇上山。他拉着沉沉的橇车一步一步往山上走，想象自己是一个武士，一个维京武士，刚从异域征战凯旋，满载战利品而归，还抢回一个美丽的女子，是位公主，她很乐意随他回森林深处的木屋一起生活。受到幻想的鼓舞，他双脚蹬着结冰滑溜的坡面，拉紧每一块肌肉，因为太卖力，额头上渗出了汗水。到达坡顶之后，彼得再次爬上雪橇比赛冲了下去，那女孩儿朝他转过身问："他们说的是真的吗？你是牧师的儿子吗？"

这个问题一下子就把他拉回了现实，他脸色唰的一下变得苍白。他从牙缝中挤出一个"不"字，咬牙力气过大，连脚趾都感受到那力量。雪橇在这时顺着坡面冲了下去，冰镐拖在后面吱吱呀呀像在歌唱。

此前他还从未有过这一刻这样强烈的感觉，他感到自己并不属于那个家，那杳暗憋闷的屋子里，他的父亲和兄弟姐妹们正坐着唱起了赞美诗，在如此神奇的冬夜，他们仍在不安的喃喃的念着祷文，像身处地狱般看不见光明，对生活和荣光只充满恐惧。他觉得自己离那一幕隔了足有一千英里远，他正置身完全不同的天堂之下，那里有太阳，有星辰，有遨游的云朵。听啊！他的耳朵已不止一次捕捉到下方传来的熟悉的声音……是教堂的钟声敲响了。那声音就像地下世界传来的信息，穿过寒夜的白雾抵达他耳畔，钟声沉重，阴森，缓慢的敲了十一下。他是多么讨厌那声音啊！不管他在哪儿，也不管是一天里的什么时候，那声音总能粗暴地打破他的美梦……召唤他，提醒他。要想摆脱那声音，不被唤回完全是不可能的。那声音就像无形的幽灵到处追随他。无论是春天他溜到草地上放他的大风筝，还是夏天划船到海湾捕鲈鱼，那可怕的声音总是每隔一刻钟就钻进他的耳朵召唤他。"嗨！"他尖叫一声想压过那钟声，用力搂着那个高个子女孩儿，就像是在和钟声挑衅。女孩儿又回过头冲他微微一笑，他脊背都颤了起来。"你真美，"他在女孩儿耳边小声说，"你叫什么名字？"

"奥莉娜。"

"你家住在哪儿呢？"

"斯梅德斯特雷德街的里萨格。你住哪儿呢？"

"我?"

"你说你不是牧师的儿子,那你是谁呢?"

"我是谁?我不能说的。明天天黑之后,我们在沃尔德斯特雷德街见面好吗?"

"好啊。"

彼得·安德烈斯全然不顾危险,碾过镇子的边界,全速前进冲下了诺里加德街。还没冲出多远,街角冒出一个大大的身影,雷鸣般喝道:"停下!"说着抓住了雪橇后面冰镐的弯尾,雪橇翻倒了,两个孩子被抛到了雪地里。女孩儿尖叫一声逃开了,而彼得·安德烈斯却被老巡夜人一把抓住了后颈。"来吧,小子,我来教教你们这群精力旺盛的孩子,教教你们怎么守规矩。我要把你送到市政厅去!还敢顶嘴!话说回来,你是哪家的调皮鬼?"

彼得·安德烈斯迅速明白,要摆脱困境必须想出一条妙计。他喘着粗气迅速地说:"能碰到巡夜人您真是太好了。上面那群孩子正大打出手呢,艾弗森的大徒弟都抽刀子了。您最好赶紧……他真要玩命了。"

"你说什么?"

"他刺伤了镇长的儿子!但愿还没死,那孩子倒在一片血泊中。"

"镇长的儿子!"巡夜人咕哝着放开了彼得·安德烈斯。

"我会跑去通知镇长家的,然后再去叫卡森医生。"彼得·安德烈斯边说边快速抓住雪橇的绳索。还不等巡夜人回过神来,他就已经没影儿了。

彼得翻过邻居的栅栏时,已经快午夜了,他从事先打开半扇的大厅窗户爬了进去。他在外面的雪地里脱了靴子,小心翼翼地溜上阁楼的楼梯。就在那个瞬间,书房的门开了,父亲出现在他面前,手里举着一盏灯。父子二人面对面站着,好一会儿谁都没有说话,只有希德纽斯牧师颤巍巍的手里拿着的灯盏中发出沙沙的声响。

"你就这样像个贼一样从你父亲的屋子里出出进进吗?"后来牧师又说,"你去哪儿了?"他声音很轻,仿佛没有勇气听到答案。

彼得·安德烈斯说了实话,没有绕圈子也没有为自己找借口,这一刻他感觉非常看不起父亲，连对他撒谎都不屑。他也坦白了自己买"血鹰"以及欠车匠钱的事。

"就干了这些，是吗？"父亲说着，他最大的担心已经消失了。他知道，镇上有些隐秘下流的场所，之前一直害怕儿子被坏家伙引到那里去。"睡觉去吧。"他又说，"你是个有罪的孩子！我们早上再仔细说吧。"

第二天一早，彼得·安德烈斯就被叫下楼到客厅做晨祈，他已准备好再次承受那严肃的一幕，就像上次偷苹果之后所经历的一样。西格妮坐在钢琴边，头顶只点了一盏灯，房间的剩余部分都笼罩在黑暗中。天气很冷，唱诗时嘴里吐出一团团雾气。

第一首，第二首赞美诗唱完了，教义也背诵了，但昨天晚上的事却并没有提起。一整天都没有提起。希德纽斯整个早上都坐在妻子的床边，他们认识到，想通过劝导让儿子改变心意是不可能的。只能寄希望于上帝的慈悲，时间和生活的磨炼帮他改正了。他们决定在邻居栅栏上钉上钉子，另外，父亲每天晚上都要亲自确认男孩儿是不是睡在床上。

彼得·安德烈斯根本无所谓。父母对他做什么，不管是对他好还是不好，他都不再在意。以前他曾想缩短自己的痛苦，计划着冒险，反抗父母或是偷偷离家出走，到外面世界随处游荡，寻找梦想中的王国，但现在这些都已成为过去。现在他长大了，也清楚的明白了只要自己耐心上完学，很快就能获得自己所渴望的独立，而且没过多久，他就找到了其他令父亲放松警惕的方法。等屋子里都静下来了，他就拿绳子从阁楼窗口溜下来，爬到大门的屋顶上，然后从那里的排水管道滑到街上去。后来许多月色明亮的夜里，他还是会溜出去，带着心爱的鱼线到海边垂钓，回来的路上，他把钓来的鱼塞给巡夜人好让他保守秘密。

而里萨格那个黑眼睛的奥莉娜，彼得·安德烈斯也找到了机会和她重新发展关系。有几次，他和她晚上在一个大木料场约会。但这也很快就结束了。这个女孩儿言谈举止都太过随便，这令彼得感到很丢脸。一次，女孩儿从根本上攻击了彼得的美德，彼得躲开了，从此不再见她。

因为一直被运煤船和瑞典的小型运木船所吸引，他对港口单调的生活也有一种特别的偏爱。他认识了一个小供给店的老板，闲暇时间经常去那里听海上的故事，异域的冒险，宏伟的蒸气船可以容纳两千多人，还有大港口的生活，那里有巨大的造船厂和船坞。

但海员的生活对彼得并没有吸引力，他的目标更高，他想成为工程师。在他看来，这个职业能为他提供最大的可能性，让他能真正实现梦想，心怀自豪，四处游历，生活充满冒险与激动人心的时刻。同时，选择这样一个实用性的职业能帮他彻底摆脱他的家庭，以及这种延续了几个世纪的崇敬神灵的传统。这种选择其实也是对父亲的一次有计划的挑战。因为面对大家都欣喜渴盼的将来社会的发达技术，父亲却总是持鄙视态度。一次，有人建议加深海湾的深度，以推动镇子船运业的发展，这一提议引起公众热议，父亲对这个项目却非常蔑视："这些人整天什么事都操心，但就是不管该管的事！"从那天起，彼得·安德烈斯就决心成为一名工程师。

他的决定在学校得到了鼓励。从很早的时候起，学校的大部分老师都觉得他永远都不可能成就任何有意义的事，但慢慢的，他结交了数学老师成为他的朋友和保护人。数学老师曾当过军人，有好几次，牧师冲动地想让彼得退学去学一门手艺，老师高度赞扬彼得的能力，阻止了牧师。看起来，这位从前的军人似乎对彼得有一种类似同情心理的理解，他用赞美之词让措辞严厉的牧师沉默下来，而他自己也从中获得了满足。

后来，镇民们对希德纽斯牧师以及牧师一家的态度也发生了转变。光阴流逝，世事变迁，镇民最终想要和解。随着岁月的流逝，许多老商人和马倌过世了，而他们曾左右镇上的舆论直到今日。更为重要的是，无论是在生意上，还是在个人财产上，他们都并没有公正合理地运用自己的权力为镇子谋福利。他们都是些老派的商人，固守着农民式的傲慢，拒不相信自己已经落后于时代了，对于交通业的新发展所带来的变革也漠不关心。镇上最富裕的家族很多都是靠继承祖上的遗产，战后，这些家族有许多都没落了，甚至变得一贫如洗。随着财产越来越少，他们对宗教抚慰的需求与日俱增。希德纽斯牧师的热切话语，比如尘世是虚华的，要摈弃财富在贫穷中获得真正的富足开始深入这些人的内心，而他们中大多数人过去本是牧师最势不两立的敌人。礼拜日聚集起来聆听牧师布道的追随者人数也在稳步上升，牧师经过时，人们也不再拒绝和他打招呼，至少牧师穿袍子的时候不会。

正当这些变化发生之时，彼得·安德烈斯获得自由的时刻也终于到来了。由于老数学教师坚持不懈的提议，父亲最终同意送他去哥本哈根的工学院念书。这时，他已经十六岁了。

一个美丽的秋天傍晚，每周一班的客轮缓缓驶出连绵的海湾，朝哥本哈根进发，彼得·安德烈斯背着包站在船尾，回头望见镇子映衬着黄昏绯红的天色渐渐变暗。离家并没有使他落泪，就连和母亲告别也没有让他太过伤感。然而，此刻他穿着刚缝的新衣站在船尾，衬衫的衬里还缝着一百元钞票，他看见镇上挤挤挨挨的屋顶和教堂笨重的砖塔在暮色中渐渐消失，一股不安攫住了他，胸中涌起隐隐的感激。他觉得自己没能好好的和家人告别，几乎想掉头回去重新说一声再见。随着教堂的晚钟远远地越过草地向他传来，那是家乡最后的呼唤和告诫，他感到自己和一切都和解了。

在初到哥本哈根的那段日子里，这种感触也一直持续着。对于外省人来说，这个大城市里到处都是陌生冷漠的面孔，孤独感压抑在心头，因此那感触也便愈发强烈。他在哥本哈根一个人也不认识，他的同学们都只想结束学业，谁也没有来这里。孤独令他沮丧，他常到证券交易所旁的码头去看看有没有家乡来的运苹果的货船，这样就可以和谁聊聊家乡及熟人的事。只是他照旧不喜欢父亲，想写信的时候，也只写给母亲。

他的两个哥哥之中，托马斯一年前就已经完成了学业，被派到乡村担任副牧师职位去了。另一个哥哥艾伯哈德无疑是住在这里，但不久前刚出了城，可就算等他回来，两兄弟也绝不会见面。因为艾伯哈德生性谨慎多虑，个性也很独立，很怕某些联系会毁坏自己的名声。因此，对于自己这个不成器的弟弟，还没完成学业就跑出家门胡来一气，他感到非常烦恼。

头两个月，彼得·安德烈斯住在一个简陋的阁楼里，从那里能看见密密麻麻的红色屋顶。后来，他搬到纽伯德尔一对老夫妇的出租屋里。

圣诞节平安夜前一天，他从陆路回家，之前他曾给家里写过一封短信告知自己归家的消息。旅程要花费整整一天的时间，要穿过西兰岛和菲英岛，看到车厢里挤满了回家过节的欢乐人群，他不由想起以前期盼哥哥们回家的激动场景——房间里的灯都点亮了，晚餐要推迟到火车抵达，这样让相聚更添节日气氛。他还想着他旧日的朋友们可能已经得知他即将归家的消息，或许正在车站等着他呢。

到了日德兰半岛之后，车厢里渐渐空了，最后只剩他孤零零一个了。天色暗了，车厢里点起了灯，暴雨拍打着车窗玻璃。他听见火车驶过一座大桥，心跳也随之加快了。他熟悉那声音，还剩最后的五分钟。那是斯卡比克大桥。他冲到窗口，擦净玻璃……是的，那条河……那草地，还有斯卡比克山。这时轨道转弯，透过雨帘模糊可见镇上的灯光了。

大姐西格妮正在站台上等他。看到她，心中隐隐感到不自在。她站在那里，背有点儿驼，穿着一件非常过时的短外套，戴着一双黑手套，裙子边角上卷着，露出细瘦的脚踝，一双大脚穿着胶鞋。她这身打扮出现在众人面前，肯定会引得人们议论纷纷，彼得感到相当尴尬。另外，他满心期待他的双胞胎弟弟会来接他，所以看到只有西格妮一个人的时候，他不免心生疑惑，因为西格妮是兄弟姐妹中和他最不合的一个。

回家时，走在街上，他立刻明白了父亲对自己的归来并不是很开心，西格妮说，他们觉得他现在就探亲太过轻率。回家一趟要花很多钱，不管怎么说，他至少也该先征得父亲的应允。

还不等回到家，彼得·安德烈斯的心情就平静了下来。他进到客厅，看见父亲戴着绿眼罩，坐在常坐的那把老旧褪色的椅子上，他真后悔没有留在哥本哈根。父亲拍拍他的脸，显然对他的归来不太情愿。餐厅的门关着，彼得·安德烈斯听见擦洗地板的声音，他看见桌上的盘子里有几个三明治，于是就明白其他人已经吃过了。母亲就如往日一样躺在床上，她的欢迎既缺乏真心也毫无暖意，她亲了亲彼得的双颊，但彼得的心还是冰冷。

彼得·安德烈斯还太小，不懂在孩子众多的大家族中，大点儿的孩子最早获得了父母的疼爱，自己所经历的困境其实是很常见的。虽然父母对小点儿的孩子的疼爱并没有减少，但毕竟有了不同。对父母来说，孩子的每一次进步所激起的喜悦也减少了。睡觉时，彼得·安德烈斯独自躺在旧日的阁楼间里大笑了起来。他嘲笑自己，嘲笑自己多愁善感，长久以来对这个所谓的家如此思念。他发誓自己以后决不能再被这样的情绪所压倒。

圣诞节有各种宗教仪式，无论是一如既往的教堂礼拜，还是多得唱不完的赞美诗，他都觉得与自己无关。他数着时间，计算着离开这里回到哥本哈根自由自在的时间。和老朋友们的会面也令他失望。受到父母对彼得态度的影响，有些人甚至假装不认识他。因为父母和兄弟姐们提及他都极不情愿，镇上的人都以为他误入歧途了。另外，还有许多同学流露出一种虚荣，觉得自己毕业成为大学生很了不起。他很快把他们都约了出来，但谁也没有再回邀他。

很快，元旦一过，他就返回了哥本哈根。

第二章

据说,在当时,纽伯德尔地区最著名也最受尊敬的人,就是赫顿斯弗莱德加德街退休的老水手长奥鲁夫森。每天上午,圣保罗教堂的钟声敲响十一下时,人们就看见他高高瘦瘦的身影从一幢两层小楼破旧的大门走出来,他的住所就在楼上。他会在路边站一会儿,就和曾经当水手时一样,抬头观察云层情况,双眼从屋脊扫过一遍,就像在打量船上的索具。他穿着一件有点儿褪色但刷洗得非常整洁的大衣,扣眼儿上还别着一条宽宽的丹麦勋章绶带。白发苍苍的头上戴着顶灰色礼帽,牢握雨伞的左手还戴着一只皱巴巴的皮手套。

他把右手背在身后,沿着坎坷不平的石板路慢慢地、小心翼翼地走着。与此同时,妻子则出现在住所的窗前,目光注视着他直到他安全走过埃尔斯德加德街转角的那条深沟。她穿着件大花的睡衣,两只耳朵前面都夹着卷发纸,她自豪又满足地看着悉心照料的丈夫,就好像他完全是她所创作出的一件作品。

这会儿,水手长已经走过了纽伯德尔警卫室,警卫室承梁上挂着警钟。这时他把雨伞换到右手,以便有警卫向他敬礼时,他好用戴手套的那只手回礼。他很重视这些,也总是认真回礼。然后他拐向卡麦尔加德街,朝阿美琳堡皇宫广场走去,每天卫兵换岗时他都准时前往。他听了一会儿换岗仪式音乐,往回穿过康根斯加德街,然后从伯格加德街进了城。

这里,他就走出了名声远扬的街区,没有人知道他是水手长奥鲁夫森,曾获得过国王亲手颁发的丹麦勋章绶带,简而言之,他在这里就是一位寻常的步行者,人们推搡到他也不会受到责罚,他的腰腿似乎有什么问题,不由得拉慢了他的步速,他挪动着疼痛的双脚,步履蹒跚紧张地穿过急匆匆的人群。他从没到过比科布马格加德街更远的地方,对他来说,那条街就不再是真正的哥本哈根了,那里是如此偏远的郊区,他无法理解为什么会有人想在那里生活。在他看来,阿德尔洛格街和伯格加德街就是这个城市的动脉,再加上格罗尼—斯瓦尔特—列格涅加德街周围的街区、海关、霍尔门岛就组成了整个世界。归家途中,他总会在安托尼斯特雷德街遇见最后一个扫大街的人,有时会到希尔克加德街乔丹小姐图书馆为妻子换本书,然后就转身回家。

一般情况下,他还要花一两个小时才能回到赫顿斯弗莱德加德街,因为在每个街角,他都要习惯性地停下脚步观察经过的人流和车水马龙。最重要的是,尽管他已经八十岁了,视线总是模模糊糊的,但却很喜欢盯着那些女仆们看,尤其是她们那袒露的双臂。要是偶尔有谁从他身边近距离擦过,他还会小声咕哝几句甜言蜜语,然后扎着头边傻笑边急匆匆走开。

他也忍不住要到商店橱窗前面站一会儿,看看那里陈列的商品,把针织品商店的内衣啦,珠宝店的钻石啦,各种商品的价格都记下来。不过,他并不是想买这些东西。总之,这样的行为是被严格禁止的,因为他的妻子非常清楚他的弱点,知道他对年轻漂亮的女子缺乏自制力,因此从不准他带钱出门,但即使口袋空空,他也很高兴到商店去逛逛,各种各样的商品都摆在面前，问问其中最贵的那些商品的价钱，然后离开时还留下一句"下次来，我会通知你们"。

　　下午，水手长就待在家中的客厅里，也就是他们纽伯德尔人口中所谓的"沙龙"里，那是间类似船舱的房间，天花板很低，有一排小窗可以看到外面的街上。他头戴便帽，坐在其中一扇窗下，一连几个小时一直看着一群群不太温驯的乌鸦从公园飞来，或是落在街对面的屋顶上，或是绕着人行道上的垃圾桶呱呱厮闹，那些垃圾桶当时还放在寂静空旷的街道上各家各户的门前。他衰老昏花的双眼前不时笼上一层薄雾，头慢慢地点在胸口上，嘴巴也张开来。

　　"你又开始煮豌豆啦，小老头。"妻子是在说水手长发出的独特的鼾声，每当睡意战胜他时，他都会发出那种鼾声。妻子坐在下午常坐的火炉旁的位置上，边做编织活儿，同时边读着放在膝头的一本破破烂烂的小说，她用手肘翻页，以免打断编织的活计。窗口挂着一只鸟笼，一只金丝雀在栖木上跳来跳去。里屋的门开着，一位金发少女坐在那里缝衣服，那是他们的养女特莱茵。

　　奥鲁夫森夫人和他丈夫几乎一般身高，体格就像骑兵，嘴上还隐约长着一抹淡淡的灰色茸须。上午，她穿着睡衣，戴着纸发卷走来走去，一点儿也不动人。但到了下午，她裹紧胸衣，穿上美利奴细呢衣裙，再把半秃的头顶藏进装饰着彩带的便帽下，前面还垂下精心梳理的卷发，轻佻地衬着还没有完全衰老的脸颊，人们这才相信为何纽伯德尔人总称赞她昔日的美貌。

　　总之，她和水手长男才女貌，也是幸福的一对。如果说水手长并不能总是严格恪守结婚时所发下的誓言，但尽管如此，奥鲁夫森夫人却对他非常忠贞。年轻的时候，她魅力十足。如果流言值得相信的话，曾有这样的传闻，据说曾有这样一位亲王，他会趁着纽伯德尔地区少妇的丈夫长期在外远行之时追求她们。一天晚上，他在玛丽娜德街角向奥鲁夫森夫人表明了自己的身份，想向她求欢。奥鲁夫森夫人深深行了一个屈膝礼，垂着眼睛，默默的跟在他身后走进堤岸后面一条黑暗隔绝的街上。在这个人迹罕至的地方，出自心底里的善良，她动作敏捷地把那瘦小的贵族放倒在膝头，狠狠地揍了他一顿。这不是那位亲王第一次因冒犯纽伯德尔的妇人而挨揍，但绝对是被揍得最厉害的一次。

这对老夫妇多年来在市民中一直享有良好的声誉，他们家也一直是该地区各种精英人士喜爱的聚会场所。这里举办的社交活动在纽伯德尔许多家庭里都是找不到的。一般的教会假日，比如祈祷日和忏悔日，基督教家庭到处都能看到丰盛的食物和热乎乎的潘趣酒，除此之外，这家里也会庆祝一连串的家庭节日以及许多私人性质的周年纪念日。有金丝雀彼得被领养到这家的纪念日，水手长大脚趾多年前因为骨疡被切除的纪念日。其中最棒的要数奥鲁夫森夫人的理发日了，每年春天气候回暖的时候，她都会为主持活动的理发匠准备一顿盛大的巧克力午餐，活动随后开始。

参加这些聚会的总是相同的七八位旧友，四十多年来，每逢重要的家族活动，他们总一起庆祝。这些人有丘利潘加德街退休的木工头本茨，德尔芬加德街退休的舵手莫拉普，炮手长金森，克罗克迪伦街的铆工弗斯，还有他们的妻子。就连庆祝的过程在过去的几十年里都没有发生太大的变化。当宾客们齐聚里屋，水手长就会打开"沙龙"的大门，那里桌椅都已布置停当，他邀请朋友们入席就餐，就连提醒时讲的俏皮话都没变，他说"是时候给脸上塞点什么东西了"。大家都已就座，女主人就会端上蒸鹅或是火腿，每到这时，铆工弗斯就会往后翘起椅子，故作惊讶地说："呀，奥鲁夫森夫人，您又下了一个巨蛋啊！"而奥鲁夫森太太就说他是个老不正经，又吩咐客人们随意用餐。

每到这时，门常常会打开，进来一个满头卷发的年轻人，他的到来引得大家愉快地表示欢迎。大家都很喜欢他。老人们都亲切地起身伸出手，小特莱茵唰的一下羞红了脸，连忙到邻室去搬椅子，在桌边腾出一个新位置，又从厨房取来一个热乎乎的盘子。新来的客人是工学院的学生，姓希德纽斯，二十一岁，是奥鲁夫森家的房客，已经在水手长公寓楼下两间小屋里住了好几年了。

慢慢的，滤酒器和盛白兰地的酒碗都空了，席间气氛也越来越活跃。

只有特莱茵仍静默不语，因为她要负责照顾这些客人们。她斟满酒杯，递送面包，更换餐盘，修剪烛花，取盐罐，捡拾掉落的手帕，太太们不舒服或是打起嗝儿来，她还会递茶送水，这些动作都悄无声息，以至于她的存在都几乎不为人所觉察到。就好像是有个无形的幽灵在为这伙人服务似的。她虽然十九岁了，但看上去却还小，没有发育成熟，很容易被忽视。老人们都觉得她还是个小孩儿，一个瘦弱的小孩儿，事实上，她还有点迟钝。她是个可怜的孤儿，被水手长收养来，连出身都弄不清楚。她长得也不漂亮，即便是对年轻的希德纽斯来说，她也不过只是一个刷鞋和洗床单的隐形工具。

潘趣酒和撒着糖粉的苹果上桌后，大家唱起一支支歌颂友情和爱国的歌曲自娱。弗斯夫人漂亮的高音音色备受钦佩，但她的力度却更为引人注目。

歌声还在继续，特莱茵先确定了客人们都不再缺什么，然后就进了厨房。她从敞开的炉子里点了一根蜡烛，端着它走下这幢房子那就像某种船上梯子般又小又陡的楼梯，她为希德纽斯收拾了房间，好供他晚间休息。那是两间又暗又潮的小屋，摆设十分简陋，只有一张铺着油布的软椅和一张折叠桌，上面乱七八糟地摆着些书本、画图工具和印着铅笔印子的大卷纸。

特莱茵把蜡烛在桌上放好，然后打开窗户，手扶着窗框站着想了一会儿。她看见窗外浪漫的满月之光辉洒在小小的围着篱笆的花园里和园艺棚屋上。她突然战栗了一下，就像是被自己的所思吓住了，接着耐心地着手整理这乱糟糟的屋子。他拾起扔在椅子上的衣服，挂到卧室窗帘后面，把桌面上的书本重新码放整齐，那些小的绘图工具则放到盒子里各归原位。

尽管这位年轻的先生从没有劳心交待她这些东西的事，从没有仔细告诉她这些东西他希望或是要求放在哪儿，但爱的本能让这个淳朴的女孩儿了解了他的习惯，爱教会她如何猜测他的需要，教会她如何稳步穿越幻想的迷宫和杂乱的想象，走进这样一个年轻人独特而果断的内心。那时，他举起手指，做了个吓人的鬼脸，就一劳永逸地让她明白了，她应把侍奉他作为她一生的任务和特别的使命，这样上帝在审判日才不会责难她。

因此，正是出于响应这种崇高而神圣的号召的奉献精神，她走进了他小小的屋子,忙着整理他的物品。一种虔诚的心情充满了这间小小的卧室,她忙碌地为他铺好床,顺手把拖鞋鞋尖朝内放好,火柴放到离床最近的灯旁。最后,她拿起枕头放在两手间拍打好让羽毛松软些,接着她把枕头贴着心口放了一会儿,满脸崇敬地闭上眼睛。

与此同时,老人们在"沙龙"里越来越忘乎所以。铆工弗斯取来了吉它,不顾女士们的反对,唱起了不体面的船上歌谣《旧海滩边有个肥婆娘》。男人们高兴地大叫,希德纽斯也笑着。八十四岁的老木工头本茨发出一阵低沉的笑声,听起来就像是从瓶子里发出来的。女人们却都觉得受到了冒犯,起身走到里屋,那里咖啡、糖果、红醋栗酒已准备好了。

直到天快亮,聚会才开始散去。老夫老妻们重归于好,歪歪倒倒往家走去,他们这么高兴,在大街上深情地拥抱亲吻。

正是在这里,在这群饮尽杯中欢乐美酒直至沉渣的老人中,彼得·安德烈斯找到了第一个栖身之所,找到了通往梦想中的幸福国度路上的一个临时避难所。在这里,他的个性得到了最仁慈的理解,而以往在他的牧师家庭,他的那些性格都被视为是死亡或是魔鬼的行径。在初到哥本哈根的那些孤独年月里,他尤为感激这家人,以及这整个欢乐恬适的街坊环境,这里是隐匿在都市里的小小国度。后来,他的交际圈渐渐扩大,和这对老夫妇以及他们的小圈子的交往就变少了,但他们从没中断联系,这对老夫妇仍旧很喜欢他,照顾他,几乎把他当成自己家人那样对待。他不止一次空着肚子上床睡觉,而奥鲁夫森太太总会体谅地邀他来"试试"新做的奶酪,或是帮她新烤的火腿"给点儿意见"。尽管彼得千方百计隐瞒自己的贫困状况,但他们还是很快就察觉了这一点。

然而,奥鲁夫森夫妇并不能真正了解他。有时候,他很健谈活泼,但对自身情况或理想目标却甚少提及,要么就是玩笑般说起。当他们直言不讳地问起时,他就会说:"我在学习当个大臣。"虽然奥鲁夫森夫人总不知疲倦地问起他家里和家庭情况,但他总固执地缄口不语。他已下定决心当过去的一切都是死物,统统忘掉,任何仇恨和耻辱的回忆都不能困扰他现在的生活。他力图将自己的内心净化成一块空白的石板，上面只能刻上金光闪闪的幸运和成功的脚本。无论是桌子上还是墙上都没有关于他离开的那个家庭的相片，他不愿回想起那里，也不愿展示给别人看，直到他能挣得权力，要求给予自己公正评价。如果他突然死了，谁也不可能在他最隐私的地方找到一封留存的信件，或是其他任何指示能证明他是谁，来自何处。他甚至改了名字。他的签名不再写彼得·安德烈斯，而是简写作彼尔，他很遗憾自己不能采用另外的姓氏。

他和家里的关系渐渐只剩一些简短的信件往来，他在信里寄回每季度从父亲那里领到钱款的收据，那些钱完全不够，他学习所需的上课、书本、绘图和测量工具的支出是如此庞大。为了过活，他从十八岁起，就开始在一所男校教算术，同时还帮一位老师傅复制设计图。

有时，他感到很沮丧。他觉得自己因贫困而被人看不起，更重要的原因是因为自己在男校教书的工作，这事他从没提起过。另外，他对学习以及由此可能带来的前途的幻想破灭了。

四五年前要上工学院时，他几乎是怀着近乎神圣的憧憬。他曾梦想那是一座类似殿堂的地方，一座庄严的智慧工房，自由之人未来的幸福快乐就在思想的电闪雷鸣中得到锤炼。但取而代之的是，他看见一座令人讨厌的丑陋建筑，笼罩在古旧的主教庄园的阴影之中。房间里光线昏暗，弥漫着烟草和三明治的味道，一群年轻人弓着腰站在铺着纸的桌边，另一些人嘴里叼着长长的烟斗坐着，或是翻着笔记本，或是偷偷打着牌。

他期待着这里的老师应该是献身自然科学神圣真理的传道者，但他在讲堂里只看见一些干枯的老教师，跟刚离开的家乡的老师没什么区别。其中一位简直是个木乃伊，课上着上着就没了声音，不得不从药瓶里大灌一通，他讲授的还是汉斯·克里斯蒂安·奥斯特德①时代的东西。还有一位教工程学的桑德拉普教授，总是打着白领结，像极了神学者或牧师。他

---

① 汉斯·克里斯蒂安·奥斯特德（1777~1851）丹麦物理学家、化学家，是电流磁效应研究的先驱和铝元素的发现者。

在理论研究上享有一定的名望,但教学方法却十分迂腐,就连一些诸如斧子手推车之类最简单的工具,他也要写上长长的学术文章来阐述其用法。考试时,他也要求逐字描述。

无论如何,一个熟练的工程师都不再是童话中那令人自豪的游走世间的英雄人物了,彼尔意识到这一点已经有一段时间了,他曾欺骗自己相信,但工程师也只是个普通的官僚人士,一架小心翼翼的记录机器,一台束缚在制图桌边活着的制表机。另外,他绝大多数同学,尤其是被老师和学生公认为最有前途的那些,也都只梦想着谋到一个安全稳定的管理者职位,哪怕是当下属,只要担负一些职责,让他们当上一家之主,操持一幢带花园的小屋就行。忠心服务四十年之后,他们能拿着一小笔退休金引退,再得个勋章或是"法律顾问"的头衔。

但彼尔并不为这样的前途所动。他认为自己并不是为这样普通平淡的幸福所生的,王者的血液在他的血管里奔涌,自由与选择的大地上,人生的盛宴中,他要拥有自己的荣耀席位。

为了获得他所渴望的令人自豪的独立,他尝试了各种方法。在设法规律上课和参加研讨的同时,他也打一些令他感到屈辱的零工,以保证生活收入,另外,他还秘密地忙着拟定一项大的水利工程项目,那是从他到哥本哈根念书起就开始计划的一项海湾改造计划。其源起甚至可以往前追溯到童年时代,那时他常常听见人们谈起要加深改造航道重建港口,以重振海湾航运业,但计划最终还是未能实施,因为在镇子上下引起相当大的轰动,父亲对此也持蔑视态度。但即便是在那时,彼尔也在梦想着能完成这宏伟蓝图,将新活的海水将世界贸易的金潮引进镇子贫困的贩苹果的货船上去。拯救城市的梦想从未离开过,也见证了他为此而忍受的屈辱岁月。自打上次圣诞节探亲冷遇之后,这个想法给了他无穷的力量。每当孤独时,这个梦想就让他无法平息。就像信仰一般,他将实现这一梦想当作一生的使命和当下的目标。

自从他学会适应专业地图比例的运河纵断图后,三年间他一直埋首其间。一夜又一夜,他挤出睡眠时间来绘制河床平面图,记录水流速度,速写透水坝设施、堤岸斜坡、桥头堡和缆桩。他一年年地修改自己的计划，添加了一些新的东西，计划变得越来越宏大。受一些德国知名论文影响，他构思了一个新想法，要把经过挖深的河道扩展到镇子的另一头去，形成荷兰那样的运河或运河网系统。他正隐约计划的最终将是一个宏大的目标，他要用宽阔的运河网把日德兰半岛中部所有的大河、湖泊和海湾连接在一起，把耕地和日益兴盛的新兴城镇与半岛两边的大海连通。

但每当他想到这些宏图大志，沮丧总会来袭。让他无力的毛茸茸的地精特洛尔①自顾自安地坐在他的书桌前，轻蔑地嘲笑他的远大梦想："你是个疯子。"那怪物警告他，"就算你老得头发花白了，你的这些计划也没一个能实施的。在这个国家，年轻人就不该有什么雄心壮志，就该弯腰驼背在办公椅上坐着，一个工程师要想获得同胞的最高敬意和信赖，那他期望的最高职位就该是皇家委任的公路官员。难道你已忘了吗？——有一回在考试中，你说了一些从现代德国作者的著述中搜集来的新观点——那些并不是指定书目，你忘了你尊敬的桑德拉普教授是怎么像父亲那般语重心长地提醒你们的吗？——'年轻人，爱炫耀自己个性并不是成熟，要努力克服这毛病啊。'难道不是吗？这番话多么有启发性啊！多么有智慧，含义多么深刻啊！"

过了一会儿，他的思想就不会为这样尖刻的想法所困扰了，他还太年轻，想法也总是变来变去。一般说来，一次轻松的散步，瞥一眼妙龄少女，到奥鲁夫森夫妇家里吃一顿晚餐或是和几个朋友到咖啡馆打发一个晚上，就足以驱散聚集的阴云了。坏情绪来袭，女人就是转移注意力最好的方法。他现在已年过二十一，对异性的渴望已占据了他的想象，为他打开了全新的视野。

一天晚上，他和一个朋友夫了一家旧式的瑞士风情咖啡馆，那里是这个城市散落各方的艺术家和文学家最爱的聚集场所。他的朋友兴奋地在人

---

① 斯堪的纳维亚神话中居于洞穴或地下的丑陋怪物。

群中指着当下最被热议的艺术家和作家,而彼尔对这些却不甚感兴趣,他的注意力集中在柜台后站着的一个年轻女子身上,她身材修长,一头漂亮的红发还泛出金黄的色泽。

"那是红发丽思贝丝。"他的朋友解释道,"她可是给艾弗森的《维纳斯》和皮特森的《苏珊娜》当过模特。还不错吧?她,瞧她的皮肤多好!"

从那天开始,彼尔就成了这家咖啡馆的常客,尤其是在人不那么多的时候。他被这个年轻女子深深地迷住了,很显然这种感情是相互的,彼尔很快就与她建立起了亲密的关系。

这时,彼尔对自己的外貌感到相当自负。他体格强壮健实,额头很高,头发又黑又卷,几乎连到一起的眉毛下一对眼睛又大又蓝,丰满的嘴唇上方能看见刚刚长出的胡碴。多亏了奥鲁夫森夫人母亲般的照顾,他的皮肤又亮又嫩,双颊也还保留着从乡村带来的红晕。当他在人群中交际应酬时,脸上会露出不自觉的微笑,这种一直保持又不带含义的微笑常令那些不了解他的人误会,他们很容易把他当作一个对所有事物都感到喜悦融洽的小孩儿。总体而言,他还没有完全摆脱他的外省人习气。但当穿上最好的衣服,他也能仪表堂堂,显得颇有自信,举止也是那样优雅。虽然总是处于贫困之中,但他从不会忽视衣装打扮。无论何时在街上看到他,他总是打扮得干净利落。他已非常清楚,在某些人眼里,对于一个年轻人的前途来说,一件雪白的衬衫再加一件合身整洁的外衣,要比一直努力勤奋苦干重要得多。只要仪表保持得体,重要的事就什么也不会错。另一方面,在家里的时候,他对自己就比较马虎,穿着旧衣服反而感觉放松和舒适。

他现在频繁光顾的那家咖啡馆名叫"罐子",他在那里投入的时间和金钱已远远超出精力和财力许可。经常光顾那里的是一群被称作"独立派"的放浪不羁的人士,其中有年轻人,也有几个年纪稍大的人,这些人都心地纯洁,也确实颇有才华,但却都以某种方式停止了成长,要么就是无法真正成熟,要么就是未老先衰。晚上,极具争议性的海景画家弗雷乔夫·金森会坐在这里,他长着一副维京人的宽肩膀,穿着水手夹克,黑色头发和胡须卷得像波浪。他待人亲切,作为画家极富想象力,端着一大杯冒着泡沫的啤酒,看起来确实是个魅力十足,讨人喜欢的哥们儿。但他又性格柔弱,让人无法放心,像个青春期的少年。每天上午,病恹恹的诗人艾尼瓦德森就坐在那里,他孤身一人,看上去满腹心事,要么在擦拭他的长腿眼镜,要么是在轻轻摩挲自己的手,要么就是陶醉在雪茄的喜悦中迷失了自我。他就那样坐了一年又一年,打各种零工为生,又从中雕凿出光彩闪耀的诗句,这些短小的诗歌杰作为丹麦诗坛开创了一股全新的风潮。还有年轻的自然主义肖像画家乔恩·哈雷格,一张脸恶狠狠的,他是个煽动家,无政府主义者,想要推翻社会,改革艺术,废除学院,把所有的教授都吊死,但现在还是靠老老实实给一个摄影师当修片师为生。还有那总是愤愤不平的老利巴勒,他是一名记者兼喜剧作家,个头矮小,长着副罗圈腿,戴着假发,一只眼睛炯炯有神,另一只却黯然无光,又黄又长的山羊胡垂在总是脏兮兮的衬衫前面。他这副样子自然是全城幽默小报漫画家的好素材。他嘴角叼着根雪茄蒂,有时一只手有时两只手插在背后腰带里,故意醉醺醺的在桌子之间穿来穿去,这里挤挤,那里停停,即使是根本不认识的人聊天,他也要插进去瞎扯一通。他也梦想改革世界,但他信奉古典主义,提倡用苏格拉底的思想,他立场明确,思维清醒。在他醉得思维不清时,就会捶打自己的胸脯,称自己是"最后的希腊人"。

尽管彼尔比他们年纪小很多,而且他自己也不想和这群艺术家建立友谊,但他还是以参与他们的圈子为荣。原因如弗雷乔夫·金森所说,部分是因为他那"画一般的红脸颊",但真正原因其实是因为他和丽思贝丝的关系,因为丽思贝丝是他们最喜爱的宠儿。有些人还把自己名声一半的功劳归功于丽思贝丝那丝绸般的秀发和柔滑的肌肤。而作为回报,他们对她也抱以特别关注,对她当前青睐的仰慕者也特别对待,即便那人完全不属于艺术家圈子也是如此。

但彼尔在这个圈子里却仍觉得格格不入,这倒并不仅仅是因为他太谦虚,很少参与他们的谈话。但他对绘画和诗歌的感觉都很贫乏,他的想象力在学习中就已得到了足够的滋养。他全身心地沉醉于未来的伟大事业,以至于没有热情再留给艺术。

然而，作为一个观众来说，他却并不冷漠。他虽沉默寡言，但也会被这些怪人逗乐。他们会因为一次调色而勃然大怒，也会因为一首四行押韵小诗而喜不自禁，就好像人类的幸福都取决于他们的概念正确与否一样。他乐于看到这一幕幕场景，就像在观看一出舞台喜剧一样，当他看到丽思贝丝也为这疯狂场景如痴如醉时，忍不住暗自发笑。丽思贝丝看到自己的形象对艺术如此重要，感到非常自豪，她很高兴他们将她的生命当作赞颂美的灵感源泉。

在经常光顾"罐子"的顾客中，有个人似乎对彼尔特别感兴趣，他并不属于艺术家圈子，一般来说，他好像在那里也并不太受欢迎。这一定是那个年轻的犹太人伊万·萨洛蒙，城里最有钱的富商的儿子，他个头虽小，身手却很敏捷，就像一只棕眼睛的小松鼠，总是微微笑着，礼貌又快乐地穿行在这些著名的艺术家之间。他最大的梦想就是有朝一日能发现一个天才，然后支持他。他总在寻找那些还未被发觉未受赏识却富有天赋的人，然后成为他们的赞助人。任何一点儿外表上的特别之处，一双深陷的眼睛啦，结实的额头啦，甚至是未修剪的头发啦，他都会立即当作拥有独特天分的标志，关于他在这方面所遭受的失望经历，流传着许多可笑的故事。

他现在把希望寄托在彼尔身上，但彼尔却对他的注意感到相当苦恼。彼尔甚至很抗拒他的恭维话。萨洛蒙先生明显是在暗指彼尔迅速地就取得了丽思贝丝的欢心，讨好般的宣称彼尔注定要成为阿拉丁，说上帝在这个迷人的小子那恺撒大帝般的眉头上写着："我来了，我看见了，我战胜了！"彼尔感到很不舒服，但同时，这些话语也确实令他非常激动，他内心深处隐藏的本性也为之震颤。唯一令他心痛，感到羞耻的就是他第一次听到这样的预言，但却是从一个矮小的犹太人愚蠢的嘴巴里说出的。

一天晚上，彼尔在午夜时分来到"罐子"，发现自己正赶上一场痛饮狂欢。原来是大个子弗雷乔夫·金森——大家都叫他弗雷乔夫——正得意忘形，他刚把四幅两英尺长的油画中的那幅《北海飓风》卖给了一个黄油商。在通过走廊与咖啡馆其他部分隔开的屋子中央，许多小桌子排成一列，二十位客人正围坐在两个盛满香槟和潘趣酒装饰着花环的酒罐周围。

四周香烟烟雾缭绕，弗雷乔夫像奥林匹亚山上的神一样坐在桌子的当头。他大大的私人酒杯"深渊"立在面前，快睁不开的双眼和含混的声音说明他已喝得烂醉。他已经兴奋地跑了一整天了，身边陪着几个妓女在牡蛎店和酒馆从夜里喝到白天，还跑到森林里，把路上碰到的朋友和朋友的朋友都拉了过来。

在那些发表演说的人中，有一个面色苍白长得很像墨菲斯托①的年轻人，他猛的跳上椅子，大声吆喝着为一位没出席的朋友那桑博士举杯，彼尔在"罐子"常常听见人们激情澎湃的提起那桑博士这个名字。他是位文学评论家，也是位广受欢迎的哲学家，还被某些年轻学者当作精神领袖，他因为不满本土现状而移居到了柏林。彼尔对那桑博士的其他情况都知之甚少，虽然手边的每份报纸和幽默小报都会提到他，在报纸上他总被称作撒旦博士。他是犹太人，所以彼尔也就不想再了解他更多的事情。彼尔不喜欢这个外国民族，对文人也没有什么偏爱。这位博士甚至还在大学授课，在彼尔看来，这些学校都已被这些满脑子神学观点的庸俗学者所污染，是民族思想的祸根。

发表演说的这位面色苍白的年轻人是位诗人，名叫保尔·伯格，他站在椅子上，使劲地挥舞着双手。由于受到酒友们的欢呼鼓劲儿，他先是称那桑博士是他的"英雄"，接着甚至称他是"神"。他喝光了酒，用手捏碎了酒杯以纪念那桑博士，鲜血在手指上到处流淌。彼尔张大了嘴呆坐着。他觉得自己是不是正置身于疯人院中。

夜越来越深，但仍然有新的客人加入队伍，为了容纳新来的人，又搬来了两张小桌。考虑到实际情况，新搬来的桌子并没有排成一列，而是放在两边，这样整个队伍就形成了一个十字。

突然传来一声吼叫，势如霹雳一般。原来是弗雷乔夫在吼："我们才

---

① 指歌德诗剧《浮士德》中的魔鬼。

不要坐在这加利利①受诅咒的标志旁！我讨厌虔诚的那一套！我们把桌子摆成马蹄形。我们要和魔鬼交易，向魔鬼的鞋子致敬。来搬动吧，朋友们！"

大家照他的要求搬动了桌子，骚动一阵之后又坐了下来，弗雷乔夫端起斟满的酒杯说道："欢迎你，路西法②，神圣的反叛者！你是自由与幸福的卫士！年轻魔王的守护神。你赐给我这么多黄油商，我要用牡蛎壳和空香槟瓶为你造一座神坛……嘿，老板！……格里波米纽斯！再给这边上点儿酒！嘿，有人在听我说的话吗？"

咖啡馆老板是个小个子的瑞士人，他穿着短夹克，突然从门口走了进来。咖啡馆大门已经关了有一段时间了，灯也都熄了。他耸耸肩，打着手势，请求原谅说今晚不能再上酒了。时间已经过了夜里两点了，街上的巡夜人已经敲着窗户友善地提醒过他一次了。

"时间！时间！"弗雷乔夫吼叫着，"我们是神，格里波米纽斯！时间是裁缝和鞋匠才要考虑的东西！"

"说得对。"小个子老板歪着脑袋，双手交叠在胸前答道，"不幸的是，咖啡馆老板也要考虑时间问题。"等大家对自己的玩笑心领神会之后，他又微笑着表示自己明天也很乐意继续招待这群绅士们，如果愿意，他们可以早点过来，"我们七点钟就开门。"

可弗雷乔夫又倒回椅子上，手在裤子口袋里面摸索着。"我们要酒！"他一边吼，一边掏出一把叮当作响的硬币扔得到处都是，"这是黄油！你还要吗？干杯，朋友！别管那些烂摊子了！我们又不是俗人。"

但这种夸张的举止对他的同伴来说太过于像奥林匹亚众神了。他们突然清醒过来，忙着去捡地板上滚得到处都是的硬币，而弗雷乔夫还在继续喊着："酒，我们要酒，要女人！酒，我说要酒！"

酒宴渐渐散了，店主恭敬地把每个客人拉到一边，用和善的语气跟

---

① 耶稣死后在加利利向门徒显现。

② 路西法即魔鬼。

每一个人说要他们离开咖啡馆，"因为警察要来了"，他让他们从后门离开。只有弗雷乔夫不肯照做，继续叫着。

最后，只剩彼尔和他两个人留在那里，但彼尔也想走了，弗雷乔夫抓着他的胳膊，眼泪汪汪的又是要挟又是祈求，想让他留下来。

彼尔最终还是被说服了。他觉得让情绪如此疯狂的画家一个人留下的话，就太不负责任了。弗雷乔夫保证会老老实实待着，格里波米纽斯摇着头端上咖啡和干邑白兰地，然后慢吞吞地走了。

弗雷乔夫两肘稳稳架在桌面，手掌撑着满是胡须的脸。他突然间静了下来，半睁着眼睛盯着下面。

彼尔坐在桌子另一头，又点起一根雪茄。他们头顶上方只点着一盏昏昏沉沉的煤气灯。这大房间的剩余部分在缭绕的灰尘和香烟烟雾形成的灰色纱雾的掩映下隐隐约约。围绕着他们的空桌椅还和客人刚离开时一样乱七八糟的，桌面凌乱，散落着一堆堆烟灰、香槟酒瓶软木塞和打碎的玻璃杯。但现在四周静了下来，在刚刚的喧闹之后现在静得出奇，以致每一丝响动都会在房间的各个角落引起隐隐的回声。

弗雷乔夫一声不响的坐着，最后，彼尔以为他已经睡着了。他用自己的杯子撞了撞弗雷乔夫的："干杯。"弗雷乔夫没有回应，反而悲伤地说起了死。他那双模糊不清的眼睛飘忽不定地看着彼尔，问他有没有想过这个世界，有没有想过那边——坟墓的那头会有什么，想到这些会不会不舒服。

彼尔还从没有想过这件事，他考虑的是现在的生活，而从没考虑过来世的事。起初，他以为弗雷乔夫是在开玩笑。正要大笑时，弗雷乔夫抓住他的胳膊，半是担忧半是命令的语气说道："别笑，年轻人！我们都不用发假誓！像你这么年轻的人，很容易忽视这个问题。但是等你长出第一绺白发，当你想到自己精心保养的身体有一天会成为成千上万饥饿蛆虫的欢宴场，你会感到一种古怪的心痛。只要心脏周围有一点多余的脂肪，你就完了！脑袋下面枕个锯末枕头，棺材盖上钉上八颗钉子——瞧，蛆虫欢宴场准备好了！我们都不用发假誓，我说过，星星那边的东西，说不定比我们现在的希伯来预言家梦想的更多。就算如此，那又怎样？总有一天，所有人还不是都要接受审判？我们想象着自己会变得更聪明。是的，确实如此！但会更快乐吗？干杯！"

彼尔瞪大了眼，他盯着这个满脸胡子的野熊，这位司掌人生快乐和美的高级牧师，突然变成了彼尔父母的灵魂盟友，他就像一个来自下面世界的魂灵，在阴暗世界里漫游，他的思想绕着坟墓和那边的世界打转，害怕光明的力量，但就在刚才，他还在疯狂地召唤光明。

彼尔已经不是第一次看见如此意外的景象了——"独立派"在他面前展露内心感情，流露出阴暗的一面，难以压制的过去自我的残余，一不留神，这些东西就会跟日常自我捣乱。他还看过那个"最后的希腊人"利巴勒，当他清醒时，会一反常态的苦苦挣扎忍受负疚感。就连丽思贝丝每当腰疼或是担心怀孕时，也会从抽屉中取出坚信礼祈祷书。

慢慢的，彼尔也开始明白是什么剥夺了人类的力量，把世界变成一个残病人的收容院。有些人酗酒以求安慰；另一些用幼稚的自吹自擂和疯狂的行径来掩埋"灵魂的声音"；还有的则麻醉自己，把自己躲避在暴风雨中的蜗牛壳中；再有的人则迷失在空想中，妄图将来建立起一个无政府的大同世界。总的说来，所有的人无不属于这些类型，都在与幽灵做着斗争，而生活则红着脸颊，微微笑着邀请他们去庆祝。童年时代起，他就把这一切都看清了。

突然，他感到一阵眩晕，他觉得自己会是一个例外，会与众不同。当这个年代最自由不羁的灵魂仍深陷桎梏之时，他却像孩子一样，因为绝好机会，挣破了枷锁。伊万·萨洛蒙曾说彼尔拥有阿拉丁的好运，上帝也在他的眉头刻下神谕，这话听着既新鲜又含义深广。他只要毫不犹豫地去渴望，去追求，人生所有的荣耀都将属于他！

那么，就去征服吧，他是王之子！他头上已戴上统治者的王冠。已经有人看到了那微光，还念出了上面的铭文："我来了，我看见了，我战胜了！"

 第三章

一天,彼尔经过良久的考虑,把图纸卷和计算副本都收拢起来,到桑德拉普教授的私人住宅找到他,请他对自己的运河海湾改造项目提提意见。教授扫了一眼计划图,默默的把眼镜架在长鼻子上,还不满地咕哝了几句。凭借着多年教学练就的吹毛求疵的能力,老教师立即就能挑出作品的薄弱环节,桑德拉普教授马上就指出了彼尔计算水流速度时的一个错误。

彼尔无法否认错误的存在,也不可能无视它对整个计划带来的影响。他脸色变得通红,并没有为自己辩解。教授摘下眼镜,先是肯定了彼尔对这项设计的兴趣和他的勤勉,又恳切地建议他不要再在这种无用的设计上投入更多时间,应该对规定的考试科目进行实际又有计划的学习。

彼尔回到家,又把图纸在面前摊开,彻底研究了一遍,这也没有什么帮助,错误无法忽视。这个错误在计算的最开始就出现了,就算要调整,

也正如教授所正确指出的那样，设计中河流最低处的平均水位比海平面要低。换句话说，也就是整个计划都建立在错误的基础上，不可能实现。

他又一次惭愧得满脸通红。他整个为之自豪的王国都崩塌成了废墟。他手支着头，弓身一动不动地在桌边坐了一个多小时。

突然间，他站起身把草图、计算和估算全部乱七八糟塞进抽屉，接着点了根雪茄，大踏步走到街上，在台球室待了一个下午。他挽起衣袖四处走来走去，大声叫着同每一个邀请的人对决。而且，他击球击得异常的准，赢了一局又一局。看见他的人谁也无法想象，就在同一天，他曾遭遇过如此耻辱的一刻。

稍晚时候，一个熟人走了进来，以半价出售一张晚上到艺术家和学生狂欢节的门票。彼尔立即买了下来。

第二天晚上雪花纷飞，彼尔竖着衣领，等在弗鲁布拉兹一个黑暗寂静的街角。目力所及，一个人影也没有。白雪覆盖了教堂周围的路面，上面一个脚印也没有。门口的摩西和大卫雕像看上去就像是霍尔伯格[①]笔下戴着白色假发套，穿黑袍的律师。

彼尔在等一位女士，一位昨天他在狂欢节遇到的年轻夫人，他们跳了大半个晚上的舞。他对她的到来并没有抱太大希望。这是彼尔和一位真正的女士之间的第一次爱情历险，并且她没有对彼尔许下任何诺言，事实上，她几乎是用一个玩笑就回绝了他大胆的请求。

钟楼很久之前就敲过了九点，彼尔考虑着是不是该回家了，正在这时，有人在他身后清了清嗓子。原来是一位信使，他问了彼尔的名字之后交给他一封信。彼尔移步走到最近的路灯下，张开鼻孔嗅了嗅信笺所散发的紫罗兰香味，他念道："显然，我没有来赴约。不过我会尽力帮你弄到制造商芬斯马克下周日晚会的请柬。我猜那里男伴短缺。"信上没有署名，但留了附言："我可真生你的气了。希望你为自己感到羞愧。"

---

① 路德维希·霍尔伯格（1684~754）丹麦作家、戏剧家。

彼尔把那信胡乱塞进口袋，心满意足地笑了。他想起了丽思贝丝，现在，他终于可以摆脱她了。他早就对这些实际和妓女差不多的姑娘心生厌恶了，她们肤浅粗俗，喜怒无常，卧房里到处都是虱子，污秽不堪。现在，他马上就要开始一段更加丰富多彩的爱情生活了。他用想象铺开了激动人心的未来，那里有激情的探险，危险的私会，秘密的兜风，在桌子下捏手，扇子后偷偷亲吻，可怕的招供。

他从史考伯加德街转到威迈尔斯卡福特街，美好的幻想突然被一阵粗俗的嗓门打断。人行道上一个身穿黑色貂皮大衣的小个子举着一把大大的雨伞直朝他走来。虽然被雨伞遮住了整个上半身，但从那迅速的步伐中，彼尔开始立刻认出了那人。是萨洛蒙。

彼尔快速走过水沟穿过街道，想避开那人，但已经迟了。"希德纽斯先生！这不是希德纽斯先生吗？"高声的招呼声把彼尔钉在原位。

"如果您是要去'罐子'的话，"萨洛蒙说道，"我劝您别去了。我刚从那里过来。今天晚上，那边可是无聊得难以忍受。那边只有艾尼瓦德森，我们的大诗人失魂落魄地坐着擦自己的眼镜呢。他显然是碰到了大问题了，不知该在哪里打逗号啊。我们换个别的地方吧，您今晚能赏脸和我吃晚饭吗？您没事吧？"

彼尔投降了，他想不出任何不会被萨洛蒙立刻推翻的拒绝理由。另外，他也不是太想回家，不想因为书桌抽屉里的东西而心情糟透，他会睡不着觉的。既然这个人想要他作陪，那这回为什么不去呢？

片刻之后，他们就到了一家新建的酒店，餐厅里格调优雅，他们在红天鹅绒的沙发上坐下，这里深受爱好交游的贵族和官员的青睐。餐厅地上铺着布鲁塞尔的地毯，墙壁上装饰着大幅的镜子。侍者们穿着礼服，悄无声息地四处服务。顾客中有一些女性，正柔声软语地交谈着。

一开始，彼尔觉得很不安。他还不太适应出入这样的名流交际圈，而且和萨洛蒙在一起也让他特别尴尬。后者大声吵嚷，举止放纵，引来许多恶意的目光。

有个独自坐着的客人从报纸中抬头愤怒地看着他们，彼尔并没有注意到。那人大约四十岁上下，个头很高，却又十分清瘦，看上去懒懒散散的样子。他头顶几乎秃了，憔悴的脸上长着金色的长胡须，还架着一副金色的夹鼻眼镜。他用挑剔的目光打量着伊万·萨洛蒙，但一看到彼尔，他灰白的面颊立刻变得通红，他大半个上身躲在报纸后面，这样除了交叉的长腿，他的整个身子都看不见了。

"您想吃点什么呢？来点牡蛎？"萨洛蒙一边问，一边扯下深褐色的手套卡在马甲最下面的两颗扣子之间。

"今晚有新鲜的海鲜吗？"他问侍者，侍者漫不经心的微微一鞠躬。

彼尔虽不想承认自己对这里高雅的菜肴特别在意，但话说回来，他也不想错失好好吃一顿晚餐的机会。在这严寒的天气里等了那么久，他早就饿了。想大嚼一通，肉、奶酪、鸡蛋，要很多鸡蛋才行。

"牡蛎不错的。"他说道，"但我得说实话，我饿得跟头狼似的。"

"好极了，太棒了！"萨洛蒙高兴地拍起手来，引得所有宾客，包括那些女士们也极其厌烦地扭过头来看他们，那位独自坐着的绅士也透过眼镜从报纸边缘打量了一会儿。

萨洛蒙继续问侍者："让我听听你们今晚还准备了别的什么东西。"

侍者快速地报出一系列别的菜肴。

"给我们都来一份，每样都要！"萨洛蒙胳膊从桌子上挥过，声音中难以掩饰的高兴，他大喊道，"都端上来吧！一顿珍馐晚膳！要快哦，小伙计！我们饿得像狼。"

彼尔看出就连侍者都露出了居高临下的表情，他知道除了接受萨洛蒙的语气，自己没有办法能摆脱这样的窘状了。他从桌上的器皿中拿出一根牙签，往后仰在沙发角落里，挑衅地扫视着屋子四周。

海鲜盛在冰床上端了上来，还有一瓶冰镇香槟。随后是野禽、芦笋、煎蛋卷、奶酪、芹菜、水果。彼尔尽情地大吃。他思忖着自己可能再也没机会来这里，所以应该好好利用这次机会。这还是他有生以来第一次受到这种尊贵款待。

萨洛蒙只尝了第一道菜，接着就没完没了地说了起来。他聊起了自己最爱的话题——文艺复兴。"人类的黄金时代，"他说道，"诗人、艺术家、发明家，所有伟大的天才都像王公贵族一样，国王们尊敬他们，王后们热爱他们。而我们今天的天才们却在昏暗的阁楼间忍饥挨饿，难以迈进上流社会圈子。因此，他们的作品也就经常缺少伟大的特质，缺少难以抵挡横扫一切的力量。我曾在艾尼瓦德森面前说过，上帝都知道我有多看重他的才华。我认为他的'创作'抒情诗是杰作。不管怎样，这难道不是事实吗？精巧的作品，迷人的想象，但却只是漂亮的雕像，而非不朽的纪念碑。三天时间，他一直在思考一个形容词。他缺少那伟大的经验，这才是关键。啊，要是他们富有……富有……富有的话就好了！"

他仰面靠在沙发上，双手枕在脖子后，一条腿盘坐在身下，露出一小截红色的丝绸袜子。

"我觉得你就很富有呢。"彼尔冷淡地谈论道，只是想说点儿什么。

"啊，富有！……不，富有的人应该是两手舀着黄金，往身边四处撒！天才们应该像王公贵族一样受到全国尊敬，周围都是赞颂的话语，每天都去打猎，参加假面舞会，拥有数不清的情妇！想想鲁本斯！想想歌德，想想伏尔泰！"

他伸手够到桌子那边，将酒斟满彼尔的杯子。然后试图逗引他的客人谈谈自己的事，以及他的计划。他和彼尔有一个共同的熟人，那人也是工学院的学生，他曾告诉萨洛蒙说这个年轻人平时除了学习，还在从事某项发明。萨洛蒙困扰的是他还没能让彼尔谈谈这件事，因此也就无法提供资助。

但彼尔现在比任何时候都更不想提及这个秘密。他假装自己什么都不懂。吃完饭，他点起一根雪茄，往后靠在沙发上，也不再在意对方的言辞。在酒的作用下，他兴奋地想起了恩格尔哈特夫人，是他在狂欢节上认识的一位夫人。与此同时，他注视着香烟的烟雾，那烟雾盘旋着变成高高飘浮在上的花朵，变成在阁子外翻涌的幕帘，恩格尔哈特太太成熟的身躯从背后若隐若现，尽显可爱姿态。他这才第一次意识到自己爱得有多深。毋庸置疑，如果他足够诚实的话，他可能会承认自己此前对恩格尔哈特夫人的感情与平时为取乐所追求的那些漂亮丰腴的女人的感情并没有太大区别。唯一让他暂停行动的原因是恩格尔哈特夫人的年纪。她不算年轻了，但也没过三十岁。可就算过了三十岁又怎样，她那深棕色的眼眸大得就像两颗熟透的栗子，她那迷人的科伦宾娜①服饰下大胆的举止，她耸起的肩膀，她小小的翘鼻子上鼻孔翕动，这一切都彰显出年轻的活力与激情，这足以抵消年龄问题。

他的视线落在戴金色眼镜的那位绅士身上，那人终于把报纸丢在了一边，这时正招来侍者付账。两人目光交汇了，于是都稍微欠了欠身，礼貌性地打了个招呼。

"天啊，那是尼尔高！"萨洛蒙一声惊呼，"你认识他吗？"

"并不算认识……不过是昨天在狂欢节偶然撞见他。"

"什么？你去了狂欢节？……我没见着你啊。"

"那里可真是人山人海，挤坏了。你也去了？"

"是啊，我去了。我戴的是哈姆雷特的面具！你没看见我？"

彼尔记得很清楚在人群中曾见过一个穿黑色服装的小个子骑士，他身边女士穿得就像是白雪皇后，引得其余太太们议论纷纷，部分原因是因为她的衣裙胸颈开领都很低，部分是因为她雪白的头纱上缀满了钻石，就像闪耀着彩虹光芒的霜晶。

"你当时和一位女士在一起？"彼尔问。

"是的，和我妹妹一起。"

"啊……"

与此同时，那位戴金眼镜的绅士站起身，正在侍者的协助下穿上外套。彼尔满眼羡慕地看着他那得体又雅致的服饰，以及他让侍者为他拿来帽子和手杖时的淡然态度，然后，他只稍稍动了动手，要求侍者为他点上香烟。

头天晚上，彼尔和恩格尔哈特夫人第一次跳完舞，他就出现在他们身边并介绍了自己。之后，他就一直在远处观察着他们，彼尔暗想此人肯定

---

① 意大利歌剧中的一位女主人公。

是自己的情敌。

尼尔高先生从他们桌边走出餐厅,萨洛蒙和善地挥手招呼:"晚上好,尼尔高……晚上好啊!你好吗?"

尼尔高先生眉头一抬,似是大吃了一惊。然后他就宽容地笑了,甚至连烟都没从嘴里拿出来,只是点点头算作回应,但与此相比,他向彼尔招呼的方式却极尽夸张,使得彼尔不得不再次起身鞠躬。

他走了之后,彼尔问:"他到底是个什么样的人啊?"

萨洛蒙耸耸肩:"不知道该说什么……我其实也不太了解他。只不过有时在一些社交场合遇见他。以前他可是位著名人物。他学法律出身,名气很大,人际关系也处得很好……换言之,在我们这个小圈子里,他有的是机会大干一番。曾经也有传言说要任命他去外交部供职……去驻伦敦的使馆吧,我记得。就连威尔士亲王也对他很有兴趣。不过我不知道是什么让这一任命没能成功。总而言之,是他自己不肯接受任命。他真是个怪人。现在他在政府部门担任一个极不起眼的职位。"

接到恩格尔哈特夫人之前承诺帮他弄到的舞会邀请之后,彼尔就忙着提高自己衣柜里服装的档次,这样在哥本哈根社交圈其他绅士眼里看来,他的外表就不会显得那么寒酸了。很明显,他需要借些钱。

他经由一位咖啡馆旧识的介绍,认识了一个曾经是农民的老头,这个老头通过以六分利息向年轻人放债来增加自己的资本,借贷人须得以人寿保险单、书籍、家具、受洗证明和预防接种证书作保。他还要求举行一个口头保证仪式,借贷人必须当着证人的面,一只手放在《圣经》上起誓。

奥鲁夫森夫人瞪大眼睛看着这些几乎每天都从城里大商店里送进这所房子的新物品。她和丈夫经常讨论发生了什么事。彼尔一言不发。事实上,彼尔在家时总深居简出,况且他在家的时候也非常少。唯一能弄清情况的就是沉默的特莱茵了。凭着爱情洞悉一切的本能,这个单纯的女孩儿在自己所能理解的范围内,迅速地明白了正在上演的一切。她比往常更容易悲伤,难过时就躲进厕所独自流泪哭泣。

她对他的小房间也投入了更大的关心,热心的照料属于他的每一件物品,尤其是看到她以为是为结婚准备的衣橱里添置了新东西的时候,就像这事关系到她自身的幸福一样。她在那些细麻布衣服、手帕和丝绸袜子上绣上标签,给衣柜最底部未上锁的抽屉里铺上干净垫纸,把衣服都放在里面。舞会之夜到来,也是她为彼尔打好白领结,扣好手套,告诉他新衣服非常合身,理过的头发看上去也相称。到了八点三十分,定好的出租马车却还没来,也是她抱怨着迟到的蠢货,然后不顾正下着雨夹雪,没戴帽子也没披披肩就跑到黑暗的阿德尔加德街上,另叫了一辆车来。

等彼尔走进宴会厅的时候,舞会已经开始了。十二对舞伴跳着华尔兹优雅地旋过大厅,还有同等数目的人在墙边或站或坐。他在人群中迅速地发现了恩格尔哈特夫人,她穿着火红的丝绸衣裙,摇着一把大大的羽毛边的扇子。一位头顶秃得发亮的绅士坐在她旁边,晃着放在膝头的高顶礼帽——是尼尔高。

看到此人给彼尔的心绪涂上了一层灰色,尤其是他嫉妒地想到此人的出现也是因为受到恩格尔哈特夫人的喜欢。一开始的一刻钟,他没有跳舞,而是待在邻室看一些长者玩牌。第一支华尔兹舞曲快结束时,他才到他年轻的夫人面前僵硬地鞠了一躬,对她身边的人则看也没看上一眼。看到是他,恩格尔哈特夫人显出一副不情愿的样子,但终于还是拢拢裙裾站起来,露出一个母亲般的微笑,把丰满的身子靠着他的胳膊。

"你真是个不知感恩的人啊。"他们绕着房间跳了几圈之后,恩格尔哈特夫人用她的哥本哈根腔说。还没等彼尔回应一个字,她又说:"我为你弄到请柬,你一次都没谢我啊。弄到请柬可不简单啊,我可告诉你。"

"我深受触动,恩格尔哈特夫人。"

"太打官腔了吧!碰上什么烦恼事了吗?"

"是的,有点儿。"

"出什么事了,如果你信得过我这个女伴的话。"

"尼尔高怎么也在这儿?我受不了他。你如果能不和他跳舞的话,那就是帮我大忙了。"

"我不得不说，这个要求也太蛮横了。"她笑着，却把身体又靠在彼尔的胳膊上。彼尔也笑了。她秘密表达的信赖信号，她秀发的芳香，还有她靠在他胸膛的半露酥胸，这些都让彼尔激动无比。他们连着跳了四轮，等彼尔把她送回座位时，尼尔高已经不见了。稍晚时刻，彼尔看见他在房间另一头，正向一位背上垂着长长的黄色发辫的少女大献殷勤。

这时，舞会还在慢慢进行之中，但除了时不时被准许进入房间看上一看的仆人之外，大家对跳舞都没有太大的兴趣了。只有邻室男人们看到新上了茶点时，气氛才变得活跃一些。这场舞会有点混杂，人们的言辞也相当随便。就和一般没有成年儿子的上等家庭的情况一样，男舞伴都是通过熟人或熟人的朋友介绍而来，除了名录上有个地址之外，并没有其他保证。宾客们觉得对主人没有任何义务，举止也就随便了起来，他们打着呵欠，挑剔着，提出各种要求，就像置身公共场所一样。

舞会的主人是个头发花白的小个子，他甚至连这些客人的名字都不知道，只好在屋子里焦心憧憧地走来走去，觉得比所有人都更格格不入。他挂着勉强的社交场合的微笑，认真履行着妻女交给他的任务，让舞伴们跳起来。只要看到有男士在画室墙壁上挂着的画作前空闲无事，或是在茶点旁逗留过久，他就会走到他们旁边和他们交谈。一开始先是相当无关的谈些对艺术、剧院或滑雪的看法，但结局总是客人们在他的督促下回到舞蹈大厅，在那里他们被介绍给家里这个或那个老朋友，他们的舞伴卡上可是还有很多空白栏。

恩格尔哈特夫人答应彼尔一起跳四对舞，但茶点时间结束，舞会再次开始的时候，他找遍舞厅和邻近房间也遍寻不着她。最后，他在客厅对面一间又小又暗的六角塔楼间里找到她。她独身一人坐在角落的沙发上，只有走进去才能看见。

她跟他打招呼，温柔的声音中带着种疲倦的悲伤。她说她有权对他生气，但她不想再跳了，也知道他会觉得这是在要求他也离开舞厅陪伴她。她不能接受他做出这么大的牺牲。他没必要觉得自己有义务留下。

虽然在社交方面欠缺经验，但彼尔也并没有天真到听不懂她的意思。

他挪了一把椅子坐在她旁边，两个人静静坐了一会儿，舞会的音乐和嘈杂要穿过两三个大房间才能到达他们耳畔，所以听起来模模糊糊的。彼尔突然握住她放在沙发扶手上的手，而她也任他握着，彼尔于是就明确地表达了自己的爱意，想和她约会。她看上去并没有不乐意的样子，彼尔折过她雪白的手臂，一下、两下、三下直吻到她的肘部。他原以为她会阻止他，她确实说了如果他再这样她就真生气了的话，但她含泪的双目和起伏的胸脯却背叛了她的话语。

屋外传来脚步声，彼尔刚坐回椅子，尼尔高高高的身影就出现在了门口。他礼貌地一鞠躬，道声抱歉，双手背在身后迟疑着没动。

"进来吧。"恩格尔哈特夫人说。

"您想要人陪吗？"尼尔高挑衅的语气令彼尔很不愉快。

"并不太想。不过您要是有什么乐事讲讲，我们也很高兴听听。"

"啊，是啊……您和工程师希德纽斯先生两个人沉寂地坐在这儿……像是被世界完全抛弃了。"

"说的是啊。"她叹口气，轻轻扇着风躺回沙发角落。

"真是扫兴啊，我太累了……完全跳不动了，人又这么多。倒是你，你怎么没跳舞呢？今天晚上，你看起来相当投入嘛。"

"哪里，我亲爱的女士，"他说着最终还是决定走进屋子，"这会儿，我也觉得很没劲，也想练习练习完全抛弃这个世界，您允许吗？"他拉过一把椅子，这样彼尔就和他面对面坐着，两人甚至还没有互相打过招呼。

恩格尔哈特夫人的舌头又忙得停不下来了。她点评着那些女人的着装，挑剔着这个社交舞会，但相反的，对这里的食物大加赞赏。彼尔看着尼尔高，一语不发。尼尔高也一样。他身体前倾，这样就看不清脸。他把手肘抵在膝盖上，长长的手轻轻摇着放在膝头的手套。

"你现在变得真没意思，尼尔高，"她脱口而出，"你以前是多么会逗人开心啊。你到底是怎么了？肯定是因为女人。"

"或许真如此。"

"对了，是霍尔姆小姐。自然是她！……她正好就是你喜欢的类型。

我告诉你啊,希德纽斯先生,尼尔高先生以前总是很谦恭地告诉我他喜欢金发碧眼的女人。要是出身乡村就更好了。"她把头转向尼尔高一下,"三叶草纯净的芬芳,夏日骄阳,甜蜜的牛奶……一个真正的挤奶女工,我一直在为你祈求呢……那婚礼是在什么时候?"

尼尔高先生抬起了头,靠回椅子上,他的双手交叠放在腹部的高顶礼帽上,无奈地叹了口气说:"等你们到了我这个岁数,最明智的就是把自己看作死物。那时你就会只关心自己能不能拥有一个体面的葬礼。"

恩格尔哈特太太笑了:"您对这个世界实在是太缺乏热情了。我们这些可怜的女人还能说些什么?看看那边的老骑兵上尉弗里奇,他已经六十二岁了,却还能像个年轻中尉一样领舞呢。我不得不信他仍是个女性杀手呢……啊,可不是你说的那样,你这个年纪的男人们可还有很多乐趣的。"

尼尔高朝她鞠了一躬:"谢谢您,亲爱的夫人,谢谢您这番墓前的告慰演讲。我非常清楚,现在的人们,男人也好,女人也好,都懂得如何在上了年纪之后仍然保存真正引人注目的年轻活力的艺术,就像我们学着储存豌豆、芦笋和其他夏季蔬菜的方法一样。但对我来说,那个经过保鲜处理的骑兵上尉令人生厌。不,我们应该顺应自己的年纪,把年轻人的东西交给年轻人,也给我们自己省些磨难。在我这个年纪,一个男人可能已经经历过足够多的磨难了。风湿病、消化不良、胆结石,然后是手术台,相反,这些才是四十岁所拥有的实际东西。"

"哦,那记忆呢?"恩格尔哈特夫人柔声说道,"那些美好的记忆,尼尔高,你都忘了吗?"

"记忆——嗯!那难道不就是一种保鲜处理的物品吗,在严寒的冬季安慰失去夏日的痛苦?不过是多一件烦恼罢了,这样,随着我们年岁渐增,它们让我们觉得生活中的事都不过是往事越来越无力、越来越疲倦的重复。"

"啊,你今晚真是难以理喻。不过我体谅你。你病了,尼尔高……你过着毫无规律的生活。你真该好好和医生聊聊。我敢说他肯定会让你去卡尔斯巴德疗养。"

"也许吧……或者,不用尝试这些,荷枪实弹的左轮手枪射出的真正的铁丸才最有效。作为止痛片,它们才是最棒的。"

"哎,我不想再和你说话了。你就没一刻正经的。"

两人交锋之时,彼尔的视线在两人身上移来移去。他们亲密的口吻让彼尔又一次疑惑起他们的关系,但他回想着恩格尔哈特狂欢节那晚说的话又放下心来,恩格尔哈特夫人说他们从小就认识了。除了诙谐地推荐他待到遥远的卡尔斯巴德之外,彼尔认为恩格尔哈特太太对尼尔高的强硬一直很烦恼。

舞会几近结束了,灰尘弥漫的舞厅里只剩三四对夫妇了,他们沉醉在爱河中,仍在旋着,乐曲一遍遍重复着,只是节奏越来越快。屋子里又开始热闹起来了,一对对累得喘不过气的舞伴们围在总是摆置着大量茶点的桌子边。

马车开始离开了。恩格尔哈特太太挽着丈夫的胳膊在屋内绕了一圈同大家告别。她丈夫是个又高又壮,好脾气的批发商,一晚上都在打牌。他们经过彼尔身边,彼尔非常慌张,恩格尔哈特夫人停了下来,向丈夫介绍了彼尔。她丈夫握着彼尔的手,说了些客套话,彼尔却窘得不敢直视他的眼睛。

她为什么要这么做?彼尔猜测着,有点儿困惑,但同时他又听见她在门口的人流中大声对丈夫说话,显然是想让他听见她的话:"你不是周二要去伦敦吗,亲爱的?"批发商称是。彼尔脸一红笑了,接着脸色变得苍白,笑了很久,他双眼追随着那红绸衣裙之上的白色肩膀。对的,现在他的人生就要开始了。

快到凌晨三点了,尼尔高和彼尔一起在月光下往家走。彼尔并没有要求尼尔高作陪,但是尼尔高离开时却问他住在哪儿,然后问既然同路,能不能和他一起走,他没办法拒绝。彼尔认为他的邀请是最终承认恩格尔哈特夫人争夺战中彼尔获胜的标志,是和解的表示。另外,彼尔也发现自己很难拒绝这个惯于社交的人对他彬彬有礼的态度,尽管他们年纪差距很大。

尼尔高说起这场聚会和整晚上的消遣,但彼尔正专注于自己的感情世界，回忆着晚上的事，而没有听进他所说的话。尽管霜很重，他们走得很慢——尼尔高的腿脚有点不稳——彼尔还是解开了外套的纽扣。胜利的感觉温暖着他，他笑着，往明亮的夜色中吐出一口烟草浓烟。

他们在运河的霍尔门桥位置向左拐，继续往孔根斯耐托夫广场走。他们经过了国家银行，那笨重的方形建筑矗立在星空下，就像一个巨大的石棺。一个穿红斗篷的卫兵守卫在入口处。

少顷之后，尼尔高在几栋矮小破旧，并不引人注目却被允许留在宽阔道路旁边的房屋前停下脚步。

"那么，这里就是我住的地方了。工程师先生，难道不赏光进来喝杯酒吗？还不算晚呢。"

彼尔想了想，同意了。他想放松放松，也确实不想回家。自从把图纸锁在书桌抽屉以后，每次在房间里走，感觉就像地板下埋着一具尸体。

片刻之后，他已坐在一张大桌子后面的沙发一角，桌上点着一盏罩着绿灯罩的高脚灯。趁着尼尔高在隔壁房间到处搜检准备喝的，彼尔打量着这住所，这漂亮高雅的单身汉房屋使他对自己简陋狭窄的房屋越发感到沮丧。他怎么能在那样的房屋里招待恩格尔哈特夫人这样的女士呢？这里地面上到处都铺着地毯，摆的是红木嵌花家具，还有很多花瓶和枝型烛台，能看见继承下来的各种古董。就着半明半暗的光线，能看见书桌那边的墙上挂着一系列大大小小的肖像——镶着金框的油画像、银版法照相、侧面像、象牙小浮雕、平版印像、素描画像、现代摄影肖像……都是尼尔高家族的先人。为了确认，他走近细细审视一番，才看出这一切似乎都没有得到精心照料。地毯几乎磨破了，家具的衬垫也都褪色了。漂亮的书架上摆满了一排排密密麻麻的书，但他发现玻璃窗格上却开了一些裂缝。

尼尔高拿着一个长颈瓶和两个绿玻璃杯过来了。他在彼尔对面的扶手椅上坐下，非常小心地斟着酒。"很高兴能认识您，"他说着端起酒杯，"请允许我为您的健康举杯，幸……幸运儿彼尔先生！"

彼尔有点吃惊地看着他，又为他就这样不加掩饰地提及今晚的事而烦恼，但既然他是在向胜者致敬，那自己也不该表现出生气的样子。他举起自己的杯子，一饮而尽。"这特别又诙谐的绰号可不是我取的。"尼尔高一边开始擦起眼镜，一边主动提及，"我不过是引用你的一个朋友的说法罢了。我说的是小个子萨洛蒙，之前我看见你和他在一起。他可是非常地崇拜你。这个名字，我倒觉得并不真是恭维。有句老话说运气是蠢货的守护神。一位受人尊敬的古罗马作家也写过运气是忧虑之父。"

彼尔暗想，是的，你在安慰自己！现在你平衡了！

"如此一来，我的话听起来才不像可恨的悖论了。"对方继续道，"我要说的是，在我看来，不幸的人才是最幸运的。他们的处境尽可以抱怨命运，毁谤上帝，要求天意补偿，等等等等。而正如人们所说，那些端坐幸运之上的人遭遇不幸，则只能归咎于自己。"

"但是那些人为什么会有不幸呢？"彼尔一边说，一边微笑着注视那雪茄升起的烟雾。

"为什么？"尼尔高说，他的话里一直有一种同情之情，但彼尔却没听出来，"我觉得您并没有真正明白我的意思，工程师先生！我讨厌悖论，我是说幸运就是最大的不幸，尤其是对我们当今的人来说。因为千分之九百九十九的情况下，我们并没有能力充分利用好运，好让它帮我们赢取而非失去。在当今时代，我们还没能学会相信非同寻常之事，这就是关键问题所在。面对好运之时，我们就像上了国王盛宴的农民，佳肴都上来了，可我们还是喜欢老家的粥和妈妈做的煎饼，无福消受光鲜诱人的牛奶和蜂蜜。

"您大概听过猪倌赢娶公主和半个王国的故事。我觉得有趣之处在故事结尾才刚开始，至少对成人来说如此。我们会看见那农家小伙穿绒着锦走来走去，因为这纯粹的好运而变得消瘦，面色灰白。我们会看见他虽躺在公主绸缎床上，但仍渴望着挤奶姑娘粗壮如大腿的胳膊。毫无疑问，他一定会这样。一天不穿回木鞋，不把王冠和节杖换回父亲的粪叉，他就一天得不到快乐。"

他把眼镜架在鼻子上，仰躺回椅背上，一双长手交叠枕在低着的脑袋下。他疲倦的双眼打量着彼尔，目光中一闪而过的既有探寻，也有同情，甚至是不安的神色。他继续说:"虽然我们丹麦人富于幻想,但我们所有人都仍旧偏爱那些已经尝试和检验过的事物。无论我们年轻的时候多么想要横冲直撞地对抗这非凡而充满历险的世界,但一旦仙境大门真的向我们敞开,公主从高处召唤我们,我们还是忍不住回头观望烟囱旁的老窝。"

"我想您说得很对。"彼尔面带笑容注视着雪茄冒出的烟雾,"一般情况下,都是这样的,但是也有特例。"

"一千个人里面也找不到一人。可能一万个里面都没有一个。你自己也会亲身体会到的,在所有那些家庭的、习惯的事物中蕴含的魔力有多么强大,就算那种力量有时会让我们憎恶。比如说,看看我们所背负的家族遗留下的重担吧,它们不断增多像一道中国长城一样堆得越来越高,我们却不想摆脱它。我们生活在家族回忆的阴森森的教堂之中,最终,除了虔敬,什么感情都没有了。"

"好吧,并不是每个人都这样。"彼尔说道,"比如说我吧,我就不会被诱惑,因为我所背负的过去的重担轻轻松松一个马甲口袋就能装下。"

"那我要恭喜您了!但这样就有帮助吗?家族的魔力并不仅限于物质实物。我们的老爹可能很早就死了,但他愚蠢的警告,或是老妈们小小的偏见,可能直到我们暮年仍会影响我们。况且,还有我们亲爱的兄弟姐妹,关心我们的叔叔婶婶们。"

"在这方面,我很幸运,我完全没有感觉到这些东西。"

"好吧,那我真要再次恭喜您了,但您总有一个家吧,可能是一个舒适而文明的牧师之家。您知道,我是从您的姓氏推测的。"彼尔不顾他最后的那句话,说他自己现在也好,以前也好,都不知道什么是近亲。

"真的吗?您……"

"是的。"彼尔故意打断他的话,"我就是我自己。"

尼尔高扶着椅子扶手,身子往前探出,像刚惊醒般说:"这么说,小个子萨洛蒙并没有完全搞错。您身上还真有点童话色彩。没有家人亲戚!没有关心您的兄弟姐妹,也没有好心的叔叔婶婶!自由得如同蓝天下的鸟儿。"彼尔以不作答表示赞同。尼尔高又缩回椅子中,好一阵子,谁也没有说话。

"您看上去可真是个非常幸运的人啊,希德纽斯先生。我要不是又老又弱,肯定会情不自禁嫉妒您的。自由自在,毫无亲族负担!就像樱桃树上的乌鸦一样对生活充满了渴望。好吧,暂且这样。但这又会把我们引向何方呢?就算在漫长的人生旅程中,我们没有任何枷锁,我们也仍旧是奴隶。我们自觉是在家中,实则身处囹圄。您难道不觉得吗?"

"老实说,我不明白你的想法。"彼尔说着抬头看了看书架旁的时钟,上面显示已是四点十五分了。单调的谈话让他心生疲惫,无聊的论调也让他有点退却。尼尔高照旧带着强烈的兴趣打量着彼尔,过了一阵子才回答。

"我想说的是……啊,我们挑选朋友,养成习惯,在时间的历程中被各种各样的义务捆住手脚。更不用说把我们和女人联系在一起的东西了,我们称那是爱情、欲望、性的吸引,随便你怎么叫都行。即使是自由如鸟儿的你也不得不承认,虽然女人们很温柔,但她们有触手,能像铁镣一样把男人锁起来。"

"啊,这犯不着我们担心。"彼尔笑道,"至少在她们紧紧抱着你的时候不会这样。"

"是啊,您还太年轻。假如有个女人引起了您的情欲,尽管您瞧不起她,比如说一个妓女,或者是育婴女仆,您出自少年的纯真亲吻了她,或者说,这个人您因为习惯或是旧日的记忆而心存眷恋。如果您发现这个女人在您身后无情地背叛了您,您这只自由的鸟儿会如何处理这个问题呢?"

他这是在想些什么啊?彼尔心中很疑惑。他大声说:"我会怎么办?我自然是另找一个女人了。"

"很好,但是如果现在另找的那个也让你不满,那么您还会冒这个风险吗?"

"如果这样的话,我就再找第三个、第四个、第五个。老天啊,世上女人多得是啊,尼尔高先生。"

"是的,话是这么说没错,没错……"他重复念叨着,同时闭上了眼睛,仿佛他已找到解开宇宙之谜的办法。

彼尔暗示自己想走了。他觉得谈话变得有点过于私密。况且时间也很晚了。街道上已经有两辆面包店的马车驶过,预示着清晨已经到来。可尼尔高突然被一种难以言喻的高昂劲头所控制,他又为彼尔斟满酒,请他忘掉时间:"我觉得自己能认识您真是太幸运了,希德纽斯先生。您确实朝气蓬勃,又讨人喜欢。别误会,我只是想向您提个建议。"

现在又要干什么?彼尔心想。

尼尔高继续说,在彼尔看来,整件事情一开始可能会很奇怪,但听完之后,彼尔当然也可以不用按他们所希望的认真对待。好像是说尼尔高有个朋友,一位近亲就要死了。他病得很厉害,身心都患了重病,没多少日子可活了。不过这不是重点。简而言之,这个人没有结婚,不知该如何处置自己的财产。说是财产,其实也不过是几件家具,几幅不怎么样的油画,一些书籍,大概就和您在这里看到的差不多。这些东西他不想留给家人。他不想这些东西成为敬奉他的工具。他特别要求把这些东西统统拍卖掉,或是扔了,散布到风里。这可怜人非常固执。但他的家人都非常富有,可能不会遵从他的愿望,因为他大部分财产都是继承而来。这人就想把这些东西留给某个不相干的人,只要对他有所帮助,哪怕带给他一时的快乐也行。"这样的话,"尼尔高说道,"我就想到,能不能允许我把您推荐给他?我相信如果他认识您,他也会这样想的。您就是他一直想成为的样子。自由自在,无拘无束,毫无负担,不,我请求您,如果您不反对这个提议,那就什么也别说。这件事我们就不再提起了,归根结底,这也不是什么重要的大事……最多也就两千块钱了,支付了债务和其他开支的话。"

他肯定是喝醉了,彼尔暗想,也不值得和他分辩,就把整件事当成笑话一听而过好了。"是啊,这可不坏。"他说道,"我总是用得着钱的。不过现在该回家了,今晚可真谢谢您的款待了。"

"怎么,您要走了?再待一会儿吧!不过这里可真闷啊,把窗户打开吧!"他焦躁地站起身打开了窗户。冷洌的空气灌进屋内,灯里的火苗蹿出一道长长的火舌,"坐下吧!我们一直聊天,倒伤起心来了,瓶子还没干,这可是好酒!"

但彼尔却不再听其劝诱了,尼尔高激动的情绪也让他有点不舒服。这时他也注意到尼尔高的脸色变得那么苍白,他的手那么冰凉,彼尔离开时,他颤抖得那么厉害。

这个世界上怪人真多啊!他一边想一边踏着差不多大小的步子走到街上,嘴里又叼上一支刚点燃的雪茄,他穿过街道往家走,城市才刚刚苏醒。他回想起和大个子弗雷乔夫在"罐子"咖啡馆渡过的那个夜晚,思考着,当你和他们促膝长谈,你就会看到幽灵,墓穴敞开了,你为自己的葬礼布道!

晨雾中到处都有人在清扫街道。几家地下商店和一家烟铺已经开始营业。街灯熄了,面包房里却已灯火通明,新出炉的面包香味从大窗户的通风口飘出来。彼尔停了一会儿,站在一家面包店门口,看见一个伶俐的少女站在梯子上正忙着把烤面包的大盘往架子上放,一个半裸的帮工坐在她几乎正下方的柜台上摇晃着两条腿。彼尔听不见他们在说什么,但帮工正咧嘴大笑,女孩儿假装愤怒,两脚则使劲把帮工的手踢开,一切自不言而喻。

彼尔微笑着,他的脑海里也和恩格尔哈特夫人玩着同样的游戏。是的,黑夜过去了,新的一天重新开始,而爱的本能却已牢牢攫获了无数心灵。这时,工厂的汽笛声响起了,他凝神细听——先是听见诺里布罗传来的几声,接着是克里斯汀沙文的一声,最后到处都响起来了,就像一百只公鸡报晓,那是新的一天的晨祷,要把所有黑暗和迷信的幽灵统统驱散,让它们无法从地下召唤而起。

 第四章

　　一个星期后的一个雾气朦朦昏暗的傍晚，一个穿着灰色披风的瘦个子男人从格罗宁根街角下了电车，他经过军营，来到纽伯德尔的长三角形广场。他一只手别在身后，另一只手则握着雨伞把，每走一步都要把伞尖使劲戳在地面上。他在纽伯德尔区迅速小心地走着，在街角处还就着微弱的灯光想要辨认街道名称。
　　他走过了很长一段街区，也没有找到他要找的街名。空旷的街道上，目光所见也没一个人可以问问路，于是他在街角随意拐了个方向，很快就在纽伯德尔看起来都差不多的小路上迷了路。这里的街灯也比广场上少了许多。房屋的一楼都比地面要低，百叶窗也都合上了，只从小小的圆形或心形窥视孔里漏出一丝微弱的光线，但窗户后面却充满了生机，各种声音交杂在一起，孩子的哭喊声，这里那里还能听到口琴声，但外面的大街

上，每说一个字都能听得清清楚楚。不时还有一扇门打开，一个穿睡袍的女人走出来站一会儿，或是两只发情的猫互相追逐着。

穿灰披风的人终于碰到了几个人，他们指给他赫顿斯弗莱德加德街的方向，他就开始找了起来。他借助火柴的光芒读着门牌号，最后找到了彼尔住的地方。他摸索着找绳铃但没摸到，于是就摇了摇老式的门闩。后来，他弄清楚了怎么开门，就走进小小的前厅，那里黑得伸手不见五指。他大声清了几次喉咙，想引起某个居民的注意。一楼的一间公寓门开了，那里住的是木匠一家，一个女人抱着孩子往外面看了看。灯光从她梳得整整齐齐的头上照出来，照到这个年轻的陌生人身上，映出他灰白的长脸，一双眼睛满是血丝，还长着稀稀疏疏的络腮胡子。

"希德纽斯先生是住在这里吗？"这个陌生人连声招呼都没打就问了起来。

"是啊，他住在后面，不过不在家。"

"我想您应该是房东太太吧？"

"不，他住在楼上的奥鲁夫森家，我去叫奥鲁夫森夫人来。"

这时，沉重的脚步声踩得陡峭的楼梯吱嘎作响，原本站在门后探听的奥鲁夫森夫人手提一盏小灯出现在楼梯平台上。

"您找希德纽斯先生说话？"她问。

"是的，可他却不在家。"陌生人的语气听上去就像是为白跑一趟而在责怪她，"您觉得我有必要等等他吗？"

"不，不用等了。他才刚出去没一会儿。"

"我什么时候来才最可能碰到他呢？"

"嗯，他近来不怎么着家。不过您最好是晚上早点来。"

"谢谢了。再见。"

"请问您尊姓大名？"奥鲁夫森太太问。

但那个陌生人已经走出门外了。他从容的脚步声和雨伞戳击地面的声音在街道上越来越远。

"我敢肯定那一定是位牧师，他要找工程师做什么？"船上木匠的妻子对奥鲁夫森夫人说,她完全弄糊涂了。

但奥鲁夫森夫人这时不太想和住客说话。她草草道了声"晚安"就回房去了。

水手长鼻子上架着他大大的银色眼镜,正坐在那里读一部四卷本的小说《黑奴流亡记》,抑或《马拉巴尔海滩船难》,每年冬天他都要从乔丹小姐的图书馆把这套书借回家,每次阅读都感到既害怕又兴奋。

"那人想找希德纽斯说话?"他头也没抬一下。

"是啊。"奥鲁夫森太太打了个冷战,把披肩往肩膀上紧了紧。她往炉子里添了一铲煤,然后在扶手椅上坐下忙她的编织活儿。她和丈夫今天都不是特别想说话,他们总忍不住想那位房客最近的变化,而且不是往好处变。以前他当然也有放纵的时候,但那样的情况从不会持续太久。可现在他几乎有三个星期都不怎么回家了,他们见到他的时候,他也不怎么说话,一副不可靠近的样子,好像什么事都招他烦。他甚至提到说可能要搬走。有一天他无意提及他认识那位最近所有的报纸都在报道的那位服毒自杀的官员。这事如果是真的,那这里可能不是他所追寻的理想社会。

他们抱怨还有另外一个原因,他们最近不仅没有收到彼尔的房租,还一直碰到拿着未付的账单找上门来纠缠不休的讨债人,从鞋匠到裁缝都有。

"楼下想找希德纽斯说话的是谁?"水手长过了一会儿问。

"我也不认识那人。不过想起来,我以前见过他一次,得是很久以前了。我记得希德纽斯说那人是从另一个世界来的。可他看上去也不是很像美国人。"

在这个时候,彼尔正在弗鲁普拉兹广场等恩格尔哈特太太,之前他也在那个黑暗角落等过她一次,但是这一次,他有更切实的根据相信她会来赴约。其实自从上次舞会之夜后,他就没再见过她了。恩格尔哈特夫人严厉禁止他在路上拦截她,或是找其他途径联系她,但今天她丈夫按照计划去了伦敦,头一天,她又送了未署名的便条来,上面写着"明天晚上"。他前前后后踱来踱去以确定自己是在正确的时间等在正确的地点。

这天早上,他还接到一封比这次期盼已久的约会更让他焦躁不安的来信。让他极为震惊的是，尼尔高的律师宣称，尼尔高在死后留下一封信表达了自己最后的愿望，他决定把自己家具公开拍卖所得的收入赠予彼尔。律师的来信还说，这份遗嘱显然是无效的，因为它并不是按照合法程序拟定的，但是既然唯一的合法继承人——死者的两位姐姐都嫁给了富豪，目前都生活在国外，她们没有理由会不承认死者的安排。因此，律师作为遗产执行者，要求彼尔方便时到他的事务所去讨论一下这件事。

彼尔打心底里感到为难，不知该怎么处理这个情况。他近乎宿命般相信自己总和幸运联系在一起，尽管自己极其需要钱自动扔到他的膝盖上来，但也不能把一个自杀者的怪想法当作老天恩赐的礼物吧。但换个角度说，他也没有义务一定要拒绝这么大一笔钱，况且这些钱能帮他渡过许多难关。他所借来的钱已所剩无几，衣柜里大部分行头又都还没付款。

这时从一条小巷子里出现了一辆关着门的马车。从开着的窗户里伸出一只戴着鲜艳颜色手套的手。彼尔立刻往前一跳抓上了马车，他扯开门，对车夫大声喊出孔根斯耐托夫广场一家头等饭店的名字，然后爬进了车厢。

行驶途中，他被一股深深的失望之情所笼罩。他本期待着会看到恩格尔哈特夫人紧张不安的样子，看到她因为担忧和羞愧而羞红了脸，身子在毛皮大衣里颤抖。他还准备了一些情话准备帮她克服羞愧，但现在这些巧妙诱人的情话是派不上用场了。彼尔还来不及坐稳，感谢她来赴约，恩格尔哈特夫人就扑到了他的腿上，像个妓女一样重重的压在他身上，让他几乎喘不过气来。

他们走上照得亮堂堂的台阶进入饭店，恩格尔哈特夫人把脸蒙了起来，但当侍者抬进小餐桌并摆放在一个小包房的时候，她就全然不顾有陌生人在场，立刻摘掉帽子，脱下外套。彼尔没怎么经历过这种情况，表现得有点儿局促，而她看上去却全如在家中一般，对着镜子扯直头发，脱掉手套，整个身子都陷进摆好的餐桌后面的沙发里面。

彼尔从她面前走过，一语不发地坐到自己的位子上。他猜她并不是第一次置身这种地方了。他肯定自己走进来时，在侍者长满胡须的脸上刺探出一个克制却仿佛深谙一切的笑容。

"为什么盯着我?"当只剩他们两个人时,恩格尔哈特夫人问。她的头娇羞地偏在一边,笑起来有点过于装嫩了。

"老天啊,你是在检查我啊。我打扮得有什么不好的地方吗?"她说着低头看了看自己那几乎从低胸紧身衣的方形领口中凸出来的胸脯。她穿着束得紧紧的黑色衣服,胸部丰满,但腰那里却如少女般纤细。

"那说话啊,年轻人!你真是头吓人的大熊。出什么事了?你看着就像刚被痛骂了一顿!"她说着连忙去准备子弹攻击彼尔,从桌子中央的装饰物上摘下几个红色的莓果子。彼尔盯着她那雪白的柔软丰满的手指,激动得脸都白了。那手上的指甲闪耀着珍珠的色泽,玫瑰色的关节上一行小小的旋涡随着手指的每一个动作张张合合,就像娇小又美丽,让人想亲吻的嘴唇。他接住空中她朝他掷来的一个莓果子,接着抓住她的手拉过桌面放在自己唇边。正在这时,门开了,两个侍者端着食物出现在门口。

香槟斟满,菜肴也都揭开了盖子。又只剩下他们两个人时,彼尔笑着举起酒杯和她碰杯。他们接着又喝了好几杯,坏情绪很快烟消云散了。见什么鬼了,他自言自语。她的过去有什么关系?重点在于现在她属于他,是他的战利品。吃甜点时,他开始谈起尼尔高的自杀。在他看来,这个人一直以来都太消沉,他还草率地告诉了她那天夜里在尼尔高家里的长谈,当时尼尔高精神过于亢奋,还当场决定了遗嘱,让彼尔完全摸不着头脑。他还含混地说起有谣传此事和一个女人有关。他一个熟人说自己从尼尔高的房东那里听到消息,说多年来有个深颜色头发的女人一直和他私会。很可能葬礼的那天晚上,也是这个女人设法进了小教堂,把大把的玫瑰撒在他的棺材上。

彼尔诉说的期间,恩格尔哈特夫人胳膊撑在桌子上,一副若有所思的样子,坐着一语不发,她用小指在酒杯壁上滑着,脸上几乎没有表情。她看上去就像只是在听一个冗长的故事。但当彼尔开始探究尼尔高的过去,讲出自己所听说的他放弃了自己的外交生涯时,她却表现出有点不耐烦的样子。她从果盘拿了一粒葡萄,在酒里蘸了蘸就吮起来。然后她道了歉,用她突然想起的一个完全无关的问题打断了彼尔的话,之后又让他叫侍者端咖啡来。既然彼尔看似无意结束这个话题,她就毅然站起身说:"谢谢款待晚餐。"说着走到打开盖子的钢琴旁边。

"我该弹什么曲子呢?"她快速地按了几个键试了下钢琴,问道,"你听过这首曲子吗?"几个低音音符从钢琴里涌出来,"这是《森林之梦》。"她一边弹一边解释。

彼尔又默不作声,开始沉思。他觉得很奇怪,她对这个不幸的人竟然没有一点儿同情心,这人曾是她那个圈子的一员,曾是她卑微的崇拜者,自杀的头一晚还是她的舞伴。他的心底闪过一丝阴暗的怀疑,虽朦朦胧胧,却令他不安,尼尔高会不会不仅仅是她的崇拜者?她的漠不关心会不会是装出来的?但时间仅够他抓住稍纵即逝的思绪。恩格尔哈特夫人对他的沉默感到心神不宁,于是猛然停止演奏站了起来,她双手从背后环在他脖子上,迫使他转过头来四目相对。看到她微笑的脸,彼尔想道,不对,那不可能。她温柔地靠了过来,令人酥麻的吻落在他的额头上,头发上,两只眼睛上,直到她的双唇突然狂野地吻上他的嘴唇,紧紧贴在一起,仿佛他们再也不会分开。她在他耳边轻轻说了句什么,他站了起来。没等咖啡上来,她匆匆套上外套,彼尔也结了账,两人急急忙忙赶到了招来的马车上。

两人唇贴着唇紧紧交缠在一起,一路驶往酒店,他们在登记簿上以来自奥胡斯的斯文森夫妇为名住下。

这天晚上,彼尔躺在半明半暗的房间难以成眠,疑云一次又一次席卷而来,就像噩梦。他回想起那晚在尼尔高的家里他们所说的话,而当时他并没有意识到那些话的重要性。他虽感到不安,却也逐渐明了了整件事——躺在床上睡在他身边的这个女人也是尼尔高赠予他的遗产之一。是的,她曾是他的生命,但她的忘恩负义把他逼上了死路。

他觉得自己也很罪恶。他那些过于激动的心绪召来了逝者的影子,在房里转来转去。杳暗的光线里到处是他的秃头,还看见他讥讽又忧郁的眼神直盯着躺在身边的她身上。杀人凶手就躺在彼尔身边,而她竟然还曾悄悄溜进教堂给尼尔高的棺材撒满玫瑰。谁能明白这些?她就像摇篮里的婴儿一般平稳地睡着,发出缓慢又均匀的呼吸。而她的丈夫正在海上颠簸,情人还躺在棺材中尸骨未寒,她却已舒适地躺在另一个男人的臂弯里。是的,他,彼尔就是她罪恶的同谋!憎恶和恐惧攫住了他。他没办法继续躺在那里了,他必须起来,走出这个地方。

这时,恩格尔哈特太太在床上重重翻了个身,舒展手臂伸过了头顶,半梦半醒地说:"你起床了?"他没回答。那孤零零的声音让他发起抖来。恩格尔哈特太太想睁开眼来,但怎么也睁不开,勉强笑了一下,又睡过去了。

彼尔收拾完毕急着想离开。他不想告别,想悄无声息地消失。他要在桌上留张便条,上面只写一个名字——尼尔高。

他站在床脚穿好外套戴上帽子,准备悄悄出去,目光却再次落在她半裸的身体上。她的睡姿并不迷人,她仰躺着,两只手枕在脖子下,一只膝盖拱着。本该系住衬裙的细肩带滑落下来,脸色因疲劳也显得灰白。

彼尔的心跳得响亮,双膝发软。他的目光无法从这幕画面移开。虽然他满心憎恶和恐惧,但却觉得自己又被那有力的又长又白的触须抓住了,那丰满的胸部,那因为接吻而变得潮红的半张的嘴唇。他几乎要被自己吓坏了。

此前,他还从没感觉到人类天性中的自我矛盾和内在的分裂,他一直觉得所有的女人都不过是无害的玩物。但这时,那黑暗的力量却令他颤抖,那力量驱使着这出命运与意志的游戏,就像大风扬起道路上的尘土一般。他第一次感觉自己置身于恶魔的战斗之中,那恶魔他以前根本不愿相信,只会居高临下地嘲笑。内心深处,父亲威严的声音陈说着他几乎忘却的话语,"黑暗的力量""撒旦的圈套",他听得脸色煞白。

恩格尔哈特夫人被他长久的凝视惊醒,睁开她棕色的大眼睛。她睡得迷迷糊糊,拨开额头上的一绺头发坐了起来。

"怎么?你都穿好衣服了?"他没作答,"天已经亮了吗?"

他还是没出声。

"好吧,出什么事了?你病了?"

"不,还没有。"

"还没有？你什么意思？你为什么这样盯着我？出什么事了？"

"我的意思是，我必须提防得病，致死疾病……就像尼尔高一样。"

她脸上仿佛有一道闪电滑过，但很快就笑了。虽然脸色苍白，但她说话的语气还是非常镇定："你这是什么话？你朋友的病和你有什么关系？你清醒点儿吧！"

"我很高兴看到你现在连他的名字都不愿说，但同时，你也露了馅儿，老实和你说吧，在你睡着的时候，我开始意识到你曾是尼尔高的情人，正是你的背叛和不忠害得他走上了自杀之路。现在你明白我的意思了吗？"她低着头，咬着颤抖的嘴唇，"滚！"她语气低沉的命令道，同时扯过被子一角盖住自己的乳房，"滚，我让你滚，你这蠢乡巴佬。"

彼尔向前探身，想当面回骂她"荡妇"，但控制住了自己。共犯的罪恶感让他收了口，他转过身走了。

他在酒店柜台处叫醒夜班店员要结账，数钱的时候，他想现在自己不可能再接受尼尔高的礼物了。他迅速穿过黑暗空旷的街道，回了家。

夜已经很深了，街道上空无一人，只有房屋反射回路人的脚步声。酒吧里最后一批夜猫子也已摇摇晃晃回了家，警察们离了岗凑在一块儿聊天。只剩窃贼和专在小胡同营生的声名狼藉的家伙们还在活动。一位裹着外套，帽子盖着眼睛的绅士急急忙忙从一个阴暗的角落走出来，在路灯下和彼尔擦身而过。过去看到这些罪人满脸鲁莽或罪恶的表情，偷偷摸摸往家赶时，他总觉得好笑，但这次他却扭过头避免看到他们的眼睛。他自己又是什么样子呢？他不想看到他们身上映出自己堕落的影子。

他回到赫顿斯弗莱德加德街上自己的家，走进他近来觉得如此讨厌的两间小屋时，他如释重负。现在，他感到少有的平静和安全。他迅速脱掉自己的衣服，躺到床上，他记起小时候在家里，自己总把杯子拉起来罩住耳朵，在黑暗里听那老独眼女仆给他讲鬼故事。

他睡了好几个小时，期间一直做些恼人的梦魇，直到花园里八哥的叫声把他吵醒。他从鸟鸣中分辨出是个晴天，但他仍然躺在床上不想起床，他很累,而且为什么要起床呢,即使待在床上也不会错过什么。

有一阵,他朦朦胧胧的思绪想到书桌的第一个抽屉,于是就转身对着墙壁想继续睡下去。但没睡着。一想到那个抽屉和里面倒霉的图纸,就心烦,就睡不着了。他枕着双手躺了大约有一个多小时,一直盯着低矮腐烂的木头天花板上鼓起的涂层。这时,他清醒过来,回顾起昨夜的行径,感觉很羞愧。他觉得自己表现得不太成熟,毕竟像恩格尔哈特夫人这样地位的女人还是需要保持尊敬的。

起了床,喝了咖啡,他确信自己干了蠢事。他把事情想得太严肃了,不管怎么说,表现得都太过紧张。有没有可能是因为自己喝得有点儿多?

尽管如此,待在家里还是让他非常满足,这种满足感他已经很久都没体会到了。他点起烟斗,坐在破破烂烂的摇椅上晃悠着,眼睛还一边流连着临街一幢小房子,透过栅栏正好可以看见一楼的窗户。从其中一个窗户里,他看见两个脸颊通红的小孩儿,一位主妇正在补袜子,外面洒满阳光的墙上挂着一只绿色的鸟笼,里面养着一只朱顶雀。他不知道那画面中有什么特别之处吸引了他,那不过是一幅有关信赖与和谐的日常幸福生活画面罢了,同样的场景他在这里已经看了许多年了。但今天早上仿佛有什么不同之处,他就像是第一次看到这幕情景一样。

敲门声吓了他一跳。是奥鲁夫森夫人,她进来告诉他昨天傍晚有位先生来找过他。

"是个什么样的人?"

"嗯,我也不知道,不过看着不大舒服。不过,我想他之前好像也来过一次。"

彼尔想可能是债主,尼尔高遗产的事义逼得他心烦。他能坚持住自己的决定,拒绝接纳他如此需要的钱财吗?奥鲁夫森夫人站在门口,她高大结实的身体几乎占满了整个门框。"我还想问问您,希德纽斯先生,事情进行得怎么样了。您说过要搬走。"

彼尔不自然地笑了:"我不是当真的。我就住在这儿,奥鲁夫森夫人。如果,如果你们还愿意收留我的话。"

"好的，当然了，这是自然。"

"您看起来有点儿困扰。好吧，我都知道。我近来是有些轻率了。这事我们都别再提了。不过，老天啊，发生什么事了吗？这么早您就打扮好了！您是要去领圣餐吗？"

"不，不过您知道吗？前天，莫滕森船长进城来了。今天下午，我们要去拜访他。"

"我也想一起去。我们船上见吧。我真的很想再见到这个老家伙啊。"

"您没弄错吧，希德纽斯！您现在好像不喜欢这样的聚会了啊。"

"胡说，奥鲁夫森夫人！不和您多说了！我说了，我们就在船上见吧。就这么定了！"

不管心里多么沉重，奥鲁夫森夫人还是笑了。彼尔心情好的时候，她是很难拒绝他的。

"好的。"她说道，"您知道莫滕森一直都很喜欢您。一看到您，他就开心得不得了。我相信他很爱您。"

莫滕森船长是奥鲁夫森家的老朋友了。他住在弗伦斯堡，但每年两次总会定期开着船来哥本哈根，把船上运载的奶酪、黄油和烟熏食品卖给城里的大型熟食店或是熟人。水手长在他每天都会仔细阅读的《电讯报》的港口和货船名录上，他读到"凯伦·索菲耶"号已经通过了海关，泊在证券交易所旁的码头上，他等不及定下拜访日期和时间，就打发特莱茵进城去通知年轻的迪德里克森。马车夫迪德里克森也是奥鲁夫森家的老朋友了，他住在布朗德斯特莱德商店，多年来，每到这个时间，他都会立即准备好马车，听凭这对老夫妇差遣。三点钟马车准时停在奥鲁夫森家门口，做好了载人准备，擦得干干净净，看上去就像是预定了要赶去圣母大教堂参加富商婚礼。不一会儿，老夫妇出来了，街坊隔壁的十二三个孩子凑在一起围观，很多大人也从门后和窗户里观看这场喜气扬扬的出行。奥鲁夫森夫人围着一条维也纳丝巾，帽子上还挂着一串大大的紫葡萄。水手长穿上了为出席葬礼准备的礼服，还佩上二十五年服务生涯获得的勋章，银色的十字架也在未扣扣子的外套下闪闪发光。

马车一路驶过城市，他的勋章吸引了很多人的目光。这位白发苍苍的老人穿着正式的礼服坐在车里，两手牢牢按在雨伞柄上，让人以为是本世纪初的一位老海军上将。要不是年轻的迪德里克森因为自己能为他服务而倍感自豪，频繁回头和水手长大声亲昵地讲话，人们就算真对他肃然起敬也不足为奇。

他们先绕道穿过了整个老城，看着各处拔地而起的新建筑，残留的城墙刚开始被拆除，新式的公共马车从弗莱德里克斯伯格方向开过来，在奥斯特加德街喧闹的人群中，就像是背上坐着骑手的大象。他们从孔根斯耐托夫广场拐向运河的方向，在霍尔门教堂外停了片刻，二十五年前，老夫妇就是在那里举行的婚礼，最后他们到了证券交易所旁的码头。

彼尔已经到了，他从"凯伦·索菲耶"号栏杆上招呼他们，他像是累坏了，正坐在那里享受春日的阳光。船长上了年纪，留着满脸的络腮胡子，他下了船迎接来客。船舱里的货仓，也就是"凯伦·索菲耶"号的肚子敞开着，一架梯子从甲板直连到这里。货仓里就像一个井井有条的商店，半黑的火腿、香肠、烟熏的羊腿，还有大理石一样的奶酪散发着神秘的光芒，就像是童话中阿拉丁山洞里的珍宝。奥鲁夫森夫人在彼尔和船长的帮助下走下梯子，水手长紧随其后。为了表明自己仍像熟练的水手一样勇敢，他拒绝任何帮助。但在第一级台阶上就绊了一下，要不是船长抓住他的胳膊，很可能会摔断脖子。除此之外，船长还取笑着最后一个下梯子的迪德里克森，说他每踏出一步都要小心翼翼地试探。

"虱子在梳子上就是这么爬的。"他大喊着这句从克里斯汀四世时期开始丹麦海军中便一直流传的俏皮话。

他们花了半个小时认认真真的，又是看又是尝，又是掂重又是讨价还价，交易终于完成，购买的货品也都送上了甲板。接下来发生的一幕每年都要重复，就像铆工弗斯的笑话一样总是遵循同样的步骤。船长莫滕森打开客舱的门，邀请他的客人进去用些点心，可奥鲁夫森太太不能接受如此意料之外的邀请，而水手长则因为会占用朋友太多时间而严词拒绝，年轻的迪德里克森见惯了这一套礼节，只是静静地从嘴里抠出烟草藏进马甲口袋。

很快大家就进了这间虽杂乱却温馨舒适的小室,围坐在摆放着丰盛佳肴的桌旁,于是所有的拘谨都不见了踪影。在这个毫不浮夸的圈子里,彼尔感到了彻底的放松。他的胃口从没像现在这样好过,桌子上摆满了肉、杜松子酒和啤酒,听着他们用市井俗话谈得直接又兴味盎然,他也感受到极大的乐趣。在这里,他不再像在"罐子"咖啡馆中一样只是个沉默而挑剔的旁观者了。他积极地投入谈话,聊着天气、市价、渡轮服务、体制和货币管理等各种话题。

用餐完毕,桌上又端来了茶和朗姆酒,话题转到了战争年代和之后通货膨胀的岁月。关于战争,彼尔只记得敌军第一次入侵牧师宅院的情景了,除了楼上,整栋房子都被清空了,一大家子人挤在几个房间里。他当时只有七八岁,觉得一切都这么好玩,弄不懂为什么大家都要哭呢。莫滕森船长是石勒苏益格人,近距离地经历了战争,他喜欢拿个大刷子涂画他所经历的1864年的战争和之后的三年战争的恐怖情景。看到自己讲的把奥鲁夫森夫人吓得堵住耳朵,大喊战争的残忍,他感到更加满意了。

这也激起了水手长的好胜心。几杯酒下肚,他自然也将话题转到了军队。1864年他已经退休,因为一条腿得病住院,他没能参加之前的战争,所以他对这些"对德战争"极尽蔑视,说它们给国家带来的灾难影响完全无法和同英国打的仗相比,他可是经历过1801年、1807年和1814年的那几次对英战争。"当时我们还得应付丢了丹麦还有整个舰队的困境,但还是干得相当漂亮。现在说说这些才有意思呢!"为了压倒船长讲起的德波尔和弗莱德里兹战事,他又讲起了哥本哈根的大轰炸和路上的战事,当时他才五岁,可是却从海关大楼看见伤员被送到船上,船舱里"就像屠宰场,血肉模糊"。

天开始黑了,奥鲁夫森太太也不想再听他们说一个字,就说自己想回家了。可是,年轻的迪德里克森听到自己祖国饱受屈辱,反倒睡了过去。他头朝后仰着,嘴张得大大的。别人推他时,他上半身就扑倒过来,脑袋和胳膊扑到桌子上打翻了啤酒杯,啤酒洒到他的腿上,可他还在继续睡。

这群人看到这幅情景一句话也说不出,彼尔拎起朗姆酒瓶才发现已经空了,他们的车夫已经喝得人事不省。

奥鲁夫森太太难以忍受这种侮辱。外面码头上,马车还等在那里,那匹歪腿马一直耐心地站着,对着空空的饲料袋喷气。大家很快明白只有把车夫留在船上等他睡到酒醒了。这节日般的日子结局却充满遗憾。两个老人只得身着全副节日盛装摇摇晃晃走回家去,他们每人胳膊下还夹着一支火腿,口袋里还戳着香肠和羊腿。

彼尔跟他们走到霍尔门桥,在那里他帮他们上了一辆有轨电车。他自己还不想回家,又是狂笑又是猛喝的,他想呼吸点儿新鲜空气。他站在商店橱窗旁看了一会儿,然后沿着运河往霍伊布罗走去。

这时,落日的光晖高高的滑过房屋的屋顶,给圣灵教堂的尖塔镀上一层金色,而街道上商铺已掌了灯,夜间生活已经蓬勃开始了。外面的广场上还亮得如同白昼。到处都有麻雀在蹦蹦跳跳,啄食着街上的垃圾,窗玻璃反射着落日的光晖,后面刚点上的灯盏发出暗淡的幽灵般的光芒。彼尔慢慢走到人潮拥挤的奥斯特加德街。看到这么多人,他心里有点儿悲伤。尽管夜渐渐凉了,人们鼻子冻得红红的,但春天的气息已经溢满空中。你能看到年轻人的眼里,听到他们的声音中满满的都是期待。人们簇拥在展示女装的大橱窗前打量春装新款时装。衣着入时的绅士们全都在扣眼儿中插上了紫罗兰。走在彼尔前面的是一对紧紧依偎在一起的情侣,他们步伐一致地走着,好像从头到脚都长在了一起。他看见女孩儿充满爱意的目光中有欢喜地看着恋人的面庞,他想起头天晚上的欢愉,感到越来越灰心丧气。他无法控制,现在一想到自己曾毫不留情的冒犯了她就烦恼。他特别记得一件事让他现在原谅了那位欢愉过的太太。那就是他走时,她盖住胸部的样子。她的动作真的令他动容,还有那些撒在尼尔高棺材上的玫瑰。她一定是真的爱他的。那么说真的又有什么可生气的呢?生活从不会在意这样的事。它需要的是行动,当它聚集全力时,一切陈规都消散在了风中。实际上在爱的力量之中,有某种振奋人心的东西,某种近乎宗教的动人的东西,它不可战胜,它能压倒内心一切琐碎的情感,甚至是对死亡的不安。这种长久以来已被遗忘的，对天性的顺从或许就是人生的最高意义。当他站在她床前，那曾令他颤抖的"黑暗力量"，尽管他良心受尽痛苦，仍强烈感受到的把自己拉到她怀里的"黑暗力量"，那就是他的天性，那就是他生命最初的力量，能挣破一千层习俗的束缚。是的，就是这样。根本就没有地狱，地狱不过就是因为人类害怕生命的欢愉和肉体的力量，而在荒谬的想象中创造出来的产物。而男女之间的拥抱就是天堂，那里能遗忘一切悲伤，宽恕一切罪恶，在那里灵魂都问心无愧地赤裸相见，就像伊甸园中的亚当和夏娃一样。

一些几乎忘却的记忆突然浮现出一些炽烈的话语。那是尼尔高玩笑的评论童话里的那个乡下小子，他探游世界征服了一个王国，但总会回想过去，当魔幻王国带着所有的荣耀的土地、牛奶和蜂蜜为他敞开大门时，他却逃回了家，重回了壁炉旁舒适的角落躺在妈妈的腿上。

他唰的一下羞红了脸，自己头一次尝试，就搞得一团乱，真令人遗憾。生活严厉地考验了他的忠诚和勇气。可这损坏能弥补吗？现在就抱着这样的希望，写封信给她解释一切请求她的原谅怎么样？

他回到赫顿斯弗莱德加德街上的住所，船上木匠的妻子为他打开公寓大门，告诉他说有个人正在他房间等他。

"就是昨天也来过的那个人……我敢肯定他是个牧师。他已经在那里坐了一个小时了。"这人原来是他哥哥艾伯哈德。他坐在桌边的摇椅上，灯点燃了，他脑袋的影子照在空空的墙壁上看不出形状。他没脱去外套，手上戴着的羊毛手套，放在两膝之间的伞柄上。"我都要以为见不到你了。"他们互相打着招呼，"你可能知道了，我昨天也来过。"

彼尔什么也没说，心跳得厉害。他明白，既然哥哥连着两天过来找他，一定是有重要消息要告诉他。不难看出艾伯哈德也很清楚这次来访的重要性。他装扮精心，想给彼尔留下深刻印象。也正由于此，彼尔努力定神，竭力装出一副毫不在意的样子。

"你抽烟吗？"他问。同时隐隐约约想到，是母亲去世了吗？

"谢谢了，我不抽。"艾伯哈德回答。

"那，喝杯啤酒？"

"我完全不沾酒，这样才最适合我。另外，原则上，两餐之间我也不吃任何东西。"

彼尔笑了。尽管他也不想喝酒，但还是从角落的柜子拿了一瓶啤酒出来打开。"你瞧，我现在就是这么放纵，渴了的话，不管是什么时间，都要满足自己。"他说。

艾伯哈德坐了一会儿，转了转雨伞，灰色的大眼睛看着他的弟弟。彼尔走到桌子另一头，立刻给自己倒了一杯酒。

"在那方面，"艾伯哈德最后说，"你肯定会受到良心更多的谴责。"

"你来就是要和我说这个的吗？"彼尔立刻换成好斗的语气回应。

艾伯哈德不屑地稍稍挥挥手。

"你是知道的，我从不掺和你的事。我来是因为完全不同的原因。"

彼尔不想回答，其实他也不敢。仅仅是想到可能是家里传来的不好的消息，就让他产生了这么强烈的反应，他吓坏了。他本以为自己早已克服了那种感情。在过去的那些年里，家里的一切对他来说都像是死了，哥哥的出现也很难激起他的思乡情绪。与此相反，当艾伯哈德手扶着伞坐在那里，用他那双公羊般的眼睛乜斜着他，又激起了他过去的那种反叛的情绪。

那种带着傲慢的神态指责他的架势，虽一言不发却认为他在损坏家族名声的表情，还有他沉默的形象中所散发出的那种自以为是的窒闷氛围，这一切都像是从前牧师家中煤烟所飘散出的臭味，让他回想起久远的童年悲惨的记忆。

但在那打量的目光之后，却是他实实在在的关心，是他对于兄弟的同情。在这间小小的地下室一样的房间里，只有一些粗制滥造破破烂烂的家具。特莱茵虽然把这里当成至圣所一样投入全副心力来照料，但这沉闷的房间正是一副无家可归之人的住所的样子。那裸露的地面和空白的墙壁让他深感同情，他只是在等待时机来表露他的关心。

但是彼尔却没给他开口的机会，他们相对无言地在一起坐了一会儿。"我刚从外面旅行回来。"艾伯哈德开始试试水深，"顺便回家住了几天。"

"是吗，旅途开心吗？"彼尔问。

"不，不能那么说。父亲现在病得很重。"

"真的吗？"

"他情况很糟。"

"因为什么？"

"我跟你说……走之前，我和卡森医生长谈了一次，他证实了我长时间以来从家里来信中感觉到的情况，父亲的病情已经到了最严重的关头了。我想，说简单点儿，就是我们应该面对他的离去做好准备了。"

感觉到哥哥的目光正专心地看着自己，彼尔尽管一颗心在胸腔里跳得厉害，还是保持着一副不动声色的样子。他从这个消息中感受到的不是关切，不是悲伤，甚至也不是懊悔。事实上，那是种不安，那种情绪抓着他让他隐隐生出一种失望。他此前从没想过，在他毕生的努力获得成功，在父母面前证明自己之前，父亲或是母亲会死去。现在他只感到羞愧，他之前那些伟大的希望，被这个消息在一瞬间就击落在地。

"很有可能是癌症。"艾伯哈德继续道，"虽然卡森医生并没有明确说出这个词，但这是显然的，他讨论病情的时候已经表现得十分明确了，他丝毫不怀疑。只要还有力气支持，父亲就会起床忙他的工作。你也知道他是个责任感多么强的人。但他这样撑不了几个月了，我想他已完全准备好接受死亡了。母亲自然很伤心，但说来奇怪，对父亲病情的担心好像反倒赋予了她新的活力。她已经开始试着多起来起来，为的是和父亲多相处一会儿。尽管她对此非常感激，但我想这种奇怪的恩典也是她知道父亲大限将至的标志。"

尽管艾伯哈德的专业并不是神学，但他讲话时却喜欢用《圣经》上的词句。他是个律师，因为拥有异常敏捷清晰的法律头脑而受到同事的尊敬。年纪轻轻，就已获得了良好的声誉。最近他因为在报纸上发表了一篇文章讨论监狱里是否应该推行教育而引起了人们的注意。他甚至因此而被任命到管理总局工作，因为在能力和责任心方面都是大家的模范，因此上司非常看重他。

"我觉得应该告诉你这个消息。"他继续道,而彼尔却依旧一言不发,"如果不幸比预期提早发生,你也不应该毫无准备。我在这里是以你所有兄弟姐妹的名义,我们商量过了,大家觉得你在听说父亲的情况之后,可能会觉得需要,我的意思你可能会想到趁时机还不晚,想和父亲和解。"

"我不懂,你说的是什么意思?"彼尔迟钝地问,但还是不能直视哥哥。

"好吧,正如我之前所说的,我不会掺和进你的事情里去。这只是个建议而已,你可以凭着自己的良心好好想想,你是不是觉得自己长期以来和父母保持的这种关系还算不错。我真是不想再和你说这些了。另外一点我也必须和你说清楚,父亲死后,家里的经济状况会发生切实的改变。我知道,虽然没有得到你的感激,但父亲一直在按时给你资助,虽然数量可能不多,但我敢肯定他尽了全力。他这么做也是为了别人不至于指责他对你的学业漠不关心,不管别人怎么说吧,虽然他没办法评价你的才能,也不能判断你取得了怎样的进步。"

"我知道。"

"父亲离世之后,这项资助也自然会立即结束。母亲的资助会相当有限,从各方面来说,你都必须更加俭省了。"

"说到这些,不要因为我有任何遗憾之处。"彼尔回答道,现在他已经下定决心接受尼尔高的遗产了,这样就可以实现从家里的完全独立。"我刚刚正在考虑给家里写封信,我现在已经完全可以自己筹划将来了。我不需要资助了。"

他哥哥惊讶得睁大了眼睛,但彼尔没有做出进一步解释,他表情异常肃穆,沉默地思考了一会儿,直到再也抑制不住好奇。

"但容我问一句,你打算怎么……"他开口道,但彼尔打断他的话:"老实说,我想你应该严格遵守自己说过的话,不掺和我的事。我之前就告诉过你了,那样我非常不喜欢。"

艾伯哈德站了起来。他脸色煞白,突出的下巴气得发僵。"是啊,我看和你说什么都完全没用。我看我们最好还是就此打住。"

"如你所愿。"

他拿起帽子往门口走,等到了门口,他转过身面朝仍旧坐在桌子边的彼尔,说:"彼得·安德烈斯,虽然你和你的感情可能很难理解,但我还是要告诉你一件事。这段时间,父亲对任何事的关心都比不上你。不久之前,当我还在家里的时候,没有一天他不和我提到你的,母亲也是。很久以前,他们就放弃了对你的影响或是劝导了。他们希望生活会磨平你的傲气,教会你认识到自己的职责所在。现在父亲就要去世了。记住这一点,彼得·安德烈斯,你一次罪都没认过,早晚有一天,你会痛苦后悔的。"

哥哥走后,彼尔又在桌子边坐了会儿,他双手撑着脸,忧郁地盯着前面的位置。

"磨平你的傲气","痛苦后悔","罪恶","恩典",他可真懂这些东西,又把一整套鬼神教义重复一遍!多么典型而又传统的希德纽斯家族性格啊,想再次利用疾病和死亡的机会把我吓回家庭和教堂里去,想用死亡招募他加入背负十字架的沉重队伍中去。

除了想要他屈从家庭的规矩之外,他们还想要什么?他们召唤的是谁?是天性在幸福明亮的时刻所创造出的这个人吗?不是,他们正焦急的等待着他的屈服。父亲就要死了,要他归顺的愿望也就越加急切。他最了解他们!为了他们灵魂的安宁,就要斩断他生活的道路。他们的虔诚让他们不能容忍看到还有人挺着背昂着头不接受恩典。

他抬起了头,哥哥走后,房间里变得非常阴暗寒冷。他们为什么就不能放他安宁呢?他已经和旧日悲惨的回忆划清了界限,将它们埋葬了。为什么他们还要把它再刨出来?因为他的父亲要死了?好吧,就让他死去吧!他不欠对父亲的爱,那些年里父亲欠他的,他根本不愿想。现在,作为报答,他已经把父亲从记忆里完全抹除了。他们谁也不欠谁了。

他喝干了啤酒,然后像个从噩梦中走出的人一样猛的站起来,他要去找那对老夫妇聊聊好让心情平静下来。

第五章

  对彼尔来说，艾伯哈德的来访和父亲病重的消息终结了他漫不经心的闲散日子。过去的几个星期里，他试图用这种方式忘记在桑德拉普教授那儿遭遇的挫败。所以这天晚上，彼尔从书桌拿出了图纸和计算册，他全神贯注地凝视着这些纸页，直到线条和笔画开始在眼前飞舞，数不清的数字把脑袋搅得一团沉重，就像是挤满蜜蜂的蜂巢一样嗡嗡作响。这天晚上，他郑重的决定，要么彻底证明这个计划不可实现，要么就克服一切困难直到完全成功，在此之前绝不停止努力。

  不久，他真的找到了改变运河线路的方法，这样就能改变桑德拉普教授指出的基本错误。为了确保自己没有再被错误的测量所骗，这一次他进行了详细的反向实验来计算水流速度，当看到结果无误时，他开心激动得把口哨吹得震天响。之前的努力都没有白费，他所花费的一千多个日日夜夜都没有白费。说不定赶在父亲在牧师宅院临终闭眼之前，自己还有足够的时间取得成功。

他没有再多犹豫，当即决定接受尼尔高的遗产。他说服自己循规蹈矩并没有好处，在这个世界上想靠赤手空拳取得成功可不简单。

另外，钱的数量也不如预想中那么多。去见律师时，他被告知因为有些遗产有磨损，对于这样的通告，他也心满意足，不想再做进一步了解。律师估计他应该能获得两千克朗。这意味着他能确保自己至少有一年的时间，可以安心地投入工作之中。他还当即不必支付任何费用就领取了一部分预付金，这样他就可以偿清贷款了。

现在为了全身心投入到伟大的工作之中，他放弃了教师的职业和其他一些不得不做的兼职。他就像一头第一次冬眠刚醒来的小熊一样，迫不及待地抖掉了漫长的懒散时光，埋首工作之中。春天回到了大地之上，天气有时阳光明媚，有时又一片阴暗，下起阵阵冰雹。他却整天都坐在小屋里，弓身埋首图纸之中一直忙到半夜，对树丛中欧椋鸟的鸣啭充耳不闻，也顾不上看一眼窗外雪花一样飘洒的玫瑰色的苹果花。每天早上纽伯德尔教堂的钟声一敲响，他就醒来了，当奥鲁夫森太太围裙下还罩着大花的睡衣走到外面，去花园里浇报春花的时候，他已经端坐书桌前开始工作了。

虽然经济状况有所改善，但彼尔的生活方式并没有任何改变。从很大程度上说，这也是因为彼尔天生的节俭的本能。另一方面，他花重金买了各种专业用书，还从德国和美国专业期刊订购了两份工作所需要的技术杂志。他也没再到学院露面了。他估计同学们都已经知道了他去拜访桑德拉普教授以及所发生的事情。另外，他觉得听那些迂腐的学者没完没了的课程简直是浪费时间，他们就像瘸子跳舞一样大谈着实际生活的需求。他也不再见恩格尔哈特夫人。他仔细思考过好的可能性，但还没有迈出第一步。他仍对自己那晚的行为感到愧疚，但经历的事也让他对这种代价高昂的英勇探险所赢取的快乐产生了怀疑。他曾自问，所有这些不便，这些假装都真的值得吗？还有，尤其是那巨大的开支。每次想同那位世故的夫人重叙旧情的欲望袭上心头，他所要做的就是想想单单那一天晚上就花掉的钱。另外，绝大多数时间，得益于运河项目和水平面计算，要忘记她也不是难事。

阳光明媚的时候，他喜欢打开窗子。看到迷路的蝴蝶和蜜蜂从花园飞进屋子，也不会引得他萌生诗情。大多数时候，他会一边工作，一边吹起口哨。水手长就会把戴着便帽的脑袋伸进窗口，表示很高兴见到彼尔心情大好。奥鲁夫森夫人则会在窗台上放上一杯蒸馏咖啡，请他花点儿时间呼吸呼吸新鲜空气。要是这位好心肠的夫人担心会打扰到她的房客，她肯定就会忍住不表达她的关心了。

"咖啡要趁热喝。"她会用命令的口吻说，这样就隐藏了她对他慈母般的关爱。彼尔则会扔下他的钢笔或是绘图铅笔，点起烟斗，探出窗口和正在他们又小又杂乱的花园里磨磨蹭蹭地干着活儿的老两口聊聊天。花园里如此狭窄，这两个大个子在里面一弯腰，脊背就会撞到一起。奥鲁夫森先生就会大不敬地影射《创世记》的故事，他说"这里留下的所有东西都是创世之初一巴掌拍到一起的"。

但彼尔不久就又开始焦躁不安起来。这时他又弯腰画图了，他似乎看到斧头和铲刀在阳光下闪耀，山峰将被铲平，沼泽和湿地将被再次填平。他想象自己听见了深埋的矿藏嗡嗡的声音，仅凭双手的力量，他就能摇撼大地。他又用了很多方法，更改扩大了他的工程。与运河系统紧密相连，他计划在日德兰西海岸修建一座全新的大型港口，这将是一座世界级的海港，能与汉堡港和不莱梅港相媲美。还不仅如此，随着计划的开展，他又产生了从北海中获得大量能源的想法，把铆接的铁板连在一起做成浮标沉入海浪中，这样产生的能源通过电线输送给岸上的工厂。他还想到可以利用风能来带动发电机，从而能够聚集和储存能源，这样就有条件将整个丹麦建设改造成世界一流水平的工业国家。

天气晴朗的傍晚，干了一天活头脑昏昏沉沉，彼尔就会和水手长一起坐在篱笆旁的长椅上，长椅上用两块木板钉在一起搭成顶棚，上面盖着零碎的帆布。这里就是他们口中的"快乐棚屋"，在老两口看来，这里能看到花园里最好的景色。时不时的老朋友们还会来探访，有时是木工头本茨，他总拄着拐杖走得摇摇晃晃，抱怨着腰又痛了。有时是总笑眯眯的铆工弗斯，他樱桃红的脸上长着猩猩般白花花的胡子。奥鲁夫森夫人会给他们每个人斟一杯朗姆托蒂酒，特莱茵还不得不跑到科洛克蒂利加德街铆工家里取来他的吉它。在奥鲁夫森家后面那栋房子的二楼住着一位年轻的炮兵长，他吹得一手好长笛。每天傍晚，他都会打开窗户，坐在窗前吹奏他那长长的家制的乐器，当铆工也弹起吉它相合，这里就变成了演奏会，街坊每个人都听得欣喜万分。周围街区的住户都探出窗子来听，院子里的孩子们也停下游戏爬到篱笆上去打探发生了什么。那些原本已安歇在树上的麻雀也都飞落到屋顶上，猫头鹰一般静静待着，它们头歪在一边，就像听入了迷的小听众。

  在一个这样听着音乐的黄昏，彼尔在邻居一幢房屋的楼上看见开着的窗口站着一位美丽的少女。她双手背在身后，显然是在聚精会神地聆听乐声，同时观赏着黄昏天空中竞逐的流云。但她羞红的脸也透露出她并不是完全没有意识到来自水手长"快乐棚屋"里大胆注视着她的目光。她那所房子是纽伯德尔一位官员麦斯特·雅各伯伊斯的住所，他的妻子被人们尊敬地称为"尊敬的夫人"，至少他的下属是这么称呼的。后来彼尔从奥鲁夫森夫人那里打听到这位少女是那位官员的侄女，最近才来城里学习缝纫。从这天起，日落时分，他便常常和水手长一起坐在长椅上，以便看着那所房子的窗口。他的期待很少落空，女孩儿经常现身其间一个窗口，忙着照顾花草或是给笼中的鸟儿喂食。有时，她会打开窗子，把花盆推到一边然后探出窗口，她的视线滑过屋顶，或是落在街对面的庭院里，或是上升到天空中。总之，她的目光在各处流连，就是水手长家的花园除外。尽管彼尔曾尝试多次想通过无声的语言传递到篱笆那边去，但他们的目光却从没相遇过。一天清晨，彼尔走出前门看见了她，这是他第一次在房屋以外的地方看见她。她穿着绿色的绒便鞋提着篮子，刚从面包房出来走过街道。他抑压不住地冲她微笑，却看见她好像因为在如此尴尬的情况下碰见他而很不开心，甚至生气，但在他眼里，这份羞怯却让她显得更加可爱了，他于是决定向她脱帽致意。她表现得好像没有看见他的样子，但当天下午,她就精心打扮了一番以示弥补。彼尔当时在朗格里杰街散了会儿步刚回来,她穿着一件鲜亮小巧的春装短上衣,下巴下打着大大的丝绸蝴蝶结,头戴一顶有面纱的帽子,刚从叔叔家走出门。她在门口站了一会儿,好给那双黑色的亮闪闪的新手套扣上最后一枚扣子,之后她两手放进外套口袋里沿着墙根慢慢走着,对彼尔走过来的方向连漫不经意的一瞥都没有,但彼尔这时又笑了,之前他就从麦斯特·雅各伯伊斯家的窗玻璃上瞥见了她的脸庞,他猜她一定是看见他出了门就一直等在那里,打扮得漂漂亮亮的等他回来。

彼尔来了兴致,决心更加大胆的接近她。他让特莱茵帮他打探她学缝纫的裁缝铺的地址,还有她一般什么时候下班。一天晚上七点钟前后,当她正在诺里沃德街一家商店橱窗外打量时,他出其不意地出现在她面前。

他彬彬有礼地和她打了招呼,征得允许后便自我介绍。令他意外的是,她并没有因为自己的纠缠而生气。似乎她仍保留着乡村女孩儿的那份单纯,觉得两个邻居在大城市遇见了,彼此之间相互交流几句结伴而行都是十分自然的行为。然而,这种天真烂漫似乎也有刻意的成份。快到纽伯德尔时,她自己揭穿了这一点。当时她突然停下脚步,让他不要再和她走在一起。彼尔也知道麦斯特·雅各伯伊斯喜欢猜疑,对这位年轻侄女的责任心也很强,因此也就不再多问,只是道声希望尽快能再见就告辞了。

接下来的日子里,他们像这样频繁碰面,然后回家的路上也会一起走上一段。他们没有明说,都谨慎地选择了绕着皇家花园和罗森堡公园走,因为那边碰到纽伯德尔街坊的机会更小。而彼尔每次都把路程延长一段,她也没有拒绝。

女孩儿名叫弗兰西斯卡,个儿头不高不矮,长着满头金发,身材苗条得近乎偏瘦,但却非常匀称。最与众不同的还是她走路的姿态,她的步法展示出她性格中无畏和自信的一面。每当她双手放在外衣口袋,昂然地挺着稚嫩的胸膛走下石板街道,路人总不由自主地为她让开道路,彼尔看到男人们渴求的表情,觉得非常可笑。她白里透红的脸上神情严肃,眉头紧紧锁在一起,但这只是她应对陌生环境的方式。她想用这种迎战的姿态让哥本哈根善良的人们知道在凯特明纳,也有和他们一样的人。

她和彼尔在一起时明显表现出来的这种大胆其实也源自一种秘密的不安,她担心自己被人当成是幼稚的乡村女孩儿。彼尔并没有曲解她的这种坦率,因为这些和他身上那种日德兰式坚持自我的作风很像。他们都来自外省,这极大地加深了他们之间的相互理解。就连彼尔被她吸引的原因也可以追溯到过去,她的美貌,她的举止,她带着方言口音的说话方式都让他想起家乡那个长得像女武神瓦尔基里的金发女孩儿,正是因为那个商人的女儿,彼尔第一次萌生了爱情的感觉。

不幸的是,夏夜总是这样美好,明亮且悠长而又色彩绚烂,就像是为了唤起这两颗年轻而又空虚的心灵中的躁动不安似的。他们逐渐加长散步的路程,一路绕过湖泊,总会走过城市东面仍屹立着的城壕背后那片风情浪漫之地,在两边栽种着树冠茂盛的古树的林荫道上,他们总要来来回回走上好几趟,然后才舍得分开。

在漫步途中,他们会聊些什么呢?会说起天气,说起碰到的人,说起他们都认识的邻居和当日的新闻,但从来不说起爱情。彼尔甚至从没尝试过。一开始,他克制自己怕吓到了她。但后来他害怕她对自己与日俱增的吸引力,为了自己考虑,他避免谈论这个话题。起初接近她,彼尔并没有既定的目的。他习惯于找些年轻女孩儿寻寻乐子。

工作彻底占据了他的注意力,高度紧张又兴奋的脑力活动也耗尽了他的体力,他需要恢复补充,加之他这么年轻,也就产生了性的冲动。但他自己却是坚决反对这样的,因为他并不想确立严肃的恋爱关系。每天晚上,大自然都让他沐浴在轻松愉快的氛围之中,他们见面时,四周闪耀着金色的光芒,城市成了童话之境。为了弗兰西斯卡考虑,他们不得不严守约会的秘密,但最终她却再也难以掩饰分别的不安与焦虑。在彼尔心目中,这一切都使得他们的关系蒙上了一种无法言明也难以捉摸的魔力。在一个美好的日子里,他意识到自己以前其实根本不懂爱为何物。

他是对的。

事实上,他这是第一次坠入情网。尽管在很多方面,他表现出超越年龄的成熟,但在感情方面,他却像个孩子,还很稚嫩。现在,一种紧迫感在他体内与日俱增,那是一种神秘的感觉,好像一个崭新的世界即将为他敞开。平时涉及女人,他总竭力尽快地从言语转化为行动。但在这段关系中,他却柔情款款,举止彬彬有礼,生怕伤害了他们的关系,过了很久他才敢向她要求离别之吻。她应允了,脸颊绯红,他却几乎要为自己的大胆而感到后悔了。他碰到她处子的嘴巴,汲取着她嘴唇的温度,心里充满了亵渎的感觉。

夏天结束的时候,弗兰西斯卡回家探望父母,并待了很长一段时间。尽管在最后那段日子里,她和彼尔仍像往常那样一直约会,也总是粗心大意地直到距纽伯德尔很近的地方才依依不舍地告别,但没有人发现他们的关系,除了特莱茵之外。这个淳朴的女孩儿的直觉似乎能洞悉彼尔的一切事情,她很早就知道了一切。

有一回,彼尔让她往邻家送去一封非常重要的信,从而把她牵进了这个秘密之中,特莱茵把这份困难又危险的差事当成上帝派发的任务一样来完成。她托词说去捡吹到篱笆那边去的晾衣服的夹子而进了麦斯特·雅各伯伊斯守备森严的大门,把信件利落巧妙地交付到当事人的手中,但等彼尔走后,她脸色苍白,一句话也不说,一反常态的四处徘徊,还频繁地躲进厕所,以至于奥鲁夫森夫人以为她生了病,命令她上了床,给她肚子上贴了一块气味浓烈的芥末膏。

十月份的时候,弗兰西斯卡回来了,两个人对彼此的感情很快就达到了非常强烈的程度,彼尔感觉必须做点儿什么了。他断然不肯引诱她,但另一方面,他也并不是真的想要把他们的关系进一步发展到一般正式的订婚程度,但那毫无疑问正是弗兰西斯卡所希望的结局,她正焦急地等待着。有好几次,她完全是主动地对他讲起自己的家庭成员关系,有一次还稍微随口提及她父亲有一笔可观的资产,但是和一位凯特明纳马具商的女儿结婚,这和彼尔为自己设立的人生目标完全不沾边。每当产生这种念头,他都会看见尼尔高站在他面前,记起他曾经讲过的猪倌王子的故事,那些话语就像那句嘲讽的预言"数过,称过"一样变成火红的文字在他眼前熊熊燃烧。①

接着发生的事却令事情出人意料地草草了结了。对于侄女给出的从缝纫课归家时间越来越晚的解释,麦斯特·雅各伯伊斯已经怀疑了好一段时间了,一天他决心调查此事。经过一番盘问,女孩儿最终不得不将整件事和盘托出。

第二天,麦斯特·雅各伯伊斯就出现在彼尔的住所,他未加自我介绍就直截了当地问他是否打算娶自己的侄女。彼尔表现得相当迷惑的样子,招呼他坐下,试着想和他稍稍谈上几句,但他摇了摇头,生气地拒绝了闲聊,而要他给出明确的答案。"是"或是"不是",别的什么都不用说。

彼尔闪烁着不知如果作答。他想如果现在说"不是",就将有可能再也见不到弗兰西斯卡了,一想到这种结局,他的心就无比沉重。他想象着她很可能正在隔壁房子里焦急地等待着——等待着一个结果。

他应该放弃所有那些前途未卜的宏大梦想而紧握手中那像麻雀般小小的幸福,应该忘掉屋脊上展翅高翔的金色大鹏,那一刻这种想法像一道闪电一样击中了他的心,但尼尔高的秃头再一次突然出现在眼前,彼尔直起身,明确回答:"不。"

这幕画面以后每次想起,他都会羞愧得咬紧嘴唇。麦斯特·雅各伯伊斯双手插在裤子口袋里,重重踩了两步,走得离他如此之近,彼尔感到他灰白的胡子都要蹭到他脸上了。这位不速之客称他是无礼的蠢货,是街头弃儿,警告彼尔要是再靠近他侄女一步,就要狠狠揍他,把他像癞皮狗一样从纽伯德尔轰出去。

彼尔气得脸色灰白,但他一动不动,也没出一声。并不是这人的恐吓让他沉默。彼尔站起身来,两只拳头紧紧握在胸前,看到这人向自己逼近,他首先想到的就是抓住他的喉咙把他按在墙上,迅速地抓住他直到他不得不平息怒气。但他看着那张扭曲发白的脸,看到那抖个不停的嘴唇,

---

① "数过,称过,分掉"是伯沙撒王举行宴会时王宫墙上出现的文字,但以理向他解释说这是王国即将灭亡的预言,参见《圣经·但以理书》。

这些比那结结巴巴的威胁更清楚地表明整件事情对老人的打击有多大，因为对侄女的责任感，他受尽折磨与屈辱，这样的结果深深伤害了他的感情和心灵。彼尔于是放下拳头，一句话也没有说。

麦斯特·雅各伯伊斯离开之后，他自问自己到底做错了什么。他并不想伤害弗兰西斯卡的啊。如果一开始他知道他和弗兰西斯卡会爱上彼此，他可能就会和她保持距离，但说到底，自己也并没有辜负她对自己的信任。他们之间的那些天真无邪的吻也并不会对她的未来造成影响啊。那么自己到底闯了什么祸呢？

所谓的"良心"再次袭上他的心头，那种不可名状怪诞可怕的东西让他突然像置身于魔法的镜子面前，他觉得镜中的自己可恨又扭曲。他本以为不管心灵受到何种碰撞与擦伤，自己都能保持乐观，但现在却像个傻瓜一样受尽屈辱。这种委屈令他几乎忘记了弗兰西斯卡，忘却了和她的分别。

事实证明，麦斯特·雅各伯伊斯的威胁完全是不必要的。第二天，弗兰西斯卡自己就决定回菲茵岛的家里去了。又过了两天，彼尔收到一封邮件，里面是自己在不同场合下送她的礼物。她把它们都送了回来却一个字都没说，甚至连一句责骂的话都没有，但包裹里的每一样东西都用粉色的丝质纸精心包着。彼尔把它们拿在手中，心中又涌起一股耻辱感。他的眼睛湿润了。他不能自已。如果不是立即把包裹装进抽屉，他很可能会因为羞愧而伤心落泪。

但幸运之神再次向他招手了。没过几天，发生的事情让他忘记了自己突然被驱逐出爱情天堂的痛苦，那件事看上去几乎就像是命运在向他鼓励地眨眼，回报他的坚定。长久以来，他一直在平静的死水中斗争，一直在等待仁慈的清风来推动他在人生的旅途上冒险前进。而现在，一系列暴风般的事件在他身边发生，把他推进了广阔的海洋。

一段时间以来，彼尔的计划取得了长足的进展，他也敢再次把计划交到权威人士面前去评断。这次，他转向了工程师协会的主席，一位退休的上校工程师，他常听人说那是位性格开放感知敏锐的技师，极具影响力,另外还是协会特色期刊的主编。彼尔已经把自己的大致计划连同一封署名为"工程师P希德纽斯"的信一起寄给了他,在信中彼尔总结阐述了自己的各种想法,还坦率表示自己希望上校认识到自己所提出的想法的重要意义,希望他能推荐到期刊上公开出版。

过了几个星期,他一直没有等到回音,最终都要放弃希望觉得自己什么回信都不会收到了。但就在这时他收到上校的回信说自己兴味盎然地看了彼尔的计划,并要彼尔在他上班时间去见见他,带上之前提到的计划的详细版本,以便进一步讨论。彼尔迅速仔细地读完了信,然后立即用手背重重敲了敲天花板,要特莱茵下楼来。

"把老人们请过来。"他命令道。然后他从衣柜底部取出一个酒瓶,里面还剩一些瑞典潘趣酒,他把桌面摆置的三只酒杯斟满。

"发生什么事了?"奥鲁夫森夫人把她那缠满发卷的脑袋伸进房间问,水手长也摇摇晃晃走下陡峭的楼梯。

"好消息,奥鲁夫森夫人,快来恭喜我吧。"

"我的天啊,希德纽斯先生,您订婚了吗?"

"这次不是哦,老夫人。比这还要好呢,奥鲁夫森夫人!"

"那您彩券中奖了吗?"

"倒是也可以这么说……差不多一回事!干杯,老朋友们!感谢这所有的一切!干杯,水手长!要是马上你们听到我的消息,可千万别吃惊啊。"

第二天,彼尔腋下夹着图纸站在上校的门前,一个女孩儿为他打开了门。他在一间类似门厅的房间里等了一会儿,女孩儿递进了他的名片,接着他被带进一个大大的工作室,明亮的光线从外面花园里透进三扇玻璃窗。一个面色红润,满头卷发的小个子手拿着夹鼻眼镜从凳子上站起身快步朝彼尔走过来,他在房间中间停下脚步把眼镜架在鼻子上把彼尔从头到脚打量了好几遍,全部表情都写满了失望。

"怎么回事?你就是工程师希德纽斯先生?"他问。

"是的。"

"可老天啊,你这么年轻!"

"啊,"彼尔有点不安地说道,"我已经二十二岁了。"

"可是,可是……那么这整件事情……"他显然是想说都是误会,但转身之前他又想了一会儿,像是为自己犯下的蠢行而苦恼,一时不知如何掩饰。

"好吧,坐吧。"最后他极不情愿地说道,"无论如何,我们来谈谈这事。"他挥了挥手,让彼尔坐在书桌旁边的一张竹椅上,然后自己坐在一张大大的扶手椅上,然后又用同样的语气说:"正如我所告诉你的那样,在你寄来的一堆计划中,有很多不说是疯狂,总之是很可笑的东西,但是倒也不乏有一两处值得注意的地方。可以肯定的说,你的在日德兰构筑大型运河网的想法以及和运河网相关的设计,说得好听点儿就是太不成熟。这部分我们就放在一边不看了,但另一方面,调整东海岸入口的想法倒是多少有点儿可行的基础,同时,你所想到的实施计划的方法从部分上来说,确实展示出一些新观点和新的观察方式。"他一边说话,一边慢慢地转着手中的尺子,还透过几乎是水平架在红红的鼻子尖上的眼镜严厉地打量着彼尔。他的语气慢慢地变得不再那么不近人情了。很显然,彼尔健康的体魄和宽阔的肩膀影响了这个老军人。他说到一半打住话头,两只手往腰上一掐,再次惊讶地说道:"但是,你真让人搞不懂!小伙子,你怎么会想到这个愚蠢的念头要设计这样的计划?你不会觉得这个计划有任何实际意义吧。礼貌地说,在我看来,你脑袋里应该更多的想的是漂亮姑娘以及之类的东西,而不是对数和绘图计算吧。"

尽管这种看法让彼尔不太高兴,但他觉得最好还是保持微笑。接着他又坦诚地告诉上校,过去的这些年来,自己是怎样专心从事这个计划设计的,从某种程度来说他几乎从童年就开始考虑这个计划了。他越说越动人,言谈中对计划的重要意义透出难以掩饰的自豪。另外他还列举外国的例子,表达自己的看法,说自从国内开始修建铁路以来,当局就忽视了发展国内的自然交通道路,也就是水路,这种忽视已经到了不可原谅的程度。整个国家的水路都被忽视,它们慢慢就会成为国家生产力和财富的最大损害。

听着彼尔的长篇大论，上校的脸上浮出了微笑，最后他忍不住大笑起来。"天啊，上帝知道，你真是有颗勇敢的心！我想你的计划对我们这些保守的老家伙简直是个挑战，我们真该羞愧竟然无视国家的利益。而且，你还要我允许你在我们的期刊上批评嘲笑我们。我要说，这可不够！你把你的详细计划带来了吗？让我瞧瞧。"

彼尔把图纸一张张展开，摊在面前的桌子上。

"老天啊，"上校大吃一惊道，"这简直是个完整的档案了！是什么让你这样做的啊？这简直是要疯了，我的孩子。不过看完这些，我还是没有看到刚才我们聊到的港口改造的草图啊。那才是我最感兴趣的地方。"

彼尔展开最后一张草图，那张巨大的图几乎盖住了整张桌子。那图表是他半年来严格律己的成果。图纸上画的是工程轮廓，平行截面，内部结构，柴笼防护堤，护墙等，全部都画得煞费苦心，一丝不苟，甚至还有比例尺和精心印制的标题。上校把眼镜往鼻子上推了推，又从工具箱里拿出一个圆规。"你或许知道，"他沉默了一会儿说，极不情愿地表现出自己有多震惊，"其实十年前就有人考虑过挖深海湾入口和重建港口的事。当时也有人征求了我的意见，看到你的计划，我又回想起当时的记忆，那种感觉，我，好吧，搬张椅子坐近点儿，给我讲讲你是怎么想出来的。"

一个多小时的时间里，两个人并排坐着聚精会神地量量算算。上校一次又一次扔下圆规宣称整个计划愚蠢透顶；但过不了一会儿，他又会满是欣赏地支持这个或那个令人愉快的发现，比如某处地形运动巧妙，或是某个地基平面图安排合理。整个期间，彼尔都很平静，跟老人相比，他甚至显得有点冷血。经过精心的考量，他放弃了一些小的地方，从而保证了大的计划的完整，那才是他最具挑战性的想法所在。

漫长的讨论最后慢慢变成了年轻工程师和老年工程师之间的短兵相接，后者不止一次的沉默下来，有时也做出一些让步。最后，上校似乎产生了强烈的兴趣，甚至又拿出之前嘲讽过的带水闸系统的运河设计和西部港口的图纸，更加仔细地研究起来。

上校兴奋地满脸通红，最后突然推开所有的图纸说："这些东西让我看一个星期吧。那时我们可能得出点儿什么来,从谷壳里挑出麦子来,这谷壳可真是多得吓人。要在期刊上发表,全部东西得综合起来才行。我来看看能做点儿什么。这样我才能更加理解你的想法,我认为你的计划应该整体来看,应该整体呈现才能做出正确的判断。不管怎么说,就是单纯作为一项理论尝试,你的计划也很有意思,肯定会引起技术界的关注。你真的很有想法,年轻人。你刚才说你多大了来着?"

"二十二岁。"

"快乐的好年纪啊!那么一个星期之后再来找我吧。"上校像对待平辈那样热情地握着彼尔的手,"你有一双怎样的眼睛啊!"他握着彼尔的手突然说道,"你从哪里遗传来的这样一双眼睛?你看人的样子简直像头饿狼,好吧,祝打猎顺利!"说完他笑着再次握了握彼尔的手。

彼尔走到外面的街上,世界仿佛都为之一变。空气如此宜人,天空看起来如此高远,人们的身影小得难以置信。现在要保持镇定,他强制自己要冷静地看事情。老天啊,整件事情的发展简直就和他所预想的一样。等杂志出版了,他谁都不会送,甚至包括父母和家里的所有人他都不会送。但不管怎样,杂志肯定也会到达他们的手中。因为现在,这些也并没有太大的意义。在成名的道路上,他才仅仅只是迈出了小小的第一步。摆在他面前的任务更艰难,需要更长的时间,他要把理想变为现实,为它们创造机会,赢取当权者和人们的共同支持。

接下来的日子,他都在台球室闲逛以打发时间,抑制自己的不耐烦情绪,等待着可以再次出现在上校的办公室。一天晚上他去了孔根斯耐托夫广场的一家咖啡馆,在那里他看到了弗雷乔夫。自从上次在"罐子"咖啡馆狂欢过后的长谈以来,他还没见过他。当时画家喝得烂醉,却表现得像个受坚信礼的人一样畏畏缩缩,战栗不已,但现在他又带着满脸艺术大师的威严,像个头戴皇冠的王者一样坐在那里,成为周围一圈沉默的崇拜美的年轻人的谈论中心,那些人都像他一样穿着晚礼服,用过盛宴正喝着干邑白兰地和水。他把那顶鲁本斯式的灰色大帽子推到脑后,把那根令人生畏的竹制拐杖放在伸开的两腿之间,双手按在手柄上。

"见鬼了!这不是萨洛蒙的小阿拉丁吗?"彼尔走进来时他大声叫道,一边还优雅地挥手和他打招呼。

"这么长时间,神灯里的妖精把你藏到哪儿去了?请坐!"

但彼尔并不想加入他们的圈子,于是就在旁边桌子找了个座位。弗雷乔夫又问了一遍怎么这么长时间没见他,他也只是大概说自己一直忙于工作。弗雷乔夫庞大的身躯里爆发出一阵奥林匹斯神般的狂笑。

"哦,说的是啊!你可是现代社会的有用之人,那桑博士站在您面前也会对您打躬作揖的。我们真要感谢您!这么说,您最近一直在忙着从我们一个个无辜的小湖泊里抽水了,对不对?还是说您找到了方法要把菲茵岛的崖壁劈成碎石来制作灰泥?还是说您找到了其他办法要建设未来,为我们祖国的繁荣和美化贡献自己的力量?"

彼尔看了一眼那些表情肃穆的年轻的艺术家们,他们懒扬扬地躺在椅背上,仿佛是在思索着内心的启示。他点了根雪茄,说了句:

"真庆幸我们不是所有人都天生就能在画布上描绘天堂啊。"

"那当然了!工业万岁!工厂竖起臭气熏天的烟囱,愿上帝来改善我们的排水系统!告诉我吧,年轻人,你真的见过机器带来的现代幸福是怎么样的吗?帮我个忙,麻烦你找一天到逼仄的小巷里去走走,看看那些面无血色的孩子们,他们就像腐烂的奶酪上的虫子一样爬得到处都是。或者到有钱人的街区去看看那些掠夺者们,看看那些腰缠万贯的犹太人和他们的肥女人……到处一片腐烂,我的朋友。啊,上帝保佑我们。难道这就是所谓的未来。我说,难道这就是科学赐予我们的恩惠?不,我宁愿赞美一个朴实傻笨的农民,他会站在耕犁后满足地唱歌,把改善世界的任务留给他的上帝。比起所有犹太人的未来先锋来说,他都更像是一个人。"他转身问道,"你们觉得呢?"他那些坐在桌旁沉默不语的同伴们都低声表示赞同。

弗雷乔夫有点醉了,所以彼尔并没有感到惊讶,倒是这番言论让他又想起那晚他在"罐子"咖啡馆所说的话。不过,他搞不懂弗雷乔夫为什么要一再讽刺那桑博士,他以前可是那桑博士狂热的崇拜者啊。彼尔觉得没有必要再说下去，于是就耸耸肩开始读报纸了。

这时前门打开了，一大群做好去剧院打扮的女士和肩上松松披着大衣的男士拥了进来，没几分钟就把之前几乎还空着的咖啡馆坐满了。那晚皇家剧院有一出戏首场演出，这些人都还处于被那五幕剧所激起的亢奋中，飘飘然的样子。席间嗡嗡回荡着作者和演员们的名字，他们热烈地讨论着那些角色以及这出戏的意义。弗雷乔夫和他的那群艺术家们尽管年纪不大，但却已声名远扬，慢慢的，他们引起了那些客人们的注意。他们脑袋凑在桌边，不时地指指点点，小声说着什么。在咖啡馆的角落里，独自坐着一个脸色苍白的年轻人，他墨菲斯托式魔鬼的外表引起了人们的关注。他是诗人保尔·伯格，是大诗人艾尼瓦德森众多弟子之一。艾尼瓦德森最近于写作中去世，他被认为是那位语言大师的文学继承人。彼尔听见邻桌的几位女士饶有兴趣地聊起了保尔和他的诗歌。这时彼尔认出他就是上次弗雷乔夫在"罐子"咖啡馆举行的狂欢会上的那个人，当时就是他跳上椅子为那桑博士举杯，他疯狂犯傻的时候还捏碎了手中的玻璃杯。

带着那份记忆，此刻他虽身处喧哗之中，却感到深深的不安。他难以抑制地想到，即使他足够幸运能在自己的领域内崭露头角，他也绝不可能奢望获得这些无足轻重的诗人一样的名气，他们的名字现在就已经被人们口口相传了。即使等他的构想发表出版了，他的名字也几乎不可能传出那小小的工程师圈子。报纸会大幅刊登刚问世的爱情故事，除非他写一首关于海洋的诗，或者画一幅河流的画而不是设计运河，否则他们只会在小小的边栏中稍稍提及他的作品。

他站起身准备离开，却抑制不住地走到弗雷乔夫身边说："在我看来，对于这个国家，你们这些'美丽的心灵'实在没什么可埋怨的。你也看到了一场二流的戏剧都会带来多么大的轰动。再过一个星期，全城的人都会谈论起这起伟大的事件了。"

"好吧，那我们这些乡下人到底应该关注些什么呢？"

彼尔感觉被这些词压得说不出话来，于是默默地看了他一会儿："或许你是对的。"他边说边用痛恨挑衅的眼光瞥着那些艺术家们，然后说道，

"等着吧，很快一切都将不同了。"

"又是个疯子。"彼尔走后弗雷乔夫说着一饮而尽。他的艺术家同伴们也自动地喝光了酒，低声表示赞同。

彼尔沉不住气了，上校要求的时间几乎等不下去了，但当他再次站在那间办公室的时候，上校却和上次那个对他饶有兴趣、同事般鼓励他并和他告别的人完全不同了。上校既没有和他握手，也没有请他坐下。他态度无礼，气势汹汹，明显是要掩饰不安，他退还了彼尔全部的图纸，说经过进一步的审查，觉得此构想不适合在期刊上发表："整个计划都太不成熟了。你太年轻了，无法靠自己完成这个任务。据我听说，你还没有毕业。"

啊，就这样了，彼尔心想，他谨慎地盘查了我的情况……甚至还有可能问过桑德拉普教授了。好吧，那就等着吧！

上校站在房间另一头贴着瓷砖的火炉前面，就从那里挑剔地审视着彼尔，从他的衣服直看到鞋子，就连彼尔进门时放在门边椅子上的帽子，也瞥了一眼检查了一下。

"你姓希德纽斯，"他沉默片刻问道，"莫非出身那个闻名的牧师家族？"

彼尔就和往常被问到这个问题时一样，表现得好像没有听见一样。他以直接挑战的口吻讽刺上校突然就改变了对他作品价值的判断。上校立即打断了他，不安地说任何进一步的讨论都毫无必要，也完全无用。他不会改变对这个计划的看法。

显而易见，他想尽快摆脱彼尔，因为害怕自己被再次说服，他也不让彼尔再多说。他往前走了几步，换了个温柔点儿的语气："如果那天我的话让你产生了错误的希望，我很抱歉，但毫无疑问，我的拒绝是为了你好。我不否认你有天赋，但眼下你首先需要也是最需要的，就是要更了解你的不足。对二十二岁的人来说，还有比好好读书更重要的事吗？不管怎么说，我们的杂志都不会接受年轻人不成熟的作品。"

他挥挥手转过身，意思是说会面到此为止。但彼尔仍然站在那里：

"在您看来，先生，我要衰老到什么程度才应该开始期望我的工作得到认可呢？"

老上校的脸变得和龙虾一般通红，他转身太快，脚把地毯都带得拱了起来。"你疯了吗？"他大喝。但看到彼尔面如死灰，脸颊抖个不住，他克制住了自己。眼看着就要闹出事来，也害怕引起流言，他意识到必须再次表明没必要再谈下去了。

"我还有些话想告诉你，先生，"彼尔说道，"你会为自己拒绝我而后悔的。"

"你竟敢威胁我？"

"随您怎么说吧，但下次见面，将会是您来找我了！先生，您对我有误会，而我也错看了您！要是以前我更了解您的话，我绝不会来叨扰您。等我们下次再见吧！"

老上校听到这些话愤怒到了极点，但他还是没有回答，他感到心里激烈地斗争着。门在彼尔身后关上了，他动了一下，好像是要把彼尔叫回来一样。"哎，那孩子！"他说着转身回到凳子上，心烦意乱地挑选着文章。片刻之后，他的妻子焦急地走进房间，说："那是个什么人啊！老天啊！他把门拍得那么重，天花板上的石膏都被震掉一块！我说那到底是什么人啊！"

"比起震掉石膏，他以后还会闯更大的祸，蠢货！"

"可他到底是什么人啊？"

"你说呢！我看他是个疯子，要么就是个骗子，或者也可能是个天才。时间自会证明的。"

第六章

四月伊始的一个星期日上午,这是春日里天清气朗的一天,彼尔坐在朗格里杰街一家餐厅门前观看川流不息的人潮。人们做完了礼拜,也吃过了午饭,于是出门晒晒太阳,呼吸呼吸新鲜咸湿的空气。过去的几个月里,他的外表发生了很大的变化。他瘦了些,但也没有显得太不相称,他蓄起了络腮胡子,看起来老成了些,脸也显得更有特点。他的神态也不再像过去那样漫不经心,扬扬自得。他坐在那里手撑着头,注视着休息日盛装出行的散步者,从他的眼神和皱起的眉头不难看出,这个年轻人刚经历了生活中第一次痛苦的失望。他近来生活非常不顺。此前,在努力准备构建未来时,他对自己充满了信心和耐心,做事谨慎又专注,有时甚至相当聪明地只聚焦一件事,但自从上次与上校发生冲突之后,他就再也无法镇定下来。

为了报复上校和桑德拉普教授，或者说是报复任何现在挡在他前进道路上的人，他在城里找了另外一些著名的专业人士并向他们展示了自己的作品，还四处拜访报纸编辑，希望他们发表介绍自己想法的文章，最后他甚至还疯狂地求见了内政部长，向他阐释全面改造水道系统的紧迫性，但所到之处不是被拒之门外，就是微笑和耸肩。

不幸之处还在于他要独自面对这所有的厄运，没有值得信赖的同伴能听他倾诉自己的失望，帮他发泄怒火。怨恨吞噬了他，使他不愿和别人相处，心中翻腾着阴暗变态的想法，认为一切都是精心设计的，有意识地想要捕获他。以前的同学他全都避而不见。他觉得那些同学肯定全都以为他有点儿疯了，其中一些同学也确实这么觉得。他有一年多的时间没有再光顾"罐子"咖啡馆，不过却听说丽思贝丝很早以前就另觅他人寻求安慰了。

事实上，他也早就瞧不起那些备受国民宠爱的艺术家了。他们就和那些牧师一样，对自然世界掀起同样近乎歇斯底里的崇拜，他们还被视作受到庇佑的生灵，灵魂是天与地之间的沟通者。说到底，这些画布的崇拜者和诗歌的布道者虽然滑稽，但并不像他以前所想的那样无辜无害。他们腐蚀了只有人类才是地球上唯一的统治者和主人的这种信念。

身处逆境的日子里，那些在他成长过程中压抑着他的阴郁易怒的孤独感又复现了，那时他在家里和父母兄弟姐妹一起生活却仍感觉无家可归，现在他觉得自己就是在这传统社会迷失的异乡人。他的同胞们就和自以为是的希德纽斯家族的人一样，用他们小资产阶级的责任感和法利赛人般的傲慢蔑视掩饰这世界的光辉与荣耀。他还时常想到，天主教的牧师不能结婚，这可真是莫大的恩赐。这样，源自教会的虚伪的谦卑以及精神上的彻底残废就无法在人们之中流传。但在新教国家，它们却代代相传，就像在驼背王国中一样，一切思想都上下颠倒，小的被说成大的，歪的被说成直的。

另外，他还要处理一些新的麻烦，其中一个就是钱的问题。最近他过着十分节俭的穷学生的生活，他找到了伯格加德街最便宜的地下餐馆，同马车夫和信差一起在那里用餐，但从尼尔高那里继承来的财产还是快用完了。他计算出他的钱最多还能再多撑几个月的，但接下来呢？要他再次妥协去当一个会打学生的老师吗？还是再去生产商和工匠那里祈求他们给些抄写的活计？

另外，他还有爱情的烦恼，他忘不了弗兰西斯卡。他不时地会想起一些记忆中的小事，每次想起就深受触动。比如她系在他扣眼儿上的一朵干花，她写给他的那封傻傻的信，那天晚上他从她脖子上偷偷解下来的一条蓝绸带。黄昏时分，他独自一人去散步，看到别的那些和不管是天上的还是地上的权威人士都能和睦相处的年轻人，他们搂着自己的未婚妻或是别的年轻女子，享受着日落和这大好春光，脆弱感又袭向他。他问自己是否因为幻想而牺牲了幸福，自己现在能不能轻松一点儿，抛弃那些宏伟的梦想，像那些年轻人一样到办公室里做个可用之才，然后娶了弗兰西斯卡，做一个驼背王国里受人尊敬的好公民和好丈夫？

这还不是全部。好像所有势力一起密谋好要测试他的决心一样，在赫顿斯弗莱德加德街的家里，另一件事令他深受震动，水手长去世了。上午的时候，老人和往常一样绕到阿美琳堡皇宫广场，经过伯格加德街走到安托尼斯特雷德街，回程路上走到哥特斯街和阿德尔加德街转角的时候，他毫无征兆地倒在了人行道上。他的意识还很清醒，结结巴巴说出名字和住所地址，然后就被周围立刻拢来的好奇的人群送上就近的一辆马车送回了家。马车在门前停下的时候，他的妻子正好从窗玻璃里打探他的身影。很快她看到一个警察从马车窗口伸出手打开车门，她回过神来想到是发生了什么，于是就冲下了楼梯。彼尔当时正在房间里，感受到房子里的骚动，于是就走到门厅去看看出了什么事。就在那里他看到奥鲁夫森夫人站在马车门的位置毅然推开警察，然后拖着水手长下滑的身体进了屋。这位七十三岁的老夫人不要任何人的帮助，全凭自己一人的力量拖着她弥留的丈夫爬上陡峭的楼梯。那位警察出于职业的尊严，拿着奥鲁夫森先生的灰色帽子和棕色手杖跟在后面。一位医生被匆匆叫来，船木匠的妻子悲痛万分，主动叫来了牧师，彼尔和警察则帮助奥鲁夫森夫人把她的丈夫抬到了床上，几分钟之后，奥鲁夫森先生头歪到胸前，咽下了最后一口气。

那天以后，彼尔在屋子里就觉得很不安。这是他第一次距离死亡这近。那张着嘴的僵硬难看的尸体就躺在楼上他头顶正上方的位置,夜里一想到这画面他就难以入眠,白天他手托着脑袋坐在桌前,他凄楚地盯着图纸,那五六页令人不快的图页已经耗尽了他所有的智慧和希望。葬礼般的死寂笼罩了整幢房子,墓穴的阴冷穿透天花板压在他身上,一切仿佛都在嘲笑他的失意,都在提醒他面对死亡即使是最成功的命运也显得那么可怜而微不足道,相较永恒的虚无而言,最长的生命也显得那样短暂。他一天一夜没回家。为了不胡思乱想,他去了咖啡馆和台球室,与街上一位素不相识的好心妓女过了夜,现在又手握空酒杯坐在咖啡馆中。整个上午,他就和童年时代一样,被教堂里那魔法般不断回响的可恶钟声追着在城市里到处躲。他从没像现在一样感到如此的无家可归,意气消沉,心灰意懒。就像假日里一样走过街头一长排橱窗关闭的商铺,他看见所有的公园里和人行道上都是星期天欢乐的人群。这边来了个脖子粗大的人,他鼻子快昂上天了,双手背在背后。他想可能是个律师,也可能是个高利贷者,一个诈骗犯,刚去了几家教堂为这个星期的罪恶寻求免罪,现在他叼着一支哈瓦那雪茄,呼吸着新鲜空气就像个获得重生的人。又一个肥头大耳的家伙,跟前面那个简直像一个模子刻出来的,他一手挽着一个撩人的金发妇人,一手牵着一个可爱的小姑娘一路走来,真是幸福的一家啊,那人已经听从了人生的召唤,当了锡扣代理商,要么就是为收益颇丰的厕纸生意心满意足。接着来了些学生和士兵,大笑的少女和酸笑的老妇,他们都走出小而舒适的家,给他们那收拾得井井有条的蜗牛壳般的家透透气。卑微的人们!快乐的人们!像希德纽斯家族一样诚实正直的人们!一声嘶鸣的汽笛声吓了他一跳,原来是一艘巨大的蒸气货轮在活塞冲程有力的推动下驶出了港口。阳光照在涂着黑漆的船体上,黑羊毛般的浓烟翻腾越过货堆。船长拿着信号设备,站在控制室里。英国商船旗在尾柱上翻飞。

看到这幕情景,彼尔心中唤醒了一个强烈的渴望:离开这里,到世界上别的地方去,别的人群中开始新的生活……去美国、澳大利亚,或者干脆走得更远,到一个遥远的陌生国度去,远离教会执事的精神,还有教堂的钟声。这种渴望对他来说并不陌生,这种引诱也不是最近才出现的。但到底又是什么阻碍了他呢？肯定不是尼尔高所说过的那种能将一个人拉回家中的神奇力量，尼尔高就是那种力量的牺牲品。纽伯德尔的家即将崩溃，他在这个国家也将失去最后的庇护所。在这个被世人所忽视，注定要早早没落的小国里还要期待能有什么前途，这难道不是毫无希望的吗？水手长去世后的这些日子里，他经常会回想老人向他讲述的他那漫长的一生所经历过的事件。他从圣星期四的哥本哈根战役讲起，当时他睡在妈妈的怀里目睹了那一切，后来又讲到这个民族所遭受的一系列耻辱事件。为什么要把一生奉献给这个注定走向衰败的国家呢？这里早已衰落成了一片废墟，成了生机勃勃的欧洲这副躯干上灰白松垮的残肢。

新的生活！另一个世界，另一个天堂！想到这里他的体内似乎产生了一股新的力量。他双眼追随着离开的货轮，孩童时代所有那些随心所欲的快乐又开始在他血液里奔涌。他告诉自己在那遥远的地方，无上的成功的喜悦在等着他。在那里，他童年时代的金色梦想也许都会实现。在那里，他也许会赢得公主和半个王国，哪怕公主是个黑人，王国只是南海上的一个小岛呢。就在这时，一个身影笼住了桌子，在他面前站着一位小个子，姿态优雅的绅士，他脱了帽，笑得很开心，是伊万·萨洛蒙。

"我想着就是您！太好了！真是好久都没见到您了。我还真以为您是躲着老朋友不见呢。您最近好吗？"彼尔半抬起头，咕哝着打了声招呼。这次见面并没有让他很高兴，但他还是邀请萨洛蒙坐了下来。萨洛蒙坐在他对面的位置，轻轻敲了几下手杖柄上的金属部分，叫来侍者。"我能为您点点儿什么吗？"他问道，"您的杯子空了。一杯苦艾酒？"

"谢谢，不过我什么都不想要了。"

"那就一杯啤酒？还是葡萄酒？来点英国波尔特葡萄酒怎么样？能邀请您喝点儿吗？这里的葡萄酒可都是一等的。"

"非常感谢，不过我什么都不想要。"彼尔坚持拒绝，同时也悲哀地想到他在这里还确实有个朋友，甚至称得上是崇拜者。他想起曾经不知在哪里听过或读到的一句谚语，"没有人会孤独，他心中还有愚蠢"。萨洛蒙为自己要了杯冰水，打开银烟盒给彼尔递烟。

"您自然是一直埋首工作了,希德纽斯先生!埋首于您的发明之中!我刚刚才想到,这就是您想要独处的原因吧!所以炸弹是不是马上就要引爆了?您的慷慨手笔,是不是要让世界都为之惊叹?"彼尔只是耸耸肩权当作答了。

"我私底下告诉您吧,世界都在等待您呢。急切地等待着。有人痛惜我们国家没有什么有重大意义的事情发生,我总是告诉他们——等着吧,我们国家马上就会成长起一代新人。到那时候,革命就会到来了。"

彼尔还是不想将谈话继续下去。萨洛蒙的恭维总让他感觉不适,因为他几乎没有勇气承认,自己也怀有这些毫不谦虚的想法和希望。

"您读了最近那桑博士在《光明报》上发表的文章了吗?您还不知道?啊,您一定要读。那文章简直就像是为您写的。真是精彩!我跟您说,他把他口中的我们国家的那些唯美主义者们的外衣剥了个光,还号召那些主动积极的人都行动起来,真是太棒了!"

彼尔惊讶的抬起头。"那桑博士?"他问,他还记得上次和弗雷乔夫的对话,画家不断提及这位犹太作家,当时彼尔还不明就里,或者说不想弄懂。现在萨洛蒙的话引起了他的好奇,他表达了对那位学者文章的兴趣,萨洛蒙提出要把那篇文章借给他看。

"请别劳烦了。"彼尔说着温柔地打了个手势拒绝,"其实我是不能读了。"他靠回椅子上,轻松地加了一句,"我正在考虑移民。"

"您要去旅行?"那声音听起来就像是痛苦得要哭出来了。

"我还在考虑。"

"永远离开?"

"或许吧。"

小个子伊万眉眼低垂,沉默了一会儿。他已经从别人那里听说了关于彼尔的设计的一些消息,也听说了别列戈拉夫上校和桑德拉普教授毫不留情的拒绝了他,但他很难相信,在当今这个时代,竟然有人会这样不被人所理解,"好吧,我当然理解您为什么想要离开。这里的环境暂时并不是对您有利。我想起您曾经说过的关于我们那所著名的工学院的一句话,您说它是'办公室职员的孵化器'。我觉得真是淋漓尽致精准无比。我们这个时代,一切都是为庸才所准备的。这里不再是特殊天才的国度,这里缺乏理解,也不再苛求那些独一无二才华横溢的先锋人士。正如那桑博士所说,长久以来,我们习惯了在轻松的幻想中交往,这极大地削弱我们民族的意志力,其程度令人担忧。"

"这是他写的?"

"我把文章寄给您,您一定要读读。您打算去很远的地方吗?"

"我不知道,我还没决定。"

"啊,不过您会回来的,您很快就会回来的。我确信这一点。您的未来在这里。不过,考虑到所有的这一切,消失一段时间也不失为一个坏想法。这么走太聪明了,到国外待待还能增添你的名望。要是您能在一家英国或者法国的工程公司获得一个职位,比如布莱克伯恩和格里斯公司,那是一家专攻桥梁工程的公司,我在这里时不时也和他们做点小生意。不过您也许另有打算。"

彼尔闪烁其词地回答。萨洛蒙玩弄着他那条明洁的花手绢。整个期间,他一直有一个急切的问题,但苦于没有勇气提及。是关于旅行资费的问题。他对彼尔的情况知道得比彼尔预想的还要清楚,他当然也知道彼尔的经济困境,但彼尔目前为止对他的态度使得他无法像朋友那样为他提供帮助,他非常着急。现在他还是希望能在最后找到机会向彼尔表明他很想为这些计划提供帮助,他对彼尔的天分和未来有信心,而且这种慷慨并不是爱慕虚荣。伊万身上虽然有可笑的地方,但在内心深处他其实是一个无私的像孩子般容易产生同情心的人,天生喜欢帮助别人,容易产生崇拜心理,唯一的热情就是满足自己的偶像崇拜。

他突然一下从椅子上蹦了起来,就好像椅子上装有机关一下把他弹起来了。"抱歉我现在必须走了。"他说道,"我答应了母亲和妹妹要送他们去乡下房屋。我看到马车过来了。"

一辆雅致的大马车正沿着狭窄压抑的马车道缓缓驶来,那条马车道将餐厅和人行道隔开,上方建有一座拱桥。马车由两匹枣红色的大马拉着,上面套着银质的马具,马车前面坐着身穿蓝色制服的马车夫和一个仆人,从他们身后可以看见有两把丝绸阳伞,一把是白色,一把是淡紫色。

"您不想和我的家人打声招呼吗?"萨洛蒙问道,"要是能让母亲和妹妹都见见您,我会很高兴的。"彼尔回答得有些迟疑,他不想被介绍给众人引起大家的注意,但萨洛蒙已经示意马车夫停车了,片刻之后,马车就停在餐厅外的台阶下方了。

阳伞下坐着两位女士,其中年轻的那位立刻吸引了彼尔的目光。另外,他之前曾见过她一次,不过是戴着面具,也不知道她的名字。那是在一年多以前的狂欢节夜晚,当时也是他第一次见到恩格尔哈特夫人。他隐约记起那天晚上她就像是冰雪女王,穿着一件非常低胸的雪白的丝绸衣服,上面缀满了闪闪发光的钻石。他一直以为她是一个柔弱又爱打扮的撩人的犹太女子,她展示着自己的风情和珠宝就像商人炫耀自己的货品。现在他才看见站在自己面前的是个年轻的女孩儿,可能还不过十八九岁,她毫无疑问有着犹太血统,但脸颊稚嫩,脸型姣好又面色红润,周围环绕着浓密起伏的卷发。她的着装引人注目却又不失品位,一袭灰色的紧身天鹅绒衣裙,淡紫色的帽子上垂下两条彩色的绸带,就像两只大大的蝴蝶。就在那蝴蝶翅膀之下,长着一对机灵又可爱的眼睛,深棕色的眸子淘气又兴味盎然地看着他,大胆好奇的目光让他一下不知所错。

母亲却与此相反,只是稍稍点点头和彼尔打过招呼。

"总算见到您的真人了。我儿子总是提起您。您是个工程师,对吧?"

彼尔生硬地回答了她,视线却并没有从女孩儿身上移开,而女孩儿的目光也没有离开他,虽然越来越往垂着的长长的睫毛后躲。

整个会面并没有持续很久。伊万上了马车,萨洛蒙太太说自己总是欢迎儿子的朋友到家里去的,随后他们礼貌地告别。男仆起身上了车,马车就起步走了。

彼尔回了城里,脸颊烧得发烫。他无法忘记那双熠熠生辉的深棕色的眼睛里透出的大胆的目光。她的身影清晰地浮现在眼前,她就像狂欢节那天晚上一样从人群中走过他身旁,她袒露着胸脯,黑色的卷发上戴着一顶金色的皇冠，颤动的长面纱上钻石闪闪发光。那就好像是诱惑本身的声音在他耳边小声对他说："黑公主和半个王国。"

萨洛蒙履行了承诺，当天晚上就送来了那桑博士那篇颇受争议的文章。彼尔也没有其他事可干，于是就立刻读了起来。很快他就被吸引住了，那篇文章的措辞和语气都和他所想象的完全不同。这本书让他想起与之类似的，让他对专业以外的文章失去兴趣的那些书，比如马坦森的《伦理观》，童年时代无所事事的下午，他常被命令大声朗读。在这篇文章里，作者的技巧娴熟，观点明确，他的观点也正是彼尔从生活和周围的人们身上所学到的经验。作者诙谐而又毫不留情面地攻击了所有那些无足轻重而又自以为是的希德纽斯们，认为他们是这个国家的耻辱和灾难，读到这一点彼尔非常高兴。彼尔还特别满意文章的结尾部分，在结尾处作者回应了他的活动在各方面所招致的攻击，他以诗意的行文再现了自己在国外生活学习外国文化多年之后返回祖国的第一印象。他写到自己乘坐特快列车经过复兴后的喧闹的德国城市，经过人群熙熙攘攘，工厂密密麻麻的汉堡和新建城市基尔。一个静谧的清晨，他乘坐汽船抵达了科瑟尔，一进入小城寂静空旷的港口，立刻感觉像是滑进了另一个世界，一个超越自然的梦境中的国度。后来的旅途中，这种感觉更是有增无减。破晓时分，他乘上一辆笨重的火车，隆隆声中列车渐渐把其他乘客都摇进了梦乡。每隔十五分钟火车都会停在一个乡村小站，车站里几个农民戴着格伦特维[①]式的帽子，叼着大大的烟斗坐在那里，他们并不是在等待停下的这班列车，而是在等待一两个小时之后才会来的列车。他就好像到了一个时间不具任何意义的国度，每个人都看似有无止境的时间。到了哥本哈根，这种印象仍然没有改变，虽然这么多年过去了，但漫步于狭窄的街道，一切好像都没有变化，人行道还是破破烂烂，商店还是土气不堪，马车还用以前一样的蜗牛速度在行驶，剧院广告单宣传的演出还是他离开之前的那些幼稚且陈腐的骑士剧。生活在这里好像已经停止了，而在外面的欧洲正在爆发一

---

① 格伦特维（1783~1872），丹麦神学家、作家和诗人。

场知识革命，各个领域的飞速发展正在改造社会秩序，赋予人们更高远更大胆的目标。

最后，他提到偶然去了学生联合会，当时正是他学生时代每天下午和大学里的朋友们喝咖啡的时间。他想着可能会遇到一两个老熟人，于是就走了进去。令他大吃一惊的是，几乎所有的联合会成员都围坐在同一个角落的同一张桌子旁，就连座位顺序都和多年前他在时一模一样。当然了，他们也都老了些，其中一人已有了花发，有些人消瘦了，大部分却都胖了。他们的表情和动作，特别是他们说话时的那种慢吞吞的扬扬自得的样子都显示出他们的思想已经过早地衰老了。还有，他们都坐在那里，就好像这么多年来，都没有挪动过地方。他不被察觉地坐在邻桌听了一会儿他们的谈话，谈话内容还是那套夸夸其谈的神学和哲学的东西，也和过去他们边喝咖啡边抽烟时说的一个样。事实证明，欧洲这些年来的所思所为都没能跨进这个国家的国境。一瞬间，他就明白了自己正身处何方，他是来到了睡美人的国度，这里时间停滞了，在这里空想的枯萎玫瑰花朵和沉思的强劲多刺的荆棘之下，危险地掩藏着衰亡和腐朽。认识到这一点后，文章结束了，他的呼声也愈加清晰。就如同童话中远游归来的年轻人一样，他要从昏昏欲睡的守门人手中夺过唤醒黎明的号角，叫醒酣眠的武士们，在这里他也要激起本国蓬勃的力量，首先要唤醒年轻人，他们有着强烈的战斗欲望，有勇气冲破障碍，将那坚韧结实的束缚了民族精神的茧撕裂。

这就是战斗的号召了，彼尔读着那桑博士的文章，感到热血激荡了他的脸颊。他觉得那激情澎湃振奋人心的号召正是冲着他来的，是的，完全是特意向他发出的。他用手猛锤桌面，一边大声重复确认自己的想法："是的！是的！"这时他回想起那位上校曾讥笑他的设计是对丹麦技术界的挑战。好吧，他就是要挑战！现在他知道了，自己生来就是这个国家吹响黎明号角的人，他要成为这充斥着牧师和司事子孙的懒散社会的开路人。小个子伊万说得对。世界正等待着他，只等他了。他站了起来，一时忘了水手长入殓完毕的遗体现在正躺在身边的棺材里。他在地板上来来回回重重地踱着步子。他握拳抵着额头，一边有节奏地重复着"是的，是的"坚定自己的信心。他也想起了年轻的萨洛蒙小姐,仿佛看见了她那双棕色的大眼睛,在睫毛的遮掩下,她那好奇大胆的目光是么吸引人。

此前他从没想到过可以通过缔结一门有利的婚姻来深入自己的计划。以前他总认为自己有足够的能力,除此之外,攀亲的想法也令他排斥。然而现在,他对自己说,为了实现更大的目标,没有必要过于拘泥于方法的选择。犹太女子?是的,有何不可?萨洛蒙小姐既年轻又漂亮,据他所见,身形也特别匀称。是时候该放弃那些孩子气的想法了,觉得好运会像中彩券一样从天而降落在他头上。事实上,不管怎样,除非你自己向命运争取,否则就不可能有什么靠得住的值当的好运。运气就像生猛的野兽,需要你去猎捕,它就是咧着满嘴尖牙的猛兽,是童话中长着金色鬃毛的野猪,需要你去俘获去捆绑,是最迅捷,最强壮,最勇猛的人才能得到的战利品。

几日之后举行了水手长的葬礼。他的遗体已于头天晚上送到了教堂。葬礼当天,老朋友们在下葬之前聚在一起静静用了一顿早午饭。中午时,年轻的迪德里克森的马车停在门前,他捎上奥鲁夫森夫人、老本茨和他们的花环到了霍尔门墓地,剩下的人则步行前往。

春日的天气弥漫着夏日的气息。环绕着墓地的是一丛丛葱茏的灌木,鸟群在墓碑上空追逐示爱。这几个悲伤的老人步履蹒跚,谁都没有说话,他们拄着拐杖和雨伞在墓园的小路上慢慢摇着,他们都穿着褪了色的老式衣衫,映着明亮的阳光就像是一群幽灵。只有落在后面的彼尔看上去才和周围生机勃勃的大自然相得益彰。他当然也被葬礼的气氛所感染,但死亡对他的震慑却已然瓦解。他和其他人一起围着墓地,看到那洒满阳光的棺木被沉进逼仄阴湿的墓穴,悲恸中竟然涌出一股近乎喜悦的感觉。他还活着,还沐浴着阳光。热血仍在耳边高歌着誓言。他还活着,还有时间!

葬礼过后,他想回家换衣服,他要去拜访萨洛蒙一家,但一回到赫顿斯弗莱德加德街上的家中,就有一件意想不到的怪事在等待着他。桌子上有一张访客留下的卡片,是一张印着贵族纹章并署名伯恩特-阿德赖斯伯格男爵夫人的卡片。起初他以为是误送给他的,但后来看到背后还有几行字,男爵夫人用亲切,甚至近乎谦卑的口吻请他去说说话,说当天或者明天都可以到安格列泰尔酒店找她。

船木匠的妻子走了进来,非常激动地告诉他有位高贵的夫人停下马车问起他。她还给她留了张"条子",要她放在桌子上。彼尔盯着那卡片——伯恩特-阿德赖斯伯斯格男爵夫人!他在这世上从没听过那名字!肯定是搞错了:"她真是找我吗?指明要找我?"

"啊,是啊,她绝对是找您。她说要找'希德纽斯先生',您不在家她非常伤心。"

彼尔脑海中闪过一系列狂放的幻想画面。

"她什么样子?"他问道,"很年轻吗?"

"是的,确实如此。她大概和我差不多年纪。"船木匠妻子将近五十岁了。

"啊,是位妇人啊……我是说,真的是位贵妇人吗?"

"我说的可是实话,她马车里还放着奢华的毛皮大衣呢!"

彼尔瞅了瞅手表。要是想趁今天就去见见那位神秘的男爵夫人的话,那他就不能再耽误时间了。不可否认,他已急着想解开谜底了。他放弃了拜访萨洛蒙家的打算,穿上星期天最好的衣服出了门。

一开始,酒店长胡子的门卫对他还很傲慢,但听说彼尔,是来找男爵夫人的,立刻恭敬地鞠了个躬,为他打开门,大声摇铃唤来一个男仆和一个女仆。他们迎接彼尔的礼节简直就像他是前来向女王致敬的一位国王一样。两人带着他走上铺着地毯的宽阔台阶,穿过一条长长的大厅走廊,在尽头处他被引见给一位讲瑞典语的女仆。那女仆接过他的卡片,带他进了一间小小的客厅,虽然只是寻常酒店的雅致陈设,但彼尔还是赞叹不已,家具上都蒙着大红的天鹅绒罩子,天花板上还吊着一盏枝型吊灯。

彼尔并不会轻易感到紧张,但此时却不由自主地觉得有些不安。他想着自己会不会中了圈套,这里会不会是某个敌人安排的闹剧,他们想要看他的笑话。但还不等他细想,一位身材高挑的夫人就从邻室走了进来。她既不算年轻,也说不上漂亮,脸颊衰老了,鼻子也红得不太正常。倒是一身黑衣在彼尔看来相当朴素，但即便这样，也毋庸置疑她来自上流社会。她的身材和气韵，还有她向彼尔伸出手，感谢他前来的姿势，都是那样地优雅和高贵，那种娴熟并非后天习得，而是从血液中流淌出来的。

"我想和您稍微谈谈，希望不会令您为难，希德纽斯先生。"说着他们面对面坐在红色扶手椅上，"您是我死去弟弟最后的朋友和知己。您也是听到他离世遗言的人。"

彼尔这才明白了一切。他想起律师在提及遗产时对他说过的话，他的遗产捐赠人有两个姐姐，其中一个嫁给了一个富有的瑞典农场主。男爵夫人继续说："我一直都很想见见您，我那唯一的弟弟和您特别亲近，您好像就是年轻时的他，他附在遗嘱条款上的信里就是这么说的，但我亲爱的丈夫又长期患病，使得我竟没能赶回来向他告别。甚至我没能赶上我那亲爱的弟弟的葬礼。"男爵夫人奇怪的说话方式，和奇怪的面部表情让彼尔觉得她是个相当神经质的人。话说完她就哭了一会儿，一边拿蕾丝手绢擦着眼泪。

彼尔觉得有些不自在，就什么话也没说。每当提及他和那位古怪的自杀者的关系，他就难以自制地感到有些不适。

"啊，抱歉了。"男爵夫人缓和了一下情绪接着说道，"希望您能让我哭一会儿……因为您可能也知道，仁慈的上帝把我那高尚的丈夫从我身边带走了，剩下我孤零零的一个人。"彼尔同情地点点头。

"我想和您说，希德纽斯先生，我时常想给您写信，当然也是代表我妹妹的名义，好让您知道我们对您的事情并非漠不关心，但我总提不起勇气来。不过那样对您来说，好像又是在强迫您和一个素不相识的人通信。"彼尔急忙勉强咕哝了些否认的话。

"是啊，说句实话，我本来不想劳您尊驾前来的，这一点我必须要说，今天我去了墓地，看到弟弟的墓前放着美丽的鲜花。我知道是谁如此衷心，还记着他的祭日。因此我迫切地想要见见您，想要向您表达我的谢意，因为，我可以这么说吗，是您这位年轻人，用您那衷心的爱，在缅怀我那忧郁的弟弟。"

彼尔盯着脚尖,羞红了脸。意识深处又浮上了恩格尔哈特夫人的回忆。他甚至都不知道尼尔高葬在哪里。

"可是现在,让我看看你。"男爵夫人接着说。她感到自己越来越被眼前这个沉默害羞的年轻人所吸引,他甚至为自己的善举而不好意思。"您看上去是多么年轻健康啊!您显然不属于当今那些虚掷光阴的年轻人之列。您多大了,希德纽斯先生?"

"二十三岁。"

"啊,真年轻啊。祝您一切顺利。我知道您的童年过得很悲惨。我弟弟写信告诉我说您很小就失去了母亲,从来也没见过父亲。"

彼尔感到身下扶手椅上的天鹅绒烧得滚烫。他急忙转移了话题。

"您只是路过此地吗,男爵夫人?"

"是的,我昨天晚上刚到,上帝保佑一切顺利的话,明天又要走了。我要去我妹妹家,她嫁给了皇家狩猎长普兰根先生。您或许听说过,她身体不好,近些年一直住在南方。您知道的,虽然我们姐弟三人离了谁都过不好,但我毕竟有两年多没见她了。要到远离故国的地方生活,我为此难过了很长时间。我弟弟亚历山大也是这样。他也把最深切的爱献给了祖国。希德纽斯先生您也许听说过,威尔士亲王殿下曾经对我弟弟很感兴趣,当时还邀请他去驻伦敦大使馆任职。有了这层保护,他的职业生涯肯定不可限量。虽然一切如此诱人,但亚历山大还是没有接受邀请。我敬爱的母亲当时还住在哥本哈根,妹妹也还没有嫁人。亚历山大深爱着哥本哈根,也深爱着自己的家。离开这个他所了解深爱的地方,他就难以生存。母亲死后,他孤身一人只剩下回忆,我想他就是从那时起开始意志消沉的。最后他的身体也病得很厉害。啊,他怎么能那么做!"

弟弟死去的惨痛回忆让她又开始提帕拭泪,彼尔于是趁此机会告别离开。男爵夫人仍坐在椅子上,用母亲般的温暖握住他的手说:"今天见了您我是多么高兴啊!希望我们还能经常见面。您能答应我等我从国外回来以后再来看我吗?接下来的夏天我很有可能会和妹妹妹夫一起待在卡斯霍尔姆,我想他们也会热情欢迎您的。"

"太感谢了……如果不会打扰你们的话。"彼尔结结巴巴地说。他感到很尴尬,想不出别的还有什么可说。

"别这么说,亲爱的。记住您现在从某种程度来说也是我们家的一员了。我就是这样看待弟弟的临终遗愿的。您可以放心,在这方面,我妹妹也是同样的想法。好好活下去,实实在在好好地活下去吧。再次感谢您这么细心地给亚历山大送花。"

彼尔慢慢的,几乎是犹犹豫豫地走下酒店台阶。他想到这位新朋友对他可能会有多么重要,如果不探究这份友谊的起源,他可以充分地加以灵活利用。

通过这种童话般的方式,一条通往真正具有影响力的人士的道路为他打开了。如果没有弄错的话,皇家狩猎长的庄园就坐落在他计划的连接日德兰中部的运河所要通过的那片区域,狩猎长可能会对他的设计格外有兴趣。这样的话,他一定不能让机会溜走。即将开始的赌注如此之高,但他手中却并没有太多的王牌。这时他想到自己可能根本就不需要再和萨洛蒙家族建立密切的关系。不管他有多为那个女孩儿所吸引,他肯定都不想和犹太家庭联姻。谁又能知道与贵族圈子缔结婚姻会为他带来什么样的机会呢?

但另一方面,在萨洛蒙家里他能有机会结识一些证券巨头、银行董事和城里一些大工厂的厂长。简而言之,就是控制着剩下的整个世界的那些金融家小圈子的人。即便不考虑婚姻问题,能见到这些人,吸引他们对自己工作的兴趣对他来说极具意义。男爵夫人就要离开了,没有时间再去浪费了。今天也好,明天也好,不管怎样,两三个月之内他必须赢得掌控人类的魔杖,有了魔杖在手,他就能把它变成霹雳。

他走到广场上抬头看着角落高楼上的时钟。还有时间去拜访萨洛蒙家,他决定还是去一趟。但与男爵夫人的见面还是令他有点儿迷迷糊糊,他想到咖啡馆喝杯啤酒冷静一下再前去拜访。此前他还从没踏足过犹太人家庭,他听说过犹太人特别重视传统,也很在乎客人给他们留下的印象。因此留个好印象就特别重要,他很担心会冒犯他们。

思绪慢慢又飘回到和男爵夫人的会面上了。他忍不住回想那天晚上在尼尔高家无心之间脱口而出的话产生了多么大的影响啊！从男爵夫人的话中可以看出，他透露的身世情况令尼尔高印象深刻，也让他们都难以忘怀。他还记得自己当时很后悔那些草率之言，但撒过的谎已无法收回。可现在他却庆幸没有纠正。

不，这时他喝完了啤酒，过去的事就让他过去吧。有时模棱两可的做法也会带来好结果。无论如何，要往前走就别回头看。

批发商萨洛蒙家族是城里少有的在市中心拥有独幢房产的家族之一。古老的两层楼建筑就坐落在布莱德加德街区，因为夹在两栋大房子之间，第一眼看上去并不会留下深刻印象，但细细打量就会发现其独特之处。高高的青黑的瓦顶，窗扇之间宽阔的墙壁都显示其系出名门。该地区的老街坊都称它为"官邸"。房屋是商人萨洛蒙之父于三十年代从一个债台高筑的贵族手中买下的。进了门厅，穿过一扇玻璃门，是一间又高又大的大厅，走在里面能听见脚步声回响。墙壁上挂着盔甲，古老的青铜器具和一些精美的东方武器，感觉就像进了博物馆。最后，镀金扶手的双枝形楼梯是通往楼上主要的房间。

一位女仆接到彼尔的名片，然后将他领进一间类似图书馆的房间请他坐下。彼尔在一张皮革椅子上落座，仔细地打量着四周——窗户上悬挂着厚重的深红色丝质窗帘，又厚又软的地毯铺满了整个地板，墙上挂着金色的皮革挂毯，房间中央是一张镶嵌着银子和珍珠母的八角桌。书架上摆放着昂贵的精装书籍，墙上挂着油画，天花板上垂着一盏古老的刻着铭文的教堂的吊灯。一面墙上靠着古董架，上面摆满银制的碗、水罐、高脚杯，还有两只古老的圣餐杯。如果不是之前见过男爵夫人，内心激动难耐的话，眼前的一切优雅景象一定会给他留下更加深刻的印象，但他还是相当震撼的。虽然内心十分抵触，但这种对财富力量的毫无顾忌的展示还是打动了他。一想到这种威力竟然能搜集来这么多国外民族祖传的宝物，甚至教堂的器物也可以拿来装饰犹太人的房屋，他的心里竟然涌起一股奇特的战栗的快意。

他不自觉地笑了笑。他无法否认,这个小萨洛蒙公主为了弥补自己"黝黑"的肤色,补偿的可不仅仅只是美貌。

邻室的门打开了,一个小个子的男士表情严肃地走进来,深深的鞠了一躬。他虽已年逾六十,却仍穿着一件颜色鲜艳的短外套,胸前还挂着一只单片眼镜,打扮入时又富有活力。他手里还拿着一顶丝质礼帽。

"我是德尔夫特经理。"他说话带着点儿外国口音,"是这家里的舅父。"男子彬彬有礼,让彼尔也就不再计较他那奇异的猿猴一般的脑袋。

"我叫希德纽斯。"

"啊,应该就是那位年轻的工程师吧?我的外甥提起你就很兴奋,请坐吧。我妹妹萨洛蒙这会儿正忙着做针线活,马上就来招呼您。还请自便。"彼尔又坐下了,那舅父也隔了段距离找了把椅子坐下了。

"能允许我问……请问之前我曾有幸在这里见过希德纽斯先生吗?"

"没有,我不久前才刚认识夫人和小姐。"

"啊,我外甥女南妮。我想我听说过这件事了。"

片刻的沉默之后,德尔夫特先生微笑着,但他过于殷勤的语气不仅是彼尔,任谁听了也会起疑心,他挑衅般地抛出他的观点:"我的外甥女很漂亮,对吗……您难道不这样觉得吗,希德纽斯先生?"

彼尔吃了一惊,冲着这个古怪的小个子宽容地笑笑:

"我觉得萨洛蒙小姐非常漂亮,美貌绝伦。"

"是啊,说得太对了。她的美貌可是无人能及。我敢说……我可以向您保证,希德纽斯先生,她肯定早就吸引了很多年轻人前来拜会过了。毕竟有什么能抗拒美貌和青春呢?再说……我妹夫怎么说也不缺钱。"

这人肯定有点儿糊涂,彼尔想着便不愿聊下去了。但对方又继续说:"工程师先生要是常来这里的话,我保证您会很开心的。说起来,您真能看见许多稀奇的东西。金钱可是很有吸引力的,难道不是吗,希德纽斯先生。这些小小的圆形的金属片能唤醒人们内心最深处的感触,能照亮心底最高尚的情感,比如尊敬、友谊、爱。不是吗?"

彼尔真的受不住了。幸好一个女仆走进来打开通往邻室的门,请他进去。

彼尔进了画室，这里的规格比前厅和图书馆还要高，他感觉仿佛正在走进真正的百万富翁和魔法的国度。这间宽敞的房间装饰着洛可可风格的雅致而微微隆起的拱顶，角落里小天使吹奏着火焰般金黄色的审判日号角，这里过去曾是官邸的客厅。事实上，这里之前全部的家具就只是靠着墙壁摆放的两排精致的椅子，以及两面高高的壁镜，现在却摆置着很多现代风格的装饰品。松软的沙发、又大又软的扶手椅、桌子、脚凳、熊皮、一盆盆茂盛的植物、圆柱石雕、各种摆饰的架子，然后又是扶手椅、大大小小的桌子、更多的植物、工艺品，画架上还有一幅肖像。屋子中央还有一架钢琴。较小的邻室被当作冬景花园，摆满了棕榈树、印度橡胶树，还能听见鸟儿的鸣啭、喷泉的喷涌。

最后，他看见萨洛蒙夫人正坐在窗下的脚凳上，做着家常的针线活。她和善地接待了彼尔，伸出左手欢迎他的到来。还没寒暄几句，就听见花园门打开了，很快传来一阵欢快的声音唱起一首轻快的歌。片刻之后，南妮小姐就出现在打开的门口，她穿着外套、戴着帽子。看见新客人，她停止歌唱，露出惊恐的神色，暖手筒也移到了嘴边，仿佛是想阻止自己叫出声来。彼尔起身鞠了一躬。

不一会儿，彼尔就发现她早已知道自己来了，只是她伪装得太自然了。"你还在家里啊，我的儿？"她母亲说道，"我还以为你已经出门了呢。我也不需要再给你们介绍了吧。"她对彼尔说道，"你已经见过我女儿了。"

彼尔又鞠了一躬，目光中明白无误地透露出他的感情。在还没见到南妮之前，光是耳边听到她那金箔般清脆的歌声，他就已经做出了决定。她就是他通往成功的桥梁。这里就是他必须开挖的宝藏。她出现在门口，身后洒满冬景花园的阳光和鸟儿的鸣啭。她年轻又迷人，就像是美丽的东方舞娘，在彼尔看来，她就是探险故事中的魔法仙女，胜利之神在她身后扑扇着棕榈树般的大翅膀。

南妮小姐在小凳上坐了一会儿，开始了惯常的社交谈话。通过这种对话，几乎互不相识的人们一边用一串串陈词滥调遮掩着彼此，一边又抓紧时机研究对方的外表、举止和性格。

彼尔并不擅长这种社交寒暄。因为他过于关注自己以及自身事物。另外，他对这些谈话中的大部分话题也没有兴趣，对城里的剧院、政界和文学界所发生的事情也知之甚少。他觉得自己并没有义务逗人发笑。要说他给人留下的深刻印象，那就是他突然像只精心设计好的老虎般一跃而出，从原本的沉默寡言一下子变得滔滔不绝。

那年轻的女孩儿一直在说着，他却坐在那里估算着萨洛蒙家庞大的家产价值几何。他的目光悄悄地打量着房屋。一想到有朝一日这里的一切有可能全都会属于他，他的头都晕了。幸好南妮正沉浸在自己的谈话中，她端庄地坐在凳子上，两肘撑在身上，装饰着彩带的小小的暖手筒置于膝头，漂亮的红红的小嘴说个不停，眼睛却忙着大胆地打量着彼尔，一点一点地，从他浓密的卷发一直往下看到他那稍显乡气的鞋子上露出的脚踝。

萨洛蒙夫人听着她的喋喋不休，最后有点不耐烦起来。

"亲爱的小家伙，你忘了该练琴了吧。"她说。

"是啊，妈妈。"她立即起身，先是匆匆看了她母亲一眼，然后对彼尔投去更加意味深长流连不舍的一瞥，然后就飘然离开了房间。她走后，彼尔就心不在焉了，萨洛蒙夫人将谈话引到他的学业上，他的回答也几乎沾不上边。一开始彼尔并不喜欢她的举止，觉得她走进来时的脚步过于谨慎，显得有点儿笨拙。但现在他却被那步伐迷住了，觉得那姿态那样娇柔，那样富有女性魅力，而她自己甚至并没有意识到。突然，他在房屋中间看见一位身穿一袭黑衣的女士，一定是从身后的门里进来的。

"这是我女儿雅各贝。"萨洛蒙夫人说。彼尔大吃一惊。他从没想过这一家中除了他所认识的两个儿女之外，竟然还会有别的孩子。在想象中，他已把这家的百万家产据为己有了，他开始担心起来。说不定孩子还更多呢！他慌张地想到。

这位年轻的女士似乎比她妹妹大许多，身材也更高更瘦，在彼尔看来，她瘦得有些过分了。彼尔觉得她更像她的哥哥伊万，犹太特征更为突出，一张蜡白的脸，大大的鹰钩鼻，阔嘴巴和短下巴。彼尔本来就不喜欢她的长相，对彼尔的招呼她又保持沉默，态度也非常冷傲，彼尔更加感到不快。于是很快他就起身告辞了。

"这就是那位经常被提起的天才吗？"雅各贝几乎不等彼尔走出门就说道，"他肯定没受过什么好的教养。"

"他的举止是不太得体。"萨洛蒙夫人说道，"伊万说他的生活环境一直很艰苦。"

女儿耸耸肩："啊，是啊，自然是如此了。这个国家的天才都很穷。上帝能不能有一次让天才出生于富有家庭啊？可怜的是，长久地处于贫困之中，那些最出色的人也大为失色了。他也不是很迷人啊！之前南妮还大赞其简直就是拜伦。"

"呃，可能确实算不上漂亮，但长得也不错。"

"但他那直勾勾的眼睛！我觉得他非常讨厌。"女儿说着啪的一声合上手中翻阅的书，"他给我的印象就像一匹马，长着双玻璃眼。"她停下话头，接下来的表情就像是心中想起了什么阴暗的记忆，"他看上去还十分粗鲁。"

"我看他是惹到你了，雅各贝。"

"他确实惹着我了。我不懂为什么现在的男人们都用屠夫般的目光看女人。他们简直就像是在称量你身上的肉有多重一样。"

"是的，他确实有点儿粗鲁，我承认。但是对于这样的年轻人，我们还是应该宽容一点儿。"萨洛蒙夫人柔声说。

"是的，您说得对。但我真的是不懂，我们为什么非要担负起伊万的这些令人不快的天才们。就算是最好的情况，我们也知道结果会怎样。瞧瞧弗雷乔夫·金森。我们待他从来都很和善，我知道父亲还好几次帮他解决经济困难。可他现在开始在报纸上攻击起犹太人了。"

"好了，我的女儿，我们别再说这些了。"

"我想我在他们身上闻到了基督徒的味道。"一扇半开的门后传出说话声，露出了舅舅那可怕的脸。

"是你啊!"萨洛蒙夫人说道,"啊,快进来,现在没别人了。噢,我听到孩子们的声音了。"

"这里有一窝呢。"舅舅说。接着冲进来一群黑眼睛的孩子,他们都穿着大衣,年纪在四至十二岁之间,至少有五个,看上去全都健康又活泼,彼尔要是看见他们肯定会更加绝望。一时间,屋子里充满了这些小小的红嘴巴里发出的喧闹声,没有一个安静的。他们个个都有话要说。他们很快就围住了母亲、姐姐或是舅舅,黑黑的眼睛里全都闪着焦急的目光,都想讲讲自己的故事。等到又能听见自己的声音了,舅舅说:"不过我还是想要祝贺你们家又有了新客人。我刚刚碰到一个年轻人呢。他叫什么名字来着?不太讨人喜欢啊,是个牧师的儿子,对吧?"

"啊,好了好了。"萨洛蒙夫人大声说道,"别再说起这个人了。他是伊万的朋友,今天来家里做客,到此打住!你留下来吃晚饭吗,海因里希?"

"在这里吃晚饭?莉亚,我的妹妹,你什么时候吃过符合犹太教规的烤猪?"小个子问。就算是他的家人,常常也难以辨别他的话到底是认真的还是在开玩笑。萨洛蒙夫人笑了:"我知道你去厨房看过了。现在别说话,我听到萨洛蒙回来了。"

与此同时,彼尔正走在回家的路上,一边为那房子里的富丽堂皇而头晕目眩,一边满脑子都是自己那个重大的决定。他想一个人静一静,于是就选了那些没人的小路。他现在不仅找到了方向和目标,还找到了实现目标的道路。"菲利普·萨洛蒙的女婿",这句话就像咒语一样能为他打开生活的大门,让人们都臣服在他脚下。

那么为什么还要怀疑自己的好运呢?当回顾起人生中的许多奇异经历时,他不得不承认伊万说的是对的,他曾说彼尔有阿拉丁的好运。这难道不就是预兆吗,正是南妮的哥哥第一个发现了他额头上的神圣铭文:"我来了,我看见了,我战胜了。"

 第七章

每天下午两点钟前后的光景,总有很多人顺着那条绿荫如盖的斜坡走进证券交易所。其中有个又高又壮,面色红润的人,他生着一头乌黑的卷发,双下巴刮得干干净净,批发商经常留的络腮胡子之间,一双又红又厚的嘴唇显得极其特别,身穿制服的看门人对他的尊敬要超越所有其他的人。这位先生一走进光线暗淡的门廊,许多人都会脱帽致意。尤其是那些坐在面朝着外面运河方向的窗龛下面的谷物买卖经纪人,和坐在进门左边长椅上寻求货主的一言不发的船家们对他的到来格外注意。这个风光无限的人就是菲利普·萨洛蒙,著名的"伊萨克·萨洛蒙父子"贸易公司的经理,城里首富之一,据传他的财产价值七八百万。

他很少会在证券交易所待很长时间。当交易所职员在一楼摇着铃宣布官方报价开始时,他通常已经谈完了生意,回自己的办公室了。他不属

于那类把证券交易所当作社交俱乐部的人,那些人午饭后就会聚在那里聊聊城里的新闻,挑剔一下最新的演出。他并不常去剧院,如非必须,也不怎么参加社交活动。他把时间均匀地分在生意和家庭两个方面,在生意方面,他保持着清晰冷静的头脑,在家庭方面,他有一颗温暖和顺的心。说到他的家和办公室都在同一条街上,人们总会开玩笑说:

"他从来都不会弄错家庭住址。"

菲利普·萨洛蒙是伊萨克·萨洛蒙的独子,伊萨克·萨洛蒙在他那个年代可谓大名鼎鼎,他用自己的名字命名了公司。伊萨克在很多方面都取得了卓著的成就,他是一个商界天才,从流动摊贩发家,直至成为丹麦金融界要人,城里都玩笑地叫他"金犊子"。他在海上有几十艘货船,建有自己的工厂,还在西印度群岛拥有种植园,还以自己的才干为丹麦开辟了许多新的海外商贸市场。在1819年发生的对犹太人的迫害中,他受到哥本哈根人的伤害也最严重。

也是他买下了"官邸",并将其复原至如此富丽堂皇的程度。无论是那些自以为是的愤慨,还是嘲笑者嫉妒地把他当作笑柄,他都不为所动,在生活方式上,他也从不畏惧与显赫贵族一较高下。他的马车由四匹纯种马拉着招摇过市,遇到特殊的节庆盛典,马车后部还站着两个仆人。他是许多科学和著名学者的赞助人,家门也对艺术家大开。尽管他身材矮小,体格瘦弱,没有接受过正式的教育,但他却通过积极的自学,学会了许多东西。众所周知,他的妻子是花几百个塔列尔从一个贫穷的犹太老寡妇手中买来的,当年他在日德兰半岛流浪时,曾在她家住过一次。从那时起,他就开始在前厅收集东方的武器以及许多昂贵的摆设,这些东西都是他的船只从地球各个角落买来的,它们摆满了他的家,使得家里成了一个色彩缤纷、琳琅满目的博物馆。他的儿子也更多是出于对父亲的敬意,而非个人喜好,让一切都保持原样不动。菲利普·萨洛蒙从父亲那里继承到的只有工厂和经商的天赋,不过儿子对自然的喜好说不定和父亲早年的流浪生涯有着一定的内在联系。夏天时节,菲利普待在乡下的时候比所有证券所同事都要长。剩下的时候,每到星期天,如果天气合适,他还会和整个家族一起很早就驾车外出。他亲自驾车，妻子则坐在他身边，他自己的和其他家族成员的一大群孩子挤满了马车的后座。马车驶出乡间几里地之后，他们就会在酒馆或树林停车，萨洛蒙夫人和最小的几个孩子待在午餐篮子旁边，萨洛蒙先生就和几个年纪大一点儿的孩子到四周去探险。这个聪明的"证券交易之王"把宽边帽推到脑后，外衣搭在胳膊上，这群住在城里的鹰钩鼻的犹太孩子受到乡村风情的感染，虽不太自在，却兴高采烈的在郊野跑来跑去。他们绕着他又跳又打又喊。每经过一个山坡，他们都忍不住要爬上去；碰到农人，萨洛蒙就要攀谈几句；碰到牧羊的小孩儿，他就会给几个硬币。萨洛蒙最喜欢的还是摘花，回去时，他就会给妻子献上一大束鲜花，妻子就笑着感谢他，伸出左手给他亲吻。

萨洛蒙夫人现年五十出头，她就是著名的莉亚·德尔夫特，在很短的一段岁月里，她曾被称作莉亚·莫里茨夫人。她那东方风情的美貌曾让希尔克加德街上的一家小服装店在当时爱好时尚的男士中名声大噪，也让其中的一些为之疯狂。孩子们的舅舅，她爱讲俏皮话的哥哥海因里希坚称圣汉斯精神病院就是因为她的缘故才修建的。服装店是她从德国移民而来的父母所开，她也正是在德国渡过了童年的早期时间。十八岁的时候，出于疯狂的爱情，她嫁给了表哥马库斯，一个有肺病的穷学者，也是最大的两个孩子伊万和雅各贝的父亲。雅各贝还没出生，他就去世了。莉亚搬回了父母家。尽管生活贫穷，但他们还是为身为德国最有名望的犹太家庭而自豪。莉亚寡居数年之后，和菲利普·萨洛蒙订了婚，父母认为这简直是自降身份。他们也看不上她丈夫的百万身家，觉得那只是他父亲背着货摊四处奔波的结果。但另一方面，对这个年轻的寡妇来说，考虑到孩子们未卜的前途，萨洛蒙的经济状况至关重要。她提醒自己，她曾经完全依靠内心的指示，但这次，轮到理智做决定了。她的决定并没有错。她的心虽然听从了理智，但还有余地，她并没有完全死心。她只是牺牲了多余的那部分。

无论如何，结婚时，她可能缺少作为妻子所应有的爱，但后来的日子里，她对菲利普·萨洛蒙做出了充分的补偿。二十年里，他们在一起一直婚姻美满。一个崇拜者曾说莉亚夫人有着全哥本哈根最漂亮的脸蛋，全丹麦最优雅的身段,全世界最可爱的手。虽然随着岁月的流逝,她有点儿胖了,但还是肤如凝脂,顺滑细腻,牙齿保养得当,深棕色的眼眸泛着金色的光泽。浓密的黑发分成两股辫子盘在耳边,只偶尔看见一丝灰发。无论是外表还是性格,她都仍保留着种族的特征,明眼人立刻就能分辨出来。她头部的姿影,她的鹰钩鼻和双下巴都显得那样高贵,让人想起女皇的半身像。菲利普·萨洛蒙对妻子仍然如此倾心,时不时就会忘记身处客厅之中,用他厚厚的嘴唇去吻她的手和脸颊,那样子让她不得不提醒孩子们还在场。

萨洛蒙夫人感觉随着岁月增长的只有一点失落感。年轻时代,她经常回家探亲,第一次婚姻之中,广阔世界给她留下太过深刻丰富的印象,以至于很难感觉哥本哈根就是她的家。她在心中饱尝了对那个她当作祖国的国家的思乡之情,尽管她非常留神只把这一点告诉了丈夫。每年她都要花上一个月时间兴高采烈地回德国探亲。有时当她急切地想要表达自己的意思时,她可能会从母语中借一个词。也是因为她极力坚持,两个最大的孩子伊万和雅各贝都是在国外接受的教育。当年她的丹麦语措辞还不是十分准确,她说不想孩子们在哥本哈根这样的外省省城"屈就"。说到雅各贝,还有另外一个原因。她一直都是个很难教养的孩子,她太过敏感,任何暗示她的犹太出身的话都可能会冒犯到她,她身体也很虚弱,精神敏感,因此整个童年就是一断漫长的饱受折磨的历史。有一天放学回家,她的脸惨白如纸,仅仅是因为在路上有个男孩儿跟在她后面喊她是"犹太人"。她还经常因为焦虑和激动而病倒,因为她一个蓝眼睛的同学拒绝接受她友情的信赖,这让她感觉受到了羞辱。她热烈地渴望得到理解与爱,尽管总是留下苦涩的记忆也无法退却。

她遗传了母亲的丰富情感,但却没有得到母亲乐观的天性和健康淡定的性格,也没有得到萨洛蒙夫人在面对上流社会的偏见和平民的粗野时所表现出的高贵态度和宽容的微笑。她也没有遗传到萨洛蒙夫人的美貌。发育期时她非常不幸,长得瘦削,脸色苍白,这些特征都不吸引人,而那些能弥补快速发育期少女难看体型的魅力,她一条都不具备。

她的同学也不会觉得她吸引人,因为她想尽办法为自己所受到的屈辱而报复,只要能让人感觉到自己的价值,在任何情况下,用任何方法,她都会想要盖过他们的风头。她有天分,学习又勤勉,在考试中总能展示出她广博的知识面,就她的年纪来说确实不一般。

在遭受痛苦时,她会借助口袋里大把的零花钱来激起同学心中的嫉妒。比如说,她会带一包上等的巧克力到学校和大家分享,以此收买一点儿人气。她和同学以及老师的关系变得如此紧张,最后女校长甚至要她父母把她从学校带走。此后,她在一所瑞士寄宿学校念完了书。

雅各贝在国外念书的同时,伊万也在德国一所商务学校学习,这一点在丹麦国内引起了人们的一些憎恶,因此自从上次不快的战争之后的这些年里,国内的民族主义情绪高涨。因此,萨洛蒙就没再让其他孩子出国读书。

接下来的南妮却完全不同,她性格随和,善于交际。从婴儿时期,她就健康圆润,看着讨人喜爱,长大后更是所有人都喜欢她,把她当小猫一样爱抚。除了有点儿喜欢卖俏,容易爱上别人之外,这也没有给她带来什么危害。

她的父亲称她是"模范姑娘",因为她性情总是十分平稳,也从不生病,连牙疼都不曾有过。不过,她却是萨洛蒙一家不安的源泉,通常一天里有半天的时间,她都穿着大衣戴着帽子到处迷来迷去。她的声音在房间里回荡,一天里能听到十次她从外面回来。晚上她的笑声和尖叫声从女孩们的卧房钻出来,常常还能听见模糊的踩击地板声,她本来已经上了床的,这会儿却又穿着白睡袍,披散着头发为妹妹们跳起了快速旋转舞。

白天还有另一个令人不安的角色会急匆匆走进房间,那就是海因里希舅舅,萨洛蒙夫人的哥哥。这个小个子男人长相与他妹妹差别明显,他在其他方面也证明了这一情况,犹太家庭里的性格特征分布是多么没有规律。德尔夫特先生是个单身汉,他称自己为经理。年轻的时候,他"不小心"花掉了委托给他的一笔钱。此后许多年,一直生活在美国,据他自己所说,也在印度和中国住过,担任一家英国公司的代理人和旅行经销商。攒了一点儿钱后他回国了,虽然年事已高,但还是尽享物质生活之乐,从不会感到厌倦。关于旅途的那些经历,他就像对待财产那样从不提及,引人遐想。就算是在家人面前,他也表现出拥有一笔秘密财富的样子,他还宣称自己仍然是一家英中轮船公司的副主任。

但他住在一套朴素的三居室公寓里,对于那些与身体无益的开支,他都极其俭省。他的部分钱财花在维持外表上,追随城里最时尚的年轻人的潮流,雇美发师给他的黑发烫卷,再洒上香水。碰到节日场合,他还会佩戴胸针,他曾说过那枚胸针能"让女王爱上他"。他的外甥女们嘲笑他坚持说那是个仿制品。一次他的妹妹和妹夫怀疑那枚宝石的真伪,他还为此大发脾气离开他们家,一个人在外面整整待了一个星期。

在与别人交往中,他一点儿也不温和讨喜,但往往即使在愤怒中,他的表现也无意识地透露出夸张的幽默。他自封为妹妹家的看门狗,要是有谁因为这样或那样的原因惹恼了他,他就会兴冲冲地扑上去猛咬,尤其是对那些他怀疑是在打量他外甥女嫁妆的人。这一切都源自他的牢固观念,他觉得自己有义务充当小姐们的顾问和保护人。他履行这项任务的认真程度就像是在对待自己的事。他不为人所知的动机就是想要保护受到积极追求的外甥女们,在这种自吹背后,他觉得自己为家族良好的声誉蒙了羞,他想要弥补,所以要当妹妹女儿们的顾问,让她们避免盲目的选择,而促成美满,最重要的是高贵的婚姻。

多年来,萨洛蒙一家的社交圈子并不大。城里传统的犹太人都对他们退避三舍,因为这家人,尤其是莉亚夫人坦陈他们并不愿遵守宗教教规。她对哥本哈根的社交生活也并不是特别感兴趣,每月限制只在家里待客两次。但她的朋友们却都知道他们随时都是受欢迎的。

伊万从德国归来,以及南妮长大之后,情况就发生了变化。虽然伊万并没能完全实现梦想,将家里改造成类似文艺复兴时期王公贵族之家那样的地方,但渐渐也引来了一些同龄人中的杰出人物,其中包括一些作家和艺术家。

同时,雅各贝大部分时间都待在国外。她把瑞士古老的寄宿学校当作另一个家,在那里,她希望随着岁月的流逝,她的身体在那崇山峻岭之间能变得更加柔和灵敏,更加健康。夏天时节,她回家和父母一起去乡下,但当严寒时节一到,冬季社交季节来临,她就渴望离开。但她十九岁那年的一天,刚离家才一个月,她就给父母写了一封短信,她语无伦次地写了些别的事,说可能会结束寄宿学校的学业回家居住。几天之后,又收到另一封信宣告她即刻就要回家,几乎在同时,来了封电报,她已经在回家路上了,第二天就将到家。虽说迅速下定决心,立即执行是雅各贝的典型作风,但父母却还是觉得有点儿惶恐不安。他们揣测是不是发生了什么重大的事情,莉亚夫人向丈夫吐露出是不是因为爱情的缘故。夏天的时候,雅各贝曾热情地提及一个年轻的律师的事,那人是德国南方的一位政界名人,是女校长的侄子,曾到学校去过两次。莉亚夫人深知女儿天性热情,以前曾为此痛苦失望过好几次。她到了家,明显的看出很伤心,她解释回家的原因只是说在那些新的寄宿生中感到很孤独很想家,也没有人想强迫她说出实情,至少母亲一直要求要尊重爱情秘密。比如,她就从来不向丈夫解释,为什么不能吻她的右手。她只是对他说年轻时代曾和恋人做了一个约定,那一刻对他们两人来说都非常神圣。

现在雅各贝回家已经有四年了。她已年过二十三,却仍旧单身。这段时间,她身边也不乏追求者,有些还非常讨人喜欢。这些年来,她变得几乎可称得上漂亮了,虽然还总是病兮兮的。年长的绅士们尤其为她那古怪苍白的面容所吸引。比起南妮那热情却是寻常的美,有些人甚至更喜欢她。雅各贝的脸上长着鹰钩鼻和短下巴,崇拜者称轮廓像鹰,嘲讽者则笑说像鹦鹉。两只眼睛黑黑的,眼白也泛着蓝光,有时几乎成了黑色。鼻子实在太大,嘴巴实在太阔,而嘴唇又着实太薄,但她的眼神却令人难忘,自信又带着羞怯,从中可看出她的孤独和深刻的思想。她比兄弟姐妹都要高,一双腿又长又苗条,脚步又轻又快,几乎没有声音。见过她笑的人不多,却都称赞她有一口漂亮的牙齿。在她整个干瘪而神经质的形象中,流露出特有的感情魅力,这种魅力正是脆弱的女子经历过痛苦和渴望之后才形成的。

人们提及她,主要是谈论她的内心世界。人们赞赏她的智慧,她的意志力,或是她渊博的知识。因为孤独,她把感情都投在了书本之中,学习古代和现代的语言、历史、文学,还急躁地寻找新领域以满足对学习的渴望。萨洛蒙夫人总是说她就和她父亲一模一样。

在彼尔被介绍到萨洛蒙家的那段时间,频繁造访的年轻人大部分是为南妮而来。这不仅是因为大多数人都觉得她长得最漂亮,还因为他们猜测她作为菲利普·萨洛蒙亲生的女儿,在两个女继承人中地位比较有利,虽然事实上雅各贝和伊万从童年起就被他所领养了。雅各贝的性格也不会引来人们调情谄媚。她很少露面,因为害羞,她也常常让访客感觉受到了侮辱受到了冷遇。

在彼尔以客人身份第一次参加小型男士晚宴时,除了商界的一些老先生之外,他还遇到了诗人保尔·伯格,骑兵中尉汉森·艾弗森,学者波林和记者戴林。他只认识其中第一个,但实际上也差点儿没认出来。自打上次看见他以来,这位狂热的革命者和那桑博士的崇拜者不仅换了他墨菲斯托式的胡子,让胡须长了满脸,表情也完全变了个样。他现在完全就是流行的受难耶稣的形象,毫无疑问那正是他脑海中所想的。后来,一个朋友小声秘密地告诉彼尔,就在那一天,伯格先生出乎朋友意料地出版了一些虔诚的诗篇,妄图一举既获得南妮的怜悯,又能在丹麦诗坛不朽。

把这一切告诉彼尔的是学者波林,他既是文学家,也是所谓的文学史学者。他身高六英尺,极度瘦削,狮鬃般的头发,一张脸面无表情,平得像张薄饼。皈依了宗教的诗人在角落悄悄对彼尔说,波林就是个傻瓜,他想成为天才和开路者,但到现在除了慢性胃膜炎之外一无所获。波林确实饱读诗书,学富五车,说话引经据典。但一听他说话,嘴里全是从别人那里趸来的智慧。简而言之,他就是个书虫,从书籍中汲取养料,就像水蛭吮吸热乎乎的鲜血,但最后还是又湿又冷。一年前,他出版了一本研究悲剧经典的书,受到出版社赞誉,伊万立即就把他招致自己的社交圈中来了。

彼尔想到要和竞争对手碰面原本有点儿紧张,但看到这些人之后就放松下来。即便是看到那个中尉,他的自信心也没有减弱,尽管那人身材着实优雅,一双眼睛里流露出大胆的目光,被春日艳阳晒成棕褐色的脸上留着淡淡的胡碴。记者戴林所为何事,彼尔却看不懂,他甚至连那人是否是他的对手都不得而知。但他在女士们之间冷漠的态度又似乎说明他不是。彼尔不明白伊万为什么如此急切地把他和那个人带到一起。戴林一到，伊万就为他们互相介绍，用过晚饭之后，伊万又试着鼓励彼尔讲出自己的计划以加深和那人的关系，但彼尔显然一点儿都不想说。他满脑子都是南妮，她穿着低胸的生丝衣裙，黑发中还戴着一朵红玫瑰，显得格外迷人。他有幸带南妮到桌边，这种特殊的荣幸以及餐桌上愉悦的气氛，桌上精致的摆设冲击着他的头脑，令他兴奋不已。吸烟室里已经为绅士们端上了咖啡和美酒，海因里希舅舅带着恶魔般的阴险和恶作剧般的淘气，不断地给他斟酒，彼尔喝得几乎要丢丑了。他亲热地拍着菲利普·萨洛蒙的肩膀，大赞酒香味醇，还不住地表达对屋内女士们的爱慕。几个绅士猜他肯定是第一次参加这样的社交场合，都围到他身边来拿他逗乐。

一个年届中年的金发男士没有抽烟，和萨洛蒙夫人还有雅各贝一起待在客厅里。他是艾伯特先生，城里一家大型工厂的厂主，公认的思想开明，知识渊博的政治家，声誉良好。萨洛蒙家的密友都希望他能成为雅各贝将来的丈夫。他是位带着两个孩子的鳏夫，稍微过了最好的年纪，差不多四十岁了。他对雅各贝的爱众所周知，他既没有对雅各贝的父母隐藏，也没有对她本人有所隐瞒。那父母二人对这样的结合都十分乐意。艾伯特先生是这家里可靠的朋友，另外他身份著名，也不用怀疑想通过结亲来图谋财产。父母有很多理由想要雅各贝出嫁，在这方面，他们受家庭医生的影响很深，那位犹太教授公开表示："一个姑娘生来不是为当修女的。"

萨洛蒙家里一出现年轻男性的新面孔，年长的求爱者自然会担心，艾伯特先生立即把话题转到了彼尔身上，他问这个晚宴结束时大声说话的人是谁。

"那是希德纽斯先生……伊万的一个朋友。"萨洛蒙夫人说，那语气好像是在代表全家人向他表示歉意。

"啊，是了，一个希德纽斯家的人。他是不是有点儿……"艾伯特先生用食指捻着太阳穴。

"哦，我可不这么想。"萨洛蒙夫人笑着回答道，"他肯定不会太安分。"

"无论如何，他们家族肯定都会遗传到的。"

雅各贝从一直在翻阅的书本抬起头，显然她一直没有听他们的谈话。

"但他可是牧师的儿子。"她说。

"是的，这个家族有很多牧师。"工厂主答道，"也正是因此，这个家族时不时总会有些脱离常轨的。我记得我有个在日德兰当农民的舅舅曾说过在范德塞尔有个早就死去的牧师，人们都叫他'疯子希德纽斯'，他真的是很适合那个绰号。如果我那位日德兰舅舅的话可信，那他的行径简直就和在小酒馆里打架斗殴的强盗差不多。我还记得这样一个故事，有一次他喝得酩酊大醉，当着会众的面，请原谅，他拉下了一位教堂执事的裤子，以圣父、圣子、圣灵的名义，伸手给了那人三巴掌，回声响彻教堂。那种教诲方式可真是奇特。事情过后，这位好牧师就被罢免了职务，囚禁了起来。"

萨洛蒙夫人听完笑了，而雅各贝则表情阴沉。正是这个充满嫌恶的表情，激起了工厂主大胆的表演，他又添枝加叶，描述得更加可怕。

彼尔嘹亮的声音又从吸烟室传来，雅各贝深感震惊。那声音让她的血液都沸腾了，她于是回头继续翻书，但一桩痛苦的回忆却悠然浮出脑海。

那是四年前的事了，故事发生在柏林的一座大火车站。当时她正在前往瑞士那家寄宿学校途中，那是她最后一次去那里了。（之后不久，她就出乎所有人意料地突然决定回家了。）她在柏林要见一位从布雷斯劳来的朋友，然后和这位朋友一起去南方。

她的心情非常紧张不安，她知道自己马上就要再次见到那位年轻的律师了，她爱那位律师，她觉得他肯定也爱她。因此她在家中无法安宁，还比平时更早离开了家。这时，当她走进火车站的玻璃穹顶时，隔着一段距离，她看见站台上一些好奇的人正在围观一群衣衫褴褛的可怜的人，两个警察拦着那些围观者。从他们五颜六色的衣装和充满异域风情的脸上，她感觉他们应该是一群被当局遣返的筋疲力尽的吉普赛人。她紧张地担心这一幕会留下深刻印象，于是掉头往站台另一头寻找候车室。在路上，她碰到两个人抬着一个担架，上面睡着一个憔悴的老人，身上只盖了一件斗篷，一双因发烧而布满血丝的大眼睛慌张地四下张望着。她不安地走向一个车站站员，打听候车厅的位置。那人冲她粗鲁地笑着，说她肯定动动鼻子就能闻出来。她转过身，赶紧走了。在一排有警察看守，开着的折叠门前面，围着一群旁观者，他们踮着脚尖，伸长脖子打探发生了什么事情。

她吃力地穿过人群，但眼前的景象却让她停下了脚步。在那间大大的光线昏暗的候车室的地上，几百个衣衫褴褛的古怪的人或坐或躺，就和她在站台上看到的那些人一样，那些人中有男人，有女人，有小孩儿，还有胡子花白的老人，还有躺在母亲怀里未断奶的婴儿。有些人几近全裸，一些头上或手上缠着血迹斑斑的绷带。所有人都面色灰黄，形容憔悴，肮脏不堪，就好像他们在烈日和尘土中跋涉了很久。这一大群五颜六色的人群中，立即吸引目光的只有女人们白色的头巾，这使其建立起某种同一性。人们按家族分类，围坐在家长周围，家长大多个子矮小，长着黑色的眼睛，穿着系腰带的宽松长袍。所有人腰带上都挂着东西，或这样那样的水杯。有些人还随身带着几件炊煮用具，有些地方，孩子们忠实地看守着捆得紧紧的包袱，里面显然装着家里的全部财产。

雅各贝完全被眼前这幕景象搞糊涂了，直到发生的事情刺痛了她的心。她看见两个戴白袖章的犹太男人和几个女人正四处散发衣服和食物。她这才突然明白了一切是怎么回事。她头晕目眩地走着，她想到这只是许多车被从俄罗斯驱逐出来的犹太人中的一车，这半年里这些人被赶着穿过了德国，准备乘船去美国。整个夏天每天都能从报纸上读到相关报道，这些难民们胆战心惊地忍受着人们的无耻迫害，当局的不闻不问更是煽动了那些暴民。犹太人的房屋被烧掉，财产被掠夺一空，老人被石头砸死，妇女遭到强奸，孩子们被杀死，水沟淌满了鲜血。她试过安慰自己，说那些图片都是夸张的效果，在这个自由和开明的时代，勤劳有力的平民大众是不可能实施如此不人道的暴行的。

"注意！"她听见身后传来的声音。那两个人这时又抬着担架回来了，卖力地走进屋里从许多生病的难民中又抬走一个。他们身后出现了两名身着制服的警察,他们的表情是那样冷漠,他们站在门前观望了一会儿这令人难过的场景,然后把军刀弄得叮当作响走开了。雅各贝不敢再看。她眼前金星直冒,踉跄着走进毗邻的头等候车室喘了口气。

窗外的广场上,人们正来回奔走,大声说笑。街车叮当作响,狗儿们在阳光下奔跑打闹。她需倚着窗框才没有倒下去。这不是做梦,是活生生的现实!这滔天的罪行就在欧洲人的眼前发生,没有任何当局加以阻止!正在这时,教堂的钟声敲响了,给城市带来上帝的安宁,牧师站在讲道坛上,见证着教会的恩赐以及睦邻之爱的胜利,但也就在这个国家,人们怀着冷漠的好奇,甚至是恶意打量着这些被当作鼠疫一样从一个国家驱赶到另一个国家的悲惨的难民们,甚至是以基督教的名义将他们逼至苦难和毁灭。雅各贝惊了一跳,她在外面的广场上看见两个警察。是两个真正的普鲁士中尉,头发在脑后分开,腰挎军刀。她握紧了拳头。他们带着官员的冷漠又傲慢的表情,这两个法律的捍卫者似乎就是这整个伪善的基督教社会残忍与自以为是的象征。她庆幸自己面前没有杀人武器,当时她就站在他们前面几步远的距离。现在,她觉得自己本可以亲手杀了他们的。

后来,对爱情的失望震颤着她的心灵,这一幕景象又径自回想起来。失恋的痛苦唤起不久前的记忆,两种印象在她心里融为一体,形成了占据她思想的决定性力量。

当时她下定决心,她永远也不会把自己和一个男人束缚在一起。她也不会嫁给犹太人,让她的孩子再因为不幸的出身而遭受她曾遭受过的折磨,但她也难以想象生活在一个基督徒家庭。她也恨透了基督教文化,因为几个世纪以来,正是这种文化充当了屠杀她族人的侩子手。有关种族的整个问题吓坏了她,这种威胁强烈又直接。一看到像彼尔这样体格健壮、眼睛蔚蓝的北方人,她就立刻想起那两个肩膀魁梧扬扬自得的官员,过了这些年,她一想起来还是忍不住想要杀死他们。

十一二岁时,她就觉得自己是个成年人了。现在她已经开始感觉衰老了。十三岁那年,她就遭受了深刻、悲伤、痛苦的初恋。接下来,她的心似乎需要得到安宁了。她很早就知道艾伯特这位老朋友非常喜欢她，想娶她为妻。在她看来，他们之间的谈话非常有意义。他们虽然性格不同，但却有许多共同爱好，比如政治和文学，大部分时候，他们对国内和世界上正在发生的事都持同样的失望态度。其实她很喜欢他。这个小个子的温柔男人有一头柔顺的金发，胡子稀稀疏疏的，他对她产生的都是积极影响，让她感到平静，也不会唤起她对宽肩膀的警察残忍行为的回忆，而这种可怕的回忆许多男人都会令她想起，但是艾伯特对她其实并没有性的吸引。只是有一次她听他和别人讲起他那两个没有母亲的小孩儿，她内心深受触动，立刻羞红了脸。只要她想要寻找人生的位置，她立刻就想到要成为这个孤独男人的孩子的妈妈，这就像一个召唤，令她开心。

一天傍晚，海因里希舅舅吃过晚饭，深深地躺在图书馆的扶手椅上，抽着香气浓烈的"马尼拉"烟。他已经一个人坐了一会儿了，这时伊万进来坐在他面前的椅子上。

"舅舅，我有点儿事想和你谈谈。"

"你挑的时候真不凑巧，你知道我吃完饭就懒得说话了。"

"但您吃饭的时候也不想说话啊，您可能又会这样说，所以我真不知道该什么时候找您说话。"

"等我睡觉的时候吧。好吧，想说什么？"

"您能帮我个忙吗，舅舅？"

"你知道我原则上是不会帮任何人的。我们聊点儿别的吧。"

"那就算交易吧，您爱怎么叫都行。"伊万说着用喜欢的姿势坐下，一条腿盘在身下，"您瞧，有个人我很感兴趣，这个人……"

"长话短说，就是你的一个天才。接着呢？"

"是的，但这次我肯定没搞错，舅舅。这绝对是个杰出的天才，他会在自己的领域里，做出划时代的成就，但他很穷。"

"穷？是啊，那是天才的一个显著特征啊，我觉得。"

"但是自然了，在国内没人允许他证明自己的价值。这是伟大天才们的普遍命运，但我并不担心，他会成功的。我已经和戴林提过他了，戴林承诺有机会就会采访他，还会为他所从事的伟大设计写一篇介绍文章。"

"换句话说，伊万，你说的就是那个自信得鼻子都要翘到天上的年轻人吗，不久前某天在这里出现，还引起了骚动的那位吗，他的姓氏很不体面，不过他姓什么来着？"

"希德纽斯。"

"天啊！只有可怜的人才会姓那个！"

"现在，我知道他想去国外学习已经有一阵子了。"

"他继承了一些钱财吗？"

"不，舅舅，您瞧，那就是我想和您谈的。您能理解吗，我想为他提供必需的资金，尽管我知道他不会要。他是个骄傲的人，还很敏感，从这方面来说，我几乎可以确定要是有人资助他资金，他肯定会拒绝。他会觉得那是对他的侮辱。他就是那么一个人。"

"所以说你就应该把钱收起来，伊万。"

"别瞎说了，舅舅。像我们这样的人就应该乐于助人，您得想个办法，舅舅。"

"我？你疯了吗？"

"我一直在想您可以当我的掩护。如果我好生求您，您会为我做的，对吗？我们要用不会冒犯他的方式把钱交给他，绝对要匿名，不然他就不会要了。您可以说是某个朋友或崇拜者想关注他的旅行计划，要么您可以借给他，不管您想到什么办法都行。"

舅舅扬起浓密的眉毛，思忖了一会儿。基本上他并不反对当个慷慨的中间人，尤其是又不花他的钱。另外，他也为彼尔准备了一个小礼物，因为在追求南妮的风流浪子之中，他看起来似乎可以在这世界上攀爬一番的，是个值得尊敬的选项。

"你想在他口袋里塞多少钱？"

"只要他能成功，不管要多少都行。我没有数目限制的。他可以跟格里斯曼开个账户，然后可以通过他从我这里得到资助。"

"你疯了,外甥,你完全是在胡说,就跟你整个家庭一样。"

"有没有人能给我点个火?"通往客厅的门那边传来一个声音。是南妮。她抱着腰站在那里,身体前倾。嘴里还叼着支没点燃的香烟。舅舅做了个鬼脸。

"你又来了,又在抽烟!我没跟你说过吗,那烟味令人恶心,想作呕啊。"

"您心情不好吗,舅舅?真可惜,本来我还有事想和您说说呢。"

"你也有事?说吧!今天晚餐后是彻底别想休息了。"

"有件事我对您有点意见,小朋友。"

"说吧!通通说出来吧!"

"我觉得您应该更机灵点儿,体面的人们还在散步时,别带着您的女伴们到'商业步行街'上晃悠。无论如何,为了家族的体面,您也该挑个不那么吓人的女伴吧,今天和不久之前的某天,我都看见您和那个猫头鹰了。我们都为您糟糕的品位感到羞耻,舅舅。"

她站在他的椅子后面,胳膊倚着椅子背,一边还向他稀疏的头顶吐出一口又一口的烟雾。舅舅虽然对她所说的很生气,但却没有动弹,他半闭着眼,任由自己享受着年轻姑娘鲜活的嘴唇中吐出的温暖气息。

"我没跟你说过吗,南妮,听到年轻女孩儿讲话如此粗鲁,是很令人讨厌的。另外,你说到的那个年轻的女士……"

"什么年轻女士?"

"就是你有次看见和我在一起的那个,她是我房东的女儿,她受过良好的教育,很受人尊重……"

"我说的可不是什么年轻的女士。我说的是那只老苍鹭,帽子上戴着朵红色的羊毛花朵,脸上涂着厚厚的胭脂。我跟您说啊,舅舅,您真该为她感到羞耻。"

"我告诉你,小丫头,你再也别跟我说什么羞耻不羞耻的!你啊,你不知检点地卖弄风情,都把些什么人拖到家里来了啊。一个希德纽斯先生!一个乡下小子,他多优雅啊,还知道不要用手指来擤鼻涕!看看那家伙的脸！看起来简直就像他妈妈是个粗鲁的女仆，他父亲是个丑角。"

"我觉得他很英俊。"

"哦，你觉得他英俊啊！"他嘲笑道，"但我可告诉你，南妮，你要是嫁给一个受过洗礼的乡巴佬……"

"会怎么样呢，舅舅？"

他从椅子背上给了她严厉的一瞥，然后郑重其事的一字一顿慢慢的说："那么我死后，你就得不到我那又大又美的胸针。"

"好吧，但是你也承诺要把它留给雅各贝了，还说要留给罗萨莉亚，我猜还说要留给伊万的。"

他愤怒地冲出了房间，一边大声吼道："你们这里的人都疯了！我再也不会踏足这里一步了！这里会感染！我受够了……"

伊万和南妮吃了一惊，看着彼此，和往常一样，他们都不知道他说的话是当真的还是在开玩笑。

雅各贝出现在门口问："你们对舅舅做了什么？他简直要气疯了！"

"没说什么。"伊万回答道，"你也知道，他从来都不喜欢我的朋友们，现在说到希德纽斯他就气急了。整件事情就是如此！我告诉他希德纽斯考虑旅行，请他就此事帮我个忙，整件事情就是这样。"

"希德纽斯先生要去旅行？"南妮问，她的语气让站在门口的姐姐专心地打量着她。

"他在考虑。"

南妮没再多问。她一边胡思乱想一边把抽了一半的烟扔进地上的黄铜罐里。

"我觉得南妮真的被希德纽斯先生迷住了。"这天晚上雅各贝和母亲两人坐在客厅的灯下时，她说。

"啊，你怎么能这么说！"萨洛蒙夫人说，好像这个想法也暗暗地令她不安。"希德纽斯先生是个轻浮的糊涂虫，南妮又不蠢。再说了，他就要去旅行了，因此我们和他的相识也就到此为止了。"

"我一直担心他可能会推迟旅行。"雅各贝沉默片刻。她躺在沙发角落母亲的身边,面带着标志性的阴郁沉思的面容,盯着前方。

"亲爱的,你是怎么知道的?"

"啊,我又不瞎,妈妈。他第一次来这里,我就确定他的动机了。而且他不是那种会轻易放弃想法的人。伊万正是看重他这个特点。不管我们发现他有多少缺点,我肯定他有很多缺点,但他确实看上去有性格。"

萨洛蒙夫人微微一笑:"我看你对他的态度开始和解了啊,雅各贝。"

"不,我才没有。我永远都不可能。我们的脾性完全相反,但我也确实认为他还没定性。没人能知道环境有利时他能有多大作为。或许有一天,他真的能配得上南妮。不管怎样,我肯定更希望是他,而不是像戴林这样的人成为我妹夫。"

"好吧,好吧,雅各贝,你都快成媒人了。"萨洛蒙夫人说道,"前几天你为奥尔加·戴维森忙来忙去,今天你帮你妹妹做起安排来了。"雅各贝脸红了,妈妈的责备刺痛了她。

"亲爱的妈妈,"她笑着弯下腰,把手搭在妈妈的胳膊上掩饰自己的尴尬,"您清楚这就是老处女的毛病呀。"

春天的这段时间,彼尔成了萨洛蒙家的常客。南妮当然每隔一段时间就会把他拉过来。另外,这种全新而陌生的家庭生活也非常吸引他。

一天晚上他离开之后,雅各贝忍不住说:"天知道希德纽斯先生一言不发瞪着眼坐着的时候是在想些什么啊?"其实他是在想自己童年的家。他回想起往昔的日子,家里的客厅又浮现在眼前。漫长的冬夜里,马毛沙发前面的桌子上只点着一盏忽明忽暗的灯,父亲戴着绿色的遮光帽半睡半醒地坐在直靠背的扶手椅上,西格妮大声朗读着报纸,妹妹们弯着腰缝缝补补,不时抬头焦急地瞧瞧桌子上的时钟,看看巡夜人是不是要来提醒睡觉时间到了。时不时的他还听见邻室传来的叹息,那是卧床不起的母亲心口不适在换气。他听见煤油灯静谧的燃烧声,闻到烟囱飘出的煤烟还有去污剂和药物混合在一起的气息。

把眼前的环境和老家的两种氛围一对比,触动他的并不仅仅只是贫富之间的差别。不，更多的是情调的差别，交谈之中的暖意的差别，各个地方生活温度的差别。他听见孩子们肆无忌惮地聊着天，和父母几乎就像是同辈；萨洛蒙夫人则和女儿讨论着春季的服装流行，该穿什么颜色什么款式，就好像打扮得体是一项义务；在这里大家都在积极关心着世界上发生的所有事情，从来没听见过对死后黑暗世界的一点点暗示，而他自己的家里就像被葬礼气氛笼罩了一样，在家里一日的开始和结束都要用祈祷和赞美诗来退出俗世，打扮打扮自己，哪怕只是为了看起来得体也会被认为不配获得重生。做出这样一番比较之后，他很感谢在这广阔的世界终于找到了真正寻求的东西，人的天性就是既不受天堂也不受地狱束缚的孩子。在萨洛蒙家里，就连财富对他来说也有了新的意义。以前，他一直像农民一样，认为金钱就像是一件类似武器一样的东西，有了它就能在生活中保持自己的地位。而现在他看到了另一种意义，良好安定的生活条件能让人的精神健康成长，能让他的性格平稳自由发展。他开始理解了犹太人对金钱的崇拜，而所有传统的希德纽斯们对此都极其反感。他记得父亲曾轻蔑地称他们是"拜金主义者"，他的宗教老师，一个面色苍白，衣衫褴褛的神学者，总爱用手一边爱抚地摸着学生的头发，一边告诫他们永远不要追逐财富，因为那些东西"锈斑和飞蛾就能蚕食一空"。现在他想到，在那贫穷的小山乡，一代代人都被教导对一切"俗世的繁华"持一种近乎伪善的轻蔑态度，这个社会都精神枯竭，悲惨又懦弱，他痛切地感到想要朝着大地呼喊："尊重金钱吧！对财富屈膝膜拜吧！它是人类的保护者和救世主！"

但他也强烈地感受到，对金钱之光的厌恶还没有完全从血液中消失。不管什么时候，只要看到四周装饰奢华的屋子，就会发现心中与生俱来的地精本性仍在骚动。当他在这间东方情调的阳光满溢的房间里回顾自己的人生，想到那沉闷而无价值的欢乐，想到良心挣扎的折磨与不安，他感到自己确实是父亲口中的"黑暗之子"，一个地下世界的希德纽斯，他为此感到羞愧。

在商人那座富丽堂皇的大房子里，有如此之多有学问、有经验的人碰面，他们就像是他心灵的镜子，让他对自己有了全新的认识。在这里的这些人面前，他有生以来第一次感到自卑。即使是和年轻的姑娘以及她们的朋友们谈话，他也需要动用各种花招来掩饰文化不足，隐藏知识上的巨大欠缺。他私下里用尽可能快的速度追赶上了自己在普通教育中落下的课程。他带着一份特殊的热忱，学习了这个圈子里常听人讨论与争辩的那桑博士的著作。他也设法提高自己糟糕的语言水平，这样就不会在这个有如此多外国人的屋子里感到惭愧了，在这里就连小孩儿也能讲三门流利的欧洲语言。

虽然他来这里的真正目的是南妮，但却最喜欢与萨洛蒙夫人和雅各贝坐在一起聊天，因为他们的谈话内容既富于启发性又有趣。他最敬佩雅各贝，因为她轻轻松松地就能讲出古希腊哲学家以及最新的俾斯麦政策之类的事，而且听着还不会觉得太像女学究。尽管一开始她就直接对他流露出觉得他不太可靠的表情，尽管她并不是经常对他展露出平易近人的一面，但他还是觉得和她的谈话很有意义，谈起她近来读的书，她准备要读的书。令人惊讶的是，她比他更早就对那桑博士产生了兴趣，她也认为那桑博士是这个国家最有力量的人，是新时代的先驱。这时，他们还发现了一个共同感兴趣的话题，也拉出了他们内心最深处的感情，那就是他们都痛恨给他们童年生活蒙上阴影的教会。彼尔并没有直抒胸臆，但他天真坦率地表达了自己的感情，渐渐的，如果没有赢得她的同情，至少也得到了她的宽容。事实上，她对他的影响比她自己知道的还要多。而且就连彼尔也没有意识到她的崇高品格对自己有什么影响。虽然他非常尊敬她，但一些特定圈子的人对她的非凡赞誉还是令他吃惊，例如多次来参加晚宴的自由党最出名的人士都对她赞誉有加。

而这种场合，南妮就是在屋子里嘻嘻闹闹地走来走去，贴在波林、保尔·伯格等文人和他们的追随者身边。而雅各贝呢，虽然仍有所保留，但还是吸引了当今社会最重要著名人士围在她的座椅周围，有大学教授，最受尊敬的医生，他们都在本城的前进党中担任着重要角色，在当时已经很有影响力。有一次他听见这些人中有人抱怨一个这么有思想、有学识的女人可能不太容易让男人开心。"再说了,她要嫁给谁啊?"这个人接着埋怨道,"她的气质这么像女王,至少该嫁一个王子。不管怎么说,那个烦人的艾伯特配不上她。"这些话虽然说得像俏皮话,但却给彼尔留下了深刻印象,也一点一点改变了彼尔对她外表的印象。他承认她是很自傲,她的侧脸长得更像鹰而不是鹦鹉。他还开始觉得她轻快又稳实的步伐很美,那无声的脚步就像是潜行的野兽。他也发觉她坐在扶手椅上的姿势是那样优雅,就连她匆匆擦鼻子的动作都让他觉得那样高贵。一天晚上,他们俩偶然间在图书室单独待了几分钟。南妮当时在参加一个晚宴,一个小时后才可能回家,彼尔专门等着她回来。他和雅各贝两人坐在那张大大的镶嵌着珍珠母的八角桌子两头。他们中间有一盏灯,光线透过金色的丝绸灯罩洒在桌面上。雅各贝手支着下巴坐着在读一本图册。他们有一阵没有说话,后来她突然问他,出身牧师家庭,为什么想要从事工程设计这样的实用行业。

"您对那职业有什么抵触的地方吗?"他闪避着。

"怎么会!"她热情地谈起本世纪那些杰出的工程奇迹将对人类解放产生真正重大的意义,"借由火车、电报和轮船,国与国之间的距离越来越短,国家之间的区别也越来越小。到那时我们就将朝着实现人类过去的梦想迈出第一步,让全世界的人们像兄弟般互相理解。"

听她讲着这一席话的时候,彼尔迅速地看了她几眼,稍稍羞红了脸。他自己从来没有从这个角度来考虑自己的行为,但将自己的运河设计用来为这样宏大的事业服务,他为这个想法深深地吸引了。和雅各贝聊天总是有这样的感觉。对他来说,她的话就像那桑博士的书,如同一道闪电,照亮了他的思想,就像一道启示。她真是太聪明了!当与她对面坐着,看着她那古怪,斯芬克斯一样的外表时,他常这样想,感觉就像身于童话历险,与预言家西比尔相对而坐。这时她就像超越了自然,甚至成了一切高深智慧的守护神。

"真希望早些认识您,亲爱的女士。"虽然他尽力让自己的语气听上去轻松一些,但他很清楚那声音有多不自然。雅各贝的笑容并不像是在取悦他,但他还是继续说,"啊,虽然这话听着很蠢,但我是真心的。我真的是第一次才感觉到自己现在真正是一个人了。小姐,您的影响可不小,不管您是否愿意。"

"那您觉得自己以前是什么呢?"

沉默片刻之后,他回答道:"您还记得丹麦课本里地精的故事吗?他钻出自己的鼹鼠洞,想要在人类中生活,但每次只要太阳穿透云层,他就吓得直打喷嚏。啊,我可以为此讲上一个很长的故事。"

就在此时,他们坐在那里,他开始对她敞开最深处的自己。他想向她倾诉衷肠,于是就半开玩笑地告诉她自己的童年,以及和家人决裂的事。这事雅各贝以前曾从伊万那里听说过一些。面对他突然敞开心扉,她觉得有点儿不舒服,于是就叫他不要继续讲下去。

不过海因里希舅舅从前厅进来,也打断了他们。这个老浪子从不肯错过打量外甥女打扮一新的机会。他先是问南妮,一辆马车刚好到达,这时南妮一下子就飘了进来。她一看到彼尔就停了下来,脚步又慢又小,任由白色的毛皮披肩滑落,露出裸露的肩膀。

彼尔站起身,糊里糊涂地看着她。站在他面前的确实是一方美丽的风景,她穿着白色低胸丝绸衣裙,脸上还因为晚会而热得泛红,眼里还闪烁着宴会的愉悦目光。

但就在那时,他转过身看到她姐姐的身影被灯盏柔和的光芒照亮,她穿着暗色的衣服,手支下巴坐在那里。他突然感到和妹妹相比,雅各贝是多么可爱啊!这种感觉相当奇怪,之后很快他就离开了,一路慢慢走回家。走在路上,他突然停了下来,像是吓坏了,把帽子推到脑后问自己:"天啊!难道我爱上了雅各贝?"

 第八章

　　为了让大家都知道自己的名字，也为了能在萨洛蒙家推进自己的计划，有段时间，彼尔自己决定出版一本介绍自己计划的小册子。这本小册子将是他对别列戈拉夫上校的回应，他将用它来向那些试图堵住他的嘴把他推入黑暗世界的整个自命不凡的工程师圈子发起挑战。他要让那些先生们知道，反叛者还活着。

　　他将强调改造整个交通网的必要性。他要用计算来驳斥在这个四面环海，缺乏燃料的小国花费巨资来建造铁路系统有多么欠缺考虑，重点应该放在建设运河网上，这样就能让每一个小城市都能与世界上的港口直接连通。他要在书中详细重点介绍自己的工程计划，还要附上草图和评估。另外，他还将从更广阔的范围阐述自己的设计。工程师在当今文化战役中担任着真正的先驱角色，受到那晚雅各贝所说的话的启发，他决定在书的开

篇对国家将来的任务做一个大致却有力的介绍。

现在他开始写作这份宣言了。尽管他并不擅长用笔来表达自己，拼写与句法也并非他的强项，但还是毫不厌倦地埋首工作中。阅读那桑博士作品时所留下的印象影响了他的风格和语调，他先是指出了引导整个民族的学术界在这个世纪已经严重堕落，他描述了这样一幅黑暗的画面，如果不吸取别国的经验，进行健康的启蒙，人们不从固有的繁荣的黄油和猪肉经济观念中摆脱出来，而坚决地开辟出新的收入来源的话，整个国家将陷入绝望的贫穷中去。作为对比，他也描绘了一幅生机勃勃的画面，壮大工业能以相对快捷的速度将国家转变成为一片富饶的土地。随着笔尖在纸上舞蹈，他仿佛在想象中看见一艘艘大船正开过他设计的运河明亮的航道，上面满载着远方土地而来的各种原料。他想象着沿着调控后的水流，一座座喜人的工厂拔地而起，仿佛听见了轮子的嗡鸣和涡轮机的轰吼。在那片贫瘠的日德兰荒原上，现在只有些瘦如柴的羊儿刨着少得可怜的吃食，他预见那里会建起一座人潮汹涌的城市，新建起繁忙的居民区，午夜里不会有教堂钟声来唤醒不安的人们心中的恐惧，闪电一样的电灯将击溃黑暗与幽灵。

一天，他正灵感大发，埋首工作的时候，来了一位不速之客。先是响起两声手杖的敲门声，德尔夫特"经理"身着一身亮眼的巴黎风格的套装出现了，他洒了香水，头发抹得油亮，一只黛蓝色的单片眼镜遮着斜得厉害的那只眼睛。

"您在这里藏得挺严嘛！老天，"他说着未经介绍就四处打量着这间又小又暗，堆满论文和图纸卷的屋子。"所以，您就是坐在这里画那些假支票来换取未来了。这里还真是个造伪钞的好地方啊！老天，我没干扰您制造那些百万大钞吧？哈哈。"

彼尔非常了解他的说话方式，因此就没有生气。他还是不情愿地笑了笑，他真受不了这个丑陋的人，他的来访也令他不舒服。这个老家伙要找我做什么呢，他想。

"看到我很惊讶吗？"德尔夫特先生假装不安的问，然后应彼尔的要求坐上了那把只剩一个扶手的摇椅,"我早就想来找您了,希德纽斯先生,但一直忙生意抽不开身。中国情况还不稳定,印度局面也很复杂,公司麻烦多得难以置信。我整天都在发电报,但现在我只是来这里和您随便聊聊。"

他顿住话头,显然是想激起彼尔的好奇心,但彼尔照旧平静地等待着,一语不发。

一阵长长的停顿,德尔夫特先生透过黛蓝色的镜片又把这贫困的房间肆无忌惮地打量了一番。

"您去过中国吗,希德纽斯先生?或者去过印度?那美国呢?年轻人都应该去旅行,学学怎么在这个世界上出人头地。"

又是一阵停顿,德尔夫特的语气变了,谨慎了许多。

"希德纽斯先生,您还记得我们之间的第一次谈话吗?当时我有幸在妹夫家里欢迎您。您说了好些欣赏我外甥女的话,我很感谢您。那时,我还提醒您注意那些被我外甥女拉进这个家里的各色可笑的人等,那很有意思。我说得没错吧?您见过比那更有意思的场面吗?有些家伙口袋里一分钱都没有,还昂首阔步地跑来大献殷勤,脸上的表情就像婴儿刚洗过的屁股那般纯真。"

彼尔心想要不是为了雅各贝,他真想把这个老骑士头朝下扔出门去。

"是不是很有丹麦风情?太有丹麦风情了吧?"德尔夫特先生继续说,一面又怜悯地把这寒酸的小屋打量了一遍。"在其他国家,这样的场景简直不可能……简直难以想象。比方说美国吧……"他讲起一个在纽约遇见的年轻人的故事,那人野心勃勃,从很多伯爵男爵眼皮子底下抢走了一个百万富翁的女儿,虽然他自己穷得只能在酒吧里吃饭。

那人名叫斯达特曼,是个奥地利人,有人说他是天才,也有人说他不过是个江湖骗子。他打算不通过奶牛,直接从牧草中产出牛奶和黄油来。真是个绝妙的主意!在实验室里做实验期间,他结识了塞缪尔·史密斯的儿子,"您肯定听过这个名字,他可是第五大道的股票市场的巨头之一,身价有七八亿美元啊,您懂吗!塞缪尔只有一个女儿,二十岁,您也能想到,这个女儿爱上了这穷小子,坚持要嫁给他。好了,您猜怎么着?这穷小子自然也爱她爱得死心塌地,但是要是像塞缪尔这样的人就这么简单地把女儿嫁了出去,那他真要成为全国的笑柄了。"

一天,我们几个人坐在俱乐部里,我们可都是整场情事的见证人。当时我们正在那里决定成立一家股份公司。

"股份公司?"彼尔开始注意听了,"为什么?"

"自然是为了那个年轻人的前途了。我们汇集了一笔资本,先是五千,后来达到一万美元,好让他在纽约城生活下去,他在百老汇租了一套豪华公寓,雇了用人,买了马,还款待记者们晚餐,好让他们在报纸上报道他……总之,两个月后,整个城里都知道了他的名字。于是有一天,他去向塞缪尔的女儿求亲。"

"那他成功了吗?"

"没有,连一个指甲盖都没沾到。塞缪尔对女儿的亲事自有打算。他的父亲是一个垃圾收购商,因此,他要把女儿嫁给贵族。"

"那股份公司怎么样了?"

"效益喜人,回报高达百分之两百。"

"我不明白。如果这个父亲只是想把自己的女儿嫁给一个贵族……"

"好吧,自然,我们为那年轻人买了个头衔,花了四千美元,但却是欧洲最古老最高贵的姓氏。这实在是小菜一碟。穷小子给了我们他家乡一位老伯爵夫人冯·拉本·拉本斯坦的地址,那位伯爵遗孀家道没落,靠办寄宿女校过活。我们给她寄了一封长信,附上往返船票,请她来纽约出席我们为行善而开办的孤儿院的开幕仪式。我们从街上找了三个孩子,和一个酗酒的黑人老妇,雇用他们三个月,这一点我们自然没有告诉伯爵夫人。我们还在信中写道孤儿院将以女王的名字命名,专收奥地利人的子女。她没有办法拒绝。这真是一出绝妙的滑稽戏!

"她乘坐的船泊岸了,我们全体人员献上一束束鲜花迎接她,接着用一辆四匹马拉的马车载她到荷兰饭店赴晚宴,在那里她以斯达特曼的姑母的身份介绍给记者,第二天整件事就见了报。我们给她看了一份合乎法律程序的领养合同文件,又在她眼皮子底下晃了晃一千美元的支票,她几乎没晕过去。六个月后,这位新伯爵冯·拉本·拉本斯坦就邀请了全国贵族出场,举行了尊贵典雅的婚礼。我知道这些是因为当时我也在邀请之列,还有幸带着从卡塔尼亚来的年轻的公爵夫人辛普森参加了晚宴。"

彼尔弓身坐着,捋弄着胡须。德尔夫特先生用这个故事戳中了他的痛处,那就是他的经济问题。他的财政状况遭到几乎不能真正维持生活需要,一想到还要筹集资金印书,他的头都要裂了,但他还是平静地坐着,佯装微笑的样子,德尔夫特先生这个长长的故事就和他在妹夫家晚饭后为了迎合众人所讲的那些荒唐的故事一样。他觉得对这个老家伙最好还是和善一点儿,他想着是不是能借由德尔夫特的帮助,弄到一笔条件不会太苛刻的贷款。

"其实,这主意倒不坏。"他说道,"为了一个年轻人的发展,成立一家股份公司。您知道吗,经理先生,如果您在家乡推广这个经验,会产生什么样的成果?我只有一点不同意,为什么只考虑利用婚姻为机会呢?一般来说,婚姻是最不可预料的。为什么不考虑为勤劳刻苦又精力充沛的年轻人提供一些别的机会呢?比如说,您觉得为一个有着好点子,自行设计了水路工程的工程师提供些机会怎么样?"

"我同意您的说法。"德尔夫特先生冷酷地笑笑,"公司名称并不重要,听着舒服就行。我刚才说到的那个股份公司就叫'人造牛奶和奶油公司'。真是个绝佳的名号!还真吸引了几个信以为真的乳制品商来当了我们保证人。"

"太好了!您的意思是说如果有人给出计算表和精确的计划,并能完全确保,如果计划得以实施,总有一天会得到成百万的收益,那你们也会创建一个类似的公司了?"

"对啊,为什么不?"回答直白得令人吃惊,彼尔也因此起了疑心。他是想设计我进圈套,彼尔心想。他知道我的计划,现在他想要我把什么都说出来,然后他就可以当着雅各贝和她家人的面愚弄我。彼尔又缩了回去,不再言语,但德尔夫特先生拿起帽子好像要走,他又急了。他想着要弄到钱,必须大胆多试一些方法,于是就决定冒一次险。

但这时他又感觉非常恶心。无休止的金钱困扰让他觉得受到了侮辱。他憎恶为了得到想要的东西而一直撒谎作假。处于这种类似绝望的情绪之中,他抛下一切顾虑说:"经理先生,我们能不能不要再伪装了?听了您的话,我猜您已经知道我迷上了您的外甥女,我也乐于承认,就我目前的状况,还对一位无论是内在还是外在都如此优秀的淑女心存幻想,确实是有些鲁莽。"

"说得非常好,非常好!"

"好吧,是您引出的话题,也是您给我机会直接发问的,经理先生,您能不能为了我运作起来,建立一个所谓的公司,就像我们刚才所说的那样?"

"我?"这个小个子老人一边问,一边装作惊慌失措的样子从椅子上站起身来。

"对,就是您。"彼尔接着说道,"我承认我现在迫切地需要。我需要钱,不然就只好去偷了。"

德尔夫特先生本以为彼尔一直图的是南妮,现在终于达到了自己的目的。他爱听彼尔最后的那句话。这句话极大地增强了他的信心,他更加相信彼尔有资质成就一番事业,赢取能和他外甥女相称的社会地位。

他突然开怀地笑了:"您不傻的啊。我差点以为您要拿我外甥女做交易了!我尊重您的想法。但我不会再资助私人公司了,即使是有关年轻姑娘的事。不过现在我来告诉您我为什么来这里。年轻人,我对您有信心!我对您的前途有信心,我会帮您。您需要钱,您会得到钱的。不过我开门见山,绝对没有利息或类似的事。这也不是在做生意,不管您怎么说吧。您知道大卫·格里斯曼吗?我们的律师,住在克罗斯特雷德街。您可以从他那里得到暂时需要的资金,自然了,需要您那伟大发现的预期收益作保证,但我得告诉您,我不想透露自己的名字。如果有人问起,是不是我预支了您这些钱,我不会承认。您明白我的意思吗?"

彼尔没有回答。德尔夫特先生傲慢的语气和那种以恩人自居的态度让谈判难以为继。况且，他也没有办法相信，德尔夫特先生会提供如此无私的帮助。"经理"再次拿起帽子的时候，他没再试着阻拦，只是笑着解释说："好吧，我自然会把您的提议当作您的异想天开。希望您也明白，我说的也只是开个玩笑。不过您讲的美国故事真的打动了我。"

一开始，德尔夫特先生看上去有点儿讶异，然后又露出了冷酷的笑容："好吧，上帝与您同在，工程师先生。您也太不相信我的洞察力了，这倒也没什么错。不过，如果您还想继续我们的玩笑的话，您知道格里斯曼先生住在哪儿。上午十点到下午四点，他都在办公室，我保证，他是个很幽默的人。我这就走了。"

他手已经伸到门把手上了，又朝着站在桌边的彼尔回过头说：

"再说一句，希恩纽斯先生。您跟我外甥提起过一位伯恩特-阿德赖斯伯格男爵遗孀，对吗？抱歉我问得这么直接……不过您和她很熟吗？"

"不，我只是认识她死去的弟弟，但为什么……"

"请原谅，那是位年迈的女士，对吗？她是不是脑子有点儿'不对劲'？"

"可能吧。不过我得问您……"

"不久前，您接到她从国外寄来的措辞十分友好的信。伊万告诉我说她邀请您夏天去她的庄园做客，但她因为在做治疗，要冬天才能回来，所以感到很抱歉。是这样吗？"

"见鬼！"彼尔忍不住脱口而出，一拳砸在桌子上，"可您为什么要问我这些？"

这个丑陋的小老头并没有被吓着，反而走得离他更近，踮起脚尖说："好吧，我就告诉您吧，在我们国家，可能有的人也只想把女儿嫁给贵族。再见。"

五月末的时候，萨洛蒙一家已经移居到他们夏季的住所思科夫巴肯去了，那是一座靠近海滨的别墅，距哥本哈根有一个小时的路程。每到星期日待客日，彼尔就会过去，平时他也会找借口拜访，说要咨询伊万关于印书的问题,或者是类似有关他的专著的问题。这家里并不是所有人都乐于见到他,尤其是南妮,当她明白自己被放弃之后,更是常常不给他正脸看,但彼尔也并不因此而烦恼。自从意识到自己爱上的是雅各贝,对她的爱不会影响到他的未来之后,他就只想和雅各贝独处了。

不幸的是,雅各贝对他的感情却并没有产生相应的变化。相反,在哥本哈本的那次交谈中,彼尔对她倾诉了自己和父母以及兄弟姐妹之间的关系之后,反而更激起了第一次见面时他在她心中留下的讨厌的印象。虽然她也憎恶基督徒,但彼尔在谈到自己出身时所明显表现出的冷漠麻木不仁的态度却令她反感。身为犹太教徒,她尊敬自己的家族和亲人,因此她很小心不对自己的亲人流露出那样难以相容的态度。

另外,彼尔有些行为也让她不愉快。之前彼尔在社交中一直缺乏自信,慢慢克服这种不安感之后,他形成了一个令人厌烦的习惯,不管是什么场合总是一直说个不停。在读了那桑博士和与他持类似想法的作者的十来本书之后,他觉得自己有了足够的知识,每次谈到即将到来的伟大的启蒙时代,他总会带着外省人的直率参加进去。

特别是晚餐过后,他喝多了酒,他几乎像是传道般大胆预言,人类即将进入伟大的新时代,科学将会带来新福音,他的行为引得有些听众连连发笑,有些则尴尬不已。他不放过任何表现自己的机会。在林中散步时,他会越过所有的路栅,还叫板其他男士都跟着他跳。如果是划船,他立刻就会执起双桨,以炫耀自己的力气。他的着装也令别人不快,一身式样粗俗的衣装紧紧裹着身体,几乎不堪入目,将他健硕的身体展示得一览无余。夏天时,他穿着一件领口开得极低的衬衫,不仅暴露出肌肉发达的脖子,还袒露出胸膛,简直就像个靠妓女的爱怜过活的年轻人。每次他来探访,南妮总会幸灾乐祸地说:"如果有一天他因自大而身败名裂,我恐怕准是被人暗算的。"

尽管如此,雅各贝对他却怀着一种几乎是抱歉的心情。等她终于意识到彼尔追求的是她,而不是她妹妹,他炫耀力量也是为了取悦她的时候,她不知道该如何待他了。她留心不和他独处,还认真地和哥哥谈起要他照看彼尔去他计划的国外旅行。在认识到自己缺乏文化教养之前，他不适合来家里。到国外待一段时间能帮他迅速地改善这种状况。

最终，想到彼尔的意图，她就难以忍受，一天，事情急转直下。那是七月伊始的一天，天气非常闷热，到了晚上，一家人坐在别墅外面宽阔的铺着碎石的阳台上纳凉。他们刚吃过晚饭，在喝咖啡。蔷薇丛中有一些巨大的大理石台阶岔开直伸往水中，小孩子们穿着白衣服，戴着大大的遮阳帽在上面蹦蹦跳跳嬉闹。这正是鲜花盛开的季节，花丛中色彩鲜艳，阵阵微风吹着花香送到咖啡桌旁，香味中混合着菲利普·萨洛蒙的哈瓦那雪茄烟味。

当时在场的只有萨洛蒙家的一位老朋友艾伯特先生，他头一天刚从每年一次的温泉疗养之旅回来，戴着一顶在巴黎戈塞克新买的几乎可以以假乱真的假发。这位四十来岁的绅士皮肤给法国南部的阳光晒成了棕褐色，看起来相当年轻，他正坐在那里谈论着阿尔卑斯山之旅，以及一路上碰到的几个熟人。菲利普·萨洛蒙坐得离桌子稍远一点，一边浏览着晚报，一边时不时问上一个问题，或者是向伊万分享几条新闻。他能毫不费力地同时和两三个人谈话，心里还一边进行五位或更多位数字的乘法运算，再把答案写在超群记忆力的脑内某处。尽管这样，他也比所有人都更享受晚间的静谧和蔷薇的芬芳，以及这整个温暖欢乐的家庭氛围。

南妮不在家。一吃过晚饭，她马上就和一个朋友一道去了克莱姆彭堡的夏季音乐会，是记者戴林邀请她去的。

八点前后光景，彼尔突然来了。他情绪很糟。受贫穷所迫，又看不到任何帮助，于是他这天早上去找了德尔夫特先生，故弄玄虚要他找格里斯曼律师。令他大吃一惊的是，他刚证明身份，签署了一份收据，就立即得到了一大笔钱。虽然知道这样自己就摆脱了最大的压力，但回到家他心情还是既不安又焦躁。他感到他把自己给廉价出卖了，于是就把支票锁进写字台抽屉，连数都没数一下。

看到变年轻的情敌归来，坐在雅各贝身边，也没能让他低落的情绪振奋起来。彼尔对雅各贝的爱混合了各种感情，其中最明显的就是虚荣心。

就算是目光不如彼尔敏锐的人,也能立刻看出来,雅各贝对艾伯特先生的归来充满热情。

彼尔用一种精心设计的漠不经意的态度欢迎情敌,但过了头反而失去了意想之中的效果,倒是引得艾伯特先生笑着说:"成了这个年轻人的敌人,我看我也太不幸了。"他用法语小声对雅各贝说,但雅各贝却强忍着没有作答。

不巧的是,这番话让彼尔也听见了,他气得脸色发白。虽然被数次邀请就座,但他还是坚持站着,甚至伊万给他推过一把椅子,他也没有坐下。他把手搭在椅背上,就那样站着,傲慢地打量着艾伯特。艾伯特觉得很不自在,但凑巧的是,就在这时来了几位新访客,一场冲突于是就此避免。

整个晚上,雅各贝都没能忘掉当时的愤怒。她简直浑身发抖。她暗自下定决心,她再也不想见到那愚蠢的小伙子的傲慢举止了。她对他明显是太过纵容了。他要是再敢这样放肆一次,她一定会让父亲禁止他再来。那个自大的蠢家伙!艾伯特一定是这样认为的!

客人们都走后,雅各贝又和母亲单独在露台上静静坐了一会儿,她母亲这还是第一次和艾伯特说上话:

"我觉得他有点儿担心小阿斯特丽德,那孩子身子不大好。"

"是吗,"雅各贝满脸通红慢慢地说道,"我从没听他说起过。真的病得严重吗?"

"我想没那么严重,但他肯定是因为这个才提前回家来的。他不太信得过他那个管家,您知道的。情况真是糟糕,这个可怜的人。"

雅各贝好像没有听见最后那句话。她靠在柳条椅上,双手叠放在膝头,看着远处的海峡,空旷无垠的夜空并没有星星,乳白色的水面闪着光。对面的瑞典海岸上,窗扇仍反射着落日火红的余晖。

父母想让她嫁给艾伯特,这对她来说并不是秘密。尤其是近来,母亲热切地将她往那个方向上引,她却为此很受困扰,因为这根本是毫无必要的。过去的几个月里,她想起他的次数比以前要频繁得多。他不在的那些日子,她第一次切实感到想念他的陪伴。她几乎每天都在想着他,不仅想和他就世界上悲惨遭遇促膝长谈，详细地交换看法，还想着他这个人本身，他明丽的笑容，睿智的双眼，他整个人所散发出的令人平静的感觉，都让她如此受益。她刚才脸红是因为艾伯特女儿的病让她非常不安。当时，她错以为自己已经是孩子的母亲，为此感到有些羞愧。

她很清楚，自己对艾伯特的爱并不像以前对其他恋人的爱一样，但她对此并没有感到踌躇。她已到了成熟的年纪，现在更想要在艾伯特身边那样的完全的信赖，而不是狂热的激情。她对自己说，虽然他不是她在鲁莽的年轻时代曾一度梦想能给予她安宁与幸福，自豪又尊贵的真理追寻者，但他毕竟有着坚定的信仰。他虽然已不再年轻，但也因此没有不成熟，没了那种让年轻人显得粗俗的故作的男子气概。

他周身总有一种干净好闻的味道，这对她非常重要，因为她难以忍受某些特定的气味的折磨，那些印象有时就像令人厌恶的幻觉，会持续很久一段时间。而彼尔的味道她隔着三英尺远都能感觉得到，那是一种贫穷的酸腐味道，因为不讲卫生衣服上还沾染着烟草的味道。

最后，在喜欢上艾伯特之前，她就意识到他拥有一个有利条件。他出身名门，凭着财务状况和学历背景——政治学研究生学位，他很快就成为了哥本哈根自由派领袖之一，在国会中拥有席位，在党派政治中也颇具影响力。如果持自由派观点的人士能在政府中获得一个代表席位，那些喜欢比较可能的大臣人选的人都把艾伯特放在首位。

声名和权势的前景总是很吸引雅各贝。她认为对社会地位和荣誉的冷漠都是不自然的，都是迫于智慧和自傲的权宜之计。有些瞬间，她想象自己置身皇宫，站在国王或王后身边，她的面颊上泛着红晕，这代表着长期以来的屈辱得到了洗刷，她战胜了所有那些轻视她的民族的人。如果不是她冷静的思考迅速抑制了这些奇异的幻想，她就不会让可怜的艾伯特等候这么久，只能徒劳地叹息了。

彼尔意识到艾伯特可能会产生的重大影响，因此决定尽快向雅各贝求婚。现在他有了些钱，于是开始认真计划到国外实际游学一年，去欧洲大陆和美国。然而在那之前，他必须设法确定自己和雅各贝的关系。他不敢再拖延下去，艾伯特先生和其他的老狐狸们会趁他不在把雅各贝抢走。

但是雅各贝并不鼓励他的行为，甚至是明显地在拒绝他，但彼尔并没有因此而丧失希望。从一开始，他就明白要一点一点慢慢征服她，比方说……他觉得自己已经和她的心贴得很近了，都能听见她的心跳声了！近来，她越来越羞怯地躲避他，在他看来这是个好兆头。现在他要离开一会儿，让她有时间静静地想清楚，然后再开始继续行动。

一天，他收到伊万的一封快信，信里兴高采烈地通知他，戴林承诺的介绍他的构想的那篇文章正在付印，第二天就可能刊登在《鹰报》上。"答应我吧，"他写道，"去拜访一下戴林。我知道他会很重视您的来访的。想想这对您有多么重要啊，克服您的顾虑，迈出这一步吧。不管是现在还是将来，戴林在很多方面都能帮助您。就像我之前告诉您的一样，亲爱的希德纽斯，出版社的帮助对我们当今的时代是不可或缺的。"

那一夜，彼尔没能睡好。一个星期以前，伊万再次带他去见这位备受推崇的记者，当时彼尔对朋友的恳求做出了让步，稍微透露了一点儿自己的秘密计划。并且他自己也觉得这样有利于为自己的著作打开道路。同时，他也很激动地期待着自己的名字和想法第一次为这个巧妙世界所知。

但等待着他的只有失望和苦恼。他原以为会是头条新闻，结果却只在第三版找到一篇半栏长的短文，用的是小号铅字，署着戴林众多笔名中的一个——请，劳驾。他并没有察觉文章中的诙谐语气，就连标题《寻找百万富翁》他也完全信以为真。他非常不高兴的是，整篇文章哪里都找不到他的名字，他只被含糊其词地混称为"该工程师是年轻而富有天赋的设计者"。文章对于工程成本的草率态度也让他非常生气，最让他气愤的是，戴林标错了一个小数点的位置，整个作品的性质和意义因此被完全曲解了。

他以前从没想过要顺从伊万的意思，拜访戴林先生以表示感激。他觉得反而是戴林应该感谢自己，因为自己才有了他那篇轰动性的文章。但是现在他却觉得有义务亲自去拜访戴林，好让他尽快改正小数点的错误。因此，这天早上他去了戴林的私宅。那是一所位于城里最漂亮街区的讲究的单身汉公寓。

尽管已时近正午,戴林却仍未起床,管家也拒绝彼尔入内。也就在这时,卧房门开了一个小缝,记者满头金发探了出来,胡子末端还套着胡子袋。"啊,是您啊。"听口气似乎有点儿失望,"好吧,快进来。发型师刚过来,我马上出来见您。"

于是彼尔得以有充足的时间四下打量戴林的公寓,关于他极尽奢侈的生活一直有许多夸张的谣言。这间公寓毫无疑问确实很豪华——书房的家具都罩着绸套,墙上挂着壁毯和油画,椅子上散放着书籍和杂志,桌子上则放着许多女士的肖像。毗邻的餐厅门开着,他从中看到餐桌像节日期间一样铺着洁白耀眼的台布,上面摆置着葡萄酒、鲜花和水果。

彼尔情不自禁地默默将这套公寓与自己那两间又小又暗的房间做了一番比较,心里不由升起一股烦躁。不管怎么说,他并不是嫉妒,在他眼里,对戴林这种人几乎瞧不上眼,城里传闻和公众舆论都说他是个靠妓女养活的人。他感到愤怒的是,这样一个可鄙的记者却已经达到了独立的地位,拥有了权力,他却只能幻想一下。

最后,矮小的戴林踮着脚尖出来了。他穿着巧克力色长裤,摩洛哥羊皮拖鞋,镶着黑边的大红色晚间便服。"我能为您做点儿什么呢,希德纽斯先生?"他操着一口对待请愿人的惯用语气问道,"您怎么不坐下?"

两人都跷着腿,面对面坐在罩着天蓝色绸套的扶手椅上。两人年纪相仿,虽然外表大相径庭,但实则相似点不少。奥托·戴林和彼尔一样,也是个无家可归的孩子。他的父亲是个负债累累,纵情淫乐的军官,结婚没几年就把妻子折磨进了坟墓,然后自己也自杀身亡。外省的亲戚施舍了他一些钱物,十八岁他就到了哥本哈根来念大学。虽贫穷又不受重视,但他和彼尔一样,心中充满了最大胆的计划,下定决心不惜任何代价也要获取大量的财富,以弥补童年时代的贫穷和屈辱。戴林拥有士兵般冷酷的性格,从不屈服于任何显赫人物。凭着敏锐的知觉,他找到了阿拉丁神灯当下的藏身之所,投身到新闻行业。当时受国外先例的影响,新闻报道中政治的垄断性地位刚打破,新闻业越来越重视多角度和文学性呈现的新闻。

他虽没有多大的写作天赋,但却像生性冷漠的人一样灵活又多才多艺,再加上生就一副讨女人喜欢的外表,很快就成功地在一家大报馆取得了一个重要的职位,并丝毫不理会群众的责难,毫无顾忌地利用职位为自己谋利。

二十一岁时,他的收入就已经逼近政府大臣的水平了。剧院经理哄抢着上演他的滑稽戏改编的剧目;出版商为了讨好也竞相出版他的译著——其实出自某个穷语文老师之手;各种歌手,演员,年轻诗人,白发苍苍的老者,白兰地酿造师和马戏团经理人都希望引起他的注意,竭尽所能向其大献殷勤,女人则会以自身作为报酬。他就像个年轻的神明,无忧无虑的高居宝座之上,有人崇拜,有人轻视,有人嫉妒,有人鄙夷,人们的愚蠢、虚荣、怯懦和伪善让他尊贵地活着。

他亲自撰文介绍彼尔的计划,目的只是讨好伊万·萨洛蒙,因为后者在投资协议上经常帮他。他对彼尔一点儿兴趣都没有,事实上,为了尽快打发彼尔,他答应在下一期《鹰报》上加上错误更正,但彼尔一旦叹气自己的工作,就很难打住。戴林无可奈何,用他那女人般白皙的手掩着,泰然自若地打起了呵欠。另外,他原本是在等待一位女士。除了写彼尔的那篇文章之外,在最新一期的报纸上,他还刊登了一篇写给新近在马戏团登台的一位芭蕾舞女演员的抒情赞歌,此刻戴林正等待着预期的报答。彼尔终于走了,戴林走进餐厅。在彼尔来访期间,一只看不见的手关上了餐厅的门。一进门,他就惊呆了。南妮·萨洛蒙正坐在餐桌边的椅子上,她戴着一顶镶着宽宽的白色蕾丝花边的帽子,手里还拿着一个咬了一半的小萝卜。经常和她在一起的女伴,小个子且身材不正的奥尔加·戴维森站在窗前,尴尬地羞红了脸:"我能问问吗,请问两位尊贵的女士是怎么溜进来的啊?我没听见你们拉门铃啊?"

"我们为什么要拉门铃?我有你的钥匙啊。"南妮轻佻地说,她的女伴快喘不上气了,"话说回来,门开着的。你的管家正要出去扫地,她告诉我们说你有客人,就带我们进了这里。这些萝卜真好吃!"她又从盘子里仔细地挑出一根来,放在盐罐里蘸了点盐,然后递到莹白发亮的牙齿边。

"您可真是大胆啊,南妮小姐!您知道刚刚离开的是谁吗?"

"知道啊，不就是希德纽斯先生吗？他的声音我可不会听错。"

"您竟然说得如此轻巧！您要是晚到两分钟，就要撞到他怀里了。"

"啊，那可就有意思了！"

戴林伸出一根手指笑着吓唬她。

"调皮、莽撞又迷人的南妮小姐！我们对您该怎么想呢？"

"啊，"她说着看了一眼桌子上的菜，"你应该想到，我实在是饿极了，要是能和你一起用餐，那真是无上的快乐了。这里有这么多美味。嗯！还有肥鹅肝酱饼！这可是我的最爱啊！好吧，我们回到正题吧。"她一边拿餐巾擦嘴，一边站起身，"你可知道，今天是巴肯集市夏季开放的最后一天了。你连一次都没有陪我们两个天真的少女去玩儿过，一点都不觉得歉疚吗？你是知道的，妈妈不让我们单独去那里。"

"老天啊，你们为什么想去巴肯？"

"我们为什么想去？奥尔加，你听见那话了吗？戴林先生真是天真。他竟然问我们为什么想去！自然是为了寻开心啊。我们想去听手风琴，去坐旋转木马，去吃热乎乎的华夫饼，想去看吞火人还有胖女士……"

"就这些？"

"哦，我们还想听卡巴莱[①]歌手唱歌，再到露天舞池跳跳舞。但最主要的是，我想要个吱吱叫的气球，一个大红色气球，会发出'噗噗'的声音，令人生厌。现在你都知道了吧。"

戴林眯起眼睛，透过半透明的夏装衣料能瞥见南妮撩人心弦的胸脯和雪白的手臂，他凑到南妮近旁，用几近耳语的声音以免她女伴听见："您想得真周到，萨洛蒙小姐，总是带个女伴跟在身边。您穿这身衣服真是太迷人了……"他打住话头。

"奥尔加，"南妮说着朝女伴转过身，"我们现在就走。戴林先生的举止有些逾矩了。"她用两根手指提起衣裙，行了个屈膝礼，就挽着女

[①] 卡巴莱是一种流行于欧洲的集喜剧、歌曲、跳舞及话剧等元素于一体的娱乐表演式样，兴起于19世纪末的法国，后传入德国和欧洲其他国度。

伴的腰昂首阔步往外走去,但在门口又停了下来,侧着头说:"我们就算说定了吧,七点钟在克莱彭堡车站见面。不过我要告诉你,你要是告密,跟妈妈说我们来过这里,那我就说你是在扯谎,你可再也别想亲我了,除非是亲嘴。"

"南妮,你今天真是疯了吧。"女伴小声说着赶快把她推走。

戴林独自享用着午餐,好几次将杯中的雪利酒一饮而尽,接着沉入认真的思考。这个年轻人近来开始考虑起结婚的计划来了。有一天,他清点了目前的财产,得出一个结论,觉得自己必须寻找一门值当的亲事。在他看似是在追求的这些富家女孩儿之中,南妮·萨洛蒙并不算是最富有的,到现在为止他也没有认真考虑过她,但从另一方面,南妮毫无疑问是最漂亮,最活泼,最大胆的一个,简而言之,她是他最喜欢交往的那类女人。

门铃又响了起来。虽然他已向管家下达严厉指令,除了那个长着满头火焰般红发的马戏团女郎,谁也不能放进来,但他还是听见门厅里传来一个男人嘹亮的说话声,接着是拐杖插进伞架的声音。门开了,门口站着一位表情坚毅有力,满面红光的老者,是别列戈拉夫上校,他说:

"我知道你还在家里。坐着吧。我知道妨碍你工作了。"

"欢迎,我敬爱的叔叔。请赏光和我一起坐下用些膳食吧。"

"谢谢,不过我可不喜欢公费吃喝。而且,两个多小时以前,我就已经吃过了。"

"那么,来杯葡萄酒?"

"不劳费心了。我来可不是为了吃喝的。"

"我能想象,您一定是有什么重要事情,才克服抗拒之情到此而来。"

"你倒是没说错,我的朋友!无论如何,想再见见你并不足以诱使我前来。我来是因为,今早我在理发店,偶然间在你撰文的那份登不上台面的报纸上,读到一篇关于运河工程的文章,对此你应该有所了解吧。总之,我读出了你傲慢的风格。"

"我能问问这到底是什么意思吗?我觉得你迄今为止还从没关注过正经事情,当然更不用说运河工程了,虽然我不怀疑你对你所写的事情知之甚少，但还是要趁此机会警告你，不要再继续涂抹那些愚蠢的东西了。"

"我已经听说了这一点，文章里有几处错误。"戴林笑着说。

"错误？整篇文章完全就是胡来。我的朋友，为了自身考虑，你还是小心别掺和进来了。你觉得自己是在帮那个年轻人，那可真是大错特错了，因为这样只会让他比现在更加疯狂。"

"您已经知道他了？"

"知道。那家伙愚蠢的设计真是要把我烦死了。他就是个空想家。"

"您是觉得他所做的事什么价值都没有吗？"

"我也不能绝对的这么说。但他实在是很不成熟，他没有任何学习的耐心，也不能接受别人的一点点批评。他自觉救世才是他的使命，小事情都不屑一顾。现在，你写的文章说他要出书了。"

"我是这样写的吗？"

"当然，肯定又是数不清的喧嚣和骚动！那个犹太批评家把年轻人的思想都搅乱了。他们说，我们的文化需要新鲜空气，到处都需要改革家和革命者。"

"但是您告诉我，叔叔，难道我们不正是需要那样吗？我似乎还记得您自己就经常义愤填膺地抱怨，说我们国家死气沉沉，工程师们缺乏创造性。难道不是吗？您自己曾经也出版过一本小册子，言辞也是相当犀利的啊。"

"那完全是另一码事。我难以接受，你竟然拿我和他相提并论。"这位叔叔的脸一直红到了光秃秃的头顶上，"那次我向政府提出的抗议是经过一番深思熟虑的，都很合理，也有着充分的根据。而且，你也知道，我们的反对并不是由于孩子气的任性，而是作为一个丹麦公民，带着一颗爱国的心，认真地关注国家的未来。这简直是天壤之别，我亲爱的孩子。"

"那您觉得当时的统治者和您的想法一样吗？"

"对，我认为一样……但我并不是想和你讨论这些。我只是想提醒你不要再支持那个空想家了，他会让你和你的报纸成为内行眼中的笑柄。你也知道，我并不是很看得起你这个行当，不过我还是要夸奖你，因为到目前为止，你并没有失于愚蠢。我们既然都谈到这里了，那我不妨再添一点。我很早就想和你谈谈了，奥托，我也一直在读你的文章。我奇怪的是，凭你的理解力和你超乎寻常的记者才能，这点我得承认，你竟然没有意识到，继续为这家不上台面的报纸工作，简直是极大地阻碍了你的前途。"

"是不是，您有更好的工作介绍给我，叔叔？"

"这倒不是。但是也说不准。你知道的，对吧，《丹麦王国报》的编辑哈莫尔是我的挚友。我们常常聊起你。他和我一样，认为你在文体风格上很有天赋，就是悲叹你没用在正道上。这么想也不为过，好吧，我可以这么说吧，你要是把才华施展对地方，应该能在他的报社里谋个好职位的。"

"《丹麦王国报》！我是知道，可那是一份反动报纸啊，叔叔。他们推行极端的爱国主义、军国主义，还狂热地膜拜宗教教条。您难道要我背叛自己的信仰吗？"

"你的信仰！听着，我的孩子，别在我面前装模作样了。我了解你。现在，我再多说一点，我再对你让一步。你选择这份职业，是经过了一番深思熟虑的，要是我的设想不错的话。新闻业对你来说其实就是一个在社会上出人头地的跳板。你肯定看到了，李尔编辑已被任命为驻华盛顿公使。近来还有一位记者被委任为政府官员。不管是好是坏，这些都是事实，政府将那些备受尊敬的新闻记者委以政府职位，并且毫无偏见。这点值得考虑，奥托。记住你的同行有机会，你的机会一定更大。你在军队中很有名气，朝廷也很欣赏你。我是你叔叔，要是对你有益，乐意付出任何努力。最后，你也不缺才气，这对你很有帮助，比如说进入外交界。谁知道呢？说不定单凭你自身的才华，我的孩子，你就可以替代李尔先生去华盛顿呢。"

戴林听到这番言论笑了起来，他眯着眼对着空中小声咕哝："华盛顿？怎么不行呢？美国女人一定更迷人。那里法国菜也比英国菜多。我会考虑的，叔叔。"听到这里少校受不了啦，他脸红得像甜菜，一跃而起。"你怎么敢这样答复我？"

"是啊,叔叔,您一定要原谅我。我可不想这么严肃地过生活。"

"这倒是实话。"这个老军官顿了一会儿,声音因为激动而有些颤抖,"你可不想这么严肃地对待生活。对你和你这种只知道物质享受,毫不关心国家命运的无神论者来说,生活不过是个好笑或蹩脚的笑话而已。什么祖国的困境、人民的需求、政治危机、战争、瘟疫、火灾……一切的一切,对你们来说不过都只是寻欢作乐的笑料,专栏素材,笔下的战利品而已。是啊,你们是不想严肃地对待生活。但那时生活也会不再需要你们。这是肯定的!生活会抛弃你们,把你们像无用的垃圾一般丢开,等待湮灭。是的,毋庸置疑。"

戴林伸长了腿坐着,两只大拇指勾在口袋里。他眯缝着蛇一般的眼睛稳稳注视着空中:"时间会证明的,叔叔。"

这天下午,雅各贝独自待在思科夫巴肯的别墅里。午饭之后,萨洛蒙夫人和小孩子们去了森林,南妮像往常一样还在城里逗留。雅各贝大部分时间都待在房间里。她的抑郁症又一次爆发了,头疼得厉害,饱受失眠的折磨。她整夜整夜睡不着觉,半是因为身体抱恙,半是由于不当的欲念引发的不安思绪。一夜无眠让她筋疲力尽,她蜷在躺椅上,双手蒙着脸,半闭着眼睛。她的房间在二楼上,透过阳台开着的门,能看见树梢上大片蔚蓝的天壁,上面点缀着片片松软的云块。四周一片寂静,只有花园里树叶发出沙沙声,将她诱往一阵阵浅浅的半梦半醒状态,身体睡着了,意识却还是清醒的。即使是最细微的响动,她也会睁大眼睛,睡意顿消。

"雅各贝!你在上面吗?真见鬼,这该死的家里就没一个人吗?"楼下花园里传来舅舅海因里希的声音。她慢慢起身,双手在脸上盖了一会儿,然后走下楼。

她在客厅里找到舅舅。他就像往常一样缺乏耐性,抱怨让他等那么久,然后从胸前口袋里掏出一包纸扔在桌上。"都在这里了。"他说。

雅各贝疲倦的脸上顿时容光焕发:"您已经投资股市了!"

"我是遵照你的愿望啊!不过我可再说一次,这个我可不会负责任。"

我警告过你们很多次了,别买这些经济界粘蝇纸一样的东西。这种东西最后肯定会完蛋的。"

"我猜股市今天又涨了。我就说吧!"

"我就说吧!我就说吧!"他模仿着,"你们这些女人都疯了。走了一回运,马上就以为清楚自己在做什么了。你妹妹还清醒一点。她还听得进劝,不会胡作非为。"

雅各贝高兴地耸耸肩,拿起那些不可靠的糖业股票收了起来。她和南妮把一部分零花钱悄悄地拿来炒股,舅舅就是她们可靠的中间人。两人对此都极富热情,南妮觉得稳定的收益才是最重要的,因此偏向收益虽然不多但是风险较小的股票;雅各贝却醉心于享受游戏中诱人的刺激,不顾舅舅和报纸的提醒,下赌股市会涨,靠运气取得成功。

这时,德尔夫特先生拿出最新一期的《鹰报》,和其他的一些报纸一起放在桌子上。他扫了一眼,问:"你读了戴林那篇写希德纽斯那孩子的文章了吗?感谢神,我想他要声名鹊起了,那小子。"

"啊,戴林不过是在取笑他而已。"

"取笑他,呃?我跟你说啊,我的姑娘,笑话也可能被当真的。那小伙子,他运气好。证券交易所已经有人在议论他了呢。"

最后那句话纯粹是胡说的,德尔夫特先生最近不放过任何一个机会褒奖彼尔。在明白彼尔真正追求的其实是雅各贝之后,他就很赞赏彼尔的勇气,还想方设法地支持他大胆的行动。此外,他对艾伯特怀有一份特别的憎恶,虽然他总是批评艾伯特,但还是没能扭转家人对艾伯特的喜爱。光是想想看到艾伯特低声下气的样子,他就会摆着头幸灾乐祸起来。

晚餐桌上,《鹰报》的那篇文章又一次被提了出来,这次是伊万提起的,他从城里回来,对于文章引起的轰动充满了幻想。在去车站的路上,他去了戴林的办公室,戴林虽然没提名字,却告诉他自己的叔叔曾来访,还告诉他在这件事上为了满足叔叔自己做了多少工作,期待着下次有机会能得到回报。

"那个戴假发的老顽固开始害怕起来了!"伊万在桌子上激动地喊起

来,"现在他们想强迫报纸沉默,想赶在彼尔出名之前压垮他,但这样做对他们可没有好处!等彼尔成功了,他们会怎么号叫啊!"

菲利普·萨洛蒙和莉亚夫人都没有回应。尤其是莉亚夫人,近来每次提起彼尔的名字,她都引人注目地保持沉默。雅各贝也没说什么,反而像是全神贯注地帮起了坐在她身边的一个小家伙。然而,她并非表现出来的那样没听伊万说的话,也不是不关心这个话题!听到哥哥说《鹰报》的编辑可能受到威胁,她还脸红了一会儿。不管听到任何强迫或是迫害的事,她都会很快就气愤得脸红。但是伊万对彼尔夸张的赞美让她又冷静了下来,听到哥哥宣称这是彼尔的胜利,她露出了厌恶的表情。大家在露台上喝咖啡时,艾伯特来了;与此同时,海因里希舅舅消失了。正像他常常强调的那样,他无法和这个家伙呼吸同样的空气。不一会儿,南妮也乘车去了车站,喝完咖啡伊万也立即离开了,他急切地想看看晚报上对《鹰报》的那篇文章有没有发表什么回应。

艾伯特在附近租了一套消夏别墅,因此现在几乎每日都要上思科夫巴肯来,但他的到来还是让雅各贝吃了一惊。本来听见狗叫,她还以为是彼尔来了。她一读到那篇写彼尔的文章,就想立刻见到他。她难以想象刚戴上桂冠的彼尔能甘心一天都不露面。起初想到彼尔要来,她就不愉快,心中只有怜悯。艾伯特来了,她又惊又喜,热情地按住了他的手。

此刻,这位年长的追求者感到信心十足,他当然有着足够的理由。雅各贝的表现让他一天比一天更确信,他们结婚几成定局。除此之外,她还开始戴上那枚东方风情的戒指,那是他从前送给她的生日礼物,以前她还从没戴过。当他把两个女儿一起带过来时,她还会让保姆先回去,自己陪她们在花园里玩上半天。

今天她和艾伯特又走下了海滨,顺着码头边的大街来来回回,就像以前两人独处时一样,他们一直在谈论政治。这一次,他们聊的是大国的殖民活动以及一次相关的武器购买。艾伯特希望丹麦能够保持足够的理智,不要卷入所有这些海盗政治之中。他属于政治家中的冷静派。他的志向就在于代表丹麦政坛温和的政见,尽管他社会地位很高,接受过国际化的教育,但他还是很自然地与广大的自由民众的民主联系起来,而这种民主曾一直是这个国家清醒明智的思想的体现。和雅各贝谈话时,他总喜欢使用大胆的言辞,表现出激进的态度,以便能缩小两人性情上的差距。雅各贝在各方面都更倾向于站在极端的立场上。她觉得国家如果就这么自然而然地放弃了与世界大国在工商业领域的竞争,不及时争取保证丹麦在未来国际市场上的经济地位,那将是很不明智的。她常说像丹麦这样的袖珍小国本身能够存在就很荒谬了,长远看来,这样又小又穷的国家要存在下去几乎是不可能的。她渴望能有一场运动来让丹麦获得发展,让人民懂得一个小国只有拥有了财富,只要有了大量的财富才能巩固自身的存在,才能得到大国的尊重。

　　天下起了小雨,日落时,乌云完全笼罩了天空,艾伯特和雅各贝只得躲进屋内避雨。大厅里已点起了两盏灯,艾伯特坐在钢琴边,应萨洛蒙夫人之邀,弹了两首没有唱词的歌谣,那是她最爱的曲子。艾伯特有很多长处,在音乐上也拥有真正的天赋。他的演奏非常出色,准确又极富感情。尤其是今天晚上,他的演奏如此温柔,谁也不会不明白他的心思。

　　这个时候,雅各贝则肩靠门框,站在敞开的花园大门边,凝视着倾盆如注的雨水。她并不精通音乐,琴声响起之后,她很快就心不在焉起来。艾伯特脉脉含情的音符传入她的耳内,却完全没有引起共鸣。她在想彼尔为什么还没来。在这件事上,她对他的看法是错的,她感到有些惭愧。白天别人对彼尔的溢美之词,她并非一听而过,毫无触动。她问自己是不是太轻视彼尔了,可能对他的独特个性要求太过严苛了。也许他真是一个天才,能够扫除一切障碍,发起斗争。不管怎么说,他身上似乎天生就拥有领袖的力量,能够赢得追随者。想想看,他竟然能把海因里希舅舅锁在他胜利的战车上!

　　而且,从彼尔那双明亮却又像海水一样冰冷的眼睛里透出的吓人的力量,她自己也并非一无所知。彼尔也从不缺乏勇气。她很难忘掉那个星期日的事,那天下午,彼尔莽撞地游进了海里,把他们所有人都吓坏了。当时,她碰巧也是站在门边远眺大海,她听见花园外边海滨浴场里传来波林和其他几位先生嬉闹溅水所发出的孩子般的叫喊声。突然,她从波涛汹涌的海面上看见了他黑黑的脑袋。起初她不以为意,甚至没有意识到那是一个人,更没有想到那是彼尔了。等到大叫声传来,她才回过神来。那一刻,她吓得打了个冷战,一股寒意顺着脊椎从脖颈直冲脚底。她一直以为未来的英雄将是用更加精良高贵的材料锻造而成的,她梦想着一个新的精神贵族将通过正义和美,为人类带来解放,但或许只有粗糙的拳头和宽阔的肩膀才是所需的。或许除了彻底炸毁这罪恶与伪善的社会之外,别无出路可走,那一天将是复仇审判日,血与火将荡涤大地。

第九章

八月，彼尔完成了他的宣言，并找了一天读给伊万听。伊万虽然并不是十分理解，但还是钦佩得脸都白了，他立即要求彼尔同意由他来支付印刷费用。

现在是时候准备他的旅行了。他已经按照"简便的方法"学习了一段时间的语言，打算几周后就动身，但按照计划，他想先向雅各贝求婚。他决定在九月三号周日的那天付出实施。为了促进计划的实施，裁缝承诺可以做好他定做的套装中的第一套，那是一套剪裁宽松的英国风格的套装。因为曾经有一次，雅各贝可能是故意当着他的面说，比起法国款式，自己更偏爱英国式样。

起初，他本打算等到书籍出版，并在报上引起讨论之后再行动。但他没有耐心再等了，想要结束这种一想到求婚结果就产生的不安和期望。

近来，他晚上很难入睡。他把全部幸福都押在这一掷骰子般的行动中。有一天，他在咖啡馆遇到了汉森-艾弗森中尉，中尉认为雅各贝和艾伯特订婚的事肯定已经定下来了，听了这一消息，他坐立难安。

预定的那个星期天阳光明媚，车站里挤满了人。彼尔上午就出了门，希望能赶在星期天的常客到访之前有机会和雅各贝私下谈谈，但运气却很糟糕。

这一天真是个糟糕的选择。两点钟前后他才到达思科夫巴肯，别墅里已经宾客满座。原来这天是萨洛蒙三女儿十五岁的生日，萨洛蒙家的一些亲戚女眷，一群打扮得花枝招展的女孩儿，还有家里其他一些朋友熟人，都前来祝贺。其中就有高个子的波林，这个文坛的吸血虫在被南妮拒绝了之后，现在挑中了三女儿罗萨莉亚来共享他将来的荣誉。

另外还有一位先生也是彼尔之前见过的，那是位上了年纪的单身汉，名叫阿龙·伊斯里尔，是位代课老师兼家庭教师，是菲利普·萨洛蒙家的远方亲戚。他个头很小，外表笨拙，穿着寒酸，举止显得羞怯又紧张。他总把手抄在外套袖子里站着，半秃的脑袋在细得像鸟颈的脖子上转动，一会儿扭到这边，一会儿扭到那边，就像是在担心会挡了路。他虽然在许多方面都拥有广博的学识，但却从不炫耀。没有听过他谈话——而一般他的听众只有自己，就无从想象他就是阿龙·伊斯里尔，在某些圈子里享有与那桑博士匹敌的盛誉。每当提及他的名字，人们敬重的不仅只是他的学识，巩固他名声的是他的无私精神，以及似乎只有犹太人才具有的罕有而尊贵的忘我品质。他曾多次受邀到大学去担任显赫的职位，但他没有接受，甚至就连普通教师的职位他也不愿接受，以免占取了别的可能需要的职位。他本人相当富有，但生活却极其节俭，同时又给学生，尤其是贫困生提供大量金钱援助。他和两个也没有出嫁的姐姐一起住在斯维尔德加德街一套老式公寓里，他的小房间里，书架盖满了墙面，从地板直抵天花板，这里也是他之前学生的聚会场所，他们来这里寻求他的指导，向他借阅书籍，从各方面无忧无虑地享受他的慷慨。他并不是生来就是一个伟大的学者和老师，只有那些偏好以性情来评断人的人们才能看出他和那桑博士一样具有革命精神。伊斯里尔本人非常敬佩这位臭名昭著的批评家，常常还热情地支持他，甚至抨击那些小肚鸡肠的犹太人，那些人部分是出于恐惧，部分是由于嫉妒，反对关注那桑博士。在判断那桑博士的人品时，他们不看他伟大的精神，而是纠缠在与之相伴的琐碎而滑稽的人性缺点之上，就像是头衔很小的随从，一边把可笑的铃铛晃得叮当作响，一边拽着国王紫袍的衣角。

彼尔嫌弃伊斯里尔先生相貌平庸，另外，他也不了解必要信息以衡量他的价值。尽管他对待伊斯里尔的态度显得居高临下，然而这个小个子对他却总是相当同情，还总是专心聆听他的高谈阔论，每次午餐后，彼尔都会像演讲那样大谈他对将来的看法。

彼尔进房间没多久，伊斯里尔先生就轻轻走近他，跟他谈起学业的事。雅各贝还没有露面。她待在自己的房间里，要等到差不多的宾客都离开后才会出来。她才不想冒险被人上下打量，听到那些无礼盘问她和艾伯特订婚事情的问题，特别是这段关系中决定性的话还没说呢。

避开艾伯特终极问题的人正是雅各贝自己。她想等到彼尔离开去旅行之后再做决定。她感到很羞愧，不得不对自己坦白，在即将与另一个男人结婚的时刻，她对彼尔的考虑远远超出了可以允许的范围。上次彻夜无眠的时候，她努力不去想他，说服自己说一旦彼尔离开，她就可以获得解脱，因彼尔占据她的思想所带来的耻辱感也会消失。

这时她看到彼尔穿着新套装的样子，竟不由自主哆嗦了一下。看到他坚定的审视的目光，她立即预感到他已经下定了决心。因此，一开始她避免走近他，但后来她意识到自己很难摆脱他的求婚，而且既然自己也想给这段难以容忍的关系做一个结束，最终她决定要给这件事画上一个句号。她独自下楼进了花园，在屋子旁边的一条小路上踱来踱去，估计彼尔会找到自己在这里，而这里可能是最隐蔽的地方了。

她的推测没错。没过一会儿她就听见小路上传来的快速的脚步声，她突然感到一阵眩晕。她停下步子，想要寻求庇护似的，踏了几步走到一个底部绕满常春藤的石头花瓶旁。她试着装成忙碌的样子，打理着底座上一条攀得很高的藤蔓，但双手开始颤抖。渐渐的，随着他脚步声越来越近，心跳越来越快，眼前的卵石地面上仿佛有光斑在舞动。听到他走到身后了，她转过身，仿佛非常惊讶的样子，几乎要叫出来了："您找我要做什么？为什么跟着我？"

他恭敬地低下头，请求与她交谈一会儿："但您看上去非常疲劳，您不想坐下吗？"他指了指石头花瓶底座边靠置的长椅，又请她坐下来。雅各贝几乎没有力气站稳，于是就坐下了。她坐下之后，彼尔礼貌地隔了一段距离坐在她旁边。两分钟之后，他就求婚了。

他说了自己觉得这个场合应该说的话，又说："您应该相信，亲爱的女士，如果能够保持沉默，我就不会对您倾诉了。请不要只把这当成一场转瞬即逝的夏日恋情，您可能会有这样的想法，因为我有幸认识您的时间相对来说并不长。然而，时间虽短暂，但对我来说，认识您在很多方面对我都产生了重大的影响。以前我曾告诉过您，亲爱的雅各贝，自从我第一次踏进你家看到你的那天起，一种全新的生活就开始了。人们夸我有些天赋，我自己也这么觉得。我相信自己在这个国家必有用武之地，但同时，我感觉没有您，我将难以实现目标。我深知，您对我的发展具有多么重大的意义。您对我的答复不仅关乎我个人的幸福，还将影响到我整个的前途和福祉。"

他曾请求她允许自己讲话，而她也没能打断他，因为她自己也得承认，正是出于想听到这些示爱的话语的不相称的愿望才让她留在了这里。此外，彼尔的声音中也有着某种力量，令她瘫软。那低沉，有力，充满男子气概的嗓音让她摇摇颤颤，头晕目眩。虽然他最后几句话坦白得近乎天真，比他自己所知的还要天真，显然就连雅各贝也没有想到，整个过程中，他考虑自己比考虑她还要多。雅各贝的沉默，以及脸上阴郁呆板的表情让他不安，因此他又继续："我也很清楚，对您说这番话太过大胆。您非常迷人，漂亮，聪明又富有，而我只是一个默默无名的穷工程师，能提供的只有将来的前途，但我想要的也并不是最终的答复，我想要的只是您能给我一点儿希望，好让我能怀着这希望踏上旅程。相信我吧，雅各贝！没有什么事情是我不敢冒险去尝试的，为了得到您的支持，什么我都会做。"

他的第一番表白是提前精心准备好的，后面这番话却是有感而发。要不是雅各贝仍然一言不发，他也不会做出彻底让步。他不知道还有什么可以说，于是欠了欠身，似乎在表明自己已经准备好接受她的判决。

雅各贝终于恢复了镇定："我该感谢您的这番美意，但是，我相信您是高估了自己对我的感情。无论如何，"她急忙继续往下说以避免他的反驳，"更多的解释亦是无益，我现在就要告诉您，我已经订婚了。"

"这事是真的吗？是和艾伯特吗？"

"这一点，您无权过问。"她语气尖厉，起身离开了。彼尔如同头部受到重重一击，坐在长椅上，呆呆望着她离去的背影。

萨洛蒙夫人和阿龙·伊斯里尔的两个矮矮胖胖，打扮朴素的姐姐面色喜悦地坐在外面的露台上。雅各贝走过时，她们叫了她一声，但雅各贝装作没有听见的样子，上楼回了房间。她一走进门，就扯掉右手的手套，把手背按在脸上，感觉脸有多烫。胸口起伏不已，膝盖也直发软。这些事竟能压倒她！她感觉自己就像某个刚逃出致命危机的人。她陡然脱下另一只手套，连同帽子一起扔在床上，如释重负的表情就像刚扔掉了什么肮脏的东西。她精疲力竭地瘫倒在扶手椅上。幸好，她挺了过来，再也不会见到他了。她闭上眼睛，手按在腰上。啊，心跳得多么剧烈啊！她熟悉这样的心跳！多少暴风骤雨般的时刻，多少饱受磨难的幸福又随着这心跳涌了回来啊！她感到很惭愧，试图想个清楚，这个陌生且志趣不投的人所激起的到底是怎样的感觉。但令她内心焦躁不安的并不是他本人，而是他所唤醒的记忆。为了赶走彼尔的影子，她回忆起往昔那些迷人的阴影，从她还是个十三岁的小姑娘时第一次感受到的激情，到最近一次命定的失恋中内心的渴望，这种种经历让她的心像拳头一样紧紧握了起来。

晚餐铃响了。她跳起来看看时间，已经过去了快两个小时了，艾伯特肯定还在楼下等待！她拂着额头，保持镇定。这么长时间，她竟然一次都没想到艾伯特。

上午来的客人早已离去了,剩下的只有几个来庆祝生日的朋友,波林、阿龙·伊斯里尔和他的姐姐们。波林把头发像狮鬃那样梳得高高的,围着罗萨莉亚转来转去,而罗萨莉亚则挽着父亲的手满脸笑容地站在屋子中央。她是今天的女王,已做好参加晚宴的准备了,她将坐在父亲旁边最尊贵的位置上。艾伯特进来了,彼尔也站在屋子的那一边,看上去正心平气和地同伊万说话。一见到他,雅各贝心头就涌出一股怒火,但随即想到,彼尔待在这里可能是不想让自己的突然离去引发人们的疑虑,让人们有机会说闲话。虽然和他待在一起痛苦万分,但她心底也很感激他的体贴周到。

所有人都就座了,雅各贝才小心地坐在了离彼尔很远的地方,假装他并不在场的样子,但她也不由地注意到,彼尔今天一反常态,没有碰酒瓶。他很奇怪地用一种炫耀的方式,一次次给酒杯里斟满水,再小心地滴一滴葡萄酒染色。毋庸置疑,他是故意的,他一定有什么打算,因此要预先做好准备,免得别人以为他是喝醉了。

一股强烈的紧张感攫住了她。这个疯子在想什么?晚餐结束了,没有发生意外的情况,人们四散在花园中,少女们抽着香烟,先生们点上了又粗又暗的雪茄,烟头上印着俾斯麦的头像。萨洛蒙夫人、艾伯特、阿龙·伊斯里尔和两个姐姐在花园凉亭中就座,女主人亲自斟上了咖啡。雅各贝也躲到了那里。突然间,彼尔宽阔的身影遮挡了入口,他的表情悠闲又高兴,但姿态却咄咄逼人。

"抱歉,希德纽斯先生,"萨洛蒙夫人近来对儿子这位总泰然自若的朋友态度坚决多了,"这里不能抽烟。伊万在海边,咖啡很快就会送过去。"彼尔一言不发地退下了,雅各贝惊讶地看着母亲。虽然很感谢母亲支开了彼尔,但那语气还是让她觉得有点儿冒犯。母亲是不是觉察到了什么?这也不是不可能,母亲的注意力那么警觉。雅各贝几乎拿定了主意,如果以后彼尔还不知回避,那她就把他求婚的事告诉父母。不管付出任何代价,她只求远离他。她的头又重又痛,靠着凉亭的墙闭上眼睛,充满了美好的想象,只要不看见他,她就能重获安宁。

这时她听见人们提起了彼尔的名字,阿龙·伊斯里尔真诚地谈起两周前《鹰报》上介绍彼尔思想的文章,他的语气非常热情,称"那项计划大胆而神奇,关乎到国家和人民的命运"。"当然,我不是要说……要评价这计划有多大的实际意义……有多大的可行性,"小个子结结巴巴地说,语气有些腼腆,"但希德纽斯的想法却非常认真,考虑到我们国家独特的地理位置以及……怎么说呢……迄今为止,仍未得以利用的……或是说,仍未得到重视的自然资源……我们有条件,应该成为一流的工业国家,如果他提到的那些现代化机器……比如风力发电机、波能发电机,不管他把那些叫什么……得到充分发展的话。我说过,技术方面的东西我不懂,但这些想法吸引我的地方就在于……要转化那些直到现在仍被视为国家敌人和破坏者的自然力量。西风、澎湃的海浪、大气湍流……把这些都转化成无穷无尽的财富和能源,它们能把我们当下最贫穷的土地变成真正的黄金国。①"

他的话在听众中引发一阵骚动。艾伯特稍显不安地笑了笑。萨洛蒙夫人又要了些咖啡,波林也来到凉亭,怜恤地看着说话者。就连两个姐姐也慢慢察觉出她们的弟弟选择的话题相当棘手。

阿龙说完,四下里是良久的沉寂。艾伯特感到有必要打破沉寂的氛围:"是啊,好一个神话故事,亲爱的朋友,我们国家可不缺这种神话。"

"听听,听听。"头发像狮子般的波林大声嚷着,每次听到有人受了表扬,他就血性冲天。

艾伯特得了赞许,就继续说:"想同大雁一同飞翔,很不幸,这从来都是我们民族的毛病,这种毛病让我们在政治上经济上都付出了代价。那桑曾在为一个不幸的朋友所写的讣告中揭露了真相——在我们国家,人们生来就是幻想家,靠幻想为生,在幻想中老去,在幻想中死亡。"

阿龙·伊斯里尔坐在那里捋着山羊胡,然后充满歉意地说:"难道那真的只是幻觉吗?我是说,我们的年轻人理想太低,这难道还不明显吗?

---

① 早期西班牙探险家想象存在于南美洲的理想的黄金国。

作为老师，我非常了解年轻人，我经常感到很吃惊，他们的想象力极少能超出日常生活的狭窄范围。十分之九的人的理想不外乎在社会上取得这样或那样显赫的地位，当个在政府工作的中产人士，从事收获丰厚的医生，在乡下拥有一套舒适的庄园。因此，对我来说，能认识希德纽斯先生这样志向高远的人非常有趣，当然你也可以说他的目标是不切实际。"

"我不想和您咬文嚼字。"艾伯特生硬地打断他的话，萨洛蒙夫人又叫了咖啡，伊斯里尔的两个姐姐则暗暗示意弟弟不要再说了，"也许我们该被称作缺乏梦想的名族，而不该叫作幻想家，但不幸的是啊，不管怎样，结果都一个样。"

艾伯特的回答引得波林要从语录库寻找引文："好吧，我们这剪羊毛的民族啊，思维模糊不清，意志力也薄弱不坚。"他抛出这句话，却没有告知作者出处，相反，却摆出一副极富特点的装腔作势的样子。

阿龙·伊斯里尔又谦逊地等了一会儿，看看还有没有别人有话要说，见没人说话，他才继续："年轻人敢做梦，难道不好吗？我是说……伟人的价值不正在于他们的理想吗？世上成就了大业的人，哪个没有理想？实际上，所有的现实都来自理想。"

"放过我们吧！"艾伯特笑道，"这又是另一码事了。我们不能只是满足于幻想，而要敢于实现它……"

"好吧，这我不懂。不管怎样，对个人来说，这两者的价值难道真有不同吗？我是说，梦想就像愿望和希望一样，或者说就是愿望和希望之母……它有着神秘的力量，帮助个人冲破出身、成长、习惯、遗传，以及其他束缚我们的条件……不管什么样的情况，它似乎总能打破自然的阻碍。举例说吧，即便希德纽斯先生不能实现自己大胆的理想，不可否认这很有可能……但这无疑会对他的个人发展产生重大的影响，从理想角度来讲，这一点是最重要的。"

"抱歉，先生们，"萨洛蒙夫人有点儿不安地打断谈话。她看出雅各贝听着听着，眼神流露出紧张，"希望大家不要介意，我们打算出去走走，马车已经在门口等候了。我都听见菲利普在抽鞭子了。"

阿龙·伊斯里尔感到很尴尬，大家都起身准备走了。雅各贝跟在后面，但隔着一段距离走得很慢。走上大理石台阶，到达别墅前的露台之后，她手扶栏杆站了一会儿，若有所思地看着海面。

四轮马车停在门口台阶前，菲利普·萨洛蒙骄傲地坐在赶车人的位置，两个孩子坐在他身边。出发时，罗萨莉亚和两个朋友想留在家里打槌球，波林因此也便留了下来。阿龙·伊斯里尔和海因里希舅舅也推说夜有风寒不去。菲利普·萨洛蒙问起怎么到处也找不到南妮，原来她早早就出门到车站见戴林去了。因此，与萨洛蒙夫人的原计划相左，马车上还有很多空位够彼尔和伊万坐。最后几分钟，她还想让他们和波林一样，留下来照看姑娘们，但彼尔装作没有听见她的话，一头坐在了边上的座位上。

夕阳西下，森林上空一片红彤，一丝风也没有。一开始，他们稍稍偏离海滩上的道路，接着拐进了暮光中的森林，菲利普·萨洛蒙让马儿走在砂石路上。

马车里一直谈笑风生，艾伯特的话尤其有趣，但彼尔却一言不发，他直挺挺地僵坐着。只有眼睛不安地转动着，脸色一阵红一阵白。自从上午雅各贝在花园里离他而去，她的拒绝所带来的痛苦缓解一些之后，他就一直重复着一句话："我不会放弃。"他怀抱着极大的期望，因此无法突然放弃。在他看来，如果此时被幸运之神遗弃，连他一生的事业都将分崩离析。

因为得不到雅各贝的爱，他悲伤又失望，这使得他思想上和情绪上对未来的考虑显得愈加迫切。以前他没有意识到雅各贝对他有多重要。虽然她并不是特别漂亮，但一想到其他人要得到她，他就难以忍受。过去的几个小时里，他的自尊心和虚荣心都受到了伤害，这让他以为自己是真的爱她的。他仿佛生来第一次理解了"爱慕"这个词的意义。就在刚才，他看见她小小的灰白的脸，看见脸周围黑色的卷发，映衬着背景鲜红的晚霞和林木庄严的暗影，显得那样神圣。一想到任何别人，而不是他彼尔，把她那双女先知西比尔般乌黑的眸子里的目光转化成人世的爱情的喜悦，他就要发疯。他不能让那样的事发生。他人生的箴言"我要这样做"现在受到了考验，要么成功，要么失败。

有什么特殊的方法能赢取雅各贝的心呢，他还不知道。在这件事上，他想听从命运的安排，见机行事。尽管身处失败之中，但他也有一丝胜利的希望。他注意到，无论是晚餐时，还是现在，对于艾伯特先生的体贴，雅各贝都表现得有些为难的样子，她控制着自己不要对艾伯特语气中的亲昵流露出不耐烦。他还注意到一些别的事情。在林中一条为他们的到来而打开的开满红色鲜花的道路上，有个贫穷的妇人在卖花，艾伯特买了一束，他殷勤地说了几句情话，把花献给了雅各贝。雅各贝一句谢谢的话也没说，接过了鲜花，彼尔注意到整个途中，她一直把花放在膝头，闻也没闻一下。

这时，他们出了森林，到了拉德瓦德。沿着隆德托夫特路行驶一段后，菲利普·萨洛蒙把车子左转上了旁边的小路，以便穿过艾莉米塔格莱顿平地回家。

夜幕已经悄悄降临了。山谷和池塘上笼着白雾，广阔的平原上到处都寂静无声，只有远处传来鸟儿飞过森林时发出的鸣啭。马儿喷吐着鼻息，女士们都把肩头的披巾裹紧了。看到路边一群赤鹿在吃草，中断的谈话又重新开始了。伊斯里尔的两个姐姐趁此机会讲了一个故事，说瑞典隆德有个学生跟人打赌要从皇家禁猎区赶出一群鹿，还要抓一只出来，他在林中疯狂追赶了一个小时，后来心脏衰竭倒地而亡。

"女士们，你们真的相信这个故事吗？"艾伯特笑着说道，"我记得小时候就听说过这个故事，但就算是当时，我对这个故事也很怀疑。"

两位女士异口同声发誓故事是真的，她们在报纸上读到过。

"我很尊敬你们，但对故事的真实性，仍然保持怀疑。"艾伯特逗她们道，"就算是瑞典的疯子，也不会有这么愚蠢的念头，就算跑，他肯定也会明白过来，保护好自己的心脏。"

彼尔被故事打动了，他觉得那话就像是对他发起的挑战。

"我觉得这故事听起来很合乎情理啊。"他说。

由于之前一直保持沉默，一开口就是挑衅的语气，彼尔的话让大家有些不安。

"这么说,希德纽斯先生,您也相信这个故事是真的了。"艾伯特说。

"我想,一个男人,只要有自尊心的话,一旦下定决心,不管付出任何代价都要实现它。"说完,他看了看雅各贝,雅各贝觉察到彼尔的目光立即看向了别处。

"说得好,也很有男子气概。"艾伯特说着对女士们笑笑,"但大自然是无情的,大自然设下的障碍不可抗拒,这一点即使是最强壮的男子汉也不得不尊重。另外还请记住,上帝赋予优雅高贵的鹿群四条敏捷善奔的长腿,而我们人类只好满足于仅有的两条圆杆般的腿,还是更适合思考。"

"这么说的话,就不仅只是速度的问题了,还关乎毅力。而后者早就创造了世界上的诸多奇迹。正如俗语所说,谁笑到最后,才笑得最好。"

艾伯特扬起眉头,他开始意识到彼尔话里隐藏的威胁。他同情地扭过头,没有作答。

"此外,"艾伯特又对女士们说道,"我想起自己年轻时候的一个故事,和那个瑞典学生的故事有点儿像,不过结局没有那么悲惨。我记得当时和几个朋友到森林游玩后准备回家。我们在克莱彭堡租了一辆马车,沿着海岸驶回家,一个朋友想要打赌。他说最后的五英里路他要跟在马车边上一直跑回家,不管我们把马驾得多么快,他都能和我们同一时间赶到哥本哈根。我们自然同意了,到了康斯坦尼亚之后,他下了车开始奔跑。我们有两匹马已经腿力不济了,因此这场比赛也没有什么不合理之处,但刚跑了五分钟之后,那个朋友就开始大声呻吟,接着就不作声了。他突然一下停了下来,郑重其事地解释说考虑到马的情况,他不想再跑了。他可怜那些马,坦白指出利用这些不会说话的动物是不道德的,然后就坐回了马车。"

故事成功地引得那几个老女士笑声连连。菲利普·萨洛蒙也回过头来说:"我曾经担任过动物保护协会会长,如果那个人还活着的话,我要授予他荣誉勋章。"

彼尔愤怒得出了一身冷汗。他坚信这个故事意在刺激他。虽然雅各贝并没有跟大家一起哄笑,情敌的得胜还是让他痛苦万分,他思考着怎样复仇。伊斯里尔两位姐姐笑声停下了,他说:"抱歉,工厂主先生,您这么早就对意志力失去了信心。我想问问您,如果有人能兑现您年轻时那位朋友的话,您会不会重拾对意志力的信心呢。"

艾伯特金色的眉毛又是一扬:"什么?我不明白您这话什么意思。"

"我在问您,如果另外有人能完成您朋友打过的赌,您能不能重拾对意志力的信心呢?如果可以的话,我很高兴一试。而且马上进行,就在这里!"不等回答,彼尔就跳下了后挡板,跟在马车旁边跑了起来。

菲利普·萨洛蒙停下马车,厉声说:"希德纽斯先生……我请您……还是坐到马车上来吧。"

但彼尔却高兴地喊着:"批发商先生!我向您保证,稍微活动一下腿脚感觉好极了。记得这个赌多有意义吗?如果能让霍尔拜克第七区的国会议员对意志力重拾信心,真不知道这对上帝,对国王,对国家有多重要呢。另外,不用担心我的心脏,它好得很。"

"不管怎样,希德纽斯先生,"菲利普·萨洛蒙的口吻近乎命令,"我不准您在马车旁奔跑。"

"那我最好先行一步了。"接着,彼尔按紧帽子,拼命奔跑起来。虽然菲利普·萨洛蒙立即挥鞭驾马,以便赶超彼尔,但不过几分钟的工夫,彼尔就不见踪影了,消失在了迷雾之中。

"这真是疯了!"萨洛蒙咕哝着,脸色气得通红,又挥了一鞭子。

萨洛蒙夫人接着发话了:"你真的用不着赶马的。"她对丈夫说道,"希德纽斯先生明显是和我们在一起感觉不自在了,就找了个方法逃了。从这里穿过森林可是去车站最近的路。"

这个解释似乎合情合理,虽然马还在狂奔,但谁也没看见彼尔。既然他是朝着思科夫巴肯在跑,那就不可能有其他路可走,而鹿苑是整个被篱笆拦住的。

伊斯里尔姐妹被彼尔的行为吓坏了,她们忍不住对萨洛蒙夫人小声抱怨这个年轻人缺乏教养。就连伊万也觉得彼尔这突发奇想之举太不合时宜，艾伯特则笑着大胆地猜测是什么让彼尔突然离去。

雅各贝静静地看着从瑞典海岸上升起的血红的月亮，好像整个插曲对她没有造成任何影响。然而，她心里感到烦恼的同时，又有一种奇怪的解脱感，几乎要大笑出声来。彼尔的举止令她很痛苦，虽然她意识到这显然只是有意追求她的计划，但她渴望良久的人类的激情能像这样不可遏制地爆发出来，她还是由衷地感到高兴。这种激情的力量是与生俱来的本能，它使得这行为不再是孩子气的恼人的恶作剧！

这时，他们到了斯普林弗比，又拐上了海滨大道。从海面上吹来一阵微风，雾气都散去了，一群小蚊虫绕着马头盈盈嗡嗡。

就要到家时，菲利普·萨洛蒙猛地停下马。

"怎么回事？那边不是路易莎吗？肯定出什么事了！"

一个女仆朝他们跑过来，还不等她跑到，菲利普·萨洛蒙就叫喊着：

"怎么回事？出什么事了吗？"

"是的，是，是……"女孩儿上气不接下气结结巴巴地说道，"是希德纽斯先生！"

"他在家里？"三四个声音齐声问。

"是的，他受了伤！我正要跑去叫医生。"

"老天啊！他怎么了？"伊万脸都涨白了。

"我不知道，希德纽斯先生晕倒了！戴林先生给他服了些小姐用的药，但我想他还没醒过来！"

菲利普咬紧嘴唇，在马耳边又抽了一鞭子。他们急忙朝家中赶去，一路上谁也没有说话，大家都脸色苍白。

还不等进门，一群受了惊吓的小姑娘纷纷跑出来迎接他们，他们到了门口的台阶，阿龙·伊斯里尔、波林还有南妮都出来了。戴林从他们身后走了出来，最后是彼尔，他还是有点儿面无血色，衬衫前襟乱糟糟的，但脸上却挂着一个大大的满足的微笑。

"你看，工厂主先生，我兑现了那个诺言！"马车还没停下，他就获胜般大声叫喊。

"你们打赌了?"女孩儿们团团围住马车,一齐大声叫嚷。

"能不能容我们问一下,赌注是什么?"南妮问。她独自站在最下面一层台阶上,一双狡黠的眼睛充满了疑惑,在艾伯特和雅各贝身上扫来扫去。

伊万立即跳下马车,关切地抓住彼尔的胳膊:"老天啊,希德纽斯,您真是疯了!"

"哦,小事一桩。只不过有点头晕。我太蠢了,明显没必要跑那么快的。"

其他人都一言不发地下了马车,菲利普·萨洛蒙把缰绳扔给马夫,皱着眉头对他说:"让克里斯蒂安去找路易莎,我们在半路碰到了路易莎,让克里斯蒂安跟路易莎说,不用麻烦医生过来了。"之后,一群人就聚集在半明半暗的前厅,小家伙们仍兴致勃勃地谈着刚才发生的事情,就像往常受了惊吓之后一样。

伊万也加入了进去。他突然对彼尔的举动充满了热情,一遍遍地听着事情的经过。南妮和戴林当时刚从森林里回来,看见彼尔躺在楼梯上,连话也没法说了,过了一会儿,彼尔就在客厅里晕了过去。艾伯特站在衣帽架旁帮雅各贝脱去外衣。他的目光充满疑惑地在她身上停了一会儿,他动作迟疑地帮雅各贝脱去毛皮披肩,她的肩膀还在抖个不停。

"我想大概是出去着凉了。"她解释说,一边抑制不住地颤抖,连牙齿都哆嗦起来。她随即上楼回了房。

彼尔笑着,大声谈着话,似乎没有想她,但其实注意力一刻也没有离开她。他激动得发了狂,暗自发誓今晚一定要和她再谈一谈,哪怕要从阳台上跳进她的房间也行。接着他看见艾伯特送的那束花被忘在了窗子边上,这使得他有机会去接近雅各贝了。

"雅各贝!你的花!"他在她背后大喊。他拿着花三两步就跳上了台阶,但并没有完全上完。雅各贝已踏上了最高一级,她顿在那里,既没有回头,也没有感谢他,只是伸出手去接花。彼尔并没有把花递过去,而是拉住雅各贝的手,确认没有人能看见他们之后,便热烈地吻了起来。雅各贝瘫坐在膝盖上，连抽出手的力气都没了。意识到这一点之后，彼尔迅速走到她身旁，把她拥进怀中。

"您爱我的。"他小声对她说道，"难道不是吗？您愿意成为我的人吗？"

她瘫软无力，浑身颤抖地躺在彼尔怀中，双手不由自主地握着他的手。

"您愿意成为我的人，"他又说了一遍，"对吗？"

"愿意，我愿意。"她小声回答，彼尔滚烫的身体上散发出的汗味让她疯狂。她把头埋在他的肩上。

"我明天早上再来，"彼尔说道，"那时我们再详谈。"他再次抱紧她，接着几步就跳下了台阶，走进大厅里其余的人群之中。

整个过程持续不到半分钟时间。彼尔知道自己赢了的那刻起，就又完全恢复了原来的样子。他自在地说着话，好像什么都没发生过的样子，然后跟着其余人走进花园，那里已经斟好了茶。

渐渐的，疯狂紧张的后续影响开始显现了出来。豁出性命的长跑取得了成功，他却几乎无法理解自己是怎么下定决心的。回头想想，一切在他眼中都是那么模糊。展望未来，他也感到头晕目眩。他无法相信发生的事情。他将永远不用再担心钱的问题了，这真的可能实现吗？他，彼尔·希德纽斯，一个穷牧师的儿子，就要成为百万财富的拥有者了？但情况确实如此！他手里握住了魔力权杖！世界为他打开了所有神话奇迹的大门。

虽然他成功地隐藏了自己的兴奋，但在场的有些人，尤其是那些年长的客人们好像都意识到在台阶上发生了什么事。雅各贝没有露面更加剧了这一疑虑。气氛变得越来越紧张，此刻简直令人不快乐。艾伯特一言不发，灰着张脸走来走去。好几次他走到彼尔身边，引得周围的人都很不安。波林一如既往地感觉迟钝，他趾高气昂地走来走去，大声谈论着文学话题，期望人们会叫他朗诵点什么来活跃气氛。

终于，女仆走了进来，带来了大家等待已久的消息，去车站的马车已经到门外了，晚会马上就结束了。只有艾伯特不想去哥本哈根，他仍旧坐在那里,心中怀着一丝希望,既然已经静下来了,雅各贝现在该下楼了。但空等了十分钟左右,他站起身,默默地离开了。

"好了,菲利普,"终于只剩他们俩时,萨洛蒙夫人对丈夫说道,"你有什么要说的吗?"

"你说得对,莉亚,我们再也不能放任这样的行为,他完全失去了理智。"

"我一直都是这么说的。"

"明天我和伊万谈谈,必须让他知道,再也不能让这个人出现在这里了。"

"我只怕已经太晚了!你注意过雅各贝吗?"

马车开走后,南妮上楼回了房间。她悄悄趴在雅各贝门上听。里面静悄悄的,于是她就从锁孔往里张望,房里也没有灯光。她于是推测姐姐已经上床了,接着就万分失望地蹑手蹑脚地回了房。

但雅各贝并没有睡。通往阳台的门还开着,她站在月光下,听着马车送走彼尔的声音。过去了半个小时,她的脸看起来却已苍老了许多,表情忧郁阴沉,但她像雕塑一样继续待在外面,直到最后的隆隆声也消失在了森林中。

然后她回了房间,关上了身后阳台的门。她来来回回走了好几次,接着坐在躺椅上,双手蒙着脸。她维持着这样的姿势一动也不动,似乎要打消内心深处的绝望和羞愧。那么,这就是结局了!这就是她所努力维持的克己精神所带来的结果!她年轻时就怀有的爱上英雄的梦想就以这样一种扭曲的方式实现了,真是讽刺!她不想掩盖自己投入彼尔怀抱的原因,也不想欺骗自己,假装可以摆脱这种肉体的放纵。她太了解了,自己处于他的控制之中。如果非要说自己是走投无路才屈服于他,那只会加深她的屈辱。这里没有解救方法,她的命运已经决定。尽管他们见面的时间不过一分钟,但她却依偎在他怀中,他的嘴唇亲吻了她,在他的怀中,甜蜜的爱情的预感震颤了她整个身心。她多半已是他的人了。

有人轻轻敲门,南妮探进头来:"啊,抱歉,你在欣赏月色呢!"

"有什么事吗?"

"请原谅。我听到你还没睡,能借我两个发夹吗?"

"你自己找吧,看能不能找到。"

南妮穿着睡衣,步态像猫一样迈到柜子前,在抽屉里寻找着。突然,她转过身来,坐在半开的抽屉上。月光洒在她薄薄的睡衣上,映出她整个身体的轮廓。她奉承般地往前倾过身子,声音怯生生的:

"我是不是该祝贺你了?"

这问题问得雅各贝打了个冷战:"你说这话什么意思?"

"啊,原谅我。也许这还是个秘密,但我觉得要守住可不简单。"

"秘密?什么秘密?我不明白你在说什么。"

"啊,你还想装啊?之前你和希德纽斯先生在台阶上说什么要紧事呢?"

雅各贝听到那个姓氏很不舒服……"希德纽斯夫人!"

"还有什么竞赛的赌注……"南妮接着说道,"我马上就觉得不对劲。"

雅各贝恢复了镇定:"好吧,还是告诉你吧,今天晚上我和你提到的那个人订婚了。这就是全部,如果你感兴趣想知道的话。"

有一瞬的寂静:"如果我感兴趣的话?你想什么呢?我当然为你感到高兴啊……"

"真的吗?"雅各贝问。

"你真古怪!我为什么要为你的事不高兴……哦,现在我明白了。或许是你觉得我……我想起你以前为希德纽斯先生取笑我。不过这一点你不用担心。我承认自己一直很喜欢你的未婚夫,但现在我觉得还是你们两个更为合适。"

雅各贝警觉地抬起头:"你什么意思?"

"好吧,你们两个都是高智商的人,而我呢,我只是个没什么思想,肤浅可怜的庸人,你不是这样说过我吗?好吧,现在人们可有的说了!哦,可怜的艾伯特!"

雅各贝焦躁地站起身："听着，南妮，时间很晚了。你站在这里肯定很冷。"

"我惹你讨厌了吗？好吧，我当然会走的，我会走的。"

但她又待了一会儿，最终，才迈着她惯有的巧妙的步伐，光着脚溜出了房间。在门口的位置，她又回过头说："你真没意思，雅各贝。你从来就对聊这些事没有兴趣。我真想和你好好聊聊，想从你这个更有经验的姐姐身上学习一下，免得我自己哪天也碰到这样可怕的情况，万一哪个长着小胡子的男人想要吻我。"

"好了，请原谅，我累了。"雅各贝说着开始宽衣。

"你装得多高贵啊！别想让我相信你是要睡了！你晚上还是会给他写信的，孤独长夜倾吐你的心声，用紫墨水拥抱他，让清晨的邮差送去你的一千个吻，但我得提醒你了，大姐！一开始还是悠着点，留点心。你还记得丽贝卡订婚后的情景吧？一开始的时候，她也老是要涂唇油，因为她的未婚夫也老是热情地亲吻她。凭我对男人的经验，你的未婚夫属于那种只会挑选他们所需的人。晚安，我高兴的姐姐，但愿你的梦不要做得太美。"

 第十章

没过几天彼尔就发现,虽然他已迫使雅各贝接受了他,但同过去相比,他们的关系并没有实际的进展。首先,雅各贝和她的父母都要求订婚的事要暂时保密,尤其是她的父母态度最为坚决,不管怎样,只能先让几个近亲知道。其次,雅各贝对他的态度仍旧变幻无常,这常常考验他的耐心。不止一次他来到思科夫巴肯,雅各贝却待在楼上房里假装不舒服避而不见。只有在别的时候,比如黄昏,他们独处之时,她任由自己爱抚,这种情况才稍微有所补偿。

他非常了解女人,明白这种不受控制的爱意爆发和随之而来令人着恼的冷漠打击之间的关系是怎么一回事。他也知道,自己一味放任下去是很危险的。

一周之后,他逐渐改变了自己对她的行为,稍微表现出冷漠的样子,

减少露面次数，最后甚至几天也不出现："要用饥饿来驯服顽固的人。"他想。现在，他需要证明自己有力量领导人，让他们的意志服从自己。

第一天，雅各贝觉得他不出现是一种解脱。第二天，她有点儿出乎意料，第三天，她开始有点儿不安了。最终，她决定写封信看看彼尔是不是病了，但刚拿起笔，就听见彼尔的声音从下面花园里传来。她的心情立刻发生了变化，虽然心跳得厉害，但还是希望他能离开，她不想见他。她的母亲立刻派了一个妹妹通知她彼尔来了，但她还是待在自己的房间里。在她准备写信给他的空白信笺上，她给国外的朋友写了一封无关紧要的信。

只过了半个小时，她就下楼了。彼尔看见她就露出最开心的笑容，也没有解释自己为什么这么久没有露面。晚上大多数时候，他都和伊万还有海因里希舅舅待在台球室，似乎非常开心的样子。喝完茶，他马上就走了，这对刚订婚的男女还没和彼此说上话呢。

那晚是雅各贝对彼尔感情的决定性时刻。一连几个小时，她在房里走来走去，思想剧烈地斗争。她觉得自己现在必须打破这种不自然不值当的关系，因为这种关系不仅妨碍了她和父母以及旧友的联系，而且也将夺走她最后的一点儿自尊。

到了早晨，她坐在桌前准备写信通知他自己的决定，但开始写时，她的手却落不了笔，爱情的渴望在她的血液里燃烧。她扔下笔，手蒙住脸静静的坐着。

那一刻起，彼尔就成了她的主人。那晚过后，她就向厄运投了降，顺从了不可违抗的命运。彼尔还是随自己高兴来来去去。没有来的时候，他就送信来写几句道歉的话，有时也送一束花来，但是一般情况下，他都没有透露缺席的原因，而雅各贝也从不过问。

一天，雅各贝和母亲坐在小客厅里，她母亲坐在沙发上做针线活儿，雅各贝自己则坐在窗前读报纸。她一言不发，漠然地翻着报纸，头都没抬一下。

"今天早上，你接到希德纽斯的信了？"沉默了许久之后，她母亲一边问，一边在针线篮里找着什么东西。

"是的。"

"他今天来吗？"

"我不知道。"

又是一段沉默，但之后，萨洛蒙夫人把手放在膝头，坚定地看着自己的女儿。"雅各贝，坐到这里来，我的孩子，"她说道，"我们来谈一谈。"

雅各贝惊讶地抬起头，稍微迟疑了一下，还是坐到了母亲身边。

"您想说什么？"她说着靠在沙发一角，手撑着脸尽量离母亲远点儿。

萨洛蒙夫人牵起她的另一只手说："你能不能老老实实回答我一个问题？"

"您是指什么？"

"先别发火。我不会逼你回答。你能不能敞开心扉，老实回答我这个问题。你快乐吗？"

"这个问题真奇怪。"雅各贝似乎大为不解的样子，最后还试着笑了笑。但她脸色发白。

"哦，没什么奇怪的。你知道的，在爱情问题上，我向来并不要求孩子们不能有半点秘密，但这一次，我觉得自己有权过问……并且听到你诚实的答案。"

"您真怪，妈妈。我是出于自己的意愿订婚的，我当然快乐啊！"

"好吧，我的孩子，既然你这么说，那我也说说我的想法吧。一个小时之前，我上楼到你房里找你。我想既然你没下楼吃午饭，那肯定是不太舒服。当时你正好出去了，我碰巧看见希德纽斯的信放在桌子上。这事本来没什么值得说的，虽然那种信不该就那样放在桌子上。我奇怪的是，那信根本就没拆开过。"

"所以呢？"雅各贝沉默一会儿问，母亲握着的那只手变得冰凉。

"所以呢？听我说，雅各贝，我不年轻了，但也还没老得记不清恋爱的滋味。你把恋人的信放在桌上，从上午八点放到下午两点都没看，事情好像不太对头。"

"您不明白。我有原因，但不能告诉你。"

她母亲满是疑惑地看了她一会儿:"是的,是的,我的孩子,如果你坦诚告诉我你很快乐,我不会逼你,你快乐吗?"

"我当然很快乐。"她回答得极不情愿,抽出手站了起来。她母亲盯着她的眼睛,但这时南妮穿着大衣,高喊着城里的新闻进屋来了,想进一步详谈就不可能了。

萨洛蒙夫人重新拿起针线活,而雅各贝则立刻离开回了房。母亲的问题,尤其是她同情的语气让她受伤,也引发了新的不安。她不需要怜悯,既不需要别人怜悯,也不需要自己怜悯。她是出于自愿把自己的命运同这个古怪的男人联系在一起的,她没什么好抱怨的。

她速速拆开了彼尔的信读了起来。她无法向母亲解释为什么之前没有读信。彼尔的信里毫无文法错误,但态度冷漠,措辞幼稚且漫不经心,没有什么比这些更令她伤心的了。她本以为自己不愿意读信是因为紧张,担心那封信里会提到他们在台阶上的情景,当时她已整个屈服于他的控制。现在回想起来真是既惭愧又反感,她的担心真是自欺欺人。她读完了信也没有发现一句当时那一幕的句子,既没有感激,也没有思念,她一气之下,轻蔑地把信揉成一团丢进了火炉。

这一次,信里别的什么都没说,只写了几行字说今天不来思科夫巴肯了。除了这几行写在名片背面的字之外,他还寄来了宣言文章的校样,这篇文章伊万曾多次提及,宣称是一场重大的历史事件。

还没读几页,她脸就热得发烫。虽然彼尔所写的大部分东西对她来说都是陌生的,但不难看出文章的整体风格和组织方式都有借鉴痕迹,她也很快就意识到,文章在如何运用自然力量为文化服务方面有一些特别的理解,很有新意。她认出很多观点就出自他平时的谈话,但因为他说话的风格太像说教和传道,她从没有认真对待过。还有一些部分,她回忆起就是有时他们就此话题谈话时,自己所发表的观点和想法。但这些丝毫没有削弱她现在对文章的印象,刚好相反,她尤其为他的独创能力以及与生俱来的智慧所吸引,他所陈述的思想原本在她口中是那样的陈腐,但在这里却具有了惊人的重大意义。一些随意的观点,她从没认真对待过,但在他笔下却显得那样通透,甚至完整地描画出了未来的蓝图。文章中无论是大胆的设想,还是叙事时有力的论证,都深深地吸引了她。

文章读完之后,她手撑着面颊,看着外面思考了很久。这个主宰了她命运的奇怪的人到底是谁?老实说,她并不了解他,除了他自己以及伊万告诉她的那些不值得信赖的事实之外,她几乎对他一无所知。他对自己的过去到底隐藏了什么?举例来说,他曾向她表露过对家庭和亲人沉重冷酷的痛恨,可是为什么呢?

这几天她经常想和家里的谁谈谈,以便弄清楚那些她不明白的事,这些事比其他所有事都更让她感觉困扰和难堪,这些事经过彼尔本人的解释反而更让人不明就里。她知道彼尔有个哥哥是律师,在哥本哈根政府部门任职。彼尔提到自己最近在街上碰到了哥哥,交谈中还告诉了他自己秘密订婚的事。

虽然一想到要同陌生人会面就摇摆不定,但她还是决定去见见那位兄长,说不定他能提供一些信息。第二天上午,她就进城了。

艾伯哈德·希德纽斯工作的地方是在政府的监狱管理部,他的办公室在运河旁边一幢阴暗肮脏的灰色大楼里。雅各贝在空无一人的迷宫般的巷子里迷了路,后来慢慢的找到大楼传达室,其中的两个人正背靠墙壁打瞌睡,眼睛直直看着鞋尖。她问在哪里能找到希德纽斯秘书,得到的答案非常简短:"二楼,右边第三个门。"她转身正要走,听见一个声音大声说:

"瞧她的鹰钩鼻!"

"可不是,"另一个声音说,"她是个犹太人。"

她找到了二楼那间指定的房门,走进去是一间光线昏暗的办公室,里面能看见庭院里葱翠的树木。艾伯哈德正站在窗前一个松木写字台旁写着什么,此外房间里的家具还有两把木椅,一个放文件的书架。他穿着一件剪裁贴身的黑色长外套,袖子很窄,肘部已经磨得发亮了。因为早上下了点儿雨,裤脚边缘小心地卷了起来,露出钉过掌的低帮鞋子和一截松松垮垮的深灰色的羊毛袜子。

虽然艾伯哈德听见了雅各贝的敲门声并说了声"请进",但他并没有抬头，而是继续专心地工作了一会儿。由于这种情况，再加上他的衣着，雅各贝把他当成了办事员，问他自己能不能见一见希德纽斯秘书。他这才郑重地放下笔，用他那双灰白的冷冰冰的眼睛打量着雅各贝，那表情像极了彼尔。雅各贝报上自己的名字，又说："我知道您的弟弟彼尔已经和您说过我了。"

艾伯哈德仍然没有说话，用官员惯有的手势示意她在椅子上坐下。

"您肯定明白我为什么想见您。"雅各贝坐下之后，用不确定的语气说。她的心跳得厉害，不得不说些客套话展开谈话，"我知道您的弟弟，我的未婚夫一段时间以来，不断和您，而且和整个家族的人都很疏远。当然了，背后的原因我无法推测，但您肯定知道我对此事有多抱歉。"

艾伯哈德仍然站在桌边，姿势十分不自然，摊开手掌扶着额头。他耐心地听雅各贝说话，脸上虽看不出任何表情，心里却大吃一惊。他清楚自己的弟弟早就结识了富商萨洛蒙一家，他也知道菲利普·萨洛蒙拥有百万家财，但他一时之间难以相信彼尔的话，彼尔说自己和萨洛蒙的女儿订了婚，更何况还要他把此事对他人保密。他猜彼尔编出这可笑的谎言是为了掩盖某方面的失败。

他首先想到的就是无论以什么代价，都必须阻止他们的婚约。他并不是出于恶意，也并不是嫉妒，而是因为他预测到，凭着这桩婚事所带来的富足的未来，彼尔将在堕落的道路上越陷越深，期望他能回心转意将毫无可能。艾伯哈德比彼尔想象得要谨慎得多，这几年他一直在远处关注彼尔的生活。而现在他认为时机就要到了，出于被迫和羞愧，彼尔终于要后悔了，他将意识到自己对父母和家人有所亏欠。

"我能不能问问您，"雅各贝说完他问道，"您是自己想要和我谈谈我弟弟的状况的吗？"

"是的。"

"我弟弟完全不知道您因此事来找我？"

"是的。"

"您完全是出于自己的意愿？"

艾伯哈德质问的语气让雅各贝有点不快，但她很快镇定下来，于是不失尊严地冷冷回答："我说过，是我想来和您谈谈，不是彼尔。"

"这一点我相信。不幸的是，事实确实如此，很多年来，其实是从童年开始，我弟弟就与家人格格不入。甚至可以说，他在这方面变得越来越冷酷，他拒绝对最应该表示感激和尊敬的人履行职责，并由此得到可耻的满足。这种与家庭的决裂从他改名字这点就能看出来！我听见您叫他彼尔。您或许知道这是假名？"

"我想大概听说过。"

"我无意对您隐瞒，您说过想开诚布公地谈一谈，在我看来，他同您订婚是预先计划好的背叛家庭，是有意否认自己的宗教信仰……"

雅各贝抬起头，眉头紧锁，"我不是很明白您的意思。"她说。

"我会解释清楚的。您大概没听说过，彼得·安德烈斯出身基督教家庭。他很清楚，对于自己的父母来说，基督教是一切生命的起源，一切幸福，不管多么迷人和特别，只要不是建立在虔信基督教的基础上，就不可能存在。"

"哦，我明白。"雅各贝咬得嘴唇都发痛了。从艾伯哈德冷静而审慎的讲话中，她听出了和刚才在传达室听见的一样的嘲讽，在她生命中一直饱受其扰。她本想站起来表达自己的轻蔑，但她太想多听些彼尔的事了，于是抑制住感情继续坐着。

"彼尔不认同家庭的宗教观念，我知道。"她说道，"但我想说，我并不因此而谴责他。"

"这一点我并不吃惊……"

"我是说，彼尔并没有在别的方面和自己的家庭决裂，在我看来这点是可以原谅的。他对基督教有不同的看法，但这并不意味着我们就要认为他思想邪恶，他公开承认了这一点而不是虚伪隐瞒，仅这一点就值得赞扬，虽然隐瞒可能对他更有利。"

"萨洛蒙小姐，我觉得此事我们不必再谈下去了。我想代表我父母的名义说几句，任何笼上耳朵不听真理之声的人，都是没有借口可讲的，尤其是彼得·安德烈斯这种出身于我们家庭，从很小的时候起就开始聆听真理之声的人，就更加不可原谅了。"

雅各贝没有作答。她低着头，就和以往思想斗争剧烈的时候一样，她的脸颊随着一声声心跳越来越红。这时，艾伯哈德受到希德纽斯家族狭隘的自信心的影响，误解了她垂头不语的姿态。他一时以为自己说的话成功地羞辱了这个傲慢的百万富翁的女儿。一开始，她的眼中就流露出对他的轻蔑，而她的丝绸衣裙、浅色手套和精致的香水味道都进一步激起了他传播福音的热情。

接着他稍稍改换了语气。他心中闪过一丝同情，于是说："我无意伤害您的感情，但我觉得自己有义务告知您，我弟弟生活的其他方面也痛苦地证明他正日益丧失全部的道德支撑点。常常有人认为宗教信仰只关注对天堂的态度，而对个人不会产生深刻影响，这完全是错误的。关于彼得·安德烈斯，在这点上我不会再多说什么了。这些事情和女人很难讲清楚……"

"我想象的出。但是彼尔和家庭的关系这么不幸，部分原因也是因为这些年来他所面对的社会现实，我想这一点足以解释并原谅他的所作所为。即使除去这点，在我看来，我们在这里所讨论的问题之中，没有什么值得如此严厉谴责的。"

"您错了，萨洛蒙小姐。我们不是在谴责我们的弟弟，而只是在谴责他的行为，他的生活方式。"

"就算从这方面来说，在他的生活方式和态度上，也有许多值得称道的地方。他有天赋，也有很认真的态度能帮他在职业竞争中取胜。他还这么年轻，就在这样严苛的形势之下引起了同辈工程师的关注，他很快就要成名了。"

"我想我能听出您自己也没那么大的信心。我知道，那份报纸报道了运河工程，不管是什么东西，还赋予其重要意义。我也知道，他甚至觉得自己是个先锋，是新时代的预言家。眼下一些年轻人渴望革命，只要不给他们不成熟还不坚定的灵魂带来太大伤害，对这种革命大可一笑置之。令人担忧的是，这种知识风暴席卷了丹麦的年轻人，因为通常情况下，总是那些最轻最缺乏主见的在空中飞得最高,飘得最远,就像脱粒机扇叶中吹出的秕子一样。而特别是说到彼得·安德烈斯的时候,有一个不容置疑却令人沮丧的事实,那就是经历了七年的学习,他仍然没有参加考试,也没有任何证据能够证明他所取得进步足以补偿父母为他上学所做出的巨大牺牲。但容我再说一次,我们谴责或拒绝的不是彼得·安德烈斯本人,而只是他的行为和人生选择。与之相反,我们对他拥抱有世界上所有的热情,撇开所有的事情,我们仍然没有放弃,仍然希望有朝一日,他灵魂中善的一面能够击败取胜而出。而关于他在家人的眼中该如何赎罪,我就无须解释得太清楚了。如果您很想要知道,如果您还想从我这里听到开诚布公和真诚的答案,我可以先告诉您,您无须惊讶,也不要误解,他的父母根本不会同意你们订婚。"

雅各贝站起身。她走了半步,在椅子背后站了一会儿,低头看着用伞尖抵着的鞋尖。接着她抬起头,回头看了艾伯哈德一眼。目光中仍难掩激动。她的嘴角悄悄掠过一丝难以察觉的微笑,漆黑的眼睛中闪烁着新发现的幸福之光。

"我来这里本是想和你们达成和解的。"她说道,"看来我太天真了。但我并不后悔来见您。我已经了解了以前所不知道的事情。现在,我忍不住想告诉您,我比来的时候感到更加幸福了。"

艾伯哈德不明白她的意思,本想继续回应,但雅各贝已经走出了门,没说再见就离开了。

她站在外面大街上,难以遏制想要见到彼尔的强烈愿望,心里稍微挣扎了一番之后,她叫了一辆马车去了纽伯德尔。她觉得,如果不为自己的不信任道歉,如果不为找了哥哥这种背叛行为——现在她意识到了——请求原谅的话,她的内心就无法安宁。

啊,此刻她是多么地理解了他啊!她是多么真切地感受到他从前在家里所过的那种生活啊。从他哥哥自以为是的发言中,她感到那个家几乎要让她的血液都凝固了。

她到达赫顿斯弗莱德加德街时,彼尔才刚走五分钟。他的雪茄所冒出的缕缕烟雾还在那小小的房间低矮的天花板下流连,特莱茵带她进了屋子,又听了她的吩咐让她一个人待着。

她站在地板的中央,环顾四周光秃秃的墙面,坏掉的摇椅,小小的黑油布面的沙发,这样看了一会儿,她几乎忘了没见到彼尔的失望,因为看到这间小屋暗得就像监狱一样,她心里充满了沮丧。她从没想过彼尔竟然生活在如此残酷压抑的贫穷环境之中。有关彼尔和他对生活的大胆渴望,她再一次产生了一种新的净化与和解的感情。在经历了那样令人灰心的贫穷和不快乐的童年之后,他除了追求幸福,还能做什么呢?现在,她知道了自己所拥有的财富能让他幸福,她感到一种全新的爱情的满足感。

她拿起桌子上的一些小物件,用充满爱意的好奇心仔细打量一番之后,又将它们放回了原位。她若有所思地在房间走着,这里停停,那里站站。她想离他近一点儿,于是抚摸着他的每一样东西。她看到门上挂着的一件旧睡衣,不禁满怀爱意地轻抚着。当她又绕了一圈回到睡衣旁时,她将脸贴在上面闭起了眼睛,呼吸着上面散发出的彼尔身体所特有的味道。虽然她以前很讨厌烟味,但现在闻着那味道却让她强烈地渴望着彼尔。

但就在这时,特莱茵走了进来,雅各贝于是坐下在名片上写着:"我亲爱的!为什么有三天都没见到你了?今晚我等着你。我有许多话想和你说。"这是她第一次给他写信。她把名片塞在桌子上找到的一个信封里,在上面写上了自己的名字。

她刚走,奥鲁夫森太太就用拐杖敲着卧室的地板叫特莱茵上楼来汇报。这位老夫人现在大部分时间都待在床上。丈夫死后,她强壮的身子就垮了,行走也很困难。但听到陌生人在楼下说话,她还是难掩心中的好奇。她下了床,跛着脚走到厨房门口去探听。然后又走到客厅的窗前,一路看着那马车,直到它消失在康根斯加德商店的拐角。

几个小时之后,彼尔回到家,读了雅各贝留下的信,他满意地笑了。我的方法看起来奏效了,他想,但现在就顺从未免过早,再坚持一段时间!

下午,雅各贝两次去车站接哥本哈根的火车。第二次失望而归时,她在房里桌子上发现一封彼尔的电报,他还是惯常的语气,直言恐怕今晚不能去思科夫巴肯了。她手拿电报站着陷入了沉思。她突然自言自语，一定是发生什么事了。工作不可能让他每晚都要待在城里。她脸色苍白，都结束了吗？自己已经失去他了吗？不，不是的。事情不可能这样。她要给他写信，她要坦白所有的一切，说清全部的事情，乞求他原谅自己的不信任和冷淡。她坐下来，双手撑着头思考。是的，她不能让他走。她要把他赢回来，即便是跪下来也好。

这时，门开了一条缝，妹妹罗萨莉亚探进头。

"我来请你下楼，来了位先生。"

艾伯特！雅各贝一念闪过。以前的追求者又开始在这里出现了。这是不是不祥之兆？他为什么偏偏赶在这时候来！

一开始她并不想下楼，但想到如果待在房里，母亲会起疑心。因为母亲可能已经知道她接了封电报，而且可能还知道又是彼尔来道歉的，因此就改变了主意。在楼下昏暗的园景房里，她看见父母和另外一位先生在一起，光线太朦胧了，那个人又是背朝着她，她没能立即认出是谁。等他站了起来，她才认出是彼尔。

她用手遮着眼睛，好像光线太过耀眼晃得她睁不开眼一样。原来彼尔来是因为后悔自己太过狠心，想要给她一个惊喜。雅各贝大叫一声环住他的脖子："是你！"不到半分钟，她就浑身无力地伏在了彼尔怀里。然后她镇定了一下心情，为自己没留神当着父母的面就扑到彼尔怀里而羞愧万分。但她还是紧紧牵着彼尔的手，好像担心再次失去他一般。她又是高兴又是流泪，终于挽着彼尔的胳膊，带他去了花园。

菲利普·萨洛蒙和妻子看着他们走出门，然后面面相觑。"我们只能听凭命运安排了，莉亚。"他说。利业夫人一句话也没说，点了点头。

虽然萨洛蒙夫妇决定对这桩婚事保密，但很快大家就都谈论起来了。现在雅各贝不再压抑自己了，也不再羞于表露自己的情感。她感觉自己就像一个生了私生子的女人，突然敢向全世界展示自己的幸福了。

彼尔也注意到，某些圈子里的人也开始对他产生了兴趣。每次走进孔根斯耐托夫广场上那家他唯一会光顾的咖啡馆，就有几个客人把脑袋凑在一起小声议论他。在整个社交圈子，这桩婚事都令人称奇，引发了人们最大的关注。这完全就是童话的素材啊，年轻幸运的骑士先是继承了尼尔高的钱，现在又要把菲利普·萨洛蒙的部分财产装进自己的口袋了。

这个消息也传进了彼尔学校同学的耳中。他们之前就已经读过《鹰报》上对他的介绍了，特别是他的宣言更是引起了热烈的期望。在同学中，彼尔并不像自己想象的那样孤立，不被理解。越来越多像他一样具有独立精神的思考者发现桑德拉普教授的课堂实在太过古板，不光是这些人，就连那些不放过任何对学校的批评，为自己的懒散找借口的一无是处的人也都始终期盼着，彼尔能以某种激动人心的方式出人头地。同时反过来，这点儿名气也为他在那些坚决而体面的工人中招来了一些意见相左的敌人。当中有个叫马里厄斯·乔金森的人，他是桑德拉普教授的得意门生，彼尔曾经给他取了个绰号叫"哄上帝的指针"。这位未来的社会栋梁正密谋发起一场猛烈的复仇，准备等彼尔的书出来时，要在《工业报》上发表一篇文章嘲讽他。

萨洛蒙一家渐渐开始接受彼尔将成为他们的女婿了。现在海因里希舅舅似乎对此并不满足。虽然彼尔早就明白了他的公司是怎么回事，但德尔夫特先生却觉得仍有必要扮演他的保护人的角色，还悄悄地告诉彼尔，他在前进的路上才刚刚踏出了第一步，也是最无足轻重的一步。他常常暗示般地提起伯恩特·冯·阿德赖斯伯格男爵夫人，彼尔察觉了其中的端倪，现在也懂得了其中暗示的意思，心里也在悄悄地思考。他知道男爵夫人去了德国南部的温泉疗养地，因此就计划去那里旅行，以便能够拜访她。现在，除了和这位尊贵的夫人保持联系，以便将来获益之外，他别无他求。事实上，如果要永远放弃希德纽斯这个可恨的姓氏的话，他并不会有什么抗拒，这个可笑的外省牧师的姓氏泄露了他的出身。冯·阿德赖斯伯格男爵！为什么不呢？印在名片上也好看一些。

这宏大的梦想，他一点儿都没跟雅各贝说。他觉得反正她对这些社会地位的象征也不关心，因此就觉得她不会赞成这样做，但他没有想到，雅各贝也在为他和他们的将来制订更加远大的计划。

一天晚上,彼尔在雅各贝的催促下大声朗读了整篇宣言。现在,她用恋人的耳朵聆听,觉得每个句子在她听来都像是响亮的号角声。不过她很聪明,对这一印象秘而不宣。虽然她爱彼尔,但她对彼尔的弱点并不会盲目无视,在她看来,彼尔要想做好充足的准备,踏上他所选择的命运战场之前,还有很多工作要做。

另外,她对他的热情也越来越无所保留。她心中与日俱增的柔情蜜意,从童年起就让她倍感屈辱的献身精神,现在终于都得偿所愿。无论白天还是夜晚,她想的全是他。每天早上,她都要给他送去新鲜的花朵,装点他那件寒碜的小屋。她为他准备了各式各样的礼物,每天绞尽脑汁想着什么东西能让他开心。最终,她劝服父母比平时更早地返回了城里的家,这样就能更频繁地见到他了。白天的每时每刻她都在等待他的露面,晚上她也知道他离自己只有八百三十步之遥,她已悄悄测量过了,但即便这些也还是不足够,彼尔刚走一个小时,她就会坐下来给他写信或是发电报。她总有事情想立刻就跟他说,或是担心有些事她说得不对,还有些事她之前告诉了他现在却很后悔希望他能忘掉。总之都是些有意无意的借口,想通过这样或那样的方式告诉彼尔,她爱他。她计算着每分钟每秒钟心跳的次数,直到再次看见他。

"早安,先生。"早上,晨光照在她窗上,她这样写道,"您今天来吗?来的话,我就不用写这封信了,但您总是那么捉摸不定,您昨天晚上为什么没有来呢?我一直等到十点钟,浑浑噩噩地上了床,到十一点,还满心恨您。今天阳光这么灿烂,我就原谅您了。今天,就今天一天,您能不能放下图纸和校样,下午两点过来呢?只有母亲和我两个人在家。不要忘了啊,您就要去远行,我们马上就要分别了,您走了之后,我要开始隐居,直到您回来为止。"

彼尔对这一切感到非常幸福和满足,一个月里重了十二磅。然而雅各贝对他的爱有时太过浓烈。有时,特别是吃过晚饭两人独处时,他自己也会激情澎拜,但雅各贝的热情从不消退,他感到不适应,并终于觉得筋疲力尽。他的感情自小受到阻碍，除了阴暗中滋生的感情和狂风中感到的爱抚之外，缺少关爱，但在她那阳光般温暖的爱情面前，他却几乎想要退却。雅各贝毫无节制的柔情表露让他着实不安，像个相当笨拙的恋人。

一天，他们坐在暮色中，雅各贝双手搂着他的脖子说：

"你注意到了吗，彼尔，你还从没说过你爱我。"

"但你是知道的。"

"我知道，但这还不够。我想要听你说，至少要说一次，让我感受一下听到自己的最爱说他爱我时是怎样的心情。现在就说吧，彼尔。"

"但是，亲爱的，我其实已经告诉过你很多次了……"

"可你还没说过那句话啊，彼尔。我就是想听那句话。你记住，我们女人每天每夜都想听到那句话，不管是醒着还是在做梦，从第一次参加舞会开始就想听了。说啊，彼尔！要我帮你吗？那现在，你听着，你只要重复我的话就行了，这样就是我们互相的表白，我——"

"我。"彼尔重复。

"爱。"

"不行，这真是太蠢了，雅各贝。"彼尔用手蒙住她的嘴，满脸通红地拒绝了。雅各贝继续请求，他于是就生了气，挣脱了她的怀抱。

晚上，像这次一样在大厅里同她热烈地道别后，他常常感到轻松，走到外面大街上，他点起一支雪茄，他还不想立即回去工作，也不想和过去一样去咖啡馆。他开始爱上在街头漫步，四周空旷又寂静，屈从于还没有真正弄明白的一种情绪。就像他无意中第一次喝到永恒之泉，他激动又害怕，好似有个神奇的世界在他心里打开了。善良的弗兰西斯卡把他引进了爱的天堂，如果说他以前觉得这里是一个长满木樨草、紫罗兰和各种精心照料的植物的百草园，那现在他看到的却是一片棕榈树沙沙作响的树林，一座高大又肃穆的神庙！在这些夜间的漫步中，他开始预感到一种更高层次的幸福，一种比他过去所渴望的更加宏大与纯洁的尘世之乐。他开始明白，只要有了女人的爱，人生就会很丰富。他比以前更深刻地认识到，在这样的天堂中，可以忘却所有悲伤，可以宽恕所有罪恶。

一天晚上，漫步一个小时之后，他回到家，给雅各贝写了这样一封信：

曾经有个人开玩笑叫我"幸运儿彼尔"。我以前也从没觉得自己是生活的弃儿。或许在某些气馁时刻，我曾抱怨命运让我出生在这样一个国家，很久以前，牧师的儿子亚当取了教区执事的女儿夏娃，慢慢无数个希德纽斯的后裔填满了整个大地。但现在我回首往日，我觉得生命中一直有位守护天使在陪伴着我，虽然我曾经常常过于任性，追逐虚幻的浮华，但现在我已经手握胜利的金冠，那就是你和你的爱。

我想在想象中再次将你紧抱，在入睡前感谢你。从我第一次走进你父母的家里那天起，你就一直是我亲爱的守护天使，那一天就是我人生的重大转折。以前和你坐在一起时，你要我说，我却没能说出口的那句话，现在我想在这静谧的夜里小声说给你听：我——爱——你！

第二天，他又怀着庄重的心情把信读了一遍，觉得太煽情就把它烧了。他重写了一封，主要在谈自己的书。

"印刷时间真是拖得太久了。插图一直在拖延，因为必须要先在木板上刻出来。你也知道，我在给这本书重新命名。《新时代》听着太一般了。我想应该叫《未来之国》，你觉得怎么样？"

十月时，彼尔终于做好了旅行准备。他准备先在德国待一阵子，去参观一些当地知名的工学院。然后还计划趁机去参观几个由英美跨国合作公司布莱克伯恩和格里斯公司承建的水利工程项目，他的岳父已经答应帮他推荐一下。此外，他还计划到巴黎、伦敦、纽约和其他几个北美大城市看看。他一共要去两年。虽然雅各贝难以想象自己要怎么打发这样长一段时间，但她并没有提出反对。毕竟，还是她建议彼尔把时间增加一年的。彼尔本人觉得只要一年时间就足够了，但她坚持要彼尔不要心急，在这点上，她和她父亲观点相同。一天，她父亲把彼尔叫进了他的办公室，递给他一张五千块钱的支票，还附文一年后还将再得到一笔相同数目的钱。

在收拾行李准备这次漫游时，彼尔接到一封哥哥写来的信。艾伯哈德说自己已经得知彼尔打算出国旅行。因此必须把父亲的病情告诉他，情况随时可能恶化。他本人准备立刻回家，兄弟姐妹们应该都会到场。

接到这封信后，彼尔踱来踱去，不知怎么办才好。这封信的口吻出乎意料的体贴，而幸福也让彼尔的态度有所缓和。他想，应该没有人会再觉得他是以浪子身份回家的了，但归根结底，自己还没有完全成功。如果他的书已经出版就好了！

最后，他把那封信连同抽屉里清理出的一些旧文章一起烧掉了，并未对雅各贝提及。第二天，他就起程去了德国。

第十一章

柏林　十月十二日

现在，我必须要跟你讲讲我在这大千世界的古怪登场，真是太好笑了。你知道，到柏林的旅程不是十分愉快。老实说我睡得一塌糊涂，火车隆隆驶进希太金车站我才醒过来。我摇摇晃晃上了马车，搬上行李，告诉车夫我要去布尔格街的齐默尔曼饭店，饭店是你舅舅推荐的。但车夫盯着我，操着一口柏林方言重复着："布街？布街？"然后摇着啤酒桶一样的大脑袋，"我不知道那地方。"另外两个车夫过来了。"布街？布街？"他们重复着，全都摇头，"不知道那地方。"我只好站在那里。

接着，其中一个车夫竖起一根手指喊道："啊！是布尔格街吧！"听着他发出的摇鼓般的"尔"的音，我才幡然醒悟过来。这时我才有了远离家乡的切实感，身处异乡所经历的第一件事让我意识到，丹麦人如果想到国外旅行，应该先练习发好辅音。

你再听接下来的事！马车在齐默尔曼饭店门前停下了。顺便说一下，这是一幢又老又破的盒子形建筑，门前还有古老的台阶直通到人行道上。一个身穿皮围裙的行李员出来接我。你猜怎么着？他还没拉开马车门，就跑回饭店高喊："齐默尔曼先生！齐默尔曼先生！来了位戴奖章的贵宾！"屋子里的人于是都跑了出来，经理本人更是光着脑袋就冲到我面前来。真是好大的阵仗！这时，我看了一眼外套的翻领，吃惊地发现，原来是早上我们分别时你别在扣眼上的玫瑰还在那里。亲爱的，是你送我的最后一件礼物引发了这场骚动！你应该想象得出，当弄清事情原委之后，他们是怎么接待我的。但请相信我，我帮我们两人都出了气！一到房间，我就像一位真正获得过大十字勋章的骑士那样摇铃大发脾气，侍者来为我登记，我不由自主在名字前加了个"冯"的尊称。别摇头！你真该看看这起了多大的作用！出门的时候，经理站在门口朝我鞠躬。他特地为我开门，极为尊敬地招呼我"男爵先生"。这是旅途第一天，我学到的另一个经验，千万不要看不起贵族的头衔。这一点у舅舅早就告诉过我。当然，整件事情都很可笑，但是如果想拥有权力凌驾于旁人之上，一个必备条件就是要有勇气利用他们的愚蠢。

我刚去菩提树大街转了转，现在正坐在鲍尔咖啡馆给你写信。外面大街上传来嘈杂的喧闹声，毫无疑问，我正身处一个世界大都会。我觉得自己就像坐在一个巨大的水轮之中。这个城市就像一个巨大的涡轮机，吸进一切人潮，榨干了他们的力气之后又将其吐出。这里聚集了多少生命力啊！真是令人振奋，感觉脚下的地板似乎也因为两百万人口所释放出的能量而颤动。在即将到来的世纪，当我们学会了聚集生产力之后，还有什么事做不到呢？和那些相比，外面今天所拥有的不过只是孩子的把戏。今天就写到这里了！

十月十七日

我在卡尔街25号租了两间房屋——房东是库米娜赫夫人，我住二楼左边。我决定暂时在柏林待一阵子。这里的生活和喧嚣中有某种东西激励着我。"真是太棒了！"我觉得自己就像是被雷电接通上电流。你能想象，我真想把这样的雷电送到我们国家，跨过大海送到我们那窒息的海岸上去。从这一点上来看，我们国家的人和他们之间的关系都太过土气了。这里所有的人，就连街上的清洁工，气质都完全不同。与之相比，就连奥斯特加德街的狮子在他们眼中也不过是蠢物。上帝啊，跟穿着镶有鲜红色镶边的长斗篷的德国军官相比，我们的中尉简直就是穿着制服的神学院学生。

今天我去拜访了那桑博士。他住在科尼格斯普拉兹广场旁边一所舒适的住宅里，虽然发表过许多言辞尖刻的声明，但看起来他自愿的流亡生活过得还不错。他待我非常亲切，但老实说，我并不高兴。我试着向他介绍我的书的内容，但他对机械问题一点儿概念也没有。他不停地问些愚蠢的问题，打断我的谈话。他甚至连涡轮机是做什么用的都不知道。整个谈话简直就是对牛弹琴！太令人失望了！像那桑这样的人，他们想在中世纪浪漫主义的废墟上建立起全新的文明，但他们自己却连从哪里入手都不知道，这真是奇怪。他们让我想起那些未受过大学教育的建筑师，他们会画图，有时从艺术角度来看，他们设计的建筑还很有魅力，但他们从没想过从哪里去找建筑所需的木料，哪里可以烧砖。这些需要不同的技能，那桑这样的人就是如此。我记得去年夏天你借给我一本书，说不定就是他写的，里面有个不容辩驳的论点就是，十五世纪文艺复兴乃是建立在指南针发现的基础上的。这也使得美洲新大陆的发现成为可能，殖民地的大量财富涌入贫困的欧洲，畏惧牧师和修士的人们重获了业已失去的勇气。人们获得了财富，有了探险的激情，诸如此类。同样，我认为机器的发展将推动文明的下一次前进。那些对此丝毫不懂，却在预言未来的人，就是在空中吹肥皂泡泡哄诗人和小孩子玩儿。

十月十九日

对了，我还没有去拜访你的舅舅。我是故意推迟此行的，因为想等德语说得再好一点儿再去。前几天，我经过他在希尔加藤街的别墅，那简直就是一座城堡！听说他的财产超过了五千万。你得跟我说说，我该怎样言行举止。什么是"私人商务顾问"？我的意思是，要不要称呼他"阁下"？跟我讲讲他家里的情况。他有个妻子，只有一个女儿，没有别的孩子了吗？

十月二十一日

今天我去了鲍尔咖啡馆，你猜见着了谁？这个人戴着顶强盗帽，还把帽子推到后脑勺上，叉开的两腿间放着跟带结的拐杖，是弗雷乔夫！我差点儿没认出他来，因为距上次见他，他老了好多。胡子花白了，眼皮又红又肿，但看上去还是那么骄傲。就算是在柏林，他也成功赢得了人们的关注。他来是为在一家画廊展出自己的作品，报纸也大篇幅地介绍了他。我不是太懂绘画，但他还是带我去看了他的画，当中确实有许多佳作，尤其是那两大幅描绘北海怒涛的作品。看着这些画，我不由得想到，等将来成千上万吨的铁板连在一起放进日德兰半岛西面的大海里——你还记得我在书里写过吗？它们将在乳白色的浪涛中碰撞产生能量。

我问弗雷乔夫，当他坐在海滩上描绘这些巨浪时，想到如此巨大的可用能源却被白白浪费了，一千年来，人类和人类文明都没有对其加以利用，有没有感到可悲。他立即吐出过去那番哀叹，攻击讨厌的工业精神，说那是对自然的亵渎。我于是问他难道真的从没觉得这个想法很诱人吗？让所有这些浪费的马力为社会所用，通过电线把它们传输到整个国家，分配到日德兰半岛的城镇，进入每家每户，这样的话，利用北海浪涛所产生的能源，举例来说吧，霍斯特布罗街的女裁缝就可以用电来带动机器，而维伯里街的妈妈就可以用电来摇动婴儿的摇篮。你真该看看他的脸，他坐在那里咆哮："什么？"声音大的屋子里所有的人都扭过头来看。"你这个浑蛋，要把我的大海变成挑担子的野兽吗？"虽然他已完全不可救药了，但我还是很同情他。每当看到他戴着邋里邋遢的帽子，拄着带结的拐杖，系着松松垮垮的领结，还有他义愤填膺的样子，我就对自己说："这是最后的艺术家了。"二十年后，人们会将这样的人送进疯人院，他们死后，就把他们身体填满，送进博物馆，和过去那些制成了木乃伊的野兽还有三峰骆驼一起展览。

十月二十三日

昨天是个值得纪念的日子。最近我在报纸上读到，一项用新方法截流河道的实验将在距柏林两小时路程的小城伯肯布鲁克举行，届时一些工程师将应邀出席。我也想参加这次实验，因此就去了丹麦公使馆，希望有人能帮我弄到邀请函，但当我提出申请之后，那些人吃惊地瞪着我，我从没见过谁的眼睛能瞪得那么圆的，那人只得靠在椅背上才喘过气来。他说记得为一位来访的丹麦女演员弄到过一张皇家剧院的免票入场证，为几个丹麦学者弄到过进入图书馆手稿收藏室的许可证，但这次的事！一位长者从邻室走来（他的公使等级肯定更高），他惊恐万分地看着我，和蔼地告诉我在别国的领土上不要指望这样的优待。不管怎样，公使馆在帮我做出任何事之前，先要请示内政部长，为此，我要提供两份书面申请，还必须提供推荐信、验证书以及七岁起就读学校的相关证明，凡此种种。简而言之，我突然觉得自己又一次回到了我亲爱的丹麦古国，回到了那蠢话连篇的天堂。因此，我决定自己碰碰运气，于是昨天早上就搭上了去伯肯布鲁克的第一班火车。总工程师立即递给我一张许可证，感谢我对实验的关注，还为我提供了准备工作的所有材料。我将这里的见闻简略地记述给你。我先跟你说，把一段河水抽干是为了维修一个桥墩。他们首先尝试了普通的方法，就是在河道里筑一道斜坝，但水流太过湍急，如果不留出泄流渠，大坝就无法合拢，但现在的情况修泄流渠太过复杂，花费也太大。因此他们决定——这真是一项全新的创举，让水流自行合拢大坝。人们做了一个巨大的木箱，尺寸刚好和大坝合拢口一样大小，里面装着一定量的负重物，将木箱放到水里，由人在岸上控制。整个过程就是一次非凡的演出。木箱刚碰到大坝口时，发出了惊人的声响，水位急剧升高，但水流刚好把木箱冲到了正确的位置，最后填进了合拢口，就像把瓶塞塞进了瓶口一般。真是激动人心的一幕啊，我只是希望要是你也能在场就好了。为了将效果发挥到最大，不远处又传来两声爆破声。他们炸开了临时泄流渠，将河水分流到了一片连接着沼泽的湖泊里。

事后，他们在就地搭建的帐篷里请我们喝香槟，此情此景，许多人发表了讲话。最后——可别吓得从椅子上掉下来，我也祝酒了，祝贺德国的技术成就今天再一次向世界证明了它的领先水平。效果不错。当然，我的语言还有些障碍，每当找不到合适词汇时，我就用富于表现力的手势代替。发言引起了强烈的反响，我被团团围住，人们都过来和我握手。回去的路上，一个记者还采访了我。我的名字出现在今天的《日报》上。另外，在实验中我还认识了菲费尔科恩教授，他将为我在柏林提供很大的帮助。他是柏林理工学院的老师，世界太小了，他好像也是我们阿龙·伊斯里尔的挚友。因此，他对丹麦的事情也有些兴趣。告别时，他还邀请我去他家做客。

十月二十四日

亲爱的，你大概为我对那桑博士的言论在责怪我。你好像还因为我没把他当作引导者而生气。我要向你承认，我有许多事要感激他，但身为一个受过大学教育的人，他却始终都是一个一成不变的唯美主义者，对于现实生活的要求，他既不理解，也缺乏兴趣。最近，我试着向他阐述我的计划的理念，他却几乎不让我开口。他一直在谈着之前读到的一个剧本，谈国内的政局，还有上帝才知道的那些事。对我的设计，他所想说的就是"太胡思乱想了"。拜托，难道这样的人我还要把他当引导者吗？事实上，他并没有比弗雷乔夫更有远见，他一点儿也想象不到未来世界将发生多少奇迹，而这些奇迹将让社会发生翻天覆地的变化，包括政局也会发生变化。我想说，这里的生活让我更加确信，我们国家守着自然资源不去利用，却还是过着灰姑娘般贫乏困苦的生活，我们的统治者认为这是保持我们民族身份和文化的最好保证，真是没有比这更为荒谬的事情了！

我坚持认为，像我们这样的小国只有一种方法能让我们从大国中崛起,那就是钱。正如我在书中所写的那样,像丹麦这样的小国,其存在本身就是荒谬的。这样弱小贫穷的国家,在当下是难以生存的。我们必须靠大量的财富赢得尊重。解决方法就是钱,钱,更多的钱。只有黄金的光芒才能点亮那桑和其他人所说的"这个国家的光辉"。贫穷的文化最终只能成为牧师的养分。我经常在想威尼斯,这个城市本来很贫穷,后来却崛起成为世界强国。考虑到欧洲的交通,耶廷和埃斯比约都和那个古老的水城一样占据着交通中心的位置。现在,我在国外设想着耶廷的未来,一座座金顶的贸易大楼将在宽阔的码头上拔地而起,电动小艇会像燕子一般掠过运河明净的水面。

十月二十五日

今天只能匆匆写几个字了。我刚从商务顾问家里回来,带去了你们的问候。在他家里,我见到了他的妻子和女儿,他们热情地招待了我。你的表妹非常成熟漂亮,举止却很单纯,还有点儿腼腆。不过她年纪尚幼。总体而言,家里的气氛稍微有点拘谨。每个门口都站着仆人,你可能猜到了,他们在那座冬景花园里招待了我。我们多数是在谈你,我自然没有提到我们的关系,只说自己是你父母的一个朋友。

后天,他们要举办一场大型的音乐会,我也被邀请了。请柬一共发了三百张。

我已穿好外套,准备出门去找弗雷乔夫了。晚上,我们经常待在一起,虽然我们有很多不同点,但相处得还算好。他真的是一个很容易相处的人,还带我去见了他的几个德国艺术家朋友,多半都是和他一样疯狂的家伙,但都很聪明可爱。有好几次,这些人说我和弗雷乔夫长得有点像,你说是不是很好笑?有一次,他们还问我是不是弗雷乔夫的弟弟。你能想象吗?

十月二十七日

又是充实的一天。我没给你讲过菲费尔科恩教授吧?他是理工学院的老师,邀请我去他家拜访。今天我去了他家,他就住在学院旁观的夏洛登堡。学校是一座有很多柱子和雕塑的宫殿,耗资至少千万以上。菲费尔科恩教授带我参观了校园、教室以及附属的一些实验室。令我印象最深刻的是,这里收藏了许多世界重大工程项目的模型,有桥梁、水闸、地基等,真正的博物馆都无法与之匹敌。菲费尔科恩教授还答应我帮我得到在这里学习的许可,这一般是很难获得的。我当然非常高兴。这里简直就是一座宝库!此外,我还想在这里听几堂弗雷泰格教授的课,他虽然年轻,却靠电力发动机的著作赢得了巨大的声誉。

总之,亲爱的,我是不会闲着的。我的手指都在发痒了,想摸摸对数表。我的那本书也算不上什么,不管怎么说都太简单了,但等着吧!老学究桑德拉普和他那些汗流浃背的小助手们马上就可以回家躺着了。十年之后,丹麦形势将变成另一个模样了。

最近,我和弗雷乔夫一起爬上了市政厅大楼的楼顶,上了旗杆底座,那里离地面有二百五十英尺。当时正值日落时分,空气是那样的清朗,我敢说周围几英里范围的风景都尽收眼底。到处都是高高的楼宇和长长的街道,灯火都已点燃,还能看到电报线和烟囱里冒出的烟。火车站里灯火通明,一列列火车进进出出,更远的地方能看见一座座工厂,城市似乎扩展得无边无际。我想,眼前这座城市,往前回溯几代人,还只是点着鲸油灯,靠公共马车运输的不起眼的小城镇。想到这些,我为自己属于人类而感到自豪,我挥舞着帽子,弗雷乔夫大加鄙视。亲爱的上帝啊!这些人,还有他们涂抹在画布上的艺术有什么用!我想说,灯火通明的火车站的景象比起拉斐尔所有的圣母像加起来还要激动人心。如果我相信天意,那我每天早上都会跪下来,哪怕弄脏裤子也毫不吝惜,我要感谢上帝让我出生在这个伟大的时代,人类终于意识到了自己的力量,开始遵从自己的意志改造世界,这场面比上帝最大胆的幻想还要宏大。

彼尔走后,雅各贝不再直接受到他本人的影响。想到他们要分离一年的时间,她的神经就完全放松下来,对他们的关系也感到有点儿不满,虽然只是一瞬间的念头。很快,她就接到了彼尔的第一封信,但当她要写回信的时候,她却感觉到,几天的工夫,彼尔在她眼里又变得如此陌生。她突然对他无话可说,批评的态度重新抬头,心底也再生顾忌。读着他稚嫩的信,她再一次感到屈辱和痛苦。他大谈特谈她不感兴趣的东西,却极少流露爱意,甚至根本不提到自己的思念。几个星期之后,伊万在街上碰到了阿龙·伊斯里尔。阿龙给伊万看了当天早上收到的一封信,信是他在柏林的老朋友菲费尔科恩教授写的,教授对彼尔大加赞扬。伊万经过允许借来了那封信,在客厅里大声念给父母听,之后又送上楼交给了雅各贝。信封在一个大信封里,上面写着:"皇帝万岁!"这里是部分内容:

现在,我通过那个年轻的工程师希德纽斯,而和你们国家保持着密切的联系。他告诉我说,他认识您。他很有才华,丹麦民族可以对他寄予厚望。我和他谈过几次,因此了解了他所感兴趣的一些想法,那些想法让我也很感兴趣。我很少遇到像他这样对大自然以及自然现象有如此直接、新鲜、生动的想法的人。我并不是说自己完全赞同他的观点,在我看来,他的观点有点儿过于世俗化了。但毫无疑问,那些想法很有远见,让我们这些老人只能望洋兴叹。每个时代都有其理想人物。每当我听到你们年轻的同胞,毫不犹豫地讲述着自己最大胆的计划,想要通过征服自然力量以达到改变社会时,我就觉得站在自己面前的正是二十世纪主动的人的原型。

读着这些文字,雅各贝脸烧得通红,胸口剧烈地跳动。接下来发生了意想不到的事,她失声痛哭了起来。她不仅仅只是因为感到喜悦而哭泣,她是有愧于自己之前的担忧和疑虑,自己在思想上竟然又一次背叛了他。"二十世纪的人",是啊,正是这个词指明了彼尔性格中的巨大矛盾,揭露了他的缺点,也说明了他的力量。他只是伟大的下一代人中尚未定型的第一个人物,正如他自己所写的那样,这一代人终将成为地球的统治者,然后按照自己的意愿改造世界。他是一个先驱,在压抑的环境中成长,受到小资产阶级的各种怯懦、迷信和屈从的压制,因此,他变得很倔强任性,除了能让钢轮转动的力量之外,对于别的幸福的方法,他既不在乎,也不相信。这难道很奇怪吗?十九世纪梦想的黄金时代,以为只靠精神思想的力量和言语的说服力就能建造一个幸福公正的世界,这种想法是多么苍白无力啊!

在彼尔远行之前,她就已经开始了解数学和机械的奥秘。但对当时的她来说,那只是陷入爱情的女子的嬉笑玩乐,只是急切地想在所有的旅途中都能陪伴彼尔,但一遇到具体的困难,她就立刻放弃了。现在,她又一次以犹太人所特有的精力投入到自然科学的研究中。她清楚地认识到,如果不具备相关知识,就缺乏理解现代社会及其发展规律的必要前提。以前,她的书桌总是堆满了纯文学的书籍,恩沃尔德的《创造》摊开在桌面上,里面还夹着诗人的照片。现在,桌面上却摆满了物理、几何以及动力学的书籍。在给彼尔的信中,她详细地阐述了自己学习的进展,还要彼尔给出建议和指导。他们的关系因此完全倒过来了。以前,雅各贝一直认为自己在精神上要高于彼尔,虽然有点儿尴尬,但自己有义务支持未婚夫,帮助他改善不足的方面。现在,她却一夕之间成了彼尔的学生,需要他的指导和包容。就和刚陷入爱河的那些日子一样,她每天给他写信要写十次,有时只是匆匆写下一行,有时是为突然弄懂了一个复杂的几何问题而欢呼,还有时是悲叹最需要帮助的时候,他却不在自己身边。她对彼尔的爱远远超过了自己意识到的程度。一天里发生的每一件事,哪怕是脑海中闪过的一个念头,她也想要告诉他,虽然彼尔的回信中还是没有回应她的信任和爱意。这一点,她也渐渐变得宽容了。现在她懂得了,她所要求的东西,他天生就不具有。她甚至开始感谢他没有伪装,而是诚实地表现出了自己本来的面貌。

她的信中也会写她最关注的政治话题,尤其是与现代技术发展紧密相连的各种工人运动。以前,她并不能理解自己为什么一直会对工资问题和权力斗争很感兴趣,这很不合她的贵族身份。以前面对百万义愤填膺的工人,她总觉得不安全,因为他们的要求似乎会威胁到她生活中最宝贵的东西。但随着她对彼尔慢慢的理解,现在她却将这些消极的不情愿的情绪转变为了对那些沾满烟灰,被压迫的大军的支持,因为他们在为阳光、空气以及人道主义而战,他们是二十世纪的人。

与此同时，彼尔在柏林的日子也过得飞快。他将自己的时间和精力平分为学习和娱乐两个部分。每天，他都能结识一些新的人，到处都受到友好的接待。就和在国内一样，他的坦诚征服了所有人的心。他这才完全认识到，在柏林，自己的个性很吸引人注意。他没有深究个中情由，而是觉得要理智控制。同时，彼尔也格外留心让自己言行举止更贴近当地人。和许多身处异国的人一样，他个人的一些坏习惯也被当地人当作一个民族特性来对待，他自己不但不用负责，他不假思索地直言不讳反倒让他更增添了吸引力，并引发了人们对民族志学的兴趣。

在商务顾问官家的那场盛大的音乐会上，彼尔先是淹没在身着闪亮的制服和翻领装饰的人群之中，但有一阵还是成了公众注意的焦点。演奏暂停时，女主人招呼他过去，作为礼遇，和他交谈到演奏再次开始。这位上了年纪的老妇人穿着一件非常低胸的礼服，妆也化得非常浓，她喜欢身材健美的小伙子，也丝毫未加掩饰。

而彼尔的目光这时却只集中在这家的女儿身上，这个十九岁的少女长着满头红发，各个方面都与她的母亲形成了对比，她文静、秀气、可爱，羞涩地看着每个走近她的男人。她和母亲一样也穿着低胸的华丽礼服，因为这是流行的时尚，但她似乎因为暴露过多而非常不适，尽可能地用扇子遮着自己的胸部。

见面时，彼尔只来得及向她鞠了一躬，也不能确定她现在是不是还记得自己。因为之后她就一直被身着制服样貌出众的先生们包围着，最后彼尔只好放弃了接近她的念头。但在演奏之中，彼尔有两次发现她偷偷的看着自己，然后立即收回目光，好像从来没有看过他的样子。彼尔相当确信，她的脸有些红了。

那晚他喝多了香槟回到家，远离了社交应酬，他的脑海中闪过一个个大胆的念头："他会有机会吗？"他想起海因里希舅舅讲的故事，那个奥地利穷小子在纽约征服了美国石油大亨的女儿，现在成了新世界最有钱的人之一。而这个少女将继承超过五千万的财富，而且还很可爱！……这就值得他一试了。荒谬！简直疯了！但到现在为止，他真想做的事都成功了。伊万的预言"我来了,我看见了,我征服了",还一次也没有被推翻过。

当然还要想想雅各贝。他不可能忘记,这个问题当然很严肃。但他随即自问,当意想不到的灿烂未来出现在眼前时,是不是一定要把自己和过去束缚在一起呢?他真的有权利放弃这样的未来吗?这项贡献了自己全部精力的事业,自己能为这样的结果负责吗?上帝做证,他如此深爱着雅各贝。他理解并珍视她的美好品行,放弃她该是多么痛苦啊!但为了更大的幸福,一切个人感情都必须让步,就连雅各贝自己也会认识到这一点,并支持这样做的!五千万啊!这样大一笔钱能让她的丈夫在丹麦那样的小国获得至高无上的权力。有了这笔钱,他在国内还有什么事做不到的!这将给自由之战带来多大的帮助啊,而雅各贝比任何人都更想看到自由之战的胜利。他不想回家,于是就沿着菩提树街漫步,街上的咖啡馆和酒吧里仍然人声鼎沸。

平时,他尽可能地避开这条大街上的高档饭店,因为价格太贵。他一心想表现得像当地的人一样,于是便从心底里抵制那样花钱,而总是在弗雷乔夫的艺术家小酒馆里才感觉最舒服。在那里,他可以只花两马克就买到半磅牛肉、一只煎蛋、一大条面包卷、一片奶酪、两大杯啤酒,外加女侍一个亲切的微笑。但这晚因为喝了香槟,他反抗般的抛掉了所有小资产阶级的偏好,走进新岗哨旁边一家最高档的军官酒吧。

他要了半瓶加冰的威克斯·巴拉酒,周围的女士们的丝绸衣衫窸窣作响,军官们腰挎军刀,人群来回穿梭,他却一直在说服自己。最重要的就是,海因里希舅舅曾建议的贵族头衔仍在他脑中盘旋。现在,头衔对自己真的有用处了!没有显赫的头衔,在这些圈子里将几乎一无所获,但有了男爵头衔的话,他将所向无敌。诚然,他现在只有一点基础,就是那个姑娘偷偷投来的一瞥。但之前,当他注视着雅各贝时,难道她有过更明显的表示吗?其实他只需要相信自己的运气就足够了,他的箴言"我就要这样"将证明其正确性。

到家时已是凌晨三点了,但他仍兴奋地睡不着。他在床上翻来覆去,喝了一杯又一杯的水,思绪仍无法平息。挥之不去的童话幻想让他难以成眠,而此刻孤身一人躺在黑暗中,还有另一种思绪在他血液中翻腾。在柏林的这段日子里,有种不安一直跟随着他,就像寓言故事中的黑影,只在四周静寂空无一人时才会出现。他无法控制自己想到父亲,以及他可能就要死去的事。这就是说,当他白天状态活跃或是和朋友坐在咖啡馆中时,他不会想到这件事。但只要他在这异国城市中孤身独处,尤其是夜里回到卡尔街空荡冰冷的家里时,那阴影就会现身。每天晚上,他穿着衬衫站在床边为手表上发条,都会自问:"父亲今天会不会去世了?"这天晚上也是一样。

天快亮时,他才刚刚睡去,但突然一下就惊醒了。房间里不知何处传来声音,他听在耳里就像是三声敲门声。他立刻就完全清醒了。虽然他不相信任何迷信,但还是无法遏制地感觉到,在那一刻父亲去世了。

天亮时,他发了封电报回家问艾伯哈德,中午时分才收到一封简短回信"父亲病危"。他看了看表,到汉堡的特快列车还有两小时才开。第二天早上就能到家,晚上就可以回来,只需要离开两天,他的良心就可以获得安宁。他握着手表待了一会儿,坚决地点点头,开始收拾行李。

他自己也没有完全明白,是什么驱使着他回家的。他并不只是因为害怕如果不能和父亲告别,心里将很遗憾。另一个原因则混淆在使他夜不能寐的那些念头之中,那些念头一直纠缠着他,让他无法安宁。就像第一批皈依基督教的异教徒一样,在面临伟大的皈依之前,他们仍悄悄地膜拜过去信奉的神明。在武装好自己,为夺取幸福的金冠而进行最后殊死的决斗之时,彼尔愿意做出这样的牺牲,以向父亲的上帝和解。

两个小时之后,他坐上了北上的列车。

 第十二章

当晚,火车载着彼尔驶过日德兰半岛,他不断回想着七年前那个圣诞节,他回家时的不愉快情景。他记得那次回家的全部细节,那是个阴沉沉的凄冷冬夜,淡黄色的烟雨笼罩着小镇,昏昏沉沉的灯光在烟雨中显得愈加凄凉。他看见姐姐西格妮站在湿漉漉的站台上,她穿着老式的短大衣,戴着黑色的羊毛手套,裙摆下是一双大大的橡胶套鞋。他因为没有得到允许就回家探亲而招致父亲的不满,他听见餐厅里擦地板的声音,知道其他人都已经吃过了,感到特别失望。

他很奇怪对过去的事情为什么记得那么清楚,毕竟那些事情对自己已经没有任何意义了。不管怎样,他都不想承认家庭以及那些悲伤的回忆对自己还会产生任何影响。他只知道,自己已经很少想起过去的那些事,这些年来,往事已经从生活的地平线上滑落消失了。

十月清晨晴朗的阳光中,他回到了小镇。他穿着灰鼠色的丝绸长大衣,领子和袖口都缀着宽宽的天鹅绒滚边,一头黑发梳得整整齐齐,上面还戴着一顶苏格兰式的旅行帽,这身入时的衣着在站台上引起了相当大一阵骚动。旅行箱、帽盒和其余旅行装备都是上乘货色,闪耀着崭新的光泽。

两个穿着土布衣服的农民惊恐万状地为他让路。他听见其中一个小声对另一个说:"喂,我猜那是不是年轻的弗莱茨伯爵啊?"感到非常满足。

虽然他事先发电报通知了自己的到达时间,但没有人来接他。"这样更好。"他想,"落得轻松自在。"他决定去住旅馆,这样从各方面来说都更舒适一些。正当他要爬上车站外面停着的一辆旅馆接客马车时,他看见艾伯哈德正迈着慢悠悠的步子从车站对面的小公园走过来。彼尔立刻明白了,哥哥为了维持体面想得很周到,他一直在公园里等到火车到站,然后再装出散步偶然碰见的样子。这样傲慢的举止放在以前可能会让他很愤慨,但现在他只感到同情。

当艾伯哈德看到彼尔在和旅馆侍从交涉,明显感到很惊慌,于是加快了步伐。

"你该不会是要去住旅馆吧?"他没等打招呼就问道。

"是啊,"彼尔说道,"我觉得当下这种形势,这样做才最好,免得给家里带来什么麻烦。"

"但家里已经为你准备好了房间,家里地方很大。你要是去住旅馆,母亲肯定会很伤心。"

"好吧,要是你这么说的话。能帮我找个脚夫吗?"最后一句话他直接转向了旅馆侍从。接着他问起父亲的病情。

"父亲从昨晚起就一直昏睡不醒。大部分时间,他一直在昏睡。昨天一天,他只偶尔醒过来一下。"

接着,一个脚夫跟着旅馆侍从一起走出车站,他脱了帽子拿在手中满怀期待地朝彼尔鞠了个躬。彼尔给了他一块钱,吩咐了其他一些有关行李的事。

同时,艾伯哈德心神不安地偷偷瞄了一眼彼尔的衣着,稍微走到旁边说:"我建议绕过公园回去。"说着他拐上一条小路,这条路沿着镇子外围通往牧师庄园,路上一般行人稀少。

彼尔提出异议:"那条路远一些,我真的很累。"

"好吧,如你所愿。"艾伯哈德撇着嘴回答,每当他不得不争辩以保全自己的尊严时,他都会这样做。兄弟二人肩并肩走过大街,一路谁也没说话。再见故乡的小城这次并没有引起彼尔强烈的反应,那狭窄弯曲的街道,那些一层最多两层高的房屋,没有尽头的沟渠,与他刚刚离开的世界名城相比,简直就像是好笑的玩具。这小镇就和他的家庭一样,这些年来早已从他生活中消失,滑落到地平线以下。突然间,他笑了起来,想起从前最宏大的梦想就是成为这个小镇上最著名的人物,因为这个小镇见证了他屈辱的时刻。

但遇到的每个人,他几乎都还认得出。临街窗口装着镜子的每一座小屋,商店门上的每一家店名,大门上悬挂的每一块旧招牌都勾起他往日这样那样的回忆,尤其是当他看到文法学校宽阔的山形墙以及操场临街一面高高的砖墙的时候。他们经过时,正是下课时间。男孩儿们的叫闹声,就和他上学的时候一样,飘过了围墙,他眼前浮现出一系列几乎忘却的童年记忆。环绕着镇子的是他自童年时代就非常热爱的山峦,还有海湾和几英里宽的牧场,是他夏日里游戏的场所。在这里,他的心中第一次萌发了运河项目的计划;在这里,他把大风筝放飞空中,让它拖着装满石子的玩具车满场跑,他第一次明白了风力的作用。

艾伯哈德问及彼尔的旅途,但彼尔的思绪仍沉浸在往日回忆之中,没有听见艾伯哈德的问话。想到自己将永远依附于这外省小镇,他感到无能为力,进而觉得屈辱。让他尤其恼火的是,这种感觉只是他单方面的,镇子对他仍旧不屑一顾。罗圈腿的商店主希尔丁站在门前,他穿着白色的亚麻外套,脚上套着双木鞋,嘴里叼着个镶银的海泡石烟斗;长着一头红发,胖胖的理发匠塞班豪森还和过去一个样,将身子探出窗外,和女仆们眉来眼去。街道布告员的叫喊声、鼓声、小巷里卖鱼妇的闲话声穿过了街道,这一切都触动着他,但他对他们却不名一文。

他们拐上了牧师庄园所在的小路。一看到那独特的高墙和监狱似的大门，尤其是撒满木屑的路面，他的心就跳个不停。他对于就要再次见到母亲，站在垂死父亲的病床前毫无准备，心里慌乱不安。姐姐西格妮在大厅迎接他。她十分动情，但只是默默地握着他的手，低垂眉眼，半扭过身子，就像是在提醒他这家里有事情发生了。

"母亲去稍微休息一会儿。"他们走进餐厅，西格妮说。在餐厅里，彼尔见到了两个双胞胎弟弟，他不在这些年，他们长大了，彼尔都快认不出他们了。他们害羞地和彼尔握了握手，西格妮接着说道："母亲说等你一回来就叫她，不过我觉得还是不要打扰她。她一夜都没睡。"

虽然父亲的病房远在这幢大房子的另一头，但西格妮说话时一直压低了声音，家里一有人生病时，这样说话就成了习惯。彼尔也同意不管怎么说都不要叫醒母亲。

就和七年前那次回家一样，他们给他端来一盘面包片。西格妮给他倒了杯咖啡，为了不伤及她的感情，彼尔强迫自己吃了起来，尽管他激动得一点儿都咽不下去。这时，双胞胎就睁着大大的眼睛从屋子另一头好奇地看着他。"我知道你想见父亲，"西格妮说道，"但他睡着了，从昨天夜里就没醒过。现在护士正在帮他擦洗。我先去问问，然后你再进来。"

很快，她就走了，她用双手关上门，以免门碰出响声。艾伯哈德已经不在屋里了，为了避免和这个奇怪的哥哥独处，双胞胎也从厨房门里悄悄溜走了。

彼尔站起身，盲目地走来走去。接着他在一个窗口停下，看着外面的一小片草坪，还有几棵矮小的树，这些就构成了牧师家的花园。他的心一直跳动不已，思绪纷乱，寻找着辩解的理由。

他站在那里，看着高墙围着晒不到太阳的小小花园，思绪渐渐转移到自己的行动上来，很明显，他已找到了自我辩解的理由。他再次看到这童年时代的第一处游戏场所，这里氛围清冷，他并无过错。这围墙之内没有任何好的回忆，没有任何快乐的回忆，他像囚犯似的在这里待了十五年。

突然，一种奇怪却强烈的痛苦和悲伤感觉掠过心头。这些年来，这高墙监狱的阴影是怎样影响了他的生活，败坏了他的幸福啊！

他一阵紧张，西格妮轻轻推开他身后的门。

"现在可以进来了。来吧。"

彼尔穿过一间小小的，近乎空置的房间进了客厅。那里通往卧室的门半掩着。西格妮踮着脚，悄无声息地推开门，引着彼尔走到不靠墙的床脚位置。房间里如此之暗，一开始他几乎看不清路。

慢慢的，他才看清一个皱缩的头部轮廓，深深的陷在又大又软的枕头里，一双眼睛紧闭着，正沉在死一般的昏睡之中。彼尔打了个冷战，但也只是不适感引起的，看到临死前的恐怖景象，任何人都自然会有这种感觉。父亲的情况显然让他们不可能再有和解的可能性，彼尔于是平静下来。他最害怕的就是家人的热情会让他与父亲在死前达成和解。他知道自己想和父亲说些什么，那些话会引得大家都非常不愉快。

彼尔的眼睛渐渐适应了屋内的黑暗，父亲的脸和他整个消瘦的身形显得更加突出。他看见父亲的头发仍很浓密，但因为疾病全白了。那脸因此就几乎暗成了古铜色，看不出任何生命的迹象。几只苍蝇盘旋在周围，时不时地停在他额头的脸颊上缓缓前进。永恒的安宁似乎已经降临在他的眼皮上。

之前在房间盥洗盆前站着清洗海绵的护士这时端着脸盆出去了，屋子里只剩下姐弟俩陪着垂危的父亲。谁也没有说话。西格妮坐在床边的扶手椅上，她前倾着身子，双手交叠放在膝盖上，她看着父亲，表情中满是爱意与痛苦。她又大又亮的眼睛噙满了的泪水随之滑落到嘴边。还时不时地伸手轻轻赶走父亲脸上的苍蝇。

就在这时，墙边传来一阵沙沙声。通往后面客房的暗门打开了，母亲矮小佝偻的身影出现在狭窄的门口。她在那里站了一会儿，一只手颤巍巍扶着门框，另一只手则拄着一根乌黑的拐杖。片刻之后，彼尔才明白过来那是母亲。记忆中，她几乎总是躺在床上，从没想过她竟然这么瘦小。许多年过去，母亲老得厉害。她头发白了，形容更瘦削了。但在父亲长久生病的期间，她坚强的精神就像一股神奇的力量，让她下了床。她的脸上浮现出一种与众不同的严厉，尤其是那双凝视着的眼睛似乎能洞察一切，彼尔吃了一惊，也深感迷惑。母亲看见了他，她伸出手，就像要把他推到一边一样，彼尔更加不知所措。母亲似乎在期待着他的悔过，一时之间，他们就像两根柱子一样看着彼此呆立着。但母爱最后还是战胜了一切，母亲脸上淌着泪水，伸手抱住他的头，亲吻着他的前额。西格妮也站了起来，搀着母亲坐到床边的扶手椅上。

"你真的回来了，彼得·安德烈斯。"她说着弓起身子，扭到一边，手遮着眼睛，似乎还不能承受看到彼尔这一事实，"以前你怎么不回来呢？现在也许已经太晚了。"这话让彼尔警觉起来。

"太晚了。"他自言自语重复道。他们一直都在期待着最后的和解。他们都把他的归来视作忏悔。母亲开始说话了，但这时护士引着一位老者从客厅进了来。那是医生，他每天早上都会过来巡视病情。母亲示意彼尔和西格妮可以出去了，护士在他们身后关上了门。

这一天，彼尔没有再见到母亲，大致说来，他这次回来没有像上次一样引起太多注意。父亲的情况自然牵动了所有人的心思和注意力，家里虽然静悄悄的，但大家都忙碌不堪。一会儿要热敷布，一会儿要去请医生，更不用说还要招待镇上前来询问病情的人。另外，还有两个孩子没有回来，一个是在菲茵岛担任副牧师的哥哥，还有一个是嫁给利姆湾附近一个小镇医生的妹妹，这一天，还要等他们回来。他们的房间需要准备，因此每个人都有很多事忙。

彼尔仍住在他过去那间阁楼小屋，一天大部分时间，他都待在那里。他想睡觉，以缓解旅途疲乏，但是没睡着，于是就给雅各贝写信。为了合乎礼仪，他决定放弃原有计划，等到父亲过世后再走。毕竟，也不会等太久了。他心里十分不安，情绪低落。他并不后悔回到家里，但却希望事情尽快过去。以前，他只经历过一次有人过世。那还是在纽伯德尔的时候，人事不省的老水手长被人从散步途中抬回来。那不愉快的记忆似乎和这次联系了起来，看到水手长死去的恐惧和其他人的惊慌样子这一天一直萦绕着他。

到了傍晚，哥哥托马斯，妹妹英格丽德在丈夫的陪同下都回来了。托马斯是个神学者，他面色红润，举止沉稳，背后隐藏的是他强烈却未能实现的雄心壮志。英格丽德是个小巧却自信的乡下主妇，她是个地地道道的希德纽斯，在她看来，罗格斯特尔是最好的地方，因为她的丈夫和孩子都住在那里。

这一天，父亲睁了几次眼，看起来头脑也清醒了，但大家很难理解他的意思，没过几分钟，就又昏睡过去。那时，医生刚好过来晚间巡视，出来之后，他叫西格妮跟他一起进了大厅。

"我无意隐瞒，您父亲可能活不过今晚了。如果需要我过来的话，就去叫我。"

他的预测没有错。

两点刚过，大家就都被叫了起来，最后的时刻到来了。彼尔因为旅途的劳累，再加上几乎两天两夜没有睡着，本睡得相当沉，被叫醒之后，没能立刻明白自己身处何地。在梦里，他正和弗雷乔夫以及柏林的那些艺术家朋友们应酬。他们刚驾着马车到达莱比锡街的酒馆……门开了，西格妮手里拿着蜡烛走进来，叫他下楼。

那一刻，他才意识到自己在哪里，姐姐的话意味着什么，不由的打了个冷战。刚才还在世界大都市里嬉闹，一下转到姐姐宣布死讯，转变太过剧烈。他穿好衣服，来来回回走了好一会儿才恢复了镇静。

下了楼，兄弟姐妹们都到了。他们大多都没有上床，只在扶手椅和沙发上打盹儿，以便一旦有什么事时可以离父亲近一些。客厅里点了灯，掩着的卧室门也打开了。里面只点着一盏昏暗的小夜灯，灯放在床头的桌子上，暗淡的光线洒在父亲惨白的半边身体上。另一半身体沉在黑暗中。

父亲被稍微抬起来一点儿，身子靠在枕头上好平顺呼吸。他几乎完全恢复了意识，但无法说话，深黑色的眼皮也睁不开。孩子们说着告别的话，他们一个个被叫到床边，抓起父亲搭在床上的沉重无力的手，母亲就告诉他这是哪个孩子。母亲坐在灯光照不到的另一头床前的扶手椅上。

· 210 ·

面对这样的告别仪式,彼尔感到很不自在,希望能略过自己。他尽可能久地站在后面,但最终还是要走到床边。他感到父亲的手已经死一般冰凉了,母亲故意高声——他觉得是这样,报出他的名字,一阵冰冷的不适感袭来,他感到就像被传召接受神圣审判那样压抑。只有当他意识到所有的兄弟姐妹都围拢在床边,他才打起精神控制住表情。

这时已至凌晨三四点钟了,巡夜人走过寂静的街道。因为室外地面上撒着木屑,所以大家听不见他的脚步声,只有他单调的歌声传到屋里来,听起来就像是上天在宣布死神即将来临:

现在正值黑夜,
但黎明就要到了。
愿上帝能远远赶走,
今日我们所遭受的苦难。
哦,我们向天父祈祷,
求您怜恤我们,
赐我们以仁慈。

在向家里的一个女仆告别时,父亲脸上的肌肉抽动了一下,他有话要说。他的声音很低,只有母亲听懂了,他要求大家唱一首赞美诗。孩子们于是走进客厅,围在钢琴旁边,西格妮弹起伴奏,大家压低声音唱起圣歌的几节:

您的恩赐照天边,
您的真理达苍穹。

只有彼尔还留在卧室里。同父亲告别之后,他就坐在黑暗角落里,放松了警惕。兄弟姐妹们的歌声响了起来,歌声流露出平静的力量和喜悦,充满了不可动摇的信念,就好像天堂之门打开了,上帝微笑着出现了,张开手迎接父亲纯洁的灵魂。彼尔独自坐着,努力挣扎着不被带走。这一切与他想象之中如此不同。他颤抖着嘴唇,眼眶湿润,他看见父亲皱缩的头部平静地躺在枕头上,周围环绕着浓密的白发,就像是圣洁的光圈。他脑中回响着水手长过世时恐怖的情景,自言自语道:"那么,这就是一个虔诚的基督徒的辞世!"歌声停止了,兄弟姐妹们慢慢又回到卧室里来。父亲的嘴这时也微微张开,眼睛陷得更深了。很快,死亡的最后挣扎就开始了。

母亲握着父亲的右手,不时的拿布擦去他眉头上的汗。艾伯哈德和西格妮则站在另一头,准备好帮助母亲。

一个小时过去了,其余的孩子们在屋子里站着,等待最后时刻的降临。最小的两个站在床脚,满怀深情地看着父亲。巡夜人单调的歌声又一次从寂静的街道上传了过来:

> 赞美迎接我们的上帝啊,
> 他带着天堂的合唱队。
> 他是尘世的守护者,
> 为我们送来黎明。
> 夜晚过去了,
> 祈求永保白昼安宁。

除了父亲越来越弱的呼吸声,以及孩子们时不时的发出的半声低沉的哭泣,屋子里一片完全的寂静。这样的情形一直延续到将近四点。母亲瘫成一团,额头抵着父亲冰凉的手,上面沾满她的泪水。艾伯哈德轻轻抚摸着父亲的左手,感受着他越来越慢越来越弱的脉搏,西格妮专心地注视着艾伯哈德的表情。客厅里钟声敲响了。不久,艾伯哈德就轻轻绕过床脚走到母亲身边:"妈妈,"他说着轻轻搭着母亲的肩膀,"父亲已经走了。"

这一刻,所有的人都站了起来围到床边。只有母亲仍旧坐着。一开始,她看着艾伯哈德,目光里一片无助的哀求。她再次俯身贴着父亲的手,把脸埋了起来,仿佛没有勇气面对死者无神的目光。但她还是抬起头,久久的沉默的看着父亲,然后她说:"好了,孩子们,现在父亲已经离开了我们。但是让我们来感谢上帝,赞美上帝吧。这并不是永别。父亲先我们一步,去了我们天堂的家,假以上帝的恩赐,我们终有一天会与父亲团聚。"

母亲语声动人地感谢父亲为大家所做的一切,赞美他对妻子与家庭的忠诚,感谢他的爱与奉献。她的语气温柔动人,她抚摸着父亲的白发,亲吻他的额头,似乎想起了年轻时代。

孩子们仍然在床边站了许久,**静静祈祷着**。等到死亡的迹象已经非常明显了,艾伯哈德和托马斯掀了一张床单小心地覆盖在父亲的身体上,西格妮搀走了母亲。彼尔不久也离开那里,回房了。他的桌上仍点着一盏灯,没挂窗帘的窗口照进清晨的第一道光芒。他久久站在那里,眺望着窗外即将苏醒的小镇。几颗暗淡的星仍在天空闪耀,街道上已经传来车声和沉重的木鞋声。他确信这天晚上的经历将标志着他的生命掀开新的一页,但还理不出个头绪,他暂时还深陷那仪式性的氛围之中,无法平静思考。后来他在桌边坐下,拿出旅行箱。他想和谁交流一下,想给雅各贝写封信。头一天,他已经写了封短信告诉她自己回家了,现在他写道:"我想立即告诉你,我的父亲刚刚去世了。我不想假装,我很高兴自己回家了。不管以前我和父亲之间有多少不愉快,我相信父亲的行为总是出自最美好的愿望。他的死非常感人。直到死前,他几乎一直都是清醒的,他以令人惊奇的力量面对死亡的来临。"这时,他停下笔读了一遍自己所写,感到很难为情。他坐着咬了一会儿笔,然后猛的撕掉那封信,又重写了一封:

亲爱的雅各贝:我悲痛万分地告诉你,今天早上,我父亲去世了。我回来得正是时候,赶上了和他告别,这正是我所希望的。直到最后,他仍是完全清醒的,也十分平静。可这也是十分自然的,因为他一生都在为这一刻做着准备。匆匆几笔,很快我会再写信给你的。

签上名之后,他又坐了一会儿,想了一会儿,面露难色。然后附言一句:"我可能会待到葬礼结束。"

五天之后，牧师希德纽斯的葬礼举行。一大早，镇上所有的旗子都降了半旗。教堂通往墓地的长长的街道上，从中午开始就撒上了沙子和云杉枝。少女们用绿色植物装饰了教堂，给祭坛上和古老的雕满花纹的讲道坛上挂满了黑纱。天花板下的十二头吊灯上所有的蜡烛都点亮了，正午刚过，手风琴就奏起了和缓的挽歌，人群聚满了教堂。

大家来教堂根本不是因为好奇，从人们脸上严肃的神情和静默的气氛就可以看出。希德纽斯牧师的情况和许多强大的领导者一样——反抗最终顺从，抗拒变成了尊敬。就和大多数情况一样，死者一开始令大家不快的特性——过于专横，不尊重本地固有的习俗，生活和穿衣方面的极其节制——现在都受到了高度的赞扬，被视作对信仰真诚的使徒般的热情和虔信。而事实上，这些年来，牧师本人也多少改变了。随着人们逐渐把自己托付给教会，他性格中温柔且讨人喜欢的一面也展现了出来。

另外，长期患病期间，他一直保持着平静，并以此承受住了疾病的折磨，等待着死亡的到来。他在病床上躺了半年多，深知自己即将面临死亡。但他不仅从不抱怨，还让大家不要可怜他。"我们现在不谈这些。"有一次他坚决的对一个安慰他疾病可能康复的人说，"我们都是上帝的子民，天父召唤我们回家，难道我们不该感恩吗？"

黑色的棺材放在教堂的高坛上，遵循逝者的意愿，上面除了一个木制十字架之外别无其他装饰。他总是强烈的反对人们出于懦弱美化死亡的行为，称那样做只是在"装饰蠕虫的食物"。高坛周围坐着五十名身着法衣的牧师，就像仪仗队一般。前面几排位子上坐着镇上最杰出的人物——身着制服的官员、议员，甚至还有几位挎着银闪闪的子弹带，膝盖上放着亮闪闪的头盔的卫戍部队官员。

彼尔环视四周，越来越震惊。以前，在他的很多印象中都记得，这个之前非常世俗化的小镇上，教会规矩已经取得了成功。但此时此地，他头脑中对父亲以及父亲个人影响的感情完全颠覆了。牧师们一个接一个走上祭坛讲话，教堂里回荡着他们对上帝的高声赞美以及感恩，感谢逝者的伟大服务和慷慨善举。之后，八名牧师从灵柩台上抬下棺材，所有的人都跟随着灵车，步行走过长长的街道到了墓园。

彼尔内心充满矛盾。

这真的是自己的父亲吗？在童年时代，自己不是常常为父亲是全镇人的笑柄而感到羞愧吗？这个像伯爵一样被隆重安葬的人真的是自己的父亲吗？悲伤的人群追随着他一直送到墓地。他想不清楚。童年时，他最大胆的幻想就是想象自己被人调了包，自己是一个遭人遗弃的王子，总有一天他要找到重返父王荣耀国度的道路，这个梦想实现得出人意料，令他羞愧。

从墓地返回的路上，彼尔和哥哥托马斯并肩而行，托马斯因主持下葬事宜仍穿着法衣。在所有的兄弟姐妹中，托马斯是最理解他的一个，虽然他们年纪相差很大。这或许是因为，在成长的过程中，托马斯有时也能感受到父亲的独断压制。在学生时代，托马斯曾未经父亲的许可，就参加了基督教教会中的自由派。他穿上丹麦正式教会的制服并非出自自愿，他红润的脸颊和孩子气的明亮的蓝眼睛与法衣并不相称。

过去的几天，托马斯一直想打破和彼尔之间冷冰冰的关系，彼尔注意到了这一点，但并不想与他和解。他防备着哥哥那稍显伪善的善良，哥哥的这种性格过去常常赢得彼尔的信任。彼尔也拒绝和托马斯说话。他内心里非常不安，本能地害怕和这位善良的哥哥说上话。

托马斯放弃了接近彼尔的尝试，两兄弟肩并肩一言不发地走完剩下的路程。回到家，大家都去看躺在病床上没能参加葬礼的母亲。之前她一直操劳过度，父亲一死，她立刻精疲力竭，医生命她尽可能多休息。这几天，彼尔几乎很少见到母亲，只有一次被叫进去在母亲床边坐了一会儿，但她没有力气多说话，只问了几个健康问题。

这次也是一样，说了几句话，握了握手，彼尔就上楼回房收拾行李去了。他急不可耐地想离开，决定搭当晚的火车走。

他当然对家里的招待没有任何抱怨的理由。就好像大家已经心照不宣地达成了一致，不仅是托马斯，其他的兄弟姐妹也尽可能多地关心他，好像这样能让他们良心更加安宁一样。但是，彼尔大部分时间都待在房里，要么就是到乡间长时间地散步。有一天，他花了整整一天一夜的时间离开镇子，趁此机会到了利姆湾附近去看了看一座新建起的水泥厂。

无论是母亲，还是兄弟姐妹们，谁都没有提到他订婚的事。他想艾伯哈德不可能没有告诉他们，他觉得这种沉默从某种程度来说就是挑衅。但话说回来，没听见提起雅各贝的名字，他还很高兴，虽然他不想再和她分手。这几天的经历已经让他恢复了理智和清醒。之前，他喝醉了酒，做出了一个重大的决定，想要赢得欧洲最有钱的富翁的宝座。但父亲去世那晚，在那间阴暗的小屋中，经过恳切的思考，这种想法已经荡然无存了。他为自己思想上对雅各贝的不忠而感到羞愧，因此也避免提及她。

黄昏时，兄弟姐妹们又去了墓园探望父亲，他知道只有母亲一个人在，就进去告别。

"在这里和我坐一会儿，我的儿，"母亲的语气又恢复了他从童年起就非常熟悉的低沉和忧郁，"我们都没有说上话。现在你又要走了，你的兄弟姐妹们告诉我了。"

"是的，我得回去工作了。"母亲等着，见他没有别的要说了，就说："你的工作？是啊，我们一点都不知道你在忙些什么，彼得·安德烈斯，也不知道你现在要去哪儿。你之前在德国，在柏林，我听说。"

"是的。"

母亲又等了一会儿才继续说："你父亲和我都觉得，你肯定是得到了有钱人的资助，才能这样自在的过活，因为就我们所知，你还没有工作。"

彼尔竖起耳朵听着。他现在才意识到母亲不知道他订婚的事。他的兄弟姐妹们隐瞒了消息，免得她伤心。要不然，艾伯哈德可能对父母和大家都没说。这样比较像他的作风。他不说可能也只是为了照顾大家的情绪。

彼尔想着这个问题，母亲转身从床头小桌子的抽屉里拿出了什么东西。

"你先别走，彼得·安德烈斯，我来告诉你父亲闭眼之前想对你说的话。他坚信，有一天，你一定会明白过来，回到谦卑的道路上来。他没有一天不提到这一点，没有一次不在祈祷中为你祝福的。之前，他听说你在国外旅行，就放弃了希望，觉得见不到你了，他叫我们在他死后把这个东西寄给你留作纪念。"

母亲把从抽屉中拿出来的小东西递给他。那是父亲很珍惜的旧银表，一直戴到临终。他曾说这是他在世上最珍贵的东西。

"这只表，"母亲接着说道，"还有一段故事。要是有机会的话，你父亲本该亲自讲给你听的。现在只有我替他讲了。听了之后，你就会明白他为什么决定把这只表留给你。"她顿了顿，不时闭上眼睛，父亲病重也是这样的。

"当你父亲还是个少年的时候，有一次他回家过圣诞节。过完节后要回学校了，他的父亲就问他要行李箱钥匙，说在马车到来之前，要检查行李是不是都按顺序放好了，有没有忘东西。这一举动让你父亲大怒，他怒气冲冲，没和父亲好好告个别就走了。晚上，他到了学校，打开箱子，发现衣服还和他放的一样，什么东西都没有动过。只在一个角落多了个小小的纸包。里面就是你现在手上拿的这个手表。那是你爷爷送的礼物。你父亲这才明白他只是找了个借口，趁自己没注意放进了箱子，这原是送给他离家在外的一个惊喜。意识到这一点，你父亲失声痛哭，后悔自己的草率，他于是穿上大衣，连夜走了将近二十英里，直到回家抱着父亲的脖子请求原谅。我的儿子，这就是你父亲这辈子为什么会把这个表当成圣物一样对待的原因。我记得有一次他还说这是上帝赐给他的一件特别的礼物。因为，当那天晚上他放平心态，由衷地请求祖父原谅的时候，他也找到了通往光明通往安宁以及天父恩赐的道路。"

母亲越说，彼尔觉得手中的表越沉重。母亲讲完，他一句话也没有讲。屋子里一片漆黑，母亲睁开眼睛，但已辨不出他的脸了。

再也没有什么可说了。彼尔很快就走了，母亲亲吻他的额头，小声说："上帝赐予你怜悯与安宁。"

没过多久，彼尔准备乘车去车站。这时，大家也从墓园回来了，但他独自上了路，拒绝大家送行。

一个小时以后，西格妮上楼到了彼尔的房间，她发现父亲的表放在桌子的中央。很显然是故意放在那里的，以免被忽视或忘记了。

 第十三章

　　彼尔回到柏林,但这里已经不能再让他感到快乐。弗雷乔夫已经回国,在这大城市中,他只剩孤身一人。秋天到了,许多商店和咖啡馆里整天都亮着灯,雨一个劲地倾盆而下。有时一场滂沱大雨之后,柏油路上积了一英寸深的水。大多数时间,他待在家里学习。他希望通过拼命工作,来克服从家里带来的意气消沉,但待在自己的房里,他既享受不到安静,也感觉不到舒适。他的房东库米娜赫夫人个头矮小,身材臃肿,她打扮邋遢,脖子侧面还长了一个拳头大小的肉瘤,她整天都在熏炉上煮酸白菜。他房间上面有个缝纫室,十几台缝纫机发出单调的隆隆声,有时都快把他逼疯了。

　　他对看到的景象非常敏感,渐渐就发现了大城市里现代生活阴暗的一面。回来没多久,他就遇到一系列琐碎但却令人不快的事情,使他得以近

距离观察百万人口大城市的生活习惯和状况。

在租下这处住所时,彼尔就对房东定下明确的条件,不能再接纳其他住户,以免打扰他的工作。房东也郑重其事地承诺,甚至还向他出示了一封警察局的文件,上面写着除了彼尔的这两间房屋之外,她不能再出租别的房间。另外,整套公寓也只剩厨房后面还有一间坟冢般又小又暗的房间,大小只能放下一张铁床,房东太太就住在里面。然而,很快彼尔就发现,屋子里除他之外,至少还住有一个人。彼尔夜里经常被咳嗽声吵醒,后来他发现声音是从前厅传来的,或者更准确点儿,是从天花板和橱柜大小代替衣帽间使用的小隔间的角落里传来的。彼尔质问房东太太,可这能言会道的老太太发誓说他搞错了。一个星期天早晨,彼尔惊讶地发现一个脸色苍白的年轻人正挽着袖子坐在厨房里,对着小镜子梳头发。即便这样,房东太太还能找到理由。从那以后,彼尔就放弃了追根究底,虽然他不知道,房东是不是藏匿了更多的夜宿客在公寓的犄角旮旯里过夜。

一天晚上,除了咳嗽声,他还听到一阵低沉有力的鼾声,他分辨得出,那不是从房东太太房里传来的。他四处打听一番之后发现,正式租客在许多地方只是个幌子,借此掩饰未经许可就把房租给城里群集的无处安身的人过夜的行为。这样的人通常是一些相对正派的年轻人,商店店员,工厂工人,理发店帮工,服务生之类的,租房对他们来说太过奢侈。他们空闲时间就在街上、啤酒店、舞厅和妓院打发,晚上就这里那里找个地方睡上几个小时。他们所有的就是身上所穿的这一身衣服,无须招呼就从这个城区搬到那个城区。这样的生活部分是为在大城市中生存下去所迫。谁能习惯这种居无定所的街头生活,能够自由来去,谁就能轻松获得工作。对于这些人来说,家庭的舒适,安静和安全都是陌生的概念,他们甚至根本不会思念这种生活。

一天,他偶然听见房东太太和一个男人在前厅说话。那人是个警察,前来调查理发店帮工的情况,那个帮工夜里被送进了医院,说这里是他过夜的地方。帮工在啤酒店里大出血,送进医院后很快就死了。库米娜赫太太一开始什么话也没说,但一听到这个消息就絮絮叨叨说个不住,称那真是胡说八道！警察肯定知道她是不可能有那种房客的。什么理发店帮工！像她这种守规矩的妇人，接纳的都是最高贵的房客，谁相信她会收留那种流浪汉啊，更何况那还是个得了肺病，死在街上的脏乞丐！

彼尔听着房东太太对那位他不认识的死去房客的大不敬的话，脊背从头凉到脚。他确信他们所提到的就是之前夜里睡在前厅角落的那个人。昨天夜里，他没听见平常那空洞的咳嗽声。他不由地想到如果自己在这里生了病需要照顾，那等待自己的命运将会如何。因为他这段时间感觉一直不太舒服，所以这样担心也是情有可原。从家里回来的路上，他着了风寒，觉得这样潮湿的天气自己实在不该再出门。正因为如此，他尽可能多地待在家里。他也没有再和弗雷乔夫的那班艺术家兄弟们到莱比锡街的酒馆喝酒，也不再去商务顾问官家里，都在附近饭店吃饭。

独处的这段时间，他几乎每天都给雅各贝写信。虽然他极力隐藏，但信中仍透出极大的不安。他一反常态地对自己的情况几乎只字不提，相反，总是谈些这里生活中有的没的，他偶然观察到的一切。

十月底，他收到伊万转递的布莱克伯恩和格里斯公司的信，也就是岳父帮他作推荐的那家英国大型工程公司。他没有得到职位任命，但被邀请去实地考察他们的日常工作，可从一项大型改组工程开始实习。这对他有着极其重大的意义，他决定立即离开柏林。工程在德雷萨克进行，目前，他只知道那是奥地利阿尔卑斯山中的一座小山村。他计划到那里过冬，等积雪消融再去维也纳和布达佩斯，然后去多瑙河河口参观那里一项宏大的清淤工程，然后再去巴黎、伦敦和纽约。

在去德雷萨克的途中，他在林茨下了车去参观那里的一座九百英尺长的铁路桥。到站已是黄昏，他第一次看到高耸入云的阿尔卑斯山，目力所及一片白雪皑皑。在落日余晖中，山峰凌驾于夕雾之上，仿若创世的第一个清晨。第二天，他来到群山之中，这天风和日丽，但因为受不了德国登山者的聒噪，他在一个乡间小站下了车。虽然时值深秋，剩下的大半天时间他还是待在旷野之中。就仿佛在那山岩和积雪之中有种巨大的野性力量在召唤他，他越爬越高，仿佛那上面隐藏着一个许诺，能帮他超越过去所有的压抑和束缚，到达广阔的天地。

他没有向导，沿着蜿蜒的山路爬上一面陡峭的山崖。车站里有人提醒他别一个人走，但他控制住了广袤陌生的环境所带来的不安，他腿脚利落地上路了。铺展在他眼前的是多么壮丽的山地景色啊！他长长地吸了一口气，感受着雪中空气的清新，在他脚下山谷的深处，有云朵在飘动，他觉得自己此生从未像这一刻一样与自然如此亲近。

以前在纽伯德尔的小屋中，他曾在地形图上研究过大自然，渐渐地把自然当作他改造的对象。大自然所有的不过是些可供计算的石块和土堆。看到田地，他立刻想到水平仪和卷尺。每次坐在火车包厢窗口，看着窗外闪过的风景，他的思绪一刻也不能停止，新建公路，抽干沼泽，架设桥梁，开挖运河。

现在他的目光不再只受困于地图上的线条和色彩，他感受到自然的博大，感受到她的精神和神秘力量，他内心充满不安，接受了这一切。这里无法丈量的广阔空间，形式的无穷力量，以及永恒般深远的寂静在他心中唤起了陌生的崭新的情感和思绪。

他已经登上了几千英尺的高峰，眼前是无边无际的雪原，雪原向上延展，被一块光秃秃的岩壁挡着，岩壁在阳光下呈现出红褐色。爬上一段陡峭的坡路，他不得不停下来，累得气喘吁吁。他拄着拐杖站在那里，环顾四周寂静凄凉的荒野，长久地陷入震惊之中。他问自己，一小时又一小时地攀爬在这没有生命的岩石荒野之间，在这单调寂静之间，是什么让他如此惊奇，是什么让他的思想得到升华？明明什么声音都听不见，但他为什么却感到了完全的释放？或许他终究还是感受到了什么吧？信徒们谈论着"超越了认知与自然界之外的世界"，也许从某种层面上讲，那样说是对的？也许宇宙中真的存在人类听不见的声音？我们所谓的死也许只是生命的另一种形式，但却只能被灵魂所感知？

彼尔想起，在父亲的棺木旁，有个牧师将自然的寂静称为"上帝的声音"，他想通过这个词来解释，为什么古代的先知在心生疑虑，意志脆弱的时候都会孤身前往荒野。"上帝的声音！"不，事实是每当面对空旷无声的宇宙，思想就会陷入"对虚空的恐惧"，而古人认为所有一切都是空的。恐惧产生了幻觉，而幻觉又带来了新的恐惧，如此循环，直到人们创造出了上帝，住进天堂和地狱。

他继续攀爬了几百英尺，又停下来调整呼吸。仍旧是冰封的荒野，仍旧是没有生气的宁静！这些冰雪覆盖的巨大岩石让人想起大地形成的创世第一夜，让人切实地感受到移动山岩的力量有多强大。此刻，他看着这些，一阵头晕目眩，感觉那古老却依然鲜活的力量就近在眼前。他看着这些僵硬的岩石，永远都是冷冰冰的，光秃秃却未被改变的样子就和几百万年以前刚经由"造物主之手"创造出来时一样。造物主？翻卷的流云和消溶的太阳系？之后呢？空虚！一片空虚！冰一样寒冷，死亡一般的寂静。

直到夜里，他才回到车站。那里的人们已经为他担心了许久，他放行李的旅馆里人们正商量着派出搜寻队。白天的劳累让他疲惫不已，头脑也因为思考过多而昏昏沉沉，他真想立即上床睡觉，但上午到达这里时，他就发现这里正在准备一件特别的事情。旅馆门上挂着编在一起的绿色枞树枝。店员忙碌不堪，几乎没有时间给他分配客房。原来这里正要举行一场婚礼。旅馆里挤满了人，彼尔也收到了邀请。一开始他拒绝了，但他刚溜进房间就有人来敲门。两个女孩儿手挽手走了进来，她们先是行了屈膝礼，然后又是咯咯笑又是手肘推来推去，齐声背出一首长诗，听内容他推测出是新郎新娘诚邀他出席。他就这样被说服了，整晚又吃又喝，跳舞跳到头眼昏花。

外面的大厅又高又阔，就像个谷仓，能听见钉鞋和着齐特琴与口琴奏出的旋律发出的踢踏声响。大厅里两张长桌摆得满满当当，一张上面摆着一头烤羊，羊角烤得金黄。大壶里装满了葡萄酒，人们整夜纵情欢饮，喝得酩酊大醉之后，男女之间就放纵轻佻起来。而不管是此处，还是这山乡道路的两旁，到处都挂着十字架与圣像，和这幕景象相比就显得极不相称。

慢慢的，彼尔融入了这山乡的狂欢氛围之中。他想起弗雷乔夫以前总是说，淳朴的人本质才最幸福。他们只要在两块木条钉成的十字架前行个礼，生死之谜就尽数解开，就让琴声继续悲鸣吧。

他本打算第二天一早就出发的，但一天两天又一连住了好多天。他在婚礼上认识了一个姑娘，被她迷住了。那是一个身材丰满的农家姑娘，和阿尔卑斯山地一带的妇女一样，身手有点笨拙。她的鼻子翘得有趣，燕麦般金黄的头发总是让彼尔格外着迷。当时，他们碰巧一起坐在长椅上看人们跳舞，后来就聊了起来。彼尔听不太懂她说的话，她也根本不知道彼尔在说什么。两人因此笑个不停，很快就熟悉了起来。她二十二岁，和母亲一起住在村外不远的地方，彼尔给了她母亲几十盾①，那母亲就对他们听之任之了。彼尔沉湎于这段关系之中，投入了狂热的激情，但同时也感到有些愧疚，觉得自己对雅各贝不忠。但自从父亲去世之后，徒劳的思忖就一直萦绕着他，这时几乎快被折磨疯了，他必须走出来。他知道自己需要警惕，尤其不要一个人待着，因此不和那个姑娘在一起时，他就和旅馆老板以及其他人到酒吧打发时间。喝酒聊天，烟斗里冒出的烟把空气都熏成了蓝色，周围的人越集越多，大家都是被那些有关他身世和财富的离奇流言引来的。一周之后，他突然决定离开。一群人喝多了酒，送他去了车站，而那金发女孩儿坐在床上哭泣不已。但此时父亲的阴影还缠绕着他。

德雷萨克位于一条照不到太阳的狭长山涧中，山涧长两英里，涧底有山溪奔涌而出，一路形成无数小瀑布。山谷两旁的山坡上长满了树，向南望去的视线被一座巨大的山体所阻断，红褐色中带灰的山体光秃秃的，那就是霍尔格尔山，其积雪覆盖的山巅终年笼罩在云层之中。镇子就坐落在山脚下，两排紧贴着的木屋构成S形的轮廓，街道的坡势很陡，与山溪右岸的大路汇合在一起。镇子稍微往下一点儿，山溪绕着一座前突的悬崖拐了个弯，山顶上残存着一座古老的城堡遗迹，现在被用作法庭。溪流的对岸，高出镇子的地方，教堂血红的尖顶像矛一样刺向天空。

一直到九个月以前，溪流的两岸还伸展着丰美的草场，最大的那座瀑布旁边还建有两座锯木厂和一座磨坊。现在谷底一片混乱，到处是凌乱的

---

① 旧时欧洲一些国家的货币单位。

木条，一堆堆砂石和石块，还有连根拔起的树木。整片森林都倒在地上，树根冲天，树冠却埋在泥里。石块和树根之间，到处是残存的建筑材料，这里是横梁碎片，那里是一些裹满泥浆的机器零件。这年春天，连续的八天大雨把霍尔格尔山顶的积雪全部冲走，整个德雷萨克镇地势低洼的地方和火车站一夜之间全部夷为平地。洪水来得如此突然，人们只得穿着睡衣夺门而逃。有五个人和五十头牲畜被洪水卷走，在溪流拐弯的崖壁上撞得粉身碎骨。

经过八个月的清理，铁路已经恢复了运行。道路冲毁的部分暂时由木桥来代替。另外还进行了几次爆破，好让河流改道。计划还准备在城堡残存的山丘后建造一条紧急泄洪道，因为那座山丘的位置就是洪水泛滥的部分原因所在。有一百个工人每日在这里开工，布莱克伯恩和格里斯公司还派了三名工程师常驻德雷萨克。

彼尔在老马具商的遗孀家里找到了住的地方，就在镇子中央，是一座用涂了焦油的棕色圆木建造，石板屋顶的房屋，半封闭的廊台正对着山谷。他在这里租了两间又暗又矮的房间，布置成行军营的样式，但这样也没有增加房间的舒适度。虽然彼尔喜欢整齐舒适，但却并不具有把周围环境改造成家庭氛围的才能。仿佛他内心的不安立刻就会在住处显露出痕迹一样。他的书房里有扇门通往廊台，夜色未晚时，他常披着旅行斗篷站在廊台上眺望黑魆魆的山谷，还有月色朗照下的霍尔格尔峰。在他身下的山谷深处，黝黑的河水汹汹不息。他甚至能清晰地看见河水断断续续在杂乱的大石堆里东奔西撞，时不时还被警戒的营火照亮，那些营火标记着白天爆破的位置所在。

第一眼看见巍峨的阿尔卑斯山时，内心所产生的那种肃穆感，以及面对大自然的渺小无力的感觉在这里也没有减弱。彼尔曾满怀着胜利的信心在书中写过，以前人类因为畏惧自然而成为它的奴隶，但很快他们就将用雷声来驾驭胜利的马车，用风暴来充作噼啪发响的鞭子。但现在面对这幕自然残暴的毁坏，他意识到人类其实一直是靠自然的怜悯才得以生存在大地上。两个星期以后，他写信给雅各贝，她正焦急地等待着彼尔为他终于出版的宣言发表有力的辩护,因为有篇专业论文恶意攻击了他。

"你问我有没有读《工业报》,你好像很奇怪,他们那样贬低我的书,而我竟然到现在都没有反击。但说实在的,我为什么要反击呢?那些批评有什么重要的呢?你说,要是看到我反击我的敌人,把他们错误的评论像蛀满虫洞的长袜那样撕得粉碎,你会很高兴。在我看来,你似乎对这件事情太过认真了。老天啊!不过一本书而已,而现在我自己对那书也不是完全满意。那本书里有些地方写得太幼稚,编辑时就该删掉。不幸的是,虽然很耻辱,但我们也不得不承认,我们对自然的控制直到现在仍然极为有限。很多人,甚至包括一些受过相当程度教育的人,都认为自然就是造物主永恒的意志和永无止尽的力量的体现。我们应该尽一切可能,为这一现实找到解答。"

雅各布一直没有回复这封信,彼尔也就没有再谈起那本小书和它的命运。事实上,他对那本书除了在不太出名的《工业报》上引起一点儿反响之外,其余之处全都遭到沉默对待甚至冷漠无视的态度一点也没有感到不满。

总的来说,冬天里,他信写得少了,也短了。信里写到最多的也都是天气情况,以及清理工作所取得的进展,诸如此类的事情。要么就是稍稍提到这里镇上的生活,多半是以幽默的语气,这样就能掩藏起自己精神上正在遭遇的危机,直到现在他才完全明白了那危机产生了多么大的影响。

实际上,除了他羞于写出来的事情之外,他的生活之中也没有什么特别的事情。他每天都和布莱克伯恩和格里斯公司的那三个工程师一起工作,但跟他们几乎没有交流。这三个人都酷爱威士忌,足迹几乎遍及整个世界。一开始,他们对彼尔的态度都极其傲慢,部分原因也是因为他的英文讲得很烂。但自从彼尔到他们常去的"好邻居"旅馆餐厅和他们一起庆祝了平安夜之后,他们的态度就发生了变化。当晚,彼尔把他们都灌得醉倒在桌下,其中两个不得不睡在了旅馆,另一个则用手推车推着才送了回去。彼尔觉得这样一来就保住了自己的尊严,事实上,这三个工程师也确实从这天起改变了对他的态度。

然而,彼尔还是很少和他们聚在一起,只是偶尔才去一次"好邻居"

餐厅。

漫漫长夜,他都独自待在家里读书,常常读到很晚才熄灯。他凭着日德兰岛人的那股犟劲,投入满怀的热情学习那些专业之外的知识,这样做的目的并不和去年一样只是出于闲散的愿望想要了解当下社会文化,而是发自内心真正地想要学习坚实而有根据的人生观。

他开始更加系统地读书。在数学和自然科学的学习中,他曾惯于从一系列论断中寻找出证据,现在,他开始运用同样的方法从一本书读到另一本书。当他从一本书某处读到引自另一本书的结论之后,这种阅读方法就会引着他继续阅读提到的那本书,从而找到原始的论据,以得出最简单最终的证据,这样就会平息一切疑虑。为了不让雅各贝知道,他不再像以前一样通过伊万做中间人,而是直接向哥本哈根一个书商订货。慢慢的,他的书桌上堆满了哲学、美学和神学方面的著作。

但读得越多,他越感到迷惑。他一直在寻找能够消除有关"彼岸世界"的迷信幻想的终极描述,就像在玩捉迷藏游戏一样,一直在黑暗中跌跌撞撞。每次当他以为自己就要找到最终证据时,就有"在这里"的声音从思维的另一端传来,或是一头撞在古希腊和拉丁哲人难懂的著作上。

但他仍没放弃希望。在自学的过程中,他渐渐对这些书籍深信不疑,经常整天待在家里,一心想要找到结果。这事关生死。几个星期过去了,几个月过去了,他对自己承诺,在没有彻底弄清楚,内心变得平静之前,他就不离开德雷萨克。

三月伊始的一个傍晚,他从河那边的工地结束工作回家。一天的劳累让他非常疲劳,他拖着高帮靴子步伐沉重地往回走。这几天,空气中已经能闻到春天的气息了,山里传来雪崩的声音,河水也涨高了几英尺。距离上次洪水已经快一周年了,彼尔感到十分焦急,他纷纭的思绪仍然没有结果,整日面对着四面环绕的大山生活十分孤绝。他也染上了当地居民紧张不安的情绪。报纸报道,山里已经发生了好几次大雪崩。

太阳从西边的山脊背后落下。霍尔格尔白色的山顶映照着夕阳余晖,雪浪像火山岩浆一般从山腰奔淌而下。在河两岸架设的临时木桥上,有几个人和往常一样拿着长矛捞取河面漂着的树木残枝。彼尔平时总喜欢站一会儿，看这些人将矛尖无比精准地扎入漩涡泡沫中哪怕最细小的木块。但这一晚，他却漠不关心走了过去，面对他们的德语招呼，只心不在焉地用丹麦语回了句"晚上好"。

他的思绪回到了家里。撇开别的事，他现在最关心的就是今天晚上能不能收到雅各贝的信。有一个星期没接到她的信了，他不明白她为什么突然那么沉默。确实，他自己已经有一段时间没给雅各贝写信了，因为写那些满是掩饰无关痛痒的信慢慢成了件很痛苦的事。但他觉得，自己的沉默应该让雅各贝写得更多啊。他有可能是生病了，或是倒霉了，没办法给她写信啊。

"有我的信吗？"他问房东太太，老巴比夫人从窗口看见彼尔回来，连忙跑去给他开门。

"没有，先生。"小个子的巴比夫人怯怯地回答。但上楼回房时，他还是忍不住看了一眼书桌，以前，一般每隔一天，那里就有一封雅各贝装在长方形信封里的信在等着他回来，信封上的笔迹又大又僵硬。他耸耸肩，在屋子里踱来踱去，一边小声地吹着口哨，想以此赶走沉重的思绪却徒然无劳。于是他静静的坐在那把旧扶手椅上，面前的壁炉里，两根大圆木正熊熊燃烧着。很快，暮色四合，黑暗笼罩了这不舒适房屋的每一个角落，他胳膊撑在腿上，盯着火苗。

雅各贝的沉默令他不安。她会不会是病了？不对，如果是那样，伊万肯定会告诉他。也许有些事我不知道，但会是什么事呢？他在脑海中推出雅各贝的画面，她可能在家里，正和父母与兄弟姐妹一起坐在节日的晚宴桌旁。他仿佛看见闪烁的枝形大吊灯下那宽大的桌子，桌上漂亮的摆设，中间装饰着鲜花，总是盛着水果的碗碟……菲利普·萨洛蒙坐在首席位置的烫金皮套高背椅上，下巴下系好了餐巾……伊万、南妮和其余的孩子们不分年龄、性别、次序随机而坐，马上就不顾礼仪随便说起话来。只有雅各贝一如既往地沉默寡言，她在人群中显得格格不入，脸色苍白却认真诚挚，父亲喜欢开玩笑叫她"聪明的猫头鹰"，南妮也毫不怜恤地叫她"严肃的校长"。突然,一个新的身影滑进了这幅图景,是艾伯特。彼尔知道这位雅各贝以前的追求者又开始重回萨洛蒙家。不久之前,雅各贝自己提起过。事实上,雅各贝一直没有完全消除她对这位头发梳得光滑顺溜,行为节制的传道使徒的好感。想到这些,她最近的几封信中也出现了一些保留,甚至有些摇摆不定,像是在隐藏什么。她是在想毁掉这桩婚约吗?或者她是想用沉默这种温柔的方式让他对此做好准备?是这个意思吗?好吧,无论从她的角度来说,还是从彼尔的角度来说,将他们两人联系到一起的那种感觉都是十分特别的,出自一种高尚的本能,但他们性格的差异却没能和谐统一起来。尤其是最近这段时间,一切都愈加清楚,也令人愈加不安,他们在各个方面都存在着巨大的差异。他很清楚,如果他强迫自己将这个冬天的所思所想都告诉她,她肯定也没办法理解。他还记得雅各贝对宗教信徒的各种轻视的看法。趁现在还没有造成更大的伤害之前就分手,也许对两人都好。

他坐在那里,沉浸在这薄暮的沉思之中,通往楼梯的房门突然开了,巴比太太颤巍巍地进来。在这个小个子老太太的脸上,以及她迅速而怯懦的动作中,总有种老鼠般的神情,最开始看到就让彼尔想起纽伯德尔那个淳朴的特莱茵。因此,他很难摆脱这种迷信的幻想,觉得这就是他贫穷时代的那个仆人,现在变成小老太太的形象,在他身边磨磨蹭蹭地干活,照顾他。

巴比太太进来点上灯,帮他铺好桌子吃晚饭。但她就着壁炉的火光,看到彼尔还穿着脏靴子,于是就去卧室帮他拿来了拖鞋。"您该换双鞋,先生。"她说着把拖鞋放在彼尔面前。但彼尔没有作声,一直等她点上灯,关上百叶窗,彼尔才注意到她的存在。过了会儿,她就出去了。

彼尔继续坐在壁炉旁。他双手沉沉地搭在膝盖上,盯着即将熄灭的炉火,马上又陷入了阴郁的思绪之中。但他没再想雅各贝。只要稍微放松片刻,思绪就会飘回母亲身边,绕着他童年的家和父亲的坟墓不安地打转。他感到一阵心痛,每次不管是睡着还是醒来,只要想起父亲的那块表,他都会有这样的感觉。现在他完全明白了,当时在家里那样做的背后,恐惧的成分和怨恨、藐视一样多。他抛开这次回家的记忆,很快转而去想其他事情。

巴比太太从楼下厨房里端进了盛着晚饭的托盘,他站起身。

"今天吃什么?"他问。

"一点儿火腿,先生。"

"老是火腿啊!"他咕哝着不满情绪,"您就不能想点儿新东西!"

趁着房东太太铺桌子,他走到外面的廊台上,吸了一口山谷里从霍尔格尔峰吹下来的夜间的冰凉空气。这时天已经完全黑了。工地上还闪烁着几盏警戒灯,新建的车站外面,一排油灯发出令人昏昏欲睡的光芒。

周围一片万籁俱寂。耳边只有溪流的声音和远处一列火车经过时发出的隆隆声。偶尔传来一声雪崩的轰鸣。山峦顶上压着沉重的乌云,但头顶却是繁星满天。

这几个月以来,每当晚上读书读得精疲力尽,却又一无所获倍感沮丧之时,他就站在这里,抬头仰望明亮的夜空。他有时会幻想,天空中这些金色的符号之中可能掌握着解开生死之谜的答案,只有能解读那些符号的人才能理解。那些符号多么神秘啊!就像人类早期最古老的象形文字一样,这些星星用虚线简单地描画出了所有动物的轮廓,狮子、熊、蛇、公牛以及人类最基本的字母。在所有这些野生动物形象中间,是一个十字架,它的光芒比任何星座都要清晰明亮,在它周围环绕着银河的光辉。

山谷里突然传来一声长长的汽笛声,彼尔吓了一跳。那是从北部来的特快列车进站了,车头喷出的红色火苗划破了黑暗,汽闸声传来,几分钟之后,这列短短的列车就像一匹疲倦的马儿一样,咔咔停在了站前。

这趟车只在这里停片刻工夫。有几节车厢的车门打开了,又关上,铃声响起,列车员打出发车信号。

彼尔视线追随着火车的灯光,直到它发出蛇一样刺耳的咝咝声滑进了霍尔格尔峰下的隧道。每当见此情景,彼尔都会和往常一样想到,只要他愿意,几个小时之后,他就能离开这困了他将近三个月的石牢几百英里远。第二天,他就可以穿行在意大利北部自由明亮的空气之中,沐浴在夏日骄阳和花朵的香气之中。他就是自己的主人,不受任何义务的束缚。但那样做又能将他带往何方呢？如果不能摆脱噩梦的缠绕，那些在睡梦中禁锢他的思想，榨干他的血液、勇气与力量的噩梦，走得再远又有什么用呢？不，他在这里遇到挑战，必须战斗到底。在这墓穴一般幽暗的山间地牢里，他必须战胜心底可怕的幽灵，要么就被幽灵打败。

当他回到房间时，餐桌已经摆好了。巴比夫人恭敬地候在椅子旁边，好等他坐下时帮他把椅子推过去。

"好了，现在，"他说着，试图让自己变得开心一点儿，"让我来尝尝这些火腿吧！"

"请您不要生气，先生，"这位个头矮小的妇人用悔过般的语气结结巴巴地说，"这里很难买到新鲜肉。"

那完全就是特莱茵的声音，彼尔心想，"别太过意不去了。"他的语气并没有完全和缓下来，"我清楚自己这些日子有点不可理喻。跟您说吧，我最近有些事不顺心。"

"我就知道，先生，这几天，您看着脸色很差。"

"是啊。"他一边回答一边感觉又不好了。过了一会儿，他清了清嗓子，说感觉喉咙痛。可能是在柏林受的风寒还在体内没有消散。他觉得应该请医生来给他检查一下心肺。

就在这时，前门响起敲门声，巴比太太下楼去开门。很快，她满脸通红地回来了，告诉彼尔说楼下有位女士想和他说话。

"一位女士？"彼尔放下叉子，"肯定是搞错了吧。这里我一个女人也不认识啊。"

"是个外国人。肯定是坐火车来的。"

"坐火车。"彼尔疑惑地重复道，看着巴比太太不明就里。

接着他听见上楼声，稍倾工夫，一位满头乌发的女士微笑着出现在门口，她穿着旅行衣装，肩头松松围着一条昂贵的毛皮披肩。

"我听见你的声音了。"那位女士说道，"晚上好啊！别吓坏了！"彼尔一跃而起："可……雅各贝！"

"是啊，真的是我。"她回答道。虽然她脆弱的神经现在极度激动，但还是克制住自己，表现得异常平静的样子。

"可这是怎么？"

"我真应该拍封电报的，但一路上哪儿都找不到机会。然后我想给你个惊喜也很有意思吧。我估计你应该会在家。不过先帮我脱掉外套吧。你可真不热情啊。"等她脱下旅行外套，又摘掉帽子，稍微理了理头发之后，才投入了完全惊呆的未婚夫迟疑不决的怀抱之中。

虽然她激动得全身发抖，急不可耐地想投入彼尔的怀抱，但她还是只用双手抱着他的头，像对待朋友那样亲吻着他的额头。

"人们一般都会说'欢迎'的，难道你看到我不开心吗？"

说实在的，彼尔自己也说不清楚，看到雅各贝的到来，他所感受到的那股强烈的感情是什么。一开始由于坏念头的驱使，他想雅各贝是来监视他的，但现在，他把她拥在自己怀里，看到她那双黑黑的大眼睛闪烁着想要将自己交付于他，献身于爱情的光芒，他立刻全明白了。一直束缚在他心上的铁镣铐挣断了。自打和那个凯特明讷马具商的女儿第一次陷入幼稚的爱恋以来，他还从没感受过如此强烈的情感，他双眼湿润了。

"你怎么不给我写信？"

"你难道一点儿都不明白吗？"看到彼尔泛泪的双眼，她也泪光闪闪。巴比太太终于知道这里不需要自己，于是就走了出去关上了身后的门。听到关门声，雅各贝再也按捺不住，激动地搂住彼尔的脖子。

"你还是有点儿想念我的。现在，一切都是真的。我终于和你在一起了！这不是梦。"她闭上眼睛，紧紧依偎在彼尔胸前。

"不，这不是梦！我又听见了响亮的心跳。哦，彼尔，我亲爱的。说一千遍我亲爱的。"他们紧紧抱着彼此就那样站了很久。彼尔用手轻轻地抚摸着她的头发，他脑海中堆满了各种问题，但他太感动了，一个字都说不出来。最后他才平静下来，组织好语句提问和回答。

"我为什么没有写信告诉你我要来？"雅各贝说。他们并肩在窗子之间的木沙发上坐下来，握着对方的手，还不时停下谈话开始接吻，"不，我不能，亲爱的。知道吗，不到最后一分钟，我也不知道自己该怎么做我已在脑海中详细计划了很长时间了，应该趁你没有走得更远之前，就到这里来。我想着，整个漫长的冬天，你离我这么远，而你写信也很少提及自己的事。最后，我真的不知道该怎么想你了，彼尔！后来，我和父母亲说想去布雷斯劳看望克拉拉·海尔特。你知道的，她是我以前的一个朋友。他们完全没觉得有什么奇怪，但我还是不敢写信告诉你……就和以前一样，我没有勇气。我害怕会有数不清的事情阻碍，直到最后一刻，伊万还突然提出要和我一起去，想想我有多害怕吧。但我解决了，现在，我就来到了你身边。"

在她讲述的期间，彼尔好几次低下眉眼。他知道雅各贝崇尚诚实，她的语气也情不自禁地流露出，她要下多大的决心才能克服内心的抗拒，才会强迫自己对父母和兄弟姐妹撒这么多谎。她牺牲了一切，承受了所有的不安，蔑视所有危险和偏见，只因为她知道自己需要她。

他几乎不敢看她，为自己刚刚对她的想法感到非常愧疚。

"那现在呢？"他犹犹豫豫地问道，"现在你打算在这里住下来吗？"

"是的，住两天。我不敢待得更久，不可能那么久都不给家里写信啊。然后我就去布雷斯劳。这个镇子上有没有旅馆可以住？"

"不要，别住旅馆，那里不舒服。你就住这里，我去住旅馆。你之前已经见过房东太太了。她是个体面的妇人，会照顾好你的。"

"这样啊，好吧，就按你说的办吧。但现在，我亲爱的，"她说着像母亲那样轻抚他的头发，探寻他的目光，"现在轮到你说了。你好吗？不是太好？我觉得你看起来有点儿累了。"

彼尔开始不安起来，眼神看到一边以避开她的目光："没有，我在这里真的很好。这里自然没有好玩的地方，但乡村自有它了不起的一面，工作很有意思，我也学到了很多。"

雅各贝慢慢抽回手，然后沉默了好一会儿。随之她又朝他扭过头，伸出胳膊抱住他的脖子。

"彼尔，"她问道，"你为什么不相信我呢？你觉得自己真能瞒住我吗？不，你不用道歉，你只需要对我敞开心扉。不然，我们怎么才能开诚布公呢？虽然我不是很了解，但我也知道，在基督教家庭长大的人，不管信不信教，都免不了会受到诱惑。我已经做好充分准备，你也逃不掉会受到诱惑，但我也完全相信，你能战胜诱惑。"

"你说得对。"他说着羞红了脸，挣开她的怀抱站起身，"我曾一度确实有点儿迷失。"他走到房间另一角落，"这很可笑！相当可笑！但我在这里孤身一人……所以我那可恶的牧师血统，整族戴着笔挺的领圈的祖辈们都开始萦绕着我。不过现在一切都过去了，我向你保证……我现在完全恢复了正常。"

雅各贝沉默片刻，若有所思地看着。接着她起身走到彼尔身旁。她没有作答，只是轻轻拍着他的脸说："今晚，我们就不要再说这些了，亲爱的。彼尔，你听着，我看我在你吃晚饭时吓了你一跳。这太好了，因为我也饿极了。我一路上什么都没吃。你得把你的晚饭分给我一点儿。"

"没问题，亲爱的。"彼尔为摆脱了这个话题而感到很高兴，"不过我要先叫房东太太来，我肯定她能给你弄些好东西来。"

"那太棒了。我饿得这么厉害，简直会像火和猪一样什么都吞个精光的。去跟房东太太说一下吧，我也正好稍微收拾一下。你能把我的手袋递过来吗？我放在楼梯下了。"

彼尔让把桌子再重新布置一下，各种命令忙得巴比太太晕头转向的，雅各贝则进了旁边卧室。她走出来的时候，太阳穴两边的头发稍微卷了卷，深灰色的旅行服上加了一条大翻领，上面还缀着黑色的蕾丝花边和淡紫色的绸带。她从腰带上取下一小束紫罗兰，别在彼尔的扣眼儿上。然后又伸出两手搂住彼尔的头一通疯狂热吻，之后才在桌旁坐下。

虽然彼尔对雅各贝的到来感到由衷的高兴和感激，但他面对她时行为还是有些拘谨。他感到很压抑，因为她那慷慨、忠诚、无所忌惮的爱与自己对她的爱并不相称。他从来没有考虑过自己对她的爱本质为何。他们之间的关系每走近一步，他都非常清楚她对自己意味着什么。虽然有一次，她曾从他心里唤起爱情就像天堂般幸福的感觉，但一般情况下，她瘦弱多病的身体和古怪的外表一点儿都不能吸引他。而她在这段关系中所表现出来的激情，其实往往让他冷却的更多，而没有让他感到兴奋。

桌上铺了一块明亮又干净的桌布，还放上了两盏老式的三叉铜质烛台，寒酸的环境因此产生了节日般的氛围。此刻他们坐在桌旁，虽然雅各贝的大翻领并不是很适合她，但她第一次唤醒了彼尔心底全部的欲望。住在这个石牢里，就像修道院里的修士，他迷失在阴暗的思绪之中，已经有很久都没有如此靠近一个年轻女子了。现在生命的热情又在他血液里沸腾起来，勇气与力量重新灌回了他敞开的心房。

他一杯接一杯地喝着当地产的烈性葡萄酒。雅各贝的脸色也越来越红润，虽然她很饿，但常常顾不上吃饭，而是一次次地和彼尔碰杯，接吻，拥抱。最后他们终于从桌边站了起来，彼尔说："你已经看到我住的地方了，现在来看看风景。"他帮雅各贝披上外套，带她走到外面的廊台上。镇上和下面车站里大部分灯光都已经熄了，但头顶的夜空却是星辉满天。云层从山脊上飘下，夜里就停留在山谷里。只有霍尔格尔覆满积雪的山顶上还笼着一片黑黑的烟雾。彼尔说，有多少个夜晚他就站在这里，听到大自然通过黝黑的河水发出的飒飒声响同他交谈，感觉自己是这颗荒芜星球上的活着的最后一个人。但雅各贝没有听他说的这些话，她紧紧地贴在他的胸口，她的唇不停地亲吻他打断他的话。最后，彼尔也沉默下来。他们一起在那里站了很长时间，在彼此的怀里摇晃着，只用目光交流，然后久久地吻在一起。

突然，从霍尔格尔峰传来一阵长时间雪崩引起的隆隆声。彼尔抬起头倾听，雅各贝一动也不动。就算他提醒她注意片刻后又传来的另一声声响，她也没有回应。整个世界，她所听见的就只剩他们的心跳声。当他们回身进屋，彼尔说很晚了，她需要休息了，她也没有答话。彼尔于是有些不好意思地进卧室取出自己的洗漱用具和其他一些小物件。当他走出来时，雅各贝正背对着房间站在一扇窗前。

"现在我要去旅馆了。"他说着走到她身边去说晚安。雅各贝没有转身，彼尔于是在她脸上亲了两下，她还是没有回应，但当彼尔准备走时，她伸手拉住了他，动作无声却很坚决。

彼尔疑惑地看着她。这时她才转过头看着沙发说:"你可以在这儿睡。这样我可以离你近一点儿,可以照顾你。我不喜欢住旅馆。"彼尔倾过身子,还是不确定有没有正确理解她的意思,他想看着她的眼睛。这时,她靠在他身上,把他的手按在自己胸口。

第二天早晨,阳光透过百叶窗叫醒了她。她用胳膊肘支起身子,环顾四周,惊讶地瞪大了眼睛。通往另一个房间的门半掩着,她听见有人在里面小心翼翼地走动,于是笑了。

"彼尔……"她喜悦地叫出了声。听到他的脚步声,她的脸立刻羞得通红。不等彼尔打开门,她已经向他伸出了手。彼尔轻轻走进房间,跪在床前,"你睡得真香!"说着握着她的手。

"是的,你知道吗?这半年来,我没有一个晚上能不吃安眠药就睡着的。但昨晚你离开我之后,我却几乎什么都不记得了。你呢?你已经穿戴好了,看得出来,你已经出过门了。你头发上还能闻到清晨清新空气的味道。"

"我刚到阳台上走了一会儿,不想走得离你太远。"

"啊,现在我知道了!我在梦里一直听到的脚步声原来是你。你一定在外面走了很长时间了吧。是不是根本没有睡?可怜的彼尔!是不是沙发太硬了?我告诉过你,肯定是这样!"

"不是的,不是那样的。不过,雅各贝……"

"什么事,亲爱的?"这时她才看清楚他有多受触动,摇颤得有多厉害,她变得不安起来,"出了什么事?"

"雅各贝,我要对你坦白一些事情,不然我就无法安心,在我告诉你之前……"她用手堵住他的嘴。

"你要说的,我全都知道,我什么都不想再听。过去的事现在都忘掉吧。"

"你能原谅我吗?在我甚至还不知道什么是爱之前,就和你谈论起了爱情,还赢得了你的芳心,接受了你的吻,你能原谅我吗?我要承认,事实确实是这样,直到昨天晚上我才明白了什么是爱。我很惭愧,自己以前是那么卑下,对于生活了解得太少。你能原谅我吗?"

"啊，我亲爱的，"她说着，脸上的表情那样悲伤，她搂过他的头按在自己胸前，"我很早以前就原谅你了。"

几天之后，雅各贝和彼尔爬上一条陡峭的小路，山路蜿蜒而上，一路上有的地方光秃秃的，有的地方长满灌木。时候已近正午，太阳直射在红褐色的岩壁上。季节是春天，他们周围的空气中弥漫着云杉和枞树散发出的浓烈的树脂香气。他们正在阿尔卑斯山脉南麓的劳根群山之中。雅各贝到达德雷萨克的第二天，他们就开始爬山，想要离夏天更近。八天里，他们像两个快乐的流浪者沿着埃茨奇溪谷两岸漫游，他们在山地旅馆中过夜，从村民手中买面包和鸡蛋充饥，喝林中泉水解渴。上路第三天，雅各贝就给家里写了封信，镇定自若地告诉母亲自己在哪里，她解释说自己实在无法抵御春天的诱感，因此就在去布雷斯劳的路上改变了计划，向南去了阿尔卑斯。她并没有明确提到彼尔，但要母亲不要为她担心，因为她有一个可靠的陪同。

现在她沿着崎岖的山路慢悠悠，信心不足地往上爬，她一手拄着一根长长的铁头登山杖，一手提着裙子。彼尔稳步跟在后面，他背上背着一个简单的绿色背包，那就是他们全部的行李。雅各布经常停下脚步，转身抱住彼尔，亲吻他。他们都被春日艳阳晒黑了，雅各贝平时总是很整齐的卷发现在却像吉普赛人那样随意飘在耳边。她的眼睛闪闪发亮，嘴唇因为爱情的喜悦而热辣滚烫。

她并不是个合格的登山者，每隔半个小时，她都要休息，碰到溪流，得靠彼尔抱她过去，每当有陡峭的下坡路，她都需要彼尔的搀扶，但彼尔对此却毫无怨言。雅各贝轻得像一只鸟，而彼尔也喜欢把她抱在怀里的感觉。他们多次在林中和崖壁上停下来休息，那时就可以上演悠闲却令人神迷的恋爱场景，一日的跋涉结束，这些快乐的时刻就成为日后他们彼此最珍贵的记忆。

对彼尔来说，这些日子就像是一次新生，一次洗礼。生活突然就变得这么充实美好，他以前从没梦想过。他处在获得了新发现的兴奋之中，就好像体验到了从不曾有过的全新感受。

以前他所希望的幸福和他现在仅仅从一个吻中得到的喜悦相比，也显得那么无关紧要，无足轻重。在他眼里，对雅各贝的看法也有了转变。现在，他爱她，因为这个女人给予了他新生命，开阔了他看世界的局限，而她的怀抱赶走了他前进路上所有死亡阴影的威胁。

但快乐的日子不得不走到尾声。虽然分别让他们难受，但考虑到父母亲，雅各贝也不敢再继续拖延。她决定天黑之前赶到波茨恩，从那里搭夜班列车到北部，而彼尔也可以返回德雷萨克打点好一切，然后按照原定计划继续自己的旅行。想到这一点，最后一天他们都很沉默。目光交汇时，雅各贝想表现出笑容，可她的爱抚却难以掩饰，泄露出心底的痛苦不安。到最后，她再也没办法让彼尔一个人走在后面，她缓缓走在彼尔身边，胳膊搂着他的腰，把头靠在他的肩膀上。当他们停下来接吻时，她就闭上眼睛，全身心体会着这幸福的时刻，想把这一刻深深印在记忆里。他们又走到一个岔路口，两棵小小的栗子树在石头上洒下些许的树荫，他们决定休息一会儿。彼尔为铺开毯子，疲惫不堪的雅各贝直接就坐了下来。他们突然记起背包里的午饭还没吃，想到这里，他们笑了好一会儿，把悲伤都忘了。

彼尔从背上解下绿色的帆布包，掏出食物。这时他看到路边石堆里插着一根十字架。那是一个普普通通的四到六英尺高的十字架，上面粗糙地画着一幅阴郁的耶稣钉在十字架上的受难图。"真是见鬼！"彼尔大声说道，"难道要我们看着这个鬼吗？我们走吧！"

"哦，还是待在这里吧。"雅各贝恳求道，"不吃点儿东西，我没法再走了。"

"嗯，那好吧。我们可以背对着它！你看这里是多么美啊，雅各贝。"他们于是转身面朝山谷而坐，脚下的山谷深处笼着一片薄雾。他们的食物很简单，几块干面包，一点儿奶酪，两个鸡蛋。彼尔朝雅各贝靠拢一点儿，两人坐在一块光秃秃的石头上。吃完饭，他点起一支烟，他们手牵着手，一边小声说着话，一边看着金色的雾气。突然间，彼尔翘起脑袋好像听到了什么。"你听见了吗？"他问。

"听见什么?"

"你没听见吗?教堂钟声!"

"在哪边?"

"就在下面山谷里某个地方。"

"没听见……好吧,好像听见了,可是想想你竟然能听得这么清楚!"

"那声音难道不可怕吗?想一想,在这里这么不可思议的地方,我们还要被那幽灵一样的钟声打扰!"

"你对教堂钟声真是太敏感了。"雅各贝笑着回答。

彼尔告诉她,当他还是孩子的时候,他有多痛恨,多害怕那声音,那声音在所有禁止冒险的地方追赶他,听起来就像是险恶的咒语。雅各贝轻轻捏着他的手,说她也觉得那教堂的钟声听起来就像是傲慢的威胁。她还记得,当她还是个小姑娘时,每个星期天钟声敲响的时候,她都要躲起来,不让任何人看到她愤怒哭泣的样子。当她长大了些,放学回家的路上看到卫戍部队教堂里的大钟,她常常露出蔑视的表情,而她的两个同学却因为家里在教堂用永久的坐席而自夸不已。

"想想啊,彼尔。我们这么小的时候就有了相同的观点和感情,现在我们找到了彼此,难道不是很美妙的事情吗?"

他伸手搂着她的腰,两人谈起了未来,想象着即将到来的新世纪,人类终于重获了精神自由,唤醒了行动的勇气和冒险的本能,教会的废墟上将建起力量和功勋的祭坛。

"你知道吗?"彼尔说道,"最近,我常常想起以前听过的一个故事,是小时候家里的一个独眼女仆讲的。说一个农场小子想成为自由射手的故事。可能你也听过?"

"自由射手?那是什么?"

"你竟然没听过!自由射手就是射击魔法子弹的人,他能射中瞄准的每一样东西,不管目标距头顶多高。要成为自由射手,必须在月夜到挂有十字架的路口,射出子弹穿透耶稣画像,要正中心口位置。"

"啊哈,那是歌剧《自由射手》的故事。"雅各贝说。

"正是它!但故事进行到高潮时,这个小伙子却丧失了勇气。每当他举枪瞄准十字架,手就会颤抖,只要他想扣动扳机,手臂就麻木了。所以终其余生,他也只是个星期日才去打打猎的普通猎手。在我看来,这个故事描绘的就是整个人类面临迷信幽灵无能为力的画面。人类就是没有复仇的勇气去推翻神。真是该死,每到最后关头,总是心存顾忌。"他转身面朝背后的十字架,越说情绪越激动,"看看挂在那上面的那个苍白的人!我们为什么就不敢冲着他的脸吐口水以示我们的厌恶?静下心来看看他,雅各贝。多么无耻的谦卑啊!把自己的悲惨展示给人看,多么卑鄙啊!好吧,他的时代很快就要结束了!我们都将成为自由射手!我们要用魔法子弹射他。看这里!"

他不顾一切地跳了起来,从外套下面的皮套里掏出一把笨重的左轮手枪。不等雅各贝阻拦,他就举起枪,高喊一声:"现在我要射出新世纪!"他朝十字架射了一枪,射中了十字架的一边,一些碎木屑飞溅到空中。这时,自然好像发出一声叹息。山谷里传来一声低沉的隆隆声响,那声音越来越大,在群山之间回荡,就像地狱发出的雷声。彼尔转过身,脸色煞白,但当弄清楚怎么回事之后就忍不住放声大笑起来。这时他想起在上山时,好几处都看到三种语言书写的告示牌——注意回声!

"是了。"他放声大叫,"幽灵!"他举起左轮手枪,将剩下的子弹都射到空中,于是山谷里重又回荡着隆隆的怒吼,就像是众多山神都得到了解放。

"彼尔,你真疯狂!"雅各贝这时也站了起来,冲他大喊。她半是抗拒,半是着迷,抱住彼尔的脖子:"你怎么了?"

"我只是要吓跑路上的影子而已。来吧!我们必须出发了。时间很宝贵,两个小时之后,我们必须赶上邮件马车。五个小时之后,雅各贝,我们就必须离开彼此的怀抱了。"

雅各贝把头靠在他的肩膀上,闭上眼睛说:"哦,彼尔,我不想考虑这些。"他们手挽手慢慢往前走,迎着火焰般燃烧的太阳攀爬而上,身边是春天浓烈的芬芳。

 第十四章

在丹麦首都,一种全新而强劲的生命意识已经开始发展了一段时间。几年没来过这里的外省人或是国外的人现在都已经几乎认不出这个城市了。它在各个方面都已取得了很大的发展,发生了巨大的变化。由那桑博士掀起的欧洲文化浪潮席卷了整个城市,不仅引发了很久未有的知识分子的活跃局面,滋养了一大批具有革命精神的作家、科学家和政治家,还引得许多大胆活跃的年轻人突破自我,到适用领域去寻找用武之地。彼尔·希德纽斯只是许许多多野心勃勃,充满活力的年轻人中的一个,这些人受到企业家进取精神和一些工业大国半神话色彩的发展所激励,就像一些小气又易怒的人所说的那样,"满脑子都是金子在飞舞"。

当彼尔坐在纽伯德尔那间阴暗的小屋桌前弓身边吹口哨边画图时,在别的地方,比如公司的转椅上,银行家铺着桌布的桌子旁,大学法律课堂

最后一排座位上,还有另外一些大胆逐梦的人,他们悄悄做着准备,希望将来能成为领导国家的人。而事实上,他们中最聪明最灵活的那些人已经在社会生活中成功地获得了显要的地位,而此前那些位置完全是由反动党以及愚蠢的朝廷所掌控的。

实际上,哥本哈根已经完全做好准备,打开城门迎接新时代迎接新思潮了。城市面积的扩大和人口的迅速倍增让它跃入世界最大城市行列,不仅如此,街头的生活、娱乐,报纸的语调和社交场合的氛围都一天比一天欧洲化。

然而在外省地方,尤其是一些集市小镇上,生活并没有从实质上发生变化,仍旧是过去疲惫不堪的样貌。那里的官员照旧靠大学里学到的那一套来维持统治。舞诗作文的学生们假期回到家仍被当作英雄对待,满头的卷发上还戴着气球般鼓起的绸帽。在这里,一个商人或是实业家,不管拥有多么雄厚的实力,想凭借"国务委员"的头衔就在镇上佩挂绶带的官员中拥有一席之位简直是难以想象的。

农村地区也并没有和过去完全决裂。确实,奶制品厂上空竖起了烟囱,打鼓机和割麦机逐渐取代了连枷和镰刀。然而,虽然技术方面取得了进步,教育水平也得到了提高,但农民的生活却变得更贫困了。抵押房屋的人增多了,国家的外债每年也增加了好几百万。

然而,坚守在这片土地上的臀部肥大的丹麦农民仍固执地相信,他们就是民族的精髓,足以改变国家的力量以及未来的希望。这种想法在格伦特维派创办的民间高等学校中被加以神化,在上个世纪已经成为了民族的信条。从斯卡恩到盖塞,城市和乡村都一致推崇丹麦土地上生产出来的黄油和猪肉。

与此同时,这个国家的河流和港口却越来越淤塞。上个世纪,这些古老的商贸航道还生机勃勃一片喧嚣,私人船队可配备多达二十条的大船,现在这些航道却主要只为一些小型的渔船服务了。最后,风连绵不绝地吹过这片土地,但其蕴藏的巨大能源却只有磨坊来加以利用。海浪沿着海岸起起落落,其威力却只是白白耗尽。

在世界其他国家为了获得一片海滩或者仅仅是一个储煤场而不惜投入血汗和重金之时,从斯卡恩到埃斯比约四十英里的海岸上——相当于一条国际大运河的宽度——却是一片空白,除了荒芜的流沙,连一个港口都没有,更不用提城市了。

此外,在这个国家的很多地方,许多人为的建设也加剧了对自然的破坏,他们排干了海峡和内陆湖泊,以便为家畜提供更多的饲料。过去满载的帆船靠远方的风从海上驶进港口的地方,现在却是片片青色的牧场,乳房胀满的奶牛营造出一副繁荣的假象。

就算有例外,比如在日德兰半岛上进行荒地清理工作,其目的也仅仅是开辟更多的田地,造就更多的农民,为贫困的人增加一些财富,所有这一切都是彼尔在他那篇薄薄的宣言中大肆嘲讽的。

事实上,哥本哈根从其他地区的发展中得了利,这些地区慢慢就变成了首都的郊区。这个国家精力充沛的劳动力,就和外省资本一样,纷纷涌入城市,以追求投机市场中的高额利润。

最近,只有关乎哥本哈根及其发展的事情才会引起公众的关注。这也是为什么彼尔的小册子虽明显旨在引发轰动和热议,结果无论是在哥本哈根,还是在乡村地区都没有引起任何兴趣的一个原因。他慷慨的朋友兼未来的哥哥伊万·萨洛蒙曾一再要求编辑部敲响警钟,但却一无所获,所到之处均遭遇冷漠的耸肩。一项惠及日德兰半岛的运河工程!风力和海浪发电机!这些东西想引起轰动?就连以前有点儿兴趣的戴林也找借口躲开了,他说出于朋友的请求,于是就此话题写了篇小文章,结果却给他带来了大麻烦。在争取金融家和投机者的兴趣时,伊万也一样不走运。尽管为了说服商业界的著名人士,首先是自己的父亲,他私下里快跑断了腿磨破了嘴皮子,但迄今为止,就连父亲也严词拒绝参与这项计划。

菲利普·萨洛蒙对女儿的未婚夫仍然不信任,而他的妻子就和大多数情况下一样,和他持同样态度。虽然两人都没有明确承认,但都没有放弃希望,他们觉得雅各贝最终会恢复理智,结束这段关系,因为在所有人看来,这种关系只会带来失望和伤心。

三月的一天晚上，菲利普·萨洛蒙同往常一样静静的用完了晚餐，提出要和伊万谈谈。就在当天上午，萨洛蒙夫人接到雅各贝的来信，大家本来都以为她在布鲁斯劳朋友家做客，但信却是从奥地利一个边境小镇写来的。雅各贝用轻松的口吻提及自己碰到了未婚夫，正和他一起在登山旅行。

菲利普·萨洛蒙丝毫没有提及雅各贝信中提到的事，而是很快就像谈生意那样提起了彼尔的事。他问伊万组建股份公司开发他朋友的工程计划的事进行得怎么样了，他说自己有一段时间没听见提起这件事了。

伊万做了个苦脸，辩解般地打了个手势："我们还是谈点别的吧，父亲……进展如何？那些本该密切关注此事的人全都冷漠相对，您说进展如何？我已经跟您谈起过了，每次我和人们谈起此事，他们首先问的就是您对此事的看法。现在整个证券交易所都知道雅各贝已经和希德纽斯订婚了。"

"这件事我也考虑过的。"每次面对儿子的激动情绪，甚至是不敬的语气，菲利普·萨洛蒙的语气总是那么温和，"跟我说说，那笔钱我们需要多大数目？"

"您问多大数目？您读过他的书吗？"

"读过，当然了，但我不是告诉过你我根本不关心吗。可能是我读得太快了，或者我根本没读懂。那种东西他也有自己的写法。我想问你的是，你能不能直接告诉我那本书的要点。综合一下，多少连贯地解释一下你朋友的观点，说明一下他的计划到底意在何处。"

没有什么比这句话更让伊万开心的了。他立刻把相关图纸和论文收到一起，然后让父亲坐下，滔滔不绝地给他讲了一个多小时。伊万概括道，彼尔的工程正如书中所描绘的那样，本质上是这样的——在格拉迪布河水汇入耶廷湾的入海口位置，有一座空旷的几乎无人居住的朗里岛。从斯卡林根看过去，朗里岛就像是一列长长的灰绿色的沙丘，上面时不时还会看见几座麦秸盖的渔民小棚。朗里岛往东是通往耶廷的旧航道，耶廷以前曾是登陆日德兰半岛南部的港口，但现在却沦为一个贫穷的小渔村，只有几座空置的商人大宅和海关大楼让人联想起旧日的繁华。

彼尔的一个论点就是，在六十年代末期，挑选埃斯比约作为港口简直是"官员的愚蠢之举"。之所以这么说，部分原因是因为埃斯比约的位置很不利，最重要的一点在于，它要和其他地区联系只能依赖铁路。彼尔提议把日德兰半岛南部地区登陆港口重新迁回原地，或者稍微往北去一点儿，迁到瓦尔代河河口的塔尔普。那里和内陆地区的联系更为方便。然后再通过两个水闸，将这条河道加深改直，与瓦埃勒河连通。这样，这两条河就构成了半岛最南部的两条运河，根据彼尔的计划，这两条水道因此就能将贝尔特海和北海以及波罗的海连接起来。

彼尔写道，只有完成这样的运河网，或者至少将其中的一条连通，才能与德国北部的港口竞争，尤其是与汉堡港竞争。彼尔认为，汉堡在商贸上与日俱增的影响力对丹麦的独立性确实是一个威胁。丹麦在商业市场争夺战中战败，或明或暗都将影响国际政局，其影响将越来越致命。反之，如果战胜，那将是一次黄金机会，丹麦将逐渐成为欧洲的中心，这将改变欧洲中心随着俄罗斯地位的提高和文化的发展而越来越往东移的局面。

这样的话，朗里岛作为贸易中心，其重要意义就不难想象了。不仅如此，彼尔甚至还计划为这座小岛的发展创造更加有利的条件。他计划把朗里岛建成免税区。他在书中描绘了一幅栩栩如生的图画，一座座码头、船坞和大型仓库在这贫瘠的沙地上拔地而起。而在三角洲地带将迅速建起一座大城市，它将成为北欧威尼斯。整个岛上所需要的能源都将通过风力发电机或者北海浪涛中产生，在彼尔自己发明的机器的帮助下，这些能源将用电线输送到对岸的斯卡林根。

暂时，伊万想要争取哥本哈根商界参与的只是计划中的工程技术部分。他甚至早已想到，真正建设运河工程需要上升到整个民族的高度，只有国家才有能力将其实现。除此之外，在岛上建厂经营，以及河口周围定需土地的担保，则可由私人财团来操作。彼尔已经估算出要完成计划中的这一部分需要耗费五百万。

伊万在讲述这一切的时候，菲利普·萨洛蒙的脸上的表情显得越来越感兴趣，甚至有点儿惊讶了，但儿子说得时间太长了，最后他打断伊万说："非常感谢，就到这里，我的儿子！改天我们再就此事详细谈谈。不过我有一个问题。坦白说吧，希德纽斯自称已经发明好的那些机器怎么样了？他已经拿到发明专利了吗？"

"我们在国内外都提交了申请。我每天都在等专利局的回复。"

"要我看，伊万，我觉得你们应该先把这件事弄清楚，然后再公之于众。没有取得专利之前，整个计划就缺少基础。剩下的事情你们说得再动听，也不过是海市蜃楼。不管发明有没有意义，首先要取得专利权，基础才稳固。"

伊万头枕双手，靠在椅子上，眼神绝望地盯着天花板："您一个字都没听懂是吗？爸爸，"他说着重又趴到桌前，两手按着彼尔的图纸，几乎要喊起来了，"要先建起工厂来，然后才能证明这些发明的价值啊。然后还要在河口建其他设施——船坞、码头、工人宿舍……这些都是紧密联系的，这正是计划的精妙所在啊。"

"我再明白不过了，我的儿子！但盖房子还是要按规矩来，首先要打地基，而不是建屋顶和塔楼啊。谁也不会相信，要证明一个机器的价值，还必须要做这么多准备工作！现在首先要做的就是启动项目，成功的话，工程自会发展。"

"是啊，事情往往就是这样的！我太了解了，一种伟大的思想诞生了，"伊万说道，"在得到人们的承认之前，总不可避免要被践踏在地。您所说的并没有太大意义。爸爸，因为您根本就不相信希德纽斯，没有什么好说的了。"

"信任！信任！亲爱的伊万，我了解运河和港口建设吗？你了解风力磨坊吗？我再说一遍，你们把重点搞错了。一开始，你们就错了，把不相关的计划搅在一起，然后又没按顺序拿到专利权。如果你朋友能把他的计划交给知名专家审查的话，那他就能获得推进项目所需要的支持了。自然了，要想人们相信一个年轻人的论断，那未免得幼稚了，我的孩子。"

"老实说，爸爸，那些人把整个计划都视作挑战，要想得到他们的支持，那也是很幼稚的吧？国内的这种陈旧的官僚作风正是彼尔想要打破的，他的书里就对其大加批评。另外，我还要告诉您，以前他也曾向那些所谓的杰出的'权威'人物求助过，专家人物和权威机构都找过，但是，毫无意外的，所到之处尽皆嘲笑，最好的待遇也不过是坐视不理。别列戈拉夫上校，您知道的，就是戴林的舅舅，他就曾许诺在工程师协会的刊物上发表彼尔的计划书，但事到临头，却没了勇气。这些人全都如出一辙。因为希德纽斯暴露了他们缺乏远见的一面，他们就沉瀣一气，要打倒他。我确信，他们对彼尔恨得咬牙切齿呢。"

"好吧，不管用什么方法，你们都必须克服障碍，除此之外没有别的办法。你的朋友就不能再找别列戈拉夫上校谈谈吗？他的影响力这么大。"

"不可能了。我提起过的，他们上次见面起了争执，彼尔冒犯了上校。"

"他可以道个歉。别列戈拉夫上校肯定不是爱记仇的人。"

"要希德纽斯道歉？这说明您很不了解他。您还不如让俄国沙皇去求饶。"

"你们可以换个方法，我可说在前面，没有这些人的支持，事情是不可能成功的。"

"听着，爸爸，您现在真正的目的是什么呢？您既然不支持我们，那这番谈话还有什么意义呢？我已经告诉您了，公众对这个计划普遍持冷漠态度，主要都是受您的影响。"

"这正是我想和你谈的。我直说吧，我对这件事的观点没有改变，也不可能改变了。你要不是这么受你朋友迷惑的话，你自己就能明白，我不可能让我们公司参与这种投机活动的。不管怎么说，至少在现在这种阶段下。但我有个提议，我考虑拨出一笔钱给你支配。那么你就能以你的名义独立操办整件事了。你经常说你有多想自己独立经营公司。出于种种考虑，我认为现在就是个机会。"

伊万皱着眉头打量着菲利普·萨洛蒙，毫不掩饰自己不信任的表情。这对父子通常情况下都非常信任彼此，但只要一谈到生意的事，就格外警惕。

"您是要贷款给我吗？我是不是还要偿还给公司？"

"你觉得怎么合适就怎么来。各个方面都由你做主。我还想说一点就是,就像我说过的,让整件事情有个开始吧。我觉得我们谈了太久了,开始做吧。"

"您可要知道,这可不是个小数目!光启动,我们就需要至少几十万。"

"我看少点儿也够。不过今天已经谈得差不多了。你可以考虑一下我的建议。明天我们再详细谈谈吧。"

十天之后,到了四月初,雅各贝旅途归来。在布雷斯劳朋友家待了一个星期之后,她开始抑制不住地想起家来。她在一个暴风雪之夜抵达哥本哈根,第二天整整一个上午都待在房间里,给彼尔写信:

现在我到家了,终于可以好好给你写封信了。你收到我之前两封从布雷斯劳匆匆寄去的信了吗?我真希望你没收到啊,我有点儿惭愧,因为写得太乱了——我不得不偷偷抽晚上时间写,要么是做客,要么是看戏回来,累得要死,而且内容也很糟糕,大部分都只是在抱怨,其实我本该向你表达我无尽的无法用言语表达的感激之情。我亲爱的,为了我们所共同经历的一切。在布雷斯劳的那个星期,现在在我看来就像是一场恍惚的梦境。我几乎想问自己了,我是不是真的到过那里了?我感觉有些同情我那位朋友和她的丈夫了,他们使出浑身解数来使我高兴,请客,带我去戏院,去我讨厌的马术展览。但我心里一直在想着你。我仿佛重返德雷萨克和奥森霍夫,在梦中,我又重新经历和体验了那一切。昨天晚上我回到家的时候,听说了一些消息,感觉有点儿压抑,不过倒也不是毫无准备。大前天,南妮和戴林订婚了。我对这桩婚事一点儿都不高兴。我一直都不喜欢他,无论是作为一个记者,还是作为一个人。但南妮看起来却很开心。戴林此刻当然是竭尽所能地表露着爱意。昨天晚上我到家的时候,他也在,当我看见他们一起坐在我们以前常坐的小房间里,听到他们小声说笑的声音,你可以想象,感觉有多奇怪了。

但我不会再让自己为这些事苦恼了。我们的好时光也会到来的。彼尔,我在想象中慰藉自己,我们分开之后已经过了九天九夜了,上帝知道还要再过几百个九天九夜我才能将你拥入怀里啊。我想知道你现在在哪儿,是维也纳,还是布达佩斯?我好像看见你就在眼前,一切都那样清晰,你穿着棕色的登山夹克,面色红润,我在想象中吻你一次又一次。你知道吗,昨天晚上我有一次梦见了劳根山谷那些茂密的森林。我们一起渡过的那漫长的美好的一天,每一秒钟我都将永远不会忘记。你还记得在我们头顶唱歌的那只鸟儿吗?还有我们在泉水边休息,你喝了我捧起的泉水,说这样就能让年轻时的罪恶得到宽恕。再也不要说这样的话了。

回到家里我很高兴,又可以坐在自己的房间里了,周围全是你的照片和其他小东西,我如此想念它们。它们将和我们的书一起,在我孤单时成为我的安慰和庇护所。你猜我想先读哪一本?波尔森的静水力学课本。你还记得吧,冬天的时候你推荐我读他的《动力学》,我很喜欢他清晰的思路和想象力。他就像是个诗人,真可算是国内唯一的现代抒情诗人。他谈到物体下落速度的篇章就像从前歌德的诗歌那样让我激动。我有一种感觉,这里正在酝酿着有关你的什么事情。昨天晚上,伊万提到什么"新兴的合作关系",今天早上我下楼喝茶,他胳膊下夹着一个崭新的公文包,神神秘秘地从我身边走过。我一打探到他的秘密,就会向你详细汇报。

这会儿我没有别的新闻了。母亲和父亲一如既往地温柔和蔼,虽然我看得出来,他们对我们的碰面不是太高兴。不过随他们去吧。今天阳光明媚,百鸟鸣转。可昨天还是寒冬的天气,回家时下了好大的雪,只有在北方的春天才会有这样的天气。有一会儿,我还担心火车会不会埋在雪堆里呢。

还是不要再写些旅途的事来厌烦你了,不过我想跟你讲讲路上发生的一件小事。我知道这不过小事一桩,但既然我事先就坦白了这一点,你就不准再笑话我无聊了。我曾给你讲过多年前我在柏林火车站目睹的一幕,那幕情景让我如此震惊,其影响直至现在我都无法消除。我一直在想那一列列悲惨的俄国犹太人队伍,他们本是勤勉又守法的人,只不过因为出身,就遭到驱赶,财产被掠夺,身体还遭到毒打,有些甚至因此致残。他们就像囚犯一样,在警察的监视之下,被赶到美国半开化的部落中寻找安身之所,沿途受尽欧洲文明社会公民的嘲笑。你还记得我说过的这些吧。

这趟旅途,还是在柏林车站,发生的事情又提醒了我,自己永远属于这该死的遭到迫害的民族。当时我和另一位女士坐在包厢中,火车快开了,一个男人在一个年轻军官的陪同下进了包厢。他一看到我愁眉苦脸的样子,就奔了出去,身后的中尉爆笑出声。他对正要关车门的列车长说:"呸! 真可怕,这里有大蒜!"他的声音清晰又洪亮,我不可能听不见。

好了,整件事情就是这样,你可能会奇怪我为什么这么想跟你讲。我并不是觉得这件事情有什么重大意义,而是对自己对这件事的态度感到惊讶,事实上这件事并没有对我产生太大的影响。我感觉最多是有点儿伤心。这两个人出去后,旁边的女士向我示好,显然是想为我所受到的侮辱安慰我,没有像以往一样拒绝了她的好意,而是像什么事情都没有发生过一样和她交谈了起来。你能明白我在说什么吗?从童年起,别人就说我好记仇,但这一次我竟然没有为此生气。是幸福改变了我。现在对于为数众多的盲目的迷途者,我只感到无限的同情以及包容一切的宽恕。

我都已经开始写第三页了,但心里想说的好像还没写完。不过今天还是就此搁笔吧。我不该老是占用你这么长时间,你还有自己的事。但和你告别实在是太不容易了。我知道写完信,我会感到多么空虚。那就最后一吻吧,真正的最后的最后一吻了。那么,再见了!

和父亲谈话的两个星期之后,伊万终于成功请到几个金融家到律师马科斯·本哈特的办公室会面。他以前就试过让本哈特对彼尔的计划感兴趣,但运气不佳。但律师同意找个晚上把生意伙伴都集中起来,给伊万机会阐述朋友的设计计划,再好好探讨一下可行性。

虽然马科斯·本哈特只有四十岁,又是犹太人出身,但他在哥本哈根却已颇具影响。他因为善于组织大胆的投机商,执行力强而闻名,在过去的十几年里,这些投机商将哥本哈根拆掉又重建,将其由一个外省小城的模样改造成了富于欧洲风情的城市。因为这项举动,他树敌不少,但即便是对手们,也不得不承认他是个天才商人,思维敏捷,思路清晰,精通司法及商业知识，无人可与之匹敌。但另一方面，他的朋友们通常无法辩驳地承认，在良心所在的地方，本哈特完全像个虫蛀空了的坚果一样一片空白，出于个人利益考量，他会冷酷地舍弃一切崇高动机。

这些年来，每当听说这家或那家大公司破产，投机买卖失败，或是哪个倒霉的投资商自杀，丹麦市民都会义愤满满，抗议新时代精神，他们更是直接反对被作为欧洲文明堕落象征的马科斯·本哈特。上一代人普遍认为，欧洲文明堕落最显著的标志就是犹太人的自私主义。本科特本人却并不受他人意见的影响，与之相反，每当按时上下班进出办公室，看到人们，尤其是女人都极力抑制着自己的好奇心时，他就尤其开心。大家都认得出他爱笑的与众不同的身材，幽默杂志上就经常刊登讽刺他的漫画作品。但他的穿着总是那么优雅，背稍稍有点儿驼，他手很怕冷，总是插在外衣口袋里，一双眼睛从耷拉着的眼皮底下半死不活地注视着过往的人。但他实际上却并不是表面上表现出的那种样子。从小就认识他的人印象中他沉默寡言，生性怯懦，总喜欢埋首书堆中，避开和同龄人游戏的机会，身为犹太人体质瘦弱，害怕别人欺负。他的父亲在城里一条小街上开了一家商店，非常不满他整日读书而讨厌做生意。

十七岁的时候，他以优异的成绩通过了考试进入大学学习法律。正是从这时起，他就立志进入行政部门，成为一名法官。成长过程中所遭受的欺负唤起了他追求正义的渴望。在这个商店主小儿子的心中，很早就悄悄地立下了宏伟愿望，要穿上最高法院法官的红色丝绒袍子。

然而，最终有一天他明白了，自己没有接受过基督教洗礼，是不可能进入司法部门的。虽然并没有具体法律规定这一点，现有的法律保护所有公民拥有平等的权利，但在丹麦从来没有犹太人能当上法官。法学院毕业之后，他看着身边那些愚蠢的金发同学一个个走上荣誉、权力和地位的道路，而他自己却只能进入痛恨的商界。出于犹太人的自尊心，他讨厌成为别人怜悯的对象，因此就产生了惊人的自制力。漫步人群之中，他表面上伪装出一副精于世故冷冰冰的爱嘲讽的假面孔，内心里其实却像个舞会上的少女，一颗心紧张不安地跳个不停。

因此当拿到律师资格证之后,他就立即投身一系列大胆的投机公司中,对此谁也没有惊讶。他的特长就在于组建商务联盟以及开办股份合作公司。他因为使用了一些在当时的法律中还没有禁止的手段,而引起了同行的公愤。此外,他还按照国际上的做法,与新闻界建立起密切的联系。他还贿赂自己多家股份公司的审计人员和董事会成员,这样逐渐建立起一个有着共同利益的秘密同盟,通过这个同盟,他可以左右公众的舆论,毫不留情地干掉所有的对手。

现在,仅仅十年时间,他就一跃成为哥本哈根最大的纳税人之一,成了所有人眼中的权势人物。虽然公众对他所使用的手段议论纷纷,但商界最终还是臣服于他的能力和惊人的好运之下,他所从事的每一项事业几乎都取得了成功。除了几家历史最悠久最具贵族做派的商务公司,以及一家坚决拒绝和他产生联系的银行之外,谁也不敢再同他与日俱增的影响力对抗。

然而,他的野心还远未得到满足。早年他希望成为最高法院法官的愿望相较而言还算是比较简单的,现在他有了完全不同的目标。忍耐不公平对待让这个个头矮小打不起精神的孩子拥有了强大的意志力,愤怒增强了他的力量,让他永无止尽地追求更大的权力。

他很清楚,因为出身原因,他永远也不可能取得上流社会的地位,而这似乎是唯一值得奋斗的东西。但在他身边有一大群追随者,多年来,他也学会了如何将他们培养得服从自己的意志。其中有一些已经占据了可靠的地位,他的计划就是通过这些人将国家实权集中到自己手中。因此,为了彼尔,伊万极力想争取这个人的支持也就不难理解了,而现在,想到自己可能成功了,伊万就觉得胜利几乎已成定局了。在马科斯·本哈特邀请来讨论工程计划的七人之中,有一位股票经纪人赫尔洛夫,他是马科斯本人的朋友兼不可或缺的合伙人。赫尔洛夫个子很大,身材肥胖,肤色红润,脸上总挂着一副奇怪的懒洋洋的昏昏欲睡的表情。但在交易方面,他并不比自己的合伙人逊色多少,实际上要论起足智多谋和精明狡猾的程度,他其实比木哈特还要厉害。证券交易所里大家都说他是马科斯·本哈特的智囊,是他为合资公司出主意,制订详细的计划,而马科斯则一直是强有力的计划执行者。

他们二人的兴趣也完全不同,因此这两个人才能合作得亲密无间。股票经纪人毫无野心。不像马科斯·本哈特为了获得权力不惜付出任何代价,他除了利润别无他求,除了积累钱财就没有别的目的,甚至对怎么花钱也没什么概念。他也没结婚,只有一个相对较奢侈的爱好,那就是每天忙完工作之后,只带上两份报纸,到高档餐厅找个包间,吃一顿六七道菜的大餐,而用餐时为了健康着想,他只喝水不沾酒。

赫尔洛夫这时正站在马科斯·本哈特那间装饰奢华的大会议室里,像头公牛一样弓着背,他两手背在长长的外套后襟之下,镜片之后流露出一副毫无生气的表情,好像内里已经睡着了一样。他正和另一位客人在说话,那是一位打扮华贵,穿着入时的年轻人,长着一头金发,整个哥本哈根从奥斯特加德街到剧场都知道他,他有个绰号叫"金色羊羔头"。他原名西维特森,是著名咖啡批发商的独子。二十七岁时,他父亲过世了,他于是得以继承了相当大一笔财产。他是城里众多痴迷舞台的戏迷之一,爱谈的就是演员阵容啦,幕后的闲话啦,评论啦之类的。他还是戴林的朋友,自称"佩服戴林既是个绅士,又是个记者"。也正是通过戴林,他才认识了马科斯·本哈特。很快,他就成了戴林的奴仆,而戴林也开始控制了他的财产。此举反倒极大地帮助了这个年轻人的财产少受损失,因为他对舞台极其狂热,为了赢得荣誉和舞台上的一个演员交上朋友,花费再多他也乐意,而这很快就会让他倾家荡产。

另外在场的还有一位诺里哈维先生,他也经常出现在马科斯·本哈特业务往来的名单上。诺里哈维自称是"往日的农民",事实上,他也确实曾在日德兰半岛有过一个农场,不过这是二十年前的事了。从那以后,他就在哥本哈根过着动荡的生活,先是开了一段时间的当铺,后来成了二手商人,后来又当了房地产经纪人,最后他高调进军投机行业,成了风险资本家。他原本叫作麦德森,但当他把地下商店改成办公室之后就换了一个新名字。但他仍然保留着"农民"的称号,因为让人有信赖感,他也保留了日德兰口音中的"尔"音，因为对哥本哈根人来说，这个音听起来值得信赖，还显得很真诚。马科斯·本哈特曾私下里承认，诺里哈维是全丹麦最狡猾的老狐狸。

大家都在铺着彼尔的图纸和计算方案的桌前坐下后，伊万就开始发言了。这些先生们都聚精会神地听着他精心准备的陈述，并表示赞同，至少头半个小时是这样的。后来他们就有些坐不住了，那位"往日的农民"还以他乡下人毫不害臊的态度看了好几次表。最后，伊万终于讲完了，接下来是好长一段时间的沉默。所有人都转身朝向马科斯·本哈特，但他仿佛也在期待着什么。后来，股票经纪人赫尔洛夫开始发言，他问了伊万好几个问题，大家由此也慢慢加入其中谈了起来。

这些人都和菲利普·萨洛蒙持一样态度，认为当务之急是先要请技术专家进行可靠的论证，而且专家的观点要向公众公开。他们提到几个名字，最后大家推选出别列戈拉夫上校，因为在国内，他的话对这件事举足轻重。

伊万把之前对父亲说过的话又重新强调了一遍，想让这个圈子对此项工程做出评论是不可能的，这么说并非平白无故，因为他们觉得曾受到了彼尔的侮辱。伊万还很确定，别列戈拉夫上校完全是出于个人原因要反对这项计划以及计划的作者。

听了这话，股票经纪人只是说，将来可以让上校担任项目董事，付给他酬劳，让他来管理。那样的话，这点儿小小的私人恩怨，他很容易就能克服了。"然后，"他用干干的声音补充了一句，"如果没有别的大问题，事情轻而易举就能办妥。"

然而对于彼尔的发电机和其他一些发明，虽然伊万称它们具有划时代的意义，但这群人却并不相信。与菲利普·萨洛蒙相反，他们只想谈论港口工程，尤其是将小岛建成免关税区的可能性。马科斯·本哈特强调说建议中只有这一部分值得讨论。但另一方面，有些人提出为了方便管理，应当进一步压缩彼尔的计划，本哈特却严词反对。"再压缩计划就等于是自杀。"他说道，"就我而言，我强烈坚持自由港项目应该完全实现，作为一项国家事业,很重要的一点就是要引起公众的兴趣,正如萨洛蒙先生刚才说过的那样……要不然,计划无法实现,我们应该立刻放弃整个工程。"

伊万瞪大了眼睛。考虑到马科斯·本哈特长期以来一直拒绝参与这项工程,伊万没料到他竟然会做出如此肯定的答复。别的很多人也都很惊讶,因为在他们看来,这个计划还有很多问题,但马科斯·本哈特却一反常态,如此热心地支持。但马科斯·本哈特和股票经纪人赫尔洛夫之所以突然对彼尔的工作这么感兴趣,背后另有隐情。他们听到风声,哥本哈根的一家大银行,也正是经常和他们公司竞争的那家,现在正计划在哥本哈根修建另一座自由港。他们现在的意图就是想借用这个完全设计好的西日德兰半岛项目来伏击对手,二十四小时之后,战役就将在报纸上开始了。此外,他们也并不是真正相信,这个计划能吸引商界的兴趣。他们想的是,把彼尔的计划用作炸弹,分散人们对自由港的关注,现在国内普遍都很关注自由港的项目,而他们的对手正是想通过在哥本哈根建设自由港来打败他们。进一步讨论之后,会议做出决定,应该再联系别列戈拉夫上校一下,说服他接受董事职位。一旦得到上校的答复,就召开下一次会议,和上校商讨项目运作的具体细节。

这段时间,彼尔在维也纳。之前的两个星期,他在多瑙河河口附近的沼泽地了解那里的河流和港口政治工作。他几乎风雨无阻,有时骑马去,有时乘坐敞舱船去,有时甚至会乘坐晃荡的驳船,好几次晚上连过夜的地方都找不到。难以适应的艰苦生活折磨得他精疲力尽,到了维也纳之后,他坐在露天咖啡馆里,心中感到强烈的渴望,想和谁谈谈,谈什么都好,只要不聊打桩机和清淤工作就好。和雅各贝分开之后,他一直只能和工程师们打交道,而且不是受过良好教育的工程师,而是根据国际需求培养出来的,尤其精于某一专业领域的技术工。除了自己的专业之外,他们几乎一无所知,一般情况下,除了自己当下的生存和个人幸福,他们对别的事情也没有兴趣。他和这些同事的关系就如同跟那三个冷漠的嗜喝威士忌的英国人的关系一样,虽然整个冬天都是跟他们一起在德雷萨克渡过,但无论如何,当时相当困扰他的关于生存的重大问题,却根本无法和他们交谈。

他在这群人中仍然是个局外人。虽然他如此羡慕他们的专项能力和特殊技能，他们高人一等的态度也总是引得他想要去仿效，但在内心深处，他对这些人还是感到非常怜悯，因为他们的思想从来只不过超出烟圈的高度。他拿着报纸坐在露天咖啡馆，思念着雅各贝，在这个陌生的大城市里，他对她倍感思念。他按着老习惯，浏览着旅馆客人名录，想找到一个丹麦名字。看到冯·伯恩特-阿德赖斯伯格男爵夫人的名字，他吓了一大跳。整个冬天，他把这位老夫人完全忘到了九霄云外。这段时间，他早已忘掉了追求显赫的社会地位和光鲜的外表，他几乎都记不起来出发前海因里希舅舅是怎么劝诱他的了，海因里希舅舅当时劝他要利用和这位可怜夫人的关系，获取男爵的头衔。

他渴望着能和谁用母语谈谈普通百姓的生活，于是就决定去拜访她。他查到她住在城里最高档的旅馆里，和她的妹妹，那位皇家狩猎长的妻子一起。这两位太太前几天到达这里，准备路过此地去意大利。

德国温泉浴场的一年修养似乎并没有给男爵夫人带来什么好处。虽然她脸颊的绯红色确实稍稍褪了一些，表情比以前克制了，双手也不再颤抖了，但说起话来还是没有条理，显得心智不太健全。她对彼尔的那份古怪的依恋倒是没变。又见到彼尔，她开心得几乎要抱住他，谈起话来，也时不时要抓住彼尔的手，感激他来看望她。对于自己疗养期间的事，老夫人什么也没有提。她只说自己亲爱的妹妹来接她，她们要去罗马，然后还压低了声音神神秘秘地说，是去觐见教皇。她还试图说服彼尔和她们一道南下，听说彼尔第二天就要启程前往巴黎了，她便一个劲儿地恳求，最后彼尔答应趁夫人和妹妹还在这里，再在维也纳待一个星期。

当天下午，彼尔陪着两位夫人外出到了普拉特散步。他在给雅各贝的信中提到了这次见面，他在信中这样描述男爵夫人的妹妹：

"狩猎长夫人身材高大丰满。我猜她肯定有五英尺十英寸高，相应地也该有这么宽吧。她年约五十，曾经也必定十分漂亮。直到今天，她的眼睛仍然闪闪发亮。在性情上，她和男爵夫人很像，但不同的是，她话很少。她很显然是个虔诚的教徒。昨天晚上，我们就基督教教义中的灵魂不朽的问题激烈地讨论了很长时间。我感觉她似乎想说服我信教,我很高兴,又可以开始辩论了。她应该读过很多书,思想很深刻,也经历过许多世事,虽然是个虔诚的教徒,但至少并没有显得很伪善。总之,认识她很有趣。"

这封信让雅各贝稍显不安。她很快就写了回信,只字不提狩猎长夫人和她姐姐的事:

"关于我们的见面,现在让我感到有点儿伤心的事情就是,你父亲去世之后,你一直有些不安,但这个冬天我们却没能更多地谈及此事。是什么让你如此心神不宁呢?但时间只恨太短,流逝得飞快,而爱情又自有要求。

"或许你会说,没有什么好说的了,你的不安是因为孤独,我相信这样的说法。此外,亲爱的,现在我们在所有的事情上都应该相信彼此,难道不是这样吗?请你不要再对我隐瞒你的所思所想了。答应我,彼尔!

"现在国内又爆发了新一轮的宗教狂热和大迫害运动。正如我之前告诉你的,那桑博士现在回国了,引起基督教教会的恐慌。他们不放过每一个机会大肆指责新时代精神和代表人物。昨天晚上,我在《贝林时报》上读到一篇三栏长的文章,是一位神父在圣母教堂为某位议员举行的葬礼上的布道讲话。我想把这份报纸寄给你,我还从没读过这样愚蠢自大得令人发指的文章。当然了,这位虔诚的神父流下了热泪,怜悯那些不幸的人们没有希望得到永生,对他们来说,死亡只是一扇通往无尽虚空的可怕的大门。他们一如往常,为自身的信仰沾沾自喜,认为没有信仰,'人生将难以忍受'。他是怎么知道的呢?难道他自己亲身体验过?我那年老的堂伯菲利普曾经说过,他只信仰厨房的火炉,他说人生就是火焰、烟雾和噼里啪啦声,但是'烟囱之上就什么都没有了'。尽管这样,他年老后仍然过得很快乐幸福。他临终时躺在床上,医生也诊断不出他得了什么病,他开玩笑说,连自己为什么死都不知道,真是太懊恼了。这样的例子远远不止这一个。我自己的家里也好,我的朋友之中也好,很多人都没有任何宗教信仰,但他们去世时,都像神父一样自豪和无所畏惧。我经常在想,基督教对于死亡的恐惧过分夸大了,毫无疑问,这一点就是从教义中的审判日而来的。其实，基督教并不同于其他主要宗教，基督教产生并发展于普通民众，特别是那些受压迫的民众之中。那么，对死亡的恐惧和对奴隶的担忧之间肯定有一定的联系。我曾看到过从庞贝古城挖掘出的那些尸体的石膏模型，那一刻的印象我永远也忘不了。在那些石膏尸体中，有一个奴隶主和他的奴隶，显然他们看到火山灰时都惊呆了，几分钟的工夫就都窒息而死。但他们面部的表情简直天壤之别！从奴隶的脸上，你能看出强烈的恐惧，他仰躺着，眉毛直抬到发际线，厚厚的嘴唇大张着，几乎能听到他发出宰猪般的嚎叫。而奴隶主却完全不同，他到死仍保持着贵族的尊严。他几乎闭起了双眼，面对不可逃避的死亡，紧闭的漂亮嘴唇中流露出的是自豪和优雅的顺从。

"我对基督教的灵魂永生最大的反对就是，它夺走了现实人生中最深层次的严肃性，以及生命的优雅。当我们想到，我们在人世的生活只是正式演出之前的带妆彩排，那么人生还有什么乐趣可言呢？即便我个人并不是完全相信，生命最伟大和高尚的目标就在于毁灭，但是作为一个真正具有高尚精神的人的标志，一个人应该具有无私的思想，能将死亡视作生命和谐的终结，我们将体内流淌的力量归还给自然宇宙，而基督教渴望的灵魂不灭和天堂的欢乐，不过只是未开化的民族中流行的，对永享战争和狩猎之乐的渴望的一种转化而已——我现在到底想说什么呢？请你一定要原谅我，我只能下次再给你结论了……不！我想到了——我想说的是，即便我不认为死亡是对自我的绝对放弃，是对宇宙的无条件屈服，是同宇宙不可分解的融合，我仍然拒绝知道，当离开这个世界，离开我所爱的一切时，自己将会变成什么样。天啊，我们都害怕提前预知未来的人生，永恒的智慧不让我们知道未来的命运，我们其实应该为此感到高兴才对。如果我们能从某种程度上预测未来，知道接下来将要发生什么，不管将来有多幸福，也都是觉得难以忍受吧？这样，永恒的生命也就不是什么问题了。

"难道不是这样吗？啊，这根深蒂固的神学！它们完全来自'父辈的遗产'，这些字眼儿现在在国内已经成了反对文明的人的口号了。到了今天，还要为这种最简单的问题烦恼，这难道不是令人非常沮丧，让人感到丢脸,甚至是绝望吗?这种争斗真是既浪费时间又浪费精力。谁还会怀疑,正是这种遗产,我们犹太教徒和基督教徒都应该一起来克服,不为别的原因,因为这种继承只是偶然的结果。我们也有可能会继承别的东西,一些完全相反的东西!我们还要浪费多少时间,还要对彼此造成多少伤害才会真正明白呢,我们追求的不是偶然的、个人的东西,而是全人类共有的东西,我们在此之上建设自己的生活,以及我们国家的生活,我们应该让这种信念成为唯一的信条。"

在马科斯·本哈特办公室所举行的那次会议上,大家委派伊万去求见别列戈拉夫上校,并试着让他放弃对这个新计划以及年轻的计划作者的反对。只要是为彼尔办事,伊万从来都不缺少勇气。有好几次,为了彼尔,他还任由自己被人从楼梯上推下来。但是这位年老的上校却让他感到很敬畏。他很熟悉上校小小的个子、红润的脸颊,也听说过他暴躁冷酷的脾气。上校的外甥戴林曾笑着告诉伊万,说只要听到彼尔的名字,他还会勃然大怒。伊万感到很挫败,就把事情告诉了海因里希舅舅,每当遇到困境,他都会找舅舅出主意。大惊小怪了一阵之后,舅舅还是决定帮助他。"我和别列戈拉夫打过交道,我还帮过他一些小忙。我跟他打个招呼吧,这样他可能会听你们的。还有别的要求吗?"

他的吹嘘中也有一点实话,他确实和上校有着某种联系。海因里希是个假冒富翁,这一点他自己从不肯承认,他的家人也都毫不知情。他帮上校经营着小规模的代理业务,他的收入就来源于此。除了别的事情之外,他还是上校在一家英国生铁和钢条公司的代理人,因为这个原因,每年他要分两次定期向上校汇报价目表。

和伊万谈话几天之后,他就去拜访了他的主顾。在门厅里等待了半个小时之后,他终于可以进去了,上校刚吃完饭,满面红光,兴致也很高。看到这个相貌丑陋、个头矮小的犹太人穿着一双灰色高筒靴,一手拿着帽子和手套走进来,他毫无顾忌地笑了。

"啊,啊日安!"上校说着在桌子后面坐了下来,并没有邀请客人就座,"你好吗,我的'荒野流浪者'?"德尔夫特先生戴上靛蓝色的单片眼镜,咻咻笑着做出一个笑脸。他感觉这样的氛围很适合谈生意,于是机智地抓住机会摆出一副受了委屈的样子。一番讨论,他成功地让少校签署了委托订单。他已经收拾好东西,戴上帽子和手套站起身准备走了,突然又翘起他那长着满头黑猩猩般的卷发的脑袋问:"上校先生,我能问您一个私密的问题吗?"

"什么问题?"

"您有没有听说有件全国性的大事正在酝酿之中?"

"我一无所知。"

"真的,什么都不知道吗?"

"光是生意就够我忙的了。我总是离暴乱离得远远的,你知道的。"德尔夫特转过脸,露出一丝狡猾的笑容。现在既然生意已经做成,报复上校给他取的绰号"荒野流浪者"的时候到了,"啊,"他摇摇难看的头,叹了口气,"时代变了啊。现在都是年轻人在叫嚣了,懂得专业的老家伙们都给推到一边了……完全不被当回事了,年轻人才说得上话了。"

"你到底想跟我说什么啊?"上校很不耐烦,命令的语气打断他的话。

"有一个大型自由港的项目就要启动了……设计者是个非常年轻的人,一个姓希德纽斯的小伙子。"

"竟然是那个只会乱吼乱叫的猿人!"上校大声说道,"我偶然间认识了他。有一次,他拿着他那'国民性的工程'来烦我。把钱浪费在那种东西上真是愚蠢。但是我觉得一个只会空想的小子弄出来的计划不可能吸引人吧。"

"这事已经定下来了……至少钱的方面是这样。我可以完全肯定。"

"你说什么?"

"事情已经准备妥当了。只差立法机关的批准了。是的,就像上校您说的,丹麦的钱现在都跳起了波尔卡舞,只要音乐不停,它们就不会停下来的。况且,希德纽斯先生现在和银行业关系也好得很。"

上校没有说话,他眉头皱得像是八字胡,脸颊上因为用餐而产生的红晕都消褪了，似乎都被吸收进了眼睛里，上校的眼睛红得像头公牛。

"那么说，这个小子真和萨洛蒙的女儿订了婚？你肯定知道，德尔夫特，萨洛蒙不是你的妹夫。"

"上校，我该闭嘴吧！我这个代理人可不代理爱情事务！"

"你简直是个外交官，德尔夫特……好吧，我也无所谓。人们要是想把钱填进海里，我没什么意见。要是阻碍他们享受这份乐趣，那真是罪过了。干杯吧，先生们！耶廷湾里可有的是地方，一桶桶的金子也放得下！"

"您的看法真是值得敬佩，亲爱的上校先生！"

"我说过了，我可不参与这种骗局。我不想再听了！再见，德尔夫特先生！"

"那我就告辞了。"这个小个子犹太人说着退了回来，无比恭敬地鞠了个躬。

上校仍然坐在位子上，他双手托着下巴，焦躁地捋着胡子。德尔夫特先生带来的消息让这个易怒的老人感到非常愤怒。他年轻时也曾傲气冲天，面对这个死气沉沉的民族，他也曾脱掉手套大干一番，梦想在自己的领域里掀起革命。而现在，他也成了新时代最痛恨的反对者。

就像这个国家大部分的自由党的老一辈一样，他憎恨那些年纪轻轻就取得胜利的先锋，他对他们心怀嫉妒，而对彼尔，他几乎恨得发了狂。只要一想到这个外省小子不仅在他家里侮辱了他，还实现了他无法实现的成功，他就像陷入了噩梦之中。

但很长一段时间以来，他的名字一直被人们视作毫无偏见独立思考的代表，因此当菲利普·萨洛蒙和马科斯·本哈特需要一个知名专家向公众担保彼尔的计划时，他们立刻就想到了他。另外，他们也知道上校爱慕虚荣，见钱眼开。

第二天，德尔夫特先生又找了个理由去拜访上校。为了制造再次登门的借口，他第一次去的时候，上校要他提供钢轨的承压能力资料，他就假装没有带来相关数据。

不出所料，上校又把话题引到了彼尔的计划上，他想知道有哪些金融家和银行家在背后支持他。一开始,德尔夫特先生装作没听明白的样子。接着,他就笑着摇摇头:"啊,上校,您是说希德纽斯那个两栖动物啊!我对这事没什么信心,那就是个死胎罢了。"

"再说一遍!你昨天还站在这里跟我说,这事已经有着落了。你说你知道的,事情已经定下来了。"

"我求您了,先生,我说的是钱的方面已经有着落了。我还强调了一句,计划还没有得到国家的批准。而且他们永远也不可能获得批准了。"

"为什么?既然钱的问题都已经确实解决了,那国家为什么要反对呢?"

德尔夫特先生耸耸肩,尴尬地扭来扭去:"我想即便我不说,阁下您也能明白我的意思。"

"那还有些什么事?你真会卖关子。你指的是什么?"

德尔夫特先生仍然沉默着,脑袋不自觉地从一边晃到另一边。这一刻,他真的很像经过训练的猴子。

"老天啊,你这个家伙!"上校大吼道,"快说,现在就说!"

"好吧,我是说,先生……政府也不敢……这就是问题所在。"

"不敢?出于什么原因?你说的我一个字也听不懂!"

"我不耽误您的时间了,先生。我告辞……"

"胡说!你必须告诉我,给我说清楚,德尔夫特!你说的是什么意思?既然钱都已经有了,而且这个计划又合理又好,国家为什么还不同意?"

"正因为如此,先生,这个计划又合理又好。"

"啊!现在我更糊涂了!这到底是什么意思?"

"好吧,老实说,您真的认为,亲爱的上校,我们的南边的邻国会坐视一个能和汉堡相抗衡的对手出现而无动于衷吗?我觉得这不可能,永远也不可能!"

上校两手叉腰靠在椅背上。他涨红的脸显得更红了。

"我这辈子还从没听过这么愚蠢的事。上帝啊,你这家伙,你从哪里冒出这么疯狂的念头的?你真觉得德国人会因为这种事就向我们宣战吗?"

"啊，天啊，战争！那当然用不着战争！德国政府只需要向丹麦发来一封简短却措辞强烈明确的照会……您肯定也同意吧，亲爱的先生，类似的情况下，一封照会就足够了。"

上校没有作答，低垂着眼帘。德尔夫特先生耸耸肩："这就是小国家的命运！它们必须卑躬屈膝……面对不公平的情况，只能保持沉默。真是遗憾，太遗憾了，但事实就是这样。小国只能服从大国……要服从还要谨慎……特别谨慎。"他正要重复时，看见他的话对这个过去曾保卫国家的军人已经起了作用，他看见上校身上还有德国子弹留下的伤疤。上校仍旧沉默不语，而德尔夫特先生趁此机会就离开了。他走的正是时候。他前脚刚走，上校后脚就从椅子上跳了起来，那样子就像被马蝇蜇了一下的公牛。就同平时没人在场的情况下一样，他会将情绪都发泄出来，他从办公室出来，走到妻子面前发泄心里的不快，但这一次，他把妻子从厨房叫了进来，完全没有注意到她眼泪都要掉下来了，因为煮的汤就快开了。他一口气抱怨了半个小时，数落着自打上次战争后丹麦人身上沾染上的怯懦和狭隘。

这一天，海因里希舅舅同往常一样在妹夫家吃午饭，大家都吃完离席时，他把伊万叫到一边，装出一副阴沉又迟疑的样子，每当他一反常态帮了别人大忙时总会表现出这样的神态：

"现在，你可以去找上校了，我的朋友！他那边都办妥了。"

为了不让上校起疑心，伊万又等了几天才去。他给上校写了封信，信中他请求和上校一见，还扼要地解释了原因。

那封信措辞的语气让上校卸下了防备。伊万很有犹太人的奉承别人迎合别人虚荣心的才能，而上校又听不得恭维话。另外，萨洛蒙这个姓就像是叮当作响的金子，在爱钱的人听来充满了诱惑。

但最重要的是，他天性看不得别人忙忙碌碌，自己却坐在一旁袖手旁观。虽然他已年过七十，但还是闲不下来，不愿自动隐退，靠退休金过日子。他从来就不拥护国内的反对派。虽然各方面他都受益良多，但年轻时的革命精神并没有从他身上完全消失。虽然他痛恨新事物，但在他的嫉妒和故作的愤怒之后，他对新事物其实悄悄怀有一份同情。他的外在行为显示出他仍是一个闲不下来，有话直说的急性子的人，年轻时代对于人生的那种强烈而大胆的渴望仍占据着他的头脑。其实，他对彼尔隐藏着很大的好感。

但是几天之后，伊万去见他时，他仍是一副冷冰冰的态度，直到伊万明确表明整件事情的成败都在于他是否支持，他的态度才缓和了。不过他还是提出了很多条件，其中一条是要彼尔立即回国，对草图做出必要的修改，这样才能作为详细计划的基础。另外，为了他和彼尔的合作取得成果，他要求彼尔必须亲自来请他领导整个工程，迈出相互理解的第一步。

伊万力劝他收回此项要求，但上校对此毫不妥协。他没有忘记那天彼尔离开他的办公室时所说的话："下次我们再见面的话，先生，将会是您来找我。"这么傲慢的预言，可不能让它像字面意思那样实现。

伊万仍然想说服他，但上校在整个会面过程中都相当激动，最后他气得满脸通红，打断伊万的话："现在，不必再往下讨论了，这件事就到此为止！我想我们之间该说的都说完了。"伊万站起身，悻悻地走了。

第十五章

　　四月中旬，彼尔去了罗马。他最终还是禁不住男爵夫人的请求，陪着男爵夫人和妹妹一起，或者确切说，是禁不起男爵夫人妹妹的吸引，想要陪在她身边。他自己也弄不明白，为什么会喜欢和这位身材丰满头发灰白的中年女人交往。因为其中不存在任何性的吸引，他在给雅各贝的信中也就无所顾忌地谈起这位女士的人品和个性给他留下的印象，并且完全没有注意到，雅各贝的回信中对他们的交往却只字不提。把彼尔吸引到皇家狩猎长夫人身边的是她那母亲般的慈爱。她无微不至地关心着他的精神健康，有些想法彼尔自己都没注意到，她却让那些愿望得到了满足。此外，她身上还存在着一种奇异的矛盾：她虔诚地信仰上帝，但她的整个穿着和打扮都是那样地精致讲究，优雅又入时；她和彼尔在一起时总是喜欢引用《圣经》里那些庄重的箴言，但彼尔也会注意到，在她的嘴角或是她那双依旧明亮的深蓝色的眼眸深处，也会闪过一丝不易察觉的质朴的微笑。她既有一颗世俗心，又笃信宗教，真是个吸引人的谜题。

在罗马的丹麦人中，关于这两位贵族夫人和她们年轻的陪同，可是流传着种种说法。彼尔和男爵夫人的关系尤其令人好奇。一路的旅程下来，这个老夫人对彼尔的感情几乎上升到了狂热得令人窒息的地步。每次有人告诉她什么事情，她都会噙着满眼的泪水大声说："哦，你一定要把这件事讲给希德纽斯先生听。"或者是："我们那位亲爱的朋友听了这件事该有多高兴啊！"他们一抵达罗马，她就立即定做了一尊彼尔的半身像。彼尔很清楚这位老夫人已经被自己牢牢掌握在手中了。他极其详细地阐述了自己未来的计划，而老夫人即刻就答应提供帮助。当她听说为了这项工程将成立一个公司时，她异常热心，甚至表示要卖掉自己的一处房产以保证项目的实施。彼尔无论如何也不想利用这位可怜的患病的老太太对自己的感情来为自己谋利，尤其他知道老人以为他是她去世弟弟的私生子，造成这样的误解，他自己也不是没有责任。

除此之外，彼尔每天都沉浸在周围全新而又充满异国情调的生活氛围之中。作为一个热爱阳光的北欧人，他很享受这里明朗的天空和温暖柔和的空气。他感觉自己的身心都从没像现在这样健康强壮！他稍微留着点儿黑色山羊胡的脸庞，不过几天工夫就几乎晒成了古铜色，衬得眼睛加倍的蓝了。下午的时候，他穿着崭新的浅灰色的夏装，陪同男爵夫人和她妹妹一起走在比西奥山上，不止一次有黑眼睛的美女躲在扇子后面朝他投来热烈的目光。他和两位夫人没有住同一家旅馆，但是每天他都会陪她们散步观光，或是去斯堪的纳维亚协会看报纸。因为和两位高贵的夫人关系亲密，他也沾了光。他很享受人们，比如旅馆侍从加给他的显赫封号。但最终，同胞们还是弄清了他男爵封号的真相。

虽然和皇家狩猎长夫人的密切交往美化了他的举止，但得体的举止风度仍然难掩他外省人的习气。如果说，一开始这些同胞们对彼尔还有一些疑惑，但慢慢地，许多人从他草率的言行中就了解了他的目标和计划，也省去了再劳心费神打听。只是这里街头的生活，尤其是古罗马遗迹中的生活让他着迷,这里是永恒之城,是世界精神的陵寝。然而,让他深深为之吸引的远非建筑之美,而是那巨大的墙壁,将建筑物牢固联系在一起的灰泥,以及那拥有两千年古老历史的巨大废墟中所散发出的宏大的力量。他可以一连几个小时流连在荒凉的圆形大剧场内部,想象着它当年拔地而起时的情景——周围是一片遍布藤编脚手架的巨大工地,一堆堆巨大的石块,一辆辆牛车,成千上万的奴隶汗流浃背,从地基开始将整座建筑一砖一石地砌起,就像是在建造巴别塔的地基。

这些想象让彼尔重新回到了书本。那些巨大的古代墙壁激起了他想要更多地了解罗马人和他们命运的欲望,那些知识他只记得学校里学过的一星半点了。他从斯堪的纳维亚协会借来了莫姆森的《罗马史》,断断续续集中精力,很快就读完了这卷厚厚的著作。他有生以来第一次被历史给吸引住了。在此之前,他的目光一直满怀期待地朝着将来,注视着即将到来的伟大时代。他对过去从来不感兴趣。现在他却非常喜欢坐在巴勒登丘的废墟上,背靠着太阳晒得暖暖的石柱残桩,读着人们如何从这个山丘开始统治世界。而且,他也是第一次被书籍引到他所痛恨的基督教产生之前的时代,那时的文明还完全没有受到这种当下最应该被诅咒的宗教力量所影响。

在共和国的英雄人物身上,他找到了自己之前一直缺少的模范性格。在这些注重实际,积极大胆,聪明智慧,从不多愁善感的异教徒身上,他看到了人类原本健康的状态,看到了过去曾模模糊糊地梦想过,感到与他们同属一族的巨人民族。在给雅各贝的一封信中,他这样满怀热情地写道:

> 以前我从来没有像今天这样强烈地感觉到,基督教对人类犯下了多么深重的罪孽。也从没这样羞愧地认识到,仅仅是想达到这个民族的肩部,我们都仍有那么远的距离要走。而那个灰脸子的拿撒勒阁人竟然敢如此放肆地质疑先人的伟大品格。你听过驼背国王的故事吗?当命运注定这个国王生下来就弯腰驼背时,这个国家竟然颁布了一项法令把国家的所有概念都颠倒过来。小的现在被叫作大的,弯的被叫作直的。挺直的腰板变成了驼背,

巨人被叫成了矮子。我们现在就生活在这样疯狂的国度。

十天之后，狩猎长夫人收到丈夫拍来的一封电报，狩猎长病了，想要她回家。两位夫人于是就离开了，虽然男爵夫人还抱怨了一会儿，说自己还没见到念叨了一路的教皇大人，就要离开罗马了。和彼尔分手时，两位夫人都非常伤心。狩猎长夫人要彼尔答应，一定要去卡斯霍尔姆做客，男爵夫人也会在那里停留一阵子。男爵夫人眼含着热泪，从车厢中挥舞着手帕大声喊道："再见！"

彼尔还要在罗马待上一段时间，因为他那慈母一样的恩人预定的半身像还没完工，虽然他对此毫无兴趣，但是，总的来说，他也并不急着想离开。他在这里感觉很好，而且一直有报道说阿尔卑斯山以北的地方春季寒冷又潮湿，他更不想离开了。然而，他很害怕孤独，因此总是想和人群待在一起。他还收到了伊万的来信，要他准备好缩短旅程，因为项目的推进需要他回国。在上一封来信中，伊万还直接问他，如果接到通知，能不能一天之内就准备停当。彼尔没有给他回信。对于伊万几乎每天都要写来的信，以及信中没完没了的要求、建议和告诫，他开始感觉到厌烦了。从听到计划可能取得突破，工程有可能实现的那一刻起，他对这曾被称作毕生事业的工程的态度却几乎在不知不觉间就发生了变化。并不是工程在他眼里失去了价值，而是这个革命性的想法变成某种金融家和投机商都能指手画脚的对象，并开始进行实际探讨之后，他的兴趣就消失了。伊万来信中所用到的生意话，以及那些半懂不懂的行话，让他对整个谈判都充满了厌恶。此外，伊万的每一封来信几乎都包含着新的让步，或是建议对计划做出新的删减，或者是一些彻底的调整和改变。这些让彼尔更加生气，于是好多天不搭理那些来信。

工程现在的进展让他沮丧，而他的思想一直停留在古代那些恢宏的时代，两相对比，他对计划进展的态度变得越加冷漠，情绪也更加低落。在上封信中，伊万甚至还大胆地提出，要他和别列戈拉夫上校重归于好，竟然要他和曾经冷酷地把他打入黑暗之中的人重归于好！

国内的这些烦心事让彼尔更加迷恋罗马无忧无虑轻松自在的生活。他也认识了不少斯堪的纳维亚的同胞，而其中的那些太太们迅速地填补了狩猎长夫人离去所产生的空缺。晚上他一般和他们在郊区的这家或那家酒馆中渡过，根据古老的习俗，这些斯堪的纳维亚人聚在一起，纵情享受着狂放不羁的生活。他们在这里举杯畅饮，纵情高歌，激烈地辩论，天气暖和时就只穿着衬衫，在这种轻松的氛围中，彼尔感到极大的乐趣，心情总是很好。雅各贝的爱如同春天的气息一般吹进他的性格之中，而现在那春天的花朵全然盛放了。光与喜悦的种子在他体内萌了芽，他慢慢发现自己对各种活动都产生了兴趣。夜里人们唱着歌往家里走，彼尔就走在人群的前列，他头戴着花环，怀里还搂着两个迷人的女士——一个年轻，一个成熟。一天晚上，他在人群中遇到一个满脸胡子的德国画家，这位艺术家秋天时弗雷乔夫曾在柏林向他介绍过。这个小个子的画家眼下在罗马非常受欢迎，他留着维克托·伊曼纽尔[①]式的胡子，穿着两英寸高的高跟鞋。他们像惯常一样高兴地碰了一杯，恢复了旧日的交情，彼尔还受邀第二天就去参观这位名画家的画室。在画室中央的画架上，放着一幅才刚完成的与真人一样大小的少女画像，那是一位金红色头发的犹太少女，彼尔立刻就认出了那清秀的外貌和小鹿一般羞怯的眼睛。是雅各贝柏林的那位表妹，私人顾问官的女儿，五千万财富的唯一继承人。

　　"她也还在罗马吗？"彼尔吃惊的问。

　　"之前在，昨天回家了。您也认识她？"

　　彼尔于是告诉他曾去过她家几次："她现在怎么样了？嫁人了吗？"他问道，视线简直无法从那可爱的脸庞上移开，那双眼睛还是用瞟向一边的目光偷偷注视着他，就和音乐会那天晚上一样。

　　"是的，她嫁人了，她是和丈夫一起来的，真是个走运的乞丐！"

　　"她丈夫姓什么？"

　　"比伯，比伯医生。"

---

① （1869～1947），意大利国王，1900～1946年在位。

"是了，对了。我记得在她家见过那人。那家伙算不上英俊，走起来肚子还很突出。"

"啊！哪里谈得上英俊啊！"小个子画家一面大呼小叫，一面用戴着闪闪发光的紫水晶的手捋着浓密的武士般的胡子尖。

"那他本人有钱吗？"彼尔问。

"有钱，他可是个穷鬼。您不知道吗？这个故事说起来可有趣了！关怀备至的父母把满怀感激的男爵和官员请了一屋子，只为女儿能结上门好亲事。中产阶级的小伙子可是一个都别想靠拢。只是他们根本没想到比伯医生这个矮胖子。他是这位医生的秘书，所以呢，自然是他赢得了胜利。"

"是啊，的确如此。"彼尔喃喃道，突然显得心事重重的样子。他的目光就像着了魔，牢牢定在少女的面庞上。

"我敢说，当您在希尔加藤那座宅邸做客时，肯定也觉得那地方对那少女来说就是个镶着金子的地狱。她母亲毫无廉耻，花钱养着一群情夫，而她父亲完全是个无赖。很明显，女孩儿不计一切代价也想逃出那个家。我猜她会嫁给任何一个拿得出手又没什么害处的男人，只要这人有勇气带她走。"

彼尔从画像上转过头，盯着喋喋不休的画家："他把她带走了？"

"啊，其实并不是字面这个意思。但这家伙毫无疑问能看清时机。虽然他又丑又穷，但正因为出身中产阶级家庭——他的父亲是个二手商，他拥有为了抓住幸福而必备的勇气，或者自信，我们其实不妨称之为自负。说不定他还以为自己是个美男子呢。他靠着自己的愚蠢，竟然得胜了。小伙子，您看到这件事背后隐藏的绝妙讽刺了吗？您是不是也明白了，事实上您在现实中什么样并不重要，重要的是您想成为什么样的人。您想想，要不是发了疯，觉得自己血管里流着法国皇室的血脉，拿破仑中尉怎么可能成为法兰西的皇帝呢？"

这位世界知名的小个子画家一边说着，一边踩着高跟鞋站了起来，他又捋着那军人般的胡须了，但彼尔却迟疑地低下眼帘，他心神不定地坐着，很久都没有说一句话。

269

与此同时，南妮与戴林在哥本哈根结婚了。而且，戴林离开了《鹰报》，到一家历史悠久受人尊敬，在商界流通广泛的报纸《市民日报》接任了主编职位。这次晋升，他的岳父完全没有参与，完全是因为马科斯·本哈特律师的提携。戴林是本哈特众多的追随者之一，因为长得讨人喜爱，精明灵活，很早就不把一切人类法则和习俗放在眼里，马科斯·本哈特非常看重他。借由这位大人物的支持，戴林二十岁就从《鹰报》的同事中脱颖而出升任这一要职。在这个职位上，戴林一切都顺从恩主的意愿，因此不但赢得了本哈特的信任，还获得了友谊。然而，当戴林宣布和南妮订婚的消息时，马科斯·本哈特却明显很不高兴。他鼻根部位深深地皱在一起，说："一个犹太女人，戴林！真是吓我一跳。我觉得你该重新打量一番。我早就跟你说过，要你注意议员林霍姆的女儿。她长得漂亮，也很富有。你肯定会给她留下好印象的。"

这是戴林第一次拒绝遵从他主人的意愿。他是真的爱上了南妮，他唯一的缺点就是无法抗拒南妮这类的女人。马科斯·本哈特意识到自己在这桩婚事上必须做出让步，因为面对漂亮女人，他自己也做不到无动于衷，他所能原谅的唯一过失就是那些因为女人而犯下的过失。

他只让戴林答应他，在他为戴林在报界谋得更体面更有自主权的职位之前，先不要公开婚约。这一步，马科斯·本哈特想要赶在菲利普·萨洛蒙之前。他担心如果戴林从岳父手中得到主编职位，他就会失去对戴林的部分控制。

一个星期之后，戴林就得到了最令人垂涎的《市民日报》主编职位，南妮也接着和他举行了婚礼。婚礼进行得非常低调，省却了一切忙乱。有一天，南妮从城里回到家，她手挽着新任职的主编的胳膊，向父母行了个屈膝礼，然后便宣布自己成了戴林夫人。上午，他们在市长那灰扑扑的办公室里正式结为夫妇，南妮还油腔滑调地说整个仪式最难的部分就是要保持严肃。之后，他们就去了饭店，和在那里碰巧遇上的几个戴林的熟人一起共进午餐。

现在大家匆忙的把晚餐餐桌布置得喜庆一些，菲利普·萨洛蒙不由自主地为女儿和女婿举杯祝酒,他一本正经的样子和新婚夫妇的喜悦形成了鲜明的对比。母亲也受到了感染。虽然这些年来,萨洛蒙夫妇受到孩子们的影响,努力想跟上新时代的步伐,但有时候,比如这种场合下,他们固有的个性却会超脱礼节举止表露出来。他们夫妇俩对未来都没有信心,女儿们任性的举止尤其让他们感到不安。

但是,渐渐的,他们也被大家的欢乐情绪所感染,孩子们在餐桌上开始喧闹起来。只有雅各贝仍然沉默不语,看起来心事重重的样子。她也是唯一没有盛装打扮的人。她为南妮如此草率地对待圣洁的爱情而生气,只是因为母亲坚持要求,她才坐到餐桌边来。一开始,她还推脱说不舒服,而实际上,她确实感觉不适。筵席过程中,她好多次都要强忍着眩晕,整个身子都在神经质地颤抖。

大家都离开餐桌之后,她很快就上楼回房了,再也没有露面。她决定给彼尔写信,她知道除此之外没有别的办法可以纾解她对彼尔的思念,减弱那几乎摧毁她身心的强烈嫉妒。

无论如何,她并不是不信任彼尔。她从没有想过彼尔会对她不忠,即便是彼尔的来信又开始变得简短,信中语气又开始变得不再亲昵,她也没有感到不安。自打他们上次柔情的相聚之后,她就感到彼尔成了她自身的一部分。以她骄傲又纯洁的天性,她不会想象彼尔会背叛她。而且她也没有忘记,当彼尔第一次躺在她怀里时,脸上幸福的神色以及眼中闪烁的感激之情。她把那份记忆当作神圣的财产小心藏好。

那时候,她确定了自己之前曾经有时会怀疑的一件事,那就是她作为一个女人,也能让彼尔感受到爱情的喜悦。但是当她想到彼尔每天会经过的人群,那些人都能享受到和他生活在一起的幸福,能够牵起他的手,听见他说话的声音,看见他的笑容,想到这些她就会产生某种类似仇恨的心情,因为这些陌生人拥有了她所渴望的一切。她羡慕彼尔行走其上的道路,羡慕擦过他古铜色脸颊的风。她嫉妒为他服务的咖啡馆侍者,嫉妒旅馆里每天早上为他铺床的女仆,那床上仍然留存着他身体的温度和气息。

这时候,在楼下的客厅里,她的母亲正努力在戴林和南妮面前为她找借口开脱,因为南妮正为她的离去而讽刺她。

"雅各贝这些天劳累过度了。"她母亲说道,"我真为她担心。"

南妮笑而不答。但晚些时候,她和戴林坐着马车赶回他的单身公寓过夜时,她窝在戴林的怀里说:"你知道雅各贝怎么了吗?你肯定也看到她在餐桌上的样子了。她是在嫉妒,那可怜的姑娘!她在生气,因为现在和丈夫一起回家的不是她。"

第二天早上,这对新婚夫妇就起程出国了,他们计划在国外待上几个星期。他们计划沿着欧洲中部的国家往南直到西班牙,因为南妮坚持要看斗牛。这样的旅途其实就是不断地在火车和旅馆之间停留,但这种身处各种各样的人群之中,不停变化的生活正是他们想要的。即使是在蜜月期间,他们也不想要两个人单独待在一起。其实他们俩谁也不存在真正的感情。很快,戴林的爱就变得主要是轻薄的爱抚,虽然这样的倾向显得相当没有意思,但南妮还是乐意接受他挑逗似的吻。事实上,将两人绑在一起的正是他们想要满足彼此虚荣心的迫切心情。戴林非常享受南妮富于东方风情的美貌所到之处所引起的轰动,尤其是当他知道,人们并不以为他们已经正式结婚的时候。他深知,南妮的穿着和举止都表现得像个高级暗娼。而她一直以来吸引自己的也正是这一点。现在,当他注意到,即使是在罪恶的巴黎,人们也朝他投来嫉妒的目光,他的野心得到了抚慰。

而在南妮这边,她为丈夫优雅时髦的外表而骄傲。他精悍的身材,金色的头发,在旅馆中总是备受关注。她自己也会称赞他看上去就像是德国的王子。另外,她也很高兴戴林不是犹太人。尽管她总是不承认,但她是不是总会感觉受到出身的压制。现在她直言承认自己欣喜若狂,因为她终于不再姓萨洛蒙,而是被称作戴林夫人了。

此外,她还很看重丈夫作为主编的权力,他们有时因此可以免费进入一些大型展览,而别人却要为此付钱,或者根本就进不去。虽然她穿着华丽,但却十分啬刻,这种特征甚至在她少女时代就表现了出来,结婚了也没有改变。戴林花钱大手大脚,已经引起她隐隐的担忧。每次要付钱时,她都会习惯性地紧张起来。在旅馆住着,她每天必须摇铃上十次,叫女仆来帮她穿好衣服，但她镇定得一点儿小费都不给就走，要么就是在脸盆架上留下不超过半法郎的钱。

春天的寒冷和阴雨迅速把这对年轻的夫妇赶到了南方。他们本来准备从巴黎直接奔赴马德里，但在路上听说那里爆发了霍乱，于是立即后退越过比利牛斯山，穿过里维埃拉海岸去了意大利。这时彼尔仍在罗马。雅各贝给他写了封信，告诉他南妮要来，其实完全多余。因为他每天都在斯堪的纳维亚协会读到的丹麦报纸上每天都在发布这对年轻夫妇旅行的消息。戴林这位经常被人提起，但迄今为止并未赢得尊敬的喜剧和音乐评论家，现在突然成了国内的名人。到现在为止，还从未听说过，像这样一个没有清白声誉的年轻人竟然被交付领导《公民日报》这样的重任。其实，马科斯·本哈特这次安排能够成功也并不是那么轻松。当戴林正坐在内衬绒面衬里的马车里一边爱抚自己美貌的妻子，一边穿过欧洲时，国内那些马科斯·本哈特一直没能控制的报纸正打着道德的旗号，发动斗争来反对他了。

戴林的任命标志着新旧时代代表人物之间一直没有结束的争斗又重新爆发了。戴林的名字成了划分积极进取的人和无能的人，傲慢的人与伪装成正直的嫉妒的人之间冲突的阵线。一些小报刊印了配有戴林肖像的长篇文章，大报上则刊登了彩色漫画，谣言就像长了一千条腿一样传遍了全国，人们谣传他的生活习惯是何等堕落，他的房屋装饰着缎面，他和女人的风流韵事，他的日常生活是何等的奢靡传奇。

因此，戴林和他年轻的妻子要来罗马在同胞中引起一阵骚动也就没什么值得惊讶的了。女人们对这对夫妇的关注尽管是出自道德上的愤慨，但还是令彼尔尤其不满。彼尔此前还没有过嫉妒过他人的成功，因为他觉得自己很明显是被选中的那一个，是众多对手中唯一受到眷顾的那一个。但过去半年的游历让他的自我认知从各方面都得到了发展。他认识了很多国外有教养的人，因此得以做出比较；而最近他去拜访那个小个子画家，听说了又穷又丑的比伯医生所取得的令人震惊的胜利，这些都让他更明白自己性格中有些缺点必须改掉。那天在画家画室所产生的情绪，现在又被戴林暴涨的名气所加深，已经不知不觉地控制他的生活很久了。旅途中一种潜藏的无力感一直压着他的心，一种忧伤在他心头缓缓沉淀。

一天，他在斯堪的纳维亚协会碰巧发现这对新婚夫妇乘坐的火车今天下午就要到达罗马了，他犹豫了一阵，决定到火车站去接他们。他对自己说，既然他和戴林就要成为连襟，那他们最好能友好相处。他特别担心如果和他们保持距离，会不会更暴露出他的嫉妒，而正是这种嫉妒让他饱受折磨。他在车站接到了这对夫妇，还给南妮送了一小束昂贵的花束，欢迎他们来到罗马。老练的主编和往常一样表现得非常礼貌。他嘟哝着一些感激的话语，握着彼尔的手，一边微笑着，很幸运，那微笑只有南妮注意到了。

再次见到彼尔，南妮毫不隐瞒心中的喜悦，她叫彼尔姐夫，还带来了雅各贝和家里所有人的问候。后来，他们在城里一家法国餐厅碰面吃晚餐。吃完晚饭，戴林立刻表现出不想再应酬的样子，用精心保养的手遮着，肆无忌惮地打起了哈欠。与之相对，南妮的嘴巴却一直说个不停。好在她的话让彼尔着了迷，他于是没有注意到戴林漫不经心的举止。他们在科隆纳一间露天咖啡馆喝了咖啡，而这里也和别处任何地方一样，南妮的美貌，大胆的举止以及衣着都吸引了很多关注的目光。从蕾丝边的帽子，到带蝴蝶结的鞋子，南妮一身雪白，轻柔的衣服就像天鹅的羽毛一样，裹着她丰满的身体，发出沙沙的响声。

南妮的美貌让彼尔大吃一惊，他几乎都忘了她有多漂亮了。他隔着小小的圆咖啡桌，坐在南妮的对面。在谈话的过程中，他经常偷偷瞄她裸露在外的脖颈，还有她丰满的胸部，然后他想起自己曾经有一次差一点儿就向她求婚了，而且，要她答应，也不是完全不可能。

当晚三人分别时，他们决定第二天上午彼尔到旅馆来接南妮，带她游玩一下，而戴林则将去丹麦使馆找些材料，因为他要给新上任的报纸写篇有关意大利商贸情况的旅行报道。这个安排是南妮自己建议的，而出于一贯的礼貌，戴林表示了赞同。

这对夫妇结婚时所做出的唯一决定就是，他们各自都必须保有完全的自由。他们也都同意，即使是最轻微地限制对方的举动，也可视作离婚的充分理由。

第二天，彼尔按照预定的时间来到旅馆，戴林已经出门了。南妮正在等他，已经做好了出发的准备，她仍穿着昨天那身白色的衣裙，显得十分灵巧。她从只有巧克力和蛋糕的早餐桌旁站起身，连声"哈啰"或是其他招呼都没打，直接问："我们去哪儿？今天我可要好好玩一玩。"彼尔告诉她，他刚从附近的一个广场路过，那里正在举行每月一次的集市，堆满了从罗马各个隐秘角落搜罗来的各种旧货。南妮一听说，肯定是想先到那里去了。一想到有一大堆旧货，她就兴奋不已。之后，她说他们可以雇辆马车，绕着城市看看值得一看的风景。

她最后又绕着房间检查了一番，走的时候还往彼尔的嘴里塞了块蛋白杏仁饼。接着，他们的旅程就开始了。刚走进广场，集市里嘈杂的喧闹声就从远处传了过来，南妮抓住彼尔的胳膊。看到蜂拥的人群和尖顶帐篷之间狭窄的小道，她突然有点儿胆怯了。她目光中满是担忧，偷偷扫了一眼衣衫褴褛的人群，他们正从四面八方挤进市场，要么在入口处快堆到走道上去的大堆旧铜器、旧铁器和旧衣服边围成一圈。她觉得这些罗马人都不爱干净，担心地提起裙子裹紧自己，慢慢走进人堆，裙子也提得离白鞋子越来越高。

彼尔发现她比从前更迷人了。时不时有些半裸着身子或是穿得特别破烂的人挤过来兜售货物，南妮吓得紧紧贴着他寻求保护，他挽着南妮的胳膊，感受到她柔软的身体的轮廓，不由得一阵眩晕。一开始他还有点儿不知道该如何对她，面对这个小姨子毫不客气的亲密举动，他还感觉有些尴尬，但这时却毅然地把所有的有关雅各贝的想法统统抛到一边，沉浸在当下的情绪中。

要在如此汹涌的人潮中保持方向实属不可能之举。他试着保护南妮躲过推挤碰撞，先是用手臂，然后用上了整个身体。最后，他提议应该退出人群，但南妮却不肯听。那些生气勃勃衣着破烂的人不断地挤得越来越近，她心里怕得要命，但在这嘈杂之中，闻着大蒜和汗水臭烘烘的味道，她却激动得笑个不停,就像被挠了痒痒一样浑身痉挛。

"真是太高兴了。"她从挤得严严实实的人潮中大喊出声,"这种地方戴林一辈子也不会同意我来的。"离他们不远的一个尖顶货摊突然爆发出一阵骚动。两个年轻人开始吵了起来,周围立刻拢来一圈看热闹的观众,大家给他们喊着搏击的号子。彼尔想带南妮离开,但是还没开口,南妮就把他拉了回来,把他堆到离搏斗场近一点儿的台阶上,踮着脚尖以便看个清楚。

两个打架的人都是一副发了狂的意大利人的样子,他们面对面蹲伏下身子。一个人猛的冲了几步,接着另一个也冲了几步,他们都举起紧握的拳头,黑黑的眼睛闪闪发亮,鲜红的嘴唇里喷出一声声咒骂,听起来就像是野兽的哭号回荡在市场的喧嚣之上。

南妮全神贯注的样子让彼尔有点儿吃惊。她脸色一阵红一阵白,嘴唇直打哆嗦。每当那些紧握的拳头抡圆了的时候,她就紧紧靠着彼尔,很显然她逐渐忘记了,自己握着的胳膊并不是彼尔的。

"他们会不会用匕首互相刺杀?"南妮问。彼尔大笑。在罗马街头,他曾不止一次目睹这样的情景,这些斗志昂扬的人看似正在进行生死之战,但不过出自表演的乐趣,他们沉醉在英雄般的手势中,但不过是满口谩骂些脏话,然后就各奔东西。

这里发生的事也是一样。眼看着紧张的气氛已达最高点,转眼却突然消失了,两个人就像演员一样各自退回自己的角落,观众们则鼓起了掌。

"什么?就结束了?"南妮一边问,一边朝彼尔转过身,脸上的表情满是失望。

"对啊,就是这样。我真想奖赏一下我们丹麦善战的小流氓们!"他说着,趁围观群众散场之前,坚决地拉走了南妮。费了好大的劲,他们挤到了集市外围,那里活动起来就自如多了。

这时南妮却停了下来,大喊着:"但是我们什么都还没买啊!"她毫不怜恤地把彼尔又拉回了人堆。她搂着彼尔的胳膊,把他推到一个破旧的木制货摊边,那里出售各种假古董。那里有个土匪一样的老头,白胡子从下巴上一直连到鸟一般光秃秃的脖子上,老头用东方人般的恭敬态度欢迎南妮,她于是连价都没还,花了一大比钱买了一个小小的银制不倒翁和一个镀金的皮带扣,然后理所当然的要彼尔付账。

最后,她宣布自己准备好跟着彼尔环游城市了。彼尔于是就雇了一辆马车,两人坐上出发了。

他们最先去了南妮坚持要去的波波罗广场,因为她曾经读过一篇小说就叫那个名字。之后,他们去了比西奥山,经过格里高利亚那大街到了奎里纳勒山,然后上山下山,经过戴克里先浴场、卡皮托里尼山和古罗马广场。

他们嘱咐车夫走得快一些,沿途哪里也没停过。能坐在车里用望远镜看外面的风景,南妮就很满足了。她没有忘记发出一声声惊叹,但这样做实际上仅仅也只是为了她自己,或者说是考虑到自己会给导游留下什么样的印象。她对彼尔的感情中,还很大程度上夹杂着过去的怨恨。她从没原谅彼尔抛弃她的举动,并一直在观望报仇的时机。当她想到时机终于来了,就使出浑身解数,从昨天在车站碰面起就开始了。

即使想到雅各贝,她也并不感到烦恼。南妮天性骄纵,她无法原谅这个同母异父的姐姐,因为这个姐姐不像别人,对于自己的缺点不但不加以理解,反而公开指责她轻佻的举止令人不快。每当想要满足自己的欲望,哪怕只是一时的突发奇想时,南妮从来不会仔细思考应该采取怎样的方式。虽然父亲诚心诚意地叫她"模范儿童",因为她健康生活的图景才刚刚展开,但她总是因为自己异常的乐趣,而引得大家不愉快。当她还在上学的时候,她就会通过狡猾的方式给同学惹乱子来取乐。还没完全成年,发育也未完全成熟,她就喜欢在恋人中间挑拨离间来激起女生的醋意。因为她没什么同情心,很少会想象自己会给别人造成多大的伤害,因此这种恶趣味就变得更加恶毒。她就像个半无辜的孩子,因为想看火苗蹿出屋顶,就去邻居家放了火,后来却被结果造成的毁坏吓坏了。

但同时,当她和彼尔在一起时,她却还像往常一样,仍然对他没有太大的信心。回忆起来,所有的男人中间,只有彼尔差一点儿制服了她,这让她的举止有些犹疑。尤其是当彼尔那边变得更为大胆，似乎真的是想要靠近她之后，她反而更加提高了警惕。她想刚刚彼尔扶她上马车时，把她的手捏得那么紧，这肯定不是偶然之举。当马车把他们颠来簸去时，他还好几次撞得离她那样近，她不得不稍微挪了一下才避免跟他撞到一起。想到他对自己示爱，南妮心里就感到极度的满足，特别是想到雅各贝时更是如此，但是想到他们彼此之间的角色即将发生转换，这样她就从开始的追求者几乎变成现在的被追求者，她就感到很烦恼。但尽管如此，她还是一直喋喋不休，一边摇晃着羽毛扇，肆意地笑着。

万神殿、图拉真圆柱、提图斯凯旋门全都滑过去了，南妮其实根本没有看见。直至看到圆形剧场，她才重新集中注意力。这次她不再贪图安逸，而是下了马车走进了竞技场。

"我们现在本该在马德里看斗牛的。"她用奥斯特加德街口音说着挽着彼尔的胳膊，走进阴凉昏暗的走道，那里一直通往那巨大空旷的石块垒成的竞技场，"可是该死的霍乱挡了道。真是要气死人！"

彼尔不自觉地被这里的历史感所吸引了，南妮却仍在喋喋不休。即便当他们站在巨大的献祭场的底部时，她也没有停下来，要知道这里曾经见证了那么多血流成河的献祭啊。她把望远镜举在眼前，抬头上上下下打量着一排排座位直伸展到天际，但心里却在想着还是应该穿那件带花的棉布长裙的，再搭配上红色的丝绸外衣。在她动身旅行前不久的一天晚上，艾弗森中尉在剧院就是被她那身装扮迷晕的。

彼尔试图跟她解释这座建筑的构造，指给她看皇帝和贞女抬高的座位，向她描述竞技场建造得是多么精细，高度要低于水沟，这样注满水就可以上演海战和与大水怪战斗的场景，而南妮也逐渐听得入迷了。她对那些带栅格的大门尤其感兴趣，角斗士们就是从那里冲出来，他们晃荡着武器，要么杀死对手，要么被杀掉，以供人群取乐。

她还记得这样一幅图画，画面上描绘的是一个罗马剑士站在坐满观众的圆形剧场里，那个武士肌肉发达，除了围腰和头上的金属盔甲之外，浑身几近赤裸。在她读书的最后几年，那幅图画就挂在奥斯特加德街的一家书店橱窗里,她当时总是非常小心地从旁边经过。南妮心想现在自己所站的地方以前曾经就站着这样一个身材高大、浑身赤裸,力大无穷,肌肉发达的人,他脚蹬着战败对手鲜血四溅的咽喉,笑着迎接剧场的喝彩声,那喝彩声既来自皇帝也来自平民。她不由得张大鼻孔,有了同样的感触,脖子上和后背上都是冰凉凉的,就和当时身穿白衣的贞女们闻到空气中的血腥气时的感觉一样。

过了片刻,她又挽着彼尔的胳膊返回马车,两眼暗中观察着他的身影,沉默了一段时间。彼尔提议他们应该停止观光,稍微跑高一点儿去呼吸一下新鲜空气。南妮迟疑了片刻上了车,车夫按照指令驶过了台伯河。沿着这条著名的曲曲折折的道路,他们抵达了雅尼库鲁姆山,从那里可以看见全罗马城的美景,还可以看到从坎帕尼亚平原和几英里外的阿尔巴尼亚山脉的风景。

现在大多数时候都是彼尔在说话,而南妮则别着脸,看上去仿佛正专心观看彼尔正为她介绍的建筑,它们的尖顶或圆顶高高耸立于城市金色的烟霞之上。整个过程中她一直感受到的那种不安,在这人迹荒芜的山顶终于变成了恐惧。彼尔每次在座位上挪动一下,她的神经就开始紧张颤抖。她不顾彼尔的反对,坚决不肯妥协,坚持要掉头回去。他们于是在旅馆门口告别了。

戴林早就从领事馆回来了,此刻正穿着衬衫在桌旁写东西。南妮一走进门,就能看见他的部分头发,还有他窄小的背上穿着背心,她吃了一惊,像这样从背后看过去,戴林显得多么衰老瘦弱啊!"啊,是你回来了吗?亲爱的。"他回头冲她点点头。那平静的语气令南妮生气,于是她只简单地回了声:"是的。"说着一边脱下手套扔在沙发上。

"玩得开心吗?"戴林又冷冰冰地添了一句。

"棒极了,简直是精彩!我简直再也不想回来了!"

"是吗,那太好了!真有意思。原谅我一会儿。"

"当然了。"

戴林于是又继续默默地开始工作了,南妮摘了帽子,重重地坐在房间另一头的扶手椅上。她想坐在这里就不会被看见了，却没有想到她的丈夫即使不更换姿势也能从角落的镜子里看见她。他将注意力平分成两半，一边看着南妮的脸，一边写一篇构思精巧的文章，他要用专家的严肃指导的语气把意大利商贸的动态向《公民日报》的读者做一个大概的介绍。

几乎有半个小时的时间里，房间里静悄悄的。南妮怎么也无法摆脱彼尔又一次给她带来的挫败感。她无法明白自己为什么这么无力，这种屈辱简直难以忍受。除此之外，她在巴黎时就觉得自己有点儿不对劲了，她肯定是出了什么毛病。她还无法确定，她想自己是不是怀孕了。她醒来时感到头疼得厉害，整个早上头都昏昏沉沉的。还有所有这些奇怪的欲望！哦，那可怕的梦境，她简直都不敢跟丈夫说。

这对年轻的夫妇又继续在罗马待了四五天，彼尔经常和他们在一起。显然，他和南妮的调情对戴林没有造成任何影响。戴林还是像往常一样亲切，只是南妮却顾忌流言，注意不再和彼尔单独相处。

只有当他们就要离开，彼尔去火车站送行时，南妮才又大胆地往前迈了一步。她不仅毫不含糊地紧紧握住彼尔的手，当火车开始滑动时，她还站在打开的车窗旁，闪耀着爱意的目光巧妙地落在彼尔的脸上，眼神中充满了热情。看起来就好像是，直到分别的这一刻，她才把之前一直悄悄压抑的感情释放出来。

她手里紧紧握着一束美丽又昂贵的花朵，那是彼尔送她的临别花束。火车一开动，她就摘下其中的一朵半开的玫瑰投到站台上。这可以是不经意之举，也可以被理解成一个标志，那是一次静默的告白，一个耀眼的承诺。

彼尔拾起那朵玫瑰，不知道自己该怎么样。再抬头看时，窗户已经空了。他的视线一直追着火车，但列车消失在一幢建筑的拐角，她的脸仍旧没有在窗前露面。

晚上他在郊区心不在焉地游荡了很久，回到住处后，他决定和雅各贝分手。这个念头已经在他心里憋了很久了。他一天一天离她越来越远。他意识到他们的本质是如此不同，雅各贝个性古怪，令人生畏，很难适应他所追求的自由自在、丰富多彩的生活，但这种生活乐趣就像一次文艺复兴，正是彼尔现在想追求的。只有伴着喜庆的火炬，听着铙钹的叮当声，他才能把巨魔埋葬在旧日的墓穴里。想要在生活中维持这种节日般的气氛，显然只有南妮这种类型的女人才更适合他。

另外还有一个原因，雅各贝已经不年轻了。她比自己大一岁，这件事总是在困扰着他，她体质纤弱多病，这让她年纪看上去更大。想到她那明显的犹太人特征，他就感觉更烦恼。当他读到她的来信，信中讲述了她从布雷斯劳回家的旅途中被两个男人冒犯，虽然她的语气波澜不惊，但他还是感到非常尴尬。

他也很清楚，这样分手会深深地冒犯并伤害到雅各贝。但是他不应该为了一次欠考虑犯下的过失就毁掉自己的人生。此外，除了女人的眼泪，这里还有更重要的东西。因为自己毕生的事业，他没有权利放弃那些激励人向前的东西，他要获得力量来征服其他所有人，甚至更多，要征服所有女人。他不能再束缚自己了。迄今为止，他一直错得离谱，他没有运用自己与生俱来的无畏力量。这也就是他在自己的神话中只走到这一步，没有走得更远的原因。

但是现在该扬帆起航了！他刚刚收到伊万的来信，信中恳切地请求他回国，以便亲自参加计划的研讨。和往常一样，他把信放了好几天没有回复。这时他拍了封电报通知自己要回去了。南妮目光中的允诺吸引着他回去。他也觉得，是时候开始行动了。

首先他要尽可能怜悯地让雅各贝做好准备，分手已不可避免。他要让她明白，基于自己的性情，终止婚约对她来说也是最合适不过的。分手对他来说也不容易，他欠她的实在太多太多了。但他不能为了她而牺牲自己的自由，影响自己的前途。他必须证明，自己坐在恺撒的脚下并不是一无所获，他已学会了如何越过优柔寡断的混浊的卢比孔河，如何坚定信心："决心已定！"

第十六章

彼尔回国几天前的一个早晨,上次的几个金融家们又一次聚在马科斯·本哈特的办公室里,讨论日德兰半岛西部建立自由港的可能性。伊万也出席了,但脸上却是一脸心事重重的样子。其他的人在床边激烈地讨论着的同时,他却在房间里来来回回心不在焉地走来走去,翻着周围放着的报纸和书籍。帮彼尔和别列戈拉夫上校的调停没有成功,他心情非常沮丧。彼尔在来信中谈到上校的口气似乎阻碍了一切和解的希望。他不能理解彼尔近来对自己的事业极其命运所表现出来的冷漠态度。一开始,他把获得了马科斯·本哈特的支持的好消息告诉了彼尔,说他们马上就有望建立一个金融财团了,但彼尔简短的回复却充满了讽刺:"那人从杰里科——死海以北的一座巴勒斯坦古城而来,却落入了盗贼之手……"

大家在桌子旁各就各位,桌上事先就铺好了草图、地图和估算表等文件。会议一开始，马科斯·本哈特就宣布萨洛蒙先生对别列戈拉夫上校和希德纽斯先生之间矛盾的调停没有成功，但这只是合作初期面临的一个暂时性困难。接下来，对于这个问题，应该采取更加果断的姿态，这样他们才能对合作最终的领导团构成达成决议。伊万立即提醒他们，第一次会议上，他就已经对此项工程年轻而杰出的创始人与老一辈的技术专家能否合作提出了质疑。他恳请大家，即使彼尔与上校无法和解，也不要对工程进展丧失希望。他相信，只要得到新闻界的支持，广大群众一定会认识到这项工程的重大意义，就算得不到老一辈专家和充满嫉意的权威人士的支持也没有什么紧要的。

本哈特说，他对新闻界的影响很有信心，但对公众评判力没有信心，这番评论引得其他人都笑了起来。随后，他称自己对眼前形势的看法与伊万不同。上校已经耐心地答应合作，他只提出一些非常合理，但目前还未实现的条件。因此，他建议再给希德纽斯先生写一封表达更为明确的信，让他尽快解决和上校之间完全是私人问题的冲突。

伊万不屈不挠地表示反对。他坚持问题并不在于要消除个人冲突的影响，矛盾的根源层次更深，它是新老两代人之间一直存在的争论的重复。无论是从技术方面，还是从个人角度上，别列戈拉夫上校和希德纽斯先生的观点都完全不同，这无法达成和解。马科斯·本哈特打断了他的发言，表示在座的各位肯定不想继续这样的理论探讨。

上校的问题决定下来之后，他们就开始讨论当前金融和股票市场的形势。会议结束时，本哈特提议，经过充分考虑，公司既然已经建立，就应该通知新闻界。除了他的亲信、证券经纪人赫尔洛夫，他的附和者、年轻的西维特森之外，剩下的人都流露出强烈的疑惑，但尽管如此，第二天哥本哈根的很多报纸上都以《一项新的国民工程》为标题，刊登了对彼尔的计划热情洋溢的介绍。

但彼尔的名字却基本上没有出现在介绍中，整篇文章显然都是临时写出来的，内容只不断重复这是"银行界的一个传闻"。然而，第二天这些报纸又继续报道"一些重要人士和享有极高信誉的金融机构支持此项目"。马科斯·本哈特急于吸引公众的注意,虽然他自己对工程也没有什么信心,或者说根本就没有信心。他其实是想通过竞争使哥本哈根自由港的项目胎死腹中,一旦这个目标达成,他就会让彼尔的项目下马。同时,他在报纸的报道中也避开彼尔的名字不提,想尽可能久地对正在讨论的是谁的计划缄口不语。他不相信一个丹麦牧师的后代能具有决胜的力量。他曾在萨洛蒙家的一次宴会上见过彼尔,当时伊万急切地想介绍他们认识,但他很快就明白了,这个大嗓门儿又自负的学生绝不是可以为他所用的可塑之才。

他的想法是把彼尔抛到一边,必要的话,还可以找个更好用的人来取代他的位置。他已经有人选了,是个名叫斯坦纳的工程师。他最近因为在外省一家报纸上发表了西日德兰半岛的另一项工程设计而崭露头角,他的设计如果不说是抄袭彼尔,至少也借鉴了许多内容,但具体细节上还是有自己的设计。不管怎么说,为了实现本哈特的目的已经足够了。

五月伊始,春季的气候仍旧潮湿多雨,但萨洛蒙一家还是搬到了城外的思科夫巴肯别墅。因为雅各贝说想到乡间去,于是迁居的时间就提前了。雅各贝想到乡间去不仅因为那里安静,还因为那里空气比较清新,可以有机会长时间散步。以前,她漠视自己的健康问题,因为她觉得身体的那些毛病不可能转好了。但近来,她似乎格外关注自己的身体。现在,既然她对活着有那么多的向往,也就有了希望想增强自己的力量和健康,改善多病而瘦弱的体质。她的桌子上总是堆着各种各样的书籍和杂志,其中就有她现在正热心学习的医学著作和卫生期刊。她正在英勇地进行斯巴达式的强韧化训练,用冷水沐浴,长时间远足。还在哥本哈根的时候,每天不管天气如何,路况怎样,她都会在清晨出门,一直走到朗格里杰街。她家那些住在布列德加德街的熟人们都觉得十分好笑,每天九点左右,都能从窗户看到,她撑着把湿淋淋的雨伞,严格地按照行军的样子,迈着大步往家走。

虽然她渴望的念头非常强烈,但这些坚持并未得到丰硕的成效。后来，她几乎承受不了别人的眼光了。她开始失眠，漫漫长夜似乎永远看不到尽头。即使是一直飞舞的苍蝇也能把她从最深层的梦里惊醒。但她仍然很少会沮丧。就像在给彼尔的信中所述的一样，她几乎从不抱怨，就算身处最脆弱的时刻，她也充满了希望。从童年起，她就对身体疾病如此熟悉，以至于这些再也无法影响她的心情。她仍像往常一样，和疾病相安无事。最让她烦恼的却是心底隐藏的不安。她越来越怀疑，自己好像是怀孕了。但面对母亲愈加密切的提问，她总恭敬回答，不表露出痕迹。但种种迹象越发加强了她的疑心。关于此事，她对彼尔一点儿都没有提起。她不敢确定，因为她的月事向来十分不规律。一想到自己要当妈妈了，她就感到惊恐，她害怕自己没有力气将孩子生下来。但总的说来，这些也并没有像她预先所想象的那么让她担忧。每次一想到自己的身体状况，思绪就会更加百倍地挂念彼尔。她难以控制，无法停歇的嫉妒对身体的伤害更大。

自从提到叫彼尔回国之后，她就感到愈发的紧张和不安。虽然伊万经常让她催促彼尔回来，但她并不想影响彼尔的决定。她不懂既然没有任何特别的事情要做，那为什么还要继续待在罗马。如果真如他信中所写的那样，因为预定的雕像没有完工，所以不能回来，那么这种草率之举实在令人无法原谅。此外，近些日子，他写来的信都很奇怪，尽是些语无伦次的内容，虽然语气并不冷漠——恰好相反，但还是让她有所不安。但当她接到电报，说彼尔过不了几天就要回哥本哈根时，所有的不安都烟消云散了。她孤身一人走进了森林，有生以来她第一次希望能有一个神，她好表达自己的感激，唱一曲感恩的赞歌。

彼尔要回来的那天，天刚破晓她就起床了。她静下心来，慢慢的穿好衣服，每当情绪强烈起伏时，她就会这样。载她去车站的马车还有好几个小时才回来，她却早已准备好出发了。彼尔坐上午的特快列车到哥本哈根，她却担心怕去晚了。这几天的天气一直很好，她乘坐迎送学生的列车进城，夏日的天气，艳阳高照。与此同时，彼尔刚踏入国境，列车穿行在西兰岛上。他情绪低落，心事重重。离开罗马时，他仍态度坚决，想解除婚约，但在心中却一直写不下关键性的话语。要收拾行李，准备离开，他实在静不下心来。他打算中途在慕尼黑或是柏林停留几天,以便集中精力给出最终的解释。

但随着旅途一路向北,尤其是当他看到那些林木茂盛的山岭,几个月以前,他还充满爱意,在那里渡假,当时的记忆越来越清晰。夜里火车驶过阿尔卑斯山,他意气低沉地坐在床边,看着外面洒满月光的山坡。他看见窗外闪过一座森林覆盖的山脊,山顶上积雪反射着月光,在那次幸福的爱情之旅中,他们也曾见过这座山,他的心于是越加沉重了。

他开始在心里辩论起来。他问自己现在分手是明智之举吗?在即将到来的斗争中,这段关系将会发挥巨大的价值。因为和萨洛蒙一家的关系,他一直得到他们的支持,考虑到全局,他敢放弃这种关系吗?这种考虑眼下可能是最重要的。因为生死之战即将打响,而他渴望开始。列车驶过德国境内,一座座隆隆作响的工厂,一座座巨大的车站,一根根冒着浓烟的烟囱,他体内按捺不住的活力唤醒了,在罗马无所事事的待了这么久,他急切地想要投入工作。他问自己,仅仅是为了一个女人漂亮的身体,就拿毕生的事业去冒险,甚至是推迟这项事业,这样做值得吗?

现在他决定了,对于一切可能阻碍计划进展或是会给最终胜利带来困难的事情,他都要加以避免。至少目前,为了将来的伟大事业,一切都应该做出牺牲,包括爱情。即使雅各贝已不再是最适合他的人选,经验也命令他坚持自己的选择。在爱情方面,他应该像所谓的王室成员一样,为了更高的目标,他有义务牺牲个人的感情。

列车驶进了哥本哈根火车站,他却仍然处于矛盾不安的情绪之中。但这时,意想不到的事情在等着他。他看到雅各贝站在站台上,目光正在驶过的车窗中搜寻,他的态度立刻发生了转变,心里对她涌起一阵暖流。他不由自主地把头探出窗户,挥舞着帽子。

雅各贝的气色看上去非常好。她戴了一顶崭新的宽边遮阳帽,因为情绪激动,再加上上午的空气很清新,脸颊泛出红晕。彼尔跳出了车厢。尽管站台上挤满了人,但他还是伸出双臂抱住了她。完全没有想到他们的订婚还未对外公开。让他意料不到的是,她竟年轻漂亮了许多,就连身上的犹太人的特征,也比他见到南妮时所想象的要少得多。雅各贝高兴得一句话也说不出来,但在穿过车站大厅的人群时,她的心跳得那么快,连彼尔都感觉到了。他凝视着她的眼睛,对她微笑。见到她又激起了许多甜蜜的回忆,他紧紧地牵着她的手臂,小声说:"亲爱的!"

他们进了一辆轿式马车,紧紧依偎在一起。雅各贝扑进他的怀抱,他也完全陶醉其中。马车隆隆前进,回过神来,他们已经停在一家旅馆的门前了。雅各贝待在车厢里,而彼尔则走进旅馆定了一间房,匆忙梳洗了一番。之后,他们就直接乘着这俩马车去了思科夫巴肯,而没有选择火车。因为他们有太多话要说了,不想周围都是好奇的耳朵。他们在海滨大道让车停下,收起车篷。此刻到了正午,一丝风也没有,阳光炽烈。彼尔深吸了一口气,因为从长期摇摆不定的思绪的折磨中得到了解脱,他全身心地沉浸在幸福之中。他的心里对雅各贝充满了感激之情,看到她的美貌以及见到自己的喜悦,他觉得放弃分手的决定是对的。除此之外,回到故乡,听到周围人们交谈的母语,也让他的思绪变得平静。他牵着雅各贝的手坐在车里,眺望着外面熟悉的乡间风景,森林抽出了新叶,海峡里满是帆船,一股爱国主义的情怀涌上心头。在一家别墅花园里,他看见鼓翼高飞的旗帜,立即被感动了:"亲爱的丹麦祖国!"他一声大喊。

这时雅各贝对他说起了戴林的事。

"他们昨天回来了。"她说道,"他们游览了好多地方。啊,对了,你在罗马见过他们。你对他们结婚有什么意见?"

"意见?我什么想法都没有。"

"我觉得他们已经开始互相厌烦了。总之,南妮还是以前那种轻佻的样子。而且,她可能回来吃晚饭。她说要是能和你一起回顾一下在意大利的旅途,一定会很开心!"彼尔笑笑,巧妙地把话题转移到其他的事情上去了。

大家入席一个小时之后,南妮来了,不过不等咖啡端上来,就又走了,因为她晚上还要参加晚会。她看起来很开心,穿着一条黄色的花裙子,搭一件西班牙式鲜红的丝绸上衣,显得闪闪动人。

南妮走后，彼尔大松了一口气。他已不再像以前那样满足了。虽然在思科夫巴肯受到的招待没有任何可抱怨之处——菲利普·萨洛蒙甚至为此开了香槟，但是归国的喜悦一点一点，悄悄地消失了，只留下一丝忧伤，一种说不清的空虚和寂寞。

以前他也有过这种感觉，在这个岳父母的家里，他从没真正有过满足与亲密的感觉。这家里有很多生活习惯和规矩习俗他都觉得很陌生。周围陈设中所流露出的现代欧洲气息也不时让他感到阵阵寒意。比如说，旁边别墅的邻居下午会过来拜访，大多数都是犹太人，他们虽然使用同样的语言，但感觉仍如同置身异国他乡。

他和雅各贝一起下楼去了花园。他们手挽着手，沿着海边小路来来回回地走着，这里很少会被访客们打扰到。雅各贝不想再向人们隐瞒他们的关系，两天后，家里为了庆祝南妮和戴林的结婚，还将举行一次盛大的宴会。她知道父母想利用这个场合宣布他们订婚的消息。她的母亲对此尤其着急，还说应该尽快考虑把婚期定下来。于是，雅各贝就把彼尔带到了花园，想和他谈谈这件事，同时还要把自己已经确定的消息告诉他，她怀孕了。

一开始，她没怎么说话，只是把头靠在彼尔肩上走着。而彼尔回应着她的爱抚，却暗暗感觉有些尴尬。每次雅各贝凑过来想要亲吻他，他的眼前就滑过南妮的影子，不由一阵迷惑。

雅各贝自然也受到这种拘束的影响，不确定彼尔会如何回应她的秘密，对于说出秘密感到有些胆怯。最后，她决定还是等到下次见面再说。她停下脚步，伸手抚摸着彼尔的脸颊，要他明天上午待在家里，她要去拜访他。彼尔一开始装作没听懂她的意思，说："真不巧，那不行啊，亲爱的。伊万刚要我明天上午十点到马科斯·本哈特办公室去开会。现在是时候该开始工作了。"

"那就明天晚一点儿吧，等你时间合适。"

"不行啊，不要这样，亲爱的。我们现在必须小心。"

她惊讶地看着彼尔，他说话时隐隐透出的笑容刺伤了她。然后他们就继续往前走，没有再提此事。他们离开小路，走到了海滩上。海边的圆伞下有一条长椅，太阳刚刚落山，海峡映照在红彤彤的晚霞中，就像是闪闪发光的金属。周围的风声都停了，但森林里还有风声在沸腾翻涌，久久不息。除此之外，四周万籁俱寂，很远很远的地方传来船桨拨动水面的声音。

为了避免更多的问题，彼尔开始打起了水漂。童年时代，他曾经非常熟练，但过了这么多年，他仍然没有忘掉这种技能，于是感到非常高兴。雅各贝坐在长椅上，弯腰用手托着下巴观看着。每次打出好成绩，彼尔都转过身寻求她的掌声，她笑着点点头。但与此同时，她的脸色变得严肃起来，一副若有所思、心不在焉的样子。

"你瞧见了吗？跳了八次啊！"彼尔像个沾沾自喜的孩子，大声喊。他恢复了生气，在空旷的海滩上仔细地找着自己想要的石片，后来连外套也脱去了。在这里，他又找到了之前在别墅中消失了的归家的喜悦。海浪温柔地拍打着宽阔的海岸，身后树林沙沙作响，海面看不见的航道上传来单调的打桨声，这一切都让他感到高兴。就像是故乡正悄悄的，用亲切的声音对他说"欢迎"，这正是他一直思念的。

彼尔答应第二天上午在旅馆等伊万，然后从那里一起去马科斯·本哈特安排的会议。经历了一整天连续不断的各种矛盾想法，再加上头一天劳累的旅途，彼尔感到无比疲倦，于是早早就离开了思科夫巴肯，直接回了旅馆倒头就睡着了。直到第二天一早，街上的电车声才叫醒了他。

他想到自己身处何方，马上还有一件重要的事情要办，于是彻底清醒，立刻下了床。一想到自己要相信那些陌生的商人，还要放弃内心最深处的自我，他就感到十分不快，但还是急不可耐地想要行动。他要亲自出面，让那些明显已经按捺不住，却仍装作若无其事的投资者们更有勇气，让他们对面前的任务有个更清楚的概念。

他把刮胡镜挂到窗棂上，目光也因此看到了窗外的广场。他拿着修面刷站了一会儿，看着经过的人群。这里就是人们所说的哈姆托夫广场，面积虽然很大，但形状很不规则，设施也缺乏照管，简直就是这个城市规划不到位的范例。在那些迅速建起，具有现代欧洲咖啡馆风情的奢华建筑当中，能看到古老的城墙废墟，有着百年历史的老树顶着宽大的树冠，树下有一条街道。还有一座风车，旋转的叶片在广场的人行道上投下阴影，周围是一派乡村般的风景。

耀眼的阳光洒在宽阔的广场上，地面上因为夜里下了露而显得又脏又湿。这时正是早上繁忙的时刻，城内的商店、办公室、学校、缝纫铺把人们从郊区吸引过来。汹涌的人潮踩着铺在泥泞上的两排石板从维斯特布罗街赶进城内。

"这就是丹麦的人民！我的希德纽斯们！"彼尔一边想一边面带笑容看着他们的身影，他们看起来就像兄弟和姐妹一样相像。

他思忖了片刻——他孤身一人经过了这么多年辛苦的思索，进行了这么多的准备和徒劳的尝试，终于等到这一天，五月十四日，新王国终于要打下第一块地基了。这个王国是他从混乱的思考中一砖一石地垒起来了，他从十一岁时就开始翘首以待了。

而下面的人们对此一无所知，他们都是建造丹麦未来的原材料，都是些死气沉沉的泥土，他想象着自己就是上帝，他要按照自己的形象来创造他们，要吹口气为他们注入和自己一样的自由的灵魂。

他又笑了笑，然后往脸颊上涂肥皂泡。这样的想法有些疯狂，他很清楚，但并没有因此感到害怕。恰恰相反，当知道自己还有这样一些小小的疯狂念头时，他感到很满足。正如罗马那个精于世故的小个子画家所说的那样，没有疯狂，所有人都不可能取得成功。

刮完胡子，他摇铃叫女仆端来了早餐咖啡和当日的报纸。他很饿，而可口的膳食令他胃口大开。经历了这么久的旅程，终于又可以吃到黑麦面包和丹麦咸黄油了，真是乐事啊！他对国内政事没有任何兴趣，只随性浏览着一些戏剧、文学和美术展览方面的文章，很快就看完了报纸。

突然间，他吓了一跳。原来他的目光偶然看到一则下面署着她姐姐西格妮名字的广告。广告的标题是"招收音乐初级班入门学生"，姐姐的名字下面还留有地址。那是维斯特布罗街和加马孔杰维斯街交汇处附近的一条小胡同。

在意大利的那段时间，他又一次把家人排除在生活之外。当然，在罗马的时候，他好几次从梦中惊醒，在德雷萨克也是，他奇怪地梦到了牧师庄园里的亲人。但最近的几个月里，醒着的时候，他从不会想到他们。就和少年时代一样，他故意让自己对那些回忆熟视无睹，甚至还为自己找到了辩解的理由，他这样做是在仿效基督本人，因为他要求我们无条件地离开我们的父母，去追随我们内心的召唤。

他的视线仍旧停留在那小号字体印刷的广告上。这时他回想起，在父亲的葬礼上，他们曾谈起过，考虑到两个双胞胎弟弟，他们考虑四月份搬到哥本哈根去。两个弟弟一个在药房找到了工作，另一个去了一家书店。母亲和别的兄弟姐妹们也多半都来了哥本哈根。

一阵敲门声响起，就像是射来了炸弹一样，伊万胳膊下夹着大公文包冲了进来。他带来了雅各贝送的鲜花和问候，又自作主张加上了父母的问候。他抓住时机讨好彼尔，说父母又见到他都很开心，事实上，这些也都是实话。特别是菲利普·萨洛蒙，他看到彼尔成熟了这么多，感到非常惊讶。

"但现在该谈生意了！"彼尔打断他的话，有点儿迫不及待地站起身。他还没换好衣服，穿的还是衬衫和拖鞋。

"是啊，生意！"伊万没精打采地重复了一遍，然后不安地倒在了椅子上，他用手指捏弄着脖子，就好像有什么东西突然卡进了喉咙一样。他无法想象该怎么告诉彼尔项目的进展此刻有多么糟糕，也不知道该如何让他做好准备接受接下来的会议上会对他提出的必须接受的要求。为了赢得时间，他把之前在信上写过的情况又解释了一遍，包括第一次会议的情况，以及对项目提出的不同意见。

彼尔时不时嘟囔着回应一声。他又一次站在窗棂的镜子旁，准备打领结，然后一边还不断地想着母亲。他还不能习惯想到母亲就住在这个城市，甚至就住在紧邻的街区，可能不过千步距离。

"我能问你点儿事情吗？"伊万停顿了片刻说。语气听起来十分恭敬。

"请讲!"

"告诉我,你会不会,你能不能,我是说要你下定决心和别列戈拉夫上校和解,是不是不可能?"彼尔缓缓回过头,一时不知道该笑还是气。他还是笑了。"听着,小朋友,"他说着又转身朝向镜子,"我觉得那个老蠢货已经把你们逼疯了!如果他真的把你们说服了,让你们觉得没有他的帮助,我们就什么都做不成了,那你就替我去告诉他,他可以做到。好吧,你知道吗?不用着急,畜牲会叫,那是因为它还不敢咬。"

"我承认这一点,从某种程度上说,你说得完全正确。"伊万回答道,"很明显,从某种角度来看,不管怎么说,认为他的支持有如此关键的意义,这完全就很荒谬。但是,从另一方面说,要是我们那位亲爱的支持者就是坚持一定要他参加,而且他自己也曾说过,要有某些条件,他才愿意支持项目的进行,那么……"

"那么怎样?"

"那么……我是说……那么,"伊万一边重复一边扭着身子,就像犯了胃痛,"如果你能做到他想要的那种……那种……让步,毫无疑问,这绝对会极大地促进项目的进展。"

"别胡扯了,我的朋友,你根本不知道自己在说什么。不过,现在还是让我来负责那位你多次提到亲爱的合伙人吧。要是他们以为我可以,或是将听从劝告接受什么托管,那他们真是蠢得不能再蠢了。"

"但关键不在那里,亲爱的朋友!关键在于民众,民众们想听到他的名字。我可以向你保证,你一定会受到别列戈拉夫上校最友好的接待。自从报纸上刊登了我们的工程之后,他就到处转悠,急得像要下蛋的母鸡一样。这是我听舅舅说的。"

"对我来说都一样。我不想再说这些了。"

"我能再说一句吗?不管我认为你的意见有多么正确,我觉得——请原谅——这件事你估计错了。尤其是涉及马科斯·本哈特……"

听到这个名字,彼尔全然丧失了耐心。他转过身说:"让我清静一下吧,别张口闭口马科斯·本哈特了!看在上帝的份儿上,这里我才是做决定的。别担心了,我们走吧。"

半个小时之后,他们走进了马科斯·本哈特那间巴黎风格装饰的格调优雅的接待室。除了证券经纪人赫尔洛夫和马科斯·本哈特本人之外,剩下的人都聚集了。人们簇拥在一扇高大的窗户旁,面对彼尔的到来,都流露出金融家典型的冷漠傲慢的态度。彼尔花了片刻时间平静下来,对这样的待遇完全没有心理准备。他之前还担心这些人会不会对他过分热情,因为他们想从他的项目中发财。但实际上,这些人连他鞠躬都吝于回应。那位"昔日的农民"用他白色睫毛下那双小小的猪眼冷冷地打量着彼尔,然后点了点头,双手都没有从口袋中拿出来。彼尔用坚毅的目光瞥了一眼,然后转向正作介绍的伊万说:"我没听清这位先生姓什么。"

"诺里哈维先生。"伊万小声说着换换脚,他为彼尔这种挑衅般的态度大吃一惊,这些可是即将决定他工程命运的人啊。

"啊,这样啊……"彼尔拖长了调子,然后继续盯着那位矮胖身材的农民,直到后者终于涨红了脸,傲慢地哼了一声背过身去,手从口袋里拿了出来背到了宽宽的衣襟后面。其实,这些人对于承诺加入这个自己也没有信心的项目中来,或多或少都感觉很不安。他们只是出于对马科斯·本哈特的信任才加入进来。他们大多很怀疑,彼尔不过是个颇有自信的骗子,成功地骗取了马科斯·本哈特的信任。其实,他们都在考虑,如何巧妙地退出项目,而又不与马科斯·本哈特结仇。

本哈特和证券经纪人从邻室走了进来,大家纷纷在大圆桌旁就座,经历了一些波折,讨论总算开始了。一开始,谈话很少言及彼尔的计划,要么是之前会议的旧事重提,要么就是完全与此无关,提出些参与者都很感兴趣的别的生意问题。他们聊着金融界的新闻、街头八卦、年轻的斯威特森还讲起了自己听来的城里一个女演员的趣闻来逗乐旁边的人。

马科斯·本哈特不得不拿尺子敲了桌面两次,才要求同伙们尽可能地围绕手头的这笔生意来:"先生们,我们现在说的是耶廷湾,我们应该努力把著名的北海变成股票。"

伊万如坐针毡,无奈之下偷偷瞥一眼妹夫。彼尔向后靠在椅背上,脸上的表情就像暴风雨即将来临一样。对于时不时向他提出的问题，他回答得非常简短，语气也十分不情愿。慢慢的，他开始控制不住心中的愤怒了。他还处于发现家人搬到哥本哈根来了的不安情绪之中。整个过程中，他一直非常想抛开一切礼仪，站起来就走。他看着这些强盗般的银行家们若无其事地坐在那里，傲慢地闲聊着，把他这些年来的唯一愿望，甚至是他人生意义所在的工程弄得乱七八糟。他感到恶心，就像自己也被他们嗅过摸过了一样。

但是彼尔并不知道，就在这个时候，坐在桌子领头位置的马科斯·本哈特一只胳膊撑在椅子扶手上，又白又嫩的手托着满头黑发的脑袋，眼神正犀利地观察着他。他眼圈发黑，水肿的眼皮正和平时一样半睁半闭，这样谁也看不出他的目光正投在哪里。其实他的目光一直落在彼尔身上没有移开。

彼尔紧闭的嘴唇和坚毅的额头上鼓起的青筋抓住了本哈特的目光，他曾说过，丹麦民族就是由一群群笨蛋组成的，在他死的时候，一定要为这些笨蛋中还算不错的那些人发奖。他吃了一惊，彼尔仪表堂堂，久经世故的感觉与他印象中在菲利普·萨洛蒙家的社交聚会上看到的那个彼尔完全对不上号。当时的彼尔一半像学生，一半像个风流浪子，是个没什么个性，令人讨厌的家伙。自己是不是记错了？难道丹麦的牧师阶层也有例外，也能孕育出一个真正具有强大意志力的人？

他对彼尔冲别列戈拉夫上校的顽固态度产生了新的看法。他开始觉得和彼尔打交道有点儿冒险。出于恃强凌弱的天性，他害怕那些不能立刻为他所控制的人成为他的对手和敌人。是的，他越看着彼尔，就越觉得他很危险，因此，应该把他除掉。

问题讨论到新闻界的支持上来了。证券经纪人赫尔洛夫用父亲般的口吻对彼尔说，他真的应该立即去拜访一些本地和外省的报社。他列出一系列有影响力的报纸名称，又补充了一点说，自然了，要是他承诺能给予一定数量的广告赞助就最好不过了。最后还故作幽默地总结一句：

"这样做在很多地方都是有好处的。"

彼尔装作什么也没听见的样子，把头扭到了一边。马科斯·本哈特对他朋友的意见表示支持，又提出别列戈拉夫上校的问题来讨论。他转身朝着彼尔，用他一贯玩笑的口气说："据我们听说，真是非常不幸啊，您和上校都互相揪起对方的头发来了，虽然字面意思可能不对，因为通常来说，上校一般是秃头的。"在座的都不由笑了起来，斯威特森先生更是像只猴子般怪叫着。

"正如我所说，我觉得太不幸了。"马科斯·本哈特继续说道，"因为别列戈拉夫上校绝对是最优秀的专家之一，他最适合加入我们的项目，更不用说他成了我们的敌人该有多危险，会造成多大的麻烦了。现在，您也知道，上校已经答应支持我们，只要您肯采取行动，寻求和解。您考虑到上校的年龄和社会地位，这个要求并不算不合理吧。"

听了这些话，所有的眼睛都满怀期待地看着彼尔，因为他的态度慢慢开始让大家感到疑惑。彼尔没有让大家等太久。

"我绝对反对任何形式的托管。"他说道，"我的计划没有接受过任何外界帮助，今后也不希望任何形式的合伙人。"

伊万像是只被一枪射中心脏的鸟儿，静无声息地瘫在一边。其他人也一片震惊，从没想过一个毫无名气的年轻人竟然敢公然反抗马科斯·本哈特的意志，真是太不寻常了。本哈特本人也几乎忍不住要撕掉伪装的笑容了，但他忍住了，为了给彼尔弥补过失的机会，他又幽默地说："希德纽斯先生今天早上起床肯定是爬错床头了。"接着转身朝向彼尔继续说道，"面对别列戈拉夫上校这样值得尊敬的人，您怎么能说自己不想和解呢？他可是负过伤的老兵，国家的保卫者啊！他应该受到拥戴！"

奴颜婢膝的马屁精斯威特森先生又一次尖声大笑，但他发现其他人都还是一脸严肃，于是突然停住。此时，彼尔完全忍不住了。他一拳砸在桌上站起身，脸色变得煞白，他说："我想提醒你们一句，先生们，是你们请我到这里来的，而不是我请的你们。所以我想，提条件的也应该是我，而不是你们或者任何其他人。"

彼尔又坐了回去，一片死寂。所有人都看着马科斯·本哈特，而他又一次用手撑着头，眼睛半睁半闭地看着下面。他面无血色，表情阴沉僵硬，这样通常就意味着他要宣告死刑了。这时，他迅速地和证券经纪人赫尔洛夫交换了几个眼神，后者两只手都放在桌子上，又肥又红的大脑袋低着，就像是暗暗睡着了。其实他清醒得很，他稍稍点点头，表示赞许，这就决定了彼尔的命运。

"那么，也是您想要，"马科斯·本哈特的态度明显冷漠了起来，"拒绝别列戈拉夫上校和我们提出的让步要求了？"

"正是。"

"这就是您最后的答案了？"

"当然。"

"好吧，我的朋友，一切到此为止。我们的提议不被接受，所以，只好让这个项目结束了。我想我没有弄错吧，在座的各位对此事应该没有太大的意见吧，那么我对这样的结果也就没有任何遗憾了。"

本哈特站起身，其余人也一个接一个站了起来，大多数人都感觉松了口气，没想到这么快就从他们以为会胎死腹中的项目中解脱了出来。然而，也有几个人对这样的结果感到不满，尤其是诺里哈维先生，彼尔的举动让他产生了强烈的震动，他继续用他那双小小的猪眼打量着彼尔。而彼尔则漫不经心，迅速地鞠了一躬，跟在伊万身后很快出了房门。

门在他们身后刚刚关上，马科斯·本哈特就立即提醒大家注意："多余地说一句，我并没有放弃自由港的想法。我现在就可以告诉你们，很快，我们就可以考虑另一个计划了，我相信，那个计划的基础更合理。我们很快就会见面的，亲爱的先生们。"

这天上午，雅各贝在思科夫巴肯走来走去，情绪如此低落。之前，她日日夜夜数着日子盼望彼尔的归期，因为心情太过紧张亢奋，倦意难以避免地随之而至。彼尔让她觉得有点儿失望，其程度比她愿意承认的还要深。她不由自主地想到，他变了。他身上所体现出来的自制力几乎到了拘谨的地步，她的父母很喜欢，但她却高兴不起来。她记起他从意大利寄来的最后几封信中不安的语气。说不定他只是在故作姿态，装出一副老于世故的样子，但在她看来，他并不是这样的人。她爱的是自己刚认识他时，他顽皮的样子，还有两个月前他们在劳根森林告别时的样子。当他们一起置身人群中时，她习惯了为他担惊受怕，老是担心他会这样那样激怒别人，或是招致非议，她一点都不想从这小小的折磨中解脱出来。她仿佛是在担心，如果他不再受到别人的误解，自己对他的爱就会减少一样。

正当她困在这些思绪中时，伊万带回了马科斯·本哈特会议上的坏消息。当时她正和母亲坐在花园里，伊万夹着公文包风急火燎地回来了。伊万的报道起初让她笑出了声，因为事情实在是太有趣了，跟她之前担心的完全相反。伊万的脸色都要哭了，母亲也一脸警惕的表情，她立刻感到很满足。现在她又找到了彼尔顽皮的一面。

但没用多久，她也开始惊慌起来。她把事情从头到尾想了一遍，尤其是从伊万的讲述中，她发现彼尔的所作所为是那样的轻率和没有意义，她几乎比别人更加焦急和羞愧了。虽然他们将来的生活将再次变得难以确定，她也开心不起来，但她并没有过多地考虑他们会面临什么样的后果。她对彼尔尤其感到气愤的地方在于，面对父亲和伊万为他的事业所付出的这一切，他表现得是那样草率和无情。

彼尔拍来电报说下午会过来。她穿过林间小道到车站去接他，还隔着老远的距离，彼尔就满脸微笑地叫她："我想你已经听说了，我抄袭了基督的行为，把那些金钱贩子赶出了神庙！"

这种自吹自擂让雅各贝极其狼狈。要是他能拥自己入怀，用亲吻来堵住自己的责怪就好了。但彼尔并没有这样做。不等走近，彼尔就从她脸上读出她在生气。他一直以为，至少还有雅各贝可以理解自己，明白他对这些投机商发起挑战的意义。对这些寡廉鲜耻的剥削者，她一直是很讨厌的。她还曾抱怨过，像马科斯·本哈特这样的人，竟然在大众面前扮演新时代领导人物的角色。他痛苦地想到，当这一刻成为现实，她也并没有比别人好多少。她骨子里还是一个商人，等待着一有机会就来打击他的自尊心。是的，其实犹太人也有自己的幽灵！

他们走到森林边上,雅各贝虽然感觉很累但却不想马上回家。她在树下的一张长椅上坐下来,她整理好自己的裙子邀请他坐到身边来,但彼尔却并不想这样。他把指尖插在马甲口袋,在她面前来回踱步,专心思考着怎样解释自己这样做的原因。

雅各贝一只胳膊搭在椅背上,静静地靠在上面。她留神地看着彼尔走来走去,再次感到,他的变化太大了。她黝黑的眼睛里投出的探寻的目光中闪过一丝疑虑,他昨天的谨慎和今天的烦躁背后,隐藏的是不是同一个原因呢?

她用手擦着发黑的额头,强迫赶走所有阴暗的念头。

"我对伊万感到很抱歉。"她看着远处说道,"看到他对这项工程如此热心,真是太令人感动了。我想就算这是有关他自己前途的事情,他也不会这么努力了。"

彼尔一开始并不想回答。老是说伊万自我牺牲,他开始感到厌烦了。

"是啊,确实很没意思。我对你哥哥感到很抱歉,但也无能为力。但是伊万自己也应该明白,把我和那些人弄到一起是没有用的。"

"是你,是你自己接受邀请的。"

"我不了解他们,我不知道他们坐在那里,态度却那样粗俗傲慢,他们想从我的工作中发财,却好像是帮了我大忙。如果是这样的人成了这个国家在新时代的代表,那我们就是刚出了油锅,又跳进火坑。"

"现在你想怎么办?"雅各贝顿了一会儿说。

"很简单,继续做我已经开始的事业。反抗,写作,敲响警钟,直至人们听到。除了这些银行家盗贼之外,这个国家一定还有别的人可以交流。你相信吗?他们竟然敢提出要求,要我向报社编辑致意。你觉得呢?难道要我去讨好新闻界那些轻浮的家伙?讨好戴林这种人?"

"哦,看在老天的份儿上……"

他显然吃了一惊,停下来看着她:"那么你也同意这样做了,我猜。"

"如果这样做对你的事业有利,肯定会有利的,你又为什么不愿意呢?"

"你真这样想吗?我不得不说,你今天太让我吃惊了。"

"我认为,如果你想让自己变得具有影响力,那么眼下明智的做法就是,屈服于那些有权力的人,而不是浪费更多的时间,来思考为什么他们会有权力。"

"好吧,请原谅,一个人应该做什么,我的观点和你不同。举例说吧,我一直不明白,跟拜倒在十字架下相比,拜倒在金牛犊①面前有什么不光彩之处。但是今天发生的事,却让我彻底领教了商界的欺诈,我不知道自己能不能忘得了。"

雅各贝没有作答。彼尔如此激动地想要为自己辩解,她感到很心痛。她期望着,他能停下解释,在她看来,这些解释无非是想让自己的行为显得更合理,无非是故作姿态想要抬高自己罢了。

但是彼尔似乎还想说些什么。雅各贝一再对他的行为表示彻底的反对,而且完全不能理解是什么驱使他投入了这场冲突,最后,他也无法为自己辩解了,难以向她解释自己这样做的内在原因是什么。所有这些都让他恼怒,也激得他更想争辩:"看到你这么钦佩马科斯·本哈特和他的同伙,我真是想笑啊。新鲜,你似乎刚刚才萌发这样的情绪啊。"

"最后的几句话我就当没听到,彼尔。"雅各贝强自镇定地回答,态度非常严肃,"而且,我不知道自己什么时候说过佩服的话,即便是对马科斯·本哈特也没说过吧。虽然我认为他本人没有名声那么糟。我偶然听说,他曾悄悄地做过许多好事,资助过城里许多贫穷的犹太家庭。"

"明显是为自己给全国成千上万的家庭带来的不幸忏悔吧。他毁掉了那么多家庭,良心一定很不安。"

"可是,他是一个斗士。'斗争就是我的事业',他曾这样说过。当然,他也心狠手辣,残忍无情。对于他的影响力日渐扩大,我也曾非常担心,这一点你是对的。但有时也觉得,自己对他的评判也许并不公正,总体而言,也许低估了他这类人的价值。或许我们国家就需要这样一个人,

---

① 源出《圣经·出埃及记》。

不然我们都快忘记真正意志坚强的人是什么样了。"

"你是指，一个理想的人，我们所有人的榜样？"

"或许吧。"

"告诉我，我们可以数一数，到目前为止，有多少人自杀是归功于他的功劳？"

"哦，别胡说了。"

"可你必须承认……"

"我承认，好吧。每当他利用权力打倒一个对手，或是帮自己的伙伴上位，都会引起非议，我觉得这显而易见地证明了一件事，我们总是很难认识到，为了实现目标，你必须不择手段，而不是一直和自己或其他人争辩不休。"

彼尔无言地看了她一会儿。她的这番话实在对他打击很大，虽然这全然不是她的本意，她也始料不及。

"在这点上，你确实很有胆量。"他说，激烈的话语正在他嘴边打转。他本想对她说，如果要他按照她所主张的方法行事，那这将是他们最后一次说话了。但他只勉强要她相信，对他来说，以后还有很多机会，还有更重要的决定，需要他衡量自己的目标和方法。此外，他并不是特意要反对她所说的道理，他只是很惊讶，为了给马科斯·本哈特这样的货色辩护，她竟然如此大动干戈。但这个人其实目标卑劣，态度高傲，嗜权如命，或者也可以说贪得无厌，表现出的样子就是一个极其阴险的——他本要说"犹太人"，但还是咽了回去，换成了"金钱诈骗犯"。"不过我承认，"他转过身耸了耸肩，加了一句，"你欣赏他这样的性格也有遗传的原因，我不具备这一点。"

雅各贝飞快地扫了他一眼，然后又看向远处，没再说话。

"但正如我们之前说过的，"彼尔继续道，"我觉得这件事情并不值得这样争论，在我看来，你似乎太过认真，未免显得可笑了。总之，太不幸了，你的缺点就是爱小体大作，就像古希腊悲剧中演员要穿厚底靴子一样。"

"你说的是'小题大做'吧,彼尔。"

"哦,拜托,别这么吹毛求疵了。"

"但是你真的应该注意用词啊。就算你把改革的范围扩展到知识和语言上,那也没有用。"

他们就那样僵持了一个小时,尖刻伤人的话一句接着一句,直到雅各贝用手蒙着眼睛让自己冷静。不,不,她不能怀疑他。她要蒙住耳朵,不听他那些无意义的喊叫,也不要想到什么威胁。她立刻站了起来,伸手捧住彼尔的脸,迫使他看着自己的眼睛。

"彼尔,"她说道,"我们是不是该为自己感到一点点惭愧?现在吻我吧,让我们把说过的那些丑陋的话都忘了吧。你可以说都是我的错,只要你再高兴起来就好。而且,让我们发誓吧,以后我们之间再也不要出现这样的事了。好吗?发誓吧!"

彼尔的态度马上和缓了。这些日子,他承受不住任何柔情蜜意的话。"你说得对。这太蠢了。但我总是相信,不管是什么情况,你都会支持我,现在,这样的感觉更强烈了,我需要你的理解和支持。"

"你永远都不会失去我的支持的,彼尔。"她说。他们长长一吻,和好如初。

这天,思科夫巴肯晚餐时的气氛也不是很愉快。菲利普·萨洛蒙在城里就已经知道了发生的事情,他一句话也没说。要不是有孩子们毫无顾忌地唧唧喳喳,稍稍缓解了紧张的气氛,桌上可能根本就没有人说话了。彼尔仿佛做好了全副武装,表情似是准备好迎战。经历了伊万和雅各贝对他行为的反应之后,他已准备好岳父母可能会要求他给出解释,甚至有可能要他将事情叙述一遍,因为他现在可是靠他们的资助过活的。

但是根本没有必要自我辩解。菲利普·萨洛蒙对彼尔和他的将来已经彻底打定了主意,完全放弃了想要教育彼尔的念头,虽然他总不可避免地想告诉彼尔什么样的做事方式行得通。他的岳父对发生的事也丝毫未加提及。

晚饭过后,雅各贝和彼尔手挽手去了花园,虽然他们在树林里已经和好了,但过去彼此之间的相互信任还并未恢复。因为害怕会说出什么事情又引起之前的那种争吵,两个人各自想着自己的事情,说些无关紧要的话题。雅各贝因此也无法提起宣布订婚的事情,当然就更不想把对自己身体状况的猜测告诉他。而彼尔这边也不想告诉她自己家人已经搬来哥本哈根了,虽然上午发生了那样重要的事,但这件事却让他越来越无法轻松。

另外,他还担心南妮会突然出现。晚饭时,大家曾提起她今晚就会过来,为了第二天的聚会,而且还会留下来过夜。所以整个过程中,他一直留神听着她是不是来了,还不得不小心,以免雅各贝发现了他的心不在焉。

后来,他们坐在沙滩上的挡风长椅上。昨天他们也是在同一时间过来的,但气氛却完全不一样。今天,往北很远的地方,海岸线仍清晰可见,还能清楚地看到莱茵岛,阳光下,一道道海浪拍打在陡峭的海岸上。一阵阵西风吹来,西兰岛海滨却平静无波。海滩上地势隆起的地方,水平如镜,防波堤和别墅花园就倒映在水面上。在另一边,海峡的远处,墨蓝色的海浪掀起雪白的浪花。几只小艇升起半张船帆,一艘绿色的货船驶过,嘶哑的汽笛声提醒小艇们注意。浓浓的煤烟悬在这幅画面上,就像云朵一样遮住了落日的余晖,在海面上投下长长的阴暗的影子。

这清新的海景让彼尔想起了弗雷乔夫。他的思绪又回到了柏林,回到了和这位疯画家以及他那班疯狂的艺术家兄弟们一起在莱比锡街上他们最爱的酒馆中的那些快乐的夜晚。他实在是不明白,这些人为什么这么吸引他,以至于他现在感觉非常想念他们的陪伴。从某种意义上,他觉得弗雷乔夫是个傻瓜,而且完全不懂他那些巨大的,富有感染力的油画。有些朋友还觉得他们两个人有相似之处,甚至还以为他是弗雷乔夫的亲戚,这样的说法丝毫没有让他感到高兴。

他隐隐约约地感觉到,弗雷乔夫吸引他的,正是他那臭名昭著的什么都无所谓的态度。他的观点总是反复无常,这跟雅各贝以及整个萨洛蒙一家片面且冷漠而又狭隘的生活观念刚好相反。萨洛蒙一家人的观点和评论总是事先就会准备好,而且都有着清晰的格式,就像他们家里的房间一样,明亮,时髦却枯燥乏味。而弗雷乔夫即使是对同样的食物,每天也会有全新的看法，而且总是表现得那样确信，激情永不衰减。萨洛蒙一家虽然也一定程度上热爱奢侈，但平时总是坚守着一样的生活，也就是坚持理性和可测的判断。而弗雷乔夫那颗颠沛流离的心灵显然已多次体验过生活的正反两个方面，遭受过种种磨难，才于动荡中找到安宁幸福。

彼尔开始说起弗雷乔夫的事，雅各贝则说自己几天前还在奥斯特加德街上见过他。

"这么说，他在城里！"彼尔兴致勃勃地说道，"但去年秋天他说要去西班牙定居的。他痛恨丹麦，说这里是'犹太人的新国度'。"

"他想游历整个世界，在每个城市都生活一下，但他去的地方从哥本哈根出发很少有时间超过一天的。你可能不知道，他现在又受到鼓舞成了进步人士，成了煽动改革的代言人。"

"什么？"

"他在德国改变了很多，在国内又重新流行起来了。他反犹已彻底成了过去。马库斯·莱维最近买下他一整个系列的画作作为收藏，我估计大概花了两万克朗，现在他对犹太人的公司和现代产业的福音都大加赞扬。"

彼尔大声笑了起来："听起来真是典型的他的作风啊！我秋天在柏林见过他，虽然他总爱吹牛，但我却真的喜欢上他了。但是要说清他什么时候是个正常人，什么时候又会变成谐星，胡话连篇的人，投机分子和话篓子，确实是有点困难。就好像他体内住着十好几个人，各自过着自己不同的人生一样。不过，从某种程度上说，说不定每个人都是这样的，不管怎么说，至少我们北欧人是这样的。"

雅各贝不想回应他。在彼尔还待在柏林的时候，她就有点儿困扰，不知他为什么对弗雷乔夫这么着迷。因为在她看来，弗雷乔夫不过是个傻瓜和乞丐而已，是个悲喜剧中的福斯塔夫[①]，他天性喜好挥霍，对人类充满嘲讽，这些倒是激发了他艺术上的天赋。她承认他能力出众，风格独特，但却不能允许用天赋来为性格中的缺点开脱。恰恰相反，她认为稀世的天

---

① 莎士比亚作品中的喜剧人物。

赋总是伴随着义务一起，人们谈到弗雷乔夫性格中的缺陷总是持纵容态度，在她看来这是对真正伟大品德的侮辱，是对艺术的贬低。

彼尔和前一天一样，早早离开了。他觉得累了，因此雅各贝也就没有请他留下来。南妮还没过来，她还可以赶上最后一班火车，但彼尔想赶在那之前就走。

回到城里，天已经很晚了。哈姆托夫广场上空还笼罩着朦胧的暮色，街上却已经完全黑了。广场一边，一排新近建起的风格奢华的咖啡馆窗户里，已经亮起了灯。另一边，古老的风车就像幽灵般立在苍黄的天际线上。从广场上看过去，它就像是个又大又肥的巫婆，伸开双臂，朝这个现代都市倾洒着雨点般的诅咒。

彼尔没有直接回旅馆。这一整天，他想法纷乱，情绪起伏，而那股冲动一直潜藏在心底，此刻乘虚而入。慢慢的，他情不自愿地走到维斯特布罗街，路边的街灯都亮了，夜色中的街道一如往常地熙熙攘攘。

到了贝格斯特雷德街，他转弯往城外走，直走到加马孔杰维斯街附近寂静的街区。很快，他就停在了母亲居住的那个街角。为了以防遇到家人被认出来，他拉起外套的领子，把帽子往额头上压低。这时候，街上一个人也看不见。一开始，他沿着街道上母亲房屋所在的那一边走，但觉得这样不对，于是斜穿过马路，站在对面的阴影中。他上下打量着这座简单而破旧的三层楼房，楼里的公寓都很小，每套只有三四间房。他的目光很快看到一楼大门左边的窗户，但那里除了一排涂了色的窗玻璃外，什么也没有。他肯定是记错了。这套住房明显正在维修而没有住人。这时他突然想到，姐姐在广告中所说的入口楼梯的左边，从街对面看应该是指大门的右边。

现在他看过去，发现一扇窗口透出微弱的光线。旁边房间的百叶窗还没拉下，他看见天花板上有一道光，肯定是旁边房间亮了灯，光线从半掩着的门里照了过来。他试着看清里面的东西，但什么也看不见。而且，他也难以相信，母亲真的就住在这所陌生的房子里，直到他看到窗台上两个花盆中间的那个东西，他的心一瞬间剧烈地跳了起来。他认出那是母亲装纱线的红色小筐，小时候他觉得那就像一口真正的井。

少顷，一个身影映在百叶窗上。"那说不定是母亲。"他想着，然后因为夜晚的凉意打了个冷战。几分钟之后，又一个影子出现了，但因为只是一晃而过，看不清楚，他无法辨明是男是女。这时，他听见一群人从街上吵吵嚷嚷地走过来，于是就走开了。

他沿着来时的路，慢慢地走回城里。回到旅馆，他虽然疲累不堪，但一想到要孤零零面对陌生的房间，就觉得心中很不快，几乎有些害怕起来，于是就在大门处掉了个头，冲进广场对面的一家酒吧。他叫了一杯啤酒坐在角落里，试着让心情平静下来。

只有在这时，当他回想着这一整天发生的事。他很清楚，他的人生应该怎么往下走，他再也不能用老生常谈的答案来敷衍拖延了，这时他才完全意识到，他为自己造成了多大的麻烦。他感觉仿佛再次沉入谷底，像是置身于一间又大又空，到处都是危险的房间里，找不到出口。是的——有一条出路——别列戈拉夫上校……好吧，到了走投无路时，还有另一个选择，那就是疯癫的男爵夫人。

换句话说，他必须像戴林和很多其他人一样，牺牲自己的独立性，牺牲"自我"，成为众人眼中的阉人。或者是像马科思·本哈特学习，小心地挑选一个毫无防备能力的牺牲品，然后残忍地从他身上搜刮。雅各贝在这点上是对的，因为没有别的出路。"一个人如果想达到目标，那就必须不择手段。"是的，他不得不承认，他并不像自己想象的那样，拥有成为征服世界的人的素质。他不愿付出成功所需的代价。更确切地说，名声和权力对他来说，就和过去他所强烈渴望得到的一切东西一样，在他靠近的那一刻就失去了价值。他觉得这些追求所需要付出的代价实在大得近乎荒谬。说到这里，他想起那个幸福的尼尔高。他自杀的那天夜里是怎样预言的来着？

就在这时，通往广场的玻璃门开了，一个身高两米，长着灰色胡子的人大步走了进来，他穿着一个浅色斗篷，拐杖架在肩上，就像扛了把大刀。

弗雷乔夫！！彼尔万分惊喜，差点忍不住要叫出他的名字来了，但是正当他要起身打招呼时，他又犹豫起来，于是坐着没动。他拿起一份报纸，遮遮掩掩躲在后面，而弗雷乔夫则阔步进了旁边的屋子。现在，他想清楚了，他不能再继续待在城里了，因为在这里他将到处都可能碰到这种令人不快的场面。明天思科夫巴肯将举行盛大的宴会，萨洛蒙家所有的熟人几乎都受到了邀请，想到这里，他就非常害怕。在当下这种形势下，他可不想每天都见到岳父母，他其实在这里已经没有任何事情可做。他决定要重新开始为自己的事业造势，发表一份新的宣言也好，写一系列的报纸文章也好，只要他做起来，或许到国外去做会更好。然后，还有南妮……还有那件事，他没料到母亲搬到城里来了。

是的，他必须再次踏上旅途，越快越好。明天他就要和雅各贝谈谈。不管怎么说，他之前一直打算，只在此做短暂停留。

他喝完啤酒就离开了。他走出喧闹而灯火通明的咖啡馆，来到巨大空旷的广场上，目光又落在那座老风车上。他站在广场中央，为这座幽灵一样的历史遗迹中所盘绕的哀伤氛围所呆住了。然后，他缓慢地往旅馆走去。

孩子们必读的诺贝尔文学经典

幸运儿彼尔（下）

【丹麦】H.彭托皮丹◎著 陈磊◎译

·彭托皮丹卷·

 第十七章

菲利普·萨洛蒙家并不是经常举办正式的宴会,但如果要办,规模一般就很盛大。伊万被指定为家中庆典场合的操办人,要提前很久准备好详细的计划,并交给父母过目等待认可。他通常还会准备一两个惊喜节目,他说这样"可以保证宴会成功"。有时是在房间里摆上雅致的花卉,有时是准备一道新奇的饭后甜点,如果计划中有跳舞,他就会准备四对方块舞。这次宴会他准备得特别用心,不仅是为了庆祝新婚夫妇的归来,也要为彼尔的伟大工程进行庆典揭幕。他原计划在花园里点亮灯光,燃放烟火,但此计划遭到菲利普·萨洛蒙的强烈反对。但却得到许可在海边的树上挂上中国式的灯笼,在他看来,这样效果也很棒。同时,伊万还保留了一个巨大的惊喜,他称那是宴会的"压轴节目"。

房屋的布置还没完全结束,家里人还都在卧室里梳妆打扮,彼尔就

来了。他之前忘了问宴会什么时间开始,因此非常不幸地早到了一个小时。他这时心情就已经很糟了。昨天晚上到家时,他看到桌上有一大卷文件。原来马科斯·本哈特把之前伊万送去的图纸和计算表都送了回来。虽然时间已经很晚了,他也很疲劳,但因为好奇还是犹犹豫豫地打开了它。那些图纸他已经许久没有拿过了,纸页随着岁月的流逝都已泛黄了。一瞬间,他又被完全吸引了。去年,整项工程在他眼里还只是一个草图勾勒的构想,那些具体的细节,精心设计的水闸、桥塔、堆垛堤坝,反复演算过的数字和迷宫般复杂的图表,原本已经都快忘光了,此刻却突然出现在眼前,重新照亮了他叛逆时代就明确的梦想。

他被震撼了,惊喜中还带着一种近乎庄重的感觉,他被自己打动了。多么丰富的想象力啊,多么具有创造力啊!他每展开新的一页,自豪感就增添一分,同时增加的还有一种压倒性的挫败感。他坐在最后一张图纸前,陷入混沌的思绪之中。他看见纽伯德尔的那间小屋,那间他年轻时代曾在里面劳碌过的徒剩四壁的小屋。虽然连买面包的钱都没有,但他还是开心地在绘图板前吹着口哨。在那些充满着不屈不挠的勇气的忙碌岁月里,那里曾让他感到乡愁。到了夜里,良心中的地精也不能摧毁他白日里构建起的幸福城堡。逆境只是另一种激励,被人误解和错判只会让他更加藐视一切。那时,他虽然吃不饱,债务累累,裤子上打满补丁,但他每天都像国王一样安睡,天神一样醒来。

然而清晨当他再一次展开图纸更加仔细地研究,之前的那种震惊感消失了。凭着这次旅行中学到的经验,他很轻易地就发现了很多值得商榷的地方,甚至还有一些根本就不可能达成的计划在里面,这些发现逐渐让他不安起来。他的自信最近本来就遭到重创,现在几乎摇摇欲坠了。他一整天都待在房里,越来越强烈地想要让计划变得更完善。最后,没有一处经得起他的批评,他费尽心思,却想不到一个改善的方法。以前面对工作,他脑袋里、指尖上总有无数的灵感,但现在思考起来,却毫无头绪。他第一次体会到了无能为力,心里涌起一股死亡般的恐惧感。他烦躁起来,在园景房前的露台上来回踱步。他的装扮非常优雅,一身时髦的套装,再搭一件白色的缎面马甲，绣花的衬衫前面别着一对闪闪发光的钻石饰钉，那是雅各贝送他的礼物。精心修剪的头发就像一块黑丝绒盖在头上，脑后还按照欧洲风格剃到了脖子上，露出结实的肌肉。嘴唇上的小胡子像军官一样高高翘起，在国外期间，下巴上的山羊胡却越剃越短，现在只在嘴唇下留着小小一点。

突然间，他听见丝绸衣裙拖在地上窸窸窣窣的声音，有谁走进了园景房。他转过身，原来是南妮正靠在门口急切地四处张望。南妮知道他已经来了，她看见他的马车进了大门，于是急忙打扮好，赶在其他人之前下了楼。她只在门口晃了一下，装作一脸茫然的样子向他点了点头，然后立刻退了出去，就像是在找着什么东西一样。彼尔站在那里看着她的背影。一整天，他根本没有想到过她。彼尔犹豫了片刻，跟了上去。

"你在找什么东西吗？要我帮忙吗？"

"哦，谢谢，没什么。"她说着就要走，但仍在张望着，"是我手套上的饰钉。不过没关系。我去雅各贝那里借用一下。我们好像来得太早了。"她顿了一下又说。

"是啊，我整整早到了一个小时。"

"哦，可怜的人儿！"她顺着裸露的肩膀看着他，一副同情的样子。

彼尔迟疑片刻，然后果断地走近一步，先鞠了一躬，然后彬彬有礼地伸出胳膊，幽默地说："好吧，现在，既然客人已经来了，我能不能有幸请……"

她抬起头，用羞怯的目光迅速瞥了他一眼，就好像担心他的话中有什么暗指。然后她一脸疲倦的样子打开扇子，就仿佛不想为这些事烦恼一样，她挽起他的胳膊，别过脸说："你说得对！我们就装作很开心的样子吧。"

"我们这位优雅的女士今晚好像不太开心啊。"说着，两人走进邻室，那是一间涂着白漆，洛可可风格的小房间，"出什么事了吗？"

"没什么。我就是希望这讨厌的一天赶紧结束。"

"为什么呢？"

"我讨厌宴会。"

"哎呀,这句话真令我惊讶。是最近才这样的吗?"

"应该是的。但我不再是过去的样子了。首先你的称呼变成了'女士'。然后,不知不觉的,你就成了奶奶了。"

"好吧,你知道的,最后这个尊号还要经过一系列手续的。我们可以坐下来吗?"他停下来,指了指面前放着绸垫的小沙发,"还是说,你担心客人还没来,你就弄皱了衣服?"他见她还在犹豫,于是又说。

她又看了他一眼,就像是在怀疑他的话中隐藏着什么含义,这让他很迷惑。她没有回答,只把裙子像扇子一样在身旁铺开,坐在沙发的边上。

"你能想象吗,"他在她身旁坐下,然后说道,"你真能想象吗,我们在罗马分开才过了一个星期。"

"啊,怎么会想象不到呢?"

"你没有感觉吗,自从我们那天早上在车站告别以来,好像已经过去了很久了……你记得吗……在那个火车站。"

南妮愣了片刻,一副完全不能理解的样子,然后断然地摇摇头。"不,我没有这样的感觉!"

"真的没有吗?"

"没有,而且在罗马的时候很恐怖啊,不是吗?"

"你是这样觉得的吗?我没看出你在那里不开心啊。"

"你没看出来?也许吧。"

"那么,换句话说,你很高兴又回到家里了吧?"

"高兴?"南妮掉转视线,露出厌倦的表情耸耸肩,"我觉得所有的地方都很可怕。尤其是在家里最可怕。"

彼尔笑了:"你今天真是让人意想不到。那么,世界上有谁……"

"我想说的是,"她装作不安的样子打断彼尔,"你好像非常喜欢罗马,是吗?你肯定特别喜欢那儿。"

"是有点儿。跟你说实话吧,你——还有你的丈夫,当然了——离开之后,那个城市的魅力就消失了不止一点点。所以没过几天,我也离开了。"听了这些话,南妮没有作声,只是低头看着扇子,同时脸上巧妙地露出一个凄然的笑容。她慢慢抬起那双美丽的眼睛,温柔的眼神脉脉含情,彼尔从中感到隐秘的爱恋。

彼尔又一次被南妮迷住了,心里开始感觉到不安。而为了在今晚一展风姿,她也毫无保留,使出了浑身解数。她穿着最爱的,亮闪闪的金黄色衣服,与她那东方风情的容貌和乌黑的头发非常相称。她按照日本女人的样子,把脑后的头发高高梳起,用一把玳瑁梳子高高固定在头顶。在她裸露的胸前,还着两朵大大的,暗红色玫瑰。

彼尔不得不尽力控制自己,以免做出冒昧举动。南妮注意到这点,也开始留心起来。她知道这样的游戏对她来说很危险,但也不再感到困扰,她只想让自己得到更多的快乐。而且,她觉得这样做暂时也不会有什么危险。一时之间控制不住强烈的冲动,伸出双手抱住他的脖子,亲吻他红红的嘴唇,她是不会真这么做的。因为她想保持住自己的高傲感,她并不想真的对戴林不忠。当然,对于戴林有意无意的冷漠态度,她经常感到恼火,有时也并不害怕讲给他听,但是对于戴林,她仍感觉非常骄傲,她可不想做出冒险之举,然后被他抛弃。每一天,看到城里的人,上至政府官员,下至酒店歌手,全都对戴林奉承讨好,她心里说不出的高兴。作为戴林的妻子,她能得到什么,她的心里充满了期望。

然而她一再和彼尔纠缠也并非毫无目的。她坚持认为这样做自有其合理的正当的理由。从以前类似的情况中,她学会了,每当有男人征服了她的心,她就会想到,如果能把他彻底引向危险的深渊,让他无法自拔,在那一刻,她对这个男人的迷恋就会消失。她的欲望将会得到完全的满足,她要平静地看着他一败涂地。

管家和一个女仆要布置房间,他们被打断了。彼尔挪到离她很远的位置,他们就这些那些的聊了一会儿。

仆人们还在室内,南妮突然问:"可是雅各贝在哪儿呢?她肯定知道你已经来了。我到她房里的时候,她差不多已经准备好了。"

彼尔仍旧没有说话,他不想说起雅各贝。

但南妮继续说着:"你看到她肯定会很高兴的。她穿着那套新衣服真是太美了。说不定是你亲自为她挑选的吧?"

"我?不是。"彼尔不情愿地小声说。

"啊,对了。雅各贝肯定是在你回来之前订做的。但她肯定是按照你的喜好选的,她和你说过吗?"

"没有,我完全不记得。"

"那么,肯定是想给你一个惊喜了!"

彼尔没有作答。他突然变得心烦意乱,魂不守舍起来,他看着南妮,眼神越加迷离。南妮美丽的身体激起了他心中隐匿的叛逆精神和抢掠激情。他糟糕的心情,以及对自己的不满情绪,他本想留待以后再去思考,此刻却激励他去投入新的冒险。南妮就像一剂能让他平静的麻醉剂,他被她迷住了,觉得只有她才能给他一剂滚烫的解药,让他能够遗忘。而雅各贝的一切都必须让位。那句箴言正是雅各贝自己说的,"如果想达成目标,你必须不择手段"。

仆人们离开后,他又挪到了南妮近旁。这时,他开始提起罗马,还有他们告别时的情景,他把一只手亲昵地放在她背后的沙发背上。这让她又想起那天在雅尼库鲁姆山观光时的情景,彼尔突如其来的大胆的靠近让她不知所措,她不安地躲开了。

他的眼神中也有某种东西,那让她想起从意大利回家途中那晚做过的一个梦。梦境很古怪,令人不快,却撩起情欲,以致醒来后她头痛难忍。几天前她去动物园,有一只黄灿灿的大老虎让她非常喜欢。在梦中,这只老虎爬到她的床上,开始和她嬉闹,柔软的毛皮温柔地抚弄着她。最后,老虎整个身子压在她的胸脯上,突然间,她从老虎眼睛里认出彼尔尖锐的目光。

"你记得火车开走时,你花束里掉下了一朵玫瑰吗?"彼尔问道,"我把它捡起来藏好了,现在还收着呢。"

"天啊!实在是用不着这么麻烦——"

"那要看情况。不管怎么说,是从两只漂亮的小手中掉下来的。"

彼尔还不知道，他所说的这些话可是南妮最想听的。她的手可勉强算是她的缺点所在。当然了，那两只手无论如何也算不上丑，但她也很难掩饰，她的手指有些短。

"我觉得你这些恭维话应该对雅各贝说。"她接着一边说一边换了个坐姿，以便躲开彼尔尖锐的目光，但是没能成功。

"可这是为什么呢？"他不管不顾发起了攻击，"对一位美丽的女人称赞她的美貌，这难道犯法了？亲爱的小姨子，难道要我对您撒谎，说您不是我见过的最美的女人，而是最危险可怕的人吗？那样做有什么好处？不管怎么说，您都是知道的，我曾经也有过徒劳的希望——这些您肯定都知道。好了，我们别再说过去那些伤心事了。您不会要我的，我也只得放弃。但毫无疑问，我觉得您真是太美了。"

这时，他开始担心自己是不是一不留神走得太过。他似乎看见她眼中闪过一丝怨恨，他猜得没错。他耳朵发烫，想着如果自己的进攻失败，事情将会怎样发展。

然后，他突然感觉她的双臂搂住了自己的脖子，滚烫的双唇贴了过来。不过一分钟的工夫，彼尔随即恢复了镇定，而南妮也立即走到了窗边。她背对彼尔站着，一只手不安地贴在脸上，就像是刚挨了一巴掌一样。

这时，伊万坚定而自信的声音从前厅传了过来。很快，他就迈着两条发条玩具般的短腿，急急忙忙地走了进来。他脸上的表情就像是指挥部下投入战斗的军官，身后还紧跟着几个仆人：两个身着镶着缎带的制服的雇来的侍者，一个穿着长罩衣的装饰师。

当他看见彼尔和南妮躲在这间小屋里，没有按照晚宴计划行动时，就停了一会儿。

"接待室在客厅！"他大声说着又急匆匆地走了，身后的帮手们面面相觑，都咧着嘴笑了。

南妮和彼尔谁都没动，后来，彼尔才站起身，仍是一脸茫然的表情。听到他起身，南妮也转过身，她的表情既生气又愧疚，但她态度却非常坚决，甚至是严厉地阻止彼尔再靠近。园景房里的声音大了起来，她一时有些紧张,脸色发白,于是低着头,从他身边匆匆走过去了。

她走到门口又停下脚步回过头,她把收着的扇子抵在嘴上,声音柔柔地说:"你要是敢对任何人提起你在这里的冒犯之举……"

"怎么了?……那会怎么样,南妮?"彼尔激动地说。

"那,"她继续发誓,但那双美丽的眼睛却表明她并不是这么想的。"那么,我们两个就再也不能成为好朋友。"

他们之前听见的原来是菲利普·萨洛蒙和妻子的声音,夫妇俩正手挽手走进园景房。这个精明的金融巨头非常爱自己的妻子,莉亚夫人穿着一条昂贵的镶着雅致蕾丝花边的酒红色礼服。但是他一看到走进房间的彼尔,脸上的笑容就消失了。他一看到彼尔,就想起那个令人心痛的任务:公开宣布自己女儿和这个在他眼里毫无用处完全不相称的人订婚的消息。他本来昨天就准备找彼尔谈一谈的,但是听说了他在马科斯·本哈特那里的遭遇之后,他就无法开口了。现在他仍然感觉很难以启齿,他甚至没有和这位越走越近的女婿握手,不过彼尔也没有这个意愿。

伊万又像个玩具般急匆匆走了进来,这一次是来确认一切是否都已准备就绪。第一辆马车已经到了门口,孩子们穿着白色的衣服蹦蹦跳跳跑了出去。罗萨莉亚也到了,但雅各贝却还是没有出来。她穿衣服时出了点儿问题给耽搁住了,她还不习惯对衣着这么用心,费了好大劲却还是没能把紧身胸衣穿好,绝望之下,只好叫来女仆帮忙。

半数客人都到齐了,她才露面。南妮非常期待看到自己精心埋下的伏笔会怎么样,于是就待在彼尔近旁,想看看彼尔看到雅各贝的那一刻,脸上会是什么样的表情。彼尔一下子气得脸都白了。雅各贝非常不幸地做了一件开胸很低的衣服,但她的身材根本不适合这样的款式。她想自己就要见到未婚夫了,另外也记起了那趟甜蜜的爱情之旅,觉得应该打扮得性感一些,因此就导致了犯下这个愚蠢的错误。她此举触痛了彼尔最敏感的神经。他注意到雅各贝进来时几个先生都笑了,因此都不想面对她了。

与此同时,客人们开始从前厅拥入,女仆们和雇来的侍者忙着帮客人挂衣服。马车一辆接一辆开上铺着地毯的台阶前面,而外面的海滨大道上,装饰精美的马车和租来的公共马车排成一条长龙,一步一步地往别墅挪动。最后,园景房和相邻的两间大厅里聚集了大约一百位客人。当然大部分来客都是金融界人士,从太太们的珠宝首饰上就能看得出来,不过也有一些大学教授、医生、艺术家和作家。

年轻的小姐们大多穿着舞会服装,因为他们知道要跳舞。一些年龄稍大的女士,尤其是那些犹太妇女也毫不害羞,让她们的女裁缝在场合以及当下流行允许的范围内,设计出尽量多展露她们身材的衣服。

失败了的自由港财团的所有成员都接到了邀请,但大多数都找借口推脱了,昨天的事情发生后,伊万已经料到会这样。只有"昔日的农民"诺里哈维先生来了,他脖子上挂着粗粗的金链子,脚上穿着双层底的靴子,一身村野打扮在优雅的宾客中相当显眼。伊万碰巧看到他的马车开过来,和他一起的是哥本哈根社交圈的雄狮,律师哈斯莱杰。看到这两个人的组合,伊万吃了一惊,他还想他们是不是有什么计划要给彼尔。他记得昨天的会议上,诺里哈维先生对最后不了了之的结果有些不满。而至于律师哈斯莱杰呢,他是个充满热情、很有抱负的商人,他们这样的年轻人都把马科斯·本哈特视为自己的榜样,榜样放弃的东西,他想去试一试,这也没什么值得惊讶。

家里的常客,也就是"星期日访客"中,有阿龙·伊斯里尔,还有高出众人许多的文学史学家波林,他专爱引用别人的东西,就像《圣经》中瘦骨嶙峋的母牛,总是吞食自己的同类却不会长胖。阿龙·伊斯里尔把自己瘦小不安的身体躲在房间角落里,但即便这样很多朋友还是立刻就找到了他。而波林却站在门口显眼的位置上,虽然他高得不可思议,脸色也像生了病般白得引人注目,但就和在文学界一样倒霉,完全没有人注意到他。就连曾经被他追求过的罗萨莉亚和女友手挽手从他旁边经过,也没有瞧一瞧他。罗萨莉亚还不满十六岁,个子很小,长得也不起眼,但穿着打扮得却像个妇女,大多数时候,她的眼神还是很好的。彼尔逐渐成了众人注目的焦点,其程度已远远超过他想要的。他挺拔的身姿和褐色的皮肤,在众多久坐家中和待在办公室中的面孔里，令人格外有好感。大部分人都知道他为什么会出现在萨洛蒙家里，虽然很多人这还是第一次见到他。那些听说过他的人，和可能读过他书的人都很惊讶，他竟然如此年轻。那些人本以为他可能更像个诗人，看到他这副未来领导者和先锋的样子都吃了一惊。

但人群中最引人注目的还是那桑博士。此刻，那桑博士正站在外面的露天上，身边围着一群崇拜者，那些男男女女全都在谈笑风生。有人问他对最近新出版的某本书有什么意见，那是一部名为"与天使格斗"的长诗，引发了一些关注。诗的作者是年轻的诗人保尔·伯格，他长相丑陋，曾经是萨洛蒙家的常客，也是南妮众多未成功的追求者之一。直到现在，保尔仍是聚集在那桑博士周围的自由思想家之一，他们都渴望得到博士权威的庇护。他以前的诗用词优雅，令人想到艾尼瓦德森，但音韵上却糟得一塌糊涂。他曾师承艾尼瓦德森，耐心的等待，打磨韵律，每个形容词都仔细推敲。年复一年，他出版了一系列小书，每本都越来越薄，越来越贫乏。他在诗中翻来覆去地讲述自己年轻时代的悲惨遭遇，调子在抱怨牢骚和故作反抗之间轻微徘徊。

一年以前，他出版了一本书，就连他的朋友们和资助人也都难以称赞，打击太大，他难以承受。然后他突然从哥本哈根消失了，很长一段时间里，没有任何人听说有关他的任何消息。后来有一天，有传言说他独自躲在日德兰岛的一座小镇上，像个隐士般住在简陋的小屋里，远离尘世喧嚣，只潜心思考自己的命运。也是在那里，他写出了这本惊人的书。在书的前言里，他直接痛斥了自己过去的反叛，并解释说，经过长久的精神斗争，他终于从基督教恭顺和谦卑的精神中找到了安宁和幸福。

他以前的朋友不相信他是真的皈依了宗教，那桑博士却坚称，他是因为文学上的虚荣心遭到冒犯，想要报复，性欲又得不到满足，但由此产生的宗教信仰却仍然是真实的。事实上，在那桑看来，这种皈依的起源是非常典型的，他甚至很高兴地举出一系列例子加以证实，其援引事例上至最著名的教父的告白，下至格伦特维的名言。

另外，诗人经历了变化的同时，诗歌本身也取得了突破。这部厚厚的书表现手法细致而自信，每一页都充满激情，迸发出全新的力量，达到了新的感情深度。诗集中的十几首诗展现了日德兰风景中空旷凄凉的场景，以及人们生活的单调。这些作品表面上看似非常写实，但其背后的无形世界中仍闪耀着一丝光芒。正是这一点让每个人都感觉非同凡响，异常惊艳。在此之前，他对自己灵魂的触及如此浅显，但现在，他重拾了童年时代的信仰，找到了自己的风格，他的诗强劲有力，就像是一颗黑矿石，发自灵魂深处，来自地下世界。

大厅里人群开始躁动，通往餐厅的门开了，人们开始入座就席。

在大家开始就餐之前，菲利普·萨洛蒙让伊万转告彼尔，他认为现在就是宣布订婚的合适时机。他同时也告诉了雅各贝，雅各贝没有回答，他于是就认为她的沉默正是无言的赞同。其实，雅各贝根本就没听见。她脑海中只有一件事，为什么彼尔对她的态度发生了改变。很快，她就明白了原因。

彼尔虽然在轻松地喝着酒，但却没能成功掩饰住自己的不安。南妮就坐在他的对面，正毫无顾忌地跟另一个男人调笑逗乐。她丈夫自然坐在她旁边，但她却把之前的一位追求者——骑兵中尉，现在是保险代理人汉森-艾弗森安排在另一侧。这时，她正是在和后者说笑。她时不时地还把脑袋亲昵地枕在丈夫的肩头，明显是想安抚他。而戴林显然并没有觉得委屈，还用亲切的目光回应她温柔的举动。

但戴林这样做，并不是如她所想的那样容易轻信，而是因为他非常确信，她不会滥用她的自由，悄悄逾越他所允许的界限。他深知她的特点和性格，尤其值得一提的是，他巧妙地勾起了她的野心，为她描绘了一幅将会跃至朝廷的远景，他因此很确定，哪怕是一点点可能招致流言的行为，她也自会抵制。不管遇到多少诱惑，她都会和在常去的商店里一样，她抚摸着一件件喜欢的商品，但只要需要自己付款，她就绝对会立刻放下。

她一眼都没有看过彼尔，但他徒劳地坐着，等待她偷偷投来一瞥。他过去和现在对她都一文不值。她对中尉的全情投入可能是在掩饰,可能是假装的,想到这里彼尔还可释怀,但看到她似乎真的很高兴的样子,他又确实很愤怒。

这时发生了另外一件事。菲利普·萨洛蒙先是举杯祝福了新婚夫妇,然后立刻又请大家安静,宣布了订婚的消息。他说的尽可能简短,虽然这件事大部分客人都已经知道了,但他的话在席间还是引发了一阵骚动。

彼尔举杯站了起来,接受大家的祝贺,周围顷刻间到处都是呼叫他名字的声音,他不由自主地想到,这祝福并不是为了他,而是为了雅各贝的将来的丈夫,还有菲利普·萨洛蒙未来的女婿。这个想法压抑了他希德纽斯人的自豪感,也让他与整个聚会更难相融。

虽然他根本没有意识到,但他此前从未如此强烈地感受到家族传统对他的影响,他讨厌这个世俗的、开放的、纵情享乐的圈子,这个自称上流社会的圈子。成百人的交谈声,每个人都在说,远一点儿的地方还传来几句外国话,听起来就像是一群鹦鹉在叫。当他还是个乡下孩子的时候,富人的世界让他眼花缭乱,但那样的时代早就过去了。现在,这里的一切都让他越来越烦躁。桌上摆置的那些精致的花卉肯定花了几百克朗,沉重的银制烛台,还有其余专为这个场合准备的精美的摆设,身着制服的仆人,不停更换的盘子——所有这一切在他眼里不过是犹太人想要炫耀罢了。

在所有的嘈杂声中,南妮的笑声似乎越来越大,他为此心烦意躁,最终他毫不客气地向雅各贝发泄了出来,他说整个宴会都过于炫耀,愚蠢无比。雅各贝没有答话。自从她对妹妹产生疑心以来,她一句话都没有对彼尔说。即使南妮明显表现出对前追求者中尉的兴趣,也没有骗过她。她了解自己的妹妹,对于南妮来说,调情游戏的乐趣主要就在于让追求者吃醋。她同样也清楚,南妮出于某种胆怯,害怕感情被人占据,陷入危险的境地,总会躲到其他崇拜者那里寻求庇护。

她并不能确定,彼尔和南妮之间实际上已经进展到何等程度,但她并不幻想,南妮出于姐妹之情,会考虑到她的感受。她甚至能想象,如果能把自己的未婚夫诱惑走,南妮肯定会非常高兴。现在她明白了,那时南妮回国后跟她讲述自己和彼尔在国外见面的事,她在南妮眼里读到的确实是胜利者的神采。对于这一切,雅各贝绝对不会透露出去,但她会勇敢地将快乐的未婚妻的角色扮演下去。自打孩童时代起,疾病的训练就使她拥有了近乎超人般的自制力。尽管她看着听着每一件事都如坠雾中,整个过程中,她都如同置身摇晃的轮船上,但她看上去并没有任何异常,只不过脸色比平常苍白一些,似乎是有点儿累了。

只有在彼尔面前,她才未加任何掩饰。每次彼尔跟她说话,她都别过头去。她几乎受不了听到彼尔的声音了。甚至当他的胳膊碰到她,她也会一阵颤抖。值得庆幸的是,这时她没有闲暇思考。每当她为疑虑的水落石出而几近崩溃时,就有朋友和熟人来敬她和彼尔喝酒。其中还有南妮也举杯祝福他们,这时,南妮才第一次看着彼尔。彼尔明显感到脊背一股凉气,南妮点点头,冲他们笑笑,举起酒杯:"干杯,亲爱的姐夫。干杯,雅各贝!"她真是无耻,彼尔心想。他脸烧得通红,不敢看南妮的眼神。

另外一边,雅各贝仍表现得非常平静,她没有喝酒,只把杯子举到嘴边。她强迫自己点点头回应,以避免再次看到妹妹那严重的胜利者的神采。

这时,彼尔和他将来的计划也成了席间热议的话题,至少那些离他座位很远的人都在谈。女人们都忙着打量这家里未来的女婿。大家之前就对彼尔富于男子气的外表充满好感,这时他严肃沉郁的表情,他面对友好敬酒时慎重的态度更增添了人们对他的敬意。

"是的,希德纽斯人的性格就是这样的!"坐在菲利普·萨洛蒙附近的一个人说,虽然这话明显是说给他听的,但却仿佛没有听见一样。但这番话却引起了另一个人的注意,这人坐在桌子上方的那面,年纪较大,背也很驼了,留着灰色的小胡子。他就是著名的国务委员埃里克森,是城里大富翁之一,或许可能是首富,也是位大慈善家。晚宴开始之前,律师哈斯莱杰就向他谈起过彼尔,还试着引起他对彼尔工程的兴趣,关于彼尔的工程,以前他只是有所耳闻。现在,他以探寻的目光密切关注着席间所谈论的每一件事,观察着彼尔,倾听着人们对他那备受尊敬的家庭的议论。

晚宴进行到尾声时,菲利普·萨洛蒙第三次敲着杯子请求安静,但这次不是要嫁女儿,他的解释立即引起席间一阵哄笑。他是提议大家为那桑博士举杯,欢迎他结束漫长的国外旅居生涯回国,幸运的是,国外的生活让他和国家以及国内的年轻人更加紧密地联系在了一起。人们都热情地举杯,许多客人,包括女人都从位子上站了起来,聚拢到博士身边和他碰杯。"跟我上次见到他相比,他真是一点儿都没变。"席间人们发出了这样的议论。

"好吧,他的头发可开始变白了。"

"但他还是不见老。"

他看上去究竟怎么样呢?这位威望很高,却也备受争议的人,他比任何人都积极坚定,他是在为丹麦的未来扫清道路,他在人们思想和心灵上引起了震动,其程度之巨是自从宗教改革以来都不曾有过的。他个子不高,在大多数人看来,长得也不算好看,不管怎么看,都显得比较怪异。但这一点也很难评判,因为他的表情一直在变,不由自主的抽搐似的表情反映出他内在感情的变化,而随着年纪的增大,这种变化更是有意识地夸大了。他听人说话时的表情最吸引人,展现了他一切优秀的品质:渴望知识,追求智慧。

在一般的社交谈话中,这样的情况并不多见,因为他显然还是更喜欢演讲。除了无限吸收的能力以外,他还渴望交流,即使到了两鬓斑白的年纪,交流的欲望还像小姑娘一样旺盛。他的语气甚至会有点儿说长道短,也并不是全无恶意。

他不羁的活力也造成了人们对他的抗拒和反感,这一点他自己也没意识到。他一次次地被朋友和国内的旅行者所疏远,因为他伤害了斯堪的纳维亚和日耳曼人对男性的价值观。因为他的性情与丹麦的民族性格是如此不同,如此不可调和,因此他不可避免地要对其加以攻击。与丹麦文坛之前的犹太作家完全不同的是,他既不调整自己的个性与周围的环境相容,也不会靠一句虚伪的"我为什么要和你们掺和"来使自己置身事外。

他从不怀疑自己有权说话。他很早就感觉自己受到召唤,要为自己的国家扮演一个特殊角色。也正是因为他外族人的出身,使得他更能保持一段距离观察这个国家的生活,并对其进行不带偏见的评价。

他所受的教育也不是一般的丹麦日耳曼类型。他熟悉罗马文化,偏爱法国式的优雅精致,年轻时代开始,他就推崇优雅的外表。此举立刻招致国人的质疑,更不用说知识分子了。事实上,他所遭受到的最坚决的抵制来自自己的大学。他的头发总是梳得整整齐齐,引人注目;他的衬衫前襟总是雪白;他的整个外表都那么整洁完美,那些老神学教授们都觉得他是个江湖骗子。

但是,这些都还不足以描述他的外表所引起的巨大影响。他当然具有逼人的才华,但并不能称作一般意义上的"天才"。他并不具备创造力,也没有发明想象的能力。

跟原创型的思想家格伦特维或凯尔克高相比,他的思想似乎缺乏深度。他性情过于急躁,因此无法形成具有普遍意义的独立观点;他的生活目标太多,太追求享乐,因此无法依靠个人热情,像蜘蛛那样悄悄地结出黏性强又坚韧的蛛网。反倒是那些天赋较差的人,凭借自身的努力,或多或少都能取得一些独特的发现。

他孜孜不倦地学习,就像是金色的工蜂,在烈日和暴雨中采遍了知识的花田,然后把蜂蜜隐藏在蜇刺下忠诚地飞回蜂巢。他就像长了一百只眼睛,广泛涉猎各个国家和时代的文学作品,凭借直觉准确地吸收一切能够激励国民的内容,然后再以最巧妙又最富感染力的艺术手法加以融合烹制,口味有甜有苦,为丹麦青年提供了一道特别的提神养分。他知道如何把一个个时代的思想史展开接通,就像是为其注入活力,使其成为一出鲜活的喜剧。他思想的闪电能照亮哲学上最艰深晦涩的篇章,经过他的阐释,最迟钝的头脑也能理解。

其背后隐藏的深奥秘密就在于他重新组合的艺术,他对年轻人的思想影响之大可谓独一无二。年轻人很快就被那桑博士迷住了,他们接近他不仅是出于丹麦人永不疲倦的民族精神,还因为他本人也积极地反对懒散。以前,丹麦的学生们还从没像这样轻松又愉快地学到知识。他们伸展四肢躺在沙发上,嘴里叼着长烟斗,看见一个个大文豪栩栩如生地从眼前大步迈过，他们著作的内容如此清晰明确地呈现出来，以至于之后他们自己好像也读过了这些书，并经过了思考，他们觉得已经完全不用再亲自去阅读了。

他们对那桑的判断和观点毫无限制地加以学习，因为他们觉得这就是他们自己的判断和观点。读者们完全接受了他个人的性情和习性，吸收他那东方式的火热的同情心和憎恶感，并相信自己也得到了神奇的充实。年轻的大学生们从没像现在这样富有勇气，追求自由。就连其中那些最古板的，醉心于名利人生的乡下学生，读那桑的书几个小时之后，也会从沙发上跳起来，重新填满一个烟斗。

但是大多数情况下，这种热忱不会一直持续，很多人最后又都退回去了。有些人在经历了那桑思想的洗礼之后，又重新皈依了宗教，保尔·伯格并不是唯一的例子。不然还能怎么办呢？当精神世界被唤醒后，它就迫切需要深化，但是除了神学之外，再也找不到可以扎根的土壤。而人们的文化几乎全部起源于教会。那么，一旦跨过了表面的觉醒，剩下的仍然只有中世纪一般的空虚。

讽刺的是，那桑的影响程度之大有时也可以从他的对手身上得到证实。他确实唤醒了他们体内的热情以及专注的狂热，这些他也都曾在同伴身上寻求过，但却徒劳无功。如说在哥本哈根，宗教的影响还不是那么显著，人们的兴趣可以用来创办新的公司；但在外省，尤其是乡村地区，宗教的力量却在悄悄地增长，将教会和学校包围其中，就像军队集结在要塞周围一样。

客人们都起身离了席，园景房里已经点上了巨大的水晶吊灯，彼尔和雅各贝站在房间一角向客人们致意。其中最先走上来寒暄握手的是"昔日的农民"诺里哈维先生。这个精明的日德兰人说话时"尔"音发得很重，他极力地为昨天在马科斯·本哈特办公室发生的事表示抱歉，还说自己并不同意本哈特"对形势的判断"。

彼尔只是漫不经心地听着。他的注意力又转到南妮那里去了，南妮正站在房间的另一头和一群说着奉承话的风流浪子调笑。尽管他已决定任由她在自己的欲海中翻腾，但目光却还是离不开她。他看见艾弗森中尉到前厅帮她取来了貂皮披肩，然后又柔情蜜意地帮她拢在肩膀上，他还想帮她在下颌下系好，但南妮没准，拍了拍他的手。但很快，南妮就大胆地挽住了他伸过来的胳膊，两人一起走出房间去了花园。花园里的那座挪威风格的亭子里，已经有些年轻的客人在喝茶了。

而这段时间，诺里哈维先生一直在闲扯。彼尔意识到，他说昨天的事情，是为了打探自己对计划的将来有什么打算。为了不泄露出自己其实还没有进一步的打算，彼尔更加谨慎少言，但这样却更加深了这个日德兰人的好奇心，让他更想打探自己的想法。

诺里哈维终于走了，但很快从之前围着雅各贝祝贺的人群中又过来一个。是阿龙·伊斯里尔，那个小个子的学者，他性情胆怯又古怪，对一切自己不了解的事情都怀着天真的好奇心，尤其是对实践领域。他不想打扰别人谈话，所以一直在旁边站着等待时机上前。最后，他终于等到机会，他可不想错过机会，于是就伸出两手紧紧地握住彼尔的手。"希德纽斯先生，我能借此机会向您表达我诚挚的谢意吗？我读了您去年冬天出版的那本小书，那真是一枚炸弹啊，一次可怕的轰炸……不过却对人类有益。我很清楚，您可能不太想听，或许根本就不想听，我对这本书的看法，但我还是忍不住想告诉您，虽然有些观点确实过激，造成了一定冲击，但我读得很高兴。"

彼尔没有把握地低头看着这个小个子。他肯定不是来宾中唯一同他谈论那本书，对他的观点表示赞同的人，彼尔觉得那些人所说的不过是些客气的恭维话，但却很难怀疑阿龙·伊斯里尔的真诚。彼尔曾多次听说，这位寡言的学者热衷追寻真理，为理想而不懈奋斗。而且，伊斯里尔这也不是第一次对彼尔和他对未来的构想表示支持了。

彼尔回答说，自己的书得到伊斯里尔先生的关注，他实感惊讶，而事实也确实如此。毕竟这本书并没有受到太多关注。新闻界根本没有提到他的那本书，书出版的那天，哥本哈根所有的报纸都只忙着关心趣伏里游乐园①的搬迁计划。

"这我知道，"阿龙·伊斯里尔说道，"我忍不住想给您写信。在我看来，您对人类发展的可能性充满了自豪而大胆的信心，您认为人类未来将征服大自然，国内的人民深受您的鼓舞和启迪，您不应该忽视这些。是的，我是有意识故意这样说的。依我看来，您的书是真正具有启蒙意义的作品。对我来说，那就像春天的气息，让人有一点儿眩晕却清新扑鼻，有益身心，就像是海洋的气息一样。我们国家这些可爱的年轻人们总是对真知漠视不见，或许这正是他们在生活面前总是意志消沉的原因吧，真是可惜，我希望您的福音能被他们记在心里。"彼尔羞红了脸，轻轻缩回手。他一直都是这样的。虽然他总有些傲慢自大，热切地渴望得到赞扬和荣誉，但一旦有人真注意到了他，他又会变得很难为情。一时之间，他自然不想继续深入谈论这些事，因此就想把话题引到别处去。

但是阿龙·伊斯里尔却对这个话题很有兴致。他开始谈起了那桑博士，彼尔在书中的某处曾对那桑博士的某些重要活动隐约表示出蔑视之情，因为那桑在写作时风格仍然有些唯美主义。阿龙·伊斯里尔说，虽然他无比崇拜那桑博士，但也要承认，那桑博士对自然科学和技术领域缺乏了解，这有点儿令人惋惜，这样又势必会给受他影响的部分年轻人带来致命的影响。"不用质疑的是，如果他的活动能造就更多敢于实践的人，而不是只注重心灵美好的人，那样就更好了。毫无疑问，我们必须弥补这样的情况，为了完成这项任务，这或许是我们这个时代最伟大的事业了，《未来的国家》一书的作者似乎拥有能胜任此任的杰出品质，我这么说可不是在奉承啊。显然，年轻一代一直在等待一位先锋者，一位将来的领导者。这个人还在寻找之中，这位荣耀的王者。王座上还空着呢。"

他不得不打住了话头。整个大厅突然间静了下来，一位满头黑发的先生坐在大钢琴前弹了几声和音。而伊万的脸庞就像刚刚铸造出来的二十克朗的硬币一样熠熠生辉，他领着一位身材高挑，体态丰满的女士走到钢琴

---

① 丹麦哥本哈根著名的游乐园和休闲公园，也是世界上历史最悠久的游乐园之一。

师旁边。

伊万所称的"压轴好戏"终于揭开了面纱。这位女士是皇家歌剧院的著名歌唱家,她欣然接受了宴会的邀约,并应允在晚宴后演唱两首民谣。到目前为止,这可是只有少数地位很高和富有的贵族家庭才享受过的殊荣。当然,她也将得到丰厚的报酬。

彼尔对音乐毫无欣赏能力,于是就想走开。他看到,另外几位先生想到吸烟室找找清静,都悄悄顺着墙根溜了过去。不幸的是,他离门口的位置太远,快走到的时候,大厅里突然想起剧院里的那种喝彩声,他不得不停下脚步,片刻工夫,轻柔的音乐又奏响了。

然而,彼尔并没有听进那歌声,因为阿龙·伊斯里尔的声音还在耳边嗡嗡回响,他感到一阵阵怪异的眩晕。这难道是天意吗?正当他就要对自己是否具有号召力失去信心的时候,他又得到了这样热烈的信任。当那个小个子的古怪学者预言般地告诉他"王座上还空着"时,他浑身一阵战栗。这些话重又唤起他年轻时代最为自豪的希望,那早已放弃的希望,现在,那希望重又冲进他的心中,就像一只惊慌的老鹰返回了鸟巢。歌声停止了,在伊万的带领下,整个大厅里响起了雷鸣般的掌声,他也打消了那样的念头。

这时他想到南妮和那位陪同还没有回来。"她还在快活呢。"他自言自语,同时又生出一个险恶的念头,想到花园去看看他们单独在黑暗的花园里做些什么。

走到门口,他撞见了海因里希舅舅。这个老滑头为了今晚的宴会去卷了发,还厚着脸皮炫耀他那颗又大又亮的假胸针,胸针别在衬衫上闪闪发光,就像是国王赏赐的勋章。彼尔想从他身旁绕过去。自从回国后,彼尔就尽可能地躲避着这位萨洛蒙家的魔鬼,因为他总是摆出一副资助人的样子,彼尔求婚的时候就受够了他肆无忌惮的玩笑话,因为那恶毒的语气让他害怕。

舅舅这时却拦住了他,一脸神秘的样子把他引到一边。"只说一句就让你走,我亲爱的朋友!但首先我要致以我最诚挚的祝贺。今晚一切似乎都完美。"

"您是指什么？"彼尔难以掩饰心中的厌烦。

"您说什么？哦……您和我也在演戏啊。您还是省省吧，朋友。我了解您，老天啊，太了解了。不过别不好意思，继续扮演您的角色吧，这样可能最好。我可以告诉您，您严肃的表情可是令人印象深刻呢。我的上帝啊！真是太有意思了。大家都说您有男子气概。这难道不好笑吗？不过不管怎么说，继续演吧，往下演。把他们全都哄住，朝他们眼睛吹气，演吧，演吧，我还能跟您沾点光。"

彼尔低下头，满脸厌恶地看着这个可恨的小个子。他明显是有点儿喝醉了，半耷拉着的蜥蜴般的眼里分明射出仇恨的目光。这个骗子经理从没像现在这么愤怒过，妹夫的宅子里这么多人，但却没有一个人理睬他。尤其是那些金融界人士，更是公然流露出对他的藐视。"您在胡说些什么呢！"彼尔问道，"您要是有什么话，就说吧！"

"您最忠顺的奴仆！知道吗？您让我想起了在皇家剧院看过的一出戏，当然是出很愚蠢的戏，追时髦用韵文写成的骑士戏，尽是些胡扯。里面有个小伙子，一无是处，还是个乡巴佬，但只要他一出场，所有人都会爱上他。所有的女人都想搂着他的脖子，就连国王本人也疯狂地崇拜他，任命他当了大臣。这一切全拜他身上藏着的一个小宝贝所赐，那东西显然有魔力，正是那魔力让他在别人眼中充满了魅力。

"我敢说，您肯定继承了他那个戒指，亲爱的先生。您认为呢？您刚从国外回来，立刻就引出了一道丑闻，人人都为您羞耻。但今天呢，您却行了大运，成了今晚的主角，真是个巨大的成功啊！但您呢，先生，您却认为这一切都是理所当然的！"

彼尔心想，真想把他的嘴给封上。但很快，他又有了一个更好玩的想法：不，就让他继续在这儿戏谑吧。他可以成为我的弄臣，生活这场喧嚣的假面舞会总会有停下的死寂时刻，他这纯粹的痛恨时不时还能增添一点儿调料。

他宽宏大度地把双手搭在这个猴子一般的男人的垫肩上，然后说：

"那就这样吧，我尊敬的舅舅。您如果还有什么话想对我说，那就讲出来吧。要是没事的话，我就走啦。"

"好吧，那么您听好了。您知道吗？现在有人正考虑以您的名义成立一个新财团。您看到那个肥乡巴佬了吧，今天晚上，他穿得油光光、臭烘烘的靴子把这里整个都给熏臭了，那个家伙姓诺里哈维。我见他刚才和您说过话。您难道没看出点儿什么来吗？"

"没有，没看出什么特别的。"

"那，好吧。但还是我说的，他和那个高个儿骗子哈斯莱杰，那个律师，正在伸展他们的触须呢。我瞧见了，他们两个在那边和那个小丑说话，那个长着一张牛脸的国务委员埃里克森。人人都对他毕恭毕敬，称他正直讲信义，又有一颗爱国心，因为只要有人疾呼祖国精神，国家振兴，培养丹麦精神，他就会痛哭流涕。我立刻就猜到他们是在说您，于是就凑近他们听了一会儿。我看鱼快要上钩了。这位国务委员听得很出神，看上去一副十足的蠢相。现在，我可提醒您，别再干什么傻事了。抓住时机，把钉子敲下去吧。如此天时地利，短时间内可能再也不会有啦。"

彼尔沉默了片刻。别人看到的事情，他从来就不会太相信。但是，阿龙·伊斯里尔那番话所带来的激动还没消，舅舅这番话也确实让他印象深刻。"这就是您想说的？"他问。

"还没完。"

"还有？"

"是的，但您肯定猜不到是什么，"他说着眨了眨眼睛，顿了片刻以激发彼尔的好奇心，"今天早上我在维摩尔斯卡夫特散步的时候，碰到了——您猜碰到了谁？别列戈拉夫上校。"听到这个名字，彼尔浑身都一个激灵。

"那您和他说话了，我猜。"

"这是自然。"

"那您是不是跟他说了昨天马科斯·本哈特那里发生的事？"

"当然说了。"

"好吧，那他都说什么了？"

"他早就知道了。"

"哦，听谁说的？"

"他没说，不过我后来还是猜到了。他无意中提到了诺里哈维，还悄悄地问我是不是认识他，问那是个什么样的人。原来'狡猾的狐狸'昨天就去找他谈过了。我跟您说，上校对马科斯那里发生的事情知道得一清二楚，您最好相信，他对您印象非常深刻。他听说您竟敢回绝马科斯，简直高兴得不得了。我要是撒谎，就让上帝惩罚我。他说真想看到'所有年轻的犹太反叛者都吊死——愿上帝保佑他'。他的眼里泪光闪闪，说'我向那个年轻人脱帽致敬'……我知道他想说什么。他想让我转告您，他想和您重归于好，您听明白了吗？他还是渴望和解的！'那是个忠于内心的男子汉。'他说，'这就是我们丹麦的正直青年，他们想要获得席位，他们要把在我们土地上肆意践踏的外族人都赶出去！'他就是这么说的。有趣吧？真神了！"彼尔沉入了自己的思绪之中，没有回答。

"所以难道我不该称您幸运儿吗？您干的蠢事越多，您就越成功。"旁边站着的几个宾客发出嘘声要他安静，原来女歌唱家拿出一张新的曲谱，大厅里又静得像教堂一样。彼尔一转身走开了。他慢慢穿过小客厅走进前厅。这里通往图书室和后面台球室的房门都开着，这两个房间现在都被当作吸烟室使用。浓烈的雪茄烟气从前门飘过来，几位先生正在那里激烈的大声争论。彼尔从前厅位置看不见他们的人，但他们的声音却淹没了大厅里的音乐声。他在门前的台阶前站了一会儿，听到有人提到自己的名字，他一动不动站着，脸烧得通红，心怦怦直跳。大家在争论他的事，他的工程让所有人非常激动。两个人立即争辩起来，一个说，为了国家考虑，不应该危及哥本哈根的利益；而另一个声音更大，回应道，在他看来，正是这种新颖而又诱人的进步思想才能断然打破常规，而那些老一套的做法所带来的破坏是难以挽回的，使得我们离欧洲商业中心越来越远，而我们的位置本不该是如此的。

彼尔不想再听下去了。他小心翼翼地转过身，走回空无一人的小客厅。他在那里一扇开着的窗口前站了一会儿,眺望着外面的大路和森林,夜空还残留着淡淡的余晖。

所以,现在属于他的时代来了!他突然想到(他自嘲般地笑了),这一刻实际上和他过去预计的完全一致,如果只考虑今天发生的事情可能会产生的影响的话。宣布订婚就标志着他的好运的降临,现在他有权获取名誉的金王冠了。

大厅里又响起暴风雨般的掌声,随后,客人们分散到各个房间去。房间里太过闷热,四处还弥漫着浓烈的香水气味,彼尔脑袋昏昏沉沉的,不想再被人群包围。他迅速下定决心,转身回到前厅,在一排排衣帽钩上找到自己的帽子和外衣,然后出门走到大路上。这是一个温和的夏夜,道路的一侧是森林,另一侧则是笼罩在烟雾中的海峡。他停了好几次,深深呼吸着充满露水气息的空气,疲劳一扫而光,整个身体似乎都被擦洗干净了。他一手拿着帽子,大衣则松松的搭在肩头,像艺术家的披肩那样垂下来。他想,现在该是时候认真落实自己的工程计划了,他要成功地修改其中的错误之处。上午此事所带来的失望可能是因为不想修改而引起的,到了明天,事情就会好起来了。

在道路转弯的地方,他走到海边再次停下脚步。海岸退了潮,宽阔的海峡上空笼罩着几乎无云的天空。他站了几分钟,听着海浪柔柔拍打海滩的声音。就像刚回国那天晚上,他和雅various贝一起站在思科夫巴肯别墅之下的海滩上的情景一样,他被这单调的海潮声响所打动了,耳边似乎听见从这深深的寂静中传来那永恒亲密的声音。

就连繁星在他眼中也似乎变得格外生动。莱茵岛上空有一颗小小的星星在闪耀,它亲切地眨着眼,似乎是在提醒他什么事情。"你难道不记得我了吗?"星星问道,"你难道没有想起来吗,很久很久以前,在很远的地方……"

两辆载着客人离开的马车将他拉回了现实世界。海滩上有什么东西在发光,一开始,他很吃惊,几乎被吓着了。他很快认出那是伊万的中国灯笼,灯光倒映在平静的海面上,形成了一排闪耀的光柱。往上一点儿,透过画面里黑魆魆的树影,他隐隐看见灯火通明的别墅。在这个宁静的夜晚,眼前的整幅画面产生了一种奇异的效果,这里就仿佛是童话中光芒耀眼的宫殿。

就在这时,他想起之前心里还想去花园里偷偷观察南妮和中尉的。他真是完全把她给忘掉了,但却全然没有感觉到伤心。"就让他拥有她吧!"他用这句话义无反顾,完完全全地向南妮和这场爱情冒险告了别。在这里,面对着浩瀚的空间,人类这种不知疲倦的爱情游戏让他感觉难以为继,心里甚至充满厌恶。

他沿着大路越走越远,经过的一个地方传来音乐声,他于是自动停下脚步,透过路边充当篱笆墙的高高的山楂树丛往里看。他看见一座茅草屋顶的小屋,古老的花园里几位年轻的女士和先生们正互相追逐嬉戏。这里显然也在举行聚会。他把这里的景象和刚走出的地方进行了比较。这里的女士们衣着都很亮丽,但并没有受到欧洲那种暴露风格的影响,玩的游戏也不过是古老的捉迷藏。一个学生模样的男子站在树下,他用一顶白帽子挡着脸然后开始数数,其余人则急急忙忙跑过草坪和小径,躲在灌木丛后。透过半开的房门,能看见收了一半的餐桌,两个上了年纪的绅士抽着烟,其中一个戴着无檐便帽,这完全是一幅简单惬意的乡村图景。吸引他停下脚步的音乐声就是从那里传出来的,那单薄且音调不正的琴声就出自一架古老的钢琴。以前在故乡那座牧师庄园里,他的姐姐西格妮弹的也是这样的一架钢琴,那琴声他每次听到都会受到触动。

两个少女互相搂着对方的腰,从小屋后面的庭院里走了出来,她们在花园门前的台阶上坐下,怀着浪漫的想象凝视着满天的繁星。几个刚刚做完游戏,跑得快喘不上气的女士们也和她们坐到了一起。台阶上慢慢聚集了一群身着白衣的身影,她们仰望夜空,拿手绢扇着风。

"我们说不定还可以看到流星呢。"一个声音说。

"那你想许什么愿呢?"另一个声音问。

"我才不想让全世界都听到呢。"

"您难道连我也不告诉吗?金森小姐。"那个学生问,他和另外的先生们已经在女士们对面的草坪上坐了下来。

"我不知道,好吧,也许可以告诉你,如果你发誓不会告诉任何人的话。"

"我发誓!"他把手放在胸前大喊。

"您想许什么愿?"

"我希望明天早上不用去煮稀饭。"人群中响起一阵哄笑和掌声,然后有人问:"我们能不能唱首歌啊?"

"好啊,唱吧,亲爱的孩子们。"一个老夫人从开着的门里走了出来,"那现在我去把甜点端出来。"

彼尔还不知道,花园里最后一对还在散步的夫妇正在注视着他。突然,一个男人出现在他面前的树篱背后,那人举起帽子,用一种带着讽刺语气的礼貌方式问他是不是在等人。彼尔逃开了,但走了几百步又停下来聆听。花园里开始唱起了歌,那歌词和曲调他都记得,那是夏天的时候,他的兄弟姐妹们经常在外面唱的一首歌:

宁静笼罩了大地,
四周都万籁俱寂。
月亮在云朵中微笑,
星星一群群眨着眼睛。

他屏住呼吸倾听着。以前,他似乎从来没有听过这么多美妙的声音。夜晚的宁静更增添了那歌声的魅力。虽然他隔得很远,但在他耳中,歌词的每一个字都听得异常清楚。那歌声中就像是有着某种超自然的力量,就像是从他四周裸露的大地上直接升起来的,那是来自地下世界的合唱:

宽广平静的海面闪着光,
将天空拥入怀中。
田野高空的守护者,

赞扬上帝仁慈的恩惠。

他闭上眼睛,一阵隐隐的痛苦穿透了他。那歌声激发了他灵魂深处隐藏的哭泣声:

大地上的一切痛苦
都在夜晚的宁静中得到了解脱。
哦,愿不安的心灵平静
安和,然后,重生。

在思科夫巴肯,舞会开始了。刚吃过丰盛的晚餐,这时都是年轻人才敢进行那么剧烈的活动。年纪稍大的客人们则散布在房间的角落里,要么坐在墙边欣赏。音乐会之后,人们的兴致一时有些衰退。直到舞曲开始奏响,吸烟室里又端上了烈酒,气氛才又活跃起来。

那桑博士搂着宴会上最年轻漂亮的两个小姐,穿过旁边的小客厅,快速地冲进了舞池。或许,这位著名人物在任何场合的表现,都不如跟好舞伴一起跳舞时更令人惊奇。不管他白天或是晚上要工作多长时间——他书房的灯常常要一直燃到黎明——他都不会焦躁,而总是会以年轻活跃的步伐和饱满的活力投入到娱乐活动之中。他从来不需要服用任何人造的刺激品。在过去这些年来的知识斗争中,他对人类的藐视不管变得多么实在和深刻,永远都超不过他对生活的渴望。明亮的晚会,漂亮女人,笑声还有花朵让他一直保持旺盛的生命力。人们不管在何时何地看到他,他都总是在忙着和谁说着话,解释着什么或是在劝导某人。

无论是在社交场合,还是在文学作品中,他都是征服者,魔法师。他大胆好斗,但也确实担心人们对他的看法。即便是最不起眼的年轻学生的意见,在他看来也是很重要的。在作品中,他经常开玩笑说生活就是一场假面舞会,但当真正面对生活时,他却还是会妥协。就连生活中最不吸引人的东西,他也无法抗拒。他生活在首都,在市中心出生,在街道两旁长大，他的本性是如此不屈不挠，如此富有才华，就像是南方的仙人掌一样，要在戈壁滩上开出花朵。

正是因为这种对生活的广泛探索，他成了丹麦这个沉闷偏远的乡村国家里的异端。在当代的文坛音乐会上，有各种乐器发出的声音，有宫廷的低音管，有乡村集市的喇叭，有虔诚的教堂钟声，他发出了自然的音调，但立刻就吸引了人们的注意，扰乱了乐队的演奏。虽然他一条腿有点儿跛，头发都花白了，还留着山羊胡子，但当他搂着两个脸色红润的年轻小姐急匆匆奔向舞池时，展现给当代青年的形象是那样地充满活力。他就像是广阔森林里的潘神，吹奏着魔笛，把那些意气消沉的人引诱到恢复活力的泉水边，把深受教会束缚的丹麦人都引诱到舞池里。

大厅中有许多观众，雅各贝就是其中一个。她仍旧坐在那里，因为舞会的音乐和嘈杂让她无法想东想西。坐在她身旁的波林正和她谈论着保尔·伯格。她没有听波林在说什么，而是环视着大厅，寻找彼尔。但哪里也找不到他，而这时，南妮一袭金黄色的身影却一直出现在舞池中。她想他肯定是去吸烟室了，他要是在这里该多好啊！她担心他会进来邀请她去跳舞，如果他想这样重归于好，自己不知道能不能保持镇定。

大个子文学史学家波林并没有发现她的心烦意乱。他说话就和平常一样，一副心不在焉的样子，说着说着中途还短暂停了几次，驴一样的耳朵一会儿冲着这边，一会儿转到那边，捕捉着周围人的谈话内容。波林本是个性格和善的丹麦青年，因为受到那桑博士的影响而觉醒，就像狮子一样渴望战斗，后来他虽认识到自己的错误，但却不敢承认，更不用说要他像保尔·伯格一样，到敌人的阵营里去取得犹大般的声誉了。他属于学者中进步的团体，但他只是出于恐惧才跟着队伍，其实队伍每一次失败，他都在心里欢欣鼓舞。

从某种程度上说，他是自己正直品性的牺牲品，因此，他在自己眼中就是个悲剧人物。当胜利者那桑博士搂着女伴出现在门口时，他的脸上泛起一片暗沉的红晕。在舞池中旋转的人群中，能看见南妮金光闪闪的舞娘般的身影。她也在到处搜寻彼尔，她一直提防着他，因为不知道他会做些什么。虽然她表情收放自如，但整个晚上心里却一直很不安，为之前在小客厅里的插曲而倍感焦虑。她所有的行为都是算计好了要迷惑彼尔，然后自己反倒能忘掉整件事，但她开始担心自己是不是走得太远，而彼尔怀恨在心，是不是会把事情泄露出去。这时，彼尔刚刚回来。他在前厅里把外衣挂在衣帽钩上。透过开着的门，他看见吸烟室里坐满了人，还碰巧看见戴林坐在一群知名的金融家中间。

戴林在民众中原本是靠制造丑闻出名的，现在他又用同样的方式中饱私囊，说的写的都是当下民众们，尤其是金融家们最想听到的话题。出于这个原因，他在法国和意大利旅行期间发回的关于当地商贸状况的稿件在商界获得了极大的赞誉，他也因此而被誉为拥有渊博得令人吃惊的商务知识。

他一直强调丹麦商贸状况很健康稳定，与国外的状况完全不同。此举也让社会各界认识到，他作为一家大型商业报纸主编的能力已得到了极大的提高。从他的文章里，谁也没有想到一位之前的《鹰报》娱乐编辑会如此认真负责。

对他的任命一开始曾招致异常强烈的批评，但现在却又一次证实了马科斯·本哈特在物色人选和人尽其用方面所拥有的绝佳能力。

彼尔本想加入吸烟者们的行列，以便赶走独处时的思绪，他想喝上一杯威士忌，融入到周围的环境中去。但一看到那位被人们大肆奉承的报业新贵也在，立刻就打消了这个念头，转身走到其他房间去了。他的脸上还映照着一种淡淡的、超凡脱俗的光彩，但随着他在拥挤燠热的房间中迈进，挤过一张张潮红的脸颊和一把把疯狂扇动的扇子，他又恢复了晚宴时那种傲慢严肃的神情。

枝形吊灯耀眼的灯光刺得他双目疼痛。从夜晚宁静的公路到喧闹吵嚷的社交场所的转变让他迷惑。他感觉自己就好像进入了一台在强压下运转、呻吟的机器。

他走到了大厅，仍旧站在门口观看舞会。这时舞会的气氛已经活跃多了。就连许多年纪较大的客人们也跳了起来。他看到一片喧哗之中，雅各贝仍坐在对面墙边，一小时前他离开时的同一个地方，心下一阵触动。是的，以前也好，现在也好，只有和她在一起才感觉这里像个家。在他还没有判断出她真正的价值之前，把他吸引到她身边的原来并不是误导人的本能，而是对生活最热切的渴望。

令他吃惊的是，她和周围的环境是多么不相称啊！她很明显根本没有跳舞，扇子和手套都放在膝盖上。

再看到她，对彼尔来说就像是某种启示。在此之前，他从没像现在这样强烈地感受到，他们是如此密不可分地联系在一起的。他在神奇国度追求幸福的冒险中，迄今为止获得的唯一有价值的东西就是雅各贝的爱。

他想，从今以后一定要更加珍惜，他看着她那张智慧、美丽而又苍白的脸颊，她眼眶很深，嘴唇坚毅却又富于女性魅力。那条灾难般的裙子现在令他很受感动，恰恰因为她如此倒霉地做了错误的选择。他想穿过舞池走到她身边去，但南妮却搭着舞伴的胳膊带着舞伴直接转到他身旁，一张脸跳得通红，冒着热气。

"啊，您都去哪儿了？老男孩。女士们都想和您这位马上就要当新郎的人跳舞呢，可您——一下子——就不见了踪影。这样的行为不失礼吗？"

彼尔冷冷地看着她："抱歉，但是雅各贝今晚很累了，所以我也就不跳了。"

他一转身，南妮就开始笑了起来，为的是掩饰他的话和表情让她浑身发抖。"我们进去喝点儿东西吧？"她问了一句，拉走了舞伴，"我姐姐真是找了个可怕的莽汉。您不这么觉得吗？"

彼尔在门口一出现，雅各贝就看见了他。她故意假装看着别处，其实却将他和南妮之间的这一幕看得一清二楚。她看见他朝自己走来，感觉到他们之间似乎已经摊了牌。他温柔地叫了她一声，坐在她身边波林刚刚腾出的位子上。过了一会儿，他凑近了点儿，静静地把手放在她的手上，就像是放在椅子扶手上一样。她没有把手拿开，她做不到。她被他这沉默的忏悔请求征服了，但她的自尊仍然促使她不能放下防备，她不愿对他的握手做出回应，也不愿看他的眼睛，而彼尔显然正在等待着。

"你的手真凉。"他说道，"你真是浑身冰凉。我去给你拿个披肩吧？"

"不用，我没事。"

"是因为门口有风吹过来了吗？"

"没有，我没感觉到。"

"但是……你不……"

"不了，就这样吧。"

"那就随你所愿，我最亲爱的。"

他没注意到她的声音中有些不耐烦和苦恼。他拍拍她的手，把它拉到自己的胸前，这样她的胳膊就贴在了自己的胳膊上。同时，他又向她靠过去一点儿，他们的肩膀紧密地贴在了一起。她似乎想要抽走自己的手，他却紧紧地抱着。他凑到她的耳边小声说"亲爱的……我亲爱的。"她辨出那语调是他们热恋的夜晚他所使用的，她的脸烧得通红。

过了一会儿，他问："你跳过舞了吗？"她摇头。

"你想跳吗？"

"不，并不想跳。"顿了一会儿，她又担心他会误解她是在拒绝，又说，"我很累。"

"那我有个提议。今晚天气这么好，一点儿也不冷，就像夏天的夜晚，我们到花园散散步，你觉得怎么样？"她还在迟疑，他又说，"我想清新的空气对你会有好处的。而且，我还有事跟你说，雅各贝。"

这时，她才开始看他，但完全是不由自主的，因为事实上，她的思绪还在漫游。但她能感觉到他语气中的真诚和亲昵。

她站起身，彼尔取来了外衣，他们就进了花园。外面的露台上，一些跳过舞的人围坐在几张桌子旁纳凉，桌上有冷饮和点心。在满天的星光下，南妮和她的舞伴也退了出来。她正准备吃冰冻果子露，看见彼尔和雅各贝手挽手走了过去，消失在大理石台阶下方。

现在他要把一切都告诉她了——把她彻底吓呆！她又气又嫉，嘴唇发白。她放下吃了一半的果子露，和舞伴一起回了大厅，一边跳舞心里一边还在想。雅各贝不会赢太久的！她会后悔的，她们之间的战争马上就要开始了。

彼尔和雅各贝一路穿过花园,在海边一张撑有遮阳伞的长椅上坐下。不想别人打扰时,他们就会来这里坐坐。这里只有他们两个人,雅各贝完全原谅了彼尔。彼尔伸出胳膊搂着她,她紧紧地靠着彼尔,把头倚在他胸口。他们就这样静静地坐了一会儿,脚下的海水泛着波纹,似乎睡着了,伊万挂起的中国灯笼的倒影在水中微微闪光,就像是一群群的金鱼。"你不冷吗?"彼尔问着帮她把毛皮披肩拢紧一些。

"不冷,一点儿也不冷。"她又回答了一次,似乎有点儿生气了。

接着他们昨天在同一个地方所进行的谈话,彼尔开始解释,看到今晚的来宾,他更加确信国内那些所谓的将来时代的领导者们正在堕落。此前一直让他着迷的咒语现在已经完全打破。他完全相信她有一次给他写信所提到的内容,一个像戴林那样的人都能获得极高地位的社会本身就给自己判了刑。他已经完全明白了,自由思想和远见卓识如果想在丹麦取得胜利,那就必须有另一种力量站到前线来,那就是人,真正意义上的人,认真而具有高尚思想的人,他们要有高于每日疯狂追逐金钱、女人和名誉的远大目标。

他以惯常的雄辩能力阐述着自己的观点,但雅各贝根本没有听。这些严肃而又真诚的话语就像沉闷的哼哼声滑过了她的耳边,但最后,为了表示相互理解,彼尔请她给他一个吻,这次她听清楚了。她马上抬头送上自己的嘴唇,她就像一个口渴难耐的旅人,除了止渴,别无他念。

 第十八章

第二天早晨醒来,彼尔觉得不舒服。他睡觉总是不安稳,夜里蹬掉了毯子着了凉。当他从床上坐起身时,感到胸腔一阵尖利的刺痛,心下不由着急起来。他记得这疼痛感,旅途中他曾经受过好几次,上次发作是在维也纳,乘船游览多瑙河过于疲累。

因为不相信外国医生,或许也可能是不愿意知道病情的真相,他一直没有去检查。但现在是时候弄清楚了。他摇铃叫来女侍,要她去请一位哥本哈根最著名的医生,不过医生过了很久才来。因为一个人待着,他开始胡思乱想,这越来越强烈的痛楚是不是死亡的前兆。

才二十四岁就要死了吗?他毕生的事业还未完成,甚至还没开始。这样死去太没有意义了,完全不合逻辑——但就像生命本身通常也是这个样子的。以前他认为生命不能没有他,因为他的才干和力量对于国家的发展

和事业的维护来说至关重要。但现在,他再也不能像以前那样忽视健康、藐视死亡了。现在他明白了,自然的财富无穷无尽,负担得起这种浪费,以至于很多具有伟大天赋的人还未完成自己的事业就被送进了坟墓。死亡不需要征求谁的许可。就像太阳的光芒会洒在正义之士身上,但也会照耀着不义之徒,他开始明白,眼窝空空的死神也是一样,不管你对社会有没有用,他都会将你带走。

但以前想到毁灭时的那种恐惧现在已不那么强烈了。他躺在奢华的床上,盖着色彩富丽的被子,准备好迎接死亡的判决,反而平静镇定了许多。就算是没有病痛,当他疲倦了,有时也会想要离开这个世界,以便从徒增伤感的人生解脱。

广场上马车的声响,街头电车持续不断的叮当声,想到要和那些愚蠢无耻的投机商重新谈判——原本充斥在他体内的这些想法这时也有说不出的厌恶。等待的时间越长,就越难以抑制不安的心情。难以忍受的孤独感攫住了他,身体出了一身冷汗。想想就这样死在这里,身边一个人也没有!他决定读书来分散注意力。前一天,他拆封了从旅途中带回来的书籍,主要是一些大部头的昂贵的技术类著作,但也有一些一般读物,都是那个漫长的冬季里在德雷萨克买的,后来在罗马又添了一些。他从一般读物中挑了一本德语翻译的希腊罗马哲学的特别版,之前有一次类似的病痛发作,这本书曾给他带来了安慰。没读多久,医生就到了。这是位个头不高,留着灰白的小胡子的医生,他没说什么话就在床边的椅子上坐下来。询问了几个问题,拍了拍他的胸口和后背之后,他问:"您觉得是肺部有问题吗?我看不是。声音听起来完全像风箱似的。最疼的地方在哪里?"彼尔指着右半身最下面一根肋骨附近的位置。

"这里?可是,刚才您说是左边疼啊。"

"是的,但疼的地方变了啊。"

"啊哈——嗯,现在我像这样按着这里疼吗?"

"不,说不上疼。"

"没有什么特别的感觉吗?"

"没有。"

"或许您现在一点儿也不疼了？"彼尔不得不承认，胸前和隔膜位置紧缩的疼痛感现在几乎感觉不到了。他又能深呼吸了，一点儿疼痛感都没有了。

医生又给他检查了下体和大腿："您的肺部一点儿事也没有。"检查完他又重复一遍，"可别把它们卖了啊。不过骨骼有点儿脆弱。心跳也有些慢了。现在告诉我每天生活的生活习惯，您锻炼吗？每天早上有没有用冷水沐浴？您一定要这样做，还要举重。没有什么比空腹挥动手臂轻松举起四十磅的重量更有益健康的了，可以让您宝贵的血液循环得更快一点儿。别的您确实没有什么问题，您这个年纪能有什么问题！在床上躺几天，让您的神经系统平衡一下。我提醒您一定要注意身体，虽然您身体强壮，但显然……嗯，该怎么说呢，有点小毛病，就像您今天早上那样。不过现在也很好解释，首先，你坐了三四天的火车，睡眠饮食都不规律。然后，就像您自己说的，您回来就忙生意，谈话，应酬，这本身就足以解释您的问题了。我们的体质就像甜汤一样脆弱即便您身体强壮也不例外。"

说最后这番话时，他小小的有些斜视的眼睛里露出淘气的眼神，彼尔却几乎没听他说话。确认自己不是得了肺病，他感觉完全好了，只想打发了这个饶舌的医生。医生走后，他立刻起床了。他又恢复了活力，在屋子里哼着歌走来走去，穿衣，胃口相当好地吃了早餐，然后在书桌前坐下。他突然重新唤起了工作的热情。他拿出图纸还有测量工具、表格和其他一些用具。现在我们要点火了，就像英国人说的那样，全速前进。

他准备好工作所要用到的一切东西，这时却又看见医生来之前他开始读的那本书。当时他把那本书扔在桌上的图纸卷中，现在要把它放在一边时又忍不住读了起来。他在停下的地方做了标记，是苏格拉底和弟子之间有关死亡的恳谈，这位伟大的导师即将遭到处死，柏拉图把这场谈话记述了下来。他的目光所落的地方，苏格拉底把躯体比作揉进了灵魂的又重又黏的面团，因此我们对于占有的渴望远远不知满足，除非我们占有的是一些低级卑贱的东西。"躯体给我们带来了无穷无尽的烦恼。它让我们内心充满欲望、恐惧、各种幻想、虚荣……金钱的发明是世界上一切争斗的根源；然而金钱却只能用于躯体所需，我们必须用金钱来照顾躯体。当我们终于在这方面得到了满足，准备思考更重要的事情时，各种麻烦再次应运而生。不安和混乱让我们迷惑，正因为如此，我们不知道该如何寻求真理……在活着的时候，我们应尽量少考虑躯体的需求，只满足它必须的需要，不向它的幻想妥协，只有这样，我们才能靠近真理。"

彼尔放下书，皱着眉头看着窗外沉思了一会儿。奇怪啊，他想道，这些基督诞生四百年前讲出的话，就像是出自基督教教义之中。他读完这一页，然后一页一页读得停不下来。这深邃的思想仿佛带有超自然的神力，让他灵魂深处最隐秘的部分也开始思考了起来。当他拿起测量工具和图表时，时间已近正午，但同前一天一样，这天的工作进展得也不太顺利。过去，还没看到图纸，他就已经控制不住工作的热情；而现在的难处主要在于如何从大量的想法中做出慎重选择，因为有关工程的想法如雨后春笋般不断冒出，因此，他无法把注意力集中在面前的图纸上。各种无关的事物——街上的每一声叫喝，旅馆的每一次敲铃都会造成干扰，让他分心。最后就和头一天一样，他带着病态的愤激，觉得整个工程都是个错误，他坐在黑暗中，手托着脑袋，陷入了彻头彻尾的绝望之中。

这时他想起了菲费尔科恩教授，在柏林时，教授曾对他非常感兴趣。在教授的要求下，彼尔还曾给他写过已更新阐述自己的想法，为了表示感谢，教授也给他回了一封长信。这时，他又把信翻出来重读：

"首先我想谨慎地说一下您的液压发动机。您这是开辟了一条全新的道路，因此一开始没有把握倒是符合逻辑的。在我们的交谈中，我曾经告诉过您，在美国，也有专家在进行类似方面的研究，他们一直想要解决这个宏大又诱人的问题，想将海洋中无尽的力归于人类智慧的掌控之下。您也热心于这一想法，很值得赞扬，但您的想法能引导您走多远，我也没办法说清楚。此外，了解了您的风力发动机新调节系统之后，我觉得这个计划是可行的。

"您插入平衡杆的想法，还有均衡方法的考虑尤其吸引我。您在这里提出的方法确实值得注意,但您自己肯定也不会觉得,对于这个重大难题已经找到了解决方法,或是觉得这个方法对于所有缺少山林和水利资源的国家都具有重大意义。只有通过无数的微小提高才能臻于完美,这一点在技术方面更应该如此。而您肯定也不会因为已取得的进步就满足于此。只要情况允许,我会一直饶有兴致地跟进您的进展。我最祈祷的就是看到您在此领域内继续研究的结果。您在这方面的能力很强,这一点您自己也绝不应有所怀疑,如果您能将对全局的广阔视野和对具体细节的彻底审视比现在更进一步的联系起来,您一定会走得更远,因为年轻人往往会忽视这一点,但实际上,这才是概览全局的基础。我好像还记得您还计划去美国,那里值得一去。在那里,您将比在别处学到更多实践领域的经验。我这么说并不是只有技术方面值得学习,在其他方面,我们也应该向那个新世界学习。那个国家有许多重大发明,我们最应该学习的就是,一些明显不起眼的方法竟然常常能产生巨大的影响。"

这封以前的来信几乎快被忘记了,刚收到时彼尔也并没有太放在心上,因为信中对他的想法似乎并不是特别欣赏,但现在它却让他增添了自信心。另外,这封信也打断了他留在国内的想法,更加坚定了他想继续中断的游学之旅的念头。他要把相关事务再次交由伊万之手,对他委以完全的信任,如有可能,可与投机商们开启新的谈判。而与此同时,他将悄悄启程,这次将直接奔赴美国。继续冒着风险面对旧世界的诱惑,这太不值得了。

这天下午,他就去了思科夫巴肯与雅各贝商量。到达的时候,雅各贝正在花园中,坐在木头凉亭旁边洒满阳光的长椅上。虽然她清楚地听见了彼尔的声音从上面的露台上传来,但仍然静静地坐着,没有呼喊告诉他自己在哪里。当他终于找到她时,她也只是凑过脸颊让他亲吻,虽然他想亲的是她的嘴唇。她甚至连他带来的花也没有表示感谢,因为她清楚地看见他有多期待自己的谢意。

这一整天,她都处于拘谨而疲累的状态,打不起精神,试图忘掉发生的事。在爱情中,她要求表里如一,但涉及和彼尔的关系,她却开始自欺，当爱情面临威胁，她却闭起眼睛，尽可能地不面对现实。就像一个人从美梦中惊醒，翻个身想继续这个美梦一样，她内心里还沉浸在某种自欺欺人的假象之中。

要把不得不再次分别的消息告诉她，彼尔感到很为难。他这时做出旅行的决定也并非那么轻易。他厌倦了漂泊的生活，对于用外语表达自己获得别人的理解，他也觉得很困难，德语已经是他唯一一门熟练掌握的语言了。另外，要离开雅各贝，他也感觉很难过，因为他们之间终于能够开诚布公、互相理解了。但这些都不值什么，他必须离开。

一开始他太沉浸于自己的想法之中，没留神雅各贝态度的变化。但当他坐到她身边的时候，他看见她迅速拭去脸上的一滴泪水，就像是在用手拂去一只苍蝇。他完全愣住了，他还从没看过她哭。"亲爱的，"他说道，"出什么事了？有什么事不对劲吗？"

"不，什么事都没有。就是有点儿心烦。"她说着推开他准备放在自己腰上的胳膊。

"那你是不是不舒服啊？"

"哦，我没事。我说过了，什么事都没有。我们走走吧，感觉有点儿冷。"

她马上站了起来——他的担心让她心烦——他们走到下面的海滩上去。这时彼尔注意到她是那么伤心，脸色那样苍白，于是旅行的计划开始动摇了。这时，他突然有了一个明确的想法。

这个想法为他点亮了一种新的可能性，就像一道穿透乌云的阳光，瞬间就能让整片风景都发生变化。雅各贝可以和他一起去！他们可以立即结婚，然后可以当着上帝和众人的面，一起出国旅行。以前怎么就没有想到呢？旅途那么艰难，住宿那么不舒服，还有孤独的感觉总是让他意志消沉，但此时他却立刻感到愉悦和幸福。从上次旅行的经验中，他知道雅各贝是个多么好的旅伴，她那样勇敢，那样谦逊，又像母亲般体贴，而且说起外语来就像在自己国家那样轻松！

"雅各贝！雅各贝！"他在花园小径的中间停下脚步，不等她推脱，就伸手搂住了她。他把一切都告诉了她,从昨天开始他的感受以及遭受的病痛,还有他为他们共同做出的计划。

雅各贝继续往前走着,仍然一句话也没说。她把头靠在他肩上,脸颊和嘴唇因为幸福的陶醉而激动得血色全无。她很清楚,自己不愿也不可能和他一起走。她目前的身体条件根本不可能去那么远的地方。彼尔说要去上半年,时间短了的话可能不会有什么收获。而她却只会成为他的负担,让他担忧。

"你没什么话说吗?"彼尔说。两人走到沙滩上他们最爱去的地方,那里视野开阔,能穿过海峡一路看到对岸阳光灿烂的瑞典海岸。

"难道你不喜欢我的提议吗?"

"我真的不知道该说些什么。"她一边回答,一边弯腰半侧着身子坐下来,胳膊撑在一只膝盖上,一只手托着脸颊。彼尔不肯放开她另外的那只手。

"我很理解,你必须再次旅行。我想这对你是很有必要的。但是亲爱的,你不可能把我带到大西洋彼岸的。"

"为什么?和我在一起,你完全可以放心啊。我会好好照顾你的……难道是因为走海路,你害怕走海路?"

"好吧,是的,那也是原因。所以我想待在家里……等你回来。我会耐心等你。你刚才提议我们在旅行之前先结婚,那样做是对的。从各方面来看,那样都更合理。"

"所以等我们真的结了婚,然后马上就分开?你这是在拿我开心吗?这才是最野蛮的做法吧!我一点儿也不理解你了,雅各贝。你怎么会有这样的想法?你不是这么想的,对吗?"她一语不发地点点头。

"我不信,雅各贝。你最近表现一直很怪。出什么事了?你在隐瞒什么吗?"

"什么事都没有,真的,亲爱的。"她说着不安地握住他的手。现在她已经不能告诉他实际情况了。她不敢。她已经不再对他的个性抱有幻想了,她担心他会拿她的身体情况做借口而推迟旅行计划,甚至是完全放弃旅行。无论如何她都不想让他那样。她完全明白美国之旅对他有多么重要，她比以往任何时候都更想要他抓紧进行。如果说以前她只要有了他的爱就能获得满足，现在她却情不自禁地寻求其他的补偿了，因为她觉得自己现在已经失去了他的爱。最后她说："听着，我有个主意。你可以先去英国，我最远只能为你到那里了。我们可以在伦敦待上一个星期，到乡间或是海边找个地方。然后我们在利物浦分别。你觉得这样行吗？"

"好吧，当然可以，这样总比什么都不做要好。我还是希望，你能在利物浦改变主意。"

"你不该那样想的。至少，别只顾着自己啊。亲爱的，你还要记住一点，等你回来，我们不可能住在旅馆里吧。我们要有自己的公寓。你不在的期间，我有很多事情要安排。"

"这倒是真的。你说得对，你总是对的，雅各贝。哦，亲爱的！我回来的时候该是多么开心啊！想想！我们自己的家啊！不用特别豪华，最好是稍微离开城市，视野开阔，能看到森林和海岸的地方。你觉得呢？我们两个人的家！"

彼尔很高兴，把雅各贝搂得更紧，而雅各贝也疲累地把头靠在彼尔肩上闭上了眼睛。"啊，"他继续道，"其实，不管是贫是富，幸福对每个人都一样，它自然地源自我们的生活，就像水果生长在树上。与之相比，生活中的其他一切都显得多么没有意义，多么空虚啊！在人生价值的排序中，有些东西位置太过靠后了，即便在我们现代社会也一样。我觉得自己能及时认识到这一点，真是何其幸运，差一点儿就要陷在泥塘里了。"

雅各贝感觉又不安起来。虽然这些事实上不过是在重复她曾说过的话，她一度甚至曾梦想着能听到这些话从他的嘴里说出来，但现在她却感觉很惊慌。因为这段时间，她也变了。尤其是最近几天，她对于人生中所谓"真正的价值"的看法已经发生了改变。

"我觉得你错估了现在的情况。"她的声音中有一种奇怪的生硬感，"你看看四周，然后再说说看，自私、虚荣、残暴、傲慢等，这些东西不是仍像过去一样深深地扎根在我们的社会中吗？"

"是的，有什么不行的呢？"

"为什么不行？正是这些特性在推动我们的世界前进啊。因此，社会要改掉这些毛病，也没有什么可谴责的。"彼尔笑了，他觉得这些话是她在嘲弄。

"好吧，你的意思是说，这些特性值得赞美了？"

"我不知道，但人类的幸福不正是建立在这些东西之上吗？"

现在彼尔明白了她是认真的，于是惊讶地看着她。但他不想和她吵架，于是权当她是在开玩笑。

"是的，今天你就是想反驳我，强迫自己跟我吵架，哪怕是违背自己的观点你也会这么做。"

雅各贝没有说话，她也不想再和他争吵。于是两人就开始制订旅行计划，安排旅行线路。

在戴林的《公民报》的大力支持下，马科斯·本哈特和哥本哈根自由港发起人之间的舆论战现在出人意料地结束了，马科斯成功地把他们搞得焦虑不安。他们原本要进行的就是一项风险很大的事业，必须引入大量资本。而《公民报》在新主编的领导之下，出乎所有人的预料，在金融界的名气越来越大。其他那些报纸，在马科斯·本哈特的影响下，也开始从商业的角度对这项工程进行了怀疑。为了在认股时不致失败，工程发起人——那些富有权势的人，不得不在这个他们所痛恨的律师面前放低身段，邀请他入席董事会担任职务。

马科斯·本哈特这段时间一直在等待这个结果，并据此安排战略。于是他毫不奇怪地接受了这个邀请。在当天举行的盛大的庆祝活动上，他和他的老对手——位高权重的前银行经理达成了正式的和解。后者还高调地请求为本哈特的健康干杯，第二天城里所有的报纸都报道了这项盛事，《公民报》还打出了这样的标题——"一个历史性的时刻。"

这次胜利对于马科斯·本哈特来说具有决定性的意义。他成功地让公众们意识到，没有他的支持，任何人，包括是金融巨头们都别想做成任何事。伊万听到这个消息，连呼吸都快停止了。他想，这下，今后很长一段时间，任何想要实现彼尔计划的希望都无可避免地要放弃了。他愤怒得无以复加，大叫这是背叛和谋杀。但彼尔却只是轻蔑地耸耸肩。

"我跟你说过的，"他对着听到此消息也很沮丧的雅各贝说，"现在你该承认了吧，你那个马科斯先生多阴险啊，我真该庆幸自己没有落入他手里，没向那个老狐狸妥协。不然我现在肯定被他们愚弄成傻子了！不行，我们必须在国内发起一场运动，把这些讨厌的家伙从公众生活中都赶出去，要不然，最后所有的争议都将被践踏在脚下了。"这番话激怒了雅各贝，但她不想回应。现在没必要继续这类的争吵。她把希望都寄托在他的美国之行上了，她控制住自己，避免再引发新的批评，下定决心继续爱他现在的样子。

伊万对彼尔前途的悲观估计还为时尚早。本哈特最近所取得的重大胜利反而让那些嫉妒他的人以及他隐蔽的对手们更加活跃起来，尤其是"昔日的农场主"诺里哈维先生，他觉得自己在这件事上被出卖了。他和哈斯莱杰律师突然对彼尔的计划充满了热情，于是他们自愿毫无保留地去向别列戈拉夫上校请愿。

正义感和对祖国的热爱逐渐战胜了老人的嫉妒心。一种发自本能的对犹太人的反对之情在这个耿直的老兵心中燃烧，因为对他来说，爱国心就是他的宗教。在他眼中，每一个丹麦犹太人，在内心都有一半被德国人同化了，他们暗地里同情德国这个世世代代的宿敌。他声称——他的话并非毫无根据——哥本哈根的犹太人批发商大部分都是德国公司的代理人，在整个首都所进行的现代化改造过程中，所需的资金大多数都来自汉堡和柏林的犹太银行家。而在外省地方，即便是债务累累的乡村农场，德国资本也已秘密渗入，以完成枪炮手所开创的征服丹麦的大业。考虑及此，彼尔的计划就尤其吸引他。这毕竟是一次尝试，想支持国家从相邻大国中取得经济上的独立。而在他看来，哥本哈根的航道狭窄且滩浅，在这里建设自由港永远也无法吸引各国商船前来停靠。

他已下定决心，要迈出与彼尔和解的第一步。他要让过去的恩怨一笔勾销，一年前他们发生重大冲突彼尔走出办公室时的那种傲慢态度，现在对他来说更像是一种激励。因为他全然相信,彼尔就是这个国家的拯救者,他对于让这个预言确实成真怀有一种宗教似的成就感。

而这时,彼尔正在旅馆中为旅途做准备。虽然要准备的东西很多,但他仍在奋力地修改草图,以期能完成必要的调整,至少是港口项目。

他天一亮就起床了,一整天几乎都待在家里。然而从前的灵感却不在了。他的思考缓慢又费劲,很容易受到走廊上和广场上声响的干扰。

这天上午九点钟前后,他正坐在书桌边读书,门口传来敲门声。他认出是伊万的敲门声,立即把书藏在图纸下面。吸引他的又是在德雷萨克买的书。"又有什么新闻?"他问满脸阴沉冲进房间的哥哥。

"又一桩肮脏的勾当!简直是头等背叛!你看这儿……"公文包逐渐成了他身体不可分割的一部分了,伊万从中拿出一份城里最不重要读者也最少的报纸。"读这里。"在"新国家"的标题下,是一篇有关丹麦航运的长篇社论文章。文章开篇即指出摘自一名叫斯坦纳的工程师在外省一家报纸上发表的某篇文章,整篇文章论述的就是这项名叫"斯坦纳工程"的计划,但除了一些无关紧要的修改之外,整个工程都是彼尔的。"你怎么看?"伊万问,他一边等待一边看着彼尔,而彼尔读着读着,脸色越来越苍白:"这是赤裸裸的剽窃!你认识这个人吗?"

彼尔摇头。

"我们应该立即揭露他。你说我们该怎么办?"

"这没什么。"彼尔思忖片刻答道,一边把报纸递给他。

"你不是吧!这个人必须受罚。你一定要自卫,保护自己的权利!"

"自卫?"彼尔激动地问。

"是的。请原谅我这么说,但你不能掉以轻心,这件事对你可能会很危险。记住,有很多人嫉妒你,你还有很多对手,看到你被推到一边,让别人因为你的工作和智慧而获得荣誉,他们会很高兴的。"

"哦,没必要了!要篡夺我的成果没那么简单!就算……"他说着又退回被伊万的到来打扰之前所处的情绪之中,"我受够了跟这些乌合之众打交道了。如果真有必要和这些卑鄙小人交手,你也得想想看,这样的游戏值不值得花费这么大代价和精力。换个话题吧,你知道你妹妹和我现在正在考虑结婚的事情吗?"

"父亲和母亲一直在说这事呢。"

"打心底里说,这事比世上一切报纸上的胡说八道都重要得多。既然你在,那就请你告诉我,你知不知道,在我们这个国家要想体面地结婚,需要准备哪些证明文件?"

"这些你还没准备吗?我还以为……"

"是啊,是我的责任。我忘了这事……或者老实点儿说……我没法一个个民事处之间跑。每次碰到他们傲慢的样子和尖酸的闲话,我都要发狂。你能帮我个忙,帮我料理这些事吗?举例说吧,我知道,得去法官办公室申请,好像还要登记什么东西。真是太烦人了!"

对于彼尔总拿他当跑腿的使唤,伊万早已习惯了,因此没多想就同意了。反过来,他也要彼尔答应一定留心斯坦纳的举动,一旦他被公开冠以西日德兰半岛自由港工程创始人之名,就要采取行动。本来他已经夹着公文包走到门口准备离开了,却又回过头来对着照旧坐在书桌旁的彼尔:

"顺便问一句,你家里有人叫克里斯汀·玛格丽特的吗?是牧师的遗孀,就在这城里?"

彼尔一怔,那是他母亲的教名:"没有。"茫然地注视着前方,"为什么这么问?"

"啊,"伊万稍稍有些尴尬,就像少有的几次和彼尔谈到他家庭时一样,"我今天早上无意间在《贝林时报》的讣告栏看见希德纽斯的名字。那好,我这就走了。下午见。"

伊万关上门过了好几分钟之后,彼尔还是一动不动地坐在椅子上。等他终于站起身去摇电铃叫来女仆,眼前一切都暗了下去。这时,他脑中一片懊丧。

这就是我所需要的全部灾难打击!现在我真的是个受到厄运缠身的人!

"你能帮我把今天早上的《贝林时报》拿过来吗?"女仆走进来时,

他问。很快,他把报纸在两手之间展开,在一长串讣告中看见粗体印刷的母亲的名字,眼前一阵眩晕。"牧师约翰尼斯·希德纽斯遗孀克里斯汀·玛格丽特·希德纽斯,我们敬爱的母亲于今日永获安息。"讣告的署名为"丧失亲人的孩子们"。

彼尔盯着那些文字,直到所有的字母都氤氲成一团模糊。几天前的晚上,他又去了母亲的住所。他一阵战栗,想到那天母亲或许正在死亡的门槛上。当时有扇窗里还点着灯,他看见有几个身影在百叶窗后移动。好吧,就算当时他在场,那又有什么用呢?他试着这样想着安慰自己。要想得到真正的理解已不可能,更不用说如果想让母亲满意,只有自己做出让步。或许对母亲来说,以为他离家在外反而是好事,正如对他来说,不知道母亲的病情反倒是一种幸运。为了让母亲安息,他本可以去假装做戏,但之后他肯定会感到羞愧。可怜的母亲!她被生活吓坏了,之前长久在阴暗的病室之中的生活渐渐把她变成了只知焦虑的人。对她来说,死亡毫无疑问是一种解脱。

他开始在地板上踱步,好让自己平静下来。他还不习惯这种精神上的激动,他从心底里感到害怕。这时他想到雅各贝还和往常一样在思科夫巴肯等他。他该怎么办?他觉得自己无法和她平静地坐下,谈论旅途的准备,或是任何别的他们共同知晓的事。另外,他也很过意不去,因为自己还没有告诉她,家人已经搬到哥本哈根来了。

他给她写了几行字,要她不要再等他了,像往常一样,他又以忙碌作为借口。在信的末尾,他简略地提到,根据《贝林时报》上的讣告,母亲在城里去世了。他又一次摇铃叫来女仆,要她把信交到邮差手中,一种奇怪的不安攫住了他。他一次次坐回图纸边,但每次都又站了起来。他无法静心坐下,更不用说集中注意力处理那些图形和数字了。虽然最后他用双手按着头强迫自己坐下来工作,但思绪还是无法收回。想到母亲的面容,童年的那些记忆,他对母亲最后的时日一无所知,想和认识母亲的哪个人说说话——凡此种种终于压倒了他。

他放弃了工作,穿好衣服上了街。他在一家最高档的餐厅用过午餐,走进公园散心,看着人群,听着那里一支军乐队的演奏。下午回到旅馆的时候,侍者告诉他有个女人在房里等他。他感到热血猛的涌到心头,立即想着是不是哪个姐姐或妹妹,这样或那样知道了他回国的消息,又找到了他的地址前来告诉他母亲的死讯。

他怎么也没想到会是雅各贝。这时刻,雅各贝离他的思维如此遥远,当他走进房间,雅各贝从窗边的椅子上站起身,他几乎没认出她来。他一脸惊讶和失望的神色表现得非常明显,雅各贝不可能看不见,但她对这种冷漠早已做好准备。她很了解彼尔,以前也遇到过这种情况,每当他心里充满不安时,都会用这种闷闷不乐的无力的方式来掩饰。她也非常清楚,在这种情况下,她要多么小心巧妙地暗示,才能获得他的信任;而当谈到他家里的事时,要想让他彻底真诚地敞开心扉,信任她又是多么的难。她没有流露出任何烦恼的样子,只是用双手捧着他的头,亲吻他然后说:"你应该能理解的,接到你的信,我在家里就待不住了。我必须见你。哦,亲爱的,我对你的痛苦感同身受。我忍不住想哭,因为这对我们两个人来说,都是莫大的悲伤。"彼尔怀疑地看着她,含糊地说着,对他来说,母亲其实很早就像已经去世了,因此他们之间的关系从未发生任何变化。

"好吧,亲爱的,这样说只是为了安慰自己。我很了解,你失去了什么。我们怎么能对彼此有所隐瞒呢?你竟然没有告诉过我!哦,彼尔,当我们如此需要对方时,你什么时候才能不对我隐瞒呢?或者你自己也不知道?"

彼尔把头从她的手里挣脱出来,回答说他一直想告诉她母亲来了城里的消息,但每次他们在一起,总有别的事要说,他就忘记了。

"那么我们现在就来谈谈吧!坐下。"她突然说道,"看起来,我似乎还有很多问题要找你问个明白。"

她脱下外套、手套和帽子,在沙发角落坐下来。"你不知道你母亲生病了吗?"

"我什么都不知道。她多年以来,身体一直不好。"

"你没去看过她,也没去看过你的兄弟姐妹们吗?"

"没有。"彼尔把她的外套挂在门口的挂钩上。

"那你又是怎么知道他们到了城里的呢？"

"有一天，我碰巧在一张报纸上看见我姐姐打广告招收钢琴学生。而且父亲的葬礼时，家里就已经谈过此事了。我的两个弟弟已经在城里找到了工作，他们想和弟弟们搬到一起来。"

他坐下来，和她隔着一段距离。她用手托着脸，直直看着前方。"我想，要是我知道你母亲住得这么近，我肯定控制不住要去看她。特别是刚旅行回来那阵子，感觉真是太孤独了。我想找谁谈谈你的事。你觉得她会接受我吗？"

"我不知道。"

"啊，她会的。我敢肯定，她会接受我的，她最终也会理解我们的。"

"你还记得吗？当时你去找艾伯哈德时，也是抱着同样的想法。这样做你只会失望的。"

雅各贝过了片刻才作答，但她并不是不记得和彼尔哥哥碰面的情景了。她最近总是突然会想到在那间空荡荡的阴凉的令人不快的办公室里的情景，心里总是引起隐隐的不安，因为她发现，彼尔和他哥哥之间的相似之处越来越多。

"好吧，你说得对，但兄弟姐妹们是另当别论的。"她说着拨过额头上的一缕卷发，仿佛是想赶走不快的思绪，"这一点我是从我的家庭得出的。但是母亲总是会保持对我们的爱的，不管我们觉得离她有多么遥远。因为这一点，我不相信你母亲会那样做，虽然我和你母亲在各个方面都完全不同，但我相信我们一定可以谈得来的。"

"你说的是对的。"

"而且我还觉得，我们最后一定能彼此理解。至少，通过你告诉我的那些事，我已经形成了一幅画像，我已经喜欢上了她。我好像清楚地看到她就在我眼前。她个子不高，对不对？她的眼睛是不是就和你还有你哥哥一样，只是更黑一些？不过你们兄弟姐妹都更像你父亲，对不对？她下床时总会拄一支拐杖，我祖母也是。或许这就是为什么我能如此清晰地看到她的原因吧。她身体虽然虚弱，但意志一定很强。在我看来，这么多年来，她一直在病床上维系着整个家庭，她自身虽处于可怕的不幸之中，但仍然如此细心地照管着你们所有的人，什么都没遗漏，什么都没浪费，真是值得赞叹，令人感动。想想看，一个母亲有这么多孩子，自己又被束缚在病床上八年之久，这该是怎样的一种命运啊！你还说过，你父亲很难相处，所以你家一定不富裕。但你母亲从没有一句抱怨！我还记得你有一次告诉过我，你母亲对一个为她难过的人说：'别为我感到难过，为我的丈夫和孩子们难过吧。'这样的话真是动人又高贵。"

雅各贝说话时，彼尔弓身坐在椅子上，手肘撑着膝盖。他用一只手的手指不安地掰响另一只手的关节。

接着他立即纵身而起，穿过房间。"是了，是了——别说了！"他打断雅各贝的话，"过去的事已经过去。再说这些有可能发生的事，也没有用了。"他站在床边，看着下面的广场，建筑物的影子已经开始拉长了，要塞废墟之中的风车在落日的余晖中闪着光，就像是伸开了双臂在迎接日落。

"你说得对。"雅各贝沉默了很长一段时间，然后重重地说，"过去的事已经过去！告诉我，你还有没有你母亲以前写给你的信，可以给我读读？我们很少谈起你的家庭，我觉得自己知道得太少，尤其是对你的父母，我觉得很遗憾。"

彼尔一开始还装作没有听见这个问题。雅各贝又问了一遍，他才模棱两可地说："我没有什么信。"

"我知道你最近几年很少和家里通信，但我在想你刚到哥本哈根时，你说过，当时你母亲给你写过信的。我想和你一起读那些信。"

"你读不到了，因为那些我都没有了。"

"它们在哪儿？"

"它们在哪儿？我读完就烧了……"

"哦，彼尔——你怎么能……"她没说完。彼尔用手绢擦擦脸，就像是在擦汗一样，但雅各贝却看见他睫毛上有东西亮晶晶的，于是知道他哭了，却又想要掩饰。

她的第一反应就是走过去，伸出胳膊抱住他，但她对他的理解和经验及时制止住她，她应该假装什么都没看见的样子，于是她还是坐着，直到彼尔离开窗子，然后，她就走到他身边，抓住他的胳膊。有一阵，他们默默的在屋子里走来走去。这时她意识到，现在她真的是无法再给他更多安慰了。

她自己也缺乏信心，无能为力。一想到他们即将长时间分离，她的坚定就消失了。要是她能对彼尔坦陈一切就好了！她不得不每天绝望地与自己抗争，以免将任何秘密泄露给他，她还不得不牢牢记住，如果在大西洋将他们分隔之前，就将秘密告诉他，那将面临多大的风险。

让她担忧不安的不仅是即将到来的分娩。她还担心分娩会引起的流言蜚语。考虑到这些，自从彼尔回国后，她就发生了变化。以前她为自己的爱情而自豪，并没有过多的考虑是否应该隐瞒自己结婚前就委身于彼尔的事实。现在，她更加清醒地看待未婚夫，想到他们的关系将成为众人八卦的话题，那种自豪感也就随之消失了。

她决定和彼尔去了英国之后先不回家，而是到德国找个地方，或许是她布雷斯劳那个女朋友那里生下孩子。这么做并不是为自己考虑，而更多的是出于父母的原因。但一想到为此事要再等上半年，她就几乎又要绝望了。但她还是要承受一切，一言不发，就像两个月前，他和彼尔在提洛尔分别时一样，对彼尔抱有相同的信任。自从彼尔和南妮发生那一幕之后，她就缺乏安全感，怀疑到处都是危险。但她不能想象离开彼尔。她在彼尔身上看到了一切人类的缺点，但她对他的爱并不比从前她的批评想法还未出现时少。她对彼尔的渴望让她自己都觉得是种病态，因此，她变得更加小心，隐藏起自己的情感。即便他们单独相处的时候，她对他的态度也显得更加拘谨。有时候，她甚至表现得有些任性。但彼尔已经如此彻底地占据了她的思想，因此以至于看起来没有什么事情是她所不能原谅的了。

彼尔突然停下脚步，看了看表："你注意火车时间了吗？我并不是要赶你走，我真的很感激你能来。但你不能太晚回去，现在已经八点钟了。"雅各贝看着他的脸，仍然脸色苍白，脸型扭曲。

"那你准备做什么呢?"

"我还要继续工作。你也看见了,桌子上还有各种东西要完成。我要充分利用时间。"

"不,不行。"雅各贝伸出胳膊想要保护他似的搂住他,"你不能一个人待在这里。今晚就别工作了吧。待在这里有什么好处?只要一个人待在这里,你肯定摆脱不了伤心事。"

"那你会和我一起留在这里吗?"

"不——今天不行——我也不能待在这里。"她说着脸红了,"这里太不舒服了。不过你应该和我一起回家,然后留下过夜。你知道家里总是准备着客房。一点儿也不会麻烦,如果你能亲自告诉他们你母亲去世的消息,父亲和母亲都会非常感激的。在我看来,你也应该这样做。来吧,彼尔。上午我们可以一起到森林里散步,走得很远很远,把悲伤统忘了。"

雅各贝和彼尔在思科夫巴肯醒来,正是阳光灿烂的好天气。头天晚上,他们谁也没能睡着。在这个明亮的春夜,想到他们离对方如此之近,谁也睡不着,最后趁家里其他人都睡着了,他们就到了一起。

当他们下楼到餐厅吃早茶时,时间已经相当晚了。匆匆用完早餐,他们就出了餐厅,挽着胳膊走进了阳光明媚、绿意盎然的花园,露水正从枝头和叶片上滴落。早晨,除了母亲之外,家里剩下的人都去城里上班或是上学了,这里就成了一个宁静安和的天堂。他们所走进的森林里,此刻也完全是另一番景象,因为时间再晚一点儿,马车会把大路上碾得尘土飞扬,海滩上会充斥着喧闹声。这时森林里除了鸟鸣别无声响。整个散步过程中,他们只遇到一位老人,老人走过时慈爱地和他们打了招呼。但彼尔慢慢地却变得越来越焦虑,他开始心神不安,说自己两点之前要赶回城里去——但这并不是实话——因为他要去一个办事处了解一些有关他工程设计的信息,而那个办事处三点就会关门了。

吃过午饭,彼尔就离开了。到了城里,他乘了一辆马车到了哥哥艾伯哈德任职的政府办公室。他要车夫等着他,然后就消失在了一扇扇门之后。从一年前雅各贝穿过同样的大门走进这座肮脏灰暗的大楼之后，艾伯哈德凭借自己的能力以及坚定的责任感，在成百级的官阶中又晋升了一小步。在外屋他以前的座位上，现在坐着另外一个年轻而有抱负的庄严的国家机器的守卫者，而艾伯哈德则在旁边有了一小间单独的私人办公室，里面有一张桌子和扶手椅。他总是穿着的那件黑色外套袖子异常狭窄，肘部和后背上因为多年穿着而磨得发亮，虽然晋升了职位，但领带和鞋子都没有更换。

艾伯哈德正小心翼翼地削铅笔，这种认真的习惯也是政府办公室工作的特点。他的门半开着，一听到外屋有人在说他的名字，他就急急忙忙收起削笔刀，顺便拿起一大份文件。他把文件举在面前，以一种颇具权威人物风度的姿势靠在椅子上，等待着访客进门。

"请进。"听到敲门声，他严肃地说，然后抬起目光刚好越过文件边缘的高度。看到来人是彼尔，他大吃一惊，以至于无法掩饰自己的表情。他带着一副别人肯定会以为他见鬼了的表情，慢慢从椅子上站起来，有半分钟的时间，兄弟俩面面相觑，一个字也说不出来。彼尔吓了一跳，他看到艾伯哈德如此酷似他的父亲，就像他站在那里，因为激动而稍稍颤抖，身体倚在桌面上的样子，还有他紧绷的没有胡须的嘴唇，按照老式风格剪得很短的络腮胡子，红红的眼圈，冷漠的目光和僵直的身姿——所有这一切都提醒他想起从童年期就烙入记忆的父亲的形象。

为免谈话受到干扰，彼尔关上门，然后在正对着门口的沙发上坐下，艾伯哈德也坐了下来。

"你应该知道我为什么来。"彼尔说道，"我在报上读到母亲过世的消息。"

"是的。"艾伯哈德顿了一下，显然一副不情愿的样子。

"我已经回国一个星期了。"彼尔说。

"是吗？你回来这么久了？你可能不知道母亲已经搬到城里来了。"

"不，不，我知道。"彼尔转开目光说。之后他问艾伯哈德母亲是不是病了很久了。艾伯哈德让他等了一会儿才回答。最后，就像是经过一番考量才下定决心告诉他说母亲是突然过世的,谁也没有料到。

"感谢上帝,母亲免受了身体之苦。她去得很快,除了长期的身体虚弱之外,其他没有什么值得注意的。有一阵子,她说呼吸有点儿困难,夜里睡不安稳,但我们都以为这是多年来的旧毛病了。早上西格妮给她梳头,她有点儿不耐烦,要西格妮快一点儿。她说感觉太累了,想再睡一会儿。又过了二十分钟左右,西格妮进来看她,她已经说不了话了,只睁了几下眼睛,就像是在告别一样,然后就静静的去了。"

艾伯哈德讲的时候一副心事重重的样子。一开始见到彼尔的惊讶和激动平静下来之后,他又像往常一样悄悄的审视着彼尔的样子。他快速地斜视了几眼,看清彼尔穿着丝绸里子的外衣,戴着手套,尖头的巴黎式样的鞋子,衬衫上还别着钻石领扣。"当然了,"他继续说道,"对于母亲这样离我们而去,我们也并不是完全没有准备。显然,她已经病了这么久,但最近,她似乎也对即将到来的死亡有所预感。她不仅煞费苦心地交待了葬礼事宜和家产分配,还给我们不能每天见到的兄弟姐妹写了信。你也有一封信,另外还有一个封着的盒子。"

他又巧妙地停顿了一下,才说出最后的那句话。同时,他还试着观察这个消息对他的兄弟有什么影响。"东西在西格妮手中,她暂时代为保管。"他继续说道,"我们还以为你还在国外。现在我不知道,你是不是想去取这些东西。最后的几天,我们都聚起来了。英格丽德和托马斯也来了,来参加母亲的入殓仪式。当然了,母亲会和父亲葬在一起。我们打算明天下午送她的灵柩上船。在此之前,我们想在灵柩旁举行一次小小的家庭追悼会,现在既然知道了你也在城里,我敢代表所有人的名义说,如果你不参加仪式的话,我们会很失望的。晚上,我们坐火车回家乡。这是母亲的决定,因为考虑到西格妮和英格丽德坐不惯船,她想要我们全部都在。这样,我们就有充足的时间迎接轮船的到达,并且能安排好葬礼的种种事宜。母亲的灵柩将从船上直接送到教堂,然后第二天葬礼将在那里静静地举行。这些都是母亲的要求。"

彼尔什么也没说,就连面部也看不出他有任何感情的表露。过了一会儿,他准备走了,艾伯哈德问他:"那你有什么打算?你现在决定留在国内吗?"

"不,我很快就要去美国了。我有些事要到那边去。而且,出发之前,我还要结婚。你也知道,我和菲利普·萨洛蒙的女儿订了婚。"

现在轮到艾伯哈德不想答话了。他又一次不由自主地看见了彼尔衬衫上的钻石领扣,于是突然低下目光。彼尔站了起来。"我还没告诉你,"艾伯哈德重又控制住自己,"我说过的那个小小的仪式定在下午三点半。如果你也想和我们一起……"彼尔摇头。

"基于种种原因,我想我还是不来的好。"他说道,"我不想不带未婚妻就过去,但她又不适合过去。或许,她也根本不受欢迎吧。"艾伯哈德没有答话。他的脸重又像戴了面具般僵硬,虽然想到在母亲灵柩旁唱赞美诗时出现一位上流社会的犹太女子他就觉得恐怖,但脸上什么表情也没表现出来。彼尔道声"再见"就离开了。

在楼下大门口遇到的两个年轻人吸引了他的注意,他们本是以行军般的步伐走着,但看到彼尔就立即避到了一边。那是两个十六七岁的小伙子,看上去像是外省乡下人,满头浓密的头发,还戴着宽檐的格伦特维式的羊毛帽子。他立刻就认出了他们,那是他的两个弟弟,那对双胞胎,他们正要去找艾伯哈德。从他们的举止上明显表现出,他们也认出了彼尔,因为他们正一脸惊讶地瞧着彼此,脸也红了。

彼尔叫住他们。他们躲到一旁为他让路的羞怯样子触动了他,甚至让他感到有些羞愧。虽然来见了艾伯哈德,但他还是想和兄弟姐妹们亲近一下,想以此减轻对母亲心怀的愧疚。

"你们好啊。"他说着伸出手。他们迟迟疑疑,不自然地握着彼尔的手,"你们要去找艾伯哈德吗?"彼尔问。

"是的。"他们齐声回答。

"我刚去了他那里,听说了一些母亲去世的事情。"

听到这句话,弟弟们静静地低下眉眼,其中一个用鞋尖在入口处的石板上刮擦着。从这尴尬的沉默中,彼尔觉出某种谴责的意味。但不管刚才与艾伯哈德谈话时心里有多愤恨厌恶,看到两个弟弟的脸就都烟消云散了,他们的样子还和童年在家里时一样天真和简单。虽然他们的样子有些土气,甚至正因为此,彼尔不得不抑制自己想要伸出双手搂住他们的头亲吻他们的念头。虽然他很想和他们亲密一些,但还是想不出有什么话可以说。而两个弟弟也无助地站得离他远远的,在他面前显得很不自在。他再一次握住他们的手,告诉他们自己正忙着准备旅行,然后就告别了。当他坐在马车中,又完全被自己的情绪所压倒了。他本来答应了雅各贝去思科夫巴肯吃晚餐,但他并没有立即去车站,而是回了旅馆。他心里一团混乱,这种情况下,雅各贝也帮不上忙。

回到旅馆,侍者又交给他一张访客名片,上面写着:前工程兵上校C.F.别列戈拉夫。

"这个人来过?"

"是的,大概一个小时之前了。他在名片后面也写了些什么。"

彼尔翻转名片,后面写着:一位老兵祝你在爱国斗争中好运并取得成功。他把名片拿在手中,无力地笑了。虽然他自己早已忘了当时所抛出的傲慢的预言,但在这精神崩溃几乎绝望的境地,收到这样的问候简直是太神奇了,也再次证实了他与幸运不可分割。

"你记得吗,"这晚他对雅各贝说道,"当时你和伊万责备我,为我对马科斯·本哈特的行为,尤其是对别列戈拉夫上校的态度,就好像……"

"我们别再说这个了吧。"雅各贝不耐烦地打断他。

"好吧——读一下他写在背面的话。你有什么看法?"

雅各贝实在不知现在该说什么,她惊讶地愣住了:

"你简直是个巫师啊,彼尔!"

第二天早上,彼尔去了港口,找到那艘他觉得是运送母亲的灵柩回日德兰的轮船。他问了大副,知道这艘船确实要运送一副棺木,还得知了大概时间。下午,在预定时间之前,他就坐在马路对面一家破旧的咖啡馆里,从这里的窗户能将港口一览无余。他叫了一杯啤酒,用报纸挡着脸,心里怦怦直跳,等待着灵柩的到来。

外面,夏雨正不疾不徐地下着。然而,宽阔的码头上仍是一派繁忙,到处堆满了包装箱、桶子和麻布袋。距离轮船起航只剩几个小时了。沉重的货物从四面八方开上斜坡等待卸货。蒸气绞车咔嗒作响,大木箱、铁条、桶子纷纷从货车厢里吊起,先在货车厢口上方摆荡一下,然后就被送进了仿佛可以吞下一切的轮船肚子里。

一只大肥猪要被吊上船,引起一阵忙乱。两个人拉着猪耳,第三个人就像在演奏手风琴一样,一个劲儿地转着卷尾巴。但就是这样,他们还是没能把猪抬离地面。又是下雨,又是喧闹,大家都很开心,那头倔强的猪不住地尖叫着,好像是在召唤天上地下所有的神力保护一样,把大家都逗乐了。最后,他们终于把猪弄上了舷梯,它一阵狂奔就消失在前甲板下方。接着,两个车夫爆发了争吵,他们的马车在堆满货物的码头上行驶时撞到了一起。马车进也不能,退也不是,正要打起来时,来了一个警察,他推开几只桶,腾出了空间。

这时,雨渐渐停了,但城市上空仍然暗沉沉的。隐隐约约能看见克里斯汀沙文港库房的红色屋顶。彼尔突然看见一辆一匹马拉的灵车,就是用来把遗体从家里运送到教堂或小礼拜堂的那种灵车。车夫的座位旁坐着一个穿工作服的人,灵车在同轮船还有一点儿距离的位置停下。灵车后面紧随着一辆全封闭的马车,里面走出四个人来——都是他的兄弟。最先出来的是艾伯哈德,他戴着一顶绸制葬礼帽子,黑裤子的裤腿向上卷起,手里还拿着一把雨伞,虽然雨已经停了,但他还是立即撑开了。他身后是面颊红润的副牧师托马斯,最后是两个双胞胎弟弟。

他们一边做着准备,绞车一边从前一辆马车中吊起最后一捆货物。当那辆马车驶走后,灵车车夫就把他的马赶向前去。

但指挥桥上指挥装货的大副一声大喝,让他停了下来。大副让车夫再等一会儿,因为前面有匹难驯的小马要先上船,这需要些时间。人们想像之前赶那头猪一样把它赶上踏板去,一开始似乎就要成功了。虽然那马由于恐惧,又是摇头又是喘气,鼻孔里血都淌出来了,但它的前腿还是被推上了舷梯。不幸的是,这时一艘在港口不停地往返穿梭的拖船拉响了汽笛,小马再也无法控制住。唯一的办法就是把它像货物那样吊上船去。船上的吊机正对着码头的货物,小马被押进一个一人高的用坚固的木板钉成的木笼里。木笼的角上有两个牢固的铁环,吊车的铁链拴住了铁环。这项工作完成之后,绞车就开始起吊,小马被调离了地面,吓得一动也不动。它就这样慢慢的滑过群集的工人头顶,被吊到前甲板上去了。

这一幕发生时,彼尔的目光一直落在灵车上。对于吸引了一群旁观者的那一幕景象,他却几乎没有意识到。这时,车夫得到命令往前开去,艾伯哈德和兄弟们则步行跟在后面。之前坐在马车前座上穿着工作服的人已经下了车走到装货口前的斜坡上,他和另外两个人抬出一个十二英尺长的像树干一样的大木箱,盖子上还印着一个很大的装船货物标记。灵车很快就打开了,那口毫不起眼、没有任何花纹装饰的棺木露了出来。两个码头上的工人想过来帮忙,但托马斯拦住了他们。他和兄弟们小心翼翼地抬起棺木,然后放进打开的箱子里,几乎把箱子填满了。棺木周围的空间都用麦秆塞满,然后盖上盖子,拧紧螺钉。这个没有刷漆的粗糙的木箱就那样放在码头的地上,里面的内容却很珍贵,但它和潮湿的码头上堆放的其他货物也完全分辨不开。尤其是灵车驶走后,很难想象,在这些打着货物标记的木箱中,有一个里面躺着一个人,一位母亲,一个已经熄灭的世界,而她的生命比大多数人都更富足、更深刻。工人们给棺木缠上铁链,就像那是个面粉袋或是油桶一样。绞车工给了个信号,木箱就被吊了起来。木箱在斜坡上方晃了几下,直到新的指令发出。在铁链的咔嗒声和蒸气的沙沙声中,这位来自日德兰岛上了年纪的牧师遗孀就这样被放了啤酒桶、白兰地桶和糖包之中。

在咖啡馆的窗户背后,彼尔的脸色越来越煞白。侍者一直盯着他,因为他静静地坐着,要的啤酒也一口未动。侍者惊慌地跑过来问:"您没事吧,先生?"彼尔满脸疑惑地回过头。他早已忘了身在何处,突然间,他觉得脚下的地板把他抬了起来,四周的墙壁倒了下来。

"给我一杯干邑白兰地。"他使劲说出了口。他一连喝了两杯,一杯接着一杯下了肚,面部才稍稍恢复血色。他刚刚还看见他的母亲像一捆货物一样被吊在空中摇摆,四周一片黑暗笼罩。这时,一道闪电照亮了生活的本质,那里是一片冰冷和寂静,就像他第一次在阿尔卑斯山看见的那样,到处都是永远冷漠的冰川。他再次看向轮船,搬运麻包和大桶的工作又开始了。

他的兄弟们和那个身穿工作服的人站在码头中间,艾伯哈德摊开手掌认真地数着钱。拿过钱后,工人又站了一会儿,显然是想拿点儿小费,但他没有拿到,兄弟们迈着统一整齐的步伐,排成一列走了。

彼尔仍坐在位子上,虽然他已成为其他客人关注的对象,但他仍不想离开。他想待得离母亲近一点儿,直到最后一刻。一想到母亲孤零零地躺在那里,就像被抛弃了一样,他就极度难受。突然间,他想到了一个弥补的办法。他可以不用和母亲在此告别,他可以一路陪伴着母亲,不让任何人知道,夜里他可以像一个秘密的仪仗队员一样陪伴母亲渡过卡特加特海峡,然后在家乡海湾口的一个停靠点上岸,轮船将在第二天一早到达。上午,他可以到车站乘坐东日德兰半岛的列车,晚上就可以回到哥本哈根了。

他看了看表,离轮船出发还有只剩两个小时了。因此,不可能再去找雅各贝了,但她应该知道自己的旅程。他只能给她写信了。但当他回到旅馆房间蘸笔写信时,又感到要在信里解释清楚太难了,于是就发了一封简短的电报,只告诉她必要的事情。

接着他开始收拾行李,但当他拿起两只靴子时,突然又停下了,他想到了别列戈拉夫上校。很有可能,上校正等待着他今天去回访。再耽搁的话,哪怕是一两天也会非常失礼,也有可能再次毁掉他和上校之间的关系,而这种关系对他来说太重要了。他该怎么办?……不,他只能先给他写封信了——"因为一次不可避免的旅程……"他写着。

很快,他就坐上了马车,驶往轮船停靠的港口。这时,他又想到,等到了日德兰,他还应该去卡斯霍尔姆拜访一下皇家狩猎长的妻子和男爵夫人,他曾答应过她们的。彼尔有充分的理由和两位夫人重新取得联系,而且这样做对他自己也有好处。自从回国以来,他一直感觉受到岳父母的压抑，不得自由，而他们对他来说又总是那样陌生。菲利普·萨洛蒙从没暗示过钱的问题，但一想到欠他的情总觉得很痛苦。现在，他又需要借一笔钱以供到美国旅行，这一次他想去找男爵夫人，因为她曾强烈要求、几乎是请求他接受她的帮助。

彼尔的电报到达思科夫巴肯时，雅各贝正在楼上的房里。她未加猜疑这一整天彼尔都在忙些什么，于是午饭后就进城买了些东西，也去了旅馆找他。她从侍者那里得知彼尔不在，一时感到非常羞耻，字条也没留就离开了。她在街上走了一会儿，幻想着会碰到他，但心里却很不安，因为她知道彼尔不喜欢这类的偶遇。最后下起了雨，她不得不回家了。

即便到了家，她也无法安宁。这些日子，她总是很烦躁，忙来忙去却只是徒劳无功。这时她忙着为到英国的旅行做准备。她称之为"第二次结婚旅行"，除此之外，不管什么事情她都尽可能不去想，以免焦躁、不安或者是担忧的情绪给他们再度亲密的关系蒙上阴影。在那短短的两个星期里，她想只为爱情而活。在悲伤的时日来临之前，她要深深地、深深地沉醉其中，满足对生活火一般的渴望。但读着这封电报，她本能地感受到一种不安的预感，但下一秒钟，却又什么都抓不住了。其实彼尔的所为并没有什么异常之处。她要自己放心，这样是理所当然的，是值得称赞的，他只是想向母亲表达最后的敬意。过不了几天，她就能看到他回来了。

但是当她第二次阅读电报时，却又一次感到不安起来。每当她看着彼尔简略的信息，她好似都能从中读出更多的意味。只是二十个字而已，却在她心里引起那么多的疑问。他在哪里产生那样的想法？昨天他还只字未提的。他是不是有可能和家里的哪个人谈过了？而且他为什么在最后一分钟才发来电报呢？为什么他不辞而别呢？她照旧用手撑着脸坐在那里，电报放在膝盖上。天色开始暗下去了，屋角已是朦胧一片，她的疑虑似乎更显沉重。

她想着他对她还有多少保留，虽然她一再请求他们互相坦白和信任。她时不时总感觉到，他在计划什么，想些什么，忙些什么，自己知道得多么少啊！他生性不露声色，性格拘谨，不轻易相信人，这给她带来了多少痛苦啊，她问自己，能不能让他改变这些呢？

但楼下的园景房里一片欢笑。家里正在招待周围别墅里的一些夏季才来的熟人，南妮打开了话题，她每次从城里来总有些小故事要讲。她一直大笑着，但总显得有些勉强，设法掩饰着没有见到彼尔的失落。

在这点上，她确实不太走运，因为近来她到思科夫巴肯来的时间并不规律。虽然这段时间她想尽了各种方法，以防彼尔避开她，但她总是算不准时间，不是彼尔已经走了，就是彼尔还没来她却必须离开。因为这个原因，她急不可耐地想要见到他，几乎要生病了。她也不再想报复了。她从雅各贝对她的态度中已经推断出，彼尔什么都没有说，她只得让自己承认，她爱上了彼尔。对于彼尔的缄口不言，她也将其归因为彼尔对她的体贴，假装那是他隐藏的温柔的表现，他已经征服了她粗浅的心灵。为了他，拿自己的婚姻做赌注，对他倾注希望也没有什么奇怪之处了。她也将认真地投入到与姐姐争夺彼尔的斗争中，不再退缩了。听到他们在准备结婚的事情，只能让她更加充满激情想要得到彼尔。她才不会把这个强壮而迷人的嘴唇红润的男子让给雅各贝。时不时只要一想起他饱满的嘴唇，她强烈的渴望都快让她发疯了。

但今天，他还是没来！焦躁不安地等待彼尔到来的并不是只有南妮一个人。伊万刚才也在露台上走来走去，还不停地看着手表。他有重要的事情要告诉彼尔。哈斯莱杰律师来信打听了彼尔的地址，他和诺里哈维先生，还有其他的几个人想明天去见见彼尔。伊万一开始满心以为晚上会见到彼尔。但听说雅各贝收到电报之后，他就明白了彼尔是在找理由，于是急急忙忙赶到火车站，希望能在城里找到他。

这时，园景房里几乎快看不见了。女仆进来关上了门，然后在桌子上和茶几上点上灯。虽然专门派人去请，但雅各贝还是没有下楼，就连上茶时也没露面。南妮知道了电报的事，以为是个好兆头。这说明他们的婚礼并不顺利！她的父母也尽可能不提这件事，他们对此也没有太大的信心。

音乐演奏了一个小时左右，到十一点的时候，客人们都准备走了。

南妮却与之相反,不顾戴林的明确反对,要留下来过夜,希望第二天早上彼尔能过来。这时,伊万一副心烦意乱的样子从城里回来了。访客们离开后,他转向父母和南妮问:"雅各贝一晚上都没有下来吗?"

"是啊,怎么了?"

"希德纽斯走了。"

"走了?去哪儿了?"

"只是去日德兰。旅馆的人说他要去一两天时间。"

"是啊,他是去参加葬礼。"他母亲说道,"所以他才给雅各贝发电报。"

"好吧,可还是很奇怪啊……没有告诉任何人就不辞而别。而且是刚走!"伊万说着提及哈斯莱杰的来信,还说彼尔也没有回访上校。萨洛蒙夫人质疑地看着丈夫。但萨洛蒙先生什么也没说。他已经习惯了,不对这位未来的女婿发表意见。他只是摇摇头,说:"好了,孩子们。都去睡吧。"

彼尔乘坐的轮船这时已经驶到了公海。暮色中,这艘黑暗的大船就像一具巨大的漂浮的石棺,滑过平静的海面,漂浮在轮船上空的浓烟就像是哀悼的黑纱。天空中阴云密布,云层黑压压的悬在海平面上。但时不时透过云层的缝隙能看见几颗暗淡的星星,就像是天使的眼睛守护着庄严的运送遗体的旅程。

彼尔一个人坐在中甲板上,他裹着大衣,看着海面。他挑了一个离甲板下母亲的棺木最近的地方。船上其他乘客都渐渐睡了,前甲板的房间也好,船舱里也好,都听不到声音了。值班的领航员在指挥桥上迈着大步静静地来回走动,船尾柱的航海钟每隔一段时间都会传来一声短促的钟声。整条船上已经听不到一点人声了,只有机器不断的撞击声、螺旋桨推动水波的声音,还有底层时不时传来的铁铲铲煤的声音。

西南方的海平面上现出了海塞罗岛上灯塔的光芒。指挥桥上的看守和领航员不久就换了班,比尔注意到大副和二副换班时压低声音说了些什么。很快,他周围的一切又陷入了深深的静谧之中。他甚至想都没想过要去休息,他想继续尽可能近地待在母亲身边,而且,他也知道,自己根本就不可能睡着。

这天晚上,当他站在甲板上眺望闪光的海面时,童年时代家乡的画面一幅幅地从他眼前滑过。以前,他对母亲从没有真正形成完整一致的印象。母亲生前一直生活在父亲专断的阴影之下,对母亲的印象一直受到那不快记忆的影响,而对父亲的不快记忆至今仍占据在他脑海中。他对母亲最清楚的记忆就是她常年卧病在床。无论是在梦中还是清醒时,只要想到她——这样的时刻比他自己意识到的要多——就总是看见她躺在床上,深绿色的窗帘拉下了,小屋里光线暗淡,他或者某个兄弟姐妹就坐在床脚按摩她病痛的双腿。但近来,那些岁月里更多的记忆渐渐清晰起来,当时她还能在屋子里走动,她浆洗衣物,帮孩子们穿衣服,教年长的孩子做家庭作业,穿着长长的白睡衣来到孩子们房间,把这个的枕头摆好,把那个的被子拍松,在孩子们闭上眼睛翻身睡去时,用她异常柔软的手抚摸他们的头发。他记得最清楚的还是战争的岁月,当时他还太小,无法理解战争所带来的灾难,因此动乱和骚动只让他觉得好玩儿。镇子当时被德国军队占领了几个月,他们每天列队在街上吹吹打打,少校站在队伍的最前头,到广场和跑马场停下列队点名。就连牧师的宅院也住满了士兵,总数有二十来人,还有七八匹马拴在装泥煤的棚子里。每天早上,这些马都要拉到花园里,在一个军官的监督下洗刷干净。只有几个房间留给家里使用,这么多的孩子只好胡乱地挤在一起。他却觉得这一切都太好玩儿了。吃饭时,他们用糖浆代替黄油!后来他回想起当时的情景,他才明白那时母亲正在等待生下第十二个孩子,等待着与死神进行第十二次痛苦的战斗。还不止这些。孩子们生了病,一个三岁大的女孩儿经历了痛苦的折磨之后死去了。

后来,他根据讲述推测,就在普鲁士军团撤出镇子,另一支部队开进时,那个女孩儿在母亲怀里咽下了最后一口气。那么母亲后来变得只剩焦虑,难道有什么奇怪的吗?也许是因为年轻一代都是在和平安定的时代长大,他们似乎不能公正地对待父母一辈的不安和恐惧,尤其是对待那些经受过战争的痛苦和屈辱的人更是如此。

母亲并没有完全屈服,这难道不是非常令人吃惊的事吗?雅各贝自己就经历过一些病痛的折磨,她前几天不是也很惊讶吗,母亲的身体如此脆弱,却焕发出几乎超越自然的力量,承受住命运沉重的负担而不加怨言。是啊,她是怎样做到的啊?是什么样的内在精神使得老一辈人经受住了苦难的战争岁月的恐怖,以及随后死一般的瘫痪,经历了所有像他母亲所经历过的如此震撼人心的血流成河的冲突啊。

对母亲来说,她自己从来没有怀疑过最后的答案。他还记得母亲谈话时总会提到的一句话:"耶稣我主,我的荣耀都归于您,您的训导拯救了我们。"彼尔站起身,寒冷侵肌裂骨,他于是沿着甲板上长长的通道来回走动。但他的腿沉得像沙袋,脑袋也因为整天情绪激动而昏昏沉沉,他只得再次坐下来。领航员从指挥桥上下来,在他旁边停下脚步,显然是想和他说说话。他要彼尔注意海里一队落了帆随波浪起伏的船只,说那些是捕捞比目鱼的渔民,现在他们正顺着沿安霍尔特岛海岸形成的向南的洋流赶回家。

"哦,我看见了。"彼尔简短地应了一声。他突然想起母亲留给他的信,还有那个盒子,里面也许放着父亲的那只表。他不知道自己怎么鼓得起勇气去读那封信。但他还是想要相信,母亲并不是对他毫无理解——但从昨天艾伯哈德的目光中,他似乎感受到不好的预兆。他再度站起身来,因为身体冰冷,又感到痛苦不安,他无法再静静的坐着了。

"您真的该去睡了。"领航员说着自己也缩成一团,他把双手都插在口袋里:"甲板上可真他妈的冷,铜猴子的蛋都能冻掉。"他说话时不敬的语气让彼尔警醒过来。他本打算问敬他一句,但话到嘴边,他又想到领航员肯定一直在担心他是不是打算自杀,之前大副和二副小声说了几句,应该就是在谈论这个问题。他直接问领航员是不是以为他要从船上跳下去。

"既然您自己也这么说了,那我就没什么可否认的了,我们在上面确实是在担心这件事。这种事情时不时就会发生。我们可不能掉以轻心,因为这样的事带来的只有麻烦——法律调查啦,凡此种种。就在去年冬天,我们还碰到一桩麻烦,当时一个人跳了海,就是在这片海域!"

"那是个怎样的人呢?"

"一位从霍森思来的二等舱乘客。他说碰到了麻烦。我们后来唯一见到的他的东西就是帽子了,从此以后再没听过他的消息。所以现在他肯定是葬身鲭鱼之腹了。"

彼尔不由得低下眉眼。然后他道声晚安就走下了甲板。他在闷热的船舱里躺了几个小时也没睡着,周围旅客们打着呼噜,低声呻吟着。他的思绪让他不得安宁。他感到,就在今夜,已经开始很久的精神重生就要实现了。就像在黑暗和迷雾之外,一个崭新的世界正徐徐展开,虽然到目前为止,那路途还难以辨认。他身后的一切都坠入了虚空之中。这个年迈体弱的牧师妻子向他展示了一种新的力量,与之相比,就连恺撒的凯旋这时都显得贫乏而微不足道——那是一种产生于磨难,克制和自我牺牲的力量,它是那样伟大。

他头枕双手躺着,眼睛半睁着,看着半明半暗的空中,对所面临的精神挣扎充满不安的预感。但尽管如此,他却并不沮丧。他自己也很惊讶,对于身边在睡意的影响下打着呼噜、吸着鼻子的人平静的良心,他甚至也并不嫉妒。在他懊悔与悲伤的情绪之中,也有美妙动人的东西,就像分娩中的妇女的痛苦却也意味着新生命的降生,充满了新的希望和前途。

天亮之后,轮船驶入海湾口,彼尔在第一个停靠点就下了船。他登上一座小山顶,视线跟随着轮船,沿着弯弯曲曲的海岸慢慢行驶在无边无际的草地之间。那正是八年前他所走过的那条路,当时他满怀着年轻的勇气和旭日般的希望,从这里出发去见识广阔的世界。八年了,他确实受到幸运的眷顾。他已经征服了梦想中的领土,感觉自己戴上了那顶王冠,而他就是为此而生的。露水沾在他的睫毛上,就像是彩虹般的泪水,他久久地凝视着在开满鲜花的草地上越行越远的石棺,直至它消失在清晨的薄雾中,就好像看到天国的大门为其打开了。

第十九章

在东日德兰最富饶的一片谷地里有一座庄园,它红褐色的墙壁和宽阔起伏的山形墙让人想起修道院。这就是卡斯霍尔姆庄园。它坐落在一片平坦的草原边缘,这片草原像一条奔腾不息的绿色河流穿过乡村大地,两边是隆起的田地和森林。

在草原的中央流淌着一条水势轻缓的河流,它的宽度傲人,曾一度几乎覆盖了五英里宽的山谷,这条河就是水量减少后残余的部分。行走在草原上,如果离河岸很远的话,几乎看不见河流,目力所及只见一片无边无垠的闪着绿色光芒的草原。这里那里偶有一条沟渠,或是一个水潭,里面水流静静流淌。

想象一下那该是多么奇怪啊,在过去的岁月里,清澈充沛的河水曾经在寂静的山岭间飞溅。现在那些小小的灰色或褐色的鸟儿鸣啭着羞怯地飞出芦苇的地方，曾经有银鸥拍打着闪着银光的翅膀盘旋而过。现在挖沟人和施肥者认真地大嚼猪油三明治的地方，当年好战的海盗就是在这里从他们洒满血迹的船上登陆，兴冲冲地扛着战利品回家。

在地势较高的地方，麦田往上长着一片片小树林，林中阳光明媚，风光宜人，但这里曾经生长着茂密阴暗的原始森林，霜冻的月夜常常传来阵阵狼嚎。这片陆地隆起多年之后，曾经的海底成了农民安心耕种的田地，森林却仍未得到大胆且生气勃勃的人们的开发利用。这里曾经飘荡着地主们狩猎时尖厉的号角声，他们踏着马鞍拉着弓箭将死神带来，然后在森林中拖出斑斑血迹。这里也曾回荡着暴风雨的呼啸，混杂着数不清的咆哮声，大海深处的声音听起来就像是魔鬼的回声，人们心中充满了庄严的恐怖。

但是，森林渐渐也被耕地推到后面。一群手无寸铁的异乡人在这里驻扎下来，他们种起了菜园，靠地上长出的果子为生。他们沿着树立着十字架和圣像的道路，披着修士服，光脚穿着凉鞋，从南方来到这里。很快，第一声祈祷的钟声响起，在海盗们古老的大地上，"和平降临了"。随着岁月的流逝，农民们的公牛从四面八方啃噬着道路进入幽暗的森林，林中乌鸦在鹰隼废弃的巢穴中咯咯叫。几个世纪过去了，大地母亲的财富从开满鲜花的田野和草地上聚集到了谷仓和牛棚里，流过了经过挑选的后代的门槛，修道院的地下室里和庄园的库房里都装满了肉类和蜜一般甜的啤酒，最后都在披着斗篷的修士和穿着闪闪发光的盔甲的武士血液下凝固成了脂肪。然后，神圣的修士吃得脑满肠肥，肉欲便攫住了他。他想要结婚，想要履行基督徒最基本的职责，成为父亲，与其余亚当的子孙们一起谦恭地共享生活的富足。从身着粗布修行袍子，系着僵硬的麻绳，穿着凉鞋的人群中，穿着僵硬的领子的第一代牧师希德纽斯和一群孩子破茧而出。与此同时，农场主们越来越适应了资产阶级社会的秩序。他们世袭的财产受到法律的保护，冒险和悲惨的战争生活也很少会影响到他们。

这些海盗的后代们成了牧场主或是骄傲的农场主，他们穿着丝绒裤子，头上戴着飞舞着羽毛的帽子。他们个头魁梧，身材肥胖，肌肉因为萎缩而变得松弛。他们骑着不住放屁的马，就像是给自家土地带来恩赐的福音传送者。这些人中，有的像莱夫·艾斯克森·布洛克先生，他和半个日德兰岛的人都起过争执，打过官司；也有奥鲁夫·皮德森·杰登斯坦爵士，他的亲妹妹艾尔瑟伯夫人和莱丽小姐在维堡兰斯廷法院控诉他"给她们造成了巨大的伤害，对她们极不公道，用武器和拔出的剑殴打她们和她们的仆人，推倒她们的房屋，残忍地掠夺她们的财产"。这些人流着海盗的热血，他们非常任性，骨子里渴望探险，总是傲慢得近乎固执，热衷于争名逐利。还有像约尔根·安菲尔德这样的人，在他身上，过去的野蛮精神转化成血腥的宗教狂热，出于骄奢淫逸的念头，他在城堡的地牢和自己的房间之间秘密地架设了管道，好让巫婆和其他魔鬼般凄厉的尖叫传过来，让他的灵魂得到满足。他打着仁爱的主耶稣基督名号，把他们关在黑暗的地牢和泥泞的洞穴中折磨至死。

这片丰美的闪闪发光的草原就伸展在山岭之间，这里没有一条路，也没有一座房屋，一棵树，就像荒野般单调和死寂。如果不是在收获季节，沿着蜿蜒的河流走上几个小时也不会遇见一个人，听见一丝声音，只有溪水潺潺流淌的声音，和远处列车驶过桥梁发出的沉闷的嗡嗡声。

古老的货船作为航运最后的残余方式，直至十几年前仍在为河流增添生机，但现在也几乎停止。一连好几个星期才能看见一艘这样的船首很宽的大船，每当满载时它们就吃水很深，船员撑着强韧的杆子逆流而上，只有站在两旁船舷舷梯的架子上才不会把脚打湿。

这里常常还会碰到一些人，他们有着一副丹麦人才有的哲人般的平和气度，拿着长长的钓鱼竿坐在堤坝上，嘴里还抽着烟。有时碰到捕鳝鱼的场面，男的女的一齐涉进齐腰深的水里，把鳝鱼从黏滑泥泞的河底挖出来。

这时还可能会碰上一个与众不同的猎手，当地的人都会避着他，这个人个子很高，身材瘦削，面色阴沉，总是高耸着肩膀，一双长腿蹬着一双大靴子。他的表情相当冷漠，一般也不会回应别人的招呼。他脸色苍黄，鼻子扁平，又黑又粗的小胡子盖住了他的嘴。

这就是卡斯霍尔姆庄园的主人，皇家狩猎长普兰根先生。两条斑点猎犬在草地上团团转,时不时还窜入泥泞的沼泽,溅起一摊水花,他自己却总是慢慢悠悠地朝前走。他一般把猎枪背在身后,两手插在装饰着穗须的猎装外套的斜兜里。很明显,他在这里游荡并不是为了打猎,而只是为了思考一些黑暗的思绪。

人们常常会谈起,狩猎长会在想什么呢。这样的疑问很难得出结果。就好像他身上存在着不止一个人一样。他有时候沉默寡言、愁眉不展;有时却又如此健谈,擅长交际,说些虚夸的故事,自我膨胀得厉害。有一段时间,人们以为他是和妻子的矛盾才导致忧思重重。现在,人们更倾向于相信是由于他被卷入数不清的官司之中,而这些案子的结果大部分都对他不利。也有说是因为消化系统的问题。众所周知,他经常差人从卡斯霍尔姆火速赶往城里,到药剂师那里去为他取药。

奇怪的是,就连狩猎长本人也搞不清楚自己闷闷不乐的原因。每当他舒舒服服地坐在屋子里,欣赏着烟圈从烟斗里飘到阳光下的样子,忧思便如同阴云般升起,生活变得黑暗一片。每当奋力思考原因却百思不得其解,于是又总是陷入更深的绝望之中。狩猎长的"好心情"回来了,消息很快就在卡斯霍尔姆的牲口棚和谷仓里传遍了,当他的长腿出现时,大家都纷纷避开。他低着头,深蓝色的眼睛毫无神采,看上去就像前额抵着块木板的公牛,看到他这副样子绝对不会让人开心。他的妻子聪明又傲气,不愿屈从于他的情绪,总是装作什么都不知道的样子。她相信,任何想要改变他脾性的行为,都只会让情况变得更糟。他那讨人厌的情绪需要释放,然后会像来时那般神秘地消失。

两人单独共进晚餐时,狩猎长只有吃东西时才会张开嘴,她却开启话题,看着他吃下最爱的菜肴,同时也驯服了他。狩猎长其实胃口很大,即使是最糟糕的情绪也影响不了他的胃口。大份的米糕和甜啤酒,猪排加苹果酱,加白调味汁的香肠和卷心菜,诸如此类的东西消失在他嘴巴里就像卷入了褡裢袋。饭后他就退回自己的房间,那里和客厅之间隔着一间小小的日光室。狩猎长夫人总是很聪明,不让他们之间的门关严,以免让仆人们看见,丈夫独自一人待着。她知道关于他们的婚姻有些闲言碎语,也因此更要在众人面前表现得更为亲密。

狩猎长夫人嫁给普兰根时已年过三十，当时他还只是一个农场主。他们的结合引得她的同伴异常惊讶，议论纷纷，因为在她们眼中，普兰根先生生性愚钝也不值得信赖。但在此地流传的最气人的谣言还是有关她的过去。据说早年她的美貌曾赢得一位地位高贵的绅士的青睐，但是后来有没有发展成为更亲密的关系，就没有人说得准了。

然而，每当狩猎长情绪高昂时，总会以吹嘘自己的妻子和宫廷的关系为乐。后来，狩猎长夫人的行为也引得流言纷纭。她的名字常与丹麦的这位或那位贵族联系在一起，因为她频繁地往来哥本哈根，又经常去欧洲的温泉疗养地久久不归。但这些并没有确定的证据。她知道如果机智地回应，可以打消所有的怀疑与刺探。而她的丈夫总是忙于打官司和应付自己的消化问题，从没有起过疑心，哪怕是一闪而过的念头都没有。

在年轻的时候，狩猎长夫人就把调情厮混看得非常寻常。她嫁给普兰根正是因为他可以成为她不羁生活的掩饰。此外，她能为自己辩护的是，她给了他丰厚的补偿，帮他获得了头衔，而这个头衔绝对比凭他的出身、教育程度和经济实力所能取得的地位要高得多。而随着年纪的增大，热血不再沸腾，良心要她偿付高利贷般的利息，皇家狩猎长夫人近年来虔诚地皈依了宗教。在这方面，相邻郊区的一位布洛姆贝格牧师对她影响很大。他不像其他郊区的狂热布道者那样，把中世纪从坟墓中召唤出来。与此相反，他非常温和，富于人道，反对一切夸张和过分的言辞，他是个能够安慰人心的快乐的传道者，每天平和愉快与传递福音，从不要求人们牺牲舒适的生活，因此，他的追随者众多。

狩猎长夫人非常感激，因为她的良心并没有经历太多的痛苦就得到了宽慰。她全身心地皈依了这从不苛求，令人感动的基督教。有时候，她会记不住自己祷告的时间，或是在于至高无上的主交流时无法像孩子般信赖，但这些都通过她对教会一切事宜的热切关注而获得了补偿。她的房里堆满了神学的书籍和期刊，在朋友圈子中，她还经常参与辩论，她表现得越来越像个布洛姆贝格信徒的传教士了。

夜里悄悄护送母亲的遗体渡过卡特加特海峡之后，彼尔就是想到这里，到这对夫妇家里寻求清静。清晨，他在海湾口下了船，到达卡斯霍尔姆庄园时已是中午时分，他身心俱疲。他不仅受到狩猎长夫人和她仍在此处做客的姐姐的热情款待，连狩猎长本人也很欢迎他，因为他刚刚得知竟然赢了一场诉讼，相当惊讶。

为了让彼尔立刻明白这场官司的详细原委，他领着彼尔进了房间，花时间给他介绍自己这辈子赢过的另外两场法律诉讼。其中一次，据他形容，案情错综复杂，最高法院为此花了整整三天时间。彼尔很高兴可以静静地坐着沉浸在自己的世界之中，他的思绪仍徘徊在母亲的棺木旁边。狩猎长还不习惯有这样一位耐心的听众，后来他对妻子说，他觉得她这位年轻的朋友很迷人。午饭时，彼尔提及打算离开的时间，狩猎长热切地想要劝服他在卡斯霍尔姆住一段时间，因为现在夏天终于来了。要说服彼尔并不难，因为他一点儿都不想回哥本哈根，他想没有哪里能比这里更适合解决他预感即将到来的精神危机了。他被安排住在一间宁静舒适的房间中，里面能眺望屋角一侧的花园。一排枝繁叶茂的栗子树让照进屋内的光线柔和了许多。在屋子中央雪白精致的地板上，立着一张有着笨重的圆腿的四方形橡木桌子，另外还有四把高靠背椅子。床隐蔽在一张可折叠的屏风之后，还有一只老式的高高的大铁炉，它就像一个全副武装的骑士守卫了床头。在窗户之间的墙壁上，靠墙放着满架子的书。

置身这个房间中，他立即感到就像在家里一样，这里如此舒适，和那些他不得不住的各种编号不同却装饰统一的旅馆房间截然相反。房间里绿色的半明半暗的色调正好符合他的期待，现在他就需要一间这样的修道院般的隐修的场所。尤其让他高兴的是那些书籍，他从书籍上读到书名，都是些富于启迪的神学书籍，狩猎长夫人经常热情地向他提及。他给哥本哈根的旅馆发了封电报，要那边送些衣服过来。对雅各贝，他也写了信过去解释，告诉她自己一时冲动于是伴随着母亲的遗体踏上旅途，然后趁此机会，也履行了诺言，去探访意大利旅途中的旧友。关于为什么要待在卡斯霍尔姆，他只说暂时需要休息，以便积蓄力量为即将到来的新旅途做准备。他对自己说，对于他将在给她的这封信中解释什么，能解释什么，自己仍然缺乏必要的理解。而这必须等待。他们的关系之中现在出现了一个无法补救的问题，那就是他们扎根于不同的精神土壤之中。不管他们双方都有着多么良好的心意，但天性的不同实际上却阻碍了他们的进一步亲密。

晚间，他发了信之后，思绪立刻平静了下来。日落时分，他和两位夫人坐在客厅里，虽然周围的环境是如此陌生，但感觉真的就像在自己家里一样。他没有追究为什么会有这样的感觉。当夕阳的最后一抹光线映照在宽大的窗台上，这间稍微有点儿低矮的大房间里光线变得朦胧，稍稍有些滞重的空气中隐约可辨厨房传来的煤烟气，他感觉如置身母亲的怀中。

狩猎长原本和他们坐在一起，但只听一阵巨大的喧闹声，他突然站了起来，边哼着曲子边走过日光室回到自己的房间，身后门都开着。片刻工夫，房间里传来翻箱倒柜的声音，接着是吱吱嘎嘎的声音，然后是窗户打开的声音。这时，猎号尖锐的声音回荡在山岭和森林之间。

在狩猎长用以维持自尊的众多稀奇古怪的幻想之中，有一个是他自认为是吹奏黄铜号角的音乐大师。一开始，他吹奏了几声打猎的信号，林中传来的回应就像是从过去的岁月发出的陈旧的回音，那时他的祖辈在丛林中寻找猎物，身后留下斑斑血迹。然后他演奏了几首爱国歌曲，之后他心头越来越温暖，犹如在谱写一曲简单的心灵诗歌。

但那乐声听起来却很吓人。接着他演奏了一曲赞美婚姻生活的古老歌谣《彼此相伴真好》，他将脉脉的温情和由衷的心悸注入到演奏中，但他的煞费苦心却让那些自己也不能确定的音符颤抖起来，彼尔害怕笑出声来，低头看着地板不敢抬起眼睛。与之相反，狩猎长夫人却双手托着脸颊，温柔地看着窗外，脸上露出富于女性魅力的优雅的笑容。

彼尔就这样在庄园居民的陪伴下愉快地渡过了几日。狩猎长现在看起来心情很好，引着他到处参观他的家产。下午他就陪着夫人们乘坐马车在周围美丽的风景中漫游，有时候独自一人或是和一位与他年纪相同的管家外出散步。很快，他就感到身体强壮如昔，他的脸颊又和刚从意大利归国时一样变成了棕褐色。他很少提及和萨洛蒙一家的关系，狩猎长夫人也很快察觉到了这一点，因此也从不提起这个话题。本来他还以为夫人们仍在猜测他悲惨的身世，因此很小心地不去提及母亲的事以及这次到日德兰岛的真正原因。但没过多久，他就发现，狩猎长夫人可能已经知道了他家庭的情况了。他想肯定是从布洛姆贝格牧师那里得到的消息，因为狩猎长夫人曾经提到过他几次，语气充满尊敬。

很快，他不得不放弃了引领他来到这里，问男爵夫人筹钱的想法。他实在是有点儿害怕和男爵夫人单独相处，因为她说话的语气总是过分亲密，令人不适。她用两根手指托着戴着蕾丝小帽的干瘪的脑袋，立刻就谈起自己已故的弟弟，临了还总是会背诵几首她最爱的诗人赫兹以及帕卢丹·穆勒的诗作作结。

彼尔决定不再去向岳父借钱了，于是就把所有的希望都寄托在狩猎长和夫人的身上。他不应该再让别人说他总是靠菲利普·萨洛蒙的资助生活了。但迄今为止，他还没有找到合适的时机开启这个话题。因为除此之外还有许多事情让他忙碌，他不仅要思考内心的问题，还要忙于外部世界的各种事物。最主要的就是大自然。三天过去了，他只告诉了狩猎长夫人说自己马上想去美国继续学习。

周围仍旧是一派夏日风光，万物都处于最美好的时节。田野里和森林里一片清新葱茏的气息，草原就像是一张点缀着花朵的大地毯。彼尔和庄园管家已经成了密友。管家的房间在与主楼分离的侧楼，吃过晚饭，他总爱和管家一起到那里静静的待上一段时间。从那个房间里，一头能看见乳酪厂，挤奶女工们卷着裙子，提着叮当作响的锡桶走进走出。从另一头的窗口能看见粪堆后面一个宽大的牛棚，那里是卡斯霍尔姆那头最宝贵的公牛和母牛交配的地方。彼尔嘴里叼着雪茄，在沙发上舒展身体，和管家闲扯各种乡野村话，或是跟管家的那头黑毛狮子狗和它的狗崽玩耍。管家是个性情温和的日德兰人，对于别人大惊小怪的事情，他却总是缺乏兴趣。最主要的是，他总有许多有趣的事情可讲，但他这么做并不是为了取笑别人，只是出于说着开心。

彼尔觉得和他在一起很开心，在忙碌的庄园生活中，这样快乐的闲聊帮他赶走了来到这里时所带来的郁郁寡欢的不适感。河流对他也有一种奇异又神奇的吸引力。正是这条河流，在九十英里以外的地方，汩汩流过他故乡小镇破败的桥梁，堤岸上具有神秘气息的芦苇丛和下面隐藏的沼泽地，是他童年最爱去的地方。有一天，他在河岸一座小棚子里找到一条小船，以前对钓鱼的狂爱又袭上心头。管家帮他找齐了必备的工具，然后每天他就带着钓鱼线在河岸上一坐几个小时。

许多天过去，他如此焦急恐惧等待的精神危机却并没有出现，至少暂时没有具体表现。那天夜里在轮船上，他体内聚集然后爆发的精力，到了这里却在他所享受的户外活动中消失了。狩猎长夫人那些富于启迪意义的书籍也放下了，迄今为止几乎仍留在书架上原封未动。他整天都在外面。等到了晚上，他终于回了房间，点亮灯拿着书坐下，刚读了没几行，一阵舒适的倦意就席卷而来，就像是尘世的祈祷一样，促使他上床休息。

他开始有一点儿想念雅各贝了。当他坐在小船上，让自己在阳光下烘烤时，或是当他伸开身体，躺在最喜欢的森林边缘的树荫下时，他真希望雅各贝能和他一起分享夏天里这些美好的日子。这样一定对她有好处，能帮她把在海滨大道上吸进肺里的灰尘清出去。她最近神经似乎绷得太紧了。但随后他又想到雅各贝肯定会拒绝。她并不喜欢他正在过着的这种简单的生活。把双手枕在脑后静静躺着，任由思绪穿过云层飘上无边无际的蓝天，感觉整个人都融化了，漂浮在永恒之中。她根本就不知道这样做到底有什么乐趣可言。他还记的有一次，在写给他的一封情书中，她曾用这样的语句描述自己的性情，她说自己就像无法平歇的大海。她确实如此。

在卡斯霍尔姆的生活因为没有束缚而感觉非常幸福，就连穿衣方面也是如此。狩猎长本人就穿着长靴在屋子里走来走去，直到晚餐时分才整理好着装。他的妻子在家也并不刻意打扮。这种乡村式的闲散很快就感染了彼尔，在岳父母家里需要严格注意着装，旅行时也需要不停地更换衣服，这对他来说真是太拘束了。

一个阳光和暖的天气里，彼尔肩扛着钓鱼竿从河边归来，在路上他碰见了狩猎长夫人，她身边跟着一位年轻的小姐，是一位身着明亮的浅蓝色条纹衣裙的金发姑娘。两位女士正沿着种满白杨树的长长的小路往上走,那条路从草场一直通到主楼的前面。她们把手都挽在对方的腰上,年轻姑娘的仪态中还有些特别之处会让人以为这两个人是一对恋人。

经过时,狩猎长夫人给两人介绍:"这是从哥本哈根来的工程师希德纽斯先生——这是布洛姆贝格小姐。"然后又加了一句,说布洛姆贝格牧师正在家里拜访她丈夫,他也很乐意见见彼尔。彼尔接着穿过花园走进房间,他暗暗发誓觉得自己的安静闲适即将消失。因此,他一开始就对这位似乎在这家里扮演着特殊角色的牧师心怀敌意。此外,他也慢慢的意识到了此人是谁。他记起来,自己曾经在报纸上见到过他的名字,说他很有才华,当时许多宗教运动都是由他支持的。另外,他还隐约记得牧师的活动曾是父母家里讨论的话题,因为他的哥哥副牧师托马斯曾经非常热衷于他的布道,而他父亲却似乎并不是特别赞同。

他本打算在牧师来访期间都待在房间里的,但狩猎长如此地友善邀请他去见见布洛姆贝格牧师,他实在无法置之不理。他很确定坐在狩猎长对面位置的陌生人就是那位牧师,屋子里满是香烟的烟雾,他们面前都放着咖啡。他一走进房间,他们的谈话就停止了,这正说明他们刚才正在谈论他。

看到布洛姆贝格牧师的样子,彼尔稍微惊讶了一下。彼尔在卡斯霍尔姆庄园听到的都是说这位牧师是教会的改革者,他的斗争就是要让神圣的事务变得更具有人性色彩,因此,在彼尔的想象中,他应该是一位尊贵的北欧传道者的形象——一个信奉基督教的海盗形象。但与之相反,眼前出现的却是一个个头不大,身材丰满,脸颊圆润的男人,和其他典型的和蔼可亲的丹麦牧师相比,并没有明显的区别。在他长着浅黄色的卷发和小胡子的大脑袋上,长着一双清澈而充满神采的蓝眼睛,就像两滴大大的水滴,里面倒映着宁静的天堂。从他的衣着(他穿着一件很短的黑色斜纹夏装夹克)和靠在椅了上吞吐烟圈的姿势上来看,这位牧师很明显是想试着摆脱自己与众不同的符号,甩掉别人对他的尊敬——这样的举止令他的同行非常愤怒,也引来许多不敬的嘲笑。尽管如此,谁也不会怀疑眼前这个人是一位神职人员。在这方面,他整个人都明明白白地带着种自以为是的色彩，他身上也散发出一种高高在上的家长式的气息，就像现在的教堂里虽然都装上了现代的供暖设备和通风装置，但古旧的地板上始终散发着一股霉味。

布洛姆贝格牧师稍微有些费劲地从椅子上站起身，带着种乡下人的热心劲握着彼尔的手。"哎呀，看看——"他说着便毫无顾忌地打量起彼尔来，"是的，希德纽斯这个姓氏我自然并不陌生。"他继续说道，"因为，您的父亲在我们这行中享有良好的声誉。虽然我们在相邻的郊区任职多年，但怎么说呢，我一直并不认识他。我们对教会的观点，在很多层面上都相当不同。但我尊重已故的故人。他是个对工作很热心的人。"彼尔没有作答，牧师也坐了下来，一时间，谁也没有说话。布洛姆贝格又转向了狩猎长，和他谈起了郊区的事情。彼尔坐在床边，点燃一支烟。他半侧着身子，看着从主楼前伸展开去的广阔草地，中央有一个镀金的日晷。他一直盯着狩猎长夫人和那个年轻的小姐，他们刚从小路上回来，正坐在草地另一头巨大的山毛榉树荫下的长椅上。狩猎长夫人放下了阳伞，而她的同伴则把宽沿遮阳帽放在长椅上，拨着额头上的一缕卷发。

彼尔瞪大眼想把牧师女儿看得更清楚些。她看起来不过十八九岁的年纪，除了一头金发之外，她和她父亲没有任何相似之处。她身材颀长，体格苗条匀称。从彼尔所在的位置，无法清除看清她面目的相貌，但他觉得她的身影如此迷人。女孩坐在阴暗的树荫下，身子稍微前倾，一条腿搭在另一条腿上，她转着摘来的一朵花，时不时还嗅嗅花的香气。她让彼尔恍如身处梦中。她穿着浅色的衣裙，看上去仿佛没了身体一样，尤其是与身边休形丰满的狩猎长夫人相对比的时候，狩猎长夫人穿着一件闪闪发亮的灰色紧身上衣，贴在胸脯上就像是一副钢甲一样。这个女孩让彼尔想起某个人来，之前还在小路上的时候，他脑中就闪过了同样的印象。

小鹿一般苗条的身材，一头几乎泛出银光的淡黄色的浓密秀发，一对溜肩膀——这一切都让他有似曾相识的感觉，还让他有点伤感。牧师从桌旁站起来准备走了。他说还要去附近拜访之前的一位教友，他被一头疯牛撞伤了。回来的路上他再顺路来接女儿。当他和彼尔道别时，又一次用秃鸶般肆无忌惮的目光打量着他，还告诉彼尔，如果哪天经过波斯特拉普牧师庄园，他会很乐意彼尔进去看看。

"我很明白，"牧师畅快地说道，"当今哥本哈根的年轻人都觉得教堂是座傲慢的庙堂，牧师庄园就是它的前庭。但是说不定，我们其实并不像哥本哈根的报纸和文人说的那样糟糕呢。现在，您可以自己来瞧瞧的。"

虽然他的语气傲慢，但彼尔还是和他握握手，还小声礼貌地感谢了他。对他女儿的印象使得彼尔不知不觉接受了这个志得意满的小个子的人。狩猎长送牧师走出门。而彼尔则拿起自己从意大利带回的大草帽，穿过日光浴室走到外面的台阶上，他在那里看着空中，就像没有注意到那两位女士一样。狩猎长夫人叫着他的名字问他："您猜布洛姆贝格小姐觉得您像什么？"那位年轻的小姐的一只手被她握着放在自己的腿上，她羞得满脸通红，伸出另一只手想要捂住女主人的嘴巴。

"亲爱的，我不能说吗？我听着觉得很有意思。布洛姆贝格小姐说您看起来像个印度长官。她真是说对了。您今天的穿着很有异国情调。"

"印度长官！"彼尔重复了一遍，然后低头看了看自己身上的浅黄色天鹅绒套装，这也是他从意大利买回来的，因为今天阳光和暖，这还是第一次穿，"真是太过奖了，只是我自然没有那么幸运，没有百万钱财啊。"他回答。

"但您会拥有的。"狩猎长夫人一时疏忽了。这句话多半不是她本意，她一说出口就后悔了，于是就转而谈论其他话题。彼尔深知这短短一句话的含义，于是有些烦恼。显然她已经说过他订婚的话题了，和别人一样，肯定也说起了他岳父的财富，人人都是这么想的。这时，他也明白过来，布洛姆贝格小姐称他像印度长官并不仅仅只是一句恭维话。

他坐下打量着那个年轻的女孩。现在，他可以像个内行一样，清醒地评判她的相貌了，但他并没有发现什么缺点。虽然他很生气，但也不得不惊讶，刚才在小路上遇见她时怎么没发现她有多么美呢。多么清澈无邪的眸子！多么可爱的小嘴啊，线条那样柔软，可能有点儿苍白，但就像野玫瑰那样清新动人。

两位女士开始谈起牧师刚才在狩猎长房间提及的那场惨祸。姑娘说起话来很像她的父亲，她说"那个可怜人"整个腹部都撕开了，医生说他不可能活下来了。但彼尔却突然走了神，他想起来这个姑娘一直让他想起谁了，是弗兰西斯卡，他在纽伯德尔时的恋人。天啊！他想起来心都要化了，我有多久没有想起她了啊！女士们继续聊着，他却沉入了自己的记忆之中。他一直看着牧师的女儿，但她却一次也没有回看他，仿佛根本没有意识到有人在观察自己的样子。

是啊，他自言自语，真的是很像。她们身量举止几乎一模一样。无可争辩！只不过布洛姆贝格小姐更吸引人注意一些，她的身形更苗条，是更加精致版本的弗兰西斯卡。她嘴唇的动作也让彼尔想起弗兰西斯卡。每次布洛姆贝格小姐一笑，她的舌尖就会舔一下上唇，就好像要用这个可爱的小动作把笑容舔掉似的。

"有点儿冷了。你不想披点儿什么东西在肩膀上吗，亲爱的？"狩猎长夫人问。太阳渐渐在花园里沉下去了，坐在树荫下能感觉到地面泛起了潮气。

"我一点儿也不冷。坐在这里真舒服。"她回答，狩猎长夫人欢喜得又抓住她的手轻轻拍着。

"还是把披肩披上吧。我肯定你把它落在客厅里了。"

彼尔站起身来："我去拿。"他说，但就在同时，那个年轻姑娘也从长椅上站了起来。"不用，您找不到的。"她连忙说。然后，似乎害怕他跟上来似的，她迈着大步匆匆走过了草坪。

"她是不是很可爱？"女孩儿走后，狩猎长夫人问，彼尔重又坐下。

"是啊，非常漂亮。"他短短答一句。

"是啊，是很漂亮。而且她性情好，坦诚又大方。不幸的是，她身体不太好。"

"布洛姆贝格小姐生病了吗？"

"我亲爱的——她整个冬天都卧病在床——患了伤寒。她自己也说，有三个月时间，她离死亡比活着还近。您从她身上看不出来吗？"

"没看出来——不过,她确实给人一种缥缈的感觉。但说到身体虚弱……"

"好吧,感谢上帝,她已经渡过了最糟糕的时候。希望夏天能让她痊愈。那个可爱的孩子在这里是多么高兴啊,她对活下来充满感激,只有这么年轻就几乎要失去生命的人才会这样——啊,是的,只有他们才知道如何把生命当作上帝仁慈的礼物,希德纽斯先生。"

彼尔看着远处。近来每当狩猎长夫人触及宗教话题时,他总觉得有点儿尴尬。

"布洛姆贝格小姐似乎特别喜欢您。"他说着转移了话题。

"哦,她喜欢到这里来,可爱的小东西。她说觉得在卡斯霍尔姆很舒适。待在父母的家里对这么年轻的姑娘来说可能有点儿乏味。但在其他方面,布洛姆贝格牧师家还是很不错的。您真的应该去拜访他。能和您谈谈,他会很高兴的。"

园丁从小路上走了过来,隔着一段距离停下脚步。

"怎么了,彼得森?"夫人问。园丁把帽子拿在手中,又往前走了几步,要她方便的时候到菜园里去一下。

"我这就来。"狩猎长夫人说。显然,基督教中同伴的教义并不适用于她自己的仆人身上。

她很快起身走了。那个年轻的姑娘这时回来了,要和彼尔单独留下来,她看上去很不乐意。她两手按着长椅的边缘坐了下来,脸色变了好几次。突然间,她冲着视线中还没消失的狩猎长夫人喊了一声,说她也想一起去。没等听到回答,她就急匆匆走了。

"当心啊——不要跑!"狩猎长夫人提醒她。

彼尔扭过头视线越过肩膀看着她——这时,他脸色一沉。她害羞的样子让他想起一段不快的记忆。童年时,他的兄弟姐妹也是这样从他身边跑开的,尤其是每天早上或晚餐前祷告,父亲要严厉地教训他的时候。甚至是前不久,他碰到双胞胎弟弟,又一次经历了这样的场景。他们是那样地难为情,看起来似乎连该不该看他都不知道。印度长官!那当然也是一个侮辱性的称号。那个女孩儿从他身边逃开了，就像是在躲避魔鬼一样。好了，这是怎么回事？从什么时候起，他竟变得如此脆弱，甚至不得不担心别人对他的看法了？或者还有些别的什么原因吗？是不是他也开始觉得自己所疯狂追求的幸福是一种耻辱？

好了，他不需要进行这种思考。反复无常的情绪让他成了毫无防备的牺牲品，他必须克服这种起伏不定的思绪。是时候该结束这里闲散的生活，回去工作了。如果说他曾经给自己和他人造成过伤害——但从他勤勉的奋斗中，从他强烈而真诚的想要为世界创造出一些美好而有用的愿望中，他仍然能够找到正当的理由，尽管伟大的胜利也可能在逃避他。

主楼里的一扇窗打开了。男爵夫人从漫长的午睡中醒了过来，没过一会儿，她就步到了走廊上，她在脑后浪漫地别了一条蕾丝头纱。就和平常一样，她涂了厚厚的粉，以便掩饰白天的时候出现在她脸上的红斑。彼尔迅速走开了。与其要和这个疯疯癫癫的老妇人独处，他还是宁愿溜到花园里去。这时，他走在那条沿着草坪一直绵延到森林里去的小路上。

这是一个非常明亮而静谧的夏季傍晚，周围静得似乎充满不祥。空旷的夜空没有太阳也没有星星，下面毫无阴影的大地静静地展延开去，一片空茫。太阳已经毫无眷恋地落山了，只留下些许微红的薄雾笼罩在地平线上。天空中一丝云也没有，而云朵本可以吸收太阳的光芒，并把白日夺目的光辉反射到大地上。丘陵中，这里那里时不时有玻璃闪着光——除此之外什么都没有了。然而在下面的河岸上，太阳一消失，某种幽灵一般的氛围就苏醒了。田野开始被灰朦朦的云雾所笼罩，不多时，宽阔的山谷就消失在起伏的水气中。就好像随着夜幕的降临，海港也幽灵般地移动着步伐，重新占据了它古时的老巢。迷朦的雾气，就像朦胧的海浪，就像虚幻的海洋一般，卷过了层层山岭。

这时，生命的迹象又出现了。一只长角的头钻出了雾海，叫了一声。稍倾，一个男人的上身隐隐约约进入视线，他的下身仿佛是一只尾巴高翘的深色野兽。很快，一群长角的头露了出来，它们挤在那个男人周围，翘着鼻子，从鼻孔往外吐气。那个男人断断续续喝叫着，在头顶上挥舞着什么东西，就像是一个人首马身的怪物，正在和一群海妖搏斗。

这是卡斯霍尔姆庄园的三百头牛在牧人的挥鞭驱赶中归来了。从大路上看去，牛群似乎在游动。只看得见它们的头部和黑色的背部摇摇晃晃的移动，烟雾卷过它们，抹去了所有的轮廓。

彼尔在路边沟渠旁的一棵树下的长椅上坐了一会儿。他用手撑着脑袋，目光注视着这些归来的牛群，直至它们再次吞没在雾气之中。一小群乌鸦从他头顶飞过，他能听见它们兴高采烈地嘎嘎叫着，飞回他身后森林中的巢穴里。一只青蛙在附近的水潭中安心地呱呱叫着。除此之外，巨大的静寂包围了他。

一种孤独的失落感不知不觉袭上心头。他想起《圣经》中的语句：狐狸有洞穴，鸟儿有巢穴。但他并不知道，哪里能让他感觉到强烈的归属和美好的记忆。每当想到即将到来的旅程，他总觉得自己真身何处其实并无所谓。在大西洋上也好，在美国大草原上也好，都不会比在自己的祖国更感到无家可归。

这时，他想到另外一句话，不由有些颤抖。那是他父亲曾经使用过的《圣经》上的诅咒：藐视上帝的人，将在大地上永世流浪，无家可归。这句诅咒现在似乎实现了。该隐的命运也降临在他身上。弗兰西斯卡迷人的身影再一次闯入他的记忆，他想到纽伯德尔那座刷成黄色的小屋，在那涂了焦油的木栅栏后有一个小小的绿色花园。他曾是多么爱她啊！放弃她春天般清新的爱情并不是一件容易的事。当然，他很明白，他也并没有什么损失。雅各贝更加深刻，他永远也不能低估她对自己发展所起的重大影响。但他也不得不问自己，他们除了身体，还有什么东西是彼此共同拥有的。这时，他想起以前黄昏时和弗兰西斯卡绕着索特达姆索那面金色的湖水静静的漫步，想起他们总是在奥斯特瓦德街那些树荫下甜蜜而又忧伤的告别，现在，这些难忘的记忆就像他沉闷又焦躁的青年时代的一方天堂。

她说不定已经嫁人了吧。如果有谁应该找到一个好人，那就应该是她。说不定她现在正在外省的某个地方做了快乐的中产之家的妻子，怀里还抱着孩子。他突然想到，他也许还能从纽伯德尔的邻居里打听到她是不是还和父母住在凯特明纳,或是她现在的消息。赫顿斯弗莱德加德街上的那个家当然已经没了。他知道,奥鲁夫森太太去年秋天也追随她的丈夫上了"黑暗的驳船"。但是那里肯定还有别人可以为他提供些信息。

有一群乌鸦飞过头顶,欢快地高声呱呱叫着飞进了树林。这时,他听见从卡斯霍尔姆的路上传来马蹄声和马车驶过的咔嗒声。两匹枣红大马正步行拉着一辆带车棚的马车驶上陡峭的山坡,彼尔就坐在山脚下。

他想到这有可能是布洛姆贝格牧师的马车,于是就站起身沿着与马车相同的方向往前走,心里希望谁也不要认出他来。但他估计错了。马车赶上他时,牧师停了车,高兴地挥手和他打招呼。

"瞧瞧!未来的预言家先生正在这宁静的夜色中幻想呢。是不是啊?这里可真美。我刚刚还在和女儿说呢,一点儿都不用奇怪,我们古代的民间歌谣中充满了各式各样的神话中的生灵,自然也按自己的方式在吟唱。像这样的夜晚,仿佛真的有某种不可思议的东西,某种神奇的力量。看来我们对大自然中的神秘力量还没有失去敏感嘛,即便是在进步的、现实主义的当下,我们的工程师先生还是会被它所吸引嘛。"他淘气的笑容弥补了话语的直接。这时,他转身对着女儿——那女孩正坐在父亲身边,看起来似乎自信了许多,几乎有些傲慢地打量着彼尔——继续说:"看这边,我亲爱的……工程师实在是感染了我。我想稍微舒展舒展腿脚。你去商店取货吧。把马车赶过去,等我过去。您介意我下来陪您走一会儿吗?"他问彼尔。彼尔咕哝一句:"当然不介意。"然后,牧师费了点儿劲下了车。

"在我们这个急速的蒸气机拉动的年代,健康的活动太少了。"他一边说,一边坚定地朝前走,就好像是要踩醒沉睡的青春活力一样,"虽然我打心底里赞美我们的铁路,但它也引导我们误入歧途,背叛了大自然,使得我们违背了它慈父般的召唤。每当看见怪物一样长长的黑色铁轨嗖嗖穿过上帝绿色的大地,我总会想到伊甸园里的那条蛇。过去的日子里,每当我要进城办事,我总会凭借自己的双腿步行,以免借借教区农民的马匹。一天里,去程五英里,回程也是五英里。但时间从来不会显得像现在这样长。现在我乘坐火车只需要半个小时,但只要火车晚点五分钟我就会不耐烦。过去，钟表都闲在口袋里，时间都是从连分针都没有的太阳上辨认的。当你走了五英里远，坐在草垛边或者水沟旁吃点儿东西，那味道多美味啊！现在的年轻人再也不会理解了，坐在地上吃点儿奶酪和面包，身旁有云雀、欧椋鸟和田凫的鸣啭充当佐餐音乐，这是多么美妙的——我敢说甚至也是精神上的——享受啊！现在，我虽变得又老又胖，但对面前的乡村道路仍然充满了渴望。当你坐在屋子里思考了太久，当你从报纸和书本里看了太多愚蠢又善变的观点，如果能到外面走走，那真是莫大的幸事。你可以轻易地察觉到灵魂都舒展开了，就像从噩梦中醒来，看到阳光耀眼地透过了窗户，听到鸟儿在树梢上鸣唱。听啊！"他突然停下脚步叫出声来，手抓着彼尔的胳膊，"听到上面云雀的叫声了吗？它们还在歌颂太阳。"他静静地站着，一脸的沉醉，"是不是很可爱！它让我想起一个女人，爱人离去之后，她开始轻声哼唱，以免落下泪来。您真的注意过吗，工程师先生，这个大自然的小小歌者揭示了多么深刻的哲理啊？无论您听到的歌声是悲伤还是喜悦，都不会白费。我必须老实承认，对我来说，我从它清脆的鸣啭中得到的启迪，比从架子上无数的布道中得到的还要多。但您一定要发誓不会把这话告诉任何人，"他说着不由笑了起来，晃着彼尔的胳膊，"我敬爱的同行们听到这样吓人的异端邪说，永远也不会原谅我了。"听到自己的话，他又放声大笑，接着开始继续往前走。他这番亲密的语气让彼尔很开心，同时在其他方面也被他的人格魅力所迷住了。他不得不承认，狩猎长夫人是对的，布洛姆贝格牧师确实不像一般的基督教原教旨主义者，他有着自己的看法。

仅走了几步，牧师又一次停了下来，他挥了挥手臂扫过所有风景。夜晚已经推进了许多，蓝绿色的天空中几颗星星这里那里闪闪烁烁。

"您能不能老老实实，真心实意回答我几个问题，工程师先生？在这样的夜晚，看着我们美丽的绿色田野，您真的想把它糊满煤烟和粉尘吗？是的，我知道您对我们民族这种田园生活的观点。我得承认，我还没读过您的书。但是普兰根先生已经给我讲过您的观点了，我觉得那些观点尤其能代表我们这个时代。那么，我问问您，在您看来，河道上满是喷涂着煤烟的怪物一样的蒸气船，鲜花盛开的海岸上建满了浓烟滚滚的工厂，这样真的更吸引您吗？当然，我并不是只出于审美考虑。我并不是一个空想主义者，我很清楚，这些必须让步于实际的需求。但是我们就没有其他更重要的价值来考虑吗？看到那边山上的小屋了吗？烟囱里有淡淡的炊烟冒出来。我认识那里住着的人家。像他们那样地位卑微的人在我们国家大约有二十五万。他们要努力劳作才能获得足够的食物和衣服。但是如果您认识他们的话，您肯定也会羡慕他们的生活是那样幸福快乐。丈夫和妻子一起在田里劳作，一群孩子就在清新的空气中围着他们打滚。他们养着一匹老马，一头母牛，觉得自己很富有。难道您真的想把这样一个父亲送到又黑又臭的工厂像奴隶那样在机器上苦作，让他的妻子和孩子们束缚在六七层楼的宿舍里吗？现在，请您如实回答我。"

彼尔有点儿被牧师咄咄逼人的问题惹恼了。出于这样的原因，也因为他最近自己也不那么确定了，所以他的答案有些挑衅的意味："我并不知道，我自己或是其他个人在这样的例子中的愿望有什么意义。时代的发展不需要经过我们的允许，不管我们愿意还是不愿意，我们的生活和习惯都必须适应时代发展的需求。想要反抗发展的潮流，只是在浪费时间和精力。"

"您的回答非常斩钉截铁。但即便您是对的，我们不是早晚都有机会达到那种进步的将来吗？"

"我可不这么看。恰恰相反，我们现在正是时候，现在行动还不晚。统计数据清楚表明，我们国家的生活水平正一年比一年低。无论牧师先生您怎么称呼这种田园式的幸福生活，它都是建立在非常不确定的基础上的，而且这种不确定很快就会让这种生活变得不那么诗情画意了。"

"哦，是的。"牧师的回答有点儿心烦，又开始往前走，"或许，现在对我们农业的形势不太有利——我知道的。但是，因此——"

"眼下的形势对欧洲的农民来说，真是好得不能再好了。现在是整个农业都已不能满足现代国家的需求。不久的将来，'农民'在欧洲将成为一个过时的概念。"

"您怎么能这么说？这在我听来完全是疯了。我们国家高水平的农业在国外各地都激起了很高的兴趣和赞叹。我们在报纸上每天都能读到这样的报道！"

彼尔微笑着，宽容地回答："但是这样的赞叹毫无羡慕之意。其实，正如牧师先生您所说，我们这个绿色国家确实很美，但事实是，我们一大半牲口和建筑都不再属于我们自己了。它们在过去的二三十年里已经被工业国家资本，尤其是德国资本所接手。事实上，在我们整个国家，没有外国投资者介入的农场和大型公司已经不多了。我们国家已经被银行和信贷协会一点一点的抵押给外国资本了，这就像我在书中写道的，让人联想起克里斯托弗二世统治下我们国家所遭受的屈辱。"

"嘿，慢着，"牧师勉强挤出一个微笑，突然喊出声来，"您太激动了，激动得有些过了头！"

"一点儿也没有！您只要随手拿起一份德国金融报纸，扫一眼证券交易所的投资者，就会明白德国资本对我们多感兴趣，他们又是多么警惕地注视着我们。最近我在德国看见一份报纸，报上每天连日德兰最小的股份合资公司和储蓄所都会刊登出来，当时我真是吓坏了。这让我们有理由去思考！"

"想想看，事情是不是真的到了这个程度。"牧师顿了一会儿说，他的停顿可以视作一种妥协，作为一个热心的听众，他真的很急切地关心事情的进展程度，"您的意思是，换句话说，也就是丹麦人民在物质上正生活在过时的规则和观念之中，而这削弱了我们的力量。是的，很有可能是这样。或许，当我们在国内奋力争取精神解放的同时，也应该努力促进我们的经济发展。从根本上来说，这是一个非常美好的想法。这样的话，就没有必要请求谁的怜悯了。我确实是从来都不害怕摒弃迂腐的观念的。不管是什么，只要不能再服务于生活，我们就应该放弃，也不管它对我们有多么重要。另外，我们也应该安慰自己，不管是多激烈的颠覆，也不能动摇我们最根本的生存价值。我也不用再说，即使是在这蒸气推动的可怕年代，不管你是否承认他的父亲身份，我们都仍旧是上帝的孩子。同样，我们内在的其他感情仍然不应被外界形势所影响。感谢上帝，即使是在幽暗的阁楼中,生命也能结绿开花。就算是在煤烟熏黑的后院里,我们仍能感受到爱的愉悦和家庭的幸福。眼前所发生的也不过只是世界舞台上演出的无尽戏剧中的一幕转场。经历了所有的时代直到永恒,我们都仍然是我们自己。"

牧师说这番话时的亲昵语气让彼尔又一次宽容地笑了。他很确信,牧师的话并不恰当。他曾经对现代文明的发展进行了充分的研究,他明白了,当外界形势变了,为人类所制造的"轰鸣的钢轮"也将逐渐改变人类自身。接下来,彼尔稍微谈论了旅途中的一些经历,尤其是在柏林期间大见闻,说起了那些在大城市生活的人们为了生存而进行的斗争。他讲起那一群群流动的工人,对于那些男人和女人们来说,"家"、"家庭"、"安全"和"舒适"这些词已经失去了意义。这些人在汹涌的人潮中这里那里寻找着大小仅够容纳他们身体的睡觉的场所,不工作的时候,他们就生活在街头,在啤酒屋或是其他公共场所,直至最终离世,也不过只是医院里的一个数字符号。

但布洛姆贝格牧师已经没有再听了。他觉得谈话已经转向对他不利的一面了。当碰到无法处理的话题,或是在讨论中面临无法解决的信息,他通常都会闭起耳朵。

他停下脚步,表示不想再让彼尔走得更远。正好他也到了自己教区的边境,在这里告别对他来说也很方便。分别时,他再一次邀请彼尔尽快到他家里做客。"我们说不定可以继续这场谈话。不过您现在真的必须马上赶回去吃晚餐了。您也许已经注意到了,哈,哈,涉及吃的方面,狩猎长可是个猜忌心很重的人啊。"

第二十章

在卡斯霍尔姆的这一个星期，彼尔一次也没有收到雅各贝的来信。虽然他每隔一天就会相当详细地介绍自己在此地的见闻，但雅各贝却始终没有回音。最后，他终于有点儿不安起来。他只得承认，她有理由对他的离开生气，尤其是他现在连借口都找不出来了。

事实上，他还是没有解决钱的事。每天早上，他都想向狩猎长和夫人提起，但真要开口时，他又无法说服自己。他和他们稍稍提及将来的计划，夫妇俩似乎都很有兴趣，但他却还是无法强迫自己开口提出要求。

他也想过，总是重复这个话题很可能会引起他们的疑心，他们可能会猜到他觉得接受岳父的钱会不太舒服。

因此，他决定暂时搁置这个问题，等到要离开的时候再说，而离开的日期也一再推迟。就健康方面而言，他觉得待在卡斯霍尔姆真是再好不过了,因此一想到马上又要经历异国的动荡生活,他就更不愿离开。白天的大部分时间他都待在自然中,那里总有许多新鲜事物吸引他的注意,而许多以前熟悉的事物也以新的方式让他产生了兴趣。他总是喜欢扛着钓鱼竿坐在河边,他并不是有多喜欢钓鱼这件事本身,而是享受坐在寂静荒野里那份全然的乐趣,听着水波拍打着船底,凝视着水下大片灰绿色的阔叶植物随着急速的涡流静静地、柔柔地波动,这样一个沉睡的世界,这样一种醉人的生活,似乎也受到了噩梦的折磨。

他经常想起布洛姆贝格牧师的那句话,生活智慧源自自然,就是聆听云雀的鸣啭也能得到启迪。在这样的时候,你会真的感觉到你的精神以一种神秘的方式与大地上的一切生命联系起来了。当自我迷失在自然之中,就孕育出神圣感。想象力变得活跃,思想如同泉涌。仿佛生命最初的力量静静地轻轻地消融在体内,恰如金色的迷雾笼罩在思维的萌芽上。自然的声音中仿佛蕴含着关于生命存在的永恒不朽的信息。人类可能会灭绝,世界上的城市也可能会消失得无影无踪。但河水仍然会在船下汩汩流淌,就像在世界上第一个人的独木舟下流淌一样。那声音会一直持续直到末日来临,不仅仅是在地球上,而是包括整个无垠宇宙。哪里有水流声,哪里就有倾听的耳朵。

一天,从雅各贝那里得知他行踪的伊万给他来了封信。伊万正焦急地等待着他回去,不管怎样,他仍希望彼尔的计划能取得满意的结局。他在信中说,哈斯莱杰先生和诺里哈维先生仍在念叨彼尔,尤其是在外省地方,对哥本哈根自由港的不满情绪越来越严重。

他认为彼尔应该趁此机会到日德兰大一些的市镇公开演讲,以介绍他的工程计划,因为那里很多人想了解具体的情况。而且他还知道那位神秘的工程师斯坦纳正在日德兰旅行,还在工业协会面前介绍情况。

这些话犹如锋利的刺刀刺中了彼尔。他的决心仍然很坚定,不愿和商业利益扯上任何关系。他是一个发明家,是技术人员,不是投机商。在当晚给雅各贝的信中,他坦陈了这一点。与此同时,他还告诉雅各贝,鉴于此种形势,他决定最好还是远离哥本哈根,等再过两个星期,他们结婚的法定程序都准备齐全了,就可以马上结婚。"而关于我的运河和港口联合工程,"他写道,"我觉得已经和我无关,因此就交给国家任由处置。我自己接下来将一心一意地转向下一个工作,也正是菲费尔科恩教授推荐的,继续研究我的风力和海浪发动机,期待能在美国学到这方面更多的经验。或许你仍然会和以前一样坚持认为,这样对金融家们大不敬的行为对我没有好处,事实也可能确实如此。但在这一点上,我承认确实没有足够的虚荣心或是雄心抱负。当然了,这是我的缺点,但也并没有什么值得抱怨的。因此,明天我要给你哥哥写一封信,委托他在我不在的期间照管我的合法权益。交给他就是交给了最可靠的人手中。"这一次,雅各贝回信了。她一直到现在都没有回信的理由就是,从她收到他的第一封信开始,她就觉得自己再也见不到他了。她问自己,毅然分手是不是对彼此都好。她在同这个陌生、隐蔽、幽灵一样的力量的斗争中已经精疲力尽了,时不时地,每当她认为他已经牢牢地被她的爱所抓住时,那力量就会被他拖走。

她完全无法确定自己这一次是不是能把他赢回来,仅靠自己的力量,她觉得越来越坚持不下去了。现在她已认清了彼尔,她已经彻底了解了他性格的那个方面,她已能够做出分析和判断。从天性来讲,他是一个没有激情,没有自我保护能力的人。更确切说,他所拥有的只是激情中消极的一面,冷漠且黑暗的一面——傲慢、自私、顽固;他没有强烈的渴望,没有不顾一切的追求,也没有坚强纯净而炽灼的热情。

继续斗争难道不绝望吗?这些日子,她经常会想到,他曾经有一次开玩笑,把自己比作神话中专偷小孩的地精,从土堆里爬出地面,以便生活在大地上的孩子中,但他受不了太阳的光芒,因为一直害怕阳光,只得又躲进了小小的土堆之中。

她现在明白了,彼尔对自己的认识远比她所以为的程度要深刻得多。是的,在内心深处,他属于另外一个世界,照耀他的是另一个太阳。不管他看起来,或是自我感觉和同时代的人有多么不同,他都是这个国家真正的孩子,是典型的没有精神的丹麦孩子,长着一双灰色的眼睛,拥有一颗怯弱的灵魂,像神话中的山地怪物一样看到太阳就会打喷嚏,他们出身于尘土之中，自然也只能坐在小小的土堆上，他们的眼睛在夕雾中闪闪发光，投射出咒语，并以此来安慰支撑他们压抑的感情。他们就像矮人族，长着大大的、总在沉思的脑袋，但四肢却像孩子般瘦弱。他们是生活在夜晚的人，能听到草木拔节生长，花朵的叹息，但公鸡一报晓，他们就躲进了地下。

雅各贝只字未提这么长时间一直没有回音的原因，也没说到结婚和旅行的准备，只是以玩笑般的语气批评了他的"发展"促使他做出的决定。"你说你没有虚荣心，"她写道，"你捶胸顿足的感谢上帝，你和其他罪人不一样。老天啊，难道我们现在对自己身上仅存的一点儿自豪也要开始怀疑吗？在这一点上，我曾经也选择做一个真正的反叛者，但这些年过去，我却变得越来越清醒。我对人类的看法越来越趋于传统，对诸如外形和头衔这样令人鄙视的东西的态度甚至也发生了变化，开始认识到这些可笑的东西对人类的幸福不会产生重大的意义。毫无疑问，对于那些能促进'力量发展'——这个词你从前总挂在嘴边，我自己也很喜欢——的东西，丹麦人民无论如何是不能放弃的。假若我是一位诗人，我会为虚荣写赞歌；假若我是牧师，不管穿不穿领圈，我都会将虚荣从罪恶的列表中清除，因为那清单已经很长了。"

布洛姆贝格牧师和女儿到访卡斯霍尔姆几日之后，狩猎长夫人建议今天下午取消平日的出游，改成到波斯特拉普去回访牧师一家。彼尔实在是不想去，但也没有反对。

狩猎长也答应会去，但马车停在门前时，他却拒绝上车。他的忧郁症又犯了，狩猎长夫人要使出浑身解数才能安抚他反复无常的病态情绪。

虽然彼尔通过与管家的闲聊，对狩猎长这种情绪突然转变早有准备。不过，他还是有点儿不知该如何应对狩猎长闷闷不乐的样子。他开始担心，自己是不是滥用了这家人的热情好客，于是在路上他就这一点试探了狩猎长夫人。但狩猎长夫人却坚称如果他想现在离开，那她和狩猎长都会认为他是在卡斯霍尔姆待得不开心，他们甚至会为留他在这里做客而感到非常抱歉。听到这肯定的保证,彼尔大松一口气,尤其是让他感到从雅各贝的事情中也得到了开脱。

波斯特拉普的牧师庄园距离卡斯霍尔姆大约有三英里路程。一路上要翻过陡峭的山路,然后再穿过一片弯弯曲曲的草地。这一天风和日丽,天空中飘着薄薄的云彩,阳光也不是太强烈。道路的一边能看见青碧的山谷和蜿蜒的小河,另一面则是一小片一小片的森林以及数不清的乌鸦。

男爵夫人陶醉于如此风景之中,吟起诗句来:

> 瞧啊,鸟儿在高空翱翔,
> 深色的翅羽直抵天壁。
> 它飞过蔚蓝的天空,
> 歌唱着沿途美景。

在距离卡斯霍尔姆不远的地方,他们经过了一个名叫波拉普的小村子,这个教区的教堂就在这个村子里。这里也有成群结队的鸟儿在肥沃的土地上啄来啄去。一群群麻雀在道路上扬起的尘土里嬉闹,几百只欧椋鸟停在树梢上。

道路的两边全是盖着茅草屋顶的小屋,显示出主人的贫穷。一路上还路过很多四周都种着苹果树的农场,屋顶上都是鹳鸟的窝。彼尔差不多已经认识小村里的每一户居民了,因为他每天散步都会到这里来,有时还会和这里的人们聊聊天。这还是他有生以来第一次有机会和农村人近距离接触,他很喜欢听村民们谈起自己的境况。让他吃惊的是,高额的农场抵押金似乎并没有让农民们感受到太大的压力。他们带着友善而满足的笑容领彼尔参观他们的农场,就好像他们并不觉得这些肥沃的田地只是租借来的一样。有些人从父辈手中继承了十几万银元,现在无论走到哪里谈论的都是欠的钱是多还是少的问题。

在山坡稍微往下的草坪上有一座破败的牧师庄园。从路上看过去,只能看见漆黑的烟囱和花园里的树梢。老牧师费亚尔特林住在这里,卡斯霍尔姆的居民都瞧不起他。

狩猎长夫人曾称对于这个人的外表和整个生活方式"最客气的说法"就是他脑子不太明白。他教区会众的大多数人都和地主们一样,绕过他转而去接触布洛姆贝格牧师。

彼尔说起了费亚尔特林牧师,他奇怪自己散步时怎么从没有遇见过他。狩猎长夫人答说这并没有什么好奇怪的,因为此人很少从他的洞穴里出来,尤其是天黑之前就更不可能了。这位牧师习性就像猫头鹰,躲避光明,他的思想也实在阴暗,教区会众对他都很愤懑不平。

"难道他不是信徒吗?"彼尔小心翼翼地问道,"我突然想起,曾经听说他是个异常正统的人呢。"

"是很正统,不过是在讲道坛上,但他心里却嘲笑上帝,否认一切。他曾经还对一个人说过:'我对上帝和魔鬼都充满了坚定的信念,只是我总是不知道哪个更讨厌。'您听过有这样说话的吗?"

"但是这样的人是怎么当上牧师的呢?"

"这实在是桩丑闻,但他很狡猾,只有单独和别人在一起时才会说这种恶劣的话。布道时,他就像我说的那样,是非常正统的,调子陈腐又无趣。"

出了村子,道路又开始下坡,经过十来分钟的快速行驶,位于林木葱翠的山脚下的波斯特拉普镇就跃入眼帘。他们看到牧师一家都在一片用作年轻人运动场的花园之后的一片草地上。三个满头金发,十到十六岁的男孩穿着衬衫在踢球,牧师在一旁为孩子们加油,每踢进一个球他的欢呼声都是最兴奋的。他的妻子站在一旁,怀里抱着一个小女孩看着孩子们玩球。牧师家最年长的孩子英格尔小姐正独自坐在花园矮墙边,读着摊在膝头的一本书。谁也没听见客人到来的声音,访客们也想给这家人一个惊喜,于是就径直下了马车走进花园。

最先看到他们的是英格尔小姐。她立即惊呼一声站了起来,伸出双手钩住狩猎长夫人的脖子。接着大家都以由衷的喜悦和惊喜欢迎客人的到来。牧师拍拍彼尔的肩欢迎他。"您喜欢运动吗,工程师先生?"他摘下大草帽，用手帕拂去额头上的汗珠，问道，"哦，运动真是令人快乐！在这方面，我这代人错失了时机，现在上了年纪就玩不了啦，只能满足于在场外当个观众了。但就算这样也很美妙，当您看到年轻人在周围跑跳，就像自己的肌肉也得到了伸展。我可是少不了这种运动啊！"这个小个子牧师欢快地大笑着，他穿着一件白色的亚麻外衣，两条裤腿太短了，只到齐脚踝的位置，他神气地迈着大步领着众人走过花园。

在房屋阴影中的花园门前，大家全坐在长椅上或是几张凳子上，那里有一张富于乡村风情的咖啡桌，上面摆着一只铜质茶壶和许多香喷喷的点心。英格尔小姐相当娴熟地忙碌着，尽管彼尔猜测，她自己肯定也很留心自己的举止。

就像乡村妇女聚在咖啡桌边常常谈论的一样，话题渐渐转到家务事上。就连布洛姆贝格牧师也插话进来，对烘焙点心和腌渍泡菜发表了一通幽默的见解，直到有人来找他谈话而被唤走。当弄清桌子上的蛋糕是英格尔小姐亲手做的，男爵夫人和妹妹不由竞相赞叹，牧师妻子也拍着女儿的脸颊，说她真是很心灵手巧。

年轻女孩对大家的赞叹却装作并不在意的样子。母亲爱抚她时，她甚至有点儿不高兴的样子。彼尔心想她肯定十分娇纵，但毫无疑问她很漂亮。他觉得跟之前傍晚在卡斯霍尔姆看到时相比，她今天甚至更加迷人了。现在，她穿着白色的围裙在阳光下为大家倒茶，看起来真是太美了。但彼尔在她身上却找不到和弗兰西斯卡的相似之处了。出于为彼尔着想，狩猎长夫人好几次试图把话题转到哥本哈根上来，但彼尔没什么兴致，而牧师夫人很快又把话题转回到家务事上来。牧师太太身量很高，体型苗条，气质也很出众。不难看出，女儿的迷人外表就是遗传自她。跟丈夫相比，她对彼尔的态度有所保留。倒不是说态度无礼，只是她还没和彼尔说过话。而狩猎长夫人也正是为补救这一点，所以一再想把彼尔拉进谈话中来。这时，众人应女主人的要求都站了起来，稍微参观一下操持得当的大花园。

三个女人一边热烈地聊天一边走在前面，彼尔和英格尔小姐跟在后面。他觉得有点儿不自在,因为不知道该和她说些什么。虽然他平素都很健谈,但面对这个乡村少女,他却找不到合适的话题。而英格尔小姐因为是在自己家里,因此和他在一起也比之前在卡斯霍尔姆要放松得多。

她似乎长大了许多,像个成熟的女人了。当然了,她显然也注意到自己作为长女的责任,接待客人都十分得体。"您经常去卡斯霍尔姆,是吗?"彼尔只是为了找个话题。

"想去,但并不是经常去。路程太远了,我又不是经常叫得到马车。"

"您好像很喜欢卡斯霍尔姆的夫人。"

"是的。"她草草地回答,似乎这个话题不适合在他们之间谈论似的。"您是在意大利遇到男爵夫人和狩猎长夫人的吗?"

"是啊。"

"像那样旅行,一定很有意思吧。"她说着,然后提起自己很早就想和父母一起去瑞士旅行,但父亲总是抽不出时间,会众们不能长时间见不到他。连要去哥本哈根待上一个星期都很难。

彼尔发现,一说起父亲,她似乎就长高了不少。这让他有点儿想起姐姐西格妮,也不知是什么原因,他于是笑了。就在这时,他看见一只漆成红色的铁钩挂在路边树干上一人高的位置上。"这是为了上吊用的吗?"他说着驻足观看。

英格尔小姐忍不住笑起来。她要彼尔看道路另一边树上用长绳索系着的一个小铁环,"那是做游戏的,"她解释说,"方法是把铁环掷向铁钩,让它们钩在一起。"

彼尔想试一试。这倒是可以打发时间,他心想,但运气却并不佳。"我得练习一下。"他说着又试了几次,还是没有成功,于是就叫英格尔小姐示范怎样操作,"您毫无疑问肯定很擅长了?"

英格尔迟疑着,有些犹豫不决,但又忍不住想展示一下自己的能力。铁环从她手中掷出,在空中划了一个优雅的弧线,嵌入环中,就像一个在玩"罚物游戏"的姑娘一样,集中注意力抓住了恋人的手臂。彼尔大为赞叹。他又试了一次,但还是没有成功。

"啊，我还是不行。小姐，您再来一次吧。"他说着把铁环递给她。英格尔又被说服了，虽然她已经看了好几次，夫人们已经走得很远了。不知是因此担心此事还是其他原因，她失了技巧，这次她也没有成功。她羞红了脸，又自己瞄准目标，但还是失败了。

彼尔并没有因为她错失目标而幸灾乐祸。英格尔虽然从某种程度把他的体贴当成一种新的屈辱，但彼尔此时在她心中还是占据了一小片角落。她因为激动又接连掷空，最后自己也笑了起来，她称自己是真笨，然后玩得越来越起劲。

正在这时，夫人们回来了。彼尔和英格尔两人都没听见她们停在面前的脚步声。"英格尔！"牧师夫人严厉地喊着，"去瞧瞧你的弟弟妹妹们去，我的孩子。"接着转身对其他人说，"现在我们进去吧。"

布洛姆贝格牧师站在花园门口抽烟斗等着他们的到来。"我正找您呢，工程师先生。您一定想抽烟了。走，到我的房间去吧——这样我们就不会妨碍女士们的悄悄话了。"他俏皮地说着，然后笑着转过身。

要去牧师的房间先要穿过整幢大宅，一路上，彼尔对布洛姆贝格牧师一家舒适的环境有了具体的印象。这是一所真正的丹麦牧师之家，就像是永恒的象征。巨大的难以移动的桃心木家具沿着暗色的沉重的砖块砌成的墙壁摆置，就像是为永恒而建。

布洛姆贝格夫人出身富裕的官员世家，他家有人还担任过宫廷大臣。相反，布洛姆贝格牧师的家庭却并不是经常为人所提及，至少他本人很少提起。大部分人都知道他的父亲是一位乡村教师，他的口音总能听出他是岛民。

牧师的房间在门厅的另外一头，是一间名副其实的神职人员书房，里面有几个装满书的大架子，这有助于在会众中维护教会的名誉。虽然大多数情况下，它们都只是用来掩饰无知的工具，但在这里却并不是如此。布洛姆贝格牧师并不博学，但他读过很多书，对书本知识的敏感程度也比自己意识到的更高。他想了解世界各地出现的新东西，但另一方面，只有那些能够充实他的思想，同时又不会违背他的基督教信仰的想法，他才会加以吸收。从这方面来看,他确实是个耶稣会会士,因为归根结底,他的思想并不是由逻辑来控制的。他是个感情丰富的人,生活也总是非常和谐,因此从没有经历过严格的自我检视。年轻时,他也曾稍稍吃过苦,经历过贫穷。后来在谋求官职的过程中,也失望过好几次,虽然他是会众的偶像,在全国也都很有名气,但从某种程度上说,他的理想并没有完全实现。但总的来说,生活并没有让他遭受重大挫折,而他所经历过的那些不顺,因为天性乐观,也就不值一提了。

彼尔在沙发上坐下,点起雪茄,布洛姆贝格牧师也点着烟斗在窗户角落的扶手椅上坐定,谈话就开始了。他先讲了几件教区的趣事,口气就像是对待同龄人般直接,彼尔很快就感到有些受宠若惊。

如果彼尔知道这场谈话是牧师和狩猎长夫人事先设计好的,他就不会这么高兴了。狩猎长夫人出于传教的热情,把彼尔推荐给牧师,说"宗教思想并不是不会对他产生影响"。很快,布洛姆贝格牧师重新提起上次因为缺乏准备而不得不中断的话题。

现在他做好了充分的准备,一开始就问彼尔,为什么他如此年轻就投身到提高国家经济水平的任务中来。彼尔则坦白承认,他对这项工程的兴趣可以追溯回童年时代,或许是来自他对家乡的印象,尤其是战后家乡的情况。此外,他很早就开始学习并熟知外国工业和交通的发展,因此自然就会做出比较。

"是的,是的。"牧师说道,"把我们这个狭窄的小国家同这个有着许多辉煌成就的伟大世界相比,常常令年轻时代的我们感到沮丧。我在想,除此之外,就像影响了许多其他志向高远的年轻人一样,那桑的著作可能对您也产生过影响。我说得对吗?"

彼尔反驳说:"那桑先生完全只是一位唯美主义者。他终结了一个文化时代,他也只是从这方面参与了新时代的奠基,他为新时代的发展扫清了道路。但事实上,他对新时代根本就不了解。"

"嗯。"牧师含含糊糊应了一声,使劲儿抽了口烟斗,沉默了一会儿,把那桑的思想认为是过时的观点,让他非常吃惊,他的思绪也被打乱了。尽管他还想更深入地探讨这个话题,但却害怕又超出他的认知范围,因此就抑制住了。

"是的,是的。但据我猜测,尽管如此,您还是会觉得那桑对当代青年人思想的发展产生了巨大的影响吧。"他还是按照事先的计划继续说道,"当然了,就我来说,我还是更愿意考虑和宗教的关系。比如说,我认为您身为一位牧师之子,但却毅然地和教会保持着距离,这其中肯定有那桑作品的影响。"彼尔承认了这一点,但他坚称自己还在家乡处于成长阶段时就形成了自己对生活的观点,而那桑的著作只是对此起到了加强和稳定的作用。

"想想看,您竟然这么早就成了上帝的门外客!"牧师和蔼地摇着头,"哦,那真是太不幸了。我之前告诉过您,我私下并不认识您已故的父亲,但我知道他信奉传统的路德教派,对于人生的许多看法未免过于狭窄片面。哦,这些愚蠢的传统观念,就像噩梦一样笼罩着我们,困扰着教会和家庭,使得许多许多当代最优秀、最有活动能力的年轻人在精神上无所归依。这时像那桑这样才华横溢、善于雄辩的人出现了,更加坚信了年轻人的观念,让他们认为上帝的教会只是一座破败的庙堂,是啊,这样年轻人就会完全否认教会。我太了解这一点了。"

彼尔没有回答。他对谈话的方向有点儿紧张。但是牧师谈论那桑的语气开始变得充满赞许。他只是很遗憾,一个如此具有天赋而博学广知的人竟然如此决然地对基督教充满敌视态度,但他也承认这和国内外过于正统的教条有关。"但是,当然了,对于这种世界上已知的最强大的精神力量判断失误,那桑本人也不是没有责任。他就和其他持科学观点反对基督教的人一样,他们都难以摆脱片面性,并最终在否定中沦为了教条主义。他们的错误并不在于不够理智,而是在于没能透彻思考。举例来说,现代科学家认为他们是自然主义者,称物质只能分解成带有一定力学和化学性质的原子,但这实在只是一种在学生实验室假定条件下得出的不充分的观点,这种观点最终什么也无法解释。我们真正生活在大自然中的人,是不可能接受这种狭隘的观点的,因为我们知道,并曾无数次地感觉到,自然是有灵魂的。它存在于有形的机械力量背后,影响我们的感觉,并诉诸我们的心灵。如果我们能竖起耳朵听到那种灵魂的声音,我们最终就能从狂风骤雨中、从草叶边缘最轻柔的低语中听到它的声音,感受到它的存在。我们不仅能听到它,还能听懂它在说什么。因为它就和存在于我们体内、影响着我们的那种永恒的精神一样。如果有一天,我们走进森林倾听头顶树叶的沙沙声,或是寂静中聆听泉水的私语——是的,现代物理学家会向我们解释说,这些声音自然产生于叶片的相互摩擦或是泉水水滴的滴落。但是如果他们觉得这样就能解释清楚了,我们想说:不对,停下,我的老兄!缺了点儿什么东西。最实质的内容缺失了。这样的解释并不能说明任何独特的亲密关系,在我们孤独时,涓涓小流能用近乎姐妹般的温暖同我们交谈。难道不是吗?就连看似没有生命的东西也能发出自己的声音。小小的溪流突然间成为我们熟识的伙伴,并称我们为'亲爱的朋友',我们并不会觉得受到了冒犯。正好相反,与大自然之间的这种强烈伙伴之情令人非常安慰,感到家庭般的自在。这一切都正是说明了,在丰富多彩的有形世界背后,万物都是同一起源。在这样的时候,让我们动容的奇异梦幻的感情其实是出自对家的向往。现在,如果再有博学的物理学家解释这种感觉只是一种会对我们产生作用的机械的化学力量,是依赖或根据原有物质而产生的,那我就建议他放下书本,到大自然中去获取灵感。让他看看林间流淌的小溪!如果在晚间他的心灵充满烦恼,那就让他到那里去坐一坐,只要他的精神感受还没有完全枯竭,他就能从溪水轻柔的歌唱中找到通往灵魂深处的道路,他将会找到连接时间与永恒,尘土和灵魂,死亡与永生之间的天国阶梯。他将会意识到,我们与天上的造物主之间的脐带并未切断,通过这条脐带,每当我们虔诚祈祷的时候,我们就能从永恒的泉水中补充新的力量,那永恒的泉水我们基督徒称之为上帝、保护神和仁慈的父。"

彼尔仍然沉默着,牧师的口吻越来越富于说教气息,他有点儿厌烦。但一时也想不出该怎样反驳他的观点,尤其是牧师涉及的很多东西,也是他自己近来重新生活于自然之中而隐约感觉到的。

牧师还想继续，但就在这时，他们听见门口传来脚步声，英格尔探头近来通知说狩猎长夫人和男爵夫人准备走了。"好吧，那我们今天就到此为止了。"牧师说着站起身。他和蔼地把手搭在彼尔的肩上，说，"跟您谈话真的很愉快，或许改天我们还能有机会再谈。其实，我有一种感觉，我们思想虽然有所不同，但还是可以互相理解的。"

正当他们走进太太们聚集的客厅时，一辆马车驶到了门口。"是法律顾问。"英格尔站在窗户边说道，"吉尔达和丽丝也和他一起来了。"

克劳森顾问是附近的一位地政监督官，是布洛姆贝格最忠诚的信徒。因此这个原因，他也是狩猎长夫人最亲密的朋友，显然，顾问一家决定在牧师家用晚餐，狩猎长夫人和男爵夫人也就被劝说一起留下来。彼尔虽然急于离开，但他也收到了邀请，无法拒绝。

法律顾问身材瘦小，留着白色的络腮胡子，戴一副金边眼镜。与之相反，他的妻子却像是一座肉山，下了马车很久之后还在喘气。两个女儿也和英格尔差不多年纪。

晚餐安排在花园里，席间谈笑风生。除了别的事情以外，话题还谈到费亚尔特林牧师。这位神父和残废的妻子过着悲惨的生活，关于这个怀疑论者和嘲笑者，克劳森顾问刚刚才听说一个新的、离谱的故事。教区里一位最受尊敬的年轻农民，一位布洛姆贝格牧师的忠实追随者因公事去找他，而费亚尔特林牧师在谈话之中竟然劝诱这位农民纵情酒色："您应该再多犯点儿罪恶。"他当时说道，"凭借您现在过的这种生活，您是永远也不可能成为真正的基督徒的。"

夫人们都愤愤不平，表达着自己的厌恶，而布洛姆贝格牧师却宽和地摇摇头说："他是一个可怜不幸的人！"就在这时，教堂白塔上敲响了晚钟，花园里的树木被落日余晖染红。客人们还不习惯如此近距离地听见钟声，几乎吓了一跳。布洛姆贝格牧师显然想把话题从费亚尔特林牧师身上转走，于是笑着说这轰响的钟声实在是不可忍受。卫生委员真应该立即将其禁止。

狩猎长夫人却抗议说晚钟从远处听上去很美，而且，这钟声也确实有效地提醒了我们在一日的不安之后放松自己的思想。但布洛姆贝格牧师却不喜欢别人反驳他的观点，尤其是他的追随者们。虽然他刚才说的话不过是冒险按照路德的方式开个小玩笑，以使谈话更风趣些，但这时他开始严肃地讨论起这个问题来了。

他说自己不喜欢钟声的提醒，他说觉得不应该用命令的方式来要求人们祷告，这种天主教的方式他并不赞同。上帝并不像医生或是律师那样还有咨询时间，如果把太阳看作上帝的金表的象征，那不免有些孩子气，这种看法简直是近乎荒谬了。

他的观点慢慢变成一堂演讲，问题也上升到讨论人与上帝之间的健康和真正关系的严肃高度。这时，晚餐用完了。女孩儿们起身朝花园走去。克劳森家的女孩儿都很漂亮，肤色有点儿黑，尤其是大女儿华美的感觉就像是夏娃一样，一双眼睛闪烁着对生活的热爱。桌子收拾干净后，布洛姆贝格牧师建议唱几首赞美诗。女儿们于是被叫了回来，牧师夫人则走进钢琴所在的日光室。

> 宁静笼罩了大地，
> 四周都万籁俱寂……

花园里渐渐暗了。从榛子树丛中传出画眉的叫声，和大家不齐整的歌声混在一起：

> 月亮在云朵中微笑，
> 星星一群群眨着眼睛。

女孩们坐在花园门前的台阶上，她们都穿着浅色的衣衫，清澈的嗓音大声唱着。而牧师和法律顾问则以铜乐器般的低声相和。法律顾问抱着胳膊交叉在胸前，皱着眉头，鼓着嘴巴哼着。桌边的三位夫人也加了进来，低声哼着，牧师夫人有着一副受过训练的好嗓子，她的声音渐渐占据了主导地位：

> 宽广平静的海面闪着光，
> 将天空拥入怀中……

彼尔是唯一一个没有歌唱的人，然而，他却比谁都更加感动。他记起了上次听到这首歌时的情景。当时他站在一处花园篱笆外面，想走进花园里去。现在他进了花园里，但这又有什么影响吗？他觉得自己是多余的，就像是个不请自来的不速之客。这就是他的宿命，无论在哪里，他都还是一个不得安宁的陌生人，仍然被童年时代家里的阴影所笼罩着。

歌声结束时，牧师合起手掌念诵祷文。大家又唱了几首歌，然后马车就开到了门口。

客人们离开之后，牧师和妻子坐在日光室中，点起烟斗开始谈论起离开的这些客人。英格尔也在那里，虽然已经说了晚安，但走到门口时听父亲提起彼尔，于是便又走到钢琴前装作有事。

布洛姆贝格牧师说起彼尔和他的才能来充满赞赏，甚至连他的外貌也充满夸赞。但这时牧师夫人突然发现了女儿还在。"你怎么还在这里磨蹭啊，亲爱的？现在快去睡觉！"

回程的路上，彼尔一直没说话，狩猎长夫人一边揣测着他沉默的原因，一边和姐姐讨论着家务事不去打扰他。马车驶过波拉普村子一段路程后，路边走过一位高个儿男子。彼尔并没有看见，但是狩猎长夫人却抓住姐姐的胳膊惊呼："那是费亚尔特林牧师啊！"彼尔于是将身子探出马车，看到一个又高又瘦的身影消失在夜幕之中。"这就是那个疯子牧师吗？"他问。

"是的——现在正是他活动的时间。他们说有时候他一整夜都在路上来回徘徊。"

彼尔又退回先前的沉默状态，但他的思绪却追随着那个孤身一人、却不能安宁的夜行者去了，想到这里他不禁打了个冷战。父亲威严的声音又在他耳边响起,他念着《圣经》中的诅咒"你将在大地上无所归依,终生游荡"。他仿佛看见了自己的命运。

第二天早上,彼尔决定认真地看一看狩猎长夫人储藏在他房间的那些书。他抽出一本布洛姆贝格牧师的布道集《通往上帝之路》,虽然是个风天,但他不想待在室内,于是就拿着书去了森林。他走到最喜欢的那处地方背靠着一棵大树坐下,面前视野开阔,能看到河流和绵延至远处灌木丛生的山坡的草地。

周围的环境很适合他现在正在读的这本书,布洛姆贝格牧师的布道总让他想到丹麦夏天凉爽的草地风景:天高气爽,蔚蓝的天空中云朵都镶着金边,鸟儿在歌唱,牛群这里那里哞哞叫着,到处都是大片的绿色,所有的线条都那么柔媚,视野是那么开阔,能清晰看到一望无际的地平线。布洛姆贝格牧师的布道用的是一种诗意却并不故弄玄虚的语言,语气虔诚,天生就属于格伦特维派,语言中从来不会失去诗意的特质。

然而,这种叙述风格并不是特别吸引彼尔。数学和自然科学的学习使得他对形象的语言缺乏敏感,他总想在优美的辞藻之后找到明证,他总想弄清楚生活的秘密,这奥秘如此难懂,令他绝望。

和布洛姆贝格牧师的谈话让他对基督教有了和之前不同的感觉。这时他才第一次认识到,教会的人从过去嘟嘟囔囔的正统思想中已经前进了多么远。在那些正统教义中,骨肉上都要打上印记,思维被钉在十字架上,在那种对心灵饱受的中世纪般的折磨中,只有幻想着天堂的荣光才能获得些许安慰。而在布洛姆贝格牧师的布道中却没有任何恐怖的思想和可怕的情绪,思维的云翳中和预言的烟雾中也没有隐含任何东西。尤其是这里不需要克服任何阻碍,生存的奥秘一览无余。所有的事情都么直截了当,那么自然,而且不可思议地如此实用,真正满足了人类的天性。他的语言十分幽默,称魔鬼就是修士们中途没做完的恐怖的幻想,然后就被放进了柴火棚。而永远受到诅咒的说法也被称为野蛮和可怕的,与基督教作为充满仁爱的父的象征完全背道而驰。而关于彼岸的说法,他一般也甚少提及。在他看来，最重要的是人们首先要对天父的仁爱保持孩童般的信仰，欢快而虔诚地走完人生的道路。

对彼尔来说，所有这些观点就像是欢快的浪潮。狩猎长夫人宣称布洛姆贝格牧师的布道总能奇妙地宽慰人心，他现在明白那都是真话。从昨天晚上开始就一直盘旋在他脑中，并追随他进入梦境的压抑现在已全然消失了。

他合上书本，然后头枕一只手躺了下来，眺望着远处的草地。他就像一个即将在暴风雨之夜启程夜航至未知国度的人，一想到那漫长而又痛苦的黑夜，他就倍觉烦恼，但清晨醒来却发现危险都已过去，风暴已经平息了，洒满阳光长满绿林的陆地正热情地迎接他。

彼尔在心中承认，前些日子，他之所以能够抵御住精神危机的爆发，不仅仅是因为他想保护住自己的良心不受谴责，也是因为心中隐隐有些担心内心的变化将使他对生活的看法发生新的、未经历过的变化。现在他平静了下来，他所需要的其实只是严格而又真诚的自我约束，而一段时间以来，这一点他已经自发的做到了。

早餐时，狩猎长夫人告诉他这天下午附近的森林里将会举办村民集会，布洛姆贝格牧师将会发表演讲。她说她已经和法律顾问还有牧师一家约好了一起到那里见面，男爵夫人应该也会去。她问彼尔愿不愿意陪他们一同前去。彼尔回答说他真的很想听布洛姆贝格牧师的演讲，其实他说的是真话。而且他还有可能会见到姑娘们，这一点就很吸引他。但他却并没有提及此事，因为连他自己其实也还没有意识到此事。自打头天晚上以来，他似乎都没有想起她们，他还觉得就算是在当晚，自己也没有多留意过她们。然而，虽然他自己并没有意识到，但晚餐之后，姑娘们在草坪上散步的整个期间，他的双眼一直追随着那些身着淡色服饰的身影。因此虽然当时他全心沉浸在自己的思绪之中，但心里一直在暗暗观察她们，即使是现在对她们三个的印象还栩栩如生。

快四点的时候，一辆马车停在门前，等了一会儿之后——男爵夫人和往常一样还没做好准备——就出发了。在最后一刻，狩猎长也决定去，一路上气氛都不太自在，狩猎长总试图为自己头一天的失礼行为做出弥补。

一个小时之后，他们到达了目的地，那里位于一片林木葱茂的盆地谷底，风都被挡在了外面。几百个村民——男女都有——站在一个装饰着旗帜的台子上准备开唱了。这群名人贵士的到来引得人群一阵喧闹，但当然不是对他们心怀敬畏。甚至当身材瘦长的狩猎长穿着系扣的外衣，戴着插着黑公鸡毛的帽子，带着夫人们径直走到讲台前为地区名流预留的座位时，人群这里那里还爆发出阵阵哄笑。

彼尔有点儿退缩。看到如此大型的集会，他有点儿困惑，不愿挤入人群之中。他看见地政监督官在前面站起来迎接狩猎长和夫人，还看见戴着棕色绒布帽子的布洛姆贝格牧师和头昂得很高的夫人正坐在前排的座位上。此外，他一直在寻找英格尔小姐，但却哪里也没找到。但当他看见狩猎长夫人稍稍扭过头，冲着森林那边的坡地点了点，在那边他看见三个年轻的身影穿着夏装坐在一个露台上。

歌声停了下来，布洛姆贝格牧师走上讲台。他开始论述起母语的重要意义，与之相比，外语至多只是一种交流工具而已。"作为心灵的语言，"他说道，"母语就是精神的乳房，我们从中吸吮民族精神的乳汁。我们的母语就像一个容器，饱含着我们祖辈几百年来世代相传的精神遗产，直至传给我们。他们按照自己的想象塑造了它，因此我们应该尊敬它，维护它的神圣地位。就像我们在引用泉水旁筑起栅栏以保护水源不受污染一样，我们应该更加保护我们的精神源泉，也就是我们的语言。如果你留心一下人们的日常用语，非常不幸，你将发现里面有不纯洁甚至腐烂的部分，在这方面，乡村人比城里人也好不了多少。有些人张口就是不礼貌的话语，要么就是脏话脱口而出。那么，这就是我们的一项重大任务。"

他尤其呼吁那些年轻人，因为在他们身上，讲脏话的习惯还没有扎根太深。"我们必须发起一项运动，培养人们关注灵魂健康，因为它就和我们的身体健康一样重要。必须号召人们发起一切道德的力量，保护年轻一代不受日常接触的污秽语言的影响。"

彼尔一开始很感兴趣，但慢慢随着牧师直接开始道德教化，他的注意力就分散了。同时，年轻姑娘们的在场，以及一切都很新鲜也促使了他的分心。因为这还是他第一次参加公众集会，因此观众和演讲者一样吸引他的注意。他仔细观察着一排一排坐得密密麻麻的人群，他们全都穿着土布衣衫，聚精会神地听着。这时他才第一次意识到，自己正在参加的精神运动是怎么回事。

他经常听说，格伦特维派的启蒙运动和他最主要的民间文化的思想都与世界教育方向相抵触。但在他看来，就连他们核心思想中的新式农民都已经过了时。因此仅凭这个原因，他就从来不觉得自己有必要花费精力去了解这场运动，虽然它的范围扩展得已经很广了。

他在哥本哈根活动的圈子里，人们对这项运动一直持藐视态度。但他却不由自主地把这次丹麦乡下人们的集会与他在旅途中所见识到的奥地利和意大利农村的活动相比较，他得出的论断是，自己完全没有必要为本国的农民感到惭愧。这些听众大多头脑清醒，容易产生共鸣；而提洛尔山区的那些昏昏欲睡的山民们，每个周日都会在牧师的驱赶下像咩咩叫的羊群一样列着队穿过德雷萨克，彼尔认为他们之间差别迥异。再同本教区以前的农民相比较呢，他记得童年时代农民们只有在赶集的日子里才会进城，而这里的人们似乎都非常进步。很明显，这里的进步与解放正是他所支持的，而这样的进步与解放显然也给人们带来了欢乐。

布洛姆贝格牧师的演讲结束后，大家又唱了几首歌，然后集会的组织者，一位年轻的金发农民微笑着走上前去，宣布中场休息半个小时，之后高级中学的校长布罗格将发表讲话。人群慢慢在草地上散开，原本站着听讲的人则就地坐下来。彼尔走近英格尔和她的朋友们。女孩们刚站起身准备走下山坡去找家人们，彼尔却建议可以利用中场休息稍稍参观一下美丽的森林。克劳森家的女孩们非常乐意，但英格尔却踌躇不前。她摇摆不定地看着讲台前面，她的母亲正在和狩猎长夫人谈话。在这方面，她跟母亲和当地教养良好的家庭一样，都十分注重礼节。但克劳森家的大女儿，那个胸脯丰满的吉尔达却牢牢抓住她的胳膊，另一只手牵着自己的妹妹，拉着她们一起走了。

吉尔达小姐那双灵动的棕色眸子一直盯着彼尔。她男孩般的举止是为了掩藏自己女子气的欣赏之情。她的妹妹还是个小孩子，学着她的口气，晃荡着她的胳膊，像个学校里调皮的女学生一样笑个不停。但是彼尔的眼里却只有英格尔一人。熟识了之后，彼尔觉得克劳森家的女孩们并没有什么特别之处，不由想到英格尔对自己朋友的行为一定会感到有些尴尬。不管什么情况，她都低垂着眉眼，那两姐妹闹得越欢，她就越是沉默。头天晚上彼尔就已经注意到了，与那两姐妹相比，英格尔的举止是多么不同啊，她带着年轻的自豪感昂着头，就像是想要抬起头超越那些粗鲁、平凡和肮脏。这时，他突然想到，自己会觉得她像弗兰西斯卡，更多的是因为她那份纯洁的冷静态度，而不是特定的外貌特征。那种冷冷的端庄感就像野蔷薇的气味弥漫在她身旁。他还记得，只消稍稍暗示一下爱情的神秘之处，她的脸颊就会羞得通红，而雅各贝呢——不，雅各贝则另当别论。他无法否认，雅各贝对他的爱情太过炽烈，缺乏抑制，常让他觉得讨厌。

他们已经走进了森林，身前耸立着一座巨大的石山，除了低矮的草丛和斑斑点点的石面之外，山上几乎光秃秃一片。这就是著名的洛尔霍山，是本地区最高点，从山顶上能俯瞰日德兰岛二十分之一的景色。这时克劳森姐妹渐渐看出自己是多余的，但她们装作并没有意识到的样子，不管怎么说，没有表露出自己受到了冒犯的样子。与之相反，她们就像日德兰人惯常的做法一样，照旧无拘无束地乐着，以此作为报复。

"看谁第一个登上山顶！"吉尔达小姐一边喊着一边冲上山坡，她妹妹立即跟了上去，但是奔跑时头上的帽子吹掉了，于是沿着山坡一顿猛追。英格尔似乎也想跟着她们，但彼尔却记得她母亲曾告诫她不要跑，于是赶紧劝她不要追。"记住啊，您才刚病过一场啊，小姐！您不该让自己太过劳累。"彼尔并不知晓，他对她个人的关心又在英格尔防御森严的内心里赢得了一小块地方。她其实已经痊愈，但被人认为比实际要虚弱让她很满足。但这时她稍稍摇摇头，坚持要爬山。彼尔建议那样的话，她至少要撑着他的胳膊，但她却不愿听。"我没有那么虚弱。"她说道，"没有什么好担心的。"

爬山的过程中，彼尔一直走在她前面很近的地方，以防她失足的时候好抓住她。有一个地方特别陡,她竟然真的拉住他伸过来的手。她并不是没有考虑,但她并没有觉得此举有任何不当之处,尤其是他已经订婚了。感觉就好像是他们一起飞上了陡峭的山坡,所以完全没有任何不愉快之处。

整个过程中,彼尔一直想告诉她,自己上午在读她父亲的书,并且感受到极大的乐趣。但他又担心她会以为他只是在说客气话,于是也就作罢。

他只是说昨天去她家拜访感到非常高兴——而她却似乎认为这是理所应当的。奋力爬山让她浑身发热,她停下来喘着气。她摘下帽子拿在手中,浅色的秀美卷发绕在头上就像一个光环。彼尔觉得她这一刻也很像弗兰西斯卡——美化了的弗兰西斯卡。

与此同时,克劳森姐妹早已到达了山顶。她们拿着帽子站在那儿,大风就像看不见的手扑打着她们的裙子,就像是要把她们的衣服扯掉一般。看到英格尔和彼尔也爬了上来,那个妹妹就说:"看他们爬得可真慢啊!"

"英格尔真是烦人。"吉尔达小姐说道,"别人稍稍注意她一下,她就完全辨不清方向了。"

"但你必须承认,他长得可真是英俊,别吹毛求疵了。"

"英俊!我看他吓人才是真的!"

"你才不是这么想的,吉尔达。昨天晚上,你还亲口告诉我……"

"你疯了吗,小丫头?你真看清他那双眼睛了吗?就像两个牛奶桶!"

英格尔和彼尔终于登上了山顶,终于能一览那闻名的风景。女孩们开始数起了教堂的塔楼。天气晴朗时,能看见三十五座。克劳森姐妹知道所有的教堂名字,但彼尔却只对英格尔指出的那些感兴趣。"那一座真的是德普拉普吗?您说什么?哦,是拉姆莱夫!"他喊着,就像是这些名称勾起了他珍贵的回忆一样。姐妹俩看到他俩这些举指用胳膊肘偷偷地戳着彼此。

因为风吹得衣服哗哗作响,大家说话声都很难听见。因此没过多久,他们就决定下山。又走进森林之后,他们停了片刻整理着装。大风把姑娘们的头发完全吹乱了,尤其是英格尔的发型吹得最乱。她只好把两只手套都脱下来整理平顺头发,她站在那里,嘴里喊着发卡,因为女伴们也都忙着整理自己的衣饰,于是便叫彼尔帮她拿一下手套。她觉得这并没有什么,但那两姐妹却互相使了个眼色。在穿过森林往回走的路上,她们还不止一次地用手肘推着彼此。等他们到达会场时,集会已经又开始了。一个黑头发,留着黑胡子,表情严肃的高个子男人正站在讲台上。他就是临镇高等学校的校长布罗格,也是布洛姆贝格牧师在这个地区,尤其是在年轻人中的竞争对手。女孩儿们悄悄回到之前树下的座位上,英格尔瞄了一眼母亲。她有一点儿担心,因为去的时间远远超出了自己的预计,直到看见母亲仍然平静地坐在那里,完全沉浸在校长的演讲之中,似乎没有注意到她的离去,她这才松了口气。牧师夫人非常注重保护丈夫作为演讲人的名声,虽然谁也看不出来,但每次只要有人演讲,尤其是那位校长演讲时,她就很紧张。因此,虽然彼尔在场,但她在中场休息时却也没有想到女儿。布洛姆贝格牧师心情也差不多,虽然有别的演讲者演讲时,他总是第一个鼓掌赞许,他们的笑话他也是笑得最大声的,但是一看到别人的演讲获得了成功,他的脸颊就涌上了热血。集会在几首歌曲中结束了,众人等待着停在稍远一点儿森林中的马车,狩猎长夫人和英格尔挽着胳膊稍稍走开一点儿。然后狩猎长夫人说:"你刚才和希德纽斯在一起吧,我看见了。"

"是的,我们去洛尔霍山走了走。这没什么不合适的吧?"她看着狩猎长夫人,有点儿紧张地问。狩猎长夫人笑了起来。"不,并没什么不合适。再说他也已经订婚了。"

"是呀。不过奇怪的是,他看起来一点儿也不像订婚了,是不是?"

"啊,我觉得这场婚约的基础并不牢靠……"

英格尔停下脚步,有点儿惊慌失措地看着她:"您这么说是什么意思?"

"嗯,当然了,我并不是真的知道什么。但我猜他对这桩婚事并不是非常满意。未婚妻是个犹太人。"

英格尔仍然沉默着,她本应该知道此事的。突然间,她感觉非常惭愧,为自己刚刚那么肆无忌惮地和他待在一起。马车那边传来叫声,原来车子已经开动了。布洛姆贝格牧师和夫人已经坐上了敞篷马车,牧师已经有点儿不耐烦了，于是她们只得匆匆告别。

英格尔坐上马车，她想把手套戴上，但却怎么也找不到。又是一阵窘迫，她忘了把手套从彼尔那里要回来了，而他说不定已经把手套藏起来了。还有时间要回来，狩猎长的马车还没启动，但她感到如此愧疚，什么话都不想说，以免让母亲看出端倪。心烦意乱之间，马车开走时，她甚至不敢回头张望，一路上，她都不安地把手藏在膝盖上的毯子之下。马车开出一小段路程之后，布洛姆贝格夫人对丈夫说："我觉得布罗格今天的表现并不是很好。"

"是啊，他今天真的讲得很无趣。"牧师摇着头回答，"他状态绝对欠佳。""绝对是。"几分钟之后，他又重复了一遍，虽然这时他们已经开始谈论起别的话题了。而彼尔在回程中也说起了外出散步时的一切经历，唯独没有提起英格尔。狩猎长夫人注意到了这一点，不由思考几许。

太阳已经下山了，他们到家时，天几乎黑了。马车驶过卡斯霍尔姆庄园的一扇扇大门，那空旷的隆隆的回声彼尔已经非常熟悉了，当他看到窗口透出的动人的灯光，心里又涌上一种崭新的奇妙的感觉。有生以来，他头一次感觉自己与某个感觉像家一样的地方联系了起来。就像是要确认这一点似的，看家的狗跳了出来围着他转圈，因为再次见到他而高兴地舔着他的手。这只可怜的母狗自从小狗崽被带走之后，就把爱意转移到了彼尔身上。彼尔心下一阵触动，蹲下来拍拍它的头。

当他走进自己的房间，看到桌上放着给自己的一封信时，心里震了一下。他担心是雅各贝写来的，于是犹豫不决地拿起来。当看到是伊万潦草的笔迹，虽然感觉还是不太舒服，但呼吸又轻快起来。伊万的信又让他烦闷地想起钱的问题还没有解决，每晚入睡时，他都会为此事担忧。他把信推到一边，不想读，生意的事还是等到早上再说吧。回客厅的路上，他在外套口袋里发现一个浅灰色的小包，是英格尔的手套，那是一双崭新的兰达斯牌的手套，虽质地粗糙却异常柔软。

在森林里时，他把手套留了下来，此举并非完全无心。当时他很高兴自己拿着属于她的东西，但告别时刻太过匆忙，他也就忘了归还。这时他轻轻地展开手套看了一会儿，并把它们举到脸上，贪婪地嗅着上面散发出的香气。他一阵苦笑。他想，明天他又有了去牧师家拜访的借口了，但顺其自然会不会更明智呢？如果常常见到她，是不是会有爱上她的危险呢？古老的亚当的激情在他心中重新唤起。但会将他引向何处呢？他已没有资格追求新的爱情了。如果说他曾经真的认识过那些花儿的话，那他的余生都将远离那些开满鲜花的道路了……

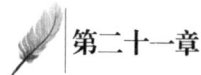# 第二十一章

　　这时节,海峡沿岸的哥本哈根人的别墅群里,夏日生活一日比一日更加欢乐,更加富于节日色彩。又长又坚固的铁轨将首都的活力运送到寂静的大自然中。由于乘客都拥上了舷梯,巨大的轮船也倾向了船身的一侧。八分之一英里长的列车驶进车站,喷吐出一群群旅客,他们有的坐着轮椅,有的步行,将首都的喧嚣带进西兰岛北部森林的深处。

　　思科夫巴肯别墅却是一片阴云密布。菲利普·萨洛蒙和莉亚夫人长时间沮丧地谈论着他们的孩子。不仅是雅各贝的前途让他们充满担忧,南妮现在的状况也让他们不得不做出严肃思考。为了弥补在彼尔那里受到挫败的虚荣心,南妮又找到了从前的追求者汉森-艾弗森。因为她真的想忘掉彼尔,因此就满怀激情地对汉森大胆挑逗。

　　但显然这位留着优雅的小胡子的前骑兵中尉性情并不如人们所预想

的那么坚强。一天他回到家,朝自己的脑袋扣动了扳机。另外,他身后还留有一封信,信中向世人解释了自杀的原因,还严肃地诅咒南妮。庆幸的是,由于南妮丈夫的地位,这件事没有被报界报道出去。后来的日子里,为了掩盖妻子的传闻,戴林经常挽着南妮在公众面前露面。他还对熟人开玩笑说,有这样一个妻子真是件危险的事,因为她的眼睛不仅会像手枪口一样闪光,而且还真的会射出子弹来。私下里,他强迫对南妮进行了详细的盘问,最后还打了她一耳光,而南妮也平心静气地接受了。她想这件事一开始就让她吓得要死,现在就这样解决可算是便宜了,另外,她开始第一次真心实意地爱上了丈夫,成了他恭顺的奴隶,对于丈夫的纵欲要求,她不仅很乐意,而且还用更丰富的经验满足了他。

与此同时,中尉自杀的原因也不可避免泄露了出去。闲言碎语从哥本哈根渗透到了乡间,还提到了中尉身后留下的遗书。当菲利普·萨洛蒙和夫人晚间驾着他们最优良的马拉的马车在海滨大道上漫步时,朋友们和羡慕的人们虽照旧向他们问候,但在花园里,他们却热火朝天地议论着他们家的事情。有些人嫉妒南妮的美貌,仅凭这一点,就对她的品行充满怀疑。而布列德加德街区封闭的小圈子,就和外省乡间一样,每个人都知道对方穿着什么样的内衣。

这对父母严厉地斥责了女儿的所作所为,菲利普·萨洛蒙还觉得必须代表全家向戴林致歉。奇怪的是,亲人中唯一站出来维护南妮的却是雅各贝。平时,她总是毫不留情面地批评自己的妹妹,但这次对整件事情只是耸耸肩。她觉得不必如此认真。她说,如果真要活下去,就必然会流血,不管是谁,只要加入了这个游戏,就必须做好流血的准备。

雅各贝在这段日子里已经发生了巨大的转变。她不仅外表憔悴得厉害,举止也流露出从前那种典型的倦怠和不自然的冷漠态度。如有人问起她身体情况,她就平静地回答很好。而关于她的未婚夫,她很少会提及,但如果父母跟她谈起即将举行的婚礼,她却也并不拒绝。但是现在她也开始说起自己可能会去拜访布雷斯劳的朋友,因此谁也无法真正了解她的想法。

但是有一个人还算对她稍稍有所了解,那就是罗萨莉亚。她的房间就在雅各贝的旁边,有一天晚上她被姐姐的哭泣声所惊醒。她以为雅各贝病了,就立即起床,但姐姐却不让她进去。第二天早上,雅各贝解释说是因为牙疼。但罗萨莉亚已经不是小孩子了,她也追随着南妮的脚步,早已开始在爱情的秘密丛林中涉猎了。而且她还已经有了战利品,学者波林已经向她表白了爱意,但她却装作冷漠的态度,看着这个高个子文学家受尽担忧不安折磨的样子取乐。

让雅各贝倍感绝望,情绪低落,甚至想要结束自己生命的原因就在于,她无法下定决心和彼尔彻底分手。一段时间以来,她早已明白整件事情会怎样发展,而且她也疑心其中是不是出现了别的女人,但她还是一天一天推迟着决定。爱情其实就是这么卑贱,她曾视为生命中最神圣事物的爱情如今却令她羞愧。除了这些,她还有一点值得安慰,甚至有点儿像是报复,她并没有向彼尔吐露自己怀孕的消息。她没有把自己最珍贵的秘密告诉他。在待产期间,她要保持自己的神圣尊严。她要最大程度地避免可能受到的屈辱,拒绝成为他同情心的牺牲品。她再一次地没有回复他的来信,她要做出很大的努力才能读完他的信。而且,他对那位牧师的兴趣让她充满遗憾。在他上一封来信中,他甚至直白地推荐她去阅读这个牧师的著作(其实她已经读)。他再次提及那些布道,明显是希望她能由此接受基督教的观点,她被激怒了于是回了信。

这封信为她提供了机会,从中她可以一吐自己的心声而不致受到屈辱。和之前的回信一样,她只字不提他们之间的关系,尽管如此,她还是感觉到自己现在是在为最终的分手做准备了:"直至现在,我仍然无意接受你在上封信中所提出的挑战,我并不想探讨你明显十分热衷的那个话题——我指的是你和基督教之间的关系。你或许也明白,我保持沉默并不是因为对这个话题缺乏感受力。而是我越来越确信,这个问题即便讨论也不会有任何结果。尤其是涉及信仰问题的时候,最重要的一点就在于,我们都不会受理智论证的影响。我们的信仰是受周围环境的影响而产生的。我们的宗教器官就像心脏和肾脏那样是自然形成的,任何人为的干预,想要消解我们继承而来的立场的做法都只会带来一个结果，那就是整个机体都受到损伤。

"在你的上一封来信中，我从字里行间读出你向我提出了一个直接的问题，我之所以回答你，原因不为别的，只是不想让你把我的沉默视为妥协。我和基督教的关系自然也和你一样，是从出身和所受的教育就决定了的。从我还是个小孩开始，一直到今日，基督教教会对我们民族所施行的迫害唤醒了我体内想要复仇的欲望。我也曾相信，如果我能发现基督教对其他民族所带来的幸福，我也会忘了这一切。但阅读基督教两千年的历史，无论读到哪里，都会发现，在教会慈悲的面具之下，隐藏的都是一样奸诈和暴虐迫害的欲望。为了权力的贪欲，可以不惜一切代价，哪怕是付出血的代价。

"从来没有一种精神运动能够像这样对人类本性中最恶劣的品质加以利用。因此——也唯其如此——基督教教会才具有如此广泛的影响力。

"对我来说，这些完全无法理解。最令人费解的是，那些能够阅读和思考的正直的人竟然不去憎恶这种社会信仰，在它的羽翼下，隐藏着最丑恶的压制，最黑暗的蒙昧，最残忍的暴行也能得到庇护，或者说不管怎样，总归是得到了宽容。而为了引导人类走向更光明、正义、幸福的国度，时代所做出的一切健康、自豪和勇敢的努力，统统被它不可和解，充满嫉妒的敌人——教会所压制了。宗教改革可能曾经带来了一切进步，但并没有什么重大意义。各种现代运动看似旨在对不同的思想进行相对善意的理解，但并不能让我放心。

"与此相反，新教内部也有自己的耶稣会，在困难时期，它似乎是在推动教会往自由方向发展，但这只不过是为了掩饰其被迫做出的让步而已。这种做法的历史就和基督教本身一样古老了。

"从一开始，基督教为了在一时还难以战胜的异教传统和思想中占据一席之地，先要巧妙地在这片土地上立足。因此到了今天它就很明白，一旦面临失败的威胁，该怎样立即去调整符合科学和人性的需要。除此之外，它还宣称自己代表着唯一不会改变上帝所揭示的真理，世间再也没有比这更虚伪的东西了。

"但尽管如此,我也并不是不可和解,我仍然相信,如果它本身真的对人类的幸福会产生重大意义的话,那么理解基督教的可能性就是存在的。但只有在一种情况下,我才会朝基督教伸出手——它应该忏悔,变得真诚,然后为了证明它的转变是真诚的,它就应该像对信徒的要求一样,自己也进行忏悔。

"正如它自己的《圣经》中所写的一样,让这个老罪人蒙上自己的面,当着世人的面,承认自己的罪恶。这才只是开始,它应该在人类面前下跪,因为它利用人类的无知而欺骗了人类,教会应该为此罪忏悔!哦,它应该为它所压制的真理下跪,在它所蒙蔽的正义面前下跪,如果不这样做,它就别指望能赢得生命和光明守护者的真正信任。"

在卡斯霍尔姆,日子一天天在乡村的单调生活中过去,时间流逝得飞快,生命看起来如此短暂。又到了星期天了,狩猎长一家又像往常一样驾车到波斯特拉普去听布洛姆贝格牧师的布道。听了上次集会之后彼尔说的话,狩猎长夫人期待着他也会一同前去。彼尔当然也想去,因为去了的话就可能再见到英格尔。但是一想到参加这样正式的活动可能会唱赞美诗,会像上帝祈祷和请求赐福,他就不太想去了。再加上他之前收到了雅各贝的回信,她激烈的语气让他印象深刻,他因此迟疑不决。

马车走后,他觉得独自待在卡斯霍尔姆相当孤单。他走进花园,来到一处人工建造的观景假山旁,坐在长椅上眺望着周围的风景。四周到处都是教堂召唤人们的钟声,到处都很安静,那钟声远远传过了草地。他能清楚地听见波斯特拉普教堂的钟声,那钟声的召唤并没有白费,在半围绕着庄园的那条公路上,马车一辆接着一辆,乘车的是穿着礼拜日服装的农民,全都往波斯特拉普方向去了。彼尔目光一直追随着他们,直到那些马车都消失在高高的波拉普山的背后。当最后一辆马车驶过之后,眼前的庄园似乎一片死寂,仿佛所有的居民都被拉去了一个陌生国度,这里只剩下他一个人了。自从岳父母家的大门向他敞开之后,他对于星期天的这种不安的记忆就没有那么清晰了,他们带他进入的是一个听不到教堂钟声的世界。但尽管如此,他还是一点儿也不渴望思科夫巴肯的生活。想到那里舞会上一群群打扮得花枝招展,兴高采烈,善于交际的客人们,他一点儿都不羡慕。

钟声相继停了下来,被遗弃的不适感更强烈了。遥远的地方,不知哪里的大路上传来马车的声音,他产生了一种强烈的感觉,仿佛置身隔世。他感觉自己就像是死去的人,待在阴暗的国度里,能听见人们从他坟墓上走过的声音。他又想起了雅各贝的信——他知道该怎么给她回信了。在这个宁静而肃穆的早上,农民们穿着礼拜日最好的服装,马车擦洗得锃亮,在这个时刻,全世界成千上万的家庭都满怀希望聚集到教堂里去,去重新获得生存斗争的勇气和力量——这就是生活本身对她的话的反抗。教会在良心上或许曾犯下深重的罪孽,他要在信中这样写,但这些都通过它给人们带来的好处而得到了充分的弥补。无论如何,就像布洛姆贝格牧师在林中演讲时说过的一样,至少我们这些北部日耳曼人都有特别的理由向基督教表示敬意,因为它让我们摆脱了野蛮,它塑造了我们的民族精神,可以说这样的过程从我们童年时代就开始了。它就是我们精神的乳汁,永远也不可能从我们的血液中分离出去。

那么我们为什么还要寻找历史证据呢?那天夜里他乘坐轮船渡过卡特加特海峡时就已经明白了,基督教能为人们带来新的力量源泉,因为他年迈又行动不便的母亲正是因为基督教才获得了强烈的献身精神。就他自己而言,他不也是一样越来越强烈地感觉到,如果没有天堂的支撑,他的勇气和精力就不可能维持下去。每天不是都有新的证据产生吗,许多孤独的灵魂都需要上帝,都渴求天堂的安慰。

在狩猎长夫人一直为他提供的书籍和期刊中,有一本是保尔·伯格的《与天使格斗》,这本书他在哥本哈根就常听人提起,但现在才是第一次读。这部著名的忏悔录精心采用《旧约》的风格写就,深深地感动了彼尔。其中有一部分,作者将目标直指那桑从国外引进的精神运动,他将其比作春雨,让贫瘠的土地发芽,让沙地着装上了迷惑人的丰饶的外表。

"然而,夏日的干旱即将来临,收获的时节也近了。那么,你们该怎么办呢?你们这些无根的野草,你们装点着道路两边,给大地铺展上成千上万种色彩,就像是天堂光辉的许诺。啊,你们穗囊空空只能怨恨自己。能让初生幼芽茁壮成长的阳光却让你们叶穗枯萎,还未等到收获季节,暴风雨就将你们吹走了,因为罪恶的后果就是死亡。只有在春天成长的季节里,谦卑地将根系扎进母亲大地的胸膛深处,才能汲取永恒的生命之泉。"

书中的这些话尤其令他印象深刻,他甚至烂熟于心。当他第一次读到这些话的时候,他被深深地触动了,仿佛这就是他坟墓上的墓志铭。过去的这些年,他一直感觉到力量在逐渐消退,这段话正好就是对他的精神告诫。而以前他从不曾真正对自己承认这一点。

"那么,再见了,这贫瘠的季节。我在荒野中流浪的岁月已经结束。父亲的天堂已经对我敞开大门,那光芒照得我睁不开眼睛,我跪在门口忏悔又祈祷。"他头枕着双手,静静坐了一个小时的时间。他问自己,现在阻碍他同父亲的上帝和解的是不是只是自己愚蠢的骄傲。难道不正是这样吗?他无法低下僵直的脖颈,承认他曾经一度否认的力量。

谦卑。《圣经》中这一沉重的字眼儿,现在他终于明白了这个词对生命的决定性意义。要保持谦卑——这是他最后的困难所在了。这是为了获得灵魂的安宁而要向上天付出的代价。

他抬起头。波拉普教堂的钟声仍在响着,那里只有一英里远一点儿,时间还够,他心想。

他接着又坐了几分钟,然后毅然站起身。他很快就从花园后面走了出去,赶在牧师登上讲道台之前到达了教堂。透过走廊的大门,他听见里面传出唱赞美诗的声音,于是就站着听了一会儿。他感到一阵罕见的兴奋,但那和虔诚无关,更不用说是因为谦卑了。

他把手放在大门把手上准备开门,但又有些犹豫。他下定决心迈出最后一步,他要勇敢去完成皈依基督教的最后一步。

他走到最后一排长椅最靠近大门的位置,就坐之后,那些散坐的教民都好奇地回过头来看了他好几次,他迅速地平静了下来。但是这里的集会气氛并不能满足他虔诚的心情。

站在圣坛上的牧师仔细地擤着鼻涕,他背对着总数只有十几人的会众,那些人大部分都是些老人,连目光都不那么明亮了。在座的很少有男人,就连唱赞美诗的时候,气氛也无法真正活跃起来。除此之外就是教区执事,只听得见几个老妇人发出哀鸣的声音。教堂内部是一间低矮的地窖一般的房间,墙上到处都是大块的污渍和绿色的霉斑,空气中充斥着石灰水的酸味。在他身前的托书架上积了厚厚一层石灰粉。

这时牧师走上了讲道坛,彼尔这才认出他听的竟然是臭名昭著的费亚尔特林牧师的布道。他正站在涂着蓝漆的共鸣板下,原来是一个长相英俊,眉目清秀,面色苍白的人,一头银灰色的头发光滑地梳在脑后。他跟彼尔之前想象的恶魔般的样子一点儿都不一样。他的脸颊和下巴都刮得干干净净,嘴巴有些大但形状很好,一双眼睛又大又黑。他的步伐平稳,举止也很优雅。只是肩膀到脸上会时不时不由自主地抽动,好像非常痛苦的样子。

在简短的祈祷之后,他拿起《圣经》开始读今日的内容。当看见彼尔之后,他停了下来,打量的目光明显十分惊讶。过了片刻,他重新集中注意力继续读。接下来的是布道,持续了将近一个小时左右。他讲的都是些寻常的老一套,内容不过是些司空见惯的陈词滥调,都是些罪恶啊,恩赐啊,救赎啊之类的内容,然后又是罪恶和永受地狱的折磨。彼尔越来越不耐烦了,他原本的心情已无可避免地被毁掉了。这时他感觉到,既然选择了不去波斯特拉普,那就应该一直待在家里。

礼拜终于结束了,他解脱般的走了出来。他又是烦闷,又是羞愧,急匆匆往家赶。这是他第一次去教堂,却遭遇这样的结果,心里感到非常尴尬,于是就暗自决定不对任何人提起。

他想打发狩猎长一家人回来之前的时光,于是就去管家那里聊聊天,抽抽烟斗。他在卡斯霍尔姆也养成了乡下人的习惯,喜欢抽烟管很长的大烟斗,可以抽一个小时也不用重新装烟叶。他把烟草保湿盒就挂在管家房里,每天吃过晚饭都会来抽上一阵儿。

"告诉我，您觉得布洛姆贝格牧师有什么地方不对的。"他们之前一直在谈别的事情，他突然问起。

"问我吗？"

"是啊，我好像依稀记得，您曾经对他有些不好的评价。"

管家卷曲的胡子之间一阵大笑。"上帝保佑，别让我嘴里说出任何反对他的话！我为什么要对这个绝无过失的牧师先生发表观点？我还没疯呢！"

"好吧，可您确实说过啊！"

"啊，或许我是有点儿奇怪他为什么会对他的老父亲如此不闻不问吧。"

"布洛姆贝格牧师的父亲还在世？"

"当然了，是在西兰岛之外的什么地方。他就像救济院里的老乞丐一样浑身蓬乱，到处流浪。身上长满了虱子和疥癣。在我看来，布洛姆贝格牧师是可以把他带回家来，让他安度晚年的。"

"肯定有什么事情搞错了！说不定他父亲是个酗酒狂呢，要么布洛姆贝格牧师负担不起赡养费呢。"

"布洛姆贝格对钱才没有这么谨慎呢。要是需要钱的话，他总会知道该从哪里去弄的。这里的人们可离不开他了，就像婴儿少不了母乳一样。"

"什么——怎么弄钱？"

"好吧，举个例子吧。前一段时间，他想换几匹新马来拉马车。他于是就传出消息，说如果继续待在这里，就养不活自己的孩子了。他要去找个更赚钱的职位。人们吓得不得了，于是都捐钱给他买了一辆四轮马车和两匹马。然后他连一点儿感激都没有。他觉得这是他应得的——是欠他的。您听说费亚尔特林牧师怎么称呼他吗？"

"不知道啊。"

"批发商。"

"这又是什么意思呢？"

"这个，其实我也并不是完全明白。但听起来太可笑了，这个名字好像很能说明他。"

彼尔沉默了一会儿，静静看着烟斗里冒出的烟雾。"您觉得他女儿怎么样？"后来他问。

管家又笑了："女儿倒是很漂亮。"

"没别的了？"

"啊，那么，也算得上是很和善吧。"

"难道够不上你平常用的'头等'这个词吗？"

"好吧，在我看来，布洛姆贝格小姐有点儿自视清高。"

彼尔不由得皱起眉头，管家的话今天让他很吃惊。这个家伙看来肯定比他想象的要坏。他讲的布洛姆贝格牧师的故事完全就是造谣。这时，刚好马车驶进了大门。彼尔于是站起身，连声告别的话都没说就走了。狩猎长夫人在客厅看到他就大声嚷嚷起来："你不知道自己错过了什么啊，希德纽斯先生！布洛姆贝格牧师今天的布道真是太精彩了。"

但彼尔却没听进去。因为英格尔就站在狩猎长夫人身边，他看见她又惊又喜，自己也觉得尴尬起来。"现在去吃饭吧。"狩猎长夫人说着挽着英格尔小姐的腰，还瞥了彼尔一眼，似乎想要激起彼尔的醋意似的，"狩猎长已经就坐啦。"

很少见地，这次狩猎长夫人费了好大的劲才说服英格尔到卡斯霍尔姆来。彼尔还在这里，她最终决定过来真是因为想要亲自过来取回她的手套，她可不想派人来取。她和这个陌生人共享着一个秘密，她的物品在他手中——放在他桌子上，或是被当成亲密的信物藏在口袋里，想到这些对她简直是一种折磨。

上次林间村民集会之后，母亲对她说起彼尔的语气显然是在提醒她注意。为了不让母亲担心，她答应下午早点儿回去。而且还安排好下午由牧师亲自去接她。

一等到和彼尔两个人单独待着时，她就急忙提出了要求。彼尔看了看她，他真的很想请她允许自己保留这件纪念物，但这样的要求却难以启齿。她看起来如此认真，她的举止把一切感情在萌芽时就斩断了。因此他静静地鞠了一躬,就返回房间去取来了手套。

当他返回时,发现英格尔仍旧一个人待着——狩猎长夫人吃过饭就不见了——他于是大胆建议到花园里去走走。英格尔想了一会儿,不知该如何拒绝才不会显得没有礼貌。同时,她也担心着不要走得离走廊太远,不然等狩猎长夫人出来后会看不见他们。

他们并没有真正谈些什么,因为两人都沉浸在自己的思绪之中。看到英格尔那刻起,彼尔就明白自己已经爱上了她,这让他很羞怯,甚至显得有些冷酷。而英格尔则一直想着回程时狩猎长夫人说过的话,她说希德纽斯先生近来似乎心情不太好,毫无疑问,他的情绪低落与他那桩不快的婚事有关。

午饭时,她还看过他几眼,样子确实不大好。事情进展肯定很糟。她想不出,还有什么事情是比要和不喜欢的人或者说甚至是无法尊重的人结合更糟糕的了。

"你说外面田野里的空气是不是会清新一些?"彼尔说着在花园篱笆那扇通往外面的门边停下脚步。"今天树下真是太憋闷了。蚊虫也一直在惊扰你吧,我看见了。"

他说得很对,英格尔并没有反驳他的话。其实她已经完全没有考虑狩猎长夫人的事了。而且,彼尔为她打开门,然后又让到一边,这种彬彬有礼的举止也让她难以拒绝。

他们走到一小片连着坡下草场的草地上。阵阵微风拂过,尘土在大路上来来回回打旋。云层都散开了,但天气还是很闷热。

"你累吗?"彼尔问道,"你想坐下来吗?草地上是很干燥的,这里时不时还有一阵小风。"

英格尔确实感到有点儿累了,犹豫了片刻,还是在山坡上坐了下来,她小心地用裙子遮住自己的脚。这一洁身自好的举动就像吹旺篝火的风一样,让彼尔心中的爱火燃烧得更加热烈。这时,彼尔意识到,她那青春的淡雅无瑕的身影是如何完全占据了他的思想。英格尔嘴里含着一根草茎,眺望着草地远处。她把柔软的大草帽在耳朵下面系紧,因此看上去就像一顶软帽一样包裹着她的头。她这么做是因为有风,但同时也是因为她知道这样自己会更美。她父亲有一次曾玩笑般地说过,她戴着这样的帽子,只需要再加一个花环和一只用绳子拴起来的白色羊羔,就会像乡村剧中系着围裙的公主了。这样的赞美她一直都记在心里。彼尔在她身边隔一段距离坐下来。他强迫自己马上把视线转到别处。我得立刻站起来,他对自己说,不然我就要干出荒唐事了,不然我就要成为这毫无希望的恋爱祭坛上的牺牲品了。

他们坐下之后,谈话就停止了。就英格尔来说,和彼尔独处她并不感到害怕,她的良心上也不再感到顾虑。想起母亲的提醒,她甚至为彼尔感到有些不平。他的举止一直非常得体。但现在的处境又是如此危险,如此非同寻常,她感觉就像飘在了空中。

彼尔开始讲起自己旅行见闻来取悦她,当他想不到别的话题可讲时就会说起这些事。但英格尔却并没有听他讲的。她又想起狩猎长夫人谈论彼尔的话,她说彼尔肯定很会讨女人欢心,正是这种冲动让他误入歧途。听了这些话,她的理解是,彼尔的未婚妻不仅非常富有,肯定还很漂亮——她自己之前也一直是这样想的。但不知道为什么,她总不相信,彼尔选中那个女人只是因为钱。

彼尔又偷偷瞥了她一眼。但她还是嘴里衔着草,盯着远处开满鲜花的草地。她的身子稍稍前倾,一只膝盖稍稍抬起以便把胳膊撑在上面歇息。在阳光的照耀下,她的眼睛微微闭着。

"我是不是让你感到无趣了?"他沉默了一段时间之后问。听到他的话,她有些吃惊,然后唰的脸红了。这时,他们听见马车开卞庄园的声音。

"你父母不会现在就来了吧。"沮丧之余他不禁脱口而出。

"肯定就是他们。"她说着站起身,"我得回去了。"

然而,从花园里返回时,她并没有表现出特别着急的样子。当她看到门边有两朵可爱的雏菊时,还停下脚步把花摘了下来。她的行为隐含着对母亲的些许不满,但最主要的原因是,她的善良要求她这样做。她觉得自己没有做什么出格的事,但不管怎样,她都不想隐瞒自己是和彼尔在一起散步。

彼尔这会儿对社交谈话一点儿兴趣都没有，因此他在走廊楼梯处就离开了英格尔，从山形墙那边的入口回了自己房间。他在房里来回踱步好平静心情。现在他真的该离开了。但他又能去哪儿呢？发生了这些事之后，他还能回去找雅各贝吗？难道他不是有义务应该对她坦白，自己爱上了别人吗？然后又能怎样呢？他已经做好和雅各贝和她一家决裂的准备了吗？他必须筹到钱。他需要钱——愚蠢、可憎、肮脏的钱！他只能放弃从狩猎长那里借到一笔钱的计划。他虽然一直没有明确提出借钱的事，但他曾清楚地表露过自己的困难，如果狩猎长愿意，他是可以明白其中的意思的。彼尔站在窗边，胳膊背在身后，盯着外面栗子树一丛丛深色的叶子上闪烁的光芒。

不管怎么说，他都必须回哥本哈根去。但是回了那里——现在他意识到了——他和雅各贝的关系还会遭受另一个不同的威胁。他会再见到南妮，那时又该怎么办呢？在卡斯霍尔姆的这些日子里，他并没有经常想起南妮，但他的身体并没有忘记她。他不止一次因为夜里做了春梦而头脑昏沉地醒来，令他羞愧的是——他不得不对自己承认——他在梦中躺在南妮的怀里。

那次她嬉闹般在他嘴上种下的一吻至今仍留在他的血液里，他一点儿都不相信自己能有力量抗拒。每当想起她，都仿佛看见她以前毫不羞耻地迈着挑逗的步伐朝他走来的样子，她妖媚地扭动着臀部，脸上的微笑让人充满期待，视线肆无忌惮地斜向一边，眼神中充满爱抚。他仿佛又听到她的丝绸裙子窸窣摩擦的声音，仿佛正大胆地对他窃窃私语。和她在一起，他就能找回他不敢说出的遗忘的爱恋。他用手蒙着眼睛，仿佛看见将来的日子里，黑暗的浪涛将卷起层层泡沫朝他打来，浪涛最终淹没了他的头顶。

他从窗前转过身，又开始摇摇晃晃地踱来踱去。他的胳膊还是反剪在背后，头也低着。身影中充满了疲惫、松懈与屈服。桌子上摊着一本书，那是保尔·伯格的忏悔录，他总是会被那本书吸引，因为在他看来，这本书奇怪地描述出了他自身的处境。

他拾起书本，将身体抛在大扶手椅上，把书本翻到标记的地方继续读起来：

> 我就像一个饥肠辘辘的人，但却不得满足；就像一个病人，但却不愿就医。夜幕降临，风声停歇了，但我的心里却躁动不安。我坐在山坡上，看着太阳缓缓坠入海里。它就像悬在蔚蓝海面上的一座金色大钟，四周充满叮叮当当的声音。听啊，这正是天上的声音，这是天使的歌声！我为什么还不低下头呢？我为什么还不双手合十呢？我为什么还不跪下祈祷"天父"？但我不能。但是，我相信，我甚至知道，因为我的灵魂曾告诉过我，只有和上帝在一起，一切才能得到安慰。你觉得生活中毫无乐趣，枯燥乏味，他将让你变得富足。当你为生活的重担而哀叹，他将把世上沉重的枷锁变成你背上的翅膀。

牧师夫妇本打算只短暂停留一下，但狩猎长夫人没费太大劲就劝服了他们，让他们留下来吃晚餐。然后他们就一起走到了田地里查看庄稼的生长情况。英格尔也和他们一起去了，一路上她一反常态地跟在母亲身边，甚至还拉着她的胳膊。

彼尔这时还没露面，而布洛姆贝格牧师和夫人都还没有提及他。当然这并不是因为他们已经忘了彼尔了。彼尔一直待在卡斯霍尔姆庄园最终引起了当地居民的注意。谣言流传这个年轻人已经对狩猎长一家产生了巨大的影响，不仅是对两位夫人，就连对狩猎长本人也是，最后这条猜测倒确有其事，有迹象可以证明：许多年来，狩猎长一直有一个计划，那就是把庄园内山丘之间的沼泽排干。有一天晚饭之后喝咖啡闲聊的时候，他无意间和彼尔提起这个计划，他说自己现在要真正地执行计划了，他想找一个测量员对这一地带进行水平测量。出于为自己找点儿事做，同时也是对自己受到的热情款待做出小小的回报，彼尔提出可以承担这项工作。狩猎长仍然保留着农民习性,非常节俭,尤其是涉及钱的问题的时候就更是如此,因此就感激地接受了彼尔的提议。必备的工具庄园里已经准备好了,只用了两个上午的时间,彼尔就完成了全部的工作。接着彼尔有了新想法,他不仅想对卡斯霍尔姆庄园,而且想对周围几千英亩的草地的排水系统进行彻底的调整。于是他半开玩笑的——其实也隐隐心怀希望,想为接下来借钱的事做好准备——在一个晚上对狩猎长提出了他的计划,狩猎长虽然反应迟钝,但很快也明白了其中的价值。彼尔的天赋所带来的大量的发明创造,让他在幸运的时候成为天才。他早已发现,只要对河床稍加调整,就能为周围草地的地下水水位下降创造条件。地下水水位下降几十英寸的话,大片淤塞绵软的沼泽地就能以相对较低的成本改造成肥沃的田地。

狩猎长就像个狡猾的商人,一开始就拒绝对计划进行进一步考虑,虽然他满脑子都是这件事,晚上睡也睡不好。他想得越多,就越明白这个计划不仅对卡斯霍尔姆,而且是整个地区都有重大的意义。这个提议尤其吸引他的地方在于,他确信自己也曾有过类似的想法,如果以后时机合适,他就可以用正当的手法将荣誉据为己有。

六点时,晚餐钟声准时敲响了,大家听到钟声都来到餐桌旁。用餐时间就和整个卡斯霍尔姆庄园的生活一样不顾正式礼节。虽然有牧师一家在场,而且还是星期天,牧师仍然穿着平素的猎装外套和高领背心。他的夫人当然穿着丝绸衣裙,上面缀有很多褶边和饰片,但明显是件很旧的礼服,已经穿过太多次了。餐桌的布置也并不是特别具有节日气氛——事实上都有点儿不合礼仪了。桌上没有鲜花,玻璃和陶瓷器皿也都是最普通的货色。

开始用餐时,狩猎长一般不怎么说话,而只是大口吃喝。另外,每次布洛姆贝格牧师转过身没注意时,他就会淘气地把牧师的酒杯斟满。结果就使两位先生慢慢喝得满脸通红,还有男爵夫人(她一般是滴酒不沾的),开饭前,她的脸就因为化妆而泛出可疑的红色,这时"因为别人的劝说"也喝光了几杯雪利酒。这样席间的气氛就活跃起来,谈话声也大了起来。

在众人谈话声的掩盖下，彼尔却得以不受人注意的想着心事。只有英格尔难以避免地会注意到他的心不在焉。她虽然坐在彼尔的旁边，但另一旁坐的就是她父亲，因此也就难以和彼尔交谈。桌子的正对面坐着她妈妈，正不动声色的观察着他们，直到她的注意力被牧师高亢的情绪所吸引开去。

彼尔的分心让英格尔不由得很开心，她猜不出彼尔举止突然变化的原因，因此总忍不住孩子气的要他递个盐瓶或是传给他一个酱碟之类的小东西，明显是想看他要费多大劲才能回过神来，这样做让她很开心。在晚餐的前部分时间，她表现得都很活泼，还经常用舌尖迅速又巧妙地舔一下上嘴唇，她微笑的时候经常会伴随这个小动作。

接着她忽然想到，彼尔是不是从信中接到了什么不好的消息，肯定是未婚妻写来的。她的舌尖于是突然就不再乱动了。

晚餐快结束时，彼尔敲了敲杯子，引得大家一阵惊异，他要大家安静一下。他说想趁此机会，为这么久以来在这里受到的热情款待表示感谢，在卡斯霍尔姆这段时间过得很开心。

"您不是要走了吧？"狩猎长夫人打断他的话，说着还瞥了英格尔一眼，眼神相当惊恐的样子。

"非常不幸，我不能再继续无视到大西洋彼岸去的职责的召唤了。而且，毫无疑问，我也打扰到了主人。"

"啊，真是一派胡言！您怎么能这么说呢！您一定要留下来。"狩猎长夫人急切地说，狩猎长已经喝得相当醉了，也咕咕囔囔随声应和。

彼尔点点头表示感谢，然后又继续说："我也很舍不得离开这里，因为这里对我来说已经变得如此亲切，如此密不可分了，但是现在我必须要离开了。但是，在离开之前，我想说，我将永远珍视在卡斯霍尔姆停留的这段记忆。说到这里，我也必须感谢波斯特拉普的牧师庄园。请允许我特别要感谢您，尊敬的布洛姆贝格牧师，我现在还说不清您睿智的谈话对我产生的重大影响，但我永远也不会忘记的。"

虽然彼尔在最后作了保证，但狩猎长夫人还是感到很失望。这并不是她所期待的结果。她必须组织他前去旅行,晚些时候她还要和他谈谈。她不能放弃布洛姆贝格牧师信仰胜利的希望,她已经努力了这么久,如果不能让彼尔在卡斯霍尔完成信仰的皈依,她就不会满足。

她早已做好了相应的准备,她一边提醒自己,一边用一种从没看过的慈爱的目光看着英格尔。彼尔的一段发言给牧师一家留下了很好的印象。牧师夫人情绪温和了些。意识到他马上就要走了,她对他的评价不由得也没那么严厉了,心里也平静了一些。英格尔对彼尔即将离去也感到仓皇失措。现在该怎么办?她心想着。彼尔忧郁沉思的样子渐渐让她感到有些不安,就像站在填满炸弹的大炮旁边一样浑身胆战心惊。当她明白过来彼尔是要讲话时,她开始平静了些,因为她觉得自己这样就更明白他为什么分神了。但这时她又产生了新的担心。彼尔开始讲话时,她坐在那里,心都要跳到嗓子眼儿里来了,担心他会说错什么话。但当她发觉彼尔遣词造句非常得体时,一阵暖流涌便周身。

彼尔的发言本身并没有吓着她,因为她早就想过,他肯定马上就要离开了。但她还是非常确信,肯定是未婚妻的来信才促使他突然做出离开的决定。说不定是她要求他回哥本哈根的。那个犹太女人完全将他掌握在手心里,也许她不仅漂亮而富有,而且还很会调情,这种女人一般都是这样的。她记起狩猎长夫人有一次曾经暗示过,彼尔肯定是被无辜卷入这段不快乐的关系之中的。

狩猎长夫人表示希望大家用餐开心,接着大家都纷纷起身离开餐桌。彼尔对英格尔礼貌地鞠了一躬,而英格尔对他的举动却毫无反应。然后她完全一反常态,转身伸出胳膊搂着父亲的脖子亲吻了他一下。大家都酒足饭饱,谁也没有注意到这非同寻常的撒娇举动。英格尔的父亲则温柔地抚着她的头发说:"上帝保佑你,我的小英格尔。"只有彼尔感到自己的心跳伤心地停了几秒钟。他从来没有想过自己的爱会得到回应,但这一小小的举动却唤醒了他心中的疑问,一时间,天堂和地狱的大门都向他打开了。

花园里已经准备好了咖啡,但很快随后发生的事却让牧师一家匆匆离开了庄园。狩猎长命人又拿出干邑白兰地和力娇酒,但牧师却觉得很惭愧，觉得自己已经喝得超过了限量，于是就拒绝了他，但狩猎长还是给他斟满，把酒杯悄悄地塞进他手中。

过了不久，牧师就看见狩猎长的杯子又空了，他还满意地咯咯笑着。其实狩猎长自己晕晕乎乎还没有意识到，谈话期间是他自己又喝干了另一杯酒。他非常高兴，一直哧哧笑个不停，他那双没了神的眼睛还在桌子另一边费劲地寻找着彼尔，想为自己的胜利找个见证人。但是彼尔对于身边发生的事既没看见也没听到。

牧师一家下令准备好马车，而狩猎长夫人对丈夫也信不过，她知道接下来会发生怎样的结局，于是也就不再挽留他们。对于这样的行为，牧师是非常痛恨的。如果说他仍能装作什么事情都没有发生过的样子，那也是因为，他对狩猎长的道德缺陷不想予以理睬。他之所以这样做，部分原因是考虑到狩猎长夫人，还有部分原因是因为，他作为一个讲求实际的人，不可能不在乎自己说过的话对狩猎长所产生的影响，以及自己在地区的地位问题。对于狩猎长一家来说，他的话就像是在传达上帝的旨意。

仆人来通知牧师家的马车已经停在门口了。女士们已经先上了车。英格尔喝咖啡的时候就没有露面，她找了个借口说要找四瓣的三叶草而待在花园里别的地方，但其实是不想和大家待在一处。她看起来急不可耐地想回家去。虽然她上车的时候，彼尔搀扶了她，可她却看都没看他一眼，告别的时候也没有把自己的手伸给他，反而是她的父母，尤其是父亲告别时显得情深意重。马车出发时，狩猎长站在最高一级台阶上，两条长腿平稳着重心。他欢乐地挥舞着手绢，流露出极度满足的笑容，因为他以为自己看到牧师摇摇晃晃的身影了。

彼尔退回房间。他因为思绪的波动而头脑晕眩，一进屋就立即坐了下来。房间里已经黑了，只有血红的晚霞透过栗子树枝叶在天花板和墙壁上洒下斑斑余晖。

他头枕着双手，躺在桌旁的一张大扶手椅上。他的内心比记忆中任何时候都要混乱。一开始他试着想象是自己弄错了，整件事情都不过是他可怜的幻想。但他静不下来。一想到英格尔可能也爱着他，他就快要疯了。

这就好像是当他即将被永恒的黑暗包围时,突然瞥见一抹天堂的光辉。

他用双手按着眼睛,拼命地控制自己不哭出来。是的,惩罚的时刻到了,上帝的审判到来了。他将像该隐一样孤身一人在荒地里流浪——地狱才是他的归属。但他并没有什么好抱怨的。他很有远见,早就把灵魂卖给了世俗的幸福。以前他一直赖以生存的和幸运之神缔结的协议,其实也是和魔鬼,和撒旦缔结的。魔鬼在协议的当初就已经真诚地提醒过他了。金钱、荣誉还有世俗之乐——魔鬼把世间一切的荣耀都洒在他脚下了。他需要做的只是捡起来,抓紧。他双手捂着脑袋跳了起来。不,不!上帝不能如此无情。他的罪恶难道真的已经那么深重了吗?

他知道自己有罪,他也做好了准备要赎罪。他怀着冷酷的想法出卖了心灵的平静和信任,出卖了母亲的爱,父亲的祝福,出卖了回到灵魂故乡的权利。他把所有与自己的国家、人民和家人一致的精神追求都献上了血迹斑斑的虚荣与贪婪的祭坛上。这还不是全部!在疯狂地追求幻觉的过程中,他还给其他人的生活蒙上了阴影,让父母遭受磨难,让兄弟姐妹担心,让朋友和赞助人感到失望和羞耻。而且,他还背叛了雅各贝。

他再也经受不住良心上致命的骇人的打击,他倒在窗边,用手掩藏着满脸的泪水。哦,上帝啊,我这一切都是活该,所有的一切,全部都是活该!

这天黄昏到夜间,彼尔同过去彻底决裂了。他整夜未眠,回顾自己的人生,他越来越感觉罪恶。罪孽的觉悟让他产生了这天早上都还未曾有过的谦卑感。这种谦卑让他终于祈祷起来。天快亮时,他才感受到一丝平静。仆人送茶进来时,他还在熟睡之中。

醒来之后他首先想到的就是雅各贝和现在必须给她写的信。这天夜里他已经想明白了,现在必须做的就是中断他们的关系,因为这样的关系给他们两个人都只会带来悲伤和痛苦。其实也没有必要做出长篇解释。雅各贝在上一封信中已经明确表示出,她已做好了分手的准备,甚至是想要分手了。

他一穿好衣服,立即就在桌旁坐下拿出了纸笔。要将自己的忏悔呈现于纸上对他来说并不是那么轻松。他还无法详细解释自己和上帝的关系，因为这种关系对他来说仍然是全新的，他必须保留这种神圣感。他用了一些司空见惯的说法来让自己满足，说他们的观点缺乏一致性，缺少了这些，任何幸福的结合都不可能维持长久，同时他还请雅各贝相信，他挣扎了很久，是怀着无比沉重的心情来切断这份一直以来都非常珍视的关系的。为了让雅各贝免受不必要的伤害，他的措辞语气都极其小心，并把导致他们错误结合的责任都归咎于自身。

信寄出去之后，他和狩猎长夫人在花园凉亭里一直坐到下午很晚。夫人正忙着做刺绣活儿，她把一束纱线交给彼尔拿着。谈了一些无关紧要的小事之后，彼尔觉得应该向她坦白，于是就明白告诉夫人自己已经解除了婚约。

她祝他一切顺利，并说这正是她所希望的。"您现在打算做什么呢？"她顿了一会儿说道，"您可是放弃了一大笔财富啊，是不是？"彼尔回答说这种情况自然会从很多方面对他造成影响，肯定会发生很多改变。首先，他已决定放弃美国之行，至少暂时要放弃了。"放弃才是对的。"狩猎长夫人说道，"我一直觉得那不是什么好主意。您去年已经旅行足够多了。您知道我有什么建议吗？您曾对我丈夫提过要在本地实施一项新的排水系统……重新调整河流的流向之类的。就我所知，我丈夫对您的想法很着迷，要实现起来也并不是不可能。这样的话，您有没有兴趣着手开始这项工作呢，您还可以继续住在这里，直到您找到更适合更好的事情为止。您也喜欢这里，如果您能留下，这里的朋友也都会很高兴的。"

彼尔眼中闪烁着光芒看了她一眼。他明白她的话也是在暗示英格尔对他的感情。她是英格尔的知心好友，如果她知道英格尔不想在这里见到他的话，她是不会提出这种建议的。"如果您允许的话，"狩猎长夫人继续说道，"我将就这个工程同我丈夫谈谈。我想在各方利益未达成一致之前，您最好先不要参与进来。这之前，您可以先去旅行。正如我说的一样，我希望一切都能如愿发展，那样我们很快就能在这里再见到您了。"彼尔决定第二天一早就走。但他还不想马上回哥本哈根，他想到出生地走一趟,到父母坟前专心思考一番,也向自己确认,他的此次信仰皈依是严肃而真诚的。同时,他还对心头困扰了一段时间的另一个问题也做出了决定。想到自己直到现在还没有参加考试,这已经成了他的一个负担。他意识到没有专业学位,他将很难获得可靠和安稳的职位,而有了安稳的工作,他才能静心从事自己的发明创造。尤其是现在这种情况,他已经不能再沐浴在萨洛蒙百万财产所带来的光芒之中了,那就更不能失去考试所能带给他的有利条件。

为了尽可能地弥补从前的疏忽,他决定参加测量员考试,或者说得更具体些,他已经在工学院学习过一段时间,这为他取得特许测量员的资格已经做好了一般的准备。他估计自己需要半年的时间全力以赴准备考试。至于如何解决生活费的问题,他想可以找哈斯莱杰律师或是其他对他的计划感兴趣的商人借贷或是预支一些。这天下午,他独自一人在外面走了很久,想和这片土地告别。连日来天气都十分闷热,大家都在期待大雨的降临。天空中阴云密布,落日在西北方的乌云背后烧得通红,就像是烛台上的蜡烛从烟雾背后冒出了火苗。

他站在一座小山丘上,从这里能看见波斯特拉普教堂和牧师的花园,这时几滴雨点吓了他一跳。几滴又大又沉的雨点突然之间噼噼啪啪地砸在他的帽顶上,他抬头去看,一声惊雷炸响,一道蓝色的闪电撕裂云层,脚下的大地似乎都震颤了起来。片刻之后,倾盆大雨似出闸的洪水般倾泻而下。想跑出暴雨已经不可能了,这里距离卡斯霍尔姆很远。于是他跑到草地中央半开着门,供人们割晒干草时使用的仓房躲雨,雨水追着他跑过一片田地,刚躲进谷仓,耳畔又响起一声霹雳。

看来到这里来躲雨的并不只他一个人。在这间黑乎乎的棚屋里,他看见一个瘦高个子的男人,这人穿着灰色的长罩袍,头上戴着一顶老式的宽檐高顶帽。是费亚尔特林牧师。彼尔吃惊地和他打了声招呼,接着他们谈了几句天气。牧师显然没料到会碰到人,整个期间,他一直半侧着身子站着,手还摩挲着下巴,没刮胡子的人难为情时总会有这样的动作。彼尔的眼睛渐渐适应了黑暗,他发现牧师的脸颊和下巴上几乎满是胡楂,全身上下都很不整洁。尤其让彼尔感到惊讶的是，从牧师帽子的下部边缘可以看见，他头上包着一条黑色的丝质手绢。

西边天空中又滑过一道闪电，云层又被照成了墨蓝色，紧接着轰隆的雷声让大地再次震颤起来。

"雷电落在波斯特拉普了。"彼尔有些担心地说。

"看来您对本地挺熟悉了啊。"牧师说。

"我在这里只待了几个星期的时间。"

"我没认错吧，昨天我是不是在教堂见到您了？"

彼尔自我介绍了一番，称自己是来卡斯霍尔姆庄园狩猎长家做客的。

"这我已经听说了。您是位工程师，对吗？"彼尔确认了这一点。

"是啊，"牧师接着说道，"现在我们正生活在工程师的时代里，换句话说，工程师就是'改变千年的艺术家'。真是令人吃惊啊，铁路和轮船已经将我们的星球变得微不足道了。国家之间的距离一天天在缩短，最后有可能还会消失。"

"有这个可能。"

"通过机器，我们也许还可以成功地到达月亮和其他星星上去。从物理学上来说，这并不是不可能实现的，那时我们对宇宙可能就像对裤子口袋里有什么东西一样一清二楚。但是即便如此，我们还是无法改变鼻子和嘴巴之间的距离。"牧师顿了一会儿接着说。

彼尔忍不住笑了起来。他觉得有些同情牧师了，因为他说话的方式似乎有点儿疯狂。他们又谈了一会儿天气，谈到天气的突然变化，谈到气压表等的事情。后来话题都谈完了，雨还是没有停，牧师于是又谈起技术在当代的霸主地位。

"曾经有计划提出要在本教区修筑一条铁路。在我们有生之年，我们说不定还能看见每家每户门前都修上两条铁路的。就我所知，那个计划还没有搁置。"

彼尔笼统地回答说交通的发展对现在来说是必不可少的。律师思忖着，然后还是侧着身子看外面的雨。

"必不可少。"他说着露出一个奇异的淡淡的笑容,"好吧,在我们这个时代,又有什么不是必不可少的呢?医生、工程师、教师还有军人——他们都有自己的主张。我真是希望,我们不会像某些中风病人一样因充血过多而死掉。"

"啊,我们丹麦人目前还不会面临这样的危险。我们现在还没有补上我们在1864年战争中所失去的东西呢。"

"弥补。"牧师慢慢地重复了一遍,他面无表情地看着外面,眼神闪闪发亮,就像是西天云层中一直闪耀的闪电光芒的映射。"我认为恰恰相反,我们仍然需要那些苦难岁月中的精神力量,来支持我们,来发出号召。当时确实是这样一个时刻,我们几乎都明白了,除了上帝的恩赐之外,没有什么东西是必不可少的。"

彼尔有些尴尬引用一句旧时谚语来回答:"上帝帮助自助之人。"

但牧师又摇了摇头:"上帝的帮助——其实并没有帮助。"

"那么我们当时是怎么渡过难关的呢?"

"谁说那是上帝的帮助了?如果你要按照这样的理由来推断,那这个国家从那以后发生的事情都可以说成是魔鬼的帮助了。"

彼尔觉得和这个半疯的人讨论下去实在没有任何意义。但牧师对时代的评价中有些话打动了他,他于是想要加以证明。

"在那些苦难的岁月,"他说道,"对上帝的敬畏确实支持了丹麦人民,弱者变成了英雄(说到这里他又动情地想到了母亲),而这种敬畏在和平时代也没有消失,更加激励了国家的复兴,首都以外的很多地方都可以看到证明。"

但牧师径直打断了他,他说"对上帝的敬畏"对于今天的基督徒来说已经不再适用了,他们带着恩人般的表情,像对待同伴一样拉着上帝的手,当感觉严肃时,又像孩子一般将上帝拥入怀中。这些话明显是在暗示布洛姆贝格牧师,他嘲弄着那种"我们快活的老太婆的基督教"就要成为这个国家的国教了,它那种婴儿呀呀学语似的抒情诗般的论调真的很适合丹麦人,因为丹麦人民在宗教上追求的仍然还是田园诗般的闲适,用诗意的语言来替代信仰的激情。

"您提到战争岁月,虽然您可能会时不时地想起那些,或许会微微叹息一声想起那些艰苦的岁月,想起数不清的没有血色的脸庞,但不管怎么说,您都太年轻了,根本记不清当时的情况。如果您真的经历过那个年代——真正地见识过信仰的勇气,献身的精神,自愿无私的牺牲,见识过原本冷漠的心灵中所激发出的对毁灭的恐惧……那么您才可能明白或是能推测出这个国家的精神原本可能会发展成什么样子,您可能会感到遗憾,那种面临民族灭亡时所具有的精神,我们为什么就不能保留至今呢。现在我们必须等待,等待上帝以他的慈悲消灭整个日耳曼民族,我敢说,我们现在就已经在渐渐消失了。因为民族精神就和人类的灵魂一样,只有死亡之后才能得到解放。曾经希腊人的精神就被当作上帝的旨意,然后我们又把犹太人的牧羊智慧当作上帝的赐福。我敢说,总有一天,北欧—日耳曼民族的路德派野蛮精神也将上升为永恒的宗教。"

彼尔似乎非常震惊,牧师注意到了这一点,于是就突然打住了话头——好像是有点儿担心和烦恼自己不能自制地说了这么一大通。因此他突然结束了话题。虽然外面雨下得仍然很大,但他草草告别,匆匆离开了。

晚饭时,彼尔仍在想着碰到费亚尔特林牧师的事,于是他就问了更多有关牧师的情况。其中他最想知道的就是,他帽子下面的脑袋上包着的那圈奇怪的手帕到底是什么意思。

"他经常头疼得厉害。"狩猎长夫人解释道,"他觉得自己脑袋里长了肿瘤。无论在哪方面,他都是个很可怜的人。"

 第二十二章

雅各贝把自己锁在房里,她坐在小写字台边,手托着脑袋,看着窗外花园里的树梢在风中摇摆。她的眼睛瞪得又大又亮,呼吸声重重的。她面前的桌子上放着彼尔的信,早上她刚从邮差手里收到。

她不明白最让她反感的是什么,是他为了找到体贴的措辞而明显做出的努力呢,还是他为了对自己和她掩饰那在所难免的分手的实际理由的那份虚伪呢。一直到最后,他都缺乏看清眼前真相的能力和勇气!如果他能够完全真诚地坦白自己已经爱上了别人,那她还有什么不能原谅的呢。但是他做不到!他地精的本性已经彻底地毒害了他的血液。他无法克服对光芒的恐惧。这是典型的希德纽斯人的性格,他们都习惯于隐藏自己的情感。就像曾经他用设想中的国家未来的重大意义来掩饰自己的自私自利,现在他又用宗教做幌子来掩盖自己的懦弱和可怜的乡愁。

很好!她双手抱着头站了起来。为什么还要想这些东西来折磨自己呢?她的思想现在可以放他走了,她再也不用和他灵魂徘徊的昏暗世界扯上什么关系了。她自由了。她心灵的迷路状态结束了。她可怜的、令人耗尽精力的爱情童话就要结束了。现在只剩下向父母讲明情况,然后就可以离开这里了。大地正在她脚下燃烧。彼尔肯定还要回哥本哈根来处理自己的事情,她可不想再冒着风险和他在街头撞见。另外,她身体的状况也很难再掩盖了。她估计母亲已经开始疑心了,无论发生什么,她都不能做任何解释——至少现在不能。因此,她要离开,明天就走。一切都已准备停当,所以没有理由再耽搁了。

接着她想起自己不止是要和母亲谈谈,还有现在正和弟弟妹妹们在洗澡的罗萨莉亚,还有早早就进城的父亲和伊万。

楼下的客厅里,她母亲正坐在缝纫机旁,正忙着给一大堆床单缝边。"您总是在忙,亲爱的妈妈。"雅各贝说着吻了吻母亲的额头,"您不是忙着算账,就是在操持别的事情。"她的话很快让母亲起了疑心。不过莉亚夫人没让她察觉出来,只是拍拍她的脸颊说:"是啊,亲爱的女儿,工作就是我们这代人振奋精神的方法啊。说真的,我觉得没有比这更有效的方法了。"说着她转动机轮,缝纫机又咔嗒咔嗒动了起来。去年一年,莉亚夫人明显老了很多,现在她干活都要戴眼镜了。

雅各贝来回走了一圈,看了看报纸又放下,然后坐在母亲身边的一张扶手椅上。

"妈妈,"她说道,"先前我跟您说过,我想再去布雷斯劳拜访丽贝卡。现在我决定还是要去。但是我今午的钱已经提早用完了。您能让爸爸提前再给我一些吗?"

"当然可以了。"她母亲稍稍有些迟疑地答道,"你准备什么时候动身?"

"越快越好。也许明天。"

她母亲停下机器,径直看着她:"你要一个人去吗?"

"是的。"

"那结婚的事怎么办？"

雅各贝俯下身子，她不能看到母亲那擦得光亮的镜片背后那双又大又黑的眼睛："好吧，"雅各贝一边说一边紧张地把手掌合拢又张开，"我还是现在就说吧，我的婚约取消了。"一阵长久的沉默。

"这就是近来总不和大家亲近的原因吗？"

"我是这样的吗？您一定要原谅我。"

她母亲站起身走到雅各贝身边，用双手捧着她的头抬起来，好让她们看着彼此的眼睛。

"你是不是还有别的什么事瞒着我们的，亲爱的。"她问。

"您没有权利问这些的。"雅各贝说着眼眶涌出泪水，"每个人都要对自己的心事保持沉默的理由。是您自己教我这样做的。"

她母亲无所适从地继续站了一会儿。接着她抽回手转身走到房间的另外一头，一边开始清理桌子一边问："你需要多少钱？"就好像如果继续坐着她就无法平静一样。雅各贝说了一个大数目。她母亲又一次抬起头，"你是准备离开很长一段时间吗？"

"是的，您能理解的，妈妈，发生了这些事之后，再待在这里我会很不舒服的。取消婚约总是会引来许多流言蜚语。我非常抱歉给您和爸爸带来这么多不开心的事。你们一定要再原谅我一次。"

"我们对你的这桩婚事从来都没有开心过。但尽管如此，现在也似乎……"她母亲说着看到女儿脸上露出不耐烦的表情，于是就没有继续说下去了。她们接下来只谈论着旅途和准备的实际问题。

雅各贝一上楼回到自己的房间，就立刻把东西摆出来装箱，不准备带的东西就放在一起收起来。大部分准备工作之前就已经做好了。有一段时间，她一直在悄悄地准备再一次离开旅行，这也有可能是最后一次了。她已经把朋友们的来信都分门别类整理好，包起来封好，然后再在外面写上寄信人的名字，这样就算她没有回来也不会落入错误的人手中。彼尔的来信她也是一样处理的。当她在纸包上写下"希德纽斯"的名字时，虽然心里一阵伤心却还是微笑了。她已经再也不需要使用这个野蛮的姓氏了！

晚餐前父亲在房门紧闭的图书馆里等她，叫她下楼来。他温柔地吻着她的额头，然后立即谈起她的财政状况，对彼尔的事只字未提。

"你想要多少钱？"他一边问一边拿出支票簿。

雅各贝说了一个数字，那笔数目比她告诉母亲的要少很多。她没有勇气再面对要去多久的提问了。父亲什么也没说就开了一个数目，只不过他自动给翻了倍："明天我把信用证给你拿来。"晚餐时，雅各贝尽最大努力让自己表现得很活跃，事实上，她现在也确实比最近一段时间要开心得多。之前压在她心上的对于恋情无法确定的压抑的云雾正在消散。如果她能摆脱自己就要死了的想法，那她此刻就会感到更加幸福了。

死亡的预感现在已经占据了她的思想。就像在发高烧一样，她的身体不停地感到阵阵寒意。她不想对母亲透露秘密，免得让她担心。她希望自己的活跃能够消除一切疑惑。她的父亲和母亲看上去都相当平静，但是伊万却几乎伤透了心。平时每吃一口饭都要说上二十件事的他整个晚饭期间一个字都没说。饭后他到图书馆去见父亲，父亲正在写着什么。

"打扰到您了吗？"

"没有，你来的正是时候，我正要去派人去找你呢。你有什么心事吗？"

"或许和您想的一样。我收到了希德纽斯的信，只有几行字，说的是您的财政资助的事。他要我转告您，他当然会还您的钱。他只是希望您能宽限些时间。"

菲利普·萨洛蒙什么也没说。他不想提到彼尔的名字。

"我找你是为别的事。"他说着拿起刚才一直在写的条子。"帮我个忙，尽快把这个送到城里去。留心尽快把它印出来。你看到了，这是给我们社交圈子的通知——你在路上可以估计一下需要印多少份。但是务必要及时印好，最迟明天就要随晚间邮件寄出去。"

字头内容如下：菲利普·萨洛蒙偕夫人发表声明，他们的女儿雅各贝和工程师彼尔·希德纽斯先生的婚约取消。

消息传遍萨洛蒙家巨大的朋友圈的这个下午,彼尔回到了那广袤且宁静草原上的故乡。这里谁也没有认出他来,而他也无意探访旧时的朋友们,他独自一人带着回忆在那里待了一天一夜。上一次父亲葬礼时他回到小镇,这个外省小镇缺乏个性,弯弯曲曲的街道和寒酸的店铺让他觉得可笑,也激起了他的怜悯,现在他却没有这样的感觉了。随着童年时代的记忆一点一点浮现在眼前,滋润并影响了他的感情,他同小镇有了一种类似宗教般的关系。从柏林到提洛尔,从罗马到哥本哈根,他的灵魂朝圣般来到这个地球角落里的小镇,他的命运之线在此交汇,然后又消失在永恒之中。对他来说,这个坐落在山脚草原上的小镇成了世界的开端和终点,穿过这里的道路就能达到万物的起源。晚上,他从教堂墓地里回来,坐在旅馆咖啡店里吃三明治,侍者给他拿上来几份报纸,其中有一份是当地的报纸,小时候他就记得这份报纸的名字和特点了,因此他最先拿起它。

报纸的头版有一个长长的名叫"首都来信"的栏目,报道了哥本哈根新近发生的各种事件。里面有宫廷和剧场新闻,也有趣伏里公园和马戏团的逸事,他在其中找到一篇发生在上流社会的"轰动一时的自杀案"的详尽报道。说是一位很有前途的年轻人,前骑兵中尉非常浪漫地结束了自己的生命。报道称,这位年轻人爱上了一位新近结婚的少妇,这名少妇出身优渥的犹太贵族家庭,他以为这位少妇也爱上了自己。随后,当他的希望破碎的时候,他直接回到家,用子弹射穿了自己的脑袋。彼尔的脸变得红一阵白一阵。虽然报道中没有提到名字,他自己也没有听说艾弗森中尉去世的消息,读到这篇报道,他还是确信故事跟他和南妮有关……南妮啊,她那裸露的膀子几周之前还缠在自己的脖子上呢。他把文章读到最后,感觉就像有一条毒蛇正爬在自己的背上一样。整件血腥的惨案描绘得栩栩如生。这位尽责的记者丝毫没有向读者隐瞒这样的一幅画面:尸体是如何在血淋淋的地板上被发现的,尸体是从沙发上面滚落下来的,溅满脑浆的桌布……就连死者身后留下的遗书的内容也巧妙地点了出来,整篇文章在不违反法律规定侵犯隐私权的同时,也满足了公众的好奇心。

彼尔上楼回了自己的房间,他在屋内来回踱步,一时之间还难以从震惊之中恢复。一想到他就头晕目眩，他自己不是也差一点儿就被纠缠进那个可怕的女人的情网之中了吗，为兜售丑闻的记者提供素材的也有可能是他啊，要不是他……要不是……想到这里，他突然停下脚步。这个念头好像打开了他灵魂深处的窗户，光芒流泄了进来，把他过去那些几乎快遗忘了的黑暗往事都驱赶了出来。他看见很久之前的一个夜晚，当时他从恩格尔哈特夫人的床上逃走了，一想到那个荡妇给他的快乐，他就一阵恶心。他又记起更早时候少年时代的另外一幕，当时他被雪橇女伴，里萨格家的黑眼睛姑娘所诱惑，在关键时刻，他对那缺乏教养的姑娘的无耻言语和举止感到羞耻，因此得以摆脱。他还想起许多其他的时刻，每次当他即将自我毁灭的时候，要不是他灵魂中对罪恶发自本能的恐惧，要不是通过父母——最重要的是通过父亲家族一代一代的牧师遗传下来的精神财富——与那挽救生命的力量，与他在年轻时代曾傲慢蔑视过的力量悄悄定下契约的话，事情会发展成什么样？

这希德纽斯人的遗产曾被他称作人生的诅咒，但实际上却是自己的护身符，是他不知不觉戴在身上的神圣印记，他应该感谢，正是由于它们，事情才没有沦落到更糟的境地。那种解脱的力量，那种灵魂深处产生的自我保护的本能，完全和任何宗教都没有关系——但这些如果不是上帝的声音，不是《圣经》中的圣灵，不是基督教中的守护天使，那又是什么呢？正是这些力量在无形之中守护着他，让他双脚不致绊倒，让他平安穿越一切歧途。

他坐在床边，眺望着窗外寂静无人的小巷。他住的房间很高，能够看到一大片红色的屋顶和白色的烟囱，在它们之后，夕阳正在西沉。他好像是第一次彻底明白了自己，也明白了这些日子以来自己身上所发生的事情。当然，在卡斯霍尔姆的时候，他就已经意识到了自己内心对基督教的信仰，但当时只不过是因为良心上受到了惊吓，并不是因为心灵和思想上都得到了信仰的实证。而在这里，他才第一次感到心里产生了信仰，就像一道光芒刺破了阴暗情绪的迷雾。他坐在那里，一只手撑着下巴，看着窗外傍晚金红色的天空，他的心里感到奇妙无比，长久以来一直在孕育的

"新人"现在终于诞生了。

第二天很早,他又去了墓地。他坐在父母墓地四周环绕的树篱旁的长椅上。这是一个晴朗美好又安静的八月清晨,墓地里只有他一个人。围墙环绕的整个墓地中,既看不见也听不见其余还有任何人的动静。空中到处都是闪烁着微光的蜘蛛网,树篱和灌木丛都覆盖着银色的蛛丝,每一片盛开的花瓣和草叶上都滚动着沉甸甸的金色的露珠。头顶高耸的古老的白杨树叶片发出轻柔的沙沙声,这些树木形成了一条宽阔的道路穿过墓园,但在下面的墓地上,一片草叶都没有飘动。这寂静如此深沉,这寂静铺展开来就像是永恒本身。

超过一个小时的时间里,他有幸没有受到任何打扰,完全沉浸在喜悦而又庄严的情绪之中,内心产生了一种陌生而又奇妙的宁静安和的感觉。就连对英格尔的思念都抛到了脑后。相反,他想到了雅各贝。现在他已经找到了救赎的方法,他应该想想那些仍然无法从痛苦中解脱的人们。对雅各贝来说,这样的希望很小。她属于遗弃且不愿承认生活的重要准则的人,但对误入歧途的丹麦年轻人来说,时机马上就要到了,他们很快也会体会到此刻涌遍他全身的灼热而又轻快的情绪。他记起保尔·伯格那本伟大的忏悔录中一段预言般的话:

夜晚和黑暗都已经消失了。上帝的白昼复又降临了,为所有渴求得到的人带来了宁静与幸福。就像一群野鸭长途飞越不毛的山岭看到远处的大海会伸长脖子,就像精疲力竭的士兵在烈日暴晒之下和尘土飞扬的大路上行军一日会跳进小溪痛饮一样——所以啊,你们这些人类,也应该来到上帝永不枯竭的仁爱之泉边解除你们的饥渴。

雅各贝和未婚夫分手的消息在家中庞大的朋友和熟人圈子里引起了巨大的轰动。就连证券交易所里也对这件事议论纷纷。通过与萨洛蒙家的关系,彼尔又一次成功地成为了哥本哈根众说纷纭的人物。南妮这时早已从艾弗森中尉自杀的恐惧中恢复了,她忙着到处奔走打听消息。很快她就弄清了事情原委,满心欢喜地到处说,是雅各贝这可怜的人儿遭到了无耻的背叛。她穿着一条圣洁的夏装裙子,两条长长的薄纱袖子洁白无瑕,头上戴着天使翅膀般的帽子,穿梭在朋友和熟人家中,悄悄告诉他们一个千万不可再传的秘密:她姐姐的未婚夫——那个恶棍——没有去美国,而是和一个乡下姑娘坠入了爱河。想想看吧!一个平凡的乳厂女工啊!她双眼望着天空,朗诵着:

> 他在西米汤的碗底,
> 抛掉悲哀,找到了安慰。

在那些间接打听到传闻的人里面也有别列戈拉夫上校。这位老战士几乎已经下定决心,在将来那项伟大的工程的斗争中,他决定要支持彼尔,如有必要,他还将支持他反对哥本哈根自由港计划。但是,随着日子渐渐过去,他没得到彼尔的任何消息,于是又开始惊慌起来。正当斗争极度需要他的出现时,彼尔自己却消失了,这种愚蠢的行为让上校气愤不已。一开始,他还以为这是彼尔年轻傲慢的又一次表现。但慢慢的,他开始意识到肯定发生了非常严重的事情,当听说婚约取消的事之后,他就更加沮丧了。

与此同时,雅各贝悄然离开了。在彼尔到达哥本哈根之前,她就已经坐上了到柏林的列车。在乡间别墅渡过了一段漫长的监狱般的生活之后,就连坐火车的疲劳也让她感觉到解脱。夜里,当她乘坐马车从希太金车站奔赴中央旅馆之时,心里感到一阵愉悦,这个大都市就像是喧闹的海浪一样将她包裹在其中。弗雷德里奇大街魔幻的电灯光下的人群,排成长龙的马车,马蹄踩在柏油路面囊囊作响的声音,灯火通明的商店大楼,从她头顶穿过的都会铁道上电车驶过发出的咔嗒声,最后还有那座宏伟的旅馆,人群就像蜂巢里的蜜蜂一样进进出出,台阶和走廊上能听到世界各国的语言,所有这一切都让她饱受折磨的内心里对生活充满了急切的渴望。她感觉就像是回到了自己的家里。这里汹涌而光艳的人潮让她感觉安全。她当然知道在那浓重的黑暗背后隐藏着多少罪恶,也知道每天有多少可怜人在人海中翻了船被压倒在地埋进城市的淤泥里。她了解在这世界之都里有很多绝望的穷人，他们脸色苍白，眼神空洞，跟他们相比，小镇上和乡村中那些面色红润的穷人看起来都像是富裕人口了。但即便如此，即便是那些无家可归，精疲力尽的城市乞丐的生活，在她看来，也比农民那种鼹鼠般安稳的生活要富足百倍。而且她也非常能够理解，就算又饿又惨，他们也要坚持在人行道上，直到死亡将他们冲走。这样一个巨大的城市拥有像大海般的魔力，在为生存而进行的残酷斗争中，在它汹涌的搅拌中，在它永无止息的摇晃中，它汹涌的浪涛就像神话一样吸引人，直至最终的毁灭来临之前，总有新的无限的可能性在诱惑着人们。

这时，雅各贝的思绪一如往常回到了即将生下的孩子身上。她希望这个孩子会像她的北欧祖辈一样，而不要像那些鼹鼠一样的人，不要像个奴隶一样被禁锢在自己故乡的土地上，对于那些人来说，只要看不见妈妈烟囱里冒出的烟，他们就会觉得再也没有幸福了，世界到此为止了。这个孩子应该成为大海的子孙，带着北欧海盗的天性，内心里充满了痛苦和战斗所带来的喜悦，本能中渴望去流浪，永远不会停歇，却又有坚定的理想，正是她犹太血脉的这种永不满足的精神使得族人中的许多男人和女人成为了人类的领导者。

她越来越坚信，终极的智慧就是，只有斗争才能取得幸福——如果没有其他理由的话，那就是说，只有斗争才能让人忘记所有一切。对待生活应该就像对待战争。在战场上，总有随行人员会腹痛，也只有从那些抢劫者苍白的面孔上才能看到对战争的恐惧。而那些身处刀剑之中，置身动乱之中的人从不会觉得危险——他们也不害怕流血。

 第二十三章

一到达哥本哈根,彼尔立即开始寻找住处和解决金钱问题,以便能静下心来开始工作。他打算从哈斯莱杰律师那里先借一千四百至一千五百克朗,这样就能保证至少一年的用度。虽然现在他对这类人的剥削手段和整个生活方式都比以前更加鄙视,但还是不得不依赖他们的帮助,这让他心里很痛苦,但一时之间也没有更好的解决方法了。

他考虑以他终于取得的风力和海浪发动机两项专利权来作为担保,这两项专利权一个是在丹麦取得的,另一个是从国外取得的。确实,这两项专利权到目前为止还没有人购买,他也无意假装自己觉得这两项发明有多么重大的价值。他觉得自己的发明才只完成了一半。但他想哈斯莱杰是个非常狡猾的商人,对他发明的意义也有一定的了解,如果他肯提前给予支持的话,是可以收回成本的。律师礼貌地接待了他,但他头一天刚刚得知彼

尔婚约取消的消息，因此态度显得相当冷淡。他们就彼尔的计划和期望谈了一会儿，特别是当他们考虑到他的设计应该怎样进展的时候，彼尔觉得应该坦白讲明来意了。于是他终于提出了借款的问题，律师的态度却有所保留。他以丹麦人所特有的最圆滑可亲的方式表示自己很遗憾，无法为他提供帮助。他坦白自己原则上从不放贷，因为那样没有银行的安全保障。每个律师都应该严格遵守这样的交易准则，这样才不会被怀疑是不是在从事一些见不得光的金钱交易。

彼尔于是问他是否知道别的地方还有哪里可以借到钱，哪些人想做生意而又不会受到这类考虑的限制。哈斯莱杰先生想了一会儿，凭着他对这个圈子的深入了解，回答说肯定有。这个身材高大，满头金发，面色红润的丹麦人在模仿马科斯·本哈特大胆蛮勇的投机行为方面虽然并不是没有获得过成功，但他并不像那个面无血色的犹太人一样面对目标具有无所畏惧的胆量，因此总是把对受害者施与致命一击的任务转交给别人去做。这一次，他对彼尔提到了诺里哈维先生，而彼尔也想到了这个人。于是第二天，彼尔就前去拜访了这位打扮成农民模样的大投机商，他住在弗雷德里克斯堡的一幢设施齐全与他的身份很相称的别墅里。

这个大腹便便的日德兰人也已听说了彼尔婚约取消的传闻，但他不愿相信，因此就以最真诚的微笑和温暖汗湿的握手迎接了彼尔。但彼尔才说了几句话，这个农民就一言不发了，他那双眼白过多的猪一般的眼睛忙着打量彼尔戴戒指的手指。彼尔说得越多，这个肥胖的农民在他镀金的扶手椅上就伸展得越开。最后，他把两手抱在胸前，断然声称不想和这件事有任何瓜葛。

彼尔开始感觉厌烦了。他记得春天的时候，正是这个人和哈斯莱杰一起提议要和他联手的，彼尔这时完全是出于这个情况，才提出这个申请的。可现在呢，这个人丝毫不为所动，只摇着脑袋，用他日德兰乡镇口音重复道："我不想和这件事有任何瓜葛！"

彼尔无法接受这样的回答，于是要求他给出理由。诺里哈维先生则以乡下人的直率回答说，他和未来的合伙人都确信，现在"形势"——他最爱用这个词——已经完全发生了变化,因为据他所知,彼尔已不再是菲利普·萨洛蒙未来的女婿。他表示对彼尔与这富商之家的决裂感到很惊讶,甚至很想弄清楚是因为什么原因。彼尔站起身来,看上去就像是想冲着他的嘴巴来上一拳,他说:"明白点儿说吧,您真的决定不借给我钱是吗?"诺里哈维似乎有些不安,彼尔坚定的语气又激起了他心中的畏怯,就像当时彼尔在马科斯·本哈特的办公室的表现让他感觉到的那样。他粗胖的手臂垂到了两边,两手交叠放在肚子上,两根大拇指转着圈,两只眼白过多的小眼朝上打量着彼尔,一副若有所思的表情。这时,他还在计算掂量抵御这场风险的可能性有多大。最终,经过一番考量给出了回答,声音就像穿着木鞋踩地板一样响亮:"不,我不想和这件事有任何瓜葛!"

几乎不等这句话说完,彼尔就抓起帽子离开了。到了外面,他的心情反而平静了些。他自言自语说自己无权抱怨。是他自己要参加这场围着金牛犊牺牲同类献祭的舞蹈的。现在他不想再玩这个游戏了,野兽就开始抵撞他了,这又有什么可奇怪的呢?但他到底该怎么办呢?他必须弄到钱!他现在只剩下一百克朗现金了。

他走进弗雷德里克斯堡公园,在长椅上坐了很长时间,绞尽脑汁地寻找解决方法。他作为工程师的天赋并没有让他失望,一个小时之后,他站起来往家走的时候,心里已经有计划了。他将去求助列戈拉夫上校,他确实应该去回访他的。但他并不是要问少校借钱,上校将只会成为连接彼尔和国务委员埃里克森之间的中间人。这位著名的赞助人,彼尔曾在萨洛蒙家见过一次,就他所知,这位先生曾经在事业上对其他人提供过支持。正因为他曾在前岳父母家见过这位国务委员,因此他就更不能直接上门求见。另外,为这样的事情向一个陌生人求助,对他来说也确实不简单。

就在这天下午,他坐在上校书房里的一张小小的藤条沙发上,三年前他满怀希望陈述自己的构想时也是坐在同一张沙发上。上校坐在书桌旁的椅子上,身体微微前倾,透过平放在鼻梁上的夹鼻眼镜半是同情半是好奇地打量着他。从外甥戴林那里,他已得知彼尔因为宗教信仰不同而取消了婚约。虽然他——上帝才知道——很明白这样的原因,但他看着彼尔的样子,还是像在看一个因为遭受不幸的打击而失去理智的人。

彼尔一开始就表达了歉意,为自己这么晚才对上校那令人尊敬的探访做出回访,但他因为一些他自己所称的"个人原因",确实需要离开哥本哈根一段时间。上校以体贴的沉默接受了他的歉意。彼尔没有再旁敲侧击,直接讲述了自己的财政困境,以及他所想到的解决方法。他说自己有理由相信,如果能得到上校仁慈的帮助,他就可以获得国务委员埃里克森的支持——自从他知道国务委员早就对他很有好感之后,他就更加确信这一点了。

上校很明白,自己不想和这件事有任何牵连,但他仍然亲切地做出了回应。他答应会考虑这个要求,然后再告诉彼尔具体的答案。他觉得彼尔就像是一个病人,最好还是不要对他说实话。

不可否认,彼尔的表现确实有点儿过于兴奋,他坐在那里,滔滔不绝地说些自己也不明白的话。过去这些日子以来,他的心灵一直在做着痛苦的斗争,现在他为终于战胜了旧日的自我而感到喜悦,这样的感情激励着他想要和谁说说亲密的心里话。还有一个方面他也发生了变化。他变得苍白瘦削,出现了深深的黑眼圈,在卡斯霍尔姆期间,他的头发和胡子都长长了许多。

彼尔走后,上校又静静在椅子上坐了一段时间,他陷入了悲伤的思绪之中。可怜的家伙,他想到,他已走向了不可挽回的境地。诚然,这种境况稍稍满足了他的虚荣心,就像当时他的改革也失败了一样,现在彼尔也一无所获。但考虑到祖国,他又高兴不起来了。之前他曾经对彼尔怀抱着巨大的期望。他曾在彼尔身上看到丹麦人身上所隐藏的复活力量的标志,这种力量最终能帮助丹麦从那些犹太人和其他半日耳曼人手中获得解放,那些人一直想利用丹麦战后的贫困来帮助自己的民族站稳脚跟。这时他又想到了自己的外甥,前段日子,戴林又干了一件出人意料的事。为了获得戴林所在报纸的支持,一家大型股份合资公司推选戴林进了自己的董事会,这样戴林不用动一个手指每年也能有好几千克朗的收入。很快,他将有可能在议会中获得一席之位。那个孩子的好运气让他几乎要怀疑天意是否公正了。那个家伙既没有生意头脑，也毫无信仰，更别提爱国心，但他的权力却一直在增大，地位越来越重要，获得的荣誉也越来越高。然而那些真正被选中的人，那些天生的领导者却被推了下来。不过丹麦的情况总是这样的。丹麦人一代又一代地长大，他们面色红润，眼神明亮，大胆又强壮，然后又一代一代地被打倒、弯下腰来——他们总是被打败，然后送进坟墓。就好像有隐藏的疾病在啃噬这个民族的力量，最优秀的年轻人被浪费，国家被置于外国人的控制之下。

在弗雷德里克斯堡公园之后的小巷子里，彼尔从一位寡居的老太太手中租了一间房子。他选择这个边远的城区不仅是因为离农业大学近，可以去听课，也是为了尽量远离布雷德加德街区，以及其他一些和过去沉重回忆有关的地方。他的房间是个小小的阁楼间，陈设也很简陋，他像往常一样未加任何改善好住起来舒适一些，他只是想着怎样用最快的方式准备好考试，然后他就可以再次离开这里了。

他对上校的话深信不疑，确信资金问题能得到解决。他把离开期间寄存在旅馆的书籍、草图和其他物品都取了回来。他已经想到一些好点子来改进风力和海浪发动机了，这个工作同运河工程相比有一个很大的优势，那就是他可以完全靠自己的力量去完成。庆幸的是，他可以不用依靠马科斯·本哈特或是诺里哈维这类人的帮助。需要时，他还可以有机会到农村展开实际试验。他有可能还要造两台小的发动机模型。

但这些想法都不得不等上一阵子了。他曾就试验的详细计划向一位教授请教，这位教授建议他先用一年到一年半的时间来学习。他本人却决定自己只用一半时间就可以了。这时，他又提出了年轻时所信奉的那句大胆的格言：我一定会做到！

因此他在那间小屋里坐下来，为了生活以及将来的幸福而奋斗。就和从前在纽博德尔时一样，早上他随着工厂的汽笛声起床，一般情况下，当夜幕降临这条寂静的小巷时，他的窗口也是最后点灯的。虽然他的目标还和从前一样高远，但其中已经不再有金光闪闪的浪漫光环。他以前所未有的热情坚持不懈地投入到工作中去，而过去那种频繁造访的突如其来就会击垮他的病痛和沮丧情绪也无法再阻止他。他不指望靠自己的发明换取巨大的物质财富，他甚至根本就不想要这些。如果他得知自己的发明能为人类造福，那样的回报就已经足够了。他个人希望从这个工作中获得的全部回报就是，他能通过自己的工作获得平静、幸福而有益的生活，这种生活要同他心灵的追求和谐一致。

事实上，他还无法预料自己对英格尔的爱情会有什么样的未来。他的思绪经常会飘回波斯特拉普的牧师庄园，但总会被拿剑的小天使拦住。他只能等待，他还不配进天堂。现在他完全意识到了自己犯下的罪恶，因此常常觉得自己没有权利去奢望那样大的幸福。面对一颗那样纯洁无辜的心灵，他只能低下自己的目光，这就是对他的惩罚。他只能隐藏自己的希望，就像窃贼要藏起自己的火光一样，他只能期待自己还能再见见她。离开卡斯霍尔姆庄园时，狩猎长夫人曾问他想不想和他们一起过圣诞节，当时夫人的脸上还露出一个非常喜悦的微笑，还说如果能再见到他，牧师庄园里的人也会很开心的。

回到哥本哈根的第一个星期天，他进城去了瓦托夫教堂。这一天风和日丽，他一早就出了门，因为想要一路走过去节省开支。但是走到大街上，发现欢快的人潮都走出家门呼吸新鲜空气来打发休息的时光，他觉得很难为情，于是就乘上了有轨电车。到达朗冈斯特莱德街上的这间小祈祷室时，距离仪式开始还有一刻钟的时间。教堂里已经坐满了人，甚至已经快挤不下了。城里其他的大教堂里，长椅有一半都还空着，但在格伦特维派的这间小教堂里却总是挤得水泄不通。在这里听到这位伟大的教会创始人格伦特维本人的声音已经是很久以前的事了，但他的精神仍然笼罩在这里，人们从全国各地赶来这里，就像赶往上帝在燃烧的灌木丛中再次现身的神圣之地一样。

彼尔费了好大的劲才在墙边找到立足之地。阳光透过另一边墙上的一排窗户照进来，就像神圣的光芒环绕着坐在教堂中间的那些人的头顶。在那些头戴光环的人群中，有一个坐在最前面的人频频回过头往彼尔的方向看,但彼尔却没有注意到。当第二首赞美诗唱起时,他才注意到那视线。他看见那是一对很淡的眸子,浓浓的眉毛皱在一起,他吃惊地认出这是他的姐姐西格妮。她的旁边还坐着双胞胎弟弟。两个弟弟肩并肩坐着,因为他们共看一本赞美诗,两人还没有发现他。

他感觉脸颊烫得发烧,姐姐冲他点头致意,他几乎都没有回应。他根本没有想到会在这里碰到家人,甚至连碰到熟人都没想过。而另一方面,西格妮则完全看不出惊讶。她只是平静地对他点点头,连歌声都没有停止,就好像一个星期日又一个星期日,她一直坐在这里等待他的到来一样。

一返回哥本哈根,彼尔就立即去了加马孔杰维斯街上母亲的旧公寓去找他的家人,但当时谁也没在家,他实际上还感觉如释重负。到现在为止,他也没有再去。他不知道该如何告诉他们自己身上发生的这一切,告诉他们自己已经解除了婚约。

歌声停止,牧师出现在圣坛之上的讲道坛上,但彼尔却没办法再集中精力聆听布道了。这次的教堂之行和第一次在波拉普教堂的那次不愉快的记忆相比,并没有好多少。不管他多努力的集中注意力,但面对这一切总是难以成功。

另外,他的身体也不舒服。近来他一直感觉不太好,隔膜炎的旧病痛又犯了,睡眠也一直不安稳——总是从混乱的噩梦中惊醒。教堂里人太多空气混浊,阳光刺痛了他的双眼,长时间站着感到很疲累,此外还有想到马上要同西格妮和弟弟们见面的紧张,所有这一切让他头脑昏眩。布道之后的祈祷时间中,有一刻他真的觉得自己就要晕过去了。

礼拜结束之后,他在教堂外面见到了姐姐和两个弟弟,这时他感觉更严重了。西格妮立即觉察出他的不对,问他出了什么事。接着他眼前阳光一闪,就晕了过去。当他醒过来时,两个弟弟已经把他扶上了马车。他听见西格妮让车夫开车到家里的公寓去,彼尔没有反对。他虚弱得厉害,觉得自己就要死了。弟弟们一把他放在床上,他就睡了过去。过了些时候,他醒过来,发现自己躺在一间天花板很低,半明半暗的房间里,屋子里只有一扇窗户,百叶窗也拉了下来。过了一会儿他才意识到自己身处何处,他畏怯地环顾四周。那边是母亲的红木桌子，钥匙孔周围镶着象牙片，它们就像睁得很大的惊讶的眼睛盯着他看。还有柳条编的扶手椅，他记得是从父亲去世的那个房间里搬过来的。还有一张长软椅，上面放着母亲非常爱惜的手绣坐垫。在镜子的支架上，还放着一个大大的非洲贝壳，血一般红的内里仿佛能听见大海的歌唱，就像是富于魔力的幽灵般的怒吼。小时候他常常好奇地聆听那声音，也许正是因为它，自己才第一次产生了对遥远奇异的神话世界中壮丽景象的幻想。

  他深深吸了口气，感受到一种解脱般的喜悦感。现在他终于回到家中了！梦中的艰辛流浪结束了。他回到了现实，在母亲大地之上重新找到了自己的位置。通往邻室的房门半开着，他听见家人那远远的谈话的声音。听起来是如此温暖，如此抚慰人心。接着桌上的旧钟响了……三声清脆、优美、洪亮的鸣响。那声音他是多么熟悉啊！就像是他整个童年时代的记忆又从时间尽头苏醒了过来。现在他又想起了小的时候，他总是虔诚地听着，每当钟声响起，在他心里一个小时就逝去了，就像是教堂的钟声预示着一个灵魂的逝去一样。后来，他想到，这些死去的每个小时的灵魂是不是也得到了释放，随着洪亮的钟声升到了天堂呢。即便是他的想象从死去的世界回到现实中的游戏场，这些规律且肃穆的警示般的钟声也总是能让他的情绪变得严肃起来。事实上，他从来没能摆脱听到时间流逝时那种虔诚的心情。不管他长到了多么大年纪，只要听到钟声，他都会觉得这是从无尽的永恒之中传来的秘密信息。

  他想到了母亲留下的信。整个夏天，这封信就像一个巨大的令人焦急的期待盘踞在他的脑海之中。虽然他很想读到这封信，但他却没有勇气写信来要。现在他觉得自己已经准备好了，可以叫姐姐去取了。他正要叫姐姐时，大门的门铃响了。稍倾，他听见邻室传来艾伯哈德的声音。

  他躺着听了一会儿，然后想到艾伯哈德的声音和父亲是多么相像啊！就连哥哥一边说话一边走来走去的习惯也和父亲如出一辙，真是令人不可思议。他听见西格妮告诉艾伯哈德发生的事情，虽然他们声音很小，但他多少还是能听清他们的话。艾伯哈德生气地斥责姐姐的行为。"要是立即把他送进医院的话，"他说道，"情况可能会好得多。在我们不知道原因的情况下，这样做通常才是对的。说不定还会是传染性疾病呢。至少也应该马上去把医生请来啊。"

彼尔侧过身子躺着，他不想再听下去了。一时之间他奋力反抗着，和解的情绪遭到挑战。他对自己说哥哥的话是对的。无论如何，现在忏悔的工作已经开始，是时候该证明自己了，他的赎罪的决心是认真的。"艾伯哈德。"他喊出声来。他的哥哥过了一会儿就进了房间，西格妮也进来了，她站在床脚的位置。

"我想你们不必担心。"他说得如此之快，似乎是故意要超越自己的语速似的，"我真的没事。我不过是这些天有些疲劳过度了。我感觉已经完全恢复了。"

"也是，你看起来身体情况也不糟的。"艾伯哈德说着伸出手。他的语气完全是和善的，充满了同情，"但不管怎么说，晕倒了都是一件大事。"

"我不过是有点儿不太舒服——别的什么事都没有。而且，我又非常不幸，碰巧站的地方阳光照到了眼睛。我从来都受不了这个，但现在我感觉好多了。"

"我还是坚持，我们应该去请医生来。他要是在家的话，随时都能过来。"

"好吧，如果这样能让你们放心的话，当然可以请。不过就像我说的一样，我这点儿小症状并不是什么真正的大病。不过是因为太阳……可能还因为空气太混浊。"

"是吗？我就不对此发表看法了。"艾伯哈德直接说道，"不过就算是这样的情况，医生才能分析清楚。"

虽然哥哥的愿望是好的，但彼尔还是忍不住想看到他脸上胜利的表情，他比看到什么都更害怕看到那样的表情。但是艾伯哈德背对着光线站着，因此他的脸和下颌比姐姐的更像是一副僵硬的面具，他的生命力都局限在眼睛里。彼尔重复了一遍说自己自然听从他们的愿望，但只要求他去请拉森教授过来，因为以前有一次类似的情况，他曾请教授看过。

但这个要求让艾伯哈德和西格妮都不是很能接受。他们看了对方一眼，然后艾伯哈德说："我们家有自己的家庭医生。当然不是教授，不过我们都完全信赖他。"

"母亲也从不请别的医生。"姐姐又说。

彼尔不能理解他们为什么拒绝。他说如果请别的医生的话，他会觉得不舒服的，这位教授曾经给他做过检查，因此对他的情况能做出最准确的判断。但艾伯哈德也不肯放弃："我对你和拉森教授的关系没有意见，但就我们来说，我们不可能不请自己家的医生，更何况我们又不是对他不满意。说不定拉森教授在一天的这个时候根本不会出来了。再怎么说，我们平时又不是他的病人。所以，但从这一点来说……"但是彼尔却觉得他们把他的理由都当成不合时宜的借口，认为自己不过是想炫耀贵族做派，而这种误解让他烦恼。他回应说如果他们这么抗拒拉森教授的话，他宁愿起床离开。

当艾伯哈德明白他是认真的了之后，虽然很不快但还是出了房间，叫女仆去请拉森教授。西格妮也想跟着一起走，但彼尔叫住了她。"西格妮，"他说道，"母亲给我写的信是你收着，对吗？"

"你现在想看了？"

"是的，请帮我拿来吧，虽然这样看起来会很奇怪，在写信的地方读信。"

西格妮默默拿出一串钥匙打开桌子上的一个抽屉，然后拿出来一封缄口的信和一个装着父亲怀表的小包。

当房间里只剩自己之后，彼尔才开始看信。当他看到信封上母亲用颤抖的手写下的笔迹时，一颗眼泪滚了下来。"给我的儿子彼得·安德列斯——在四周安静时读。"他拆开封口读了起来：

"我以我主耶稣基督的名义写这封信给你，我的儿，在我的眼睛还能看得见的时候，我想最后一次对你封闭的心灵发出呼吁。你的心扉不仅隔绝了你的母亲，你与主一同安眠的父亲，以及你身边所有的人，而且还隔绝了万能的主，仁慈的耶稣基督。我给你写这封信，虽然我不知道你住在哪里,又去了哪里游历。你总是把自己对我们隐藏起来,我也知道你有自己的原因。你的哥哥姐姐说你在很远的地方,在法国或是美国。但是不管你在哪里,我都知道:你没有走在上帝指引的道路上。你已选择给自己套上世俗的枷锁,《圣经》上说,对于那些身处怨恨和罪恶之中的麻木的心灵,他们将永远也得不到福音。你的父亲在一次布道中曾描绘了这样一幅不相信上帝的人的画面,说他就像一个囚犯关在牢里,墙上连最小的开口都没有,天堂的光芒无法进去宽慰他;那里只有一个伪装成出口的陷阱,下面就是无尽的深渊。我可怜的儿啊!愿这恐怖画面中蕴含的真理能让你留下深刻的印象。愿你能够明白,如果我们只为肉体而活,我们肯定会死去,但是如果是为接受灵魂的试炼而死,那我们将永远活着。愿你学会对自己心存敬畏,你仍然有希望找到救世主指引的道路,让你的思想远离魔鬼,然后以耶稣基督的血和伤口的名义,祈求宽恕你的罪孽。

"我仍有许多话想对你说,我亲爱的儿,但我的手已精疲力尽,眼睛也已昏花模糊。那就让这些话成为母亲临死前留给你的遗言吧:'以一颗破碎的心跪倒在我主上帝的面前,让圣灵以我们伟大的救世主耶稣基督的名义救赎你。愿上帝赐福于你,这样在大审判到来时你才不会从死亡的睡梦中惊醒,听到这样骇人的话——离开我身边,可怜的人,我不认识你。'"

半个小时之后,当艾伯哈德带着教授的回复进屋时,彼尔仍拿着母亲的信躺在床上。看到哥哥出乎意料的表情,他赶紧把信藏在被单下。艾伯哈德站在门口,急着要走。"自然是像我说的了,"他带着满意的语气通知彼尔,"约瑟芬带回了答复,如果情况不是特别危险,教授今天不会再出诊。不过话说回来,如果你愿意,他很乐意明天上午过来。"彼尔只是点了点头。他几乎不知道自己是为什么点头。当时他也没能立刻明白,艾伯哈德的话中隐藏着对他的提议,希望他能放弃自己的要求。只有当他哥哥转过身,几乎要把门在身后奋力关上的时候,他才真正完全明白过来。

他不明白,为什么看了母亲的信之后,心情会变得不舒适和压抑。他早已做好了准备,母亲会在信中毫不留情地指责他,但整封信还是让他感到彻底的心寒。读完信后他最先想到的就是,这些遗言要是永远没让他拿到就好了。

他把整个失望的原因都归咎在自己身上。他责怪自己没有留心母亲在信封上给自己的告诫。他不该刚刚和家人发生了争执,头脑还过热时就读这封信。现在他想把信藏起来,等自己一个人回到家心情平静下来之后再读一遍。而现在呢,先是西格妮,然后是双胞胎弟弟中的一个,都装作进屋来拿东西,但明显是想观察这封信对他产生了什么样的影响,他感到很沮丧。

客厅里的钟敲了四下,彼尔焦虑地想到这一天就这样结束了。虽然整个下午,西格妮和双胞胎都尽心尽力照顾他,还逗他开心,但他还是希望回到自己那间孤零零的小屋中安宁平静的状态。傍晚时,艾伯哈德又来了。他并没有和兄弟姐妹们一起住在这里,但还是和母亲在世时一样,下午三点钟就会赶来准备和家人一起用餐。彼尔非常感动,虽然他们发生了争吵,但他还是从克里斯汀沙文街走那么远的路赶来只为瞧瞧他的情况。

但是要和西格妮更加亲密地交谈也根本不可能。他甚至无法得知他们是否知道自己和雅各贝分手的事。下午的时候,他试了好几次,想把和西格妮的谈话引到那个话题上去,但是西格妮明显很不安,总是转而谈起别的事情。艾伯哈德似乎也完全不愿提起那个话题。彼尔感觉得出,他们虽然对自己充满担心和同情,但他们总是容易误解他的意思,总会把他无意中说出的话当成他想要吹嘘自己过去的生活和认识的人。

在这方面,彼尔确实没有想错。艾伯哈德也好,西格妮也好,一时半刻对于彼尔的转变的真诚性不抱太大的信心,关于这一点,彼尔似乎还是不够谦卑。他们之前已经从别人那里听说了,彼尔和那位犹太富商的女儿的婚约已经取消了,他们曾经对此怀抱着巨大的期望。但事情到底是怎么回事呢,他们知道得并不清楚。而就西格妮来说,她也并不想知道,因为除了家人和信仰方面的事情之外,她不想知道彼尔生活中其他的事情。

第二天上午,教授来为彼尔做检查。这位小个子的医生相当奇怪的穿着异常简朴的服饰,外表甚至显得有些邋遢,一开始他说话的方式非常随便,显得怒气冲冲。他也不想承认自己之前见过彼尔,开始就说自己也生了病，真的是不该出门的。他铅灰的面色和眼睛下面又大又黑的眼袋证明他说的是真的。检查完毕之后，他才稍微变得平易近人了些。他坐在床边的椅子上说："您想从我这里知道些什么呢？您的胃袋在身体里占据了太大的空间了，您的血液循环不畅——可是这些我上次就告诉过您了。"

彼尔提出，他认为这些突发的眩晕一定有什么具体的原因。他没觉得自己生了病，不得不承认，他的身体非同一般的结实强壮。

"像大地一样结实强健的身体？确实，如果您这么坚信的话。不过我要建议您，可别太信任这种力量啊，因为它支持不住您的观点的。上次出诊的时候，我已经告诉过您了。我们丹麦人啊，我们的胃里胀满了流质食物和汤汤水水，受不住现代快速的生活方式的。我们的胃就像农民家的马摇摇晃晃的尾巴，要是过去那种小跑还经得起，但是凭上帝的名义起誓，要是竞赛起来，会垮掉的。这可不是肩膀宽不宽的问题啊，我尊贵的朋友！光看匀称的大腿肌肉也不行。现在主要是血液中的铁和脑袋中的磷的问题。然后呢，还有神经，脂肪过多可就保不住了，亲爱的孩子。就像我说过的一样，别为您的体质押太大的赌注，这没什么值得吹嘘的。"

"可是现在我需要用上全部精力来工作啊。"彼尔说着要教授告诉他，在这种情况下，什么方法最能补充力量和精力。医生悲哀地摇摇头。

"我并不知道什么补救的方法。"

"上次和您谈起时，您建议我洗冷水浴，锻炼身体——艰苦的锻炼方法。"

"是的，好吧，您知道那不过是说说而已。我很抱歉发生这样的情况，但不可否认的是，如果我能让您尊敬的祖父和曾祖父也锻炼身体的话，事情可能会好一点儿。我们盖着先祖留下来的厚厚的鸭绒被和汗津津的羊毛毯，喝着从祖辈那里继承下来的甜汤，抽着香烟，还有神圣的学习生活，这一切都在损毁我们的身体。您确实是牧师的儿了，对吗？您也知道，我是从您的姓氏中推测的。就我个人的经验来说，在我们过着田园诗般生活的牧师大家庭里，餐前祈祷之后一定会补充一顿饱足的肉餐。您至少定期在洗冷水浴吧？"

彼尔回答说，他最近所处的环境很难进行系统的强化锻炼。

"好像您不喜欢冷水浴啊。这是很好理解的。如果不是从童年时代开始习惯的话，冷水浴确实很不舒服。亲爱的先生，请允许我看看您的口腔好吗？"彼尔张开嘴巴，"我就猜到了。您的臼齿大多数都掉了。您一定是年纪很大了之后才知道牙刷这小小的仁慈的工具吧。我开始用牙刷的时候也过了二十岁了。在知道使用牙刷之前，每天晚上我都像父母一样以我主的祈祷来漱口安慰自己。不过我们还是不要再深究这些过去犯下的可怜错误吧。"他说着突然打断自己的话，用手按着自己的腰部，痛苦的喘气。

彼尔要不是知道医生患了绝症，痛苦之中自己都快不知道自己在说什么了，医生的这番话肯定会让他非常生气的。出于同样的原因，对于医生所做出的令人绝望的诊断，他也并不是特别担心。他看得出来，整个检查过程中，医生更关注的是自己的病情，而不是他的。

但是彼尔还是又问了一个问题。就他自己所观察到的，彼尔认为城市生活和城里的空气对他来说真的不健康。他决定以后要尽可能生活在乡村，教授认为这样是不是明智？

"是的，完全应该这样做！到草地上去吧！那里才是我们的家。我们这代人不适合石板路。可能下一代也不适合。在床上躺个一两天吧，让您高贵的神经休息一下。我再给您开一汤匙的溴化钾。所以，亲爱的患者，让我们耐心对待被鼓胀的胃袋挤瘪的内脏吧。我希望，我们升上天堂的时候可以免受这些病痛。"

第二天早上彼尔就在床上躺不住了。又过了一天，他就回家了。不久之后，农业大学的课程和练习就开始了，他也全身心地投入到工作之中。除了弗雷德里克斯堡公园和周围的道路，他很少到别的地方去，每到星期天，他就坐马车进城去教堂。他一直很讨厌进城，也尽量避免和以前学校的朋友或是其他熟人见面。一次，在街头电车上，一位老同学坐在他斜对面，这位同学惊讶地张大了嘴巴，迟疑不决地露出了微笑，像是认出了他，他非常紧张，担心这位同学会和他攀谈或是问他问题，于是他还没到站就下了车。

他和农业大学的新同学都没有联系。时而不时地，他会回家探访，有一次，艾伯哈德也回访了他。但他们之间从来不能促膝交心。出于预防，他也不再去瓦托夫教堂。他找了一家人少的教堂，他觉得自己并不是真正的格伦特维派信徒，但这个教派到底意味着什么他自己甚至也不清楚。在信仰方面，他仍在孤独地探寻。现在，在各种不同的情绪状态下，母亲的信他又读了好几次，但读完只感到更加孤独。他永远也无法消除自己第一次阅读时的不舒服的感觉。最后，他只得强迫自己不要去想了，以免自己再次成为怀疑的牺牲品。

秋天已经来了。座座房屋的墙壁上都挂着忍冬丛红色的浆果，在弗雷德里克斯堡公园，红的、黄的落叶飘然坠入黝黑阴暗的河渠。彼尔立刻就爱上了这里的宁静，从他的住所到公园只有百来步的距离。他尤其喜欢清晨很早的时候过去，因为那时散步的人还很少。他能闻到大草坪上秋夜清新的气息，草叶上露珠就像银白色蛛网，天鹅们在他身边幽暗的水面上静静地滑过，一个个就像童话中举止优雅的公主。

与此同时，日子一天天过去，别列戈拉夫上校还是没有任何消息。他又开始困扰了，他的零碎积蓄已经用完了，不得不典当一些衣物来支付看病的钱。他写信给上校提醒这件事，第二天就得到了答复，上校礼貌地表示，经过慎重考虑，他不能完成彼尔交付的事。

彼尔手拿这封信坐着，开始意识到自己被当成傻子耍弄了。他把信放在一边，但并无法真正地为上校的行为而愤怒。如果他到林中去大吼，他会得到一模一样的答案。他只能责怪自己，顾惜自己的骄傲，而让别人去代替自己。诚然，到一个并不熟识的人家里借钱确实不那么愉快。现在他必须靠乞讨为生，真是他人生故事中丑陋的逆转啊，他曾经可是梦想着成为同胞的主人和征服者的。但是这样的结果是他应得的。上帝是不可愚弄的，上帝不会让他免受卑微乞讨之苦，这样才能完全偿清他从前犯下的罪。

国务委员埃里克森的办公室位于霍布罗普拉兹广场拐角，在一座面朝运河的大楼的二楼。彼尔在大楼门前徘徊了一阵子,仔细考虑着该怎样开口,该怎么说。就连走到楼梯的时候,他还犹豫了片刻。在一间半明半暗的大厅的一角,二十来位职员坐在柜台背后双层办公桌前忙碌地写着。一个年轻人走上来问他有什么事。彼尔告诉他想见国务委员,那个文员惊讶地瞪着他。他说国务委员现在不在国内,出国去了,几个月后才会回来。他问自己有什么事情可以效劳吗?

彼尔却已经转身出了门。为了不透露出自己的名字,他没多做解释就匆匆走了出去。走到门口,他问自己:现在该怎么办?在他面前,沐浴在九月艳阳中的是五颜六色的水果摊和花卉市场。来自阿玛岛的妇女们戴着大大的系带帽子,沿街摆开她们的篮筐兜售货品。花匠们的货车排成一条长线,热火朝天地讨价还价。在这富足的丰收图景中,彼尔心头一阵恐惧,不是因为灵魂的堕落,而是害怕生活中真正的魔鬼:饥饿、寒冷和肮脏会给身体造成的折磨。他想着再当一些衣物可以换来二十克朗,这够他撑一个星期的了,或许能撑两个星期。可是然后呢?

他强迫自己镇定下来,慢慢往家走。他必须找出别的方法来,不能意气消沉。不管面前会遇到什么困难,不管会遭受什么屈辱,他都不想坐以待毙。但他不想退回去,再次屈服于世俗的统治者的淫威之下。上帝指引的道路必将充满试炼,但他对此早已不再陌生。这些当他还坐在母亲床头的脚凳上时就已经听说过了。为了自己的信仰,他必得切实经受一番磨难,如果说他对这样的说法并不感到特别惊讶和恐惧,那也是因为,从前他实际上只把这些说教当作夸夸其谈。现在他意识到,布洛姆贝格牧师在说到虔敬的上帝的生活时,尤其是在布道中,说出的话语总是触动人心发人深省,但一提及牺牲和磨难,那些话语就缺乏说服力。然而,现在他提醒自己是时候该明白了,"长满荆棘的道路"和"受伤的脚"到底是什么意思。但是他却并不害怕,因为这些都将让他更加靠近上帝,也将让他弄清楚那些现在他还不明白的事情,以及许多令他担忧和不确定的事情。但他还是需要找出办法来养活自己,他再次想到了狩猎长夫妇。但是不行!找谁都比他们好!找这些人非常不合适,因为这样的话,事情不可避免会传入英格尔和她父母耳中。先是对狩猎长夫妇的热情招待表示感激，然后又突然问他们借钱，这会给他们留下什么样的印象啊？况且，他已经在狩猎长那里冒险一试了，结局让他不想再试第二次。那他该怎么办呢？写信向国务委员埃里克森请求肯定是没用的，近来他还试过想把两项专利卖给城里的技术局，但都没能成功。

然后他决定再等上一阵子，同时就靠典当自己多余的衣物以及一些不再需要的贵重物品来对付。他寄希望于卡斯霍尔姆的排水工程能很快获得通过，那样他只需要狩猎长提前预支他费用就可以了。在对他的感谢信做出的回信中，狩猎长夫人几乎没有提到这项工程，只说她对此仍抱有很高的期望。与此同时，她仍然邀请彼尔到卡斯霍尔姆去过圣诞节。

又过了几周，十月来临，他仍然毫无进展，但也并不放弃希望，事情很快就会有所转机的。他只是不愿相信，上帝会让他在泥泞中越陷越深。

为了尽可能地省钱，他在吃饭方面也开始精打细算。现在最重要的就是至少要坚持到通过考试。到时候他就可以在这里或那里找个工作，找个地方当私人测量员，然后再等待机会。如果不通过考试，他没有钱又不认识人，他就毫无选择，只能饿死或是找个技术活勉强维生。

雨雪纷飞的阴暗秋日在紧张与压力之中一天天过去。每天早晨日德兰邮件到达时，彼尔都会站在窗口等待穿红衣的邮差身影。得救的可能性只能是来自卡斯霍尔姆了。他仍在和狩猎长夫人通信，而夫人也很乐意充当他和波斯特拉普牧师庄园之间的传信人。他不会直接送来英格尔的问候，只会让他明确地知道，这位年轻的朋友没有忘记他，她们一起还经常谈起他。但关于排水工程她却提得越来越少。狩猎长已经和地主们开了几次会议了，虽然狩猎长本人积极地支持此项工程，但不幸的是，大家还没能达成一致意见。因此，她在最后写道，当下前景仍不明朗。

就像是为了加重对他的羞辱一般，在接到卡斯霍尔姆来信的同一天，一封来自罗马的挂号信在经历了很长一段时间的耽搁之后终于送到了他的手中。信件寄自一位年轻的雕刻师，男爵夫人当时委托他为彼尔雕塑一尊胸像。他写信来通知大理石头像现在已经完工，随时可以送到。他还解释说，之前已经通知了男爵夫人，还礼貌地请她把当时商定好的价钱寄过去。但令他惊讶的是，他收到男爵夫人的委托人和财产管理人的回信说男爵夫人不记得有这回事，此外，信中还表示没有监管人的同意，他们无法满足这一要求。鉴于此，雕塑师就请求了解事情原委的彼尔从中调停，帮他取得这笔急需的钱。

这封信深深地刺伤了彼尔的心，不仅是因为这一请求让彼尔又回想起那段可算是他最堕落的时候的记忆。一想起那个胸像帝王般高高在上的表情，他就惭愧得满脸通红，真希望能给这位雕刻师寄一些钱，只为了能要求他把这件作品砸成碎块，然后再把这些一无用处的石块撒到路上去。但是现在，他对这封措辞谦卑的信只能不予回应，因为此时要求狩猎长夫妇去偿清欠款可能会给工程带来负面影响，而这项工程有可能关系着他的幸福。他们会对他搅进男爵夫人的事情中十分反感，因为狩猎长夫人从来都没有对他承认过，她的姐姐神经有些不好使。

又过了几个星期，时间到了十一月底，他不得不面对这悲惨的境遇了。他衣柜里的衣服已经一件接一件当了出去，然后是大部分的书籍也没有了。他甚至还强迫自己以一个十分荒谬的价格把雅各贝送他的那个钻石领扣给卖了，他本打算有机会就还给她。再过几天，他的房租就要到期，他还要支付用餐的那家小酒馆的欠款。出于这种焦躁不安，他也没办法再工作，营养不良也削弱了他的体力。有生以来，他这还是第一次，脸颊上的红润也完全消退了。他停止了回家探访，因为他知道自己的样子很糟糕，害怕家人会问他是怎么回事。

极度无奈之下，他只得再次鼓足勇气去找国务委员埃里克森，但结果仍和上次一样。国务委员旅途中生了病，圣诞节之后才能回来了。他只有最后一个方法了，去找放贷者——找放高利贷的人。一天，他在报纸上读到一些小号字体印刷的广告，这些"慈善家"们通过这样的方式让别人知道自己的存在。最终他选定一个名叫桑德加德的人，他觉得这个名字听起来可靠是因为，在他故乡的小镇，有个好脾气的面包店老板娘也姓这个姓氏。他知道要找这些人最好是在天黑以后，于是就等到六点钟才进城。桑德加德先生自称是房地产经纪人,他住在法院附近的一条僻静小巷里,人们有急事时常常从这里抄近道,但这个地名却没多少人知道。彼尔只得多方打听,每个街角都注意看标示才找到那里。那是一条狭窄的空荡荡的小巷,孤零零一盏灯正好照在他要找的门前。他退后几步,抬头看着桑德加德可能居住的二楼。那里的三扇窗口都亮着灯,所以这个人可能在家。

一个六七岁,满头红色卷发的小姑娘把门打开一条缝,一双玩偶般的蓝色的大眼睛透过门缝打量着彼尔。因为听不懂彼尔在说什么,她于是就奶声奶气地问他是不是要找她父亲说话。小姑娘踮起脚尖打开安全锁,带他进了屋。这是一间典型的哥本哈根小资产阶级式样的客厅,桌子下面铺着小毯,墙上挂着画作,架子上摆着相片和廉价的小摆件。

彼尔大吃一惊,房间里没有任何令人不快的地方。窗边的小桌子上放着一个罩着红绸纸灯罩的台灯。沙发的上方挂着许多肖像,其中一幅是一位穿着法衣的牧师,还有一幅乡村教堂的照片。然后桑德加德先生本人从另一个房间里走了出来,他身材高大魁梧,留着满嘴红灰色的小胡子。一开始,他还有些疑惑,显然难以判断站在半明半暗的门口的彼尔是谁,而彼尔自己也觉得,他满脸浓密的胡子和一直扣到颈部的长风衣在周围的环境中显得相当不协调。最后,桑德加德先生要他找个座位,并问他有什么能帮上忙的。两人都坐了下来。桑德加德刚吃完晚餐,嘴里还没有完全咀嚼完毕,身上还散发着奶酪面包的独特味道。彼尔直言不讳,提出自己需要借的钱的数目,并解释了自己未来的前景以及能提供的担保。因为他的担保只有两项专利权,因此他进一步提出自己的人身保险,其数额与所需借款的数目相当。桑德加德先生没有作答。他一直坐在桌边的扶手椅上,现在彼尔透过灯光看清了他的容貌,便不再对他抱有好印象了。他一张松弛的大脸上长满了红斑,一双鼓鼓的眼睛泛着黄,正露出令人不快的僵硬的目光粗鲁地瞪着彼尔。他晚上明显是吃得很饱。每次 打嗝儿,他那浑圆的肚皮就会随之颤动,他也丝毫不想掩饰。

这时,彼尔以为他的沉默是个好兆头,于是便问借款有什么条件。但是桑德加德先生没有直接回答他,而是问他有哪些保人。

"保人？需要保人吗？"

看到彼尔惊讶的神色，桑德加德先生露出了难以置信的笑容。

"怎么，您难道不知道吗？我必须要个保证啊。要是真像您说的那样，您的前途那么好，那么找一两个保人总是不难吧。您说想借多少来着？"

"一千克朗。"

"借多久呢？"

"我想是一年吧。一年时间的话，我确定我能把本金和利息都还上。"

"利息是要提前扣除的。"桑德加德先生漫不经心地拿起桌上放着的一本大册子，是哥本哈根姓名地址录。

之前给彼尔开门的小姑娘这时胳膊下夹着一个娃娃进来了。一开始她靠着父亲站着，而她的父亲则用他肥肥的手掌自豪地抚着她满头红色的卷发。然后桑德加德先生抽回手去翻阅那本姓名地址录，小姑娘则爬到他腿上，用小孩子那种宠坏了的俏皮劲儿扬扬得意地打量着彼尔。"我在上面找不到您的名字啊。"桑德加德先生找了一番之后说。

"去年我一直在国外。"彼尔解释说。

"哦，原来您一直在国外啊……"他泛黄的眼珠从书页上抬起，满目怀疑地看着书页边缘，接着又低了下去。"这里有个B.希德纽斯，是位退休的乡村教区司铎，是您的家人吗？"

"不是。"

"还有一位F.希德纽斯，是位簿记员。他呢？"

"不是。"

"E.希德纽斯，是位法学士，皇家政府长官。"

彼尔迟疑了一会儿才回答："是的。"他说。

"他，是不是您的近亲？"

"他是我哥哥。"

"您不是可以让他做保人吗？这样我们就可以完成这笔交易了。"

"不，不行的。"彼尔坚决地说，心里甚至有点儿慌了。

"哦，您不能啊。"桑德加德又从书页上抬起了视线。

"您和这位先生关系不太亲啊？"

"无论如何，我都不能请他帮这个忙。"

"不行？好吧，那么我们这桩交易就没法儿做了。"桑德加德语气都变了，说着合上了册子。接着是一阵沉默。彼尔继续坐在那里，因为他害怕没有一丝希望地离开这里。黑暗的街道和孤单的小屋在他眼前展开就像张大嘴巴的深渊。但是这种情况，如果像艾伯哈德求助的话——不行，不行，那样是绝不可能的。他不能那么做。然后他说自己可以只要五百克朗，甚至更少些也行，他可以典当剩下的衣物和书籍。

但是桑德加德先生现在却更加冷漠了。他说对于那些幻想着仅靠自己的漂亮脸蛋和美好的未来就能弄到钱的人没有兴趣。我可不这么看。要是按他们想的那样，随便一个人在大街上跑一趟就能得到资助了。真是见鬼了！他们都说有美好的未来："不可能，除非有可靠的担保人，或是真正有价值的东西担保——否则，什么生意都做不成。"

彼尔站起身离开了。他完全六神无主了，根本不想回家。现在他该怎么办？他的内心正在剧烈斗争。自尊心要他反叛上帝，但同时，他又听到心里有个坚定而不容置疑的声音在说："你很明白，对你的审判是公正的。哪里有罪恶，哪里就应该赎罪。那么就赎罪吧！这就是对你的试炼。如果你想得到安宁，你必须穿过这个针眼儿①。"

不知不觉之间，他已经出了小巷，走到了孔根斯耐托夫广场，虽然雾雨濛濛，地上也一片泥泞，但广场上仍然是一片欢乐的气氛。马车穿过广场往四面八方开去，剧院外的走廊上一片灯火灿烂。马路对面的旅馆也灯火通明，商店橱窗和街道的灯光在潮湿的人行道上洒下金色的光芒。他情绪仍然十分激动，再加上对城市的熙熙攘攘不再习惯，他一时间不辨方向。叮叮当当的马车声在他耳里听来就像一团铅块。脚下的大地也震颤起来，一声大喝："当心！"他这才如梦初醒。一辆马车从他如此贴近的地

---

① 《圣经·新约·马太福音》19∶24我又告诉你们：骆驼穿过针的眼儿，比财主进神的国还容易呢！

方开过,车轮擦到他的袖子,给他溅了一身的泥水。在街灯的照耀下,他匆匆一瞥瞧见车厢里一对身穿晚礼服的夫妇。那位女士身穿一件浅蓝色的丝质衣裙,钻石耳坠正对着他的方向。先生穿着制服,胸前挂满了勋章。而对面开过来的马车里,一对年轻的夫妇正在拥吻。

彼尔慢慢挪动着,离住处越来越远。他就像是被魔鬼带领着,走到了布朗德斯特莱德商店街,朝着雅各贝父母的住所走去。他心里的声音再一次发出呼喊:"转身!现在就停住!你这是在走向毁灭啊!"然而,彼尔没有停。他走过街角,现在就站在萨洛蒙宅邸前的小十字路口处,他停在街对面屋子的阴影里,看见里面正在举行宴会。透过厚重的丝绸窗帘,他能看见枝形吊灯都点燃了。

害怕引起别人的注意,他朝布雷德加德街走了一点儿,但很快就从那里掉过头。他的心中再次升起了对上帝的埋怨:"我为了你放弃了这一切!但我现在站在这里就如同一条丧家之犬,这么寒冷,身上还溅了一身泥水……但你却不肯对我发一点儿慈悲!"他看见街对面前门打开了,于是立即往阴影里躲了躲。一个小个子身影拿着一把雨伞走了出来。那人是谁?他走路步伐没有伊万那么快。是艾伯特,雅各贝从前的追求者吗?心头讽刺般地涌起一股醋意。然后他就着街灯看到一张长着鹰钩鼻的脸,浅灰色的小胡子,一双内拐的大脚……是阿龙·伊斯里尔。

脑海中如有一道闪电滑过,他得救了!阿龙·伊斯里尔会伸出援手的。为什么之前没有想到他呢!他是个非常善良的人。对他来说,即便自己不再是菲利普·萨洛蒙未来的女婿也无关紧要。自己还没和雅各贝订婚之前,他就曾对自己充满好感,还曾表示对自己的未来充满信心。他大可毫无顾忌地告诉他。

彼尔跟着他走到了孔根斯加德商店街。但他心中的声音又冒了出来:"回家去!他的善良又能帮你什么忙?你知道上帝对你的要求。完成它。别想逃。除非你听从他的要求,或者是硬下心肠再次拒不服从,不然这命令声会一天一天在你耳边越来越大,让你无法安宁。别再推迟决定了。正是为了你那敏感的自尊心,不要再受新的诱惑了!行动起来!上帝在等待你！"他放慢了脚步。到了孔根斯耐托夫广场拐角，他停下了跟随的脚步，带着仿佛接受了宣判的表情看着那个小个子穿过钟楼下的光线消失在格罗尼加德街区。然后他慢慢往回走，沿着道路走回弗雷德里克斯堡。到家时已过九点了。他没有开灯，也不想上床。只是双手托着脑袋一动也不动地坐在桌前，在黑暗中坐到大半夜。

第二天一早，他去找了艾伯哈德，哥哥没有做出什么行为来让他艰难的忏悔变得轻松一些。他紧绷着脸沉默地坐着，没有做出任何答复。但他也没有拒绝帮助彼尔。他甚至没有考虑过担保的事，只是想再仔细考虑一下，咨询一下兄弟姐妹们的意见。因为正如他所说的那样，由他们代替父母的地位，一起借钱给他，这样是最自然不过的了。彼尔没有拒绝。他突然奇怪地对一切都不再关心。他感觉从自己的谦卑之中没有得到期盼的安宁和灵魂的升华。正好相反，他似乎从来没有感觉到像现在这样沮丧空虚，从来没有像现在这样被有益的力量所抛弃。

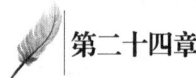

第二十四章

当波斯特拉普牧师庄园得知彼尔已经取消了和哥本哈根富商之女的婚约之后，布洛姆贝格牧师夫人就真正地担忧了起来。后来她又听说彼尔可能回到卡斯霍尔姆来过圣诞节，一天晚间上床之后，她就把自己的担忧如实告诉了丈夫，然后提议那段时间把英格尔送到别处去。但牧师却不肯听从。并不是说要把女儿嫁给像彼尔这样拥有如此历史的人对他有什么吸引力，他说，重要的是不要打着天意的名义来做任何事。况且，这个年轻人也已经意识到了自己所犯下的过错，为了得到心灵的救赎他甚至甘愿牺牲巨大的财富，这就足以证明他转变的真诚。"涉及信仰，我们不能强求，而爱情就是信仰。不过我会找一天把这些情况如实告诉英格尔的。她应该知道我们不会对她的心灵有任何束缚。这样也能加强她的责任感。"

一开始，英格尔虽然十分了解自己的价值，但她并没有把彼尔同那个哥本哈根那位女士分手的原因归结到自己身上,她相信这完全是由于彼尔认识了父亲的缘故。还是她的朋友,克劳森家的两个女孩让她看清了真相。从那以后,一想到彼尔为了她而放弃了好几百万的财产,她就会感到一阵阵眩晕。有一段时间,她不能完全确认自己对彼尔的感情。当她想起彼尔的时候,眼前总会浮现出彼尔的那双眼睛,这或许是因为,那天晚上他第一次到庄园来拜访之后,父亲曾把他的眼神比作一片广阔的海滩,在那里,沐浴在阳光之中的海鸥正绕着半埋没在沙滩中的失事船只残骸盘旋——"让人想起阴沉冬季和春秋分时的大风的摧残"。当时她对这种说法充满惊奇,但并不懂得其中暗含的深意。

现在,当她稍稍有所明白之后,她想起他就总会想起他那双灰色的人鱼般悲伤的眼睛,这双眼睛就占满了她对彼尔的全部记忆。让她嫁给一个曾经订过婚的人,这完全是难以想象的。她并不认识相关的那位女性,而且她也曾注意到彼尔在这段感情中曾经有多么不开心和痛苦,当她想到这些,情况才有所缓和。

她觉得自己确实是对彼尔有好感,但自己是否能真正地喜欢上他,爱上他,她却并不知道,因为到现在为止,她对什么是爱只有一些模模糊糊的感觉。她的两位朋友总爱和她分享她们的看法,尤其是那个鲁莽的吉尔达,她总是想把自己的亲身经历和从别人身上得到的感悟都讲给英格尔听,但英格尔直到现在也没有兴趣。

让她困惑的是,圣诞节前两个星期的一天下午,她和父亲两个人在客厅里待了一会儿,父亲开始谈起彼尔的事,说他有可能到这里来拜访。"你也清楚吧,我的孩子,希德纽斯先生现在已经解除了婚约。现在我想坦白问问你,你有没有想过,当人们看到他在这里时,会怎么议论他?回答我这个问题。"英格尔却以为这个问题是在暗示彼尔已经向她求婚。她猜彼尔可能已经写信给父母请求他们的允许了,她感到委屈又难为情,就没有作答。

然而,对于牧师来说,这种沉默和她脸颊上的红晕就已经是答案了。于是当晚躺在床上,牧师把情况告诉了妻子,又重复说他们不应该给孩子任何压力。他们只能寄希望于上帝，希望他能对女儿发自内心的选择赐福，并将她引向幸福的生活。而对于牧师太太的反对——说彼尔默默无名，将来会很难取得职位，无法养活家庭，牧师也满怀信心地回答，上帝会伸出援手的。他特别想到了目前广泛谈论的河道整改计划，那肯定会给他带来一些收益的。

但是这项事业的前景现在实在是不太明朗。秋天时，在狩猎长的提议下也召开过两次公开会议，但是要让二三百个大大小小的地主达成一致协议，完全是不可能的。但是这其中又涉及他们的利益，没有他们的同意，什么事情都无法开展。虽然大家都相信，提议的这项工程将给他们带来好处，但都是一副不愿意参与的样子，因为他们都害怕邻居、兄弟或是亲家兄弟会比自己得到更多好处。另外，他们也不愿让狩猎长获得荣耀执行如此重大的工程。最后，那些最富裕的地主们都完全不参与会议了，因此计划看来是不可挽回地搁浅了。

然而这时布洛姆贝格牧师参与进来了。他乐于从个人小利中发现对整个社会和教会事务所具有的深远意义。他决定——就像他对自己妻子说的那样——"抓住这棵令人憎恶的刺人的荨麻"。在他看来，这就是一个糟糕的例证，证明了在一个灵魂纯净，恶行得到救赎的教区，偏狭和猜疑的种子是如何生根发芽的。起初，他试着私下里影响一些教民的看法，因为事情能否顺利解决就取决于这些人是否同意。但遭到拒绝后，他就非常生气，开始采取强硬进攻。在一次全体会众都参加的祷告仪式上，他趁着讲话途中提起了这个问题，并且用措辞严厉地谴责了那些阻碍地区繁荣发展的自私行为，他说这项工程能够推动基督徒健康、幸福和真诚的生活。

他的话让大家大为吃惊，也引得一些人极为不快。首先，因为这是在祷告仪式上，然后，也有一些传闻说英格尔和这项工程年轻的发起人可能即将订婚。然而，布洛姆贝格牧师却不会因此而分心。这已经不是第一次他用冒险言论在郊区中引起一时的激愤了。他知道自己的力量所在，就让那些人去抱怨吧。他已经得到了自己想要的，为这项事业注入了新的生命，在他看来，这工程能让整个地区受益。不管是在庄园中，还是在农舍里，人们都在讨论他的话，因此，关于彼尔的工程的讨论又重新开始了。

平安夜前一天，彼尔到了卡斯霍尔姆，他发现一切都没有改变，只有男爵夫人离开了，狩猎长的脸色比以前更像褪色的枯萎的枫叶了。他立刻就闻出厨房里飘来的泥煤烟气，把它当作对他的欢迎。而另一方面，狩猎长夫人很快也发现了他的变化，这种变化不仅是外形上的。她推测彼尔之前肯定了什么重大的事情，可是虽然她努力表现出母亲般的怜悯，想要赢得他的信任，但她还是没能成功了解彼尔的秘密，让他打开心扉，最后，她都有点儿生气了。

圣诞节那天，彼尔和狩猎长夫人一同去参加波斯特拉普教堂的大弥撒。狩猎长身体感觉不舒服只得待在家中。当他们到达时，赞美诗刚刚开始唱起。布洛姆贝格牧师把一只手插在袍子的口袋里，在走道中间来回走动，一迈向所有的朋友和来宾致意，一边用苍劲的声音歌唱。时不时的，他还走到唱诗班台阶的下面，脸上带着福音传布的微笑，打量挤得满满当当的教堂。

彼尔的眼睛找到英格尔和母亲正坐在他对面的椅子上。她穿着全黑的衣服，这让她雪白的肌肤尤其温柔娇美。狩猎长夫人的丝绸衣裙摩擦发出沙沙声，向大家通知了她的到来，牧师夫人也回过头来打招呼，但英格尔却没有抬头。但她的脸颊明显变了颜色。彼尔把那当作获胜的标志，他感到自己的心脏跳动得更加剧烈。

仪式之后，彼尔和狩猎长夫人连同其他一些教徒受邀到牧师庄园去喝咖啡。类似的邀请通常是私下才会提出的，牧师此举在会众中引起一阵骚动。大家平时都很关注，也经常谨慎地预测哪些教友能获得此项殊荣。在牧师庄园中，彼尔遇到了另外四位农民和他们的妻子。他们的表情虽然明显不同，但都有一个共同特征，那就是他们都属于本教区地位最高、最具影响力的阶层。尽管牧师相当奇怪，热心地把他介绍给所有人认识，但彼尔根本没有想过，布洛姆贝格牧师把他和这些人叫到一起是别有用心。谁也没有提到河道调整工程，而且整个会面过程持续还不到半个小时时间。

因为牧师稍后还要到临镇教堂去参加仪式，于是就让众人先离去了。首先是农民们走了，紧接着是狩猎长和彼尔。这时英格尔的呼吸才轻松了许多。

整个过程中，她的心一直悬在嗓子眼里，她很害怕单独和彼尔留在一起。她依然沉浸在幻想中，以为彼尔已经给自己父母写了信，预先取得了他们的同意。但她还不能确定自己有多喜欢他。或者说，以她的经历，她无法确认自己对他的感觉到底是不是爱。她确实感觉到彼尔是个好人，对她也很亲切，而且她也没办法对自己隐藏，想再见到他的愿望让她内心焦躁不安，之前的晚上都让她无法入睡。就在这天早上去教堂之前，她还突然感觉胃痛，但这些就是爱吗？

只要彼尔出现，她就差不多要确信自己并不是那么喜欢他。他外表上的改变让她觉得很陌生，虽然她也认为这种变化恰到好处。但现在他走了，庄园里却显得异常空旷，一天里剩下的时间她都不得安宁。她从一张椅子挪到另一张椅子，从一个房间换到另一个房间，甚至开始觉得认识他真是不幸。这种不安和担忧对她来说如此陌生，让她感到痛苦和羞愧。最后，她坐在自己那间小小的房间的窗边，双眼无神地盯着外面的花园，那里太阳正从覆满积雪的树木后面落下去了，林木染得通红。

她一直在想着童话中的一个人物，彼尔总让她想起一个传说中的英雄，那位英雄的画面一直在她脑海中萦绕。他冷漠的性格，他灰白的脸颊，他黝黑的小胡子还有两只人鱼般忧郁的眼睛，都很像她一年前在哥本哈根看过的歌剧中的"飞翔的荷兰人"。她猛然间把头靠在胳膊上，想着自己是爱他的，尽管这爱让她不开心。

她满心希望明天事情会有个解决。因为她和父母一起受邀去卡斯霍尔姆共进晚餐，而且就她所知，出他们以外没有其他客人受邀。但第二天一早狩猎长庄园送来急件取消了邀请，因为夜里狩猎长病得很严重，他的老毛病胃痛又犯了。

下午时，狩猎长夫人在彼尔的陪同下亲自前来致歉。谈话之间，她稍微提到昨天到访牧师家的四位农民，她说前一阵子听说要重新召开会议，讨论整治河道的方案，她对此非常开心。

"是的，事情已经在协商过程中了。"她说道，"所以我们应该把希德纽斯先生留在这里。"之前一直背着手在房间里走来走去的布洛姆贝格牧师听到这些话后停下脚步，带着关切的表情说："是啊，我也没有放弃期望，协作的力量一定会取得胜利。"他的妻子一句话也没说。而狩猎长夫人则越说越多，甚至透露出她已经为彼尔的将来做好了详细的安排。

"你们记得车站旁的那所白色的宅子吗？自从彼得森遗孀去世后那里一直空着，我实在想不出还有什么地方比那里更适合希德纽斯先生居住了。那座宅子从路上看过去非常漂亮，可以好好收拾一下，开辟一个漂亮的花园，再把房间布置得舒适实用一些。"

英格尔站起了身。她熟知这些话中暗含之意，感到十分气愤和羞愧。近来，她对狩猎长夫人的好感程度大大降低，不仅是因为她看清了，狩猎长夫人一直巧妙地使用手段想让她嫁给彼尔，她还开始怀疑，在夫人的热心之下，隐藏着对彼尔吓人的着迷，有时候夫人对彼尔的称赞简直令人生厌。

用过咖啡之后，一群人在花园里散了会儿步，然后还去了小山上，但英格尔和彼尔之间却没有走近交谈。布洛姆贝格夫人一直盯着他们，大家一返回，马车就开到了门口。狩猎长夫人得回家照顾生病的丈夫，彼尔也没有受邀留下。告别时，狩猎长夫人拥抱英格尔，想亲吻她的嘴唇，英格尔却不太高兴地转过了身。她曾经非常喜欢狩猎长夫人的爱抚，最近却总是抗拒。

几天的时间里，一对恋人一直没能见面。狩猎长夫人因为丈夫的病而无法离家，彼尔也因此不得不缺席当地的圣诞节庆活动。他心怀遗憾也只是因为无法和英格尔见面。考虑到英格尔的美貌和她身为牧师之女的身份，想必一定会是年轻人注目的焦点。但他又想到，除了一些土里土气的农民儿子和一些青涩的学生，这里并没有什么年轻人，也就不再担心。

那个摆满了各种书籍的书架仍放在他的房间里，和以往不同，他却只想读一些轻松的东西，他浏览着长篇小说、喜剧和短篇小说集，既能打发时间，又可以缓解焦躁情绪。自从那天不得不在家人面前放低自己之后，他对宗教书籍就产生了厌恶。他无法把秋天的挣扎中所了解的上帝和布洛姆贝格牧师发人深省的著作中给人以希望和温暖的上帝形象联系起来，那个上帝善良慈悲，充满了抚慰人心的力量。他也翻过几眼那些书，但阅读过程中，感到的是和圣诞节那天在教堂里听到布洛姆贝格牧师的布道一样的失望之情。在这些关于生与死，罪恶与慈悲的动人却千篇一律的说教中，他的思想无法再获得平静。他已经过了不经思考就能感到情感上的满足和触动的阶段。他的心灵想要得到滋养，他对真理的渴求希望获得解答。但在这方面，他需要的是面包，获得的却是鲜花。现在他已决意让思想休息一下，他厌倦了毫无收获的探寻和渴求，想暂时关闭那扇走不通的通往另一个世界的大门，他想集中精力在自己的选择之上，考虑清楚自己在有限人生中的生活与幸福。

以前他曾觉得，在没有通过考试，取得职位，为将来的生活打下坚实的基础之前，他是不会向英格尔求婚的。但是就在等待她到来的一个小时又一个小时中，又唤醒了过去他身上的那种大胆，现在他决定只要一找到和她独处的机会，他就要将事情了结。

除夕前一天，他终于有了再去拜访牧师庄园的机会。他已听到好几次对狩猎长情况的询问，而就在这天早上，狩猎长的病情有了好转的迹象，于是早餐时他就请求去波斯特拉普一趟，把好消息告诉牧师一家。

很快，他就动身出发了。他已经计算过，最早也是最好的时机就是下午一两点之间，因为那时英格尔会独自在客厅练琴。因为不想引起人注意，他就没有乘坐马车。天气晴朗，路面情况也很好，久困在屋子里之后，他也想锻炼锻炼。冬日阳光在田野里拖下长长的影子，时不时能看到怀孕的母羊在地里啃噬草茬。他惊讶于自己的信心和冷静。他感到一种奇特的近乎宗教式的紧张，听见自己迈着有节奏的希德纽斯人式的步伐踩在林中冰封的大地上。那声音似乎将他和某个遥远的世界联系在一起，力量、平静和希望悄悄涌遍他的身体和思想。

当然事情并不如他所料。他一走进牧师庄园大门就遇到了布洛姆贝格夫人，她正在院子里喂鸡。她克制而有分寸地感谢他带来消息，然后请他进了屋。英格尔确实坐在钢琴前，但她母亲却不肯让出一步，一问一答都围绕着狩猎长的病情。最后，穿着黑色短外套的牧师进来了，立刻就引开了话题。

就在彼尔准备无获而返时，院子里传来了马蹄声。一架旧式马车驶到了门前，原来是临镇的牧师夫妇前来作圣诞节的拜访。屋子里备上了一盘子红酒和小饼干，然后又上了巧克力和咖啡，英格尔也帮着招待客人。

一个小时之后，牧师夫妇离开，就在布洛姆贝格牧师夫妇送他们上马车的短短几分钟内，英格尔和彼尔订了婚。布洛姆贝格夫人再次走进屋子，立刻就发现有事情发生了。英格尔正背对房间站在可看见花园的窗前，彼尔则站在她身边。"发生什么事了？"她直挺挺地问。彼尔走到她身旁微微鞠了一躬说："我刚刚向您女儿求婚，她已经答应了。"

穿着短外套的牧师跺着脚走进来，当他听说发生的事情之后，脸色变得非常严肃。一开始，他还说着传统啊、义务啊什么的，但只要涉及感情问题，他是很容易被打动的，于是很快就笑着伸出双手搂住英格尔，称呼彼尔为儿子，两眼含泪向他们祝福。

求婚到底是怎样进行的，彼尔自己也不清楚。后来，他还是从英格尔那里听说的，英格尔描述的很有些戏剧性色彩。她说当时她正准备跟着父母一起去送牧师夫妇上马车，彼尔却突然捉住她的手把她拉了回来。

"你抓得真紧啊，我几乎都要叫出来了！你简直想象不出有多痛。"而这句话也是实实在在的抱怨。

大家聚在牧师家里，决定结婚的事情先保密，直到彼尔通过考试为止。这一点是布洛姆贝格夫人坚持的，而彼尔也乐意地听从了。就连狩猎长夫人也不能事先告诉，英格尔很快提出要求。但彼尔一回到卡斯霍尔姆，事情就瞒不住了。

"您订婚了！"狩猎长夫人一看到彼尔就脱口而出。

彼尔再一次体会到，就像灾祸从不单行，好事也总是成双。几天之后，他经历了一次意想不到的探访。一天早上，圣诞节那天他在牧师庄园见到的两个农民驾着马车到卡斯霍尔姆来了，他们说想找彼尔谈谈。这两个人身材都很高大魁梧，穿着朴素，举止也透着一股天然的高贵。彼尔请他们坐下，虽然对此毫无准备，而且也缺乏和农民谈话的经验，但他们还是就计划谈了将近两个小时。这两个人强调说自己不是受任何人所托，他们来找彼尔仅仅是因为听说他有计划重新调整河道以降低草场的水位的传闻。如果此事当真，他们表示愿意在彼尔方便的时候，就此事进行进一步的商谈。

他们的言谈整个过程有些过于谨慎，还流露出不信任的感觉，与他们魁梧的外表和自信的举止形成了奇怪的反差。虽然提问表明他们对工程的技术层面和法律层面都作了详细的研究，但却想表现出只大概知道此项建议的样子。当其中一位不小心透露可能会召开一次新的会议时，另一位赶紧补充尚不知能有什么结果。然后，第一位农民也澄清，他也觉得此事没有什么希望。

两人走后，彼尔立即感觉他们是来最终向他请辞的。但之后他和狩猎长夫人重复了谈话的经过，夫人熟知农民们交易的方式，竟调皮地笑着祝贺他，说他现在就可以量体裁衣准备制作结婚礼服了。牧师一家也充满了期望。很快传出消息说那两位农民已经前往哥本哈根找当地议员代表商谈了，希望能获得国家支持以帮助他们完成工程。

现在彼尔每天大部分时间都是在牧师家渡过，英格尔也渐渐克服了自己的羞怯，每次彼尔来，她都能向他敞开更多心扉。但她也没有放弃原本的平和心态，每次彼尔吻她时，她甚至会噘嘴生气。但她的温柔态度也让彼尔确实深受触动。如果他来的时候天气不好，她总会体贴地送上一杯热茶，甚至滚烫时就逼他立刻喝下去。晚上他步行或乘坐马车会去，道别时她也会从肩上摘下披肩亲手围在他脖子上以免受风寒。她的爱就像是在对待襁褓中的婴儿，而彼尔也没有一句抱怨任由她把自己当孩子对待。

他和岳母的关系也发生了喜人的转折。为了英格尔，他费了很大劲来改变岳母对自己的抗拒，而他也确实成功了。他发现，岳母喜欢在做针线活儿的时候旁边有人逗乐，主要是喜欢有人为她朗读篮子里的书。于是，每天下午彼尔都会为她读上几章这家里珍藏的流行和富于教化意义的小说。虽然他并不喜欢这些书,但听到自己的声音混合着母女俩忙碌的穿针引线的声音,还有炉子里令人舒适的噼啪声,慢慢地也觉得这样的时刻非常惬意。

过完主显节的第二天,他就回了哥本哈根。他不敢太长时间不回去学习,另外,由于狩猎长的病情又一次恶化,这也不是做客叨扰的好时机。最后一天告别之时,他看见英格尔第一次动情了。她两眼闪着泪光抓着他的手,就像永远都不想放他走一样。马车开出后,岳父母和家里的小孩子都围着她站在石阶上挥手,直到马车驶出大门。后来,英格尔还跑到花园里爬到栅栏上朝他挥手。

尽管如此,彼尔还是有些失望。直到最后一刻,他仍在希望英格尔会请求父母同意,送他去车站。确实,天气太过春寒料峭,然而他还是很惊讶,她竟然完全没有这样的想法。这时他看着马车上旁边的空座位,不由自主想起了雅各贝。他还记得雅各贝在信中曾这样表达自己的思念之情。她说,为了能和他相聚一分钟,她愿意绕行地球三遭。他想起自己当时觉得这样的说法太过狂热夸张,而现在等他自己真正坠入爱河,他终于明白了这样的感情。

马车行驶了半个小时之后,他看见了车站,然后马车经过了狩猎长夫人为他和英格尔物色的那幢小小的爱巢。小屋坐落在一座小山脚下,离大路不远,是按小别墅风格建造的,虽然现在正值冬日冰天雪地,但小花园看上去仍很舒适迷人。他为这幕景象深深打动了。有朝一日这陌生的房屋真会成为他的家吗,这温暖的小巢穴真的等待着容纳他的幸福吗?他这个曾经激怒了所有生命中的守护天使的人,有一天也能得到他曾傲慢违抗的温柔善良的力量的保护,和英格尔一起生活在这些现在空荡荡的窗子后面吗?站在这里的路上,透过这光秃秃的荒凉花园,将来也能听到他孩子们的哭笑声吗?而房屋背后的小山上将来也会建起他用来做实验的风车,有一天也能像向世界昭告他所取得的伟大成功吗?

当火车摇摇晃晃前进时,他发现和他同在一个车厢的是一位白头发的小个子,他很快认出这是他求婚那天和妻子一同到岳父母家拜访的牧师。这位牧师总是十分喜悦的样子，十分健谈，他也认出了彼尔，于是两人交谈起来："您是已故的希德纽斯牧师的儿子对吗？我对您父亲有所耳闻。他那个人不太和别的牧师来往，喜欢独来独往。不过您的母亲我从年轻时代就非常熟悉了。我们出生于同一个小镇，都是维勒郡人，年龄也相仿。我看得出来，您和她有点儿像。那天我在布洛姆贝格家看到您，就觉得您的脸让我想起一个人来。不过当时我想不起来您母亲少女时代的名字了。后来我才想起来是索尔森一家人。现在，我看到您就像是看到您外公在我眼前活了过来。不过，您也许没见过他。他是一位很了不起的人啊，直到去世那天都还很开朗，充满了活力，总是对周围的一切事情充满了好奇。他很热情，对我们那个小城简直就像个恩赐，您母亲也是那些天真的年轻人们关注的中心。啊，天啊！那些快乐的日子！我记得有一年圣诞节期间，镇外五英里远的地方有个农家举行了一场化装舞会，我们所有的年轻人都受到了邀请，大家自然都高兴非常。但是当天下午暴雪一直下个不停，于是谁也不敢出去了，大家都很沮丧。当我们都坐在屋子里极度郁闷的时候，街上传来雪橇铃声和甩鞭子的声音，我们跑到窗口——我们看见了谁？原来是克尔斯汀·索尔森要去参加舞会了。她不想待在家里，最终决定要是没人肯载她去舞会的话，她就是穿着白袜子走也要走过去。因此，我们所有人自然都受到鼓舞，这小小的冒险最后真是快乐。我们所有人渡过了一段美妙的时光。"

"抱歉，"彼尔有些尴尬地打断他的话，"您一定是弄错了。那不可能是我母亲。"

"但是您不是已故的约翰尼斯·希德纽斯先生的儿子吗？"

"我是啊。"

"那我就没错。"

"我母亲其实还有个妹妹。"

"啊，您说的是可怜的西格妮啊，是的。不过她身子弱，经常生病，年纪也小。但是您母亲却很健康，虽然个子不高，但却很漂亮和善。我还记得有一年夏天，我们一群年轻人计划结队到森林游玩，当时我们乘了三辆大马车开到镇子外十英里远的地方。那片森林是一位男爵的领地，出于这样那样的原因，他和当地人关系都很紧张。虽然那片森林有好几百英亩地，他自己又住得很远，但还是在各个入口张贴了严格的行为规范。他规定不准离开林中的主路，不准在林中叫喊或是玩闹以免惊着了野生动物，特别是还严令禁止吃东西。这些规定让大家都很憎恶他，我们对此不以为然，就像向他挑衅。就这样，我们停在一块草坪空地上，拿出食物篮子和咖啡壶，心中很是满足。接着我们都像挨了一耳光一样愣住了。原来男爵本人和他的猎场看守朝我们来了。都说男爵行为粗暴，光是长相都把我们吓得大惊失色。他身材雄壮，脸色红红的就像火鸡。我们都吓呆了，不知道该怎么办。这时您母亲站了起来，麻利地倒了一杯咖啡走过草地递给男爵。直到现在我仿佛还能看见她一袭淡紫色的衣裙仿佛就在眼前，她当时戴着一顶大大的草帽，形状就像是装满了花朵的小篮，当时很流行那样的款式。她娇美的身影和轻盈的步伐令人赏心悦目。然后她对男爵行了个屈膝礼，调皮地请求他赏脸到草地上做客。男爵根本无力抗拒，其实他心底里也是个好人，最后他还请我们回去的路上到他的庄园去做客，尝一尝他的香槟。我们谁也忘不了那一天。您母亲从来没和您提起过吗？"

"没有。"

火车停在一个小镇上，健谈的老人下了车。彼尔很高兴又只剩他一个人待着了。牧师讲的故事让他很伤心，火车越行越远，他想到自己对母亲的家族和她年轻时代知道的多么少啊！从前，父亲总是带着极大的满足回忆他少年时代在贫穷的牧师庄园的生活，还有他的父亲和祖父。母亲却很少对大家谈起她的家人和亲戚的情况。母亲唯一的兄弟在菲茵岛的某个地方做医生，但彼尔却从没见过。那位舅舅从没来过他们家，他的名字也很少被提起。

彼尔一只手托着脸颊坐在窗边，意气消沉地看着窗外掠过的田野，天已经渐渐黑了。他终于明白那天读完母亲的遗信后为什么会浑身战栗了。

 第二十五章

过去的几个月里,雅各贝一直孤身一人静静待在西里西亚的小城赫施堡待产。一月十日夜间到十一日清晨,产前阵痛开始出现,一早她就给布雷斯劳的朋友发了封电报,这是她唯一吐露秘密的人了。这天晚些时候,医生被请了过来。雅各贝整整经受了一昼夜的疼痛,虽然她一直饱经疾病痛苦,但还是无法回忆当时的惨痛。孩子虽然活着来到世上,但出生后很快就死了。雅各贝甚至未能看上一眼,因为为了挽救母亲的性命,不得不放弃了那个孩子。

她在床上躺了四个星期。几乎到了春天她才有恢复了足够的力量能够坐起来了,她包裹得严严实实坐在房东太太的小花园里,眺望着一派嫩绿春色中耸立的顶部白雪皑皑的雪峰。然而,就是再美的风景也无法让她高兴起来。她处于失去孩子的绝望之中,感觉是如此一无所有,连活在世上

都感觉已无必要，脆弱无助的情况下，她忍不住失声痛哭。孩子出世前几个月，她和孩子如此亲密，感觉她继承了自己身体中最美好的那一部分，但是现在她又什么都没留下来。羞愧、耻辱、父母的担忧还有朋友的同情，她从没想过没了孩子是解除了自己一个巨大的负担。跟孩子让她体会到的喜悦相比，跟她在孩子身上寄予的开始一个全新生命的希望相比，从前她为此所承受的所有压力和折磨都慢慢不值一提了。

父母一直都以为她在布雷斯劳，定期从家里寄来信件告诉他家里和朋友圈子发生的事情。她听说艾伯特娶了一位十九岁的女孩，她的妹夫戴林现在进了议会成了议员，南妮在一次皇家舞会上被介绍给了一位王子。但是所有这一切她都漠不关心。她坐在小花园中，脑后垫着软垫，脚下踩着脚凳，长时间望着路上经过的孩子们。

那些大多都是穷人家的孩子，脸色灰白，都是一副营养不良的样子，显得十分可怜。虽然是在这样一个农村小城，道路上铺砌的石砖缝中春草正在萌芽，但这里也像工业城镇一样到处都是这样的孩子。他们每天从门前路上经过两次，到隔壁的小学去上学和放学回家。雅各贝尤其注意到一个七八岁的孩子，他身体不太健康，脸色发青，鼻子下面和脸上都发肿了。他常常拖着一双过大的木鞋，胳膊下夹着小写字板，慢吞吞跟在大家后面。等她能够稍微到花园外面走一会儿了，一天她就叫住了这个孩子，和蔼地问了他几个问题。但是男孩却一副不解的表情，用他那双蓝盈盈的无神的大眼睛羞怯地瞪着她，没有回应就继续拖拖拉拉往前走。走出五十步左右，他又担心地回头看，当看到雅各贝仍站在原地看着他时，他不由缩回了头，像是在保护自己不受危险一样。

"可怜的孩子。"她大声说着又走了几步。这个得不到照顾的小男孩对陌生人过早表现出恐惧，这让她一颗充满母爱的心跳得更快了。

过了一段时间之后，有一天她远远跟着这个小男孩想看看他住在什么地方，然后发现他消失在一排又长又矮的工人宿舍，每两三扇窗户之间就有一扇门。她四处打听一番才得知男孩的父母是谁，他们一家人过着怎样的生活。这样悲惨的工人之家在这里很常见，父母们都在机器旁干活儿，孩子只好交给老天听天由命了。这些孩子们在家里吃不饱，在学校挨打，在街上也会被警察盯上。在这样的情况下，孩子们逐渐变得麻木，心肠变硬，最终成为罪犯或是一无是处的人。

雅各贝以前从没这么近感受过贫穷，因此这种情景给她留下了深刻的印象。她到处搜集信息，想知道工人们的工资有多少，每天上多长时间的班，居住条件如何，工作车间的卫生状况怎样，年老之后如何赡养等相关的信息。弄清楚之后，她的心中脑中都充满愤恨。对于这种压迫，她决定不能只当一个旁观者，每一次强烈的印象都激励着她想要做些什么事情。她凭借着这种新冲动的帮助，最终采取了行动。她在房东太太，一位善良的准尉军官遗孀的帮助下，没有过多考虑就在花园里办起了一座食堂，以便饥饿的孩子们能在上学和放学的路上有些热乎乎的东西吃喝。现在，她把原本为自己的孩子所保留的爱和奉献的精神都投入在这群无家可归的流浪儿身上，倾洒在这五六十个脏兮兮的脑袋身上——她准备以此作为开端。一开始，孩子们害怕得不敢上前，她的做法也招来城里居民的讪笑。但是热汤的香味飘过了花园的栅栏，总是摆满食物的桌子也逐渐战胜了孩子们的羞怯。就连那个脸色煞白，脸颊发肿的蓝眼睛男孩也在一个晴天走了进来，坐下来往嘴里塞着食物。

这次经历让雅各贝想了很多。随着她身体逐渐复原，生活原有的魔力又在她身上发挥了作用，她心里又充满了对新生活的向往。她在给布雷斯劳的朋友的信中这样写道："你有没有仔细想过，我们这个时代——我们这个伟大的、美好的而又充满进取精神的时代——为生活在贫困环境中的孩子带来了多么绝望的命运啊，在帮助他过上人道的，甚至仅仅是自然的生活方面，我们社会所付出的努力是多么少啊！在那个被称作家的空荡荡的房间里，这些穷人家的小孩子们很少见到父母，不得不走进学校，而这些学校大部分也比收容所好不了多少。国家作为这些孩子永远的保护者，本该经得起信赖，让人能放心把孩子交给他们看管，但实际却让人不敢恭维，像是学校里偏狭的老师，残忍的警察，讨人厌的监管员，或者是总拿死亡、审判和烈火炼狱来威胁他们的牧师。在这样的情况下，他们身上怎么能唤醒社会精神呢？长此以往，如何在公民中实现真正的博爱呢？想要加强已经分崩离析的家庭生活的影响是无用的。曾经是社会基础的家长制家庭现在已经阻碍了社会的发展。那么我们该用什么来取代它的地位呢？我现在一直在思考这样的问题，晚上做梦甚至也会梦见。成年人还可以得到一些社会救济，他们有教堂、音乐、课堂、酒馆、剧院还有祈祷会。但孩子们呢？告诉我，这些可怜无助的小家伙们该向哪里求助？我觉得只有一个办法，就是学校应该逐渐介入，取代家庭的地位。当然了，学校教育必须发生变化，应该逐渐回归传统，应该回归到过去修道院的样子，成为一个避难所，一个永远开放的休息场所。学校同时在别的方面也应该做出彻底的改变，它的外表，它装饰漂亮的房间，它的结构模型都应该让孩子们感到心灵上的舒适和快乐。应该向孩子们传授乐观而富于成效的生活态度，能让他们在为生存而进行的斗争中，比过去由修道院教育的孩子和我们这个时代的很多孩子更坚定，因为那些孩子每当面临失望，总会立刻对生活失去信仰，对幸福失去信心，一旦受了伤，就会跳上过去的保姆——教会腿上寻求安慰。

"但是我瞧见你的脸上画着一个大大的问号。你不禁会问，她为什么要和我说这些东西。你一定会很好奇。我其实是想告诉你，在这里孤独生活的过程中，一个全新的世界在我眼前展开了，虽然我现在还有些迷惑。你知道吗，我实实在在的正在考虑将上面的想法变为现实。我正在做一个长远的规划，想到哥本哈根为穷人家的小孩子们开办一所学校，就按照我现在所构想的模式来。它将花去我将来所有的财产，但是我又没有人可以继承我的遗产，除此之外还会有更好的用处吗？首先，我想先研究一下这方面已经有过的尝试，我想从最基本的方面开始将有关学校的问题全部回顾一遍。我记得曾经听人讲起，还是读过在美国的某地曾经发起过类似的运动，所以如果有一天我跨越了大西洋，你可不要吓一跳啊。不过暂时，我还是会让我所抚养的孩子们一起待在这里。我还不能离开教堂里那个小小的坟墓而去。鉴于此种原因，你将有一段时间见不到我了……"

春天时，彼尔荣幸地通过了考试，但他的兴奋没能维持多久，因为他几乎刚走下考场就穿上了军服进了军营。过去犯下的疏忽现在只好接受惩罚。过去他曾一年又一年地推迟服兵役的时间，希望能通过菲利普·萨洛蒙的影响，最终逃掉兵役。他被招募到工兵营中，整个夏天都要和那些在他眼中还是半个孩子的年轻人在哥本哈根军营中列队训练，挖沟壕，编那些防御用的篾筐。但最让他痛苦的并不是体力劳动，让他不能适应的是整个军营中充斥的精神上的麻木。他随身带了些书，希望能在闲下来时可以读一读。但完成了每天的训练之后，他还要满足身体的需求，吃和睡成了他闲暇时最主要的活动。然后，他渐渐习惯了只服从命令行动，期待空闲时间反而成了非同寻常之举。

不过到了秋天的时候，他就从这种麻木的精神状态中解放了出来。在为决定是否结束服役而举行的抽签中，幸运之神再次站在了他这边，他抽中了为数极少的号码，不仅免除了冬季的服役期，而且将来都不用再服役了。在过去的九月里，他身心都得到了全面恢复，然后回到日德兰隆重庆祝了自己和英格尔的订婚。这段时间里狩猎长已经过世了，但这非但没有阻碍河道调整计划，反而是加快了计划的进度，令他非常开心的是，准备工作已经进行得非常充分了，他马上就可以开始工作了。

他首先安排好了车站附近的那幢小别墅，那是狩猎长夫人很早就已经为他选好的。那里有五个小房间，此外再加上厨房和两个阁楼间。他暂时只为其中两个房间添置了家具，过得非常节俭。他从来就缺乏在自己周围营造舒适生活的能力，他所有住过的地方，不管这里还是国外的那些房间都是这样。他从一个乡村货商拍卖会上购买了两张涂了漆的桌子，一张漆布面的沙发和几把木头椅子。他对这些零零碎碎非常满意，原因不仅是因为他一心只考虑到经济状况，想要尽快偿清欠家人和菲利普·萨洛蒙的钱，同时也是因为作为一个希德纽斯人，他的内心深处仍然保留着中世纪隐修的修士般的传统，不知不觉间，那种苦修和自然的生活方式对他越来越具有吸引力。他的岳父为他找来了曾经在牧师家工作过的老仆人担任管家，十月的一天，当夏天最后一片树叶被吹散在风中的时候，他终于第一次在自己的桌子边坐了下来。

这座名叫利马特的村庄是新建城镇之一,因为发展太过迅速,因此规划相当随意,车站周围的地区成了人口最多的区域。这里有一家旅馆,一家商务培训中等学校,一家药房,几个商人和工匠,只是没有教堂和牧师庄园。车站后面不远的地方,铁轨从一座令人惊叹的下桥上跨过河流,过去他在卡斯霍尔姆的草地上听到的就是火车从这座桥上经过发出的隆隆声响。方圆十英里范围的居民都以火车通过的时间设置钟表。他以后要工作的地方就在这座桥的两岸,沿着河岸两边推展,一岸延伸了四英里,另一岸是两英里,把利马特、波斯特拉普和波拉普的低地都包含在内。

每天早上,他都要驾着自己的双轮轻便马车出去测绘地图,标记出工程界限以及相关的工作。这样,他渐渐和当地的大多数农民都熟识了,但他们的行为并没能赢得彼尔的好感。单独一个一个打量时,这些人并不像上次在林中大会上给他留下的印象那么深。此外,因为他无法对他们单个人做出判断,这些人的行为看上去都差不多。总的说来,他看到的还是他们那些传统的特征:在金钱上贪婪,固执己见,对一切都充满怀疑——所有这些都是在这样狭隘且排外的小圈子里才会产生的不光彩的特点。他在当兵期间得到的印象在这里也得到了加强。当时他的同伴中有外省工人和农民,其中有很多都来自日德兰半岛。让他印象很深的是,那些工人虽然大部分都来自哥本哈根下层社会,但他们都充满了新鲜的活力,而那些农民则都没有伙伴情谊,甚至似乎也并不清楚什么是伙伴情谊。他们虽然也不会发生争吵,彼此之间也都互相尊敬,但不确定肯定会获得回报之前,他们从来不会为任何人做任何事,同样,不支付报酬的情况下,他们也不会请任何人来帮忙。

有时候,彼尔晚上回到家心情非常沮丧,因为经常有两个本来是挚友甚至是宗教或政治观点相同的伙伴的邻居为一根稻草宽,两辆小车就能推走的沟边土地的所有权而僵持不下,他差不多一整天的时间就这样浪费了。虽然上一代人已经进行了大量的复兴工作,但兄弟情谊仍然只是披挂在他们衣服外面,就像是启蒙大会上和教堂里簇拥着人们的节日气氛,但在日常生活中，尤其是涉及钱财问题的时候，这种情谊却会一点一点消失无踪。就算是和利马特村的同辈人在一起，他也并没有觉得特别快乐。每天晚上邮件送达之后，商务学校校长、药材商、车站站长还有两个商人就会聚在酒馆里类似俱乐部的预留房间里，彼尔也在邀请之列。大家围坐在闪烁不停的灯光下的桌子周围，读报纸，抽烟，喝格罗格酒，时不时还聊上几句。谈论的话题围绕着报纸上的新闻，讨论起这些每天发生的事件时，外面世界再也没有哪里的态度会比这间日德兰乡村酒馆更傲慢的了。校长是这个俱乐部的精神领导，他年纪大约五十多岁，常常能够巧妙地把一些常识加入讨论中来。他是位研究生，曾经试过从政，但没能成功，现在于是就屈居于这个乡村角落里当男校校长，管理四十名学生。他很喜欢降低所有曾经引起世间关注的事情的意义，战争、北极探险、科学与艺术的重大发展、工人运动以及工人阶级力量的增强他都漠不关心。即便是当下最重大的技术进步，农民们全都像孩子般充满好奇，他却从来不放在心上。

"啊，看这里，"一天晚上，报纸上刊登了一条一台新发明的电话的消息，在彼尔对其操作模式进行了详细解说之后，他说，"真是搞不懂，这样的发明为什么不早很多年问世呢。真是太荒谬了，现在我坐在这里却不能心平气和地和中国的人说话，不光是同他说话，还要看见他，感觉他，闻到他的气息。我们从欧洲去美国都还要七天七夜，真是太可耻了！我们应该最多只花七个小时就过去的嘛。换句话说，我们应该在午餐和晚餐之间就能从哥本哈根赶到纽约去的嘛。等我们能达到那一步了，我就会向科学脱帽致敬。"

药剂师也很喜欢说话，虽然他总是话讲到一半就停下来，因为他自己也不知道自己想说什么。车站站长是位退休的政府职员，他多数时候只有喝酒时才会开口，而那两个商人则只是认真地听着校长的阐述。

彼尔在这样的聚会中一点儿也不开心，于是很少加入他们。而每晚去波斯特拉普牧师庄园又太远了，他的马需要休息，劳累了一天之后，再来回走上差不多六英里的路程对他来说也太难了，而且还要考虑天气情况和路面状况。但是待在家里又太孤单难过了。当然了，还有书陪伴他，现在夜晚时间几乎比白天要长了，于是漫漫长夜他就在书本中寻求慰藉。

他一时还沉不下心来研究他的发明。因为他的思绪总是太忙碌了，总是要在牧师庄园和自己家里穿梭不得休息。只有当他在家里安定下来，听着英格尔在一旁哼歌边忙碌时，他才能收拾心情投入工作。

圣诞节的时候他就已经提过结婚的事了，但岳父母一开始没有同意，说英格尔还太小。他们还觉得彼尔的前途还不太稳固。英格尔自己也不是很乐意，但是拖延了一阵子之后，彼尔有时也会低声下气地来商谈，最终他成功了，婚期订在五月举行。

除了孤独以及渴望拥有真正的家庭之外，彼尔想提前婚期还有另外一个不为人知的秘密。他和岳父相处得并不好。他的思想发展渐渐离布洛姆贝格牧师的观点越来越远，他几乎对牧师的观点怀有敌意了。在他看来，什么代表着中产阶级的神，在大家普遍都赞同的情况下，根据众所周知的最具人道主义精神的原则来领导这个世界，真是太可笑了。在过去的一年中，他的思想一直受到猛烈的冲击，他感到一种更加强烈、更具普遍性的意志，以及一个更加宏伟的目标。他每天在这个地区漫步，对于生活有了更深刻的看法，也让他更加疏远布洛姆贝格牧师对于上帝的信仰。佃农的贫困，疾病和愚昧所具有的摧毁作用，从人道主义的观点来看，生活条件的不公平分配令人绝望，也让人抗拒更新宗教观念。相反，他想对生命的神秘逻辑进行更加深刻透彻的理解。而他的岳父很快就注意到了这些，两人的分歧也越来越大。

布洛姆贝格牧师对于周围的人们对上帝和世界秩序有自己的看法持宽容态度，但人们很快就发现，他对于人们对他本人的看法却非常在意。他习惯于在会众中只听见自己声音的回音，认为任何分歧都是恶意和心灵扭曲的象征。他对于其他观点很少表现出尊重态度，时不时地还毫无顾忌地像个孩子般嘲弄别人的宗教观念，只要他自己遭到攻击，就会摆出教会天父般的权威架势，哪怕是对彼尔他也丝毫不肯通融。在这方面，彼尔经常会想起雅各贝曾经说过的话，自古以来，教会总是会自欺欺人，总会打着虔诚的旗帜,来隐藏自己对权力的渴望。因此在漫长估计的冬季,彼尔为自己的心灵寻找着完全不同的养分,以加深自己对生命神秘性的理解。

过去这些年里,他成了一个相当热爱读书的人。只要视野里出现任何一本印刷书籍,他的目光就会自动受到吸引。走进农户家里时,他首先寻找的就是小书架的位置,而他总是能找到,不查看一下书架上的内容他几乎就不会离开。而且上面的内容几乎都是一样——《圣经》,几本英格曼的历史小说,霍尔伯格的喜剧,一卷科普知识,两本农业著作,一些普遍具有说教性质和感伤主义的所谓教科书式的小说,或者是与之类似的牧师和民间诗集,自然还有一排真正具有启迪意义的书籍,主要是布洛姆贝格牧师的作品。

彼尔有时也会找到古老的宗教文学作品,这些又小又厚的书上印着古怪的标题。比如一本书叫作《救恩的油膏》,另一本叫《小金库》,第三本是《效法基督的四本书》,第四本是《耶稣的血和伤口是所有苦恼罪人可靠的避难所》。看到自己家里还保留着蒙昧时代的虔信派的作品,这些家庭总会有些尴尬,因为没有谁会再去读那些书了,彼尔因此也就并不难获得一些作为自己收藏。他要这些书原本只是因为好奇,但一天晚上他浏览其中一本时,看到其中有之前读者特别标记出来的喜欢的地方,他发现,虽然这些过去的很受欢迎的作者笔法幼稚粗糙又夸张,但仍以奇怪的方式打动了他。

他被引导着越走越远。他一直想要探索自身,理解自己天性,哪怕是其中一闪而过的念头的想法也越来越强烈。他从这些作品所处年代的宗教生活开始进行历史性的研究。通过这项研究,他被带回到克里斯蒂安六世的虔信派时期,然后到达启蒙运动的摩拉维亚教会的分离派时期,再到本世纪初期奇怪的一般教徒运动,当下伟大的宗教觉醒正是由此才慢慢发展起来的。这些农民之子和乡村手艺人与当时理性主义者的正教做斗争的画面给他留下了深刻的印象。这些孤独的人们就像最初的传道者一样从一个乡村跋涉到另一个乡村,见证了各式各样的人,遭到他们的嘲笑,被神父迫害,被当局丢进大牢,这一小部分信徒带着他们的福音远离尘世,在我们的国土上重新演绎着基督的故事。

在他岳父的教区中就能找到这些过去人物事件的重现。有位做木鞋的鞋匠和他的家人住在波斯特拉普镇外一幢整洁的刷得雪白的小房子里,他们完全过着与世隔绝的生活,从不和当地的任何人来往。每年有一两次,这位鞋匠驾车载着一大车木鞋进城卖给商人。剩下时间他都待在自己家里,入口处挂着一块木板,上面写着——我和我们全家都侍奉我主。

为了寻找编制加固道路的柴捆的人夏天到田野里工作,彼尔一直在到处搜寻,一天他偶然间进了这座房子。在主屋里,他见着一位年轻的女人坐在摇篮边,两个小孩子坐在旁边的地上静静地玩耍。通往一侧工作间的门开着,一个男人跨坐在长椅上雕雕刻刻。这个人看到彼尔就站起身,表情不自在地走进房中。他中等年纪,个子很高,稍稍有些驼背。他脸上没留胡子,苍白的脸色和耷拉着的眼睛让彼尔不是很舒服。还有他坐在摇篮边打量他的表情也几乎表露出敌意。这人请彼尔坐下,但语气却毫无热情可言。他拒绝了加入夏季整治河道的工作队伍,就像是想把整个工程一把推开一样。但彼尔又继续坐了一会儿。尽管如此,这家庭生活的氛围中却有些什么东西令他着迷。这座小屋里整洁有序得令人惊讶,就好像是正准备迎接贵客一样。这里显然笼罩着一种虔诚的气氛,这种虔诚不仅仅营造出一种节日的氛围,也改变了住在其中的人的举止。比如说,鞋匠在谈话中把一个孩子抱到膝盖上来用一根手指给他擦鼻涕,他的动作是那样独一无二,温柔中带着庄重,一点儿也不会觉得荒唐。在牧师家,彼尔听说这家人属于自称"圣徒"的教派,这个派别近来在全国许多地方都发展很快。他的岳父直接称呼他们是"清教徒",他觉得这些人的出现对教会来说简直是一个丑闻。

每次读到鞋匠的同类欧勒·亨里克·斯瓦尼,或是菲茵岛的科尔斯滕·麦德森以及其他宗教复兴运动时期的传道者的故事时,他的眼前都会浮现波斯特拉普郊外那所安静又让人充满期待的小房子。与此同时,他在阅读过程中也沮丧地认识到,与那些发自内心信仰上帝的人相比,他觉得自己从前不是、以后也不会成为真正的基督徒。然而,并不是因为害怕要脱离世俗生活，他甚至深信自己通过内省而超然物外的精神生活能获得极大的满足。让他反感的是教徒们狂热的祈祷和期望。去年的时候，他也曾经常祈祷，但对他来说，祈祷和虔敬只是为了保卫自己灵魂的纯洁，远离世俗欲望的污染。但他也明白，那些人相信祈祷的力量能切实保护他们不受厄运侵袭，在危险关头和需要时分能为他们提供帮助。

但是他们那种深刻虔诚的祈祷充满了对痛苦和烦恼的渴望。他们憎恶这个世界，他们担心会受到诱惑，他们认为基督教生活就是无止境的朝圣，他们恳求厄运和烦扰降临到自己的头上："哦，主啊，请以泪水的面包让我吃饱，以泪水为饮料让我喝够。我愿把我自己，以及我的贞洁和谦卑都献给您。您的惩罚虽压在我身，但却给我以教导，而实际上这一切都是出自您的慈悲，出于您的爱而让我经受磨难。感谢主，您并没有饶恕我这戴罪之人，而是用沉重的鞭打责罚了我。"

读到这些话时，彼尔就像读到母亲的遗信一样不由自主一阵战栗。这种狂热的信仰毁坏了人类的基本需要，使得人们与生俱来的情感遭到了压制。"诚然，要在世间生活确实是一件悲惨的事。"托马斯·坎佩斯在效法基督一书中写道，"对于敬畏上帝的人们来说，要克服吃饭、喝水、醒来和入睡的自然本能，实在是巨大的不幸和折磨。哦，如果除了赞美上帝之外，其他什么事都不用做就好了，那样你就将比现在快乐得多，而不用每一项需求都要为身体服务。"阅读中还有一个问题让他特别困扰，这种困扰从几年前他随意翻阅柏拉图的《裴多篇》的时候就产生了。阅读时，他越来越清楚地认识到，基督教在基督出生以前很久就已经存在了，只不过是通过基督发展到了顶峰，至少在当时是这样。而让他难以平静的是，如果王公贵族们不是出于自己的利益考虑而将它扶上精神统治宝座的位置的话，那么基督教也不过只是过眼云烟罢了。因此基督教似乎扎根于人类的原始需求之中，要从天性之外的本能中吸取营养，而无论这种本能置于何处，都将最终战胜人类的需求。

"肉体的需求给我们带来了成千上万的烦恼，使我们迷惑，看不清事物的本来面目。当我们活着的时候，只有尽可能少的考虑肉体的需求，甚至只满足必要的基本需求,我们才不会被它所掌握,才能无限接近真理。"

苏格拉底正是这样说的,那么佛陀呢。在彼尔的心中深深地烙印着佛陀的一段语录,每当他的思想陷入黑暗之中时,这段话就像启明星一样为他照亮方向:

"在世上,只有无爱,无恨,无欲,才能无所畏惧,无所束缚。"

世界的各个角落都只有一个相同的答案!不管是什么时代,都有着同样的要求,那就是要自我否定,消灭自我。幸福来源于对自我的克制。但从世界的另一面还有一种相反的声音,即幸福来源于坚持自我,自爱,来源于不断强大的身体力量和坚强的意志力。在精神和肉体的鸿沟之间没有任何桥梁,人类必须做出选择。如果一个人不能像他的岳父和其他很多人一样幸运地拥有自欺欺人的能力,能够用诗意的朦胧面纱对真相加以掩盖,那么他就没有回旋的余地。人必须要有自己的立场,选择十字架也好,选择纵情声色犬马也好,选定了就必须忠诚投入,不能害怕和犹豫,要坚定决心,甚至付出满腔热情。

他通常都把信仰的终极意义视作维持生命并证实生命的合理性。但无论是面对天堂,还是人世,他都无法再获得安慰。在人世中他无法再获得平静,而在基督教中他也不能再体会到家庭般的归属感。他甚至也不可能再回到布洛姆贝格牧师那样纯真无邪的世界,像个孩子般在悬崖边上采摘花朵而不害怕头晕,也不可能再对悬崖下魔鬼般摄人心魄的力量毫无察觉。

三月伊始的一个朦胧的早晨,彼尔的马车正停在门前等待。因为彼尔自家没有停车的地方,于是马车就只能停放在酒馆里,这时酒馆马夫正把胳膊紧紧抱在胸前取暖,嘴里还抱怨着。他已经等了有一刻钟了。

终于彼尔穿着厚大衣摇摇晃晃地走出来了,他仍然没睡醒的样子,默不作声爬上马车,从马夫手里接过缰绳,马车便颠簸前进了。他昨夜又像往常一样读书读到半夜,上床之后思绪又扰得他无法入眠,直到天亮才好歹睡着。而现在,清新的晨风一下子就将睡意从眼前拂去了。这驾马车上实在不适合打瞌睡。这是一驾老朽的破车,使用年代过长,路上稍有不平,弹簧就撞到了一起。但是拉车的马却很靠得住,这是匹挪威马,非常谨慎,哪怕是最缓的坡度也会立即从道路的一侧绕到另一侧。它的视力精准得就像水平测量仪,能发现水平路面最小的起伏。作为驾车人,彼尔一开始想用鞭子帮它改掉这些坏毛病,但很快他就爱上了这匹步伐稳健又机智的小家伙,一天一天的,不管是什么天气,他都任由这匹马儿挑着道路带他穿越整片区域。

驾车去工作的时候,他尽可能地让马车经过波斯特拉普,这样就可以和英格尔道早安了。他知道她会到花园里等他,于是清晨的外出就让他心中充满了喜悦和爽朗。在一天的这个时候驾车也十分享受,尤其是在这样空气清新的早晨,云层在地面上流动,一群群乌鸦呱呱叫着在风中飞舞。

回想起昨夜让他无法入睡的思绪,他不由笑了,不解开生命的谜题,他怕是内心永远无法获得安宁了。这时,他的思绪仍在驰骋,趁着白天的许多琐事还没把他弄糊涂之前,他再次满怀信心地把自己向大自然敞开。在这样的清晨时光,他心中所有的黑暗和怀疑都显得无关紧要了,事实明白无误,他就坐在这里,年轻又健壮,驾着自己的马车行驶在去见未婚妻的路上,他要在她甜蜜的嘴唇上奉上亲吻来庆祝这样的一天。他想感谢自己已不再相信的上帝,感谢有喜有悲也充满着烦恼的生活,不管它最终会将他带往何处。为什么要烦恼这些事情?自寻痛苦是魔鬼的活儿。真的是只有法利赛人一般伪善的自我抬高才会让人无法接受生活中的斗争。再过两个月,他就要结婚了。五月二十日,英格尔的生日那天,他将把她作为头戴花环的新娘娶回家,而他孤苦伶仃的日子从此就将结束了。

今天,他还打算去拜访一个早就该去拜访的人。在调整河道的工程中有两块区域属于波拉普镇,他打算以此为借口去那里的牧师家拜访。自从上次暴风雨那天在棚屋遇见以来,他就没和费亚尔特林牧师联系过了,而那已经是一年半以前的事了。

之前这个怪人独自一人在黄昏的大路上散步时,彼尔也曾碰到过他一两次,虽然他似乎没有认出彼尔来,但彼尔每次还是会和他打个招呼。整个地区到处都能听到人们对他以及他悲惨的家庭的议论。其中最令人难以置信的就是说他的妻子酗酒堕落。

道路往前拐一个大弯就到波斯特拉普镇了,彼尔突然间满脸放光。原来他瞧见英格尔正头上披着披肩站在花园中朝他张望。

"你这个懒鬼!"她叫喊着,"你跑哪儿去啦?"

"你一直在等我吗?"

"我都快冻僵了。"

"可怜的姑娘!"他把马车紧紧开到栅栏边去,在蔷薇丛的阴影中,两人的嘴唇吻在了一起。

"早上好啊,小心肝。"

"你今天要去哪里啊?"

"哦,有好多事要忙呢。我马上就得走。"

"真是受不了你,你总是忙啊忙的。那就再见吧,你晚上来吗?"

"当然来。"

又是一个吻,然后又一个,彼尔说"再来一个"。他的马催促着就要启程,但这对恋人还执着彼此的手,直到不得不放开,"再见!再见!"他们说了一遍又一遍,挥舞着手臂直到马车消失在道路的拐弯处。

在草地中进行了一番测量之后,临近中午时,彼尔驾着马车到了波拉普镇牧师家。费亚尔特林牧师刚好在家,于是就在书房接待了他。那是间几乎和客厅一样大的房间,但是只有两个小窗户,所以光线暗淡。虽然里面也有些家具,但是因为面积太大而仍然显得十分空阔。窗边靠墙的书桌上摊着一本书,彼尔一进门,诵经台上便迎来一个野人般的身影。他脸上的表情奇怪地融合了害羞、好奇与骄傲于一体,同样的表情彼尔那天在教堂时就已经见过了。牧师站在离彼尔几步远的地方礼貌地迎接他,但他一句话也没说,双手也剪在背后。很难讲他有没有认出彼尔来。当比尔开始自我介绍的时候,牧师示意他在沙发上坐下,自己也坐在隔一段距离的扶手椅上。他公事般的语气问自己有什么能帮上忙的,彼尔就表示要对庄园草地上的水沟进行加深。牧师回答说自己实际上并没有权力私自对这片土地做出决定,不过既然是无关紧要的小事,他只要求彼尔提交要进行的调整的示意图以便将来作为调整说明,彼尔答应了他。

整个谈话只进行了几分钟的工夫,之后就是长久的沉默。牧师身体前倾,叠着两手坐着,显然是在等待彼尔离开。然而,等彼尔确实表现出要走的样子时,他又担心表现得不够礼貌。他问彼尔在哪里住,和邻居相处得好不好。当听说彼尔已经在车站附近的房子住下时,他说那样他就高兴了,还说围绕着车站,利马特村已经慢慢发展成一个真正的小镇了。他提到校长、药材商还有其他几个居民。不过,他对彼尔未来的岳父和波斯特拉普牧师一家却只字不提。

自从暴风雨那天相遇以来,彼尔就对牧师怀着巨大的期待,因此对于现在这种普通的谈话就感到有些失望。另外,把他和格罗格俱乐部那些人联系在一起,也让他有些受伤,况且从牧师讲话的语气中可以判断出,他对这些人评价并不高。彼尔强调自己在利马特只和书打交道。

牧师稍稍抬起头,虽然还是没有看彼尔,但他灰黄色的没有胡须的脸上却闪过一丝留心倾听的表情。

"啊,这样啊,"他说道,"孤身思考的生活也自有其妙处,从中肯定也能获得宽慰的。您或许还会认为是种福气。另外,"他微微笑着补充,"独处的生活有时候还会非常热闹。当你对自己进行一番彻彻底底的审视之后,常常会觉得很陌生,觉得自己成了陌生的客人一样。"

这番话击中了彼尔,他试着做出比较:"但是很不幸,陌生的客人往往最难招待,常常令人感到焦急和不适。"

牧师扭向一边的脸上再次露出惊喜的表情,但他没有就这个话题深入,而是补充了几句作结:"我们喜欢求助于他们的思想来逃避自己的想法。但是书籍却令人很愉快,人们允许自己在书中表达的思想往往不会太吓人。"

又是一阵沉默。牧师显然不想继续深入这个话题了。彼尔于是站起身,而牧师也没有挽留,但他的行为完全没有失礼之处。告别时,他伸出手——一只相当奇怪,干燥而温暖的手——并且谦恭地道歉说因为害怕凉风,因此就不送他出门了。

这次会面虽然简短且平淡，但彼尔却还是沉醉其中。在波斯特拉普牧师庄园用晚餐时，他谈论这件事的方式引得岳父很不快。"他是个可怜人，"岳父说道，"我很讨厌他，他从来就不该当什么牧师的。"

第二天彼尔就着手绘制费亚尔特林牧师要求的工程图。他费了好一番力气，画完后还用一张厚厚的大纸誊了一遍，额外又附了一张牧师庄园和周边地域的地形图。

一周后，当他又一次经过波拉普时，他就把马车赶进庄园去送文件。牧师很不习惯有人对他的要求这么认真，看到绘制得如此精细，不由不自在起来，他发自内心地感谢了彼尔。彼尔立即示意自己要走了，牧师显得很不安，向他表示歉意说上次来访时他不太舒服。为了让彼尔留下来，他把彼尔推着靠在沙发上，很快就敞开心扉促膝交心起来。

他们从彼尔送来的图纸谈起。彼尔告诉他在庄园的草地里蕴含着大量可作燃料的泥煤。不过因为埋藏在离地表很深的地下，要开采可能得花费一番力气。但也正因为如此，泥煤的质量很好。他说自己确定只要购买一台小型的抽水泵就能保证挖掘环境的干燥，这样就能产出大量的泥煤。费亚尔特林牧师站在彼尔面前的一小块长条地毯上，地板的其他部分都光秃秃的，牧师露出虚弱的、像生了病似的微笑，摇摇头。他说就把这项工作交给继任者吧，自己的健康状况已经不足以计划将来了。

"而且，"他又说道，"即便死神暂时放过了我，我也不知道教会和那些热心的管理者们还会允许我对着空荡荡的座椅布道多久。"

彼尔唰地脸红了，试着礼貌的表达自己的反对，但是牧师不给他说话的机会："我是没有任何幻想的。我们这个时代，宗教也成了市场上的货品，你不可能因为人们挑最便宜的商店就责备他们。"

彼尔觉得有必要维护自己岳父的观点。但是费亚尔特林牧师没有提到任何人的名字，他表示在他眼中，在对待生活这样重大的问题上，那种和蔼的、半以恩人态度自居的，或者仅仅是好奇的态度比根本没有态度更糟。信仰需要激情，在没有激情存在的情况下，那仅仅是在调戏上帝罢了。靠人工的方法激起信徒的精神活力根本就不是在为严肃真诚的信仰准备土壤,这样起到的作用完全是相反的,它摧毁了每个人心中对上帝真实态度的萌芽,甚至可以说是在为严肃的怀疑准备土壤。他在地毯上来回踱步,最后突然停在房间的另一头,就像是在提醒自己不要探讨得太过深入。但他谈话的欲望已被激起,他在孤独中思索出的想法接连涌现,话头再也打不住了。

"现在科技的发展难以推卸自己造成人们认识越来越肤浅的责任。机械时代的快速发展也蔓延到了宗教领域,人们在各方面都习惯了用最少的人力就能满足自己的需要,因此就要求在信仰方面也能如此,要尽量少的耗费时间和精力。而上帝旨意的布道者——不管是牧师还是信徒——大多没有坚定的意志能够抵御住那样的要求。当然,对于人类灵魂以及维持灵魂活力的必要条件,我们知道的少得可怜。"他越说越激动起来,"但是普遍的观点都认为世俗的幸福会造成人类精神上的贫乏。灵魂的本质要素就是悲伤。欢乐只是兽性在我们身上的残余。因此你会发现,人们在富裕的时候就很容易爱慕虚荣,装腔作势,而在悲伤的时刻却会反思自己,潜入每个人内心的神圣之泉中,会让自己的行为得到彻底的美化。

"诚然,基督教宣称自己是世界上的'福音'。但是如果这个词按照字面意思理解,人类就会陷入无法化解的矛盾之中。宣称自己是喜悦、和平以及幸福的信仰阻塞了灵魂的滋养之泉,也抑制了精神生活。就连死后会有完美天堂的说法也很难与我们目前的宗教观点相融合。但丁在地狱入口写下的'抛下希望'的文字非常合理,其暗含的深意也发人深省,但这句话应该铭刻在所谓的天堂大门上,因为这里人们的灵魂已经不再需要任何成长了。就人类有限的分辨能力来看,好像我们现在只有居于未受救赎和遭受诅咒的境地才能获得灵魂的净化,才能得到宗教认可的真正救赎。

"但是我们很有可能根本没有理解上帝福音的真正意图。如果是这样的情况,那我们就会认识到,为什么经历了两千年的历史,虽然它具有伟大的教义和诺言,但基督教还是没能实现人类道德的进步。有些神学家否认基督的神圣出身,但事实上他和《旧约》中上帝的关系很难辨别清楚。你甚至可以毫不夸张地说,基督完全是上帝的对立面,甚至可以说是上帝的讽刺性描述。可是如果基督不是上帝之子,那么谁又能向我们保证,上帝让他出生,受难并且悲惨地死去不是在为我们树立榜样呢?"费亚尔特林牧师突然停下脚步,仿佛是在担忧自己的话里有什么错误一样。说了这长长的一段话之后,他的额头涨红了,从肩膀到脸上都在紧张的抽动。

"好了,我希望你能明白,我说这些话并不是为了好笑。我想基督的形象和他的使命最终会接受严格的审视,这一天就要到了——那么就不要带偏见,审视得更为彻底一些吧,因为我们能否得到救赎尚不能明确。"

对于如此宽泛的想法,彼尔不知如何回应。而费亚尔特林牧师显然并没有意识到,自己离刚开始的话题已经距离有多么远了。他也没有觉察到身后的门开了,他的妻子走了进来。彼尔起身鞠躬后,他才转过身,沉默了下来。

彼尔承认人们对牧师夫人的描述并没有夸大。她已经胖得没了形了,古铜色的酒鬼脸上,一双呆滞的眼睛死死地瞪着,脸上什么表情都没有。她显然试着打扮了一番,但却显得更加邋遢。她的头发用水匆匆忙忙地梳顺了,还穿着一条相当得体的裙子,但是从她头上戴歪了的帽子下面可以看到她其余的头发乱得就像枕头里的填絮,裙子下面露出一双穿烂了、没有刷洗的鞋子。

丈夫介绍彼尔时,她非常动人地笑了:"希德纽斯先生,您一定要赏光和我们共进晚餐啊。晚餐已经在桌子上摆好了。"

彼尔不知道该如何回答。对牧师的同情压在他的心上,他本想说"不用了",但又害怕拒绝会刺伤了牧师的心,于是只得接受了邀请。但让他惊讶的是,费亚尔特林牧师对妻子并没有丝毫的不耐烦。整个晚餐过程中,牧师都有一点儿不大自在,还显得非常心不在焉,但他对妻子却非常体贴关心,甚至可以说是相当殷勤。牧师妻子显然根本没有意识到自己是一个耻辱。餐桌上的话题都是她提起的,她的口齿相当含混,说起哥本哈根,然后又记起她的父亲曾经在北西兰岛上当牧师。此外,她从不听别人说的话,最终只有她一个人在喋喋不休。

重新回到书房后,彼尔立刻就明白了中断的谈话不可能再继续了。牧师也没有请他留下来，但是在告别时，牧师送他到了门厅，再次感谢了彼尔的体贴周到，并强调说如果他经过时能再进来看看他会非常高兴的。

彼尔很高兴这样的邀请，于是接下来的日子里经常以挖掘沟渠的借口去牧师家拜访。后来，他甚至不用找理由，也总是受到欢迎。然而，他却从来不去波拉普教堂做礼拜，不仅是出于对岳父的尊敬制止了他，他第一次听见费亚尔特林牧师布道时的印象让他不想再去参加了。牧师在布道台上的形象就是木偶戏中的小丑，他并不是一个能吸引听众的演说家，他甚至连个预言者都算不上，他只是一个探求真理的人。要想了解他，必须要到他的巢穴去探访，但即便这样，他有时面临突然造访还是会显得很焦躁不安，就像是突然见到光线而心烦意乱的蛾子一样。要么是觉得自己的穿着不合陌生访客的眼缘，要么是成为自己想象的病症的受害者，不停的从一个椅子上挪到另一个椅子上，或是双手抱着头直挺挺的坐着。但和彼尔在一起的时候，他一般很快就克服了羞怯，一旦他做到了这一点，就能够不知疲倦地讲上几个小时。

彼尔在波斯特拉普牧师庄园从未提起过自己一直在和这位异端牧师联系。甚至对英格尔也没说起过。他知道她会像她父亲一样愤怒的，现在他还无法让她理解自己对这位新朋友的兴趣，因为她仍然抱有孩子气的想法，认为自己的父亲总是对的。他必须等到他们住在一起之后才能告诉她。之前他曾和岳父就精神问题发生过几次小争吵，英格尔事后对他非常生气，并告诉他说，在这样的争吵中反抗父亲的观点会被视作年轻人的自负。

对费亚尔特林牧师的秘密拜访使得彼尔笼上了一层神秘的光辉。这都是被费亚尔特林牧师非凡以及广博的见识所赐。彼尔因此第一次了解了中世纪神学。他被引进了拜占庭式的思想殿堂，宗教改革之前充满了哥特式幻想的思想家们对诸如迈斯特·艾克哈特、约翰尼斯·陶勒尔、鲁斯布鲁克以及杰勒德·格鲁特等大师充满了崇敬，而费亚尔特林牧师显然对这些大师们进行了详尽的研究。他似乎对古往今来所有的流派和观点都了如指掌。他甚至对很多奇异的宗教狂想的不同门派也很熟悉，像是撒旦崇拜、蔷薇十字会、黑色弥撒,他甚至能够靠记忆背诵出那些秘密组织著作的长篇大论。

在这些拜访中,最让彼尔感兴趣的就是费亚尔特林牧师自身的性格,以及他对所谈论的每一件事的亲身体验。正因为他熟悉各种想法,所以他似乎自己也经历了人们的欲望和痛苦。甚至当他说起地狱的时候,他的语气和脸上惊恐的表情仿佛他自己曾亲身到过那里,然后在记忆中又重新经历了一遍那里的折磨一样。当他快乐的时候,他脸上生动的且不断变化的表情正是天堂的演示,他脸上一闪而过的表情似乎就像是捕捉到了远处的音乐声。

后来当彼尔坐在波斯特拉普牧师庄园中,听着他面颊红润的岳父的发言时,他甚至比以往更加强烈地感觉到,跟那些通过浴血战斗得来的信仰与怀疑相比,这种廉价买来的欢愉是多么没有价值啊!岳父每年还要把地区上一些开明的教士召集到庄园里来几次,大家聚在一起讨论教会中的分歧,彼尔尤其关注这些所谓私人集会中的矛盾。看到这些人点着烟斗,笑呵呵地讨论着免罪,免除祈祷,听着他们扬扬得意的互相竞争,降低宗教的要求以适应公众的愿望,他终于明白了费亚尔特林牧师为什么要给岳父安一个"批发商"的名号了。

他对岳父的品行也越来越了解。当他又一次听说他和英格尔老祖父的奇怪关系——卡斯霍尔姆的管家曾经就对他暗示过——他的心中更加充满了批判。老人住在菲茵岛某个地方过着悲惨的生活,而儿子对他紧闭大门的原因是,父亲虽然上了年纪,却仍然违背了第六条戒律,和自己的女仆生了个孩子。

彼尔疑心他未来的岳父其实只是乐得找个借口摆脱这个麻烦,因为他的父亲现在已经几乎瞎了,要把他赶得离自己远远的。当真正需要对某人提供帮助的时候,这位岳父可是非常谨慎的。

在面对寻求帮助的穷人时,彼尔曾不止一次听到他承诺说很快就会把他们放到祈祷名单上去。但总的说来,这些却并没有让他对岳父的宗教信仰产生丝毫的怀疑,因为决定岳父信仰的似乎正是这种半信半疑的特点。

这种特点似乎并不具备使精神升华或限制精神发展的能力,当接受真正的检视时,他们全部都不是人类的自然本性。

在论述中,费亚尔特林牧师总会回到一点上来,认为怀疑才是信仰的前提,他称怀疑是"永远温暖肥沃的土地"。正如白昼产生于黑夜,而黑夜又来自白昼一样,世界上所有的生命都来自黑暗与光明的交替。因此宗教信仰也总是不可避免地源于这种关系,矛盾与冲突使得灵魂永远不能安宁。无法通过怀疑获得自我更新的信仰是死去的信仰,它只是一把扫帚,一根拐杖,通过它的帮助,我们或许暂时能忘却我们的跛足,但它永远也不可能成为增强生命的力量。

有一次费亚尔特林牧师曾经开玩笑说:"如果通往地狱的道路果真是用善良的意愿铺砌,那么去往天堂的道路也必定是用我们的缺点铺砌而成。这句话,"他继续说道,"比第一眼看上去蕴含着更深刻的真理。正如众所周知,正如身体的发育历程总会不断遭受打锻一样,我们灵魂趋于完美的发展过程也会不断陷入罪恶,只是我们本能中就具有自我保护的神圣力量,因此才能得以提高拯救。"

当彼尔回顾自己成长的历程时,他觉得正是对这些话的印证。面对未来,他再一次充满了希望和信心。

现在,波斯特拉普牧师庄园已经开始忙着做婚礼准备了。缝纫机从早到晚一整天响个不停,每个星期一,布洛姆贝格夫人还要到镇上去取自己先前就预订的大部分嫁妆。

彼尔一进屋,就听到斜纹布、棉锻、饰带、亚麻布、马鬃、沙罗、胡桃木之类的词语。英格尔的思绪好像完全被橱柜工匠和家具商占领了,而对即将到来的爱情仪式似乎缺乏兴趣,彼尔觉得自己在庄园里越来越无足轻重。

他回到自己家,静静地坐着迎接新娘的准备。现在他的收入颇为充足,除了河道整治的主要工作之外,他还承担了附近的许多小型工程,从中也能挣得可观的收入。他也全数还清了欠兄弟姐妹们的钱,甚至开始分好了还给菲利普·萨洛蒙和伊万的第一笔钱。

他把原本破旧的房子里里外外都修葺了一番。墙上换了新的墙纸，厨房里原本过时的冷色调的地砖也换成了木地板。他的聪明才干在这里也派上了用场，从许多小的实践动手中都可以体现出来，比如增强火炉烟囱的通风性啊，增大水管的排水量啊，等等不一而足。他知道，没有什么比设计合理的厨房、凉爽通风的餐厅、粉刷一新的地下室、容易进入而又储量丰富的炉子间让英格尔更开心的了。她继承了母亲爱好整洁干净的天性，看到擦洗得锃亮的铜锅就和别人看到艺术品一样着迷。就和平时一样，一个部分得到改善之后，他就看到其他地方也需要改善。当厨房改造完毕之后，彼尔觉得客厅也需要更换新的地板。他没有注意到，他自己也渐渐被牧师庄园的修补热情所影响了。因为担心时间不够，他和英格尔两个人最后几乎都想要把婚礼推迟一两个星期了。

新置的家具从城里送回来了，都在家里安排好了位置，但新的问题又出现了。有个柜子尺寸太大，原本预定的墙面放不下。另外，有根窗帘杆太短；客厅里新墙纸的颜色和地毯以及家具衬垫的颜色搭配起来不如她预想的那么漂亮，这一时让她很不开心。彼尔每次去牧师家，英格尔都要焦急地问他窗户之间墙壁的长度，地板的尺寸等问题。他走的时候，她甚至有时候还故意忘记回吻他，以此作为训诫。

这种不安的气氛一直持续到婚礼之前，甚至就在婚礼即将举行的前几天，一个突发状况让他们都陷入了惊恐之中。预定的家具几乎都送过来了，但等了一周又一周，床还是不见踪影。打听了好几次，得到的答复都是已经送到镇上的橱柜匠那里了，然后一再承诺一定会送到。最后英格尔和她母亲几乎天天都在念叨床还没到的事情。彼尔感觉有点儿不舒服起来，他实在是不能明白平时总是很敏感的英格尔怎么现在如此直接，不仅和他，还朝每个到家里来做客的人都表达了她的担忧。紧张的气氛传遍了全镇，每个人都在谈论这些床的问题，所以当婚礼前一天，这些床终于送到了并且放到了预定的位置的消息传来时，所有的人都松了一口气。

婚礼这天，夏日阳光在镇子各处装饰的彩旗上闪耀，等到了教堂举行仪式时，所有人都步行前往教堂。英格尔坐在一辆敞篷马车上，身边是他的舅舅，一位潇洒的老人，毛茸茸的胡子留成尖角形状，领口还别着一朵玫瑰。英格尔看起来漂亮极了，她自己或许也清楚这一点，她肯定了然于心。帮她梳妆打扮的姑姑们，帮她在头上罩上面纱、戴上桃金娘花环的朋友们，家里送她坐上马车的女仆们都告诉她说波斯特拉普教堂里从没见过比她更漂亮的新娘了。客人们之中也有彼尔的两个家人，艾伯哈德和西格妮。附近所有的名流都到齐了，国务委员克劳森一家，狩猎长遗孀，大学校长，牧师们，教会和社区官员，还有一些利马特村的村民，一共有五十多人。

在牧师庄园举行晚宴时，许多好奇的围观者挤进了花园，聆听着打开的窗口传出的讲话声。后来就在树下为他们摆上了桌子，所有的围观者都受到了款待，慢慢的，人越来越多，婚礼变成了民间节庆。

第二天一早，镇外的宾客就离开了——先是艾伯哈德和西格妮，接着是英格尔的舅舅。她的舅舅是一位很引人注目的人，有点儿类似探险家，他环绕了整个世界，最后在阜姆港定居下来，成了一家备受推崇的大型船厂的技术专家。许多年过去，他趁着外甥女的婚礼重返故国，已经在波斯特拉普住了一个星期了。但是他古怪的脾气和异国的生活习惯却让他和牧师家的人相处得不大开心，尤其是布洛姆贝格牧师总是直接叫他老花花公子。不过，他和彼尔在一起感觉却十分舒服，还陪他去已经开挖的施工场地巡视了好几次。

虽然作为技术人员他没有经过专门的培训，但他却非常明白这项工程的价值。后来，他还用非常谨慎的措辞向妹妹和妹夫表达了他的惊讶，他说觉得他们的女婿待在这里的农村为农民们挖沟渠实在是太浪费人才了。

婚礼第二天的整个上午，布洛姆贝格夫人都心烦意乱，直到客人都走后她心里还是平静不下来。她先送了哥哥去车站，然后去看望新婚夫妇。她看见他们这么晚了才吃早饭，饭桌上的气氛也毫无欢乐可言。彼尔样子慌里慌张的，英格尔也苍白着脸不说话，像是在生气的样子。布洛姆贝格夫人装作什么都没察觉的样子，她猜到是怎么回事了，于是就自顾自悄悄笑了——她就像是又看到了二十二年前自己婚后的第一个早晨一样。她陪新婚夫妇喝了杯咖啡，聊了聊婚宴和宴会上宾客的事。后来，她就和英格尔一起进了厨房和餐厅，为这个地方稍作拾掇。彼尔则进了自己的房间，一直待到岳母走后。他一只手撑着脸坐在那里，眺望着窗外的田野。他明白并没有发生什么不快的事，他清楚英格尔的拘谨慢慢就会消失。但他仍是真切地感受到失望和沮丧。这本该成为他一生中最庄严的回忆的时刻却成了一场事故，只要一回想起来他就会羞愧厌恶地转换思绪。

他还记得另一次"新婚之夜"——是和雅各贝——他实在忍不住要进行对比。但是他内心深处突然觉得非常不安，就好像是有毒蛇啃噬了他的心。他，他自己才是该怪罪的那个人吗？他是不是又要为过去的罪恶赎罪了？

第二十六章

婚姻生活的一开始,彼尔过得并不是很开心。他想唤醒英格尔更加独立的精神生活的希望没能实现。她生性冷静,完全适应实际生活,她确信父亲是基督教伟大教义最后的传道者,根本无法理解彼尔为什么想要说服她。而且她也和父亲一样,认为彼尔对费亚尔特林牧师的兴趣是出于年轻反叛的结果,只是想让自己更引人注目。

毫无疑问,他过着双重生活。两种生活的冲突使得他对自己感觉越来越迷惑,有时他也会感觉到自己给别人留下的印象一定也很混乱。他自己也注意到了这一点,因此急着想寻找到坚实的支撑点。他觉得自己还应该和从前一样,到自然世界中去寻找,而正是英格尔引导他找到了支柱。当时英格尔已经临近分娩了,就和许多其他的孕妇一样,她满脑袋想的也全都是即将出生的孩子,以及要做的准备。然而,她仍然非常沉着,尽管她如此年轻且缺乏生育的经验，但她只是等待着那一刻的到来。这种冷静强大的精神力量让彼尔充满了惊奇，也让他思考良多。

接着就是紧张的分娩之夜，对英格尔以及孩子的担忧，英格尔的恢复期，初为人父的喜悦，以及随之唤起的强烈的责任感，这一切让他重新找到了坚实的基础。

但他还是无法远离波拉普牧师庄园。那间铺着狭长地毯的昏暗的大书房，两扇矮窗之间的凳子对他似乎有种特别的魔力。他虽良心难安，但还总是偷偷到那里去，就像酒鬼总忍不住往酒馆跑一样。直到一件悲惨事件的发生才突然中断了他们的联系，此事件在当地被谈论了很久一段时间。

秋日的一天，人群中传出一道惊恐的传言，说费亚尔特林牧师失踪了。半年以前，牧师失去了妻子，但他一直没能从中走出来，反而越来越焦虑，生活更加孤绝。现在他失踪了，所有人立刻都觉得发生了不幸。彼尔带领大家开始搜索。他派了一队人去搜查森林，另一队去打捞河流和泥塘。最后，人们在牧师家的阁楼找到了他，他自缢在一间空荡荡的大衣柜中。

过去的这些年来，彼尔一直是费亚尔特林牧师唯一高兴见到的人，和彼尔在一起，他总能直抒胸臆。就在他失踪的几天前，彼尔还和他一起待了几个小时，当时彼尔对他谈起自己的孤独时明显的平静沉着感到很惊讶。他还拿自己身体的病症开玩笑，说我们应该感激我们的痛苦，它们能清理思维。他还讲了一个幽默故事，说自己有一次曾经崩溃地陷入对神秘的原罪的思考之中，几乎就快到达失去理智的边缘了。"但是一阵和风吹过，我的牙剧烈地疼痛起来，那真是一颗善良神圣且具有牺牲精神的白齿——这要是还赶不走原罪和其他邪恶的胡扯八道那才真是见鬼了，我当时真该高高兴兴地用受洗证书去换一大袋子草药的。"

而现在他已经走了，他的悲惨结局证明了他的生命哲学并不完美，就和当时听到艾弗森中尉自杀的消息时一样，彼尔觉得自己幸运地逃过了生命危险。费亚尔特林被自己滚烫的手指向了黑暗、空荡而荒凉的精神世界，那里迷惑人心地欢迎着引诱着他在那荒凉的世界中越走越远。

然而，彼尔将永远心怀感激与爱，记住这个不幸又孤单的人。即便是在死亡的时刻，他也是自己的导师和解放者。因此当看见人们同情中的沾沾自喜的表情时，他被激怒了。这些人毫无激情地过着舒服的生活，从来感受不到想和神明斗争的强烈冲动。尤其让他恼火的是，他岳父傲慢地摇着脑袋说："这下好了，就该这样结束。这完全是意料之中的。一个连自己都无法再理解的人还能有什么下场呢？我对这个人，一直都真心诚意的感到抱歉，真是个可怜人。"彼尔回应的狠话已经到嘴边了，但跟从前一样，为了英格尔，他又压了回去什么话都没说。

一年过去了，接着又是一年，然后三年过去了，在乡下，时间总是过得很快。虽然单个的每一天都像爬一样缓慢，但一年一年的时间总是过得飞快。在利马特这座青山脚下这幢富于田园风情的小别墅中，三个孩子正在玩耍，一个是五岁大的男孩，两个小一点儿的是女孩儿——他们都是真正的希德纽斯人，一双浅蓝色的眼睛，满头棕色的卷发。那项伟大的河道整改工程很早以前就成功竣工了，彼尔也总在说要搬到别处去，但是英格尔却不愿离开这里。她爱她的这个新家，就像她爱从前的那个家一样，总是为自己将家里收拾得整洁舒适而自豪。

彼尔自己其实也没有勇气和过惯的生活决裂。这里的日子总是静静的滑过，孩子们健康成长，英格尔也非常高兴自己能够住在父母和老朋友的身边，并对此充满了感激。不过一旦出了家门，彼尔就总是感觉自己在这里像个陌生人。另一方面，这个由家和花园组成的小世界在他心里已经变得如此重要，不用太多劝阻，他就放弃了搬到别处去的打算。此外，他在这里也有足够的工作可做，测绘工作，还有相对较少的公路和桥梁工程，他足以过上富裕的生活了。最后，他的欠款也都还清了。

但是他的发明工作却没有任何进展。他对此越来越没有想法，他的才干似乎也都已经消失了。不管怎么说，他从前那些天才的想法似乎都已干涸，那项工程他也已经完全搁置了。他曾想在屋后的小山上建起一座试验用的风力发电机，但现在却只有一张观光长椅，他经常和英格尔一起坐在那里观看日落，聊聊一天里发生的事情，孩子们则在身边的草地上嬉笑玩耍。

现在常常是英格尔在引导话题了。曾经话很多的彼尔这些年过去变得沉默寡言了。但有时候，特别是和孩子们在一起的时候，他又几乎是非常放纵的样子。他的情绪变化得如此频繁，如此难以预测，有时候连英格尔都会吓住。即便是两人坐着亲亲密密的聊着天时，他也会突然沉默，心不在焉的样子，仿佛他心里正想着什么不想谈论的事情。这种沉默可能持续几个小时或是几天的时间，每当这时，就要让他一个人待着，不要找更多的问题去打扰他。

结婚的头几年，英格尔和父母一样，都认为他内心缺乏平静是因为和费亚尔特林牧师交往的关系。后来，她觉得是那件没能成功的发明在困扰他。以前当他还在从事这项发明的时候，总是不满自己，从来得不到安静，经常抱怨自己思维最清晰的时候被打扫房屋和擦洗窗户从房间里赶出来。所以说这项发明最终没能成功，部分原因在于英格尔。现在她则倾向于认为他的精神状态变化无常是因为不时爆发的身体疾病引起的，那些疾病症状也让他变得敏感易怒。他自己也没有别的解释。

季节又到了秋天，花园里的浆果都熟了，英格尔把它们都做成果酱保存起来。九月中旬的一天，她坐在花园里一棵大胡桃树下的长椅上。下午时她经常会在这里渡过一个小时，孩子们则在女仆的照看下到田野里去玩。她凡事追求井井有条，一天里很少有时间空下来，这一个小时也用来思考家务事。她穿着一条大围裙，膝头放着一只装满深红色浆果的陶碗。身边还放着一只空碗，她把果实用针挑了核之后 ·粒 ·粒放进去。她不管做什么事，姿态中都有一份迷人的魅力，她在挑着核的时候，红色的汁水沾在她雪白的手指上。在她头顶的树梢上，秋天露出了最初的痕迹，片片绿叶中时不时出现一片褪色枯萎的树叶来。她二十七岁，正值人生的盛夏，体态丰满，充满成熟的魅力，还有一份超越年龄的稳重感。少年时代阻碍她成长的身体疾病随着婚姻也早已消失。她感到自己现在很健康，为自己能亲自哺育孩子而感到自豪和快乐。其实，婚姻生活也让她很幸福，虽然方式和她从前所想象的并不一样。彼尔虽然情绪总变化无常，但也是个深情的、充满责任心的丈夫，不过却并不是她梦想中那样的英勇骑士。有时候她也会奇怪，自己为什么会那么爱他呢。她容忍他的情绪发作，是因为会唤醒她母爱的本能。这些年里，这种反复频率越来越频繁，持续时间也越来越长，在他黑暗情绪不断发作的期间，她把他当作病人，并不做评价。她也很明白他正在承受多么大的痛苦。

这时，彼尔正在经历这样的痛苦折磨。昨天，他们一家人为小哈格巴特庆祝生日，直到快中午时，彼尔的情绪都还很好。一大早他还出去摘了些野花布置屋子，孩子们起床后，他还和他们到花园里捉迷藏。孩子们都乐坏了，英格尔从卧室窗口看到他四肢着地趴在灌木丛背后不禁也笑了。这时邮差来了，他们停下了游戏。当她晚些时候进到他房间的时候，立刻就察觉出他不对劲了。他腿上摊着一张报纸坐在窗边，他眼皮下深深的阴影她再熟悉不过了。在布置得充满节日气氛的午餐桌旁，他几乎一句话也没说，让孩子们又惊讶又失望。喝咖啡时，孩子们的祖父母过来祝贺生日快乐，而他却推辞有事出了门，直到晚餐时分都没有回来。

近来，每当彼尔陷入那些沉重的思绪时，那种突如其来和猛烈的程度都让人觉得可怕，也让英格尔想起已故的皇家狩猎长。狩猎长也是，他情绪的脆弱也和身体的虚弱有关，或许和导致他去世的癌症有关联。她在心里暗暗决定，如果有机会，一定要和医生好好谈谈这事。

午后山坡上传来的欢呼声让她从沉思中清醒过来。原来是小哈格巴特和他妹妹英格堡发出的，他们爬到山顶上去寻找父亲，这时看见彼尔正驾着马车走在路上。英格尔拿着碗站起身，吩咐女仆预备彼尔的午饭。为了避免打破家里的时间安排，彼尔从前就吩咐过，如果到了就餐时间他还没回家就不用等他了。英格尔亲自给他留了一份甜粥、家酿啤酒和土豆泥拌熏鳗鱼，但是她没帮他盛出来。彼尔上午出门的时候，口袋里只装了两个三明治，她知道在外面清新的空气中跋涉了一整天之后，他回来的时候一定饿得像头狼。这一点也很像狩猎长，情绪抑郁似乎也从来不能影响狩猎长的食欲。

现在彼尔和那匹暗棕色的马儿进了院子,孩子们和女仆还有母鸡都围了上去,很快,家里的帮工也过来了。最小的孩子从女仆的怀抱中凑过去亲了他一下,两个大点儿的孩子已经顺着车轮爬上了马车,正甩着鞭子玩。英格尔站在开着的厨房窗前,带着母亲的欣喜神态打量着这幅场景。

彼尔稍显不耐烦的从孩子们渴切的怀抱中挣脱出来下了车,然后吩咐帮工照看马儿。这些年他虽然也壮实了些,但颜色却并不如英格尔那么健康,一脸杂乱的大胡子也让他显得比实际年龄老很多。他走进餐厅,也没看一眼准备的是什么食物就吃了起来,刚嚼完第一口他问:"今天有人来过吗?"

"没有,一直就只有我们自己。"英格尔一边回答,一边拿着编织活儿在桌旁坐下好和他说话。

"有信寄来吗?"

"没有的,只来了报纸。"

"有什么有意思的新闻吗?"

"我也不清楚,还没读呢。"一阵短暂的沉默。

"昨天的报纸你也还没看吧?"他有些迟疑地问。

"昨天的?也没有。有什么新闻吗?"

"也没有——就是报道了些奥尔胡斯工程师会议的事。"

"彼尔,既然你这么感兴趣,你真应该去参加的。"

"我去做什么呢?我谁也不认识,再说了,我也并不是工程师。"

"难道测量员就没有去的吗?"

"我想没有。"

"但是他们讨论的东西你很感兴趣啊。"

"是啊,时不时的。"

"你说的那篇新闻里报道了些什么内容?"

"就是关于在西日德兰开挖运河以及在耶廷港建设自由港的事。报上称之为斯坦纳工程。但是你应该记得,这个想法和我以前的那个是一样的。"

"这个工程不是你那本书里写过的吗?"

"是的，就是那个工程。"

"那现在是要讨论实施了吗？"

"我想不是。哥本哈根自由港现在已经确定了，其他的项目都和这个矛盾了。"

"但是人们现在还在谈论它，这不是也很好吗？"

"哎，只不过是当地日德兰人中那些热爱家乡的时不时想提提罢了。而且继续讨论对斯坦纳先生也有好处，他好像成了这次会上大受欢迎的人物。在之前的晚宴上，香槟都可以随意喝取，敬酒时，人们还称他为丹麦的雷赛布。还有粥吗？"

"没有了，真是抱歉。你还想吃是吗？可是第二道菜还有很多呢。"

"好吧，那样就好。"

"别吃得太饱。记着啊，我们今天晚上还要去药材商家做客的。"

"好吧，我都给忘了。听我说——我们马上是不是该回绝这些邀请了？那些晚会上我们从来没开心过。"

"是啊，晚会是没什么乐趣。我也确实想待在家里，但我们不能老是得罪别人啊，至少要为父亲考虑一下吧。他会不高兴的，而且人们肯定也会觉得我们不爱跟大家往来。"彼尔没有回答，只继续默默吃着。之后，两人一起在彼尔的房里喝送上来的咖啡。这个房间在走廊的另一头，里面又窄又暗，只有一扇三角形的窗户可以看到外面的田野，还有一扇暗门可以通往卧室。随着孩子们的出生，彼尔原本那间光线充足的大书房已经让给孩子们住了。但在这间简陋安静的小房间里他也感觉很舒心，因为这里总让他想起在弗雷德里克斯堡和纽博德尔的住处。每当英格尔想用鲜花和盆栽给房间增添些生机时，他总是不太乐意。他实在是不喜欢花香，而大自然鲜艳的色彩也确实无法替代家的感觉。房间里唯一一件艺术品是一座大理石的胸像，它被放在书架顶层，刚好占满天花板以下的空间。那是一位英俊青年的雕像，有着满头的卷发和宽阔有力的前额，饱满的嘴唇像那些经典作品一样微微张着，给雕像增添了生命的活力。雕像的头部猛的转向一侧，突出了那拳击手般长满肌肉的脖颈。额头上深深的皱纹切断了几乎连在一起的眉毛,也是坚强意志的体现。威严的目光和浅浅的笑容充满了勇气和青春的活力。

这座雕像就是理想化的年轻时代的彼尔,还是当年在罗马时男爵夫人委托定做的。狩猎长夫人觉得应该遵从姐姐的意愿,就以姐姐的名义送给英格尔做了结婚礼物。但是英格尔怎么也不喜欢这尊塑像,甚至想把它放到阁楼上去。有一段时间,雕像放在餐厅里一个不为人注意的角落里,直到有一天彼尔想起来拿进了自己的书房。虽然英格尔坚持把自己的雕像放在自己的房间不合适,但彼尔还是不愿拿走。

这时屋里渐渐和外面一样黑了下去,他们坐在房间的两头谈论着孩子和家务事。彼尔端着咖啡杯坐在窗口,还点了一根雪茄。开启话题的总是英格尔,她还一边继续做着编织活儿。她说起小哈格巴特自己一个人用旧木鞋给妹妹的娃娃做了辆小车。这个孩子总是有很多做东西的想法,而且他那双手简直可以克服一切难题。

彼尔听得很仔细。"对,他很聪明。"他几乎像是在自言自语,然后又陷入了自己的思绪。英格尔把毛线在线筒上缠好,然后就进了卧室为晚会更衣打扮去了。她一走,彼尔就立刻伸出手去够藏在书桌上书本和图纸堆里的那份叠起来的报纸,但英格尔一回来,他又立刻抽回手,开始望着窗外红色的晚霞。

药材商莫勒是利马特最大的纳税人。他让客人觉得受邀到他家参加晚宴是一件极其荣誉的事情,他向大家表明,自己深知作为一个富有的人对那些不幸的公民们应尽的责任。七点钟前后客人们都到齐了,大家被引到餐桌旁,每个人面前都放着三个酒杯,餐巾上还放着刚出炉的面包卷。听到客人们大声称赞他的餐桌毫无疑问是当地最丰盛的,他心里感觉非常满足。

这些菜肴并不是出自烹饪大师之手,酒瓶里的酒也根本配不上外面的名牌标签,但这丝毫不减来客的兴致。这些宾客并不会挑三拣四,他们评价菜肴主要看数量多少,看到这么大一桌子丰盛的食物,他们就先醉了,根本没心思考虑别的,一心只顾尽可能地塞满肚子。

药材商大方地督促客人们多吃多喝,他的行为也无愧于好客主人的称号。他的声音不断地从刀叉碰撞声中传来:"女士们先生们!你们可一定要好好品尝这些填满了馅料的鸽子啊!站长先生!希望龙船庄园葡萄酒能合您胃口。夫人们,索尔泰纳葡萄酒是专门为你们准备的啊。尽情享用吧!希德纽斯先生!您的杯子怎么惹着您了吗?您怎么不喝啊!我很荣幸,先生们!刚刚为大家斟上的是1879年的伦敦俱乐部葡萄酒,喝的时候请保持敬意。希望你们能好好品尝,然后告诉我感觉怎么样。"

先生们喝干了酒杯,满足地咂着嘴,发出由衷的赞叹。"真是佐餐佳酿啊!"兽医惊叹。"真是舌尖上的美味啊!"站长露出一副行家的表情。"神酒啊!"新任商贸学校校长一边站起来举杯向主人敬酒,一边赞扬。这个人就是身高六英尺,长着满脸狮鬃般胡子的波林,彼尔之前曾在菲利普·萨洛蒙家见过他。这些年,他的好运似已到头。在首都事事不顺心,于是就到外省来寻求安慰,很快便在这里得到了长久以来一直追求的人们的赞誉。英格尔的朋友,地政监督官的大女儿,讲话率直,身材诱人、眼神火辣的吉尔达立刻就爱上了他,两周前两人刚刚举行了婚礼。

利马特社交圈还添了另一位新人。在距离车站五英里,与波斯特拉普、波拉普和卡斯霍尔姆相反的方向,有座布德拉普兰德庄园。年迈的庄园主布鲁克出身于霍尔斯泰因一个古老的地主世家。他家非常富裕,独子在国外接受了多年教育,现如今回到家来继承庞大的家产。这个三十岁左右的年轻人长相英俊,身材也很强壮,但话却很少,大概是因为有些口吃的原因。

虽然生活圈子和爱好都有很大的不同,但彼尔还是立刻被他吸引了。布鲁克先生热衷打猎和驯马,在地主中也有自己的朋友圈。但是彼尔仍然希望能和他成为真正的朋友,因此当他发现自己只是一厢情愿时就感觉很苦恼。与此同时,他还发现布鲁克先生进入这个让他并不自在的圈子是因为受到英格尔的强烈吸引的缘故。他们两人自小就认识了,但英格尔不喜欢他,有时甚至还以近乎粗暴的方式表达自己的讨厌。但对于自己对他的厌恶，她给不出任何明确的理由。虽然彼尔一再问她，她总是给出同样的回答，说是当他还是个小男孩儿时，她就讨厌他。

彼尔观察到布鲁克先生坐在英格尔的斜对面，隔着桌子想和她搭话，但是没能成功。英格尔一两句冷言冷语就打发了他，然后扭过头去。用过餐后，客人们按照省城的习惯四散开去，女士们去了客厅，先生们则聚到书房里边抽烟边天南海北的聊天。在这里大家觉得摆脱了旁人的限制，感到舒服自在，也就讲起了登不上台面的故事，喝起了力娇酒，打着饱嗝儿，瞌睡连连。从彼尔坐着的方位正好能看见客厅。客厅里悬着一盏带深红色灯罩的吊灯，女士们就围坐在下面的咖啡桌旁，就着明亮的灯光或是钩编花边，或是做起了刺绣。她们还自在地说着话，要猜到她们的话题其实并不难，只有谈起家务事和仆人问题她们才会如此活跃。英格尔表面虽然仍是镇定的样子，但是也激动得满脸通红。

彼尔原本心情就不好，看到这一幕更是咬起了嘴唇。在很多场合，他都很为妻子感到自豪。在女人圈中，她不仅容貌高于周围朋友们，她性格的机智和品位也都要优于她们。但彼尔看到她如此自在地和这群人坐在一起，心里非常生气。虽然她会坚持说情况正好相反，但事实上，和这类人在一起，她感觉如鱼得水。只有当这些人谈话越过了身份的界限时，她才会保持距离。

利马特社交圈中女人们单独待在一起时讲话语气就会肆无忌惮起来，她不允许自己受到影响。她从小就举止得体，思想纯洁，对于冒犯到她作为女性敏感心理的一切，她全都闭眼不看，掩耳不闻。她也有着布洛姆贝格家族中常见的法利赛人式的虚伪。对于她不想知道的事情，她就完全不听。凡是让她感到不自在的事情，她就不信。因此，她才能够同时和药材商妻子以及站长妻子成为朋友，虽然事实上这已经是个公开的秘密，前者是站长的情人，而她们两人又同时都爱上了新任校长波林。虽然她总喜欢引用父亲的话，说"首都的生活堕落放荡，荒唐渎神"，但她自己身边的生活也一样荒唐可笑。而且显而易见的是，不管是在一派田园风光的庄园，还是在贫穷的农家小屋，这样不快的事情都一样在上演。

一直拖到十点钟甜点才送上来。围坐在咖啡桌边的女士们已经困得脸色发白、眼圈泛红，也顾不上自己的仪容举止是否得体了。有几个还用一双典型的家庭主妇的手挡着大打哈欠。就连英格尔也觉得眼皮沉重。这时女主人和站长夫人都流露出明显的不安神色，因为波林校长和他年轻的妻子进了一间光线暗淡的小屋，叫了至少四次让他们出来吃甜点了，但都没有用。最后他们终于出来了，吉尔达脸色通红，头发蓬乱。

宴会很快就散场了。人们一群群地穿过月色下的小镇往家走，每到了一个家门口就聚起来告别。英格尔和医生两个人稍微落在人群之后，这位中等年纪、健康又机智的医生她从小就认识了。他们认真地谈论起彼尔的情况。"您注意到了吗，医生，我的丈夫今晚是不是格外沉默？"

"哎呀，既然你说起此事，那他是出什么事情了吗？"

"我想不是。不过，好吧，我必须要告诉您。您也知道的，我丈夫经常会情绪低落。最近，我一直有些担心他。您觉得他会不会有什么隐疾？"

医生仔细考虑了一番然后说："我很高兴您自己问起这件事。我也正想着一定要和您谈谈呢。"英格尔听到医生严肃的口吻吓了一跳，不由停下脚步。

"医生！"她几乎叫出声来，紧紧抓住他的胳膊。

"亲爱的，现在别害怕。并没有那么糟。您丈夫不过是有点精神紧张。他经常抱怨会感到头晕，肋骨刺痛，可能是有些让人不安，但是肯定不用太担心的。"

"那么，是怎么回事呢，医生？您的话太隐晦了。"

"是啊，好吧，我觉得——这有点儿难以启齿啊——您有没有觉得您丈夫空闲时间太多了？"

"但他每天从早到晚几乎都在外面啊。这您也是知道的。"

"这倒是，但是他真的对工作那么感兴趣吗？不管怎么说，我觉得，他需要从事一项工作量更大、范围也更广泛的活动，这样才不会有太多的时间考虑自己。"

"我有时也会这么想。"英格尔顿了一下说道，"但是在这里是找不到这样的工作的啊。"

"是啊，很不幸，这里找不到。"

"我们应该搬到城里去——也许该搬到哥本哈根去。"

"您说得很对。这对我们这些留在原地的人来说将是一个巨大的损失，但我不想被您认为只会出些馊主意。"

"我自己最近也一直在考虑这些，您是知道的。"英格尔说道，"但我一直很确信，能在农村平静地过活对我丈夫是最好的。他自己也这么认为。他很关心自己的健康，几乎无法再从事太繁重的工作。"

"我不知道您在那方面对您丈夫的评价是否正确。他虽然是有些小毛病，但他天生体质健壮，需要承担一些更重大的工作来得到锻炼。现在，既然我已经开了头，那我不妨提个建议吧。我知道您那位阜姆港的舅舅已经邀请过他好几次了，希望他能去船厂工作。您能不能考虑一下，搬到著名的亚得里亚海岸去呢？"

"然后被强盗们烧死吗？"

"好吧，那地方确实有点儿不安全。但是气候却很适合您的丈夫。充足的阳光，温暖的气候，这些都是他所需要的。我确信只需要几年的时间，意大利的气候就能让他奇迹般地康复的。"英格尔还是没有说话，并且本能地离医生远了些，也没有再抬头。很快，他们到了医生门口，其余人已经等在那里要对他说晚安了。

彼尔和英格尔的住处是最远的，因此他们不得不经历了所有的告别场景。最后终于只剩他们两个人时，英格尔悄悄地用手挽着彼尔的胳膊，两人靠在一起。整个晚上都在陌生人中渡过，他们一直在压抑对彼此的想念。英格尔满怀思念地把头靠在彼尔肩上，两人就这样静静地走在明亮的月光下，最后他们在道路中间停下脚步，亲吻了一下，然后又更加热烈地吻在一起。

但是到家后，英格尔不幸地想起厨房里还有事要料理。她碰巧想起之前曾吩咐厨娘腌些黄瓜，如果不亲自去确认一下自己吩咐的事情有没有做好，她就无法安心。然后她又去孩子们的房间问了一下女仆情况。

·517·

"你能相信吗,英格堡又闹肚子了。"她回到彼尔的房间后说。这时,彼尔已经点上了灯,他拿了一本书坐在书桌边假装在读。

"太糟糕了。"他说着翻了一页书。她很清楚那种语气,然后她看见彼尔又刚点了一根雪茄。

"你还不想睡吗?"她问。

"是的,我还不困。"

她也就无意再说服他,因为她知道要想改变他的情绪完全就是徒然无功的。因为自尊和羞怯,她仍装作平静的样子,掩饰住自己的失望走到他身边,把他额头上的头发理顺到脑后,亲了亲他的太阳穴。"晚安,亲爱的。"她说。"晚安。"他一动不动的回答。

英格尔走后不久,彼尔就把书推到了一边。他一只手撑着头,注视着台灯。等听到她上床的声音传来后,他拿出那张叠起来藏在书堆和图纸堆的报纸,在面前的桌子上摊开。那是一份昨天的报纸,这份日德兰当地的报纸上刊登着奥尔胡斯工程师会议的报道。他的视线立即落在第二栏里:

"今天下午的会议主要议题集中在著名的斯坦纳港口工程上,该项工程读者从本报一系列报道中已经有所了解。这个议题特别引人关注之处就在于,工程设计师本人亲自登台发言,极具启发性的演讲之后他收获了热烈的掌声。"

彼尔读到这些太阳穴抽动着。过去的这几年里,拿起一份外省报纸不看到斯坦纳先生的名字几乎是不可能的事。他几乎成为日德兰人心目中的民族英雄了。他到处奔走,做演讲,接受记者采访,他开始有计划地美化自己,抬高自己使命的价值。

一枝沾满露水的树枝轻轻刮着窗棂。在走道那头的客厅里,挂钟敲响了十二下。他用手蒙着眼睛,很久都一动不动。这希德纽斯家族的遗产——完全成了他人生的诅咒。就这么束手无策地坐在这里,慢慢腐烂下去,丧失生活的渴望,这样难道真的就比厌倦了生活,累得精疲力尽,一颗子弹射穿脑袋的艾弗森中尉和尼尔高要高尚光彩吗?他的人生都虚耗了,他的力量已消散了。他就像个挂钟,身体内部已经被一件一件的小心移除了。

慢慢地,他有些恐惧地看着书架顶上,在这半明半暗的房间里,那座大理石胸像正在天花板下幽幽闪光。他曾一度想把雕像毁掉,但近来却总是充满崇敬地看着它。他已经开始爱上年轻时候的自己了,当年的自己是多么幼稚啊,在很多方面,他都鲁莽自负得像个傻子,另一些方面,自己又一无是处,总之就是一个毫无灵魂思想的人。但现在他却已经不会再为此感到烦恼了。然而,当时的他有生命的乐声在他血液里歌唱,在他梦境里回荡。而现在他的心灵和脑海却只剩一片空寂的荒芜。那曾在他心中演奏过的大乐团现在只剩一件乐器演奏着不和谐的乐音。

那些孤独的被抛弃的人,那些在生活的阴影中冻僵的人都值得怜悯。然而,只有感受到人们的辱骂和排斥才能在危难中获得巨大安慰。从前他总是能依靠希望或是愤怒的火焰来取暖。但他却从没像现在这样值得怜悯,站在阳光下却被死亡和墓穴般的寒冷冻僵,坐在高高的皇家晚宴前却仍饥饿难耐,每天都能看见希望和梦想在身边实现却只能被迫逃离这些画面,但这些才是他的命运。

作为回报,他拥有了平静的家庭生活,他自负且快乐的少年时代就渴望征服的三英斗土壤就是英格尔的爱,生育孩子之乐,家庭的舒适和安宁。这些就是对他所失去的东西的补偿。从某种程度上来讲,他甚至没有受到过伤害。而英格尔如此单纯,并不能察觉或者理解他的这种丧失感。这又有什么值得惊讶的呢?连他自己也无法理解那种压倒一切的无力感。他爱他这个小小的家,让英格尔在远离童年生活环境中生活实在是很难,而且这些年过去,他早已成为习惯的产物,所有这一切仍不够解释这片小小的土地对他的魔力,虽然他经常会感觉到难以忍受的孤独。让他留在这里的原因并不是害怕到了另外的地方无法养活自己一家人。除了英格尔舅舅的邀请之外,他还拒绝了其他一些诱人的职位,其中甚至有位政府官员对他的河道整治工程非常感兴趣,曾多次主动提出想把彼尔推荐给自己的朋友——内政部长和水利工程局长。他甚至也丝毫不担心健康问题。他关心自己的健康也主要是为英格尔和孩子们着想。年轻时一有点儿小毛病就担心自己会死掉的恐惧感也完全消失了。现在反而相反,当他在葬礼上看到棺木消失在黑暗的地下甚至会感到嫉妒,这时他会觉得再也没有什么声音能比一铲一铲泥土砸在棺材盖上所发出的单调沉闷的声音更诱人的了——那就是来自死亡的回音,是来自虚空的抚慰人心的答案和保证。

时不时地,他还会问自己,如果自己死了会不会对英格尔更好。她还如此年轻漂亮,也许她会改嫁,然后就能获得完满的幸福。他时常在想,在她对年轻的庄园主布鲁克的厌恶中,或许隐藏着对他男子气概的健美和力量发自本能却未被察觉的恐惧。英格尔的身上还有很多仍然在沉睡的东西,他没有耐心,或许甚至根本没有能力去唤醒。

几天后,夫妻俩在彼尔书房中喝咖啡,英格尔坐在沙发一角做缝纫活儿,而彼尔则坐在窗边抽雪茄。好一阵时间,两人谁都没有说话,英格尔问:"我该离开吗?"

"不用啊,为什么这么问?"

"你看起来似乎想一个人待着。"

"根本不是这样。我很高兴你能和我一起坐坐。"

"我也有些正经事想和你谈谈。"

"什么事?"

"是这样,我最近一直在想,在迫不得已之前,我们是不是最好从这里搬走。之前你自己也说过,我们挣的钱越来越少。从长远计,想在这里为你找到足够的活计是不可能的。"

彼尔惊讶地看着她:"你怎么现在想起这些事?"

"啊,我们不是经常谈论这件事吗。"

"是啊,是经常谈,但是你怎么这时候想起这些?"他满目疑惑地看着她。她弯着腰做活儿,并没有抬头。发生了什么事了?他开始回忆起近来她总是奇怪的不怎么说话,尤其是自打去药材商家里参加过晚宴之后。难道她开始担心自己对布鲁克先生的恐惧了?

"你觉得我们应该什么时候搬?"

"我不知道,但是那个政府官员曾经保证过会帮你找个职位。"

"他主要是想在哥本哈根的政府部门为我找个职位。他认识内政部长。不过你可能不想去哥本哈根。"

"为了这件事,你觉得哪里好,我都愿意去。我正想责备自己,也许一直以来是我把你拖在这里太久了。我主要是考虑到孩子们,我想到我们最终可能会住在四层楼上,孩子们感觉自己就像关在笼子里,我觉得这样对他们来说真是太可怜了。不过现在我觉得我们可以计划一下。夏天的时候,我们可以待在我父母家里,孩子们都能健健康康的,晒得黑黑的。上帝保佑,剩下的时间我们就可以在城市里生活了。"

"那你自己怎么想呢,英格尔?"

"我?"她抬起头,坦诚无辜的目光让他的心里一阵沉重。"哦,不要担心我了。我现在强壮的很,就算是一开始我们不得不住得挤一些,我们肯定只能住四个房间的公寓,但我们会习惯的啊。我还一直在想,我们可以把劳拉辞掉,她不适合到城里生活,而且她做事也太慢了。到时我们最好是只用一个女仆,至少暂时可以先这样。我自己就可以带孩子们外出的。"

彼尔几乎已经听不见她在说什么了。他把雪茄放在一边,血液在血管里搏动,他感觉自己已经完全被她一点一点灌输给他的恐惧击垮了。

"我只担心一件事……"英格尔用一贯沉着的语气说。

"是什么事?"彼尔问。她等了一会儿才回答。

"我很长时间以前就想和你说了。但是你最近一直很难接近。"为了挡住她的话题,他半开玩笑地说,"现在你越来越像我了啊。你这段时间好像想了很多事情嘛。你到底担心什么事呢?"

"我一直想和你说呢,彼尔,你能不能多关心关心孩子们。我当然知道你很爱他们。但是我感觉得到,特别是哈格巴特,你不再关心他们时,他们都觉得缺了点儿什么。"

"你这是在说什么呢?难道我不关心他们吗?"

"好吧,我知道你在想什么。有时候,当你心情好时,你很喜欢和他们一起玩。但其余时候,你把他们放在一边,这让他们闹不清楚,然后他们就没有安全感,就会害怕。现在我担心等到了哥本哈根之后,你可能会更加经常不在家,我担心你和孩子们会疏远。"

"可我还是不明白。正好相反,我觉得我经常……"

"哦,你可能没有注意过,你经常心不在焉。"英格尔重重的叹一口气打断他的话,"你当然也没想过,自己表现得有多明显,你让孩子们觉得他们惹你心烦了。在这方面,孩子们天性是很敏感的,相信我。你自己也该多注意一下。既然我们已经谈到这些了,那我就告诉你最近哈格巴特对我说过的话吧。他生日的那天晚上,你出去了很长时间,以至于他没办法和你说晚安。他眼里含着泪水气鼓鼓地说:'我知道爸爸根本就不在乎我。'我希望我告诉你这些你别生气。彼尔,如果我们现在搬去了哥本哈根或是世界上别的什么地方,我希望你能多上心一下哈格巴特,有时候也带他去散散步,和他聊聊你在想些什么。他很聪明,对于身边发生的所有事情都充满了兴趣。我非常了解他们孩子气的要求对你来说有多厌烦,但你真的需要对他们多点儿耐心。"

彼尔沉默了一会儿。接着他站起身来回踱步,就像他平时想到什么事情的时候所做的一样。英格尔的话让他震惊。

她这番体贴的责备对他产生的影响远比英格尔自己预料的要深得多。她让彼尔想起他自己从来没有谈起过的童年时代。

最后他说:"明天上午我就去哥本哈根,今晚我就给那位行政官写信,提醒一下他曾许过的承诺。我的衣服没问题吧?明天一早就让劳拉把我那套黑色套装拿出去透透气,再好好掸掸灰,还有我的燕尾服,我说不定还要见内务大臣。我的鞋子都拿得出手吧?"

英格尔彻底慌了神。她还不能习惯这样草率的决定。她要彼尔再好好考虑一下这个问题。不用着急,不管怎么说,他们也应该先和她的父母商量一下。但是彼尔却根本听不进。他说自己现在就可以轻松的离开,况且,她的父母也经常提起这个问题。

"我们现在就定下来吧。要是我们再多讨论下去的话,结果又可能和从前一样，永远也找不出解决办法了。哦，英格尔，这一次就让我们抓住自己的命运吧。你知道吗，最近我自己也一直在想一个问题。现在我可以告诉你了。你还记得我曾经和你说起过的那个大骗子工程师斯坦纳吗？我现在真的被他惹怒了，这个卑鄙小人把我以前的想法都挪为己有了，完全是盗窃，现在他出了名。想想看！他刚在奥尔胡斯出名了，然后他又征服了省城，下一步他想占领哥本哈根了。我从昨天的报纸上看见，他已经得到了邀请，要去参加下周或是下下周的一个会议。我乐得借这个机会让这个无耻莽汉出丑，我要在会上站起来，把这个工程的全部历史都静静地讲给观众们听。我有理由相信，要在哥本哈根的众人面前为我声张正义并不难。那里的人都清楚他是个骗子，我想到时在场的那些工程师和新闻记者之中，肯定还有人记得我的那本小书。"

"啊，你怎么又把那些过去的事挖了出来？你又能从中得到什么呢？"

"你不觉得这是个很好的主意吗？好吧——那我们就等着看吧！"彼尔一边说，一边把背在身后的双手手指折得啪啪响。

"我觉得你应该放下过去。彼尔，你等了这么多年才反抗，我不知道你能从中得到些什么。你不会这么做的，对吗，亲爱的？"

"我能从中得到些什么，你问我？亲爱的，我想夺回我的发明权，仅此而已。我也不知道，这对我们的将来会意味着什么。"

"我敢说，彼尔，你只会让自己更加愤怒的。你自己也说过，斯坦纳先生非常卑鄙，对于攻击他的人，他会不择手段打击报复的。并且你也不习惯在公众面前露面，因此……"

"我怎么发现，我的小女人已经为他丈夫感到怯场了呢，"彼尔高兴地说着停在她面前，脸上笑盈盈的。"好吧，我们就等着看吧，我就等着看吧。不过孩子们去哪儿了呢？哈格巴特呢？"

"他和别的孩子们在外面花园里呢。"

"我们要好好玩一场捉迷藏！"

"我觉得你倒是应该带哈格巴特稍微出去走走。他一直都找不到事做。你为什么不带他去克里斯汀·麦德森家呢？他家这些日子装了新的蒸汽脱麦机。他会很喜欢的，他对那些东西很感兴趣。"

"可是那儿看的人会很多啊。"

"正因为如此，男孩可看的东西才更多啊。你要是再能给他讲讲机器运转的方法就好了！最近经过的时候，他都可感兴趣了。但是我又不能给他讲清楚。"

"好的，好的，我会给他讲的。"

一个小时之后，他回来了，立刻就开始为旅途做准备。但是当他去阁楼上取手提箱时，一只无形的幽灵般的手挡住了他。那是一种古老的一闪即逝的感觉。而另一种更为强烈的恐惧驱赶着他让他进入外面喧嚣的世界。他觉得自己好像站在生命的最后一个十字路口。如果这一次他不能从自己低迷的状态中挣脱出去的话，利马特村就将是他的坟墓。

自从六年多以前离开那里之后，彼尔后来只去过哥本哈根一次。那是婚礼半年之后，英格尔和他到那里愉快地渡了个假期，在那里待了几个星期。但当时，他就已经觉得那个大都市很陌生了，感觉总是很拘束。街上的嘈杂声，旅馆里潮乎乎的床，饭店里的饮食，小费，哪里的距离都很远，英格尔坚持要让他穿衣打扮，要戴手套，还要做好头发，这让他没几天就想家了，想他那个小小的安静的房间，以及乡下无拘无束的生活。

这一次也没有什么不同。头几天，他还忙着关注这些年来城市的巨大扩张。第一天早上，他就立即去看了现在已经开始施工的港口。接着又去看了新城区，以及他常在报纸上看到的内城里全部重建或只部分重建的街区。但是当这种观光的热情得到完全的满足之后，他仍旧感到自己只是一个被抛弃的无助的外省人，就像十七年前，他刚从故乡第一次来到这里的时候一样。

这时也是城里一年中最混乱的时节，夏去秋来，室内室外到处都是一片繁忙。趣伏里公园每晚都会燃放烟火，每一处游乐园里都有管乐队在演奏，剧院也都重新开张了。到这里来消夏的德国人和瑞典人仍然占据着咖啡馆，而熟客们也慢慢从乡村别墅返城了，看到他们常坐的沙发角落里占满了陌生人不由得勃然大怒。

彼尔感觉所有这些鲜活的场景都很陌生，他的眼睛和耳朵似乎都只能捕捉到一些噪音和幽灵般的笑容。当他看着一群群人忙碌的拥上街头，在电车上跳上跳下，乘坐公共马车穿过城市，坐在餐厅就像在家中一样，一边吃早餐一边手拿报纸阅读，或是喝着啤酒谈生意，好像永远也不会静下心来思考一样，他开始明白自己错了，他曾以为这种生活会永远适合他。当他发现自己置身人群中央，心里突然涌起一股传教士般的热情。他突然感受一阵冲突，他想冲着这些人大声发出警告："停下来！"

五天过去了，他甚至还是不能强迫自己去求见内务大臣和水利建设局长。每当他准备出发的时候，他都会被一种强烈的感觉所阻挡，他觉得自己就要杀死心中最美好的部分了。

"我最亲爱的，"他给英格尔写信，"我现在就想告诉你，我可能不能完成到这里来的任务就要回家去了。原因我在信里解释不好。我只想说，在这里过去的每一天里，我都越来越清楚地感觉到，现在这里的情况并没有比七年前更适合我。事实恰好相反。但是亲爱的，我们不要为此而意志消沉，世界上总会有个地方我可以称之为家的，我将不知疲倦地去寻找。我也并不认为此行浪费了。我现在也更加确信，曾经我也许决定得太过草率，但其实正是我天性深处的情感驱使我离开了哥本哈根。正因为如此，我从我的人生中发现了更多前后一致的事情，仅仅是这一点就已经让我感到巨大的满足了。在我脆弱的时候，我曾经觉得是某种盲目的可能性在主宰我的命运，但事实并非如此，现在我感觉到，是一种内在的力量在引导我的生命之舟，即使在那只舟看似被狂风巨浪掀翻之时。以前我就有过这样的感觉，现在我相信，只有让这只自动导航的船舵决定航程，我最终才能找到我的归属。我很快就会回家见你了。你或许会问我一开始离家时的想法怎么这么快就放弃了。我也得承认自己确实感觉很羞愧。离开你时我许下了如此宏大的诺言，但回到家时却如此可怜的两手空空。但是我知道你会谅解我的。"

当他在街上漫无目的地游荡时，有好几次曾看到了从前在菲利普·

萨洛蒙家认识的熟人。有一次他在电车上看见了从前的朋友和哥哥伊万，他心里怦怦直跳，伊万还和从前一样，胳膊下夹着公文包，迈着一双小短腿匆匆赶着路。他也看见了阿龙·伊斯里尔、马科斯·本哈特、哈斯莱杰还有那桑，令他惊讶的是，这些人完全都没变。然后，在没被认出的情况下，他还碰到了之前工学院的许多老同学。他们现在都是名望人士了，全都居着要职。他曾从报纸上详细地留意他们的升迁，但现在见了他们，他已经不再心怀嫉妒。

他最急切想见又最害怕见到的人是雅各贝。他知道她现在就住在城里，开办了一家类似于救济院的慈善学校，报纸上曾经报道过。他在日德兰时就搜寻过有关这所学校以及她办校意图的更多消息，但却徒劳无功。可是在外省的报纸上，只说这是"一个犹太富商之女任性的挑衅"，除此之外别无其他。

一天下午，他坐在奥斯特加德街和孔根斯耐托夫广场拐角一家咖啡馆的窗边，他看见了戴林。他看起来一点儿都没变，正站在人行道上同一位容貌姣好、打扮优雅的年轻女士说话，那位女士看起来像是个演员，一个劲儿地笑个不停，仿佛戴林大胆的目光逗得她想笑似的。旁边所有穿着得体的先生们都同他打招呼，女士们则用胳膊肘互相推搡着。离开时，戴林热情地捏着女演员的手，然后进了一辆在路边等候的公共马车。无数只眼睛跟着他穿过阳光明媚的广场，每当和路人打招呼时，就能看见他满头金发上戴着的白色绸帽举了起来。

彼尔记起曾在报纸上读到过，戴林最近刚从巴黎回来，他是作为新闻界代表特别受邀去一所公共机构的献词，当时，他还受到总统的接见，获得了一枚勋章。他已经成为了公众推举的不可或缺的视察官。不管哪里有重大事情发生，他都会到场。或者说，只有他到场，那个场合才具有重大意义。所有的大门都为他敞开，生活中所有高雅或低俗的享受都呈送到他面前而不收取费用。男男女女都想从他身上获取好处。据说就连朝廷也时不时派他去处理微妙的外交案件。

这个人心中确实怀有征服世界的理想，生活对他来说不过是场闹剧。

他个性非凡，无忧无虑，战无不胜，生活成了一连串快乐的宴会和连续不断的胜利。然而即便他是当代的亚历山大大帝，彼尔也并不嫉妒他。他心中真正的渴望又是什么呢？哪里能算得上是他的归属呢？前几天，他无意中在一份报纸上看见一则官方广告，说是在西海岸阿加坦根附近有个公路检查员的职位空缺，之后他便一直在想着这件事。这时，他又想起这个职位。

他并不是想要去申请这个职位。不仅是因为这份工作薪水低，而是因为他想到英格尔，她喜欢平静、舒适且丰富多彩的生活，而那里荒芜的沙丘上只有北海上过来的风暴和盐碱，寒冷的雾气连绵不绝地席卷而来，她在那种地方肯定生活不好。然而这则广告却一直充斥在他脑中。现在他才意识到，那个地方对他有种特别的吸引力，正因为它寸草不生、荒芜一片，因为它完全与世隔绝。他好似从没像这一刻一样如此深入地审视过自己。就好像是看见自己内心的土地被揭开了，自己正凝视着那地面。虽然他得到了所有宝贵的财富，但他并不幸福，因为他并不想要这种一般意义上的幸福。当他想念利马特的家时，不仅仅是英格尔和孩子们以及壁炉前的宁静在吸引他。就和他这一生中所有决定性的时刻一样，那只幽灵般的手悄悄抓住了他，想要阻止他外出，想要他重新调整方向，原来那就是他本能的直觉，他的灵魂只有在孤绝中，在苦难与痛苦中才能得到自由。

"请以泪水的面包让我吃饱，以泪水为饮料让我喝够……"现在他明白了这句曾经对他产生巨大触动的奇怪话语中诱人又恐怖的力量。他一直盲目追寻的巨大的幸福实际上是费亚尔特林牧师曾一直向他赞颂，称之为选中的人的神圣恩赐的巨大痛苦和无可挽回的缺失感。彼尔抬起头，就好像刚从噩梦中惊醒一般再次环顾四周，在这洒满阳光的广场上，车水马龙，人群熙熙攘攘。过了片刻，他站起身静静的走了。他，漫无目的地穿过狭窄的街道，走到奥斯泰兹公园。过去，他曾经经常清晨就来这里散步，那时公园里人还很少。现在到了城市里吃晚饭的时间了，四周再次安静下来。孩子们都跟着保姆回家了，长椅上也空了。长长的影子洒在草坪和小径上，阳光仍在金黄的树叶和青铜雕像上闪耀。

他在公园中央道路旁的长椅上坐下,谁也不会打扰他,他用手杖在沙地上圈画着,突然再次想到如果他死了,或是以别的什么方式离开他们的生活,对英格尔和孩子们可能会是种幸福。也许对孩子们来说尤其如此。他思考着英格尔之前曾对他说过的哈格巴特的话。他自己也注意一阵子了,男孩似乎在对他隐藏着什么。有一天,男孩在外面花园中追赶一只小鸟玩,当被发现时男孩眼中的神情让他大吃一惊,浑身上下一阵深深的寒意涌过。他就好像看见了童年时的自己站在父亲面前一样,充满恐惧而又冒冒失失去寻找着一切糟糕的借口来掩盖自己的过错。但是哈格巴特光洁的额头上不该蒙上该隐的阴影,父亲的诅咒笼罩了他的人生,让他成为了一个在大地上永远流浪的异乡人,但这种命运不能再传给他的孩子。啊,英格尔啊!现在他已经完全认识到了自己对生命的无可遏制的厌恶,他又怎么能让她来承担这样的命运呢?可怜的英格尔!她甚至还没有意识到自己的不幸。她还不知道自己已经和一个地精联系在了一起,他见到光明就会失明,遇到幸福就会死亡。如果有一天她明白了,爱上了别的人,那她也会把这个秘密当作无法饶恕的罪恶而埋在心底,甚至在承认它之前就让这爱枯萎让这爱死去了。

他起身想继续走走,这时他的目光落在公园另一头草坪边上的一尊雕像上。那是一尊怀抱着小酒神狄俄尼索斯的西勒诺斯。年迈的森林神西勒诺斯倚在一棵树上,他怀抱着这个调皮地动来动去的男孩,长满胡子的脸上露出了身为一个养父的满足、自豪与平和。

彼尔又跌坐在长椅上,他一直注视着那座令人愉悦的雕像,直至泪水充溢了双眼。他在想,在他小时候,如果能有这样一张充满喜悦的灿烂笑脸,如果一开始他在家里和学校遭遇的不是怀疑的目光,那他的人生可能完全会是另外一种样子。最重要的是,如果赐予他生命的父母没有把他交给那个死去的人亲吻该有多好。他那时才刚刚见到光明,然而坟墓上的十字架就印在了他的额头和胸前。

第二十七章

　　第二天彼尔就回了家。他对英格尔提起公路检查员的职位空缺,这样她就可以知道自己甚至也找了哥本哈根以外的地方,但却没能找到合适的工作——"既然找到合适的职位已经不可能了"。然后,秋天又来到了这个乡村,天气变幻无常,生活也回归到从前的单调状态。彼尔也在这里那里做些调查员的工作,但一时之间也没有什么大型工程。英格尔发现他变了。重新回到家里让他无比高兴。刚回来的那天他几乎不肯放开孩子们的手,还给每个孩子都带了礼物。但他总有些心烦意乱,对她也有所保留,几乎显得畏畏缩缩,根本不像他原本的样子。从前他可以一连几个小时坐在窗边抽烟或雪茄,然后一边观看天空中流云的变幻,但现在却怎样也无法平静。她听见他在房间里来回走动,就像是骨子里仍然涌动着旅行的渴望一般。他抱怨自己得了失眠症,每晚都在书房沙发上过夜,因为小英格堡得了伤寒，整夜咳嗽扰得他无法入睡。

英格尔暗自思忖着这些。她对彼尔这次出行和结局在很多方面都充满疑虑。她不愿意搬到哥本哈根的一个原因就是彼尔的前任未婚妻就住在那里。这两个人可能会偶然碰见，想到这里她就不舒服。她想着这事现在是不是真的发生了，而彼尔自己是不是也已经意识到这种情况会很烦恼。如果是这样的话，那她就终于明白了他为什么不肯多说改变主意的原因，以及他为什么在她面前总显得很难为情的样子。

但是必须得找到解决的办法。他们如果继续在利马特生活下去的话，就会负债累累了。她已经有些未付的账单烦恼了，但她一时还不想告诉彼尔，因为他现在烦恼已经够多的了，可怜的人。另一件让她担忧的事情是，她看出彼尔对他们的未来非常着急，让她心痛的是自己没有什么办法提出好的建议。

一天下午，有个骑马的人停在他们院子里，说想找彼尔说话。英格尔当时在地下室里忙，看不见来的人是谁，但是却马上听出了他的声音。是那位年轻的庄园主布鲁克。他为什么会来？她心下又是好奇，又是惊讶，还有些不安。

得知彼尔不在家，他很惊讶。当英格尔出来招呼他进屋时，他解释说是因为彼尔约他来谈谈之前接下的布德拉普兰德庄园的土地测量工作。彼尔想把自己的测量结果和布鲁克先生带过来的以前的庄园地图比较一下。英格尔连连道歉，还只得陪他在客厅里坐着说了会儿话。这实在不是个令人高兴的任务，因为抛开别的原因不提，她还要给孩子们熨衣服，熨斗还在炉子上呢。她不知道彼尔去了哪儿，刚才喝咖啡的时候还在家的，他的马车也还在门口，因此说他不可能走很远。和布鲁克先生交谈中最让她烦恼的就是他的口吃，这让他交流起来非常困难，而他本人似乎对此也非常介意。她对他有些同情，如果他不是长着那样一双蓝灰色的小眼睛，她也许不会那么讨厌他的。从幼年时起，那双眼睛里露出的傲慢甚至近乎冷酷的目光就让她感到不安。过了半个小时彼尔才回来。他找了很多在英格尔看来都很奇怪的理由。然后两个男人就进了彼尔的书房。

他们的交涉持续了几个小时之久，后来彼尔邀请布鲁克先生留下来吃晚饭。他们商量好等彼尔有时间时就再去布德拉普兰德庄园一次，把那些存在争议的地界重新测量一下。彼尔决定如果天气好，能见度高的话，他明天下午就可以过去，因为他想尽快把这项工作完成。

"要是能记得住的话，我到时也想去看看您饲养的那些著名的家禽。我妻子已经和我提过多次了。她对那些事情一直很感兴趣。"

布鲁克先生于是突然邀请英格尔也和丈夫一起去布德拉普兰德庄园。"我想到时可以给您看看中国种的交趾鸡，您肯定会羡慕的。"

英格尔感谢了他的邀请，但感谢中并没有要接受邀请的意思。但是到了第二天，当她从卧室窗口看见彼尔开出马车时，心里又十分后悔自己的拒绝。这是九月里晴朗的一天，她知道去布德拉普兰德庄园的路上会经过当地最美的几片森林。她还想着如果她陪着彼尔一同前去，他可能会很开心的。最后她还记起了从前见到那幢古老的大宅时的喜悦心情，童年时，她曾和父母一起到那里去做过几次客。另外，她还想到可以拿自家的普利茅斯洛克鸡换几只真正的中国交趾鸡，那就真是太妙了。于是她打开窗户，问正在爬上马车的彼尔："我能一起去吗？"她看出彼尔好像一时没能明白自己的意思，因为他表情奇怪地瞪着自己，于是忍不住笑了，"你没听明白吗，老头子？我想和你一起去啊！"他只是点点头。于是马具又卸了下来，轻便双轮马车也换成了小马拉的有篷马车。还换上了家里最好的挽具，半个小时之后，他们就驾着马车出了院子。

道路越过铁路之后就逐渐上了山坡，从山坡上能将河流和田地尽收眼底。翻过山脊，道路就陡然向下伸入一条长满森林的开阔谷地，斑斓的林海在阳光下闪烁着光芒。很快森林就将他们包围了，道路变得又软又难行，彼尔就让马慢慢走着。

一路上彼尔都没说话。而英格尔却兴致勃勃地哼着曲子，表达着出门的喜悦。她在家里待得太久了，闷闷不乐，百无聊赖。

现在到了森林，她更像是着了迷般兴致高昂。高大的树木，数不清的色彩，这一切都是多么可爱啊！就在他们头顶上，一直有一只小鸟在鸣唓,就像是一路跟随着他们而来一般。她看不见那个小生灵,但却总是能听到它的歌声,一会儿在这里,一会儿又到了那边,调皮地重复着"看这里,看那里"!她深呼吸了几次,感觉到从先前一直压在心头的重担中解放了出来。她想要歌唱,但是又想着彼尔兴趣低落,因此也就只是继续哼哼着。

突然,她紧紧抓住彼尔的胳膊要他停下来。"你瞧。"她小声说。她看见前方的丛林中有什么东西在动——原来是一只牝鹿。它尖尖的耳朵竖得高高的,眼睛瞪得大大的,盯着他们随时准备跃起的样子。彼尔没有动,那鹿也待在原地昂着头警惕地打量他们。它动了几次耳朵,接着把脖子稍稍探过来一点儿,然后它好像突然被自己的动静吓着了,转身一跃跳回了树林中。

"喂!"英格尔不由自主地跟着大喊,但是只听见树叶摩擦和树枝断裂的声音渐渐消失在森林深处。这大自然的迷人之处也触动了彼尔,几束光照进他的精神世界。英格尔的手碰到他时,他一阵颤抖。生活的希望重又点燃了,但那也只是一阵微光。英格尔出乎意料的一句话又浇熄了它。"真可惜,你不是个猎人。打猎肯定又新鲜又好玩。你应该试试。在林间地头无拘无束的穿行对你的健康也会有好处的,你不这么认为吗?"

"那对我肯定没用。你从小就是在那种环境中长大的。而我从来没有接触过大自然。所以我自然总觉得非常陌生。"

"这片森林是谁的领地?"英格尔问。

"是布德拉普兰德庄园的一部分。"

"啊,真是笔巨大的家产啊!这位顾问真有钱啊!"

"确实如此。"转眼间,他们出了林子,眼前又是一片全新的风景,他们看见一望无际的草原。后面又是另一片森林,之后有座更高的山,从那里肯定能看到更远的风景。在那座山的南坡上,有座巨大的白色建筑,两边建有不高的塔楼,还有座大花园。那就是布德拉普兰德庄园了。英格尔静静的看了一会儿。"那花园真大啊!"她说道,"我都快忘了。"

"是啊,哈格巴特在那里玩儿肯定不错。"彼尔的声音听上去很奇怪,就像是压抑住的笑声,"在家里想给他找个能舒展手臂的房间都很难啊。"

"后面的那座大建筑是做什么的,房顶很高的那座?"

"那是粮仓,再后面是畜栏和奶厂。设备全都是第一流的现代产品。老实说,德国人确实懂得怎么料理这些东西。"

"你说我也跟来了他们会不会觉得奇怪?"

彼尔悠住马,以便随时能停下马车。"你要是想看,我们可以先转转。"

"不用,我恐怕他们已经看见我们了。那边有个人沿着大路过来了。那不就是托瓦尔德·布鲁克吗?"

"看上去确实是布鲁克先生。"

"好吧,那就是他了。不过你要记着啊,彼尔,我很想要一些中国交趾鸡。你一定要答应我,我们会去鸡舍吧,剩下的就交给我来办好了。"

事实上,走过来的确实是托瓦尔德·布鲁克,那条酸橙树林荫道从大路一直通到庄园里。他刚刚才看见马车,认出了这匹小马。当马车驶进大门时,他就站在石阶上欢迎他们。

一个仆人迎上去接过缰绳,他自己则过来抚着英格尔下车,一边恭敬地感谢她的前来。司法顾问在园景房中迎接他们。顾问个子很高,仪表堂堂的样子,一头银发剪得很短,下巴上的胡子刮得很干净,长着一双浓眉和鹰钩鼻。尽管已经七十三岁高龄了,但身板还是和儿子一样笔挺。他饱经风霜的皮肤下似乎涌动着古代战士的血液。他用浓郁的霍尔斯坦因口音赞美英格尔健康的外表,问候她的父母亲可好。但他对彼尔的态度却非常傲慢。仆人们送上了水果和葡萄酒,大家就谈了起来。

最后,彼尔站起身。"是啊,你要去外面测量边界线,"顾问说道,"我儿子已经告诉过我了。你去吧,我们会照顾好你太太的。"

"希德纽斯夫人对我们饲养的鸡很感兴趣。"托瓦尔德·布鲁克结结巴巴地插进来,"我想我可以陪她去看看。说不定能让她想起过去来布德拉普兰德的记忆,也是很高兴的。"

彼尔往门口走去,英格尔感到单独留下来和这些陌生男人在一起很不自在。拒绝的话就要到嘴边了，这时顾问却吩咐仆人去鸡舍照看一下。

彼尔扛着锚杆和测量尺，同另外几个人沿着沟渠测量了一个小时。他的注意力很难集中到工作上来，那几个人经常不明所以地看着他。他对自己之前一直考虑的事情感到非常悔恨。他之前一直弄错了，他以为自己已经完全丧失了生活的热情，但实际并没有，他还不能，也不想现在就放弃。这期间，英格尔和顾问以及他的儿子一起参观了庄园。他们先去了粮仓和奶厂，接着又去了鸡舍。最后，顾问又带她去了厨房，穿过储藏室进了主楼下面在历史上都非常著名的地下室——这里是一座中世纪城堡的遗址，后来的庄园就是在它的基础上建起来的。

当彼尔返回的时候，他们三人也已经坐在园景房了。顾问似乎非常喜欢英格尔，想让他们留下来共进晚餐。英格尔探询般望着彼尔，彼尔却拒绝了邀请。英格尔觉得，他要求准备马车的方式近乎无礼了。

托瓦尔德·布鲁克骑马送了他们一程。他骑的是一匹尾巴很长的黄色高头母马，他还让马直立起来，母马的嘴角喷吐着白沫，这明显是为了向英格尔表示敬意。英格尔试图将彼尔拉入谈话中来，但没能奏效。"谈论打猎和骑马的事让我厌烦。"后来他这样解释。在到达树林之前，布鲁克离开了他们，从小路绕回布德拉普兰德庄园。他立即驾马疾驰了一小段，跑出很远后，英格尔的目光还在追随着他。"他马骑得可真好啊！"她说。

"他出身古老的军人世家。就我所知，要不是那恼人的口吃毛病，他原本是要成为军人的。有时候听他说话可真痛苦。"

英格尔直视前方，沉默了一会儿。"是啊，可怜的人啊！但我看他今天还没那么严重。"

"你拿到说好的中国交趾鸡了吗？"彼尔问。

英格尔唰一下脸红了。她忘了要了。"真烦人。我敢说，要是我问他们要的话，肯定会得到一两对的。顾问的心肠那么好。"

"是啊，他确实如此。"彼尔闷闷不乐地说。天黑时他们到家的，彼尔抱怨说头痛就回了书房。他在窗口坐下，点燃烟斗，但很快又站起来把烟斗挂在钉子上，然后焦躁地来回踱步。他感觉自己真是世上最无用的人,又是一个不幸的不完整的人,他热爱生活却不敢全情投入,他鄙视生活却又不敢摆脱。门口响起羞怯的敲门声。原来是哈格巴特被送进来说晚安。看到男孩局促的样子,彼尔眼中溢满泪水。他哭着将男孩举起来站了一会儿,他双手搂着男孩的样子就和奥斯泰德公园里抱着养子狄俄尼索斯玩耍的西勒诺斯一样。

"你不害怕父亲对吗,小哈格巴特?"

"不,不,不怕的。"他吞吞吐吐地说。

"我们两个能融洽相处的,你说呢?"

"是的。"他说着想挣脱开。有时候,他觉得父亲的温柔举动比他严肃的时刻更让人不适。

一个星期之后的一天下午,英格尔和彼尔驾马车去波斯特拉普牧师庄园,从彼尔自哥本哈根回来之后,他们还没有去拜访过。这些年里,彼尔和岳父的关系已经发展到相互憎恶的阶段,但两人为了英格尔都在控制隐藏。然而这一次,事情却一发不可收拾。让布洛姆贝格牧师尤其气愤的是,彼尔从不留神听他说的话;而牧师夫人不满的是,他们的经济状况越来越糟,女儿不得不过得很拮据。这一次彼尔从哥本哈根毫无收获地回来,他的态度当然更不可能缓和了。

先是发生了几次小冲突,晚饭后他们进了客厅终于发生了激烈的争吵。彼尔近来的精神状态一直很不安,他也因此变得敏感多疑起来。岳父满不在乎地批评他,说他对为了自己和家人找个稳定的职位一点也不关心,彼尔被激怒了,说他不想外人来干预自己的事。岳父斥责他竟如此大发雷霆,尤其是他语气不敬,但此话却让彼尔失去了控制跳将起来,一拳砸在桌子上当着岳父的面说他不再需要他的监护。

波斯特拉普庄园以前还从没听到过这样的话。大约有一分钟的时间,房子里一片死寂。然后牧师稍微恢复了以往的架势站起来将他推到身后说:"我希望你以后再也不要让我们瞧见这种场景。"他说完迈着大步走了出去,而牧师夫人则满目惊骇跟着他进了书房。

彼尔吩咐备好马车,很快,他和英格尔没有告别就驾车离开了庄园。当时在客厅的时候,他有一阵子像隔着烟雾般隐隐约约看见桌子那头英格尔脸色煞白,这幕情景让他恢复了镇静。他从那时起就没敢看她,整个路上两人一句话也没说。但是他感觉到,尽管英格尔穿得很厚,但她还是抖得如此剧烈,以至于车厢的座椅都跟着晃起来。

等回到家,她才稍微平静了些。她不仅允许彼尔帮她脱下马车上用的外衣,甚至还开口让他帮忙挂在衣帽钩上。她先是去孩子们的房间查看了一番,接着又像往常一样在房子里到处都巡查了一遍。

彼尔回了自己的书房点起灯。当他放上灯罩时,才发现自己也抖得很厉害。他拿起一份报纸坐在椅子上,焦急地等待着接下来会发生的事情。大约过了十分钟,他听见英格尔进了卧室,又过了几分钟,她才走进书房,让彼尔惊讶的是,她已经脱掉了外衣,穿上了睡袍。"你看,你又在这里铺好了床。"她说着把他的枕头拍拍松,"你就想睡在这里吗?"

"是的,谢谢,这里就很好了。"他说着脸都没从报纸后露出来。

"我说啊,英格堡已经不太咳嗽了。"

彼尔没有作答。英格尔在火炉旁角落里的摇椅上坐下,一时之间两人都没有说话。

"好了,彼尔,我们现在必须认真考虑搬家了。"

"你怎么这么说?"

"你很清楚的。现在我意识到了,今天晚上发生的事情并不是偶然之举,而是已经累积了很长时间了。"

"我很抱歉发生那样的事,为了你和孩子们。我应该控制住自己的。但是我不能再去波斯特拉普了,或许那里也不会再欢迎我了,而且我希望那样不会导致你们也不去那里。如果因为这件事,而让你们和你父母疏远开来,那就太不应该了。"

英格尔弓着身子坐着,她一只手撑着头,眼睛看着地面。

"你自己甚至都不知道你竟能如此伤人!你觉得我会去一个把你排斥在外的地方吗?还要带着孩子一起去?"

"可那是你父母家啊,英格尔。"

"那就更不应该去了。而且在这种情况下,对我们两个来说,再待在这里都是不可能的了。现在就已经这么难过了。"

"你想我们应该搬到哪里去呢?"

"你之前说西海岸有个道路检查员的职位。我觉得你现在就可以申请了,今天申请也比明天好。"

"你知道自己提出的是什么要求吗?首先是工资,我告诉过你,甚至连两千克朗都不到,而且在那附近根本就不可能挣得额外收入。就我所知,那里是全丹麦最贫瘠的地区,只有沙滩和石南丛,除了几户小农和渔民之外,到处都没有人。"

"但是我们还有彼此啊!"她激动地说道,"而且,我们说不定会比在这里……"

"亲爱的英格尔,你如此依恋你的父母,你以前的家,还有你少年时代就结下的朋友,而且你还如此喜欢身边舒适可爱的这个家。不行,亲爱的,让你搬家这个牺牲实在是太大了。要是我拿到了那个职位,你会有很多理由责备我的。"

她双手蒙着脸一动也不动地坐着。"上帝保佑,我真想知道你到底想要什么啊。"她说着失声痛哭。她突然情绪爆发跳起来哭着说,"你是想折磨死我吗!"她没说晚安就回了卧室,门在身后重重一摔。

彼尔仍然坐在那里,表情凄凉地盯着关上的房门。他颤抖了好几次,想要站起来去找她,但那幽灵般的手拦住了他。"你不能那么做!清算的时间已经到了。不幸就要降临。她的灵魂即将觉醒。而她并不是来自地下世界的怪物。她必须回到阳光下的生活中去。"而他呢,事情都该按照原本的方向发展。

第二天晚上,孩子们早早上了床,两个女仆还在厨房里忙碌,英格尔刚把客厅的灯点上,在沙发上坐下来缝补孩子们的长袜,彼尔就从书房走了进来。虽然他一整天都在家,但从头天晚上起,两人就只说过几句话。

英格尔注意到了,彼尔一直用一种奇怪的方式在她和孩子们身边转来转去,但却不和他们产生任何联系。晚饭过后,孩子们都睡了,她惊讶地发现彼尔站在熟睡的儿子床前,脸上的表情古怪又茫然。这时,彼尔走进客厅隔着桌子坐在她对面。两人谁也不想先开口说第一句话。

最后英格尔说:"我们昨天晚上说的事,你考虑过了吗?"

"是的,我一直在想。但是重提这个话题之前,有些事我们应该先弄清楚。我当然是指昨天在你父母家发生的事情。你自己也说事情的爆发不是一时的偶然,这一点你说得很对。你也知道,就算当时我没有那样说,就算当时我的情绪没有那么激动,但是这样的情况早晚会爆发的。"

"这一点我早就知道了,彼尔。"

"是的,昨天你也这么说过。但是,亲爱的英格尔啊,我的人生观和你父亲以及他的朋友圈子的人——某种程度上,和你也是——都有着深刻的区别,这一点你也不是不知道,但是我们却从没有和彼此谈起过,这难道不是很奇怪,甚至是不可原谅的吗?错都在我——我很清楚,由于我的懦弱,我对你隐瞒了所有的真相。但是,我自己也直到现在都没弄清楚。"

"你错了,彼尔。我很清楚你的观点。事实上你从来都没有对我隐瞒过。当然了,我知道你的思想和我们其他人都不一样,而且这一点也确实让我感到很伤心。但是父亲总是说,一个人只要能从基督身上看到高贵完美的品质,那他就有权称自己是基督徒,只要他对待上帝的态度是真诚的,并且一辈子都保持这种诚实和正直,那他就有希望得到救赎。"

"但是我不信仰上帝!"

"你不信仰上帝!"她把手中缝补的袜子丢到腿上,用前一天晚上在牧师家那副苍白僵硬的脸盯着他。

"是啊,我不相信了,我确定,已经有很长一段时间了。我曾到处寻找上帝,但却只找到了我自己。而且对于那些真正了解自己的人来说,上帝是多余的。对于这样的人来说,不管把上帝当成是我们的父亲也好,当成审判官也好,这个超自然的人物都既不能给人以安慰,也不能让人感到敬畏。"

"你怎么能这样说！我担心你这样总有一天会变成一个非常不幸的人，彼尔。"

"有可能。但是你知道吗，有这样一种人，对他们来说，不幸具有非常诱人的力量，就像沼泽地和幽暗的森林对孤独的人所产生的吸引力一样。"

"这些人一定是在罪恶中磨硬了心肠，他们只能在罪孽中得到幸福。《圣经》上就是这么说的。"

"是吗？但并不是人人都如此。这些人出于宗教本能而深受不幸的吸引，他们的宗教本能告诉他们，只有经历过悲伤和失去，甚至或许要经历彻底的绝望，他们的灵魂才能得到解放。就像你也知道的，有些植物只能在寒冷黑暗中生长，并且仍然能繁茂开花。"

"我没见过这种人。"

"这类人在我们身边并不少见。历史就证明了这一点。在幸福的年代，我们缺少伟人。但是反过来，在苦难的岁月，'麻雀蛋里也能孵出老鹰'，费亚尔特林牧师曾经这么说过。"

"费亚尔特林牧师！你说的就是他吗？"

"是的。"

"好吧，我完全不能理解你了！他吊死了自己啊！"

"是的，他确实是上吊自杀了，非常不幸。我经常很怀念他。而且说实在话，我以前总是无法对自己解释清楚，他为什么会有那样悲惨的结局。但是现在，我在那方面似乎也更加理解他了。我想原因就在于他和妻子之间绝望的关系。你或许还记得，我曾告诉过你，他对待他那古怪的，已经完全被毁掉的妻子的奇怪态度。我现在觉得，他的妻子原本可能是个完全相反的人，她原本是为光明和快乐而生，情感丰富，充满热情。牧师可能心怀愧疚，因为他一直把妻子困在阴暗的生活中，他自己从这种生活中得到了成熟和解放，但他的妻子却因此而毁灭了。妻子死后，他的良心一直非常不安。他觉得是自己谋杀了妻子的灵魂，他无法承受。因此妻子死后没多久，他就吊死了自己。"

"你为什么要和我讲这些？"英格尔疑惑地看着他问，"我们所谈论的完全是另一回事情。"

彼尔犹豫不决。"因为在我看来，英格尔，他们悲惨的婚姻很有教育意义——也是一种警示——对我们来说也是如此。"

"对我们？"她的活计再次落到了腿上，"对我们？你说的是什么意思？"

彼尔看着地板没有作答。他的脸一下子变得惨白，而英格尔则不由自主地爆发出一声短促却痛苦无比的哭声。

"彼尔！你现在都在想什么啊！我做了什么让你讨厌的事吗？还是孩子们做的？告诉我到底哪里不对！"

但是彼尔却一个字也说不出来。英格尔把手够过桌子，仿佛是想爱抚他。"你病了，亲爱的，你都不知道自己在说什么。这些日子，你把所有的一切都看得太过沉重。而我刚刚还在想让我们高兴点儿，把一切烦恼都忘掉。现在折磨你的是什么？是我们的金钱问题吗，亲爱的？"

"不。"

"那是怎么回事呢？"

"是比这糟糕得多的事，英格尔。"

"那就告诉我是什么事！"

"我就是说不出来！"

"你感觉不舒服吗？"

"没有。"

这时英格尔脸上一阵光亮。

"那么你能诚实回答我一个问题吗，彼尔？"

"你说。"

"在哥本哈根的时候，你是不是见过之前的未婚妻萨洛蒙小姐？"

彼尔惊讶地抬起头："没有。"

英格尔仍然担忧地盯着他。"你在撒谎！"她说着突然站起身，针线活儿也丢在了桌子上，"现在我都明白了！"她重重往前上了一步，"你和你过去的恋人谈过了，你又被她迷住了。"

"我都说了,你想错了!"

"好吧,那就是还有别人了!这里肯定藏着什么事。现在都清楚了。这场谈话完全是一场令人作呕的伪装。我早该做好准备的。你想和我离婚,然后再和别的女人结婚。是这个意思吗?你直说吧!"

彼尔沉思了一阵子。他想到,顺着她的想象,坦白自己有罪,这样可能是能帮助她的最好方式。没有迫切的理由,她可能永远也不会以合法的形式离婚的。这样也许正好能达到自己的目标,让她恨自己,鄙视自己。这样她忘记自己可能更容易。既然自己已经放弃了这么多了,那么就再放弃自己的荣誉也是可以的。

"是的。"他说着低下了头。英格尔仍旧站在房屋中央,她两手抱在胸前,脸色煞白,一双眼睛黑得发亮。

"你就像个懦夫一样隐瞒了我快三个星期!还说是你的失眠症,你头痛!想到我那么关心你,那么努力地想要逗你开心,我真是可笑。而你呢,这段时间你一直在思考,在想念别人,一直在想怎样才能最容易地离开我们。真是一场令人作呕的闹剧!真是个无情又怯懦的骗子!"

孩子们房间的门开着,最小的女儿开始哭起来,但是英格尔却没有听见。她又在屋里来回走动着,慢慢开始自言自语,而不是对彼尔说了。孩子开始哭号了,她才跑过去抱她。彼尔站起身,两手抱着头呻吟着。现在他做到了。祭品已经准备好了。他对自己发誓要坚持到底。英格尔这时又回来了。她又走了一阵子,然后在彼尔面前停下脚步问他:"你没有什么话要对我说吗?告诉我这不是真的!"

他摇摇头:"不,英格尔——那样又有什么好处呢?"她仍旧无言地站在那里。接着她转过身哭了起来,后来进了卧室。"这么怯懦,这么无情!"他听见她又说了一遍,然后把门重重地关上了。

很快,他发现整个房子都搅成了一片。门打开了又关上,他听见英格尔大声吩咐女仆们。外面的帮工穿着木鞋在院子里跺来跺去。停放马车的屋门开了,马车拉了出来。她今晚就要离开,他焦急地想到。现在孩子们都醒了。英格堡在哭,哈格巴特问有没有生火。到处都能听到英格尔果决的声音。一个女仆穿着袜子急急忙忙跑进客厅,当看见彼尔之后,吓得转身就跑。然后是英格尔,她已换好了外出的服装,戴好了帽子,穿好了外衣走了进来。

"如果事情要发展到这一步的话,英格尔,"他说道,"那么就让我离开吧。或者至少等到天亮。"她没有作答,走到书桌抽屉前拿出她操持家计的钱还有其他一些小东西。

"我可以去看看孩子们吗?"

"今天晚上不行。以后你可以到我父母家去看他们。"

半小时后,马车就驶出了院门。彼尔一动也没动。车轮声最后消失在道路上,他从手中抬起惨白的脸,双眼不由自主地朝向天空:"这样足够了吗?"

 第二十八章

从奥德桑德去往齐斯泰兹的路上要经过于兹比,这里有许多混浊的池塘和泥潭;接着往西有个美丽的小镇叫作维斯特威格,莱登·科尔斯滕的墓就在这里;继续北上就会到达一片气候恶劣的土地,在这里即便是盛夏时节羊群也很难找到食物。这里到处是沼泽和沙丘,无论冬夏这里的景观都是一个样,只有墨绿色的欧滨麦、淡红色的木贼和石南抵御着咸湿的海风。沼泽地无法前行,道路只得绕个大圈,当风停的时候,浓重的雾气就弥漫了整片大地,就像发生了大火一样。

这里时不时的还能见到小小的农庄或是单独一幢石南屋顶的小屋。但是这些房舍之间经常相隔好几英里,中间也没有像样的市镇。有些地方可能刚刚才开始有人定居。在一片两边都有沼泽排水区的低地上有一块小小的草场,这里坐落着四幢房屋,其中一幢是学校,第二幢里住着草场管理

员,第三幢里住的是一个鞋匠,第四幢空着。

从空着的第四幢房屋里最近抬出了一具中年男子的遗体,很多年来,围绕着他一直有许多猜测。他是这片土地上的异乡人,从来没有和别人谈起过自己的过往。他虽然行事有些草率,但并非不善言辞,因此在这里有很多朋友,除了牧师以外也没有任何敌人。他没有结婚,只孤身一人和一个管家、一匹老马和几只鸡一起生活。他虽然并不是学者,但却有很多书。大部分时间里他都独自驾着他那匹毛发蓬乱,眼睛都快瞎掉的挪威老马在路上视察,同时还一边思考着什么问题。这个人就是公路检查员,此地的道路之前从没有像他在任时保护得这么好的。

尽管他独自居住,身体状况也很糟糕,但是多年来他一直过着非常规律的生活,尤其是他拒绝了当地其他居民为了补偿自然环境的严苛而举行的各种娱乐活动,他看上去总是平静又满足的样子。这些困惑的人们对他深感忧虑,因为他并不渴求宗教的安慰,从来不上教堂,拒绝领圣餐。由于这些原因,牧师把他归为不幸的那类人,认为他注定要永远经受诅咒的命运。

检查员的个性给住在他家对面的那位教师留下了深刻的印象,这位年轻的教师思维非常活跃,总喜欢不经意间谈起严肃的话题,不管处于何种境地,他都想努力做到诚实正直,甚至期盼能得到永恒的救赎。然而,虽然教师的观点非常传统,还和妻子孩子们一起过着舒适的生活,但他却经常会体会到悲伤和厌倦,他也无法对自己隐瞒,他的这位不信神的邻居尽管是孤身一人生活,看起来却似乎比他快乐得多。有一次,他鼓足勇气向道路检查员坦白了这一想法,检查员却只是平静而又简洁地回答他说,如果这样的话,那他就还没有找到自己灵魂的归属地,因此也就不能理解人类最终极的幸福:彻底地认识自己。当教师问他如何才能找到这样的归属时,他回答说自己也无法给出建议,只有无所畏惧地将自己交付给内在的本能,才能在一切生灵中存活下去。

还有一次,教师要他一定要告诉自己"最终极的幸福"是怎样一种感觉,他稍显讽刺地答了一句"去问你的牧师",之后便不愿再多说。然而，后来他又详细解释了一番："关于这一点，每个人都应该尽可能对事物进行独立思考，而不能只听从别人——比如说那些只依靠流传下来的感觉和观点而生活的人——口里的说法。只有真正的和生活产生联系，才能够从每一次经历中有所收获并感到快乐，不管这种经历是可怜还是幸福，甚至哪怕是痛苦的。那些不懂得这种幸福的人，也就不懂得他们精神世界或现实生活中迄今为止仍然紧闭的角落里是怎样的一种世界，也就不懂得活着到底意味着什么。"

在道路检查员生命中最后的那几年里，米克尔森校长经常会回想起这些话。虽然检查员遭受着可怕的癌症折磨，也没有任何外人安慰，但他从没丧失勇气。在他遭受巨大的痛楚时，他显得那样可怜，呻吟声如此之大，以至于周围的三户居民都只得用棉花塞住自己的耳朵。但每当之后有人去探访，他躺在床上，脸上的表情像是刚刚获得了丰富而深刻的体验。对他来说，生活中似乎没有什么时刻是不能忍受的，他死后，人们在他床边桌子的抽屉里找到了一把上了膛的左轮手枪，这一发现也证实了那一点。

在生命的最后时日，他静静躺在床上谁也不想见。临终时刻，他还在思考着自己的肉体会怎样衰败腐烂。当他感觉到死亡的寒意渗进骨髓时，他叫人拿来镜子，虽然他那时已经几乎完全看不见了。"很快就会结束了。"他把镜子递还给女管家时说。很快，死亡的剧痛就开始了。天黑时，狂风从西南方吹过来。风声如同病狗的呜咽透过门上的缝隙吹了进来，雨点拍打着窗棂。床头板上点着一线光亮。光秃秃的墙上，病人父亲留下的那只银质大怀表滴滴答答地走着。年迈的女管家把校长叫过来了，因为她不敢一个人和濒死的人待在一起，但是校长也无能为力。最后的时刻，检查员还发出了轻轻的鼾声。午夜刚过，他的头歪到一边，他轻轻的叹了口气，然后就死去了。

一个星期以后，十月里最温和晴好的一天，在蔚蓝的天空下，他被葬入了教堂墓地的沙土中。大约有二十个人参加了葬礼。大家只唱了一首赞美诗，没有悼词，教堂里挂在涂了焦油的架子上的大钟也没有敲响。这些都是死者的命令。另外，死者还希望能在他的墓前吹奏号角，但牧师却不允许这样做。

出席葬礼的还有他的两位家庭成员，分别是内阁副部长艾伯哈德·希德纽斯和主持牧师托马斯·希德纽斯，两位都没有穿制服。葬礼之后，他们打开了死者的遗嘱。令两个哥哥惊讶又遗憾的是，他明确地表示把钱都捐给雅各贝·萨洛蒙在丹麦开办的那所不受教会管理的教育机构，两人都觉得这样的遗赠并不合适。除了家具和一些现金之外，他们还找到了两张银行存款单，上面还有一万克朗。出于糟糕的健康状况的要求，死者生前过着极其规律，甚至是禁欲主义的生活，这也刚好合了他的心意，他因此也得以把一半的收入以及一些额外所得都存了起来，其中还有几项小发明的收入。"这真是相当大一笔钱啊！"副部长说了好几次，一开始还带着极大的敬意，然后就不安起来。

"是啊，这可真不是个小数目。"主持牧师也以同样摇摆不定的语气说。两个哥哥面面相觑。"我希望他是以正当手段得来的。不过我们也没有理由怀疑。"

回到哥本哈根之后，副部长由于好奇，决定亲自去学校通知萨洛蒙小姐遗产的事。这一天，他到了诺里布罗街，雅各贝那所引起众多非议的儿童日间学校就建在这里的贫民区之中。看门人领着他穿过一座种了很多树，摆着许多长椅的游戏场地。当他知道女校长现在正忙着上课之后，就表示自己想要趁等待的时间稍微参观一下这所学校。

一名女教师走出来带他到处参观。在这座巨大建筑的一头是一间屋顶很高、光线充足、富于欢乐气氛的食堂，有一半的孩子刚刚在这里用完餐，而另一半孩子还在上课。食堂旁边是两间缝纫教室，孩子们——男孩女孩都有——正在里面学习缝补衣服和袜子，修补鞋子。楼上是一排浴室。向导说，每隔三天，每个孩子都会洗一次澡。阳光、空气、水、规律的饮食，学校用这些方法来代替宗教教义对孩子们进行道德教育。

"原来是这样。"副部长清了清嗓子打断了向导的介绍。孩子们不在学校住。学校的理论是，孩子们清洁的身体，缝补整齐的衣物还有礼貌的举止都会对他们的家庭产生影响，他们就好像是清洁、整齐与纪律信念的小小传播者。学校每天很早就和工厂一起开门了，孩子们需要为膳食缴纳一小笔费用，但是这笔费用是根据父母的能力来调整的。副部长心想，是啊，这一切都非常棒，只是……

就在这时，他得到消息说女校长已经在办公室等他了。雅各贝·萨洛蒙现在已经四十多岁了，虽然她举止还保留着骄傲正直的姿态，但看上去还是比实际年龄要老。从她身上可以看到，她为设计和建造这项事业投入了多么大的精力，经受了多少来自各种阵营的抵制和怀疑，这里耗费的不仅只是她的财富而已。她的面孔，崇拜者曾经赞之为鹰，对手和嫉妒者讥讽称之为鹦鹉，现在毫无疑问成了猛禽。她的头发几乎已经全白了，肤色泛黄，一双又大又黑的眼睛和修长的脖颈在只装饰着白色宽边领口的褐色衣裙的衬托下，显得她好似一只正从岩石山巅上俯瞰远处一望无际平原的秃鹫。

当副部长走进办公室时，她从办公桌起身过去迎接。"我想您是满怀善意来通知您弟弟去世的消息的。我已经听别人说过了，他们从报纸上看见了讣告。"

"如果不是有其他理由，我本不会来登门打扰的，尤其是我弟弟以及他的命运都很难指望能得到您的同情。"

"这一点您误会了。我欠您弟弟的原本比他知道的要多得多。我们虽然相隔遥远，但我仍然一直在关注他的消息。但这些年来，我们在很多方面都疏远了很多。关于他最后的时刻，我几乎一无所知。现在您也许能为我讲讲。请坐吧，副部长先生，告诉我他的病情，还有他最后去世时的情景。"

然而副部长却不愿坐下。这位稍显可疑的女士简单直接的语气让他闭紧了嘴不想回答，他那笨拙的前突的大下巴因此越显突出。"正如我说过的那样，如果不是有特殊的理由，我本不会来打扰您的。我就直说吧。您说觉得我那已故的弟弟和您距离越来越疏远，不仅是在字面意思上，而且也包括世界观和思考方式，但是在我看来——您一定理解我这么说也是非常遗憾的——这种说话并不正确。不管怎么说，他在遗嘱中指定把您，或者说是您的学校，或者不管您怎么称呼它，作为遗产受赠人，但其合法性却引起了严重的质疑。因为我弟弟还有合法婚姻生下的孩子，所以这份遗嘱实际上是完全无效的。但是我最近得知他的继承人及其监护人都不会提出反对，因此能够满足他的遗愿。我们正在谈到的遗产数额大约有一万克朗，而涉及其来源我也无法告诉您。我觉得自己有责任亲自来通知您此事，同时也想听您亲口回答是否愿意接受这份礼物。"

雅各贝·萨洛蒙一只手肘撑着椅背靠在椅子边上。她被深深触动了，年轻时代的记忆又潮水般涌上心头。很少有人看见过她哭泣，但此刻却控制不住落下了泪水。"我为什么要不接受呢？"她轻轻地说道，"您的弟弟和我是截然不同的两类人，我经常在想我其实对他的本质了解得是那么的少。但是他用这种方式向我问候，我非常感激。"

"说到这里，萨洛蒙小姐，请允许我提醒您一下大概十六七年前我们之间有过的那次谈话。当时对于你们之间的关系，我所说的话就和您现在所说的一样。我想也许现在您愿意承认，如果当时您能更相信我的判断力的话，对你们双方可能都会更好。"

她抬起头骄傲地看着他。"这您就完全错了，部长先生！我不想留下任何遗憾，正好相反，我认为认识彼尔对我来说是一件极其幸运的事。从他带给我的幸福和悲伤之中，我的人生第一次具有了真正的意义。您现在看到了身边的这所学校是我的，但其实也是他的。因此，我将永远对他怀有深深的感激。"

"好吧，嗯，关于这个问题，我们看来是不可能达成共识了。那我就不再耽误您的时间了。再见。"

葬礼之后一个星期的一天晚上，教师米克尔森和草场管理员兼地区治安官尼尔森走进死者紧锁的小屋，他们应死者两位哥哥的要求来对房子里遗留的物品列一份清单。两位哥哥之前已经带走了所有的文件、信件以及其他一些有价值的物品。但是在一张抽屉无意间被抵到墙上去的桌子里，他们找到了一本厚厚的册子，里面满是公路检查员那难以辨认的笔迹做下的笔记。

教师忍不住看了起来。治安官拿着灯到别的房间去列清单了，他则坐在床上，就着一只卡在瓶口的蜡烛所发出的光芒翻看这本笔记。这是一本类似日记的东西，道路检察员在其中记下了他到此地来的这些年里的所思所想——实际上是就身边发生的一切事情和自己对话。

在笔记的头几页，教师费了很大劲才辨认出以下的内容：

"在年轻的时候，我们对那些引导生命的力量提出了毫无节制的要求。我们想要它们揭露出自己的奥秘。然而我们却不得不生活在它们神秘的面纱之下，这让我们感到愤怒。我们想要控制并且改正世界这架庞大的机器。当我们长大一点儿，我们就迫不及待地把目光投向人类以及整个人类历史，希望最终能从规律和发展中找到内在的联系。简而言之，我们想要找到生命的意义，为我们的奋斗和经受的磨难找到原因。但是有一天，我们内心深处的声音阻止了我们，那个声音幽灵一般问：'你是谁？'从那以后，我们再也听不见其他问题。从这一刻起，真正的自我就成了我们想要解决的最大的斯芬克斯之谜。真正的自我？今天早上，这个人冒着瓢泼大雨驾马车外出，他情绪低落，充满痛苦，对人生以及种种烦恼感到无限疲倦，这是真正的自我吗？或者坐在昏暗的火炉旁的那个人呢，他在炉火的噼啪声中沉入美好记忆的梦境，梦到他的房子、家庭还有戏耍的孩子们，这是真正的自我吗？或者现在正孤身一人坐在灯旁的这个人呢，他既不快乐也不悲伤，既不年轻也不衰老，只有在夜晚和孤独时刻心里才感到平静和崇高，就像是出自大自然之手，还未衰败，毫无瑕疵，这是真正的自我吗？还是说，真正的自我是所有这些合起来？我们所谓的灵魂，是不是仅仅只是一闪即逝的某种情绪，是我们夜间睡眠留下的残梦或是阅读报纸时留下的印象，是某种取决于晴雨表或市场价格之类的东西？还是说我们体内有许多的灵魂，就像卡片游戏中的卡片，每次洗牌都会出现新的面孔：小丑，士兵，猫头鹰。我猜，我猜……"

教师米克尔森感到很震惊，从这些意气消沉的句子中，他几乎辨不出自己的朋友了。当他翻到最近这些年的日志条目时，他从书页中找到里面夹着的一封信。他看见信封上写着的收件人是"道路检查员P.希德纽斯"，从邮戳中可以看出这封信是几个月前刚收到的。

心里挣扎了一番之后，他从信封里抽出信。信件出自一位女士之手，在第一页的抬头位置上写着发信人地址"布德拉普兰德庄园"，信里写着：

我听说你病得很厉害，因此决定打破你强加在我身上的沉默。我对你充满了无限的感激，你为了成全我的幸福做出了巨大的牺牲，如果不告诉你这些，我的内心就无法获得安宁。我现在才完全理解了你，明白了你所做的一切只是为了我好，我永远也无法向你表达我的感激！我想代我们的三个孩子向你问好，他们现在都很好，我最小的两个孩子也是。哈格巴特现在已经上大学了，他将来想当工程师。大家都说他非常有才华，而且身体强壮，意志惊人，因此会发展得很好。英格堡去年秋天行了坚信礼，她和小丽丝现在还和我一起住在家里。他们不记得你——这是你所希望的，我想这样也许是对的。再次衷心感谢你为我所做的一切。愿上帝赐予你力量承受即将到来的命运。

英格尔

教师低下头把信装回信封。真是个奇怪的人啊，他心想。

笔记的最后一个部分大多是一些没有注明日期的短小片段，有一些段落的结尾都是同一句话："自然是丰盛的，她充满了智慧和仁慈。"这句话有时候下面还画了着重线。在这些段落中，米克尔森很轻松地就认出了这位朋友平时谈话时的思想和表达方式。

"人类如果没有原始的进步欲望，没有与生俱来的激情（无论是面向现实世界的激情，还是朝向灵魂与梦想世界的激情），没有下定决心展现出神圣而真实的自我的强大甚至是大胆的勇气，那么任何人都不能得到真正的自由。正因为如此，我很感激自己生活在这样一个时代，能够唤醒这种本能，能够加强那最重要的勇气。否则，我终其一生都可能无法成为一个完善的人，都只能是一个希德纽斯。"

另外一段这样写着：

"基督的生平和经历实际上只告诉了我们这一点：世上只有一件事物能够战胜痛苦磨难，那就是激情。而且这句话在他告诉我们之前就早已是一句哲理了。"

还有这样的段落：

"为我年轻时代远大的梦想而感到荣耀！我仍然是一个世界征服者。每个人的灵魂都是一个独立的世界，他的死亡就是世界灭亡的一个缩影。"

在另一段落中，有这样的句子：

"今天的报纸上报道了斯坦纳先生已经被任命为国务委员了。为什么会这样呢？这个人整个一生都虚掷在谎言和诈骗中了——就只为了得到这么个名头：国务委员。这个世界真是个糟糕的颁奖人。可怜的斯坦纳先生，如果你能知道我在默默无闻中感到是如此荣耀的自由，如此无怨无恨就好了，那样你就能理解为什么说你自己才是被欺骗的人了。但是你对此毫无察觉，还感到很幸福。你为自己道喜，还自豪地接受人们敬贺的香槟。然而自然是丰盛的，她充满了智慧和仁慈。"

有一个段落写着标题"论上帝"：

"据说伏尔泰说过这样的话：如果上帝不存在的话，那么人们也会自己创造出一个上帝。我认为倒过来说才正确：如果说真的有上帝的话，那么我们也应该努力遗忘他，要教育人们行善也只是为了做善事，而不是因为害怕自己的恶行会遭受惩罚。如果一个人相信天堂中有个上帝在为我们做记录，正赞许地点着头朝下看，那他又怎么可能会有纯洁的心灵向穷人施舍呢？"

再往下看，有一段话写着标题"再论信仰"：

"在人生中，我们身边围绕的很多东西都只是因为偶然才成为我们的财产的。有一天我们发现自己需要一个梳妆台，于是我们就走进家具店买下了恰巧摆在那里出售的那个。我们漫不经心地检查着，或许那根本不符合我们的品位，但这时我们还是决定买下来。当它成了我们的财产，我们和这个满是抽屉的梳妆台之间的关系就悄悄地发生了变化。我们的手小心翼翼地抚过它抛光的表面，当搬运工把它搬上台阶时，我们满怀爱意与担忧地看护着。在以后的生活中，如果我们不得不和它分开，我们就会感觉好像是自己给缺了一块。这就是财产的秘密。信仰是不是也是如此呢？"

在他生命的最后一年，他写了一篇名为"伟大的幽灵"的笔记：

"这个故事发生在很多年前的莫斯岛。有个农庄主有两个儿子，儿子们年纪都还很小。小儿子性格有些目中无人，父亲总想让他变得恭顺些。十岁那年的一天，小儿子又做了错事要受惩罚，他于是躲在花园里一棵高高的树上。父亲气得头发昏，据说他当时喝了好多酒，因为刚从邻居一位猎人家吃过午饭回来，父亲手拿马鞭站在树下，呵斥男孩下来。然而不管他呵斥和吓唬的声音有多大，男孩儿还是躲在树上不肯下来，甚至因为害怕还越爬越高，一直爬到最高的树顶上去了。接着传来一声尖叫，原来是他脚踩的树枝断了，男孩摔到了地上，从此瘫痪不起。父亲因为愧疚发了疯，住进了精神病院一直到死。

"两个儿子都长大了。老大长得很健壮，面色红润，说是英俊也不夸张。他娶了一位美丽的姑娘，生了一群快乐的儿女。在他的经营下，他们的庄园成了模范农庄，完成了自己应尽的职责。另一方面，他的弟弟却面色苍白，静静的躺在花园的担架上，鸟儿们围着他扑扇着翅膀，从他手里啄食吃。他也并没有什么不快乐的。只有旁人愚蠢的同情，以及想到父亲悲惨的命运才会让他感到痛苦。我也曾亲眼见过他，他那时大约十八九岁，我无法忘怀他脸上灿烂的笑容。就好像是有光河环绕着他整个无力的身体一样。作为对他被剥夺的健康体魄的补偿，他的第六感赋予了他灵魂深深的喜悦。这个曾经眼神写满恐惧、调皮的男孩现在成了一个可怜的残疾人，他既不像男人也不像女人，既不是孩子也不是大人。然而，也正是如此，他的眼神里永远是一片明澈，充满了深度与安宁。我忍不住想起他的父亲来,他之所以会被良心上的愧疚逼得陷入黑暗,是因为他没有信仰,没有那种正确的信仰,对大自然的信仰。自然是丰盛的,她充满了智慧与仁慈。大自然能为我们所有人带来警示,我们失去了双腿,她就慷慨地给予我们其他补偿,她……"

这时教区治安官回来了,打断了教师的阅读。

"好了,现在我们终于清点完了,米克尔森。你手里拿的是什么呢?"

"不过是我在抽屉里找到的一本书罢了。这本书该怎么处理?上面都是些手写的东西,我们也没法拿去拍卖,烧掉又太可惜。你说,尼尔森,能不能让我拿去保存呢?这样我对公路检查员也算有个念想。说实话,我会经常想念他的,在这个本子里,写了很多我们经常坐在一起谈论的东西,看着它就好像曾经的记忆又活了过来一样。"

"那你就拿去吧,米尔克森。对于这些手写的东西,我们不用负责任。况且又不值什么钱。"

治安官点燃手提灯。两人吹熄了油灯和蜡烛,走出这间空荡荡的屋子,把门仔细锁好。